Contos

COLEÇÃO THOMAS MANN
Coordenação
Marcus Vinicius Mazzari

A morte em Veneza e *Tonio Kröger*
Doutor Fausto
Os Buddenbrook
A montanha mágica
As cabeças trocadas
Confissões do impostor Felix Krull
O eleito
Contos

Thomas Mann
Contos

Tradução
Claudia Abeling
Herbert Caro ("Tristão")

Posfácio
Terence J. Reed

1ª reimpressão

PRÊMIO NOBEL
COMPANHIA DAS LETRAS

Copyright © Der kleine Herr Friedemann, Enttäuschung, Der Bajazzo, Tobias Mindernickel © S. Fischer Verlag, Berlin 1898; Luischen, Der Kleiderschrank, Der Weg zum Friedhof, Tristan, Gladius Dei © S. Fischer Verlag, Berlin 1903; Die Hungernden, Das Eisenbahnunglück © S. Fischer Verlag, Berlin 1909; Das Wunderkind, Ein Glück, Beim Propheten, Schwere Stunde, Wie Jappe und Do Escobar sich prügelten © S. Fischer Verlag, Berlin 1914; Unordnung und frühes Leid © S. Fischer Verlag, Berlin 1926; Wälsungsblut © S. Fischer Verlag, Frankfurt am Main 1958 ; Herr und Hund © S. Fischer Verlag GmbH, Frankfurt am Main 1960, 1974; Frühe Erzählungen © 1966, 1967 by Katia Mann (S. Fischer Verlag GmbH, Frankfurt am Main).

Grafia atualizada segundo o Acordo Ortográfico da Língua Portuguesa de 1990, que entrou em vigor no Brasil em 2009.

Título original
Frühe Erzählungen (1893-1912); Herr und Hund, ein Idyll;
Unordnung und frühes Leid

Capa e projeto gráfico
RAUL LOUREIRO
Imagem de capa
ILUSTRAÇÃO SOBRE FOTO DE PICTURE ALLIANCE/ EASYPIX BRASIL
Crédito da foto do autor
© MONDADORI PORTFOLIO/ BRIDGEMAN/ FOTOARENA
Preparação
DANIEL MARTINESCHEN
MARIANA DELFINI
Revisão
THAÍS TOTINO RICHTER
HUENDEL VIANA

Dados Internacionais de Catalogação na Publicação (CIP)
(Câmara Brasileira do Livro, SP, Brasil)

Mann, Thomas, 1875-1955.
 Contos / Thomas Mann; tradução Claudia Abeling, Herbert Caro ("Tristão"). — 1ª ed. — São Paulo: Companhia das Letras, 2020.
 Título original: Frühe Erzählungen (1893-1912) ; Herr und Hund , ein Idyll ; Unordnung und frühes Leid.
 ISBN 978-85-359-3405-2

 1. Contos alemães 1. Título.

20-47116   CDD-833

Índice para catálogo sistemático:
1. Contos : Literatura alemã 833

Aline Graziele Benitez — Bibliotecária — CRB-1/3129

[2021]
Todos os direitos desta edição reservados à
EDITORA SCHWARCZ S.A.
Rua Bandeira Paulista, 702, cj. 32
04532-002 — São Paulo — SP
Telefone: (11) 3707-3500
www.companhiadasletras.com.br
www.blogdacompanhia.com.br
facebook.com/companhiadasletras
instagram.com/companhiadasletras
twitter.com/cialetras

SUMÁRIO

Contos

Visão 9
Caída 11
Desejo de felicidade 37
A morte 53
Desilusão 61
O pequeno sr. Friedemann 67
O palhaço 91
Luisinha 117
Tobias Mindernickel 133
O guarda-roupa 141
Vingada 149
O caminho do cemitério 155
Gladius Dei 163
Tristão 179
Os famintos 221
Uma felicidade 227
O menino-prodígio 239
Na casa do profeta 247
Hora difícil 255
Sangue de volsungos 263
Anedota 289
O acidente de trem 293
De como Jappe e Do Escobar brigaram 303
Um homem e seu cão: um idílio 317

Desordem e sofrimento precoce   385

Posfácio —
Terence J. Reed   415

Cronologia   425

Sugestões de leitura   429

VISÃO

ao artista genial, Hermann Bahr

Enquanto enrolo mecanicamente um novo cigarro e os granizos marrons pontilham com suavidade o mata-borrão amarelado da pasta de papéis, começo a achar improvável estar desperto. E enquanto a brisa úmida e quente do anoitecer entra pela janela aberta ao meu lado formando extraordinárias nuvenzinhas de fumaça e as carrega do reino do abajur de cúpula verde para o escuro opaco, convenço-me de que já estou sonhando.

Eis que a situação fica muito grave, pois tal ideia solta os cabrestos da fantasia. Misteriosamente o encosto da cadeira estala atrás de mim e um arrepio tão súbito quanto açodado eletriza todos os meus nervos. Perturba meu estudo profundo das bizarras letras de fumaça que vagueiam ao redor e sobre as quais estava quase decidido a escrever um compêndio.

Mas agora o sossego foi para os diabos. Agitação alucinante de todos os sentidos. Febril, nervosa, maluca. Cada som, um berro. E o esquecido aflora mesclado em meio à confusão. Aquilo outrora gravado estranhamente na visão se renova; junto, o sentir de antes.

Que interessante perceber que meu olhar se expande, ávido, ao focalizar o ponto no escuro! Aquele lugar onde a silhueta tênue se reforça mais e mais. Como ele a suga; na realidade, apenas a imagina, mas é feliz mesmo assim. E absorve-a cada vez mais. Quer dizer, se entrega cada vez mais; se completa cada vez mais; se enfeitiça cada vez mais... cada... vez... mais.

Então ela está presente, totalmente nítida, igual a antes, a imagem, a obra de arte do acaso. Emergida do olvidado, recriada, formada, pintada pela fantasia, a artista maravilhosamente talentosa.

Grande, não: pequena. Na verdade não está inteira, mas apesar disso é completa como outrora. Desfocada para todos os lados infinitamente no escuro. Um universo. Um mundo — luz e profundo sentimento vibram. Mas nenhum som. Nada do ruído alegre do ambiente penetra ali. Por certo não do ambiente de hoje, mas do passado.

Bem embaixo o damasco ofusca; folhas e flores se entrelaçam, volteiam e se cruzam em todas as direções. Um cálice de cristal transparente calcado sobre elas, cheio até a metade de ouro pálido, destaca-se. Uma mão pousa distraída nessa direção. Os dedos estão soltos ao redor do pé do cálice. O anel fosco de prata abraça um deles. Em cima, um rubi verte sangue.

Depois da delicada articulação, um crescendo de formas a modelar o braço desvanece no todo. Doce enigma. A mão de menina descansa, sonhadora e imóvel. A vida pulsa apenas onde uma veia azul-clara serpenteia macia sobre o branco fosco; a paixão palpita lenta e intensa. E ao perceber meu olhar, torna-se mais e mais rápida, mais e mais selvagem, até se transformar num tremor suplicante: solte...

Mas meu olhar se fixa como antes, pesado e de cruel lascívia. Permanece sobre a mão, na batalha trépida com o amor, a vitória do amor pulsa... como antes... como antes.

Uma pérola se solta lentamente do fundo do cálice e emerge. Ao chegar no campo de luz do rubi, inflama-se num vermelho-sangue e súbito se extingue na superfície. E tudo se vai, não obstante o esforço do olhar em retraçar os contornos suaves.

Então evapora; dissipada no escuro. Inspiro fundo — fundo, pois percebo que me esquecera disso. Como antes também...

Enquanto me reclino, cansado, a dor fisga. Mas agora sei com a mesma certeza de antes: você me amava, sim... ... E é por isso que agora posso chorar.

CAÍDA

Estávamos novamente juntos, apenas nós.
Dessa vez, o baixinho Meysenberg fazia as vezes de anfitrião. Jantar no seu ateliê era muito agradável.
Tratava-se de um espaço curioso, decorado em estilo único: gênio excêntrico do artista. Vasos etruscos e japoneses, leques e punhais espanhóis, sombrinhas chinesas e mandolinas italianas, conchas africanas e pequenas estátuas antigas, badulaques rococós coloridos e madonas de cera, antigas gravuras de cobre e trabalhos do pincel de Meysenberg — tudo isso encontrava-se naquele lugar sobre mesas, prateleiras, consoles e nas paredes, que assim como o piso estavam forradas por grossos tapetes orientais e desbotadas sedas bordadas, dispostos numa combinação gritante, parecendo apontar com o dedo para si mesmos.
Nós quatro — quer dizer, o pequeno e ágil Meysenberg, de cachos castanhos; Laube, o economista jovem, loiro, idealista, que em qualquer lugar discorria sobre a tremenda legitimidade da emancipação feminina; o dr. Selten e eu —, nós quatro então tínhamos nos agrupado no centro do ateliê, ocupando todos os tipos de assentos possíveis ao redor da pesada mesa de mármore e fazia pouco degustávamos o cardápio exemplar que o genial anfitrião havia montado para nós. Talvez mais ainda o vinho. Meysenberg mais uma vez havia investido um bocado.
O doutor estava acomodado numa poltrona entalhada à moda antiga, da qual caçoava continuamente com modos ferinos. Ele era o irônico do grupo. Todos os seus gestos desdenhosos denotavam experiência e desprezo pelo mundo. Era o mais velho dos quatro. Talvez por volta dos trinta. Também era o mais "vivido".
— Libertino! — disse Meysenberg —, mas ele é divertido.

De fato era possível notar um tanto do "libertino" no doutor. Seus olhos tinham certo brilho difuso, e o cabelo preto, curto, permitia entrever uma pequena clareira no redemoinho. O rosto, que terminava numa barba pontuda, estava investido — do nariz até os cantos da boca — de alguns traços sarcásticos, que por vezes chegavam a lhe emprestar uma soberba amarga.

Na hora do roquefort, estávamos de novo em meio às "conversas profundas". Selten as chamava assim, com o sarcasmo depreciativo de um homem que, como ele dizia, "há muito tinha como única filosofia desfrutar desta vida, encenada de maneira pouco cuidadosa pelo diretor em questão lá do alto, de maneira totalmente acrítica e inescrupulosa, para depois dar de ombros e perguntar: vale a pena?".

Mas Laube, que por rodeios habilidosos havia chegado com sucesso em seu elemento, estava de novo fora de si e gesticulava desesperado de sua funda cadeira estofada.

— É isso! É isso! A vergonhosa posição social do sexo feminino — ele nunca dizia "mulher", mas sempre "sexo feminino", porque soava mais próximo das ciências naturais — está enraizada nos preconceitos, nos preconceitos idiotas da sociedade!

— Saúde! — falou Selten com muita suavidade, compassivo, entornando uma taça de vinho tinto.

Para o jovem essa foi a gota d'água.

— Ah, você! Ah, você! — ele se exasperou. — Seu velho cínico! Não dá para conversar com você! Mas vocês — desafiador, voltou-se a Meysenberg e a mim —, vocês têm de me dar razão! Sim ou não?!

Meysenberg descascava uma laranja.

— Meio a meio, com certeza! — ele falou com convicção.

— Continue — encorajei o interlocutor. Era mesmo preciso que soltasse mais uma vez o verbo, senão não sossegaria.

— Nos preconceitos bobos e da torpe injustiça da sociedade, digo. Todos os detalhes, oh, Deus, isso é ridículo! A criação de ginásios para meninas e empregar o sexo feminino como telegrafistas ou coisa que o valha é significativo. Mas no todo, no todo! Que ideias! No que se refere ao erótico, ao sexual, que crueldade bronca!

— Bem — disse o doutor totalmente aliviado, afastando seu guardanapo —, agora pelo menos a coisa começa a ficar divertida.

Laube não se dignou a dirigir-lhe o olhar.

— Vejam — ele continuou enfático, acenando com um grande bombom da sobremesa, que em seguida meteu na boca com um gesto solene —, vejam, quando duas pessoas se amam e ele desencaminha a moça, *ele* continua sendo um homem honrado como antes, dizem até que foi arrojado... que sujeito execrável. Mas a pessoa do sexo *feminino* é a *perdida*, a *pária* da sociedade, a *proscrita*, a *decaída*. Sim, a de-ca-í--da! Onde está a sustentação moral dessa noção?! O homem não decaiu exatamente da mesma forma? Será que ele não agiu de maneira mais desonrosa do que o sexo feminino?!... Ora, falem! Digam alguma coisa!

Meysenberg, pensativo, acompanhava a fumaça de seu cigarro com o olhar.

— Na verdade, você tem razão — falou, complacente.

O triunfo tomava conta de todo o rosto de Laube.

— Tenho? Tenho? — passou a repetir. — Onde está a justificativa moral para esse julgamento?

Olhei para o dr. Selten. Estava calado. Enquanto fazia uma bolinha de pão com ambas as mãos, fitava para baixo em silêncio e sua expressão era amarga.

— Vamos nos levantar — falou em seguida, sereno. — Quero lhes contar uma história.

Empurramos a mesa de refeições para o lado e nos acomodamos confortavelmente bem no fundo, num canto decorado de maneira aconchegante com tapetes e poltroninhas acolchoadas. Um lustre baixo preenchia o ambiente com sua luz difusa, azulada. Logo uma camada de fumaça de cigarros, que ondeava devagar, acumulou-se sob o teto.

— Vamos, diga logo — disse Meysenberg enquanto enchia quatro copinhos com seu *bénédictine*.

— Sim, quero lhes contar a história, pois tocamos no assunto — disse o doutor —, e já na forma acabada de uma novela. Vocês sabem que há tempos me ocupei disso.

Eu não conseguia distinguir bem seu rosto. Ele estava sentado na poltrona, recostado, uma perna cruzada sobre a outra, as mãos nos bolsos laterais de seu paletó, olhando calmamente para o lustre azul.

— O herói da minha história — começou depois de um tempo — havia terminado o colégio na sua pequena cidade natal no norte da Alemanha. Aos dezenove ou vinte anos, ingressou na universidade de P., uma cidade de porte médio, quase grande, no sul do país.

Era o perfeito "bom moço". Ninguém conseguia ficar bravo com ele. Divertido e boa-praça, conciliador, era benquisto por todos os colegas.

Tratava-se de um rapaz bonito, magro, de traços suaves, vivazes olhos castanhos e lábios delicadamente arqueados, sobre os quais a primeira barba começava a despontar. Quando flanava pelas ruas, o chapéu claro redondo sobre os cachos pretos, as mãos nos bolsos da calça, olhando curioso para os lados, as garotas lhe lançavam olhares apaixonados.

Ao mesmo tempo, era inocente — puro de corpo e de alma. À semelhança do conde Tilly,* podia afirmar que nunca havia perdido uma batalha nem tocado nenhuma mulher. No primeiro caso, porque ainda não tivera oportunidade, e no segundo, porque também não tivera oportunidade.

Mal tinham se passado catorze dias em P. quando se apaixonou, o que é evidente. Não por uma garçonete, como o usual, mas por uma jovem atriz, uma certa srta. Weltner, que fazia papéis de ingênua amante no Teatro Goethe.

Como diz tão bem o poeta, com o licor da juventude na carne abstêmia, verás Helena em toda fêmea;** mas a moça era mesmo bonita. Corpo delicado, pueril, cabelo loiro-escuro, olhos azul-acinzentados, piedosos e divertidos, narizinho delicado, doce boca inocente e queixo macio, arredondado.

Primeiro se apaixonou pelo rosto dela, depois pelas mãos, depois pelos braços que viu desnudos numa peça ambientada na Antiguidade, e certo dia amou-a por inteiro. Também sua alma, que ainda não conhecia.

Seu amor custou-lhe uma dinheirama. Ao menos a cada duas noites ocupava um lugar na plateia baixa do Teatro Goethe. Toda hora tinha de escrever à mamãe pedindo por dinheiro, maquinando as desculpas mais rocambolescas. Mas mentia por causa dela. Portanto, estava desculpado de tudo.

Quando soube que a amava, a primeira coisa que fez foram poemas. A conhecida "lírica plácida" alemã.

Assim muitas vezes ficava até tarde da noite metido entre seus livros. Apenas o pequeno despertador sobre sua cômoda tiquetaqueava de maneira uniforme, e do lado de fora vez ou outra ecoavam passos solitários. Bem no alto do peito, onde começa o pescoço, havia se instalado uma dor leve, morna, fluida, que muitas vezes queria subir e

---

* Johann Tserclaes, conde de Tilly (1559-1632). Marechal de campo na Guerra dos Trinta Anos. [Todas as notas são da tradução, exceto quando indicado de outro modo.]
** Palavras de Mefisto ao final da cena "A cozinha da bruxa". Johann W. Von Goethe, *Fausto*. 1ª parte. Trad. de Jenny Klabin Segall. São Paulo: Ed. 34, 2004.

brotar dos olhos pesados. Mas como se envergonhava de chorar de verdade, chorava apenas palavras sobre o paciente papel.

Em versos macios e sonoridades melancólicas, cantava para si como ela era doce e encantadora e como estava tão doente e cansado, e falava do grande desassossego em sua alma que levava ao vazio, longe, longe, onde uma doce felicidade dormitava debaixo de rosas e violetas, mas estava acorrentado...

Era ridículo, sem dúvida. Qualquer um desataria a rir. Afinal, as palavras eram tão idiotas, tão desvalidas e vazias. Mas ele a amava! Amava!

Claro, logo depois da autoconfissão vinha a vergonha. Pois tratava-se de um amor tão miserável, humilhante, que seu desejo era apenas o de beijar em silêncio os pezinhos dela, moça tão encantadora, ou a mão branca, e depois morrer. Na boca, nem ousava pensar.

Ao acordar de noite, certa vez, imaginou-a deitada ali, a amada cabeça no travesseiro branco, a doce boca ligeiramente aberta, e as mãos, essas mãos indescritíveis com as veias azul-claras, cruzadas sobre a coberta. De súbito ele se virou, apertou o rosto contra o travesseiro e chorou por longo tempo na escuridão.

Assim o ápice fora alcançado. Tinha chegado ao ponto de não conseguir mais compor poemas nem comer. Evitava os conhecidos, quase não saía e cultivava olheiras escuras e fundas. Entretanto, não trabalhava mais e também não queria mais ler. Queria apenas continuar cochilando, cansado, diante do retrato dela que comprara havia muito, afogado em lágrimas e amor.

Uma noite estava junto do amigo Rölling, seu antigo conhecido da escola e um estudante de medicina como ele, mas de semestre mais avançado, tomando um agradável copo de cerveja no canto de um bar qualquer.

Resoluto, Rölling de repente colocou sua caneca na mesa.

— Então, baixinho: me diga o que está acontecendo com você.

— Comigo?

Mas acabou cedendo e se abriu, falando dela e de si.

Rölling balançou a cabeça enfastiado.

— É grave, baixinho. Nada a fazer. Você não é o primeiro. Totalmente inacessível. Ela viveu até agora com a mãe. Que já morreu faz um tempo, mas mesmo assim... nadinha a fazer. Moça terrivelmente decente.

— Você acha que eu...

— Ora, eu achei que você quisesse...

— Ora, Rölling!

— Ah… tudo bem. Perdão, agora estou começando a entender. Não imaginei que a coisa fosse tão sentimental. Então mande-lhe um buquê com um cartão casto e respeitoso, suplique por uma permissão por escrito para poder visitá-la e expressar de viva voz sua admiração.

Ele ficou completamente pálido e o corpo todo tremia.

— Mas… mas não dá!

— Por que não? Por quarenta centavos, qualquer mensageiro faz o serviço.

Ele tremia ainda mais.

— Deus do céu, se fosse possível!

— Onde é que ela mora mesmo?

— Eu… não sei.

— Nem *isso* você sabe? Garçom. O livro de endereços.

Rölling achou o lugar sem demora.

— Viu só? Até então ela vivia num mundo superior, agora mora na Heustraße 6a, terceiro andar; veja, está escrito aqui: Irma Weltner, integrante do Teatro Goethe… Ei, aliás, é uma região muito barata. A virtude é recompensada dessa maneira.

— Por favor, Rölling…!

— Tudo bem. Então faça você. Talvez você, o fleumático, possa beijar-lhe a mão! Dessa vez, use o dinheiro do ingresso para o buquê.

— Deus, que me importa o vil dinheiro!

— Como é bom perder a cabeça! — Rölling declamou.

Na manhã seguinte, uma comovente carta ingênua mais um buquê maravilhoso foram despachados até a Heustraße. Ah, se ele recebesse uma resposta, qualquer resposta! Beijaria as linhas, exultante!

De tanto abrir e fechar, depois de oito dias a portinhola da caixa do correio da entrada do prédio estava quebrada. A zeladora ralhou.

Suas olheiras estavam ainda mais fundas; sua aparência era realmente lastimável. Quando se olhava no espelho, levava um belo susto; e depois chorava de autocomiseração.

— Ei, baixinho — disse Rölling certo dia, muito decidido —, desse jeito não dá para continuar. Você está decaindo cada vez mais. Alguma coisa tem de ser feita. Simples: amanhã você vai visitá-la.

Ele arregalou os olhos enfermiços.

— Simples… visitá-la…

— Sim.

— Ah, não é possível; ela não me deu permissão.

— Aquela escrevinhação foi *mesmo* idiota. Deveríamos ter imaginado de pronto que ela não deixaria um desconhecido fazer avanços por escrito. Você *a-pe-nas* precisa visitá-la. Afinal, se ao menos ela lhe desejar um bom-dia, esse estará ganho. E você não é exatamente um monstro. Ela não vai enxotá-lo assim sem mais. Amanhã você vai.

Ele tonteou de vez.

— Não vou conseguir — falou em voz baixa.

— Então *ajudá-lo* é impossível! — Rölling ficou irritado. — Então você tem de dar um jeito de superar a situação sozinho!

Dias de batalhas difíceis estavam por vir, enquanto do lado de fora o inverno entrava em um último combate com maio.

Certa manhã, porém, ao se levantar de um sono profundo depois de tê-la visto em sonho, abriu a janela e era primavera.

O céu estava claro — de um azul absolutamente luminoso, como num sorriso suave, e o ar recendia a uma especiaria muito doce.

Ele sentia, cheirava, degustava, via e ouvia a primavera. Todos os sentidos eram primaveris. E a larga faixa de sol, que cobria a casa na frente, parecia fluir até seu coração em ondulações suaves, trazendo claridade e força.

E, em silêncio, ele beijou o retrato dela, vestiu uma camisa limpa e seu terno bom, raspou os tocos de barba no queixo e foi até a Heustraße.

Uma calma curiosa havia tomado conta dele e isso quase o atemorizou. Entretanto, ela se manteve. Uma calma de sonho, como se não fosse ele quem subisse as escadas e estivesse então diante da porta, lendo a placa: Irma Weltner.

De repente, porém, perpassou-lhe a ideia de que aquilo era uma loucura e que ele não era bem-vindo ali; de que tinha de dar meia-volta rapidamente, antes que alguém o visse.

Mas foi como se esse último gemido de sua timidez tivesse sacudido para longe o demente estado de antes, para em seguida uma vigorosa confiança, inabalável, gaiata, tomar conta de seu ânimo. Se até então estivera como que pressionado, sob uma pesada necessidade, como por hipnose passou a agir por livre vontade, determinado, exultante.

Afinal, era primavera!

O sino ressoou metalicamente pelo lugar. Uma mocinha apareceu e abriu.

— A senhorita se encontra em casa? — perguntou, alegre.

— Em casa... sim... mas quem devo...

— Aqui.

Ele lhe passou seu cartão e, com um sorriso festivo no coração, apenas saiu andando atrás dela. Quando a mocinha entregou o cartão a sua jovem patroa, ele também já estava no cômodo, empertigado, de chapéu na mão.

Era uma sala mediana, com móveis simples, escuros.

A jovem senhora tinha se levantado de seu lugar junto à janela; um livro sobre a mesinha ao seu lado parecia ter sido deixado lá havia pouco. Ele nunca a vira, em papel nenhum, tão encantadora quanto na realidade. O vestido cinza com o cinto mais escuro que abraçava seu corpo esguio era de uma elegância singela. O sol de maio refulgia nos cachos loiros sobre sua testa.

O fascínio fez o sangue dele borbulhar e circular mais rápido, e quando ela lançou um olhar espantado para o cartão e depois outro, ainda mais espantado, para ele, o desejo quente do jovem eclodiu em palavras amedrontadas e intensas ao mesmo tempo que ele dava dois passos na sua direção:

— Oh, não... não fique brava!

— Que tipo de ataque é esse? — ela perguntou, divertida.

— Mas eu tinha de lhe dizer, mesmo a senhorita não me permitindo, eu tinha de lhe dizer de viva voz, ao menos uma vez, o *quanto* a admiro. — Ela apontou amistosamente para uma poltrona, e enquanto se sentavam, ele prosseguiu, gaguejando um pouco: — Veja, sou daquele tipo que tem de sair *falando* tudo logo e não apenas ficar... ficar *guardando* as coisas, e aí pedi... por que a senhorita não me respondeu? — ele se interrompeu com candura.

— Sim... não posso lhe dizer — ela retrucou, sorrindo — o quanto me alegraram suas palavras de reconhecimento e o belo buquê, mas... não era possível que eu logo... afinal, não podia saber...

— Não, não, imagino perfeitamente, mas agora a senhorita não estaria brava comigo, não, por sem permissão eu ter...

— Ah, não, como poderia?! O senhor está há pouco tempo em P.? — ela acrescentou, evitando com muita polidez uma pausa constrangedora.

— Já são seis ou sete semanas, senhorita.

— Tanto tempo assim? Imaginei que o senhor tivesse me assistido pela primeira vez há uma semana e meia, quando recebi suas simpáticas linhas.

— Por favor, senhorita! Eu a assisti durante esse tempo quase *todas* as noites! Em todos os seus papéis!

— Então, por que o senhor não veio antes? — ela perguntou, ingenuamente espantada.

— Eu deveria ter vindo antes? — ele retrucou, todo coquete. Estava tão indizivelmente feliz diante dela na poltrona, numa conversa íntima, e a situação lhe era tão surreal a ponto de pressagiar que, como sempre, o doce sonho seria seguido por um amargo despertar. E se sentia tão confortável que quase tinha cruzado as pernas, muito à vontade, e ainda tão exuberante e feliz que seu maior desejo era, tomado pelo júbilo, o de se jogar logo aos seus pés... Tudo isso não passa de uma encenação idiota! Eu a amo tanto... tanto!!

Ela ficou um tantinho ruborizada, mas riu com alegre sinceridade da resposta divertida.

— Perdão, o senhor não está me entendendo direito. Sei que disse algo desajeitado, mas não leve as coisas tão a sério...

— Vou me esforçar para a partir de agora levar as coisas menos a sério.

Ele estava completamente fora dos eixos. Depois dessa réplica, repassou internamente a cena mais uma vez. *Lá* estava ela! *Lá* estava *ela*! E *ele* ao seu lado! Concentrou-se para atestar a si mesmo que se tratava dele próprio, e seu olhar incrédulo-feliz não parava de esquadrinhar o rosto e o corpo dela... Sim, dela eram o cabelo loiro-escuro, a boca doce, o queixo macio com a leve tendência a se duplicar, a cristalina voz infantil, a linguagem amorosa, que fora do teatro deixava entreouvir levemente o dialeto do sul da Alemanha; antes de ela reagir à sua última resposta, ao pegar o cartão dele da mesinha a fim de checar melhor o nome, dela eram as amadas mãos, que ele tantas vezes havia beijado em sonhos, essas mãos indescritíveis, e os olhos dela, que mais uma vez se dirigiam a ele — com uma expressão que denotava o aumento contínuo do lisonjeiro interesse! E a fala dela de novo se dirigia a ele; a conversa corria com perguntas e respostas, parava vez ou outra, e reiniciava com leveza ao tratar da origem de ambos, suas ocupações e sobre os papéis de Irma Weltner, cuja "concepção" ele, claro, elogiou e admirou à larga, embora ela tenha admitido, rindo, que na verdade havia pouquíssimo para ser "concebido" ali.

A risada divertida dela tinha sempre um quê teatral, como o sujeito gordão acabando de contar uma piada à la Moser para a plateia, por exemplo;* mas ao mesmo tempo ele se derretia numa flagrante e

---

* Gustav Von Moser (1825-1903), famoso autor de comédias da época.

ingênua animação ao observar o rosto dela, de tal maneira que várias vezes precisou lutar contra a tentação de cair aos seus pés e confessar-lhe sinceramente seu grande, grande amor.

Uma hora inteira pode ter se passado antes de ele enfim olhar, constrangido, ao relógio e se erguer apressado.

— Mas o quanto estou ocupando de seu tempo, srta. Weltner! A senhorita devia ter me mandado embora há muito! Creio que já deve estar ciente que ao seu lado o tempo...

Sem se dar conta, ele agiu de maneira muito hábil. Tinha cessado quase por completo de expressar sua ruidosa admiração da moça como artista; a natureza de seus cândidos elogios, porém, tornava-se cada vez mais pessoal.

— Mas que horas são? Por que o senhor já quer ir embora? — ela perguntou com um espanto desconsolado, que, se fosse fingido, parecia mais realista e convincente do que em qualquer momento seu no palco.

— Por Deus, eu já a entediei o suficiente! Por uma hora inteira!

— Ah, não! O tempo passou *rápido* para mim! — ela falou com um espanto sem dúvida sincero. — Já uma hora? Mas preciso me apressar, estudar um pouco meu novo papel. Hoje à noite... O senhor estará no teatro hoje à noite?... Fui muito mal no ensaio. O diretor quase me bateu!

— Quando devo assassiná-lo? — ele perguntou, solene.

— Melhor hoje do que amanhã! — ela riu, esticando-lhe a mão como despedida.

Ele se curvou com avassaladora paixão na direção dessa mão e nela pressionou os lábios num beijo longo, insaciável, que não conseguia interromper mesmo que a sensatez o aconselhasse a tanto; não conseguia se separar do doce aroma daquela mão, do ditoso redemoinho de sentimentos.

Ela puxou a mão, rápido, e quando ele ergueu de novo os olhos imaginou ter percebido no rosto dela uma expressão de desconcerto que poderia alegrá-lo intensamente, caso não a interpretasse como exasperação pelo comportamento indecoroso. E, por um instante, envergonhou-se.

— Meus mais sinceros agradecimentos, srta. Weltner — falou acelerado e com mais formalidade do que até então —, pela grande simpatia com a qual fui brindado.

— Ora, por favor; fiquei muito contente em tê-lo conhecido.

— Mesmo? — ele voltou a pedir em seu antigo tom ingênuo. — Também um pedido a senhorita não pode me negar, que é o seguinte... que... eu possa voltar algum dia.

— *Claro!*... Quer dizer... certamente, por que não? — Ela sentia-se constrangida. Depois do estranho beija-mão, o pedido soava um tanto inadequado. — Adoraria poder conversar de novo com o senhor — ela acabou por acrescentar, amistosa, voltando a lhe estender a mão.

— Muitíssimo obrigado!

Outra rápida saudação e em seguida estava fora da casa. Quando não a viu mais, parecia novamente ter sido um sonho.

Mas então voltou a sentir o calor da mão dela na sua e sobre os lábios, e soube que foi realidade, e que seus sonhos "atrevidos", bem-aventurados, tinham sido realizados. E cambaleou escada abaixo, como que bêbado, curvado de lado sobre o corrimão que tantas vezes ela deve ter tocado, e que ele beijava, com beijos jubilosos, do começo ao fim.

Diante do prédio um tanto afastado da calçada havia um pequeno pátio, uma área ajardinada; no lado esquerdo, despontavam as primeiras flores de um arbusto de lilases. Ele parou ali e emergiu o rosto escaldante na folhagem fresca, bebendo longamente do aroma jovem, delicado, enquanto o coração espocava.

Oh, como ele a amava!

Rölling e outros jovens tinham terminado a refeição havia algum tempo quando ele, acalorado, entrou no restaurante e se juntou a eles com um cumprimento fugaz. Ficou sentado em silêncio por algum tempo e depois encarou-os com um olhar superior, como se secretamente debochasse daqueles que estavam sentados ali, fumando cigarros e sem saber de nada.

— Gente! — gritou de repente, curvando-se sobre a mesa. — Vocês sabem de uma nova? Estou feliz!

— *A-ha?!* — disse Rölling, encarando-o de maneira muito expressiva. Em seguida, com um movimento solene, estendeu-lhe a mão sobre a mesa. — Meus mais sinceros parabéns, baixinho.

— Por que razão?

— O que aconteceu?

— Puxa, é mesmo, vocês ainda não sabem. É que hoje é o *aniversário* dele. Ele está fazendo anos. Olhem para ele — não se parece com um recém-nascido?

— Ora!

— Caramba!

— Parabéns!

— Ei, então você teria de...

— Evidente! Garrrço-om!

Era preciso admitir que ele sabia como comemorar um aniversário.

Então, depois de oito dias arduamente aguardados com ansiosa impaciência, ele repetiu a visita. Afinal, ela havia lhe dado permissão. Todos os exaltados *états d'âme* que a pusilanimidade amorosa despertara nele na primeira vez tinham desaparecido.

Bem, daí passou a vê-la e a conversar com ela com mais frequência. A cada vez ela reiterava sua permissão.

Proseavam com desembaraço e o trato entre ambos quase podia ser chamado de amigável se vez ou outra certo constrangimento e timidez, algo parecido com um vago temor, não se fizesse notar simultaneamente nos dois. Nesses momentos, a conversa cessava e se perdia num olhar mudo de segundos, que em seguida, como logo após o primeiro beija-mão, prosseguia com maior formalidade por algum tempo.

Algumas vezes pôde acompanhá-la na volta para casa após o espetáculo. Ao caminhar ao lado dela pelas ruas, essas noitinhas de primavera eram sinônimo de uma pletora de felicidade! Diante de casa ela lhe agradecia cordialmente pelo trabalho, ele beijava a mão dela e seguia seu caminho com uma gratidão festiva no coração.

Numa dessas noites, depois da despedida, já a alguns passos de distância dela, virou-se mais uma vez. Foi então que a viu ainda parada junto à porta, parecendo procurar por algo no chão. Mas teve a impressão de que ela se colocara de súbito naquela posição apenas depois da sua virada rápida.

— Vi vocês ontem à noite! — disse Rölling certa vez. — Baixinho, meu respeito. Ninguém conseguiu chegar até esse ponto com ela. Você é o maioral. Mas também é um pacóvio. Ela não pode lhe franquear muito mais avanços. O notório poço de virtudes! Ela deve estar perdidamente apaixonada por você! E você não tira qualquer proveito.

Ele o olhou em silêncio por um instante, incrédulo. Quando compreendeu, disse:

— Ora, cale a boca!

Mas estava tremendo.

Então chegou a primavera. Por volta do final de maio, sucediam-se vários dias quentes, sem um pingo de chuva sequer. O céu encarava a Terra sedenta com um azul mortiço, enevoado, e o calor atroz, sólido, do dia à noite dava lugar a um mormaço sufocante, pesado, que uma débil corrente de ar apenas fazia tornar mais perceptível.

Num desses finais de tarde, nosso bravo rapaz perambulava sozinho pelos jardins acidentados na periferia da cidade.

Não aguentava ficar em casa. Mais uma vez caíra doente; de novo se sentia impulsionado por aquela ânsia sedenta, que imaginava ter saciado havia tempos com toda aquela felicidade. Mas tinha de se lamentar de novo. Por causa dela. O que mais desejava?

O culpado era Rölling, aquele Mefisto. Só que mais bondoso e menos inteligente.

E por termo à intuição potente...
*Não me perguntes de que jeito.**

Gemendo, balançou a cabeça e olhou ao longe no anoitecer.

O culpado era Rölling! Afinal, foi ele quem, ao vê-lo empalidecer de novo, pela primeira vez nomeou com palavras brutais e desnudou diante dele aquilo que ainda estava envolto pela névoa da melancolia suave, vaga...

E, com o passo cansado e mesmo assim decidido, continuava a caminhar, incessante, em meio ao mormaço.

E ele não conseguia encontrar o arbusto de jasmim, cujo aroma o acompanhava. Não floresciam jasmins, mas aquele cheiro doce, inebriante, estava presente em todos os lugares sempre que ele saía.

Numa curva do caminho, encostado a um tipo de dique com árvores esparsas, havia um banco. Sentou-se e olhou em frente.

Do outro lado do caminho, o gramado seco começava a descer em direção ao rio, que corria vagaroso. Mais além, a alameda, retíssima, entre duas fileiras de álamos. E tendo ao fundo o desbotado horizonte violeta, uma solitária carroça de camponês avançava com dificuldade.

Ficou sentado olhando, não se atrevendo a fazer nenhum movimento, visto que nada mais se mexia também.

E esse sufocante cheiro de jasmim, sempre, sempre!

E pesando sobre o mundo inteiro essa carga sufocante, esse silêncio morno, abrasante, tão sedento e ávido. Pressentia que algum tipo de libertação haveria de chegar, uma solução vinda de algum lugar, um refrescante alívio tempestuoso de toda essa sede dentro dele e da natureza...

E então viu novamente diante de si a moça vestindo a túnica clara dos antigos e seu braço fino, branco, que deveria ser macio e fresco...

---

* Citação da cena "Floresta e gruta". Johann W. Von Goethe, op. cit.

Ele se levantou com uma resolução truncada, vaga, e percorreu cada vez mais rápido o caminho até a cidade.

Quando parou, sem ter consciência clara de ter chegado ao destino, assustou-se.

A noite estava fechada. Ao seu redor, tudo parecia mergulhado em silêncio e escuridão. Era raro uma pessoa aparecer por ali, ainda na periferia da cidade. A lua quase cheia aparecia no céu entre muitas estrelas suavemente veladas. Ao longe, a luz fleumática de um lampião a gás.

E estava diante da casa dela.

Não devia ter querido ir até lá! Sem que o soubesse, porém, esse querer estava dentro dele.

E naquele instante, parado ali, olhando imóvel para a lua, eis que isso parecia ser o correto, o lugar em que devia estar.

Mais luz ainda vinha de algum lugar.

Vinha de cima, do terceiro andar, do quarto dela, onde uma janela se encontrava aberta. Então, ela não estava ocupada no teatro, mas em casa e ainda não havia se recolhido.

Ele chorou. Encostou na cerca e chorou. Tudo era tão triste. O mundo era tão silencioso e sedento, e a lua tão pálida.

Chorou copiosamente, porque durante um tempo achou que essa era a solução, o refrigério e a libertação por que tanto ansiava. Mas logo seus olhos estavam mais secos e quentes que antes.

E essa angústia desidratada pressionava novamente seu corpo, fazendo-o gemer, gemer por — por…

Desistir — desistir.

Não! Não *desistir*, mas *sim*…!!

Ele se alongou. Seus músculos incharam.

Em seguida, porém, sentiu seu vigor ser trocado por uma dor silenciosa, tépida.

Melhor era apenas desistir, cansado.

Apertou a maçaneta da casa sem força e arrastou-se escada acima, devagar.

A empregada olhou-o um pouco espantada, por causa da hora; mas a senhorita estava em casa.

Ela não o anunciou mais; depois de bater levemente, ele mesmo abriu a porta que dava para a sala de estar de Irma.

Não tinha consciência alguma de seus atos. Não foi à porta, mas deixou-se levar. Era como se estivesse sendo dirigido por algum tipo de fraqueza e como se uma necessidade silenciosa o conduzisse até lá com gestos graves, quase tristes. Percebia que qualquer desejo superior independente apenas poderia superar tal ordem silenciosa e poderosa de seu íntimo num conflito doloroso. Desistir — desistir; aconteceria o correto, o necessário.

Após bater, ouviu um pigarro discreto, como para deixar a garganta apta à fala; o "entre" dela soou cansado e questionador.

Quando entrou, ela estava à meia-luz no fundo da sala, atrás da mesa redonda no canto do sofá; a lâmpada ardia oculta junto à janela aberta sobre a pequena mesinha. Ela não olhou para ele, e visto que parecia acreditar que se tratasse da empregada, se manteve na postura fatigada, com uma das faces colada ao encosto.

— Boa noite, srta. Weltner — ele falou baixinho.

Ela ergueu a cabeça depressa e por um instante olhou-o muito assustada.

Estava pálida e seus olhos, vermelhos. Uma silenciosa expressão de sofrimento e entrega envolvia sua boca, e um cansaço delicado, sem nome, anunciava-se no olhar erguido na direção dele e no tom de sua voz ao perguntar:

— Tão tarde?

Nesse instante, ao ver a dor nesse rosto doce, doce, e nesses olhos amados, que até então pairavam sobre sua vida como uma felicidade amorosa, alegre, emergiu dele uma dor quente, íntima, nunca antes percebida, pois nunca havia se esquecido de si; sim, se até então tudo que sentira foi autocomiseração, o que havia agora era uma profunda e infinita compaixão por ela.

E ficou parado como estava e perguntou, tímido e em voz baixa, mas seu profundo sentimento também era ouvido:

— Por que estava chorando, srta. Irma?

Em silêncio, ela olhou para o paninho branco sobre o colo, que apertava na mão.

Ele se aproximou e, ao se sentar ao seu lado, pegou as duas mãos pequenas e de uma brancura mate, frias e úmidas, beijando com delicadeza cada uma delas, e enquanto das profundezas de seu peito lhe subiam lágrimas aos olhos, repetiu com a voz trêmula:

— A senhorita estava... *chorando*?

Mas ela tombou a cabeça ainda mais, de modo que o cheiro discreto do seu cabelo chegou até ele, e enquanto o peito dela latejava em silencioso sofrimento, pesado, temeroso, e os dedos delicados tremiam nos dele, ele viu como duas lágrimas pesadas se soltavam vagarosamente dos cílios longos e sedosos.

Aflito, pressionou as mãos dela contra o peito, e movido por uma desesperada dor, lamentou-se em voz alta, engasgado:

— Não consigo... assisti-la *chorando*! Não suporto!

E ela ergueu a cabecinha pálida para olhar nos olhos dele, fundo, fundo, até a alma, e nesse olhar disseram um ao outro que se amavam. A última reserva foi quebrada por um grito de amor exultante e libertador, desesperado e feliz, e enquanto seus corpos jovens se enlaçavam numa tensão crescente, os lábios trêmulos pressionaram-se uns contra os outros, e durante o primeiro beijo demorado, quando o mundo desapareceu, entrava pela janela aberta o aroma dos lilases, agora sufocante e ávido.

E ele ergueu da poltrona o corpo delicado, quase magro demais, e balbuciaram com os lábios abertos o quanto se amavam.

E sentiu um calafrio estranho ao perceber como ela — tornada divindade suprema pelo pejo do amor dele, diante da qual *ele* sempre se sentira fraco, desajeitado e desprezível — começava a esmorecer sob seus beijos...

Ele acordou uma vez durante a noite.

O brilho da lua brincava no cabelo dela, e sua mão descansava sobre o peito dele.

Então ele ergueu o olhar para Deus e beijou aqueles olhos adormecidos, e mais do que nunca se sentiu um sujeito bom.

Uma tempestade caíra durante a noite. A natureza fora libertada de sua febre sufocante. O mundo inteiro respirava um ar mais fresco.

Os lanceiros cruzavam a cidade no brando sol da manhã e as pessoas saíam portas afora, inspiravam o ar bom e se alegravam.

E enquanto ele atravessava a primavera rejuvenescida em direção à sua casa, com uma moleza sonhadora e feliz nos membros, tudo o que queria era cantar incessantemente para o luminoso céu azul — oh, querida — querida — querida — !!! —

Sentado à escrivaninha, escrutinou sua consciência diante do retrato dela e examinou com toda minúcia seu íntimo e aquilo que se sucedera, perguntando a si mesmo se, apesar de toda a felicidade, não se comportara como um canalha. Isso o teria magoado profundamente.

Mas estava tudo bem.

Sua alegria era tão festiva como, por exemplo, aquela de sua profissão de fé na igreja. Pela maneira como olhava para a primavera chilreante e o céu que sorria delicadamente, era como se retornasse àquela noite, como se olhasse para Deus com uma gratidão solene, silenciosa; suas mãos se cruzaram e, à moda de uma devota oração matinal, sussurrou com fervorosa delicadeza o nome dela para a primavera.

Rölling — não, ele não deveria saber. Tratava-se, sim, de um rapaz muito simpático, mas que acabaria usando apenas daquelas suas frases feitas, tratando a coisa de maneira tão... engraçada. Mas quando chegasse à sua cidade — sim, de noite queria contar à sua mãe, com lâmpada acesa, sobre toda, toda essa felicidade...

E então se rendeu novamente àquelas sensações.

Depois de oito dias, era claro que Rölling estava ciente.

— Baixinho! — disse. — Você acha que sou *idiota*? Sei de *tudo*. Você bem que poderia me contar o caso de maneira um pouco mais detalhada.

— Não sei do que você está falando. Mesmo se *soubesse*, não falaria *nada* sobre o que você *sabe* — ele retrucou, sério, encarando seu interlocutor com uma expressão professoral e conduzindo-o com o indicador pelo emaranhado intelectual da sua frase.

— Olhem só! O baixinho está ficando muito engraçado! O autêntico Saphir!* Ora, seja muito feliz, meu garoto.

— Eu *sou*, Rölling! — afirmou sem titubeios e apertou com sinceridade a mão do amigo.

Para este último, porém, a situação estava voltando a ficar sentimental demais.

— Ei — ele perguntou —, a pequena Irma não está para fazer papel de jovem esposa? Ela ficaria encantadora com chapeuzinhos amarrados sob o queixo! Aliás, posso me tornar íntimo da casa?

— Rölling, você é *insuportável*.

Talvez Rölling tenha aberto o bico. Talvez também a situação de nosso herói, que por isso acabou por se afastar por completo dos

---

* Moritz (Moses) Gottlieb Saphir (1795-1858), autor humorístico.

conhecidos e de seus hábitos de até então, não pudesse ficar oculta por muito tempo. Rapidamente corria à boca pequena na cidade que "a Weltner do teatro Goethe" mantinha um "relacionamento" com um estudante juveníssimo, e as pessoas passaram a assegurar nunca ter acreditado piamente na decência da "pessoa".

Sim, ele tinha se afastado de tudo. E o mundo havia submergido ao seu redor, e ele atravessava — feliz, feliz, feliz! — as semanas sob uma quantidade de nuvens cor-de-rosa e pequeninos deuses do amor rococós tocando violino. Ah, se pudesse ficar deitado aos pés dela enquanto as horas batiam, imperceptíveis, sorvendo-lhe a respiração já da boca, a cabeça jogada para trás. No mais, a vida tinha terminado, terminado e para sempre. Agora havia apenas isso — isso que os livros definiam com a desgastada palavra "amor".

Aliás, a tal posição aos pés dela era característica para o relacionamento dos dois jovens. Representava a total supremacia social da mulher de vinte anos sobre o homem de mesma idade. Era sempre o homem que, em seu desejo instintivo de agradar à mulher, tinha de reprimir palavras e ações a fim de se comportar de forma correta com ela. Excetuando-se a entrega totalmente livre das cenas amorosas em si, era ele que não podia agir de maneira absolutamente natural no trânsito social e que perdia a espontaneidade. Ele se deixava repreender por ela como se fosse uma criança — em parte, sem dúvida, pelo amor devotado, mas talvez também por ocupar uma posição social mais baixa e mais fraca —, para depois, humilhado e melancólico, pedir por perdão, até lhe ser franqueado de novo aninhar a cabeça no colo dela, tendo o cabelo afagado com um carinho maternal, quase compassivo. Sim, deitado a seus pés, ele erguia os olhos para ela, ia e vinha ao bel-prazer *dela*, obedecia a todas as vontades *dela* — e ela *tinha* vontades.

— Baixinho — disse Rölling —, acho que quem usa calças é ela. Acho que você é *manso* demais para o concubinato.

— Rölling, você é um parvo. Você não sabe *nada* a respeito. Você não conhece *nada* disso. Eu a *amo*. Isso é tudo. Não apenas amo, ora... ora..., mas eu... eu simplesmente a amo, eu... ah, não dá *nem para definir*.

— É que você é um sujeito bom demais — disse Rölling.

— Deixe disso, que bobagem!

Bobagem, claro! Essa conversa mole sobre "usar calças" e "manso demais" era exclusividade de Rölling. Ele realmente não entendia nada a respeito. — Do que ele estava falando? Quem era ele mesmo?! O relacionamento era tão simples e tão certo. Afinal, podia passar a vida tomando as mãos dela nas suas e repetindo a cada vez: Ah, como sou grato por você me amar, por me amar um tiquinho que seja!

Certa vez, numa noite bonita, macia, quando caminhava solitário pelas ruas, compôs outro poema que o comoveu bastante. Era mais ou menos assim:

Quando ao redor tudo é escuridão
e o dia em silêncio desaparece,
cruze as mãos em devoção
e a Deus dirija tua prece.

Não sentis que nossa alegria
pelos olhos Dele é abençoada?
Como dissesse sua mirada pia:
um dia, morta, serás lembrada!

Que um dia, quando a primavera for passado
e vento tedioso reinar sozinho,
a dura mão da vida terá apartado
o meu do teu caminho?

Não aninhes tão doce cabecinha
amedrontada em meu peito.
Pois bate ainda asas a andorinha
sob o sol mais-que-perfeito.

Não chores! Longe vá teu temor:
a ti, entrego-te meu querer.
Pois resguarda ainda o céu
nossa jubilosa união.

Mas esse poema não o comovia porque ele tivesse vislumbrado seriamente a eventualidade de um fim. O pensamento era desarrazoado. Na verdade, apenas os últimos versos tocavam seu coração, nos quais a monótona cadência nostálgica era interrompida, com versos rápidos e livres, pela alegre excitação da felicidade presente. O resto era apenas uma atmosfera musical que lhe rendia lágrimas esparsas a umedecer-lhe os olhos.

Em seguida, voltou a escrever cartas à família que por certo ninguém compreendia. Na verdade, não diziam nada; entretanto, eram pontuadas por nervosismo e estavam repletas de uma quantidade de exclamações supostamente sem motivo. Mas era preciso comunicar sua felicidade de algum modo e, pensando bem, não era possível ser muito franco a respeito, motivo pelo qual se mantinha nas exclamações ambíguas. Muitas vezes ria à socapa imaginando ser impossível, mesmo para seu culto papai, decifrar esses hieróglifos, que não significavam outra coisa senão: estou *infinitamente* feliz!

Até meados de julho o tempo foi se passando em meio a essa felicidade amorosa, idiota, doce, fogosa, e a história teria caído na monotonia se não tivesse havido uma manhã alegre, divertida.

Na realidade, a manhã foi de uma beleza estonteante. Ainda era bastante cedo, cerca de nove horas. O sol afagava agradavelmente a pele. E o ar voltou a cheirar tão bem — igualzinho, ele notara, àquela manhã depois da primeira noite maravilhosa.

Estava muito animado e, enérgico, foi tocando a bengala na calçada branca pela neve. Queria ir até a casa dela.

Ela não o aguardava; e isso o deixava ainda mais animado. A intenção dele para aquela manhã tinha sido passar na universidade, mas a ideia não foi adiante. Era o que lhe faltava justo nesse dia! Ficar sentado na sala de aula com um tempo daquele! Se estivesse chovendo, quem sabe. Mas nessas condições, com o céu sorrindo suavemente... iria até ela! A decisão garantiu-lhe o melhor dos estados de espírito. Assobiava o ritmo forte da ária do brinde da *Cavalleria rusticana* enquanto descia a Heustraße.

Parou diante da casa dela, inspirando por um tempo o aroma dos lilases. Aos poucos tinha ficado muito amigo do arbusto. Sempre ao chegar, parava diante da planta e mantinha com ela uma breve conversação, muda, extremamente cordial. Em seguida, os lilases lhe desfiavam, em delicadas promessas, serenas, todas as doçuras que o aguardavam mais uma vez. E assim como sob o impacto de uma intensa felicidade ou dor, quando nos sentimos incapazes de nos comunicar com outro ser humano e voltamos nosso excesso de sentimentos à grande e silenciosa natureza, que por vezes parece compreender alguma coisa, da mesma maneira considerava esses lilases havia tempo inerentes à situação, dotados de sentimentos, confiáveis. E graças ao seu permanente arroubo lírico, enxergava neles muito mais do que uma mera figuração em seu romance.

Depois de o aroma querido, macio, lhe contar e prometer o suficiente, subiu e, após deixar a bengala no corredor, entrou sem bater na sala de visitas, ambas as mãos nos bolsos da calça de seu claro terno de verão, numa felicidade louca, e o chapéu redondo empurrado para trás na cabeça, porque sabia que era assim que ela gostava mais.

— Bom dia, Irma!! Ora, parece que você está... — ele queria dizer "surpresa", mas a surpresa foi sua. Ao entrar, ele a viu erguendo-se rapidamente da mesa, como se quisesse buscar algo com pressa, mas sem saber direito o quê. Desconcertada, ela então passou o guardanapo pela boca enquanto se mantinha de pé ali, com os olhos arregalados para ele. Na mesa havia café e biscoitos. Num dos lados sentava-se um senhor mais velho, digno, de bigode imperial branquíssimo e vestido com apuro, que mastigava e olhava muito espantado para ele.

Ele tirou o chapéu depressa e, constrangido, girou-o nas mãos.

— Oh, perdão — disse —, não sabia que estava com visita.

Ao notar a informalidade, o velho parou de mastigar e passou a encarar a jovem.

O bom rapaz levou um belo susto ao vê-la pálida e ainda imóvel. Mas a aparência do velho era ainda pior! Como um cadáver! E os poucos cabelos não pareciam penteados. Quem seria?! Ele quebrou a cabeça, ansioso. Um parente? Mas ela não teria dito algo? Ora, de todo o modo ele estava atrapalhando. Que pena! Sentia-se tão animado! Agora era dar meia-volta! Que lástima! E ninguém falava nada! Como devia se comportar?

— Como assim? — perguntou de repente o velho, olhando ao redor com seus pequeninos olhos cinza, profundos e reluzentes, como se também esperasse por uma resposta à pergunta enigmática. Sem dúvida ele não batia bem da cabeça. O semblante era patentemente idiota. O lábio inferior pendia flácido e abobalhado.

De súbito, nosso herói teve a ideia de se apresentar. E o fez com muita decência.

— Meu nome é ***. Eu queria apenas... eu queria apenas oferecer meus *respeitos*...

— E o que é que tenho que ver com isso?! — exasperou-se o velho honrado. — Afinal, o que o senhor quer?

— Desculpe-me, eu...

— Ora, faça-me o favor de passar bem. O senhor é *totalmente* desnecessário aqui. *Certo*, meu bem? — Ao mesmo tempo, piscou amorosamente para Irma.

Nosso herói não era bem um herói, mas o tom do velho foi tão ultrajante — sem falar na grande decepção que havia apagado todo seu bom humor —, que de imediato mudou sua postura.

— Permita-me, meu senhor — ele disse, tranquilo e determinado. — Realmente não entendo o que lhe dá o direito de se dirigir a mim dessa maneira, sobretudo porque acredito ter *ao menos* tanto privilégio como o senhor de me encontrar neste cômodo.

Isso foi demais para o velho, que não estava acostumado a coisa desse tipo. O lábio inferior tremia por causa da agitação e ele bateu três vezes com o guardanapo no joelho, enquanto reunia todos os seus meios vocais para lançar as palavras:

— Rapaz estúpido! Rapaz estúpido, muito *estúpido*!

Se o interlocutor, em sua última réplica, havia ainda moderado a raiva e mantido em vista a eventualidade de o velho ser um parente de Irma, agora sua paciência chegara ao fim. A consciência de sua posição em relação à jovem emergiu nele, orgulhosa. O outro lhe era indiferente. Ele estava magoado ao máximo e resolveu fazer valer seu "direito de casa" ao fazer um leve giro em direção à porta e exigir, categórico, que o outro deixasse o apartamento no mesmo instante.

Por um instante, o velho ficou mudo. Depois, balbuciou entre o riso e o choro, enquanto seus olhos vasculhavam a sala, desorientados:

— Ora essa... mas... que... ora, ora essa...! Meu Deus... o que você acha disso?! — E olhou pedindo auxílio a Irma, que tinha se afastado e não abria a boca.

Quando reconheceu que não podia esperar qualquer apoio da parte dela e ficou ciente da ameaçadora impaciência com a qual seu opositor repetia o gesto em direção à porta, o infeliz velho deu o jogo por vencido.

— Irei embora — disse, com nobre resignação —, imediatamente. Mas ainda iremos conversar, rapazinho!

— Não há dúvidas! — gritou nosso herói. — Certeza absoluta! Ou o senhor acha que seu xingamento vai ficar barato? Por enquanto, fora!

Tremendo e gemendo, o velho levantou-se da cadeira. As calças brancas largas balançavam em volta das pernas magras. Ele pôs as mãos nas costas e quase afundou de volta no seu assento. Isso o deixou sentimental.

— Pobre velho, eu! — ele choramingava, enquanto cambaleava até a porta. — Pobre de mim! Como os jovens são cruéis!... Oh, ah! — E sua irritação voltou. — Mas ainda vamos conversar! Vamos, sim! Vamos!

— Vamos conversar, sim! — seu cruel algoz, agora mais divertido, lhe assegurava no corredor, enquanto o velho colocava a cartola com as mãos tiritantes, pendurava sobre o braço um pesado sobretudo e, cambando, alcançava a escada. — Vamos conversar, sim! — repetiu o bom rapaz com suavidade, visto que a aparência lamentável do velho aos poucos fez com que se condoesse dele. — Estou à sua total disposição — prosseguiu, cordial —, mas depois de seu comportamento em relação a mim é impossível se espantar com o meu. — Ele fez uma reverência correta e entregou o velho (que ainda escutou chamar, queixoso, por uma carruagem) ao seu destino.

Apenas então se perguntou de novo quem poderia ter sido aquele maluco. No final, será que era mesmo um parente?! O tio, o avô ou algo parecido? Deus do céu, daí talvez ele de fato tenha exagerado na dose. Talvez aquele fosse o jeito do velho — aquele jeito mesmo! Mas sendo assim, ela teria deixado transparecer alguma coisa! Parece que a situação não a importou em nada. Apenas então se deu conta disso. Até o momento, toda a atenção dele tinha sido canalizada pelo velho insolente. Quem seria, afinal? Ele sentiu-se muito desconfortável e hesitou um pouco até voltar ao apartamento dela, imaginando ter se comportado de maneira não educada.

Depois de ter fechado a porta da sala atrás de si, viu Irma sentada de lado no canto do sofá com uma das pontas do seu lencinho de linho entre os dentes, olhando fixamente para a frente, sem se virar em sua direção.

Por um instante, ficou sem saber o que fazer; em seguida, cruzou as mãos diante de si e falou, quase chorando de fragilidade:

— Mas apenas me diga quem era ele, Deus do céu!

Nenhum movimento. Nenhuma palavra.

Ele sentiu calor e frio. Um medo vago perpassou seu corpo. Entretanto, falou a si mesmo, com firmeza, que a situação toda era apenas ridícula, sentou-se ao lado dela e paternalmente tomou-lhe as mãos.

— Vamos, Irmazita, seja razoável. Você não está zangada comigo, está? Afinal, foi ele quem começou, o velho. Quem era ele, afinal?

Silêncio mortal.

Levantou-se e, desconcertado, afastou-se um pouco.

A porta ao lado do sofá que dava para o dormitório estava entreaberta. De repente, entrou. Tinha enxergado algo chamativo na mesinha junto à cabeceira da cama desarrumada. Ao voltar, segurava algumas notas azuis, cédulas de dinheiro.

Ficou aliviado em mudar de assunto. Enquanto colocava as cédulas diante dela na mesa, disse:

— É melhor guardar isso; estava solto lá dentro.

De repente, porém, ficou lívido; seus olhos se arregalaram e os lábios se abriram, tremendo.

Ao entrar com as notas, ela o encarou e ele *viu* nos olhos dela.

Algo abominável de longos dedos cinzentos surgiu dentro dele e agarrou-o pelo pescoço.

Era triste assistir como o pobre rapaz esticava as mãos diante de si, choramingando sem parar feito uma criança, cujo brinquedo está espatifado no chão:

— Ah, não!... Ah, ah, *não*!

Depois, foi apavorado até ela, tentando segurar-lhe atabalhoadamente as mãos, talvez para salvá-la para si e ele para ela, com uma súplica desesperada na voz:

— Por favor, não...! Por favor, por favor, *não*! Você nem sabe... o quanto... o quanto eu... não! Diga que *não*!!!

Depois, afastado dela, ajoelhou-se junto à janela gemendo alto e a cabeça bateu forte contra a parede.

Com um movimento brusco, a moça afundou ainda mais no canto do sofá.

— Afinal, estou no *teatro*. Não sei por que o drama. Todo mundo age assim. Estou *farta* de bancar a santa. *Sei* o resultado. Não dá. *Conosco*, não dá. Isso é para os ricos. A gente precisa dar um jeito de se virar. Tem os artigos de beleza... e todo o resto. — Por fim, desabafando:

— *Afinal, todos sabiam que, de todo modo, eu...*

Ele se curvou até ela e cobriu-a de beijos alucinados, ferozes, açoitadores, e era como se em seu balbucio "oh, você... você..." todo o amor dele lutasse, desesperado, contra sentimentos terríveis, repugnantes.

Talvez tenha aprendido naquele instante que, no seu caso, o amor estava no ódio, e o gozo, na vingança atroz; talvez tenha sido mais tarde. Ele não sabia.

Em seguida estava diante da casa, sob o céu suave e sorridente, junto ao arbusto de lilases.

Ficou lá por um longo tempo, petrificado, os braços ao longo do corpo. De repente, porém, percebeu o doce hálito de amor dos lilases vindo ao seu encontro, tão delicado, tão puro e carinhoso.

E com um movimento repentino, aflito e irado, sacudiu o punho contra o céu sorridente e apertou ferozmente o aroma mentiroso, bem no meio, e o arbusto se partiu e quebrou, as delicadas flores sofreram.

Depois foi para casa e sentou-se à sua mesa, quieto e debilitado.

Do lado de fora, o dia de verão reinava em luminosa majestade.
E encarou o retrato dela, tão doce e tão pura como antes...
À sua volta, entre melodiosos trechos de piano, um violoncelo soava misterioso. Enquanto os sons graves e macios se inflavam e emergiam, depositando-se ao redor de sua alma, alguns versos delicados, nostálgicos, ecoaram dentro dele como um sofrimento antigo, silencioso, havia muito esquecido...

... Um dia, quando a primavera for passado
e o vento tedioso reinar sozinho,
a dura mão da vida terá apartado
o meu do teu caminho...

— E este ainda é o final mais reconciliador que posso oferecer, aquele em que o rapazola idiota conseguiu chorar.

Por um instante ficamos em absoluto silêncio. Os dois amigos ao meu lado também não pareciam escapar da atmosfera melancólica que a narrativa do doutor me despertara.
— Acabou? — perguntou, por fim, o pequeno Meysenberg.
— Graças a Deus! — disse Selten com uma dureza que me pareceu meio forçada, levantando-se para se aproximar de um vaso com lilases frescos colocado no canto mais afastado, sobre uma pequena estante de madeira.
Agora eu descobrira, de repente, de onde vinha a forte impressão, estranha, que sua história havia exercido sobre mim: era dos lilases, cujo aroma teve um papel tão importante nela e que esteve presente durante toda a narração. Era esse aroma, sem sombra de dúvida, que tinha motivado o doutor a contar o episódio e que de fato me sugestionou.
— Tocante — disse Meysenberg, acendendo um novo cigarro com um suspiro profundo. — Uma história muito tocante. E ao mesmo tempo tão *simples*!
— Sim — concordei —, e exatamente essa simplicidade atesta sua verdade.
O doutor deu um sorriso rápido, enquanto seu rosto se aproximava ainda mais dos lilases.
O jovem louro idealista ainda não havia dito nada. Ele mantinha sua cadeira de balanço em contínuo movimento e ainda estava comendo os bombons de sobremesa.

— Laube parece estar terrivelmente comovido — observou Meysenberg.

— Certamente que a história é tocante! — reagiu o referido, apressado, parando de balançar e aprumando-se. — Mas Selten quis usá-la para me contradizer. Não percebi seu sucesso. Onde fica, também em relação a esta história, a autoridade moral para se julgar o sexo feminino?

— Ora, pare com esse seu jeito rançoso de falar! — o doutor interrompeu bruscamente e com uma inexplicável irritação na voz. — Se você ainda não me entendeu, sinto muito. Se hoje uma mulher cai por amor, amanhã cairá por dinheiro. Foi o que eu quis contar a você. Mais nada. Talvez esteja contida aí a autoridade moral da qual você reclama.

— Agora diga — Meysenberg falou de repente —, se a história é verdadeira, como é que você a conhece até nos mínimos detalhes e por que fica tão nervoso a respeito?!

O doutor fez silêncio por um instante. Depois, com um movimento curto, duro, quase desesperado, agarrou de repente o buquê cujo aroma havia pouco inalara profunda e lentamente.

— Ora, bem — disse —, é porque o "bom rapaz" era eu mesmo; de outro modo, tudo isso me seria indiferente!

Realmente, pela maneira como falou e pela brutalidade amarga e triste com que apertou o buquê igual a antes — do "bom rapaz" já não havia mais nem sinal.

DESEJO DE FELICIDADE

O velho Hofmann tinha ganhado seu dinheiro como fazendeiro na América do Sul. Casara-se com uma mulher local de boa família e logo depois se mudou com ela para o norte da Alemanha, seu torrão natal. Viviam na minha cidade, onde também o restante de sua família estava em casa. Paolo nasceu aqui.

A propósito, não conheci muito bem os pais. De todo modo, Paolo era igualzinho à mãe. Quando o vi pela primeira vez, quer dizer, quando nossos pais nos levaram pela primeira vez à escola, ele era um menininho magricela de rosto amarelado. Ainda consigo vê-lo. Na época, usava o cabelo preto em cachos longos, que caíam desalinhados sobre o colarinho de seu traje de marinheiro e emolduravam o rostinho estreito.

Visto que ambos vivíamos com conforto em nossas casas, não concordávamos em nada com o novo espaço, a sala de aula despojada e, principalmente, nem com o sujeito de barba ruiva, mal-entrajado, que por toda lei queria nos ensinar o abecê. Segurei meu pai pelo paletó chorando quando ele quis se afastar, enquanto Paolo se comportava de maneira totalmente passiva. Ele se encostava na parede, imóvel, apertava os lábios finos e com os olhos grandes, cheios de lágrimas, olhava para os demais jovens, todos promissores, que se acotovelavam uns aos outros e riam insensíveis.

Dessa maneira cercados por azougues, de pronto nos sentimos mutuamente atraídos e ficamos aliviados quando o pedagogo de barba ruiva permitiu que sentássemos lado a lado. Desde então fomos próximos, dividimos o início de nossa educação e todos os dias trocávamos os lanches.

Naquela época, aliás, lembro que ele já era enfermiço. De vez em quando perdia aulas por um período mais prolongado, e quando retornava suas têmporas e malares exibiam com maior nitidez a teia pálida de veias azuis que notamos com frequência principalmente em pessoas delicadas de tez morena. Ele sempre manteve isso. Foi a primeira coisa que me chamou a atenção quando nos reencontramos em Munique e depois também em Roma.

Nossa camaradagem perdurou durante todos os anos escolares mais ou menos pelo mesmo motivo que nasceu. Tratava-se do "páthos da distância" em relação à maior parte de nossos colegas, conhecido por qualquer um que, aos quinze anos, lê Heine em segredo e no último ano da escola profere sentenças duras sobre o mundo e os seres humanos.

Também frequentávamos juntos a aula de dança — acho que tínhamos dezesseis anos — e por essa razão experimentamos ao mesmo tempo nosso primeiro amor.

A mocinha — uma criatura loira, alegre — que chamou sua atenção era idolatrada por ele com um ardor melancólico que me parecia notável para a idade e, por vezes, inquietante.

Recordo-me em especial de *um* baile. A jovem entregou dois brindes da última contradança a outro e nenhum para ele. Temeroso, observei-o. Ele estava ao meu lado, encostado na parede, olhando fixamente para seus sapatos de laca quando, de repente, desmaiou. Foi levado para casa e ficou doente por oito dias. Na época — acho que foi nessa ocasião —, descobriu-se que seu coração não era dos mais saudáveis.

Ainda antes disso ele havia começado a desenhar, revelando grande talento. Guardo uma folha que reproduz a carvão traços razoavelmente parecidos com os daquela moça, ao lado da assinatura: "És uma flor! — Paolo Hofmann fecit".

Não sei precisar com exatidão, mas estávamos já nas séries mais avançadas quando seus pais deixaram a cidade a fim de se estabelecer em Karlsruhe, onde o velho Hofmann mantinha contatos. Paolo não devia trocar de escola e foi entregue à guarda de um velho professor aposentado.

A situação, entretanto, não perdurou. Talvez o que se segue não tenha sido exatamente o motivo para que, certo dia, Paolo fosse atrás dos pais em Karlsruhe, mas de algum modo contribuiu para tanto.

O fato é que durante uma aula de religião, de repente o professor da matéria dirigiu-se até ele com um olhar paralisante e puxou de debaixo do Velho Testamento, que se encontrava diante de Paolo, uma folha onde uma figura muito feminina, finalizada à exceção do pé esquerdo, se revelava ao olhar sem pudor.

Assim Paolo foi a Karlsruhe e de vez em quando trocávamos cartões-postais, num fluxo que aos poucos adormeceu por completo.

Tinham se passado cerca de cinco anos desde nossa separação quando o reencontrei em Munique. Numa bela manhã de primavera eu percorria a Amalienstraße e vislumbrei alguém descendo as escadas da academia e que de longe passava a impressão de se tratar de um modelo italiano. Ao me aproximar, realmente era ele.

Porte médio, magro, o chapéu colocado mais para trás sobre o basto cabelo preto, tez amarelada entretecida por veiazinhas azuis, vestido de maneira elegante porém descontraída — no colete, por exemplo, alguns botões não estavam fechados —, o bigode curto levemente enrolado: foi assim que veio até mim com seu andar gingado, indolente.

Reconhecemo-nos mais ou menos ao mesmo tempo e as saudações foram muito calorosas. Diante do Café Minerva, enquanto ambos nos informávamos sobre o transcorrer dos últimos anos, ele me pareceu de muito bom humor, quase exultante. Seus olhos brilhavam e seus movimentos eram grandes e amplos. Entretanto, parecia mal, doente de verdade. Agora é fácil falar, mas foi o que notei de fato, chegando até a chamar sua atenção a respeito.

— Ora, ainda? — ele perguntou. — Sim, pode ser. Fiquei muito tempo doente. No ano passado, até que bem doente. É aqui.

Com a mão esquerda apontou para o peito.

— O coração. Continua o mesmo desde sempre. Mas nos últimos tempos me sinto muito bem, esplêndido. Posso afirmar que estou totalmente saudável. Aliás, com meus vinte e três anos... seria triste...

Ele realmente estava bem-disposto. Animado e vivaz, relatou sua vida desde nossa separação. Logo após essa última, conseguiu impor junto aos pais o desejo de se tornar pintor, concluíra a academia havia cerca de três quartos de ano — naquele justo momento encontrava-se ali por acaso —, passou algum tempo viajando, viveu principalmente em Paris e, desde então, contavam mais ou menos cinco meses, fixara-se em Munique...

— É provável que por longo período, quem sabe? Talvez para sempre...

— Verdade?

— Sim! Quer dizer, por que não? A cidade me agrada, me agrada excepcionalmente! Toda a atmosfera! Como? As pessoas! E o que vale a pena mencionar é a posição social do pintor que, mesmo se for um completo desconhecido, é única; em nenhum lugar é melhor...

— Você tem conhecidos simpáticos?

— Sim. Poucos, mas muito bons. Por exemplo, tenho de apresentá-lo a uma família... Conheci-a no Carnaval... O Carnaval é encantador aqui! O nome da família é *Stein*. *Barão* Stein, para ser exato.

— Que tipo de nobreza é essa?

— A que chamamos de nobreza do dinheiro. O barão trabalhava na bolsa, antigamente teve um papel colossal em Viena, circulava entre todos os integrantes da corte e assim por diante... De repente, entrou em *décadence*, se livrou do imbróglio com (dizem) um milhão e agora vive aqui, sem luxo, mas com elegância.

— Ele é judeu?

— Ele, acho que não. Sua mulher, é possível. No mais, não posso dizer outra coisa senão que se trata de gente extremamente agradável e fina.

— Há filhos?

— Não. Quer dizer... uma filha de dezenove anos. Os pais são muito amáveis...

Por um instante, pareceu ficar constrangido e acrescentou:

— Dou-lhe um conselho sério, permita-me que eu o apresente a eles. Seria um prazer para mim. Você concorda?

— Claro que sim. Agradeço. A começar por conhecer essa filha de dezenove anos...

Ele me olhou de soslaio e disse:

— Tudo bem, então. Não deixemos passar muito tempo. Se for conveniente, passo amanhã à uma ou uma e meia e busco você. Eles moram na Theresienstraße, 25, primeiro andar. Estou contente por lhes apresentar um amigo da época de escola. Combinado.

De fato, no dia seguinte estávamos tocando a campainha do primeiro andar de um prédio elegante na Theresienstraße. Ao lado do sino, lia-se em tipos largos e pesados o nome barão Von Stein.

Durante o percurso inteiro Paolo esteve animado e prazenteiro quase além da conta; mas agora, enquanto esperávamos a porta ser aberta, notei que havia passado por curiosa transformação. Enquanto postado ao meu lado, tudo nele — à exceção de um tremor nervoso nas pálpebras — estava completamente sereno; uma calma potente, tensa. Ele havia esticado a cabeça um pouco à frente. A fronte estava tesa. Passava a impressão de um animal que com obstinação apura os ouvidos e, com todos os músculos a postos, se põe a escutar.

O mordomo, que levou nossos cartões, voltou com o pedido de nos sentarmos por um instante, visto que a baronesa apareceria em breve, e nos abriu a porta para um cômodo de dimensões medianas e mobiliário escuro.

Ao entrarmos, ergueu-se da sacada envidraçada, da qual observava-se a rua, uma jovem com claros trajes primaveris que por um instante permaneceu em pé com o rosto inquisitivo. "A filha de dezenove anos", pensei, enquanto involuntariamente lançava um olhar de soslaio para meu acompanhante, que me sussurrou:

— Baronesa Ada!

Seu porte era elegante, mas de formas maduras para a idade, e seus movimentos muito delicados, quase apáticos, mal passavam a impressão de uma mulher tão jovem. O cabelo, que usava arrumado sobre as têmporas e dois cachos caindo sobre a testa, era de um preto brilhante e contrastava intensamente com a brancura opaca de sua pele. O rosto de lábios cheios e úmidos, o nariz carnudo e os olhos negros, amendoados, sobre os quais se curvavam sobrancelhas escuras e macias, não deixava a menor dúvida de sua, ainda que parcial, ascendência semítica, e no entanto era de uma beleza muito singular.

— Ah, visita? — ela perguntou, dando alguns passos em nossa direção. Sua voz trazia uma leve rouquidão. Ela levou uma mão à testa, como se para enxergar melhor, enquanto apoiava-se com a outra no piano junto à parede.

— E ainda por cima visita muito bem-vinda? — ela acrescentou com igual entonação, como se apenas então reconhecesse meu amigo; em seguida, lançou-me um olhar interrogativo.

Paolo foi até ela e, com a lentidão quase soporífera que empregamos no deleite de um prazer excepcional, curvou-se em silêncio até a mão que ela lhe estendia.

— Baronesa — ele falou por fim —, tomo a liberdade de apresentar um amigo meu, colega de escola, em companhia do qual aprendi o abecê...

Ela estendeu a mão também a mim, uma mão macia sem adornos, supostamente desprovida de ossos.

— Muito prazer... — ela disse, enquanto pousava sobre mim seu olhar escuro, ao qual um leve tremor era peculiar. — E meus pais também ficarão contentes... Tomara que tenham sido avisados.

Ela se sentou sobre o divã, enquanto nos acomodamos nas cadeiras que estavam à sua frente. Durante a conversa, suas mãos brancas, desprovidas de força, descansavam sobre o colo. As mangas bufantes ultrapassavam em muito pouco os cotovelos. A macia dobradura do pulso chamou minha atenção.

Depois de alguns minutos, a porta do aposento contíguo se abriu e os pais entraram. O barão era um homem elegante, atarracado, calvo e de bigodes grisalhos; tinha um jeito inimitável de encaixar sua grossa pulseira dourada no punho. Não era possível reconhecer com certeza se sua nomeação ao baronato sacrificara no passado algumas sílabas de seu nome;* todavia, sua esposa era apenas uma judia pequena, feia, metida num vestido cinza sem graça. Em suas orelhas cintilavam grandes brilhantes.

Fui apresentado e cumprimentado de maneira absolutamente amável, enquanto a mão do meu amigo era apertada como sói ocorrer com um bom amigo da família.

Depois das perguntas e respostas sobre minha procedência e o porquê de eu estar por ali, começou-se a falar de uma exposição que contava com um quadro de Paolo, um nu feminino.

— Um trabalho realmente muito fino! — disse o barão. — Há pouco, passei meia hora diante dele. O tom da pele sobre o tapete vermelho produz um efeito espetacular. Sim, sim, o sr. Hofmann! — Ao mesmo tempo, dava uns tapinhas simpáticos no ombro de Paolo. — Mas não exagere no trabalho, meu jovem amigo! Pelo amor de Deus, não! É imperioso que você se resguarde. Como está sua saúde?

Enquanto eu dava as explicações necessárias sobre minha pessoa aos donos da casa, Paolo tinha trocado algumas palavras abafadas com a baronesa, que estava sentada muito próxima a ele, frente a frente. A curiosa calma tensa, que eu observara havia pouco nele, persistia. Sem que eu pudesse definir exatamente, ele passava a impressão de uma pantera pronta a saltar. Os olhos escuros no rosto amarelado, fino, tinham um brilho tão enfermiço que foi quase sinistro ouvi-lo responder à pergunta do barão com o tom mais confiante possível:

— Oh, maravilhosa! Muito agradecido! Estou me sentindo muito bem!

Quando nos levantamos, passados cerca de quinze minutos, a baronesa lembrou meu amigo que dali a dois dias seria quinta-feira e que ele não se esquecesse do *"five o'clock tea"*. Nessa ocasião, ela pediu também a mim para me lembrar com carinho desse dia da semana...

Na rua, Paolo acendeu um cigarro.

— E então? — ele perguntou. — O que diz?

— Oh, são gente muito agradável! — apressei-me a responder. — A filha de dezenove anos chegou a me impressionar!

— Impressionar? — Ele deu uma risada rápida e virou a cabeça para o outro lado.

---

* Isto é, sílabas que marcariam o nome como tipicamente judeu, por exemplo Silberstein.

— Não ria! — eu disse. — E lá em cima fiquei por vezes com a impressão de que um desejo secreto embaçava sua vista. Estou enganado?

Ele ficou em silêncio por um momento. Depois, balançou a cabeça devagar.

— Se eu soubesse que você...

— Faça-me o favor! Para mim, a *questão* é somente se a baronesa Ada também...

Mais uma vez baixou o olhar, em silêncio. Depois, falou à meia voz e com confiança:

— Creio que serei feliz.

Separei-me dele com um aperto de mão caloroso, embora por dentro não conseguisse reprimir uma dúvida.

Passaram-se algumas semanas, nas quais eu vez ou outra tomava o chá da tarde com Paolo nos domínios do barão. Um grupo pequeno, porém bastante agradável, costumava se reunir ali: uma jovem atriz da corte, um médico, um oficial — não me recordo de todos.

Não notei nada de novo no comportamento de Paolo. Apesar da aparência preocupante, ele se encontrava como de costume muito animado, alegre; e na companhia da baronesa irradiava aquela calma sinistra que até me era desconhecida.

Certo dia, encontrei-me com o barão Von Stein na Ludwigstraße. Por acaso, havia dois dias que não via Paolo. Ele estava a cavalo, parou e, ainda montado, me estendeu a mão.

— Alegro-me em vê-lo! Espero que amanhã à tarde apareça em casa!

— Se o senhor permitir, sem dúvida. Mesmo estando em dúvida se meu amigo Hofmann passará, como todas as quintas, para me buscar...

— Hofmann? Mas não sabe... Ele viajou! Pensei que ao *senhor* ele tivesse informado.

— Nem um pio.

— E tão *à bâton rompu*... É o que chamamos de capricho de artista... Então, amanhã à tarde!

Em seguida, pôs o animal em movimento e me deixou para trás completamente atônito.

Apressei-me até o apartamento de Paolo. Sim, infelizmente; o sr. Hofmann tinha saído de viagem. E não deixou endereço.

Estava evidente que o barão sabia de mais coisas além do "capricho de artista". Sua própria filha me confirmaria algo de que eu já tinha fortes suspeitas.

Isso aconteceu durante um passeio que foi organizado até o vale do rio Isar e ao qual também fui convidado. Partimos apenas à tarde e no caminho de volta, tarde da noite, aconteceu de a baronesa e eu sermos os últimos do grupo.

Desde o sumiço de Paolo, eu não percebera nela quaisquer mudanças. Ela se mantinha calma, até então sem mencionar meu amigo, enquanto seus pais lamentavam-se pela súbita partida.

Caminhávamos lado a lado através dessa parte mais graciosa de Munique; o luar brilhava entre a folhagem e durante algum tempo, em silêncio, ficamos escutando a conversa do restante do grupo, tão monocórdia como o borbotar das águas que espumavam ao nosso lado.

De repente, ela começou a falar de Paolo; o tom era muito calmo e muito seguro.

— São amigos desde a infância? — ela me perguntou.

— Sim, baronesa.

— O senhor sabe dos segredos dele?

— Creio que conheço o mais importante, mesmo sem que ele o tenha revelado para mim.

— E posso confiar no senhor?

— Espero que não duvide disso, senhorita.

— Muito bem — ela falou, erguendo a cabeça com um movimento decidido. — Ele pediu minha mão e meus pais a negaram. Eles me disseram que Paolo está doente, muito doente; mas que importa: eu o *amo*. Posso falar dessa maneira com o senhor, certo? Eu...

Ela se desconcertou por um instante e depois prosseguiu, com igual firmeza:

— Não sei onde ele está; mas lhe dou permissão de repetir minhas palavras, que ele já ouviu da minha boca, assim que o rever; de escrevê-las, assim que souber seu endereço: nunca entregarei minha mão a nenhum outro homem senão a ele. Ah, que ninguém duvide disso!

Nesta última exclamação havia, além de teimosia e certeza, uma dor tão desamparada que não consegui evitar de pegar sua mão e apertá-la em silêncio.

Naquela época, me dirigi aos pais de Hofmann por carta pedindo-lhes notícias sobre o paradeiro do filho. Recebi um endereço no sul do Tirol e minha carta, despachada para lá, foi devolvida com a observação de que o destinatário havia se mudado sem revelar um destino.

Ele não queria ser perturbado, tinha fugido de tudo a fim de morrer em completa solidão. Morrer, por certo. Porque depois de tudo isso, eu admitia a triste probabilidade de nunca mais revê-lo.

Não estava claro que esse homem doente incurável amava aquela jovem com a paixão silenciosa, vulcânica, ardentemente sensual equivalente às primeiras excitações de sua mocidade? O instinto egoísta do enfermo liberara nele a ânsia pela união com pujante saúde. Será que esse ardor, visto que não satisfeito, não haveria de consumir depressa sua derradeira força vital?

E se passaram cinco anos sem que eu recebesse nenhum sinal de vida por parte dele, mas também não soube da notícia de sua morte!

No ano passado, estive na Itália, em Roma e adjacências. Passara os meses de verão na montanha, voltara à cidade no final de setembro e numa noite quente tomava uma xícara de chá no Caffè Aranjo. Folheava meu jornal e olhava para a agitação que reinava no ambiente amplo, inundado de luz, sem pensar em nada. Os fregueses iam e vinham, os garçons corriam de lá para cá e de vez em quando os gritos longos do garoto do jornal soavam, através das portas escancaradas, salão adentro.

E eis que subitamente vejo como um homem da minha idade se movimenta entre as mesas, rumo a uma saída... Esse andar? Nesse mesmo instante, porém, virou a cabeça em minha direção, ergueu as sobrancelhas e veio ao meu encontro com um espantado e alegre "Ah!?".

— Você aqui? — perguntamos em uníssono, e ele acrescentou:

— Então os dois ainda estamos vivos!

Seus olhos se desviaram um pouco ao falar isso. Nesses cinco anos não mudara quase nada; talvez apenas o rosto estivesse ainda mais fino, os olhos mais profundos. De quando em quando inspirava profundamente.

— Faz tempo que você está em Roma? — ele perguntou.

— Na cidade, não muito; fiquei por alguns meses no interior. E você?

— Estive no litoral até uma semana atrás. Você sabe, sempre preferi o mar à montanha... Sim, desde que não nos vimos mais, conheci um bom pedaço da Terra.

E, enquanto sorvia ao meu lado uma taça de *sorbetto*, começou a contar como havia passado esse ano: viajando, sempre viajando. Tinha percorrido as montanhas do Tirol, esquadrinhado sozinho a Itália inteira, ido da Sicília à África, e falou da Argélia, Tunísia, Egito.

— Por fim, estive algum tempo na Alemanha — disse —, em Karlsruhe; meus pais queriam muito me ver e a contragosto concordaram com minha partida. Há três meses estou na Itália de novo. Sabe, sinto-me em casa no sul. Roma me agrada sobremaneira!

Eu ainda não havia feito nenhuma pergunta sobre sua saúde. Então, indaguei:

— Ou seja, posso concluir que sua saúde melhorou de maneira significativa?

Ele me olhou com espanto por um instante e depois respondeu.

— Você diz porque fico perambulando, animado, de lá para cá? Ah, escute: trata-se de uma necessidade muito natural. O que fazer? Estou proibido de beber, fumar e amar; algum narcótico é preciso, compreende?

Como me mantive em silêncio, ele acrescentou:

— Há cinco anos; *absolutamente* preciso.

Chegamos ao ponto que havíamos evitado até então, e a pausa que se deu era retrato de nosso mútuo desconcerto. Ele estava sentado apoiado no encosto aveludado e olhava para o lustre no alto. De repente, falou:

— Mas antes de tudo... você me perdoa, não é, por tanto tempo sem notícias minhas... Você compreende?

— Claro!

— Você está a par de minhas questões em Munique? — prosseguiu, num tom quase duro.

— Na medida do possível. E você sabe que carreguei esse tempo todo uma incumbência em relação a você? Uma incumbência que me foi passada por uma dama?

Seus olhos cansados brilharam por um instante. Em seguida, falou no mesmo tom seco e cortante de antes:

— Vamos ver se é alguma novidade.

— Talvez não seja novidade; apenas um reforço do que você já ouviu dela mesma...

E eu repeti para ele, em meio à multidão que conversava e gesticulava, as palavras que a baronesa me dissera naquela noite.

Prestou atenção enquanto passava a mão pela testa; depois, falou sem qualquer sinal de emoção:

— Muito obrigado.

Seu tom estava começando a me deixar maluco.

— Mas essas palavras foram ditas há anos — eu disse —, cinco anos que ela e você, ambos viveram... Milhares de novas impressões, sentimentos, pensamentos, desejos...

Parei de falar, pois ele se empertigou e se dirigiu a mim com uma voz na qual borbulhava de novo aquela paixão que por um momento considerei extinta:

— *Eu*... sou *fiel* a essas palavras.

E nesse instante reconheci no seu rosto e em sua postura como um todo a expressão que havia observado nele aquela vez quando fui apresentado à baronesa: a calma violenta, obstinadamente tensionada, que o predador assume antes do bote.

Mudei de assunto e voltamos a conversar sobre suas viagens, os estudos que ele realizou no meio-tempo. Não pareceram ser muitos; discorreu com bastante indiferença a respeito.

Logo após a meia-noite, ele se levantou.

— Quero me deitar ou ficar sozinho... Você me encontra amanhã de manhã na Galleria Doria. Estou copiando Saraceni; apaixonei-me pelo anjo músico. Tenha a bondade de aparecer. Estou muito feliz por você estar aqui. Boa noite.

E foi embora — devagar, calmo, com movimentos lassos, apáticos.

Durante todo o mês seguinte, percorri a cidade na sua companhia; Roma, esse exuberante rico museu de todas as artes, essa moderna cidade grande no sul, repleta de vida barulhenta, célere, quente, sensual, e à qual o vento quente traz a indolência voluptuosa do Oriente.

O comportamento de Paolo permaneceu sempre o mesmo. Costumava estar sério e quieto e por vezes se entregava a um cansaço lânguido, mas de súbito seus olhos tornavam a se acender, ele renascia e voltava com animação à conversa interrompida.

Devo mencionar o dia em que falou algumas palavras que apenas agora consigo interpretar corretamente.

Era um domingo. Aproveitamos a maravilhosa manhã do final de verão para um passeio na Via Appia, e depois de percorrer por muito tempo o antigo caminho, resolvemos descansar no alto de uma colina rodeada por ciprestes, da qual desfrutamos uma encantadora visão da *campagna* ensolarada com o grande aqueduto e as colinas Albanas envoltas por uma névoa suave.

Reclinado e com o queixo apoiado na mão, Paolo repousava ao meu lado no gramado quente e seus olhos cansados e baços miravam o longe. De repente, dirigiu-se a mim com aquela animação que se seguia à apatia total:

— Essa atmosfera! Essa atmosfera é tudo!

Expressei algum tipo de concordância e ficamos de novo em silêncio. Súbito, sem qualquer transição, ele virou o rosto para mim e perguntou um tanto incomodado:

— Me diga, será que você não estranha eu ainda estar vivo?

Consternado, calei-me, e ele voltou a olhar para a frente com uma expressão pensativa.

— Eu, sim — prosseguiu, devagar. — No fundo, me espanta a

cada dia. Você sabe, afinal, qual é minha situação? O doutor francês em Argel me disse: "O diabo que explique como você ainda segue viajando! Eu o aconselharia a voltar para casa e se deitar na cama!". Ele tinha essa liberdade porque jogávamos dominó todas as noites.

"Mas ainda estou vivo. Estou nas últimas quase todos os dias. À noite, fico deitado no escuro — do lado direito, bem entendido! O coração bate na minha garganta, sinto vertigens até começar a suar de medo e então é como se a morte me roçasse. Por um segundo, é como se tudo dentro me mim cessasse: o coração sem bater, o fôlego perdido. Levanto-me, acendo a luz, inspiro profundamente, olho ao redor, devoro os objetos com o olhar. Depois tomo um gole d'água e volto a me deitar; sempre do lado direito! Aos poucos, adormeço.

"Durmo profundamente e por muito tempo, pois na verdade estou sempre cansadíssimo. Você acredita que eu poderia apenas deitar aqui e morrer, se quisesse?

"Durante esses anos acho que já estive milhares de vezes cara a cara com a morte. Não morri. Algo me segura. Levanto, penso em alguma coisa, me agarro numa frase que repito vinte vezes, enquanto meus olhos sorvem, ávidos, toda luz e vida ao redor... Você me entende?"

Ele estava deitado imóvel e não parecia esperar pela resposta. Não sei mais o que lhe retorqui; nunca, porém, me esquecerei da impressão que suas palavras me causaram.

E então aquele dia — oh, parece que foi ontem!

Era um daqueles primeiros dias de outono, aqueles dias cinzentos, incrivelmente quentes, nos quais o vento da África, úmido e asfixiante, sopra pelas ruas e à noite o céu não para de estremecer por causa dos relâmpagos.

Pela manhã, fui buscar Paolo para um passeio. Sua mala grande encontrava-se no meio do cômodo, armário e cômoda estavam escancarados; seus esboços em aquarela do Oriente e o molde em gesso do busto vaticano de Juno ainda permaneciam em seus lugares.

Ele próprio estava empertigado junto à janela, olhando para fora, imóvel, quando parei soltando uma exclamação de assombro. Ele se virou depressa, me entregou uma carta e disse apenas:

— Leia.

Encarei-o. Nesse rosto enfermiço estreito, amarelado, de olhos escuros, febris, havia uma expressão que apenas a morte consegue provocar, uma seriedade monstruosa que me fez baixar os olhos à carta que tinha em mãos. E li:

Prezado sr. Hofmann!

Agradeço à gentileza de seus pais, aos quais me dirigi para tomar conhecimento de seu endereço; espero que receba de bom grado estas linhas.

Permita-me, mui estimado sr. Hofmann, assegurar-lhe que durante estes cinco anos sempre tive para com sua pessoa o sentimento da mais sincera amizade. Se soubesse que sua súbita partida naquele dia tão dolorido tanto ao *senhor* quanto a *mim* fora a expressão de seu *rancor* contra mim e os meus, então minha aflição a esse respeito seria ainda maior do que o susto e a perplexidade aguda que senti quando me pediu a mão de minha filha.

Naquela época, conversei com o senhor de homem para homem, apresentei-lhe de maneira franca e sincera, assumindo o risco de parecer brutal, o motivo pelo qual tinha de negar a mão de minha filha a um homem que eu — não consigo enfatizá-lo o suficiente — admiro sobremaneira em todos os sentidos. E como pai que tem em vista a felicidade *perene* da sua única filha, disse-lhe que teria, em sã consciência, interdito o nascimento de desejos dessa natureza em ambos, caso tivesse imaginado tal possibilidade!

E da mesma maneira, meu considerado sr. Hofmann, dirijo-me hoje ao senhor: como amigo e como pai. Cinco anos se passaram desde sua partida, e se até então não havia tido a oportunidade para reconhecer o quão profundas são as raízes do afeto que o senhor instilou em minha filha, há pouco uma eventualidade me fez abrir completamente os olhos para tanto. Por que lhe devo omitir que minha filha, movida por sua lembrança, recusou a mão de um homem extraordinário, cuja pretensão eu, como pai, só podia apoiar de maneira irrestrita?

Estes anos foram infrutíferos em relação aos sentimentos e desejos de minha filha, e caso também o mesmo se passe com o mui prezado senhor — esta é uma questão franca e humilde —, então declaro aqui que nós pais não colocaremos mais óbices no caminho de felicidade de nossa filha.

Fico no aguardo de sua resposta, à qual serei extremamente grato, não importa o seu teor, e não tenho mais nada a acrescentar a estas linhas senão reforçar os protestos de minha mais alta estima e consideração.

Mui respeitosamente
Barão Oskar Von Stein

Olhei para o alto de novo. Ele tinha pousado as mãos nas costas e se voltado à janela mais uma vez. Perguntei apenas:

— Está de partida?

Sem me encarar, respondeu:

— Até amanhã cedo minhas coisas têm de estar prontas.

O dia passou com afazeres diversos e a arrumação das malas, quando o ajudei, e à noite, seguindo uma sugestão minha, fizemos um último passeio pelas ruas da cidade.

Ainda era difícil suportar o ar abafado e o céu estremecia a cada segundo com clarões repentinos. Paolo parecia tranquilo e cansado; mas respirava de maneira profunda e pesada.

Em silêncio ou metidos em conversas à toa, devemos ter caminhado por quase uma hora até pararmos diante da Fontana di Trevi, aquela famosa fonte que representa a carruagem em movimento de Netuno.

Mais uma vez admiramos longamente esse esplêndido grupo brioso, que, sempre envolto pela luz dos relâmpagos, causava uma impressão quase mágica. Meu acompanhante disse:

— Bernini me encanta até nas obras de seus alunos. Não compreendo seus inimigos. Mesmo que o Juízo Final seja mais esculpido do que pintado, todas as obras de Bernini são mais pintadas do que esculpidas. Mas existe um decorador maior?

— Sabe o que dizem dessa fonte? — perguntei. — Quem dela toma na hora da despedida, a Roma retorna. Eis aqui meu copo. — E eu o enchi numa das torneiras. — Você deve rever sua Roma!

Ele pegou o copo e levou-o até os lábios. Nesse instante, clarões ofuscantes e prolongados iluminaram o céu e o frágil pequeno recipiente espatifou-se em cacos na beirada do tanque.

Paolo secou seu terno com o lenço.

— Estou nervoso e desastrado — disse. — Vamos em frente. Espero que o copo não fosse valioso.

Na manhã seguinte o tempo estava aberto. Enquanto nos dirigíamos à estação, um céu anil de verão sorria sobre nós.

A despedida foi breve. Ao lhe desejar sorte, muita sorte, Paolo apertou minha mão em silêncio.

Fiquei por um bom tempo observando-o empertigado próximo à larga janela panorâmica. Seus olhos expressavam profunda seriedade — e triunfo.

O que mais posso dizer? Ele está morto; morreu na manhã depois da noite de núpcias, quase em meio a ela.

Tinha de ser assim. Não fora esse o desejo, o simples desejo por felicidade, que ele usou para dominar a morte por tanto tempo? Ele morreria, morreria sem luta nem resistência quando seu desejo por felicidade estivesse suficientemente satisfeito; não havia mais desculpa para viver.

Perguntei-me se ele agira mal, mal de maneira consciente, com quem se uniu. Mas a vi no enterro, quando ela estava ao lado da cabeceira do féretro; reconheci no rosto dela a expressão que vira nele: a seriedade solene e enérgica do triunfo.

A MORTE

10 DE SETEMBRO

O outono chegou e o verão não regressará; nunca mais vou vê-lo...

O mar está cinza e calmo, cai uma chuva fina, triste. Quando vi a cena esta manhã, despedi-me do verão e cumprimentei o outono, meu quadragésimo outono, que me alcançou de maneira implacável. E assim implacável ele trará o dia cuja data de quando em vez pronuncio à meia voz, com uma sensação de devoção e silencioso pavor...

12 DE SETEMBRO

Passeei um pouco com a pequena Asuncion. Ela é uma boa acompanhante, que fica calada e apenas vez ou outra me fita com olhos grandes e amorosos.

Percorremos o caminho de areia até Kronshafen, mas retornamos a tempo de não encontrar mais do que uma ou duas pessoas.

Enquanto caminhávamos de volta, alegrei-me com a visão de casa. Que boa escolha essa minha! Sóbria e cinza, ela mira de sobre a colina — cuja grama está murcha, úmida, e o caminho, encharcado — por sobre o mar cinzento. Nos fundos, passa a estrada e, mais além, os campos. Mas não presto atenção nisso; presto atenção apenas no mar.

15 DE SETEMBRO

Esta casa solitária sobre a colina debaixo do céu cinzento é como um conto de fadas sombrio, misterioso; e é como quero meu último outono. Hoje à tarde, porém, sentado junto à janela do meu escritório, um carro trouxe provisões, o velho Franz ajudou a descarregar e ouvia-se barulhos e vozes diversas. Não consigo dizer o quanto isso me perturbou. Eu tremia, tamanho meu desgosto: havia ordenado que essas coisas ocorressem apenas no começo da manhã, enquanto durmo. O velho Franz disse apenas:

— Às ordens, senhor conde. — Mas ele me olhou, amedrontado e cético, com seus olhos inflamados.

Como ele poderia me entender? Afinal, ele não sabe. Não quero que a rotina e a monotonia maculem meus últimos dias. Temo que a morte possa ter algo de burguês e convencional. Meu entorno deve ser estranho e inusual naquele grande, sério, enigmático dia — 12 de outubro...

18 DE SETEMBRO

Não saí nos últimos dias, passando a maior parte do tempo na espreguiçadeira. Também não consegui ler muito, pois todos os nervos me torturavam. Apenas fiquei deitado, assistindo à chuva incansável, lenta.

Asuncion veio com frequência, certa vez me trouxe flores, duas plantas secas e molhadas que encontrara na praia. Ao agradecer a criança com um beijo, ela chorou porque eu estava "doente". Seu amor delicado e terno tocou-me com uma dor intraduzível.

21 DE SETEMBRO

Por um bom tempo fiquei sentado junto à janela do meu escritório, com Asuncion sobre meus joelhos. Observávamos o mar cinza e aberto, e um silêncio profundo reinava atrás de nós no grande aposento de porta alta, branca e cadeiras de espaldar duro. E enquanto eu acariciava o cabelo macio da criança, que caía preto e liso sobre seus ombros delicados, recordei-me de minha vida caótica, colorida; pensei em minha juventude, que foi calma e protegida, em minhas peregrinações pelo mundo todo e no tempo breve, luminoso, de minha felicidade.

Você se lembra da criatura encantadora e ardentemente carinhosa sob o céu aveludado de Lisboa? Há doze anos ela te presenteou com a filha e morreu, o braço fino enlaçando seu pescoço.

A pequena Asuncion tem os olhos escuros da mãe; apenas mais cansados e pensativos. Sobretudo, porém, tem a boca como a dela, essa boca infinitamente macia e, não obstante, de contornos ligeiramente duros, que é mais bonita quando está em silêncio e sorri com discrição.

Minha pequena Asuncion! Se soubesse que terei de abandoná-la. Você chorou por eu estar "doente"? Ah, isso não importa! Qual a importância disso para o dia 12 de outubro...?

23 DE SETEMBRO

Raros são os dias dos quais posso me recordar e me perder em lembranças. Quantos foram os anos em que só pude pensar no futuro, aguardando tão somente o grande e terrível dia, o 12 de outubro de meu quadragésimo ano de vida!

Como será, como será? Não tenho medo, mas parece que ele se aproxima com uma lentidão torturante, esse 12 de outubro.

27 DE SETEMBRO

O velho dr. Gudehus chegou de Kronshafen, veio de carro pela estrada e almoçou com Asuncion e comigo.

— É necessário — ele disse, comendo meio franguinho — que o senhor se exercite, conde, muito exercício ao ar livre. Nada de ler! Nada de ficar quebrando a cabeça! É que eu o considero um filósofo, rá-rá!

Bem, dei de ombros e agradeci-lhe cordialmente os esforços. Ele também distribuiu conselhos para a pequena Asuncion, analisando-a com seu sorriso forçado e constrangido. Ele considerou necessário aumentar minha dose de bromo; talvez eu possa dormir um pouco mais.

30 DE SETEMBRO

O último setembro! Agora já não falta mais muito. São três da tarde e calculei os minutos até o início do 12 de outubro. São 8460.

Não consegui dormir esta noite, pois começou a ventar e o mar mais a chuva estrondeiam. Fiquei deitado e deixei o tempo passar. Pensar e quebrar a cabeça? Ah, não! O dr. Gudehus me considera um filósofo, mas minha cabeça é muito fraca e só consigo ter um pensamento: a morte, a morte!

2 DE OUTUBRO

Estou profundamente abalado e uma sensação de triunfo se junta ao meu ânimo. Às vezes, quando pensava nisso e os outros me viam temeroso e desesperado, percebi que me tinham por louco. Então me autoexaminava com desconfiança. Ah, não! Não sou louco.

Li hoje a história daquele imperador Frederico, de quem se vaticinava que morreria *"sub flore"*. Bem, ele evitou as cidades de Florença e Florentinum, mas no fim acabou indo a Florentinum: morreu. Por que morreu?

Um vaticínio é, em si, irrelevante; o que importa é seu poder de dominação sobre a pessoa. Quando o faz, certeza de que será concretizado. Como? E um vaticínio que nasce em mim e se intensifica não é mais valioso do que um vindo de fora? E o conhecimento inabalável de quando se vai morrer é mais duvidoso do que o de onde?

Oh, há uma ligação constante entre o ser humano e a morte! Com vontade e convicção, é possível nutrir-se de sua esfera, é possível atraí-la até você, até a hora em que você acredite...

3 DE OUTUBRO

Muitas vezes, quando meus pensamentos escorrem diante de mim como águas turvas que me parecem infinitas porque estão envoltas em névoa, vislumbro a relação das coisas e acredito reconhecer a tolice dos conceitos.

O que é suicídio? A morte voluntária? Mas ninguém morre de maneira involuntária. Desistir da vida e entregar-se à morte sempre se dá por fraqueza, e essa fraqueza sempre é consequência de uma doença do corpo ou da alma, ou de ambos. Não morremos antes de estarmos conformes com a ideia...

Estou de acordo? Devo estar, pois acho que ficarei louco se não morrer em 12 de outubro.

5 DE OUTUBRO

Penso nisso sem parar e estou absolutamente absorvido pela questão. Rumino quando e de onde veio minha certeza, e não sei dizer! Aos dezenove ou vinte anos, eu sabia que teria de morrer aos quarenta, e, num dia qualquer, quando me perguntei de maneira incisiva o dia em que isso ocorreria, soube também a data!

E agora ele está tão perto, tão perto, que creio sentir o bafejo frio da morte.

7 DE OUTUBRO

O vento ficou mais forte, o mar ruge e a chuva bate no telhado. Não dormi à noite, desci à praia com meu casaco impermeável e sentei-me sobre uma pedra.

Atrás de mim, na escuridão e na chuva, erguia-se a colina com a casa cinza na qual dormia a pequena Asuncion, minha pequena Asuncion! E diante de mim o mar revolvia sua espuma escura até meus pés.

Passei a noite inteira com o olhar fixo para a frente e tive a impressão de que a morte ou o pós-morte deve ser assim: lá adiante, do lado de fora, uma escuridão infinita ecoando veladamente. Será que um pensamento, uma intuição minha, seguirá vivendo e criando, escutando para sempre o bramir incompreensível?

8 DE OUTUBRO

Quero agradecer à morte quando ela chegar, pois então estará concretizada, de modo que não consigo esperar mais. Mais três breves dias de outono e será chegado o momento. Quanta ansiedade pelo último instante, o derradeiro! Não deveria ser um momento de encanto e doçura infinita? Um momento de máxima luxúria?

Três breves dias de outono e a morte adentrará meu quarto. Como se comportará? Serei tratado como um verme? Vai me agarrar pelo pescoço e me enforcar? Ou sua mão tomará meu cérebro? Na minha imaginação, porém, ela é grande, bonita e de majestosa selvageria!

9 DE OUTUBRO

Eu disse a Asuncion, quando ela estava sentada sobre meus joelhos:
— O que aconteceria se eu fosse embora por um motivo qualquer? Você ficaria muito triste?
Ela encostou a cabecinha no meu peito e chorou amargamente. A dor apertou minha garganta.
Aliás, tenho febre. Minha cabeça está quente e sinto calafrios.

10 DE OUTUBRO

Ela esteve comigo, esta noite ela esteve comigo! Não a vi e não a escutei, e mesmo assim falei com ela. É ridículo, mas ela se comportou como um dentista.
— É melhor resolver isso logo — ela disse.
Mas eu não quis e me defendi. Enxotei-a com palavras enérgicas.
— É melhor resolver isso logo!
O efeito dessas palavras! Abalou-me até a medula. Tão sóbrio, tão monótono, tão burguês! Nunca senti um desapontamento tão frio e escarnecido.

11 DE OUTUBRO (ONZE DA NOITE)

Estou compreendendo bem? Oh, acreditem em mim, eu compreendo!
Há uma hora e meia, quando estava em meu quarto, o velho Franz veio até mim; ele tremia e soluçava.
— A senhorita! — ele exclamou. — A criança! Ah, venha rápido! — E eu fui rápido.
Não chorei, apenas estremeci. Ela estava deitada em sua caminha e o cabelo preto emoldurava o rostinho pálido, dolorido. Ajoelhei-me ao seu lado e permaneci imóvel, sem pensar em nada. O dr. Gudehus chegou.
— Foi um ataque do coração — ele disse, assentindo como alguém que não está espantado. Esse vigarista e bobo agiu como se sempre soubesse!
Mas eu — será que compreendi? Oh, quando fiquei a sós com ela — do lado de fora chuva e mar ressoavam; e o vento uivava na chaminé do

fogão —, bati na mesa. Naquele instante, tudo se tornou tão claro! Durante vinte anos evoquei a morte para o dia que começará em uma hora e dentro de mim, bem no fundo, havia um sentimento secreto: abandonar essa criança me era impossível. Eu não poderia morrer após a meia-noite, mas havia de ser! Se a morte retornasse, eu a teria enxotado de novo: mas ela foi ter primeiro com a criança, porque tinha de obedecer a minha certeza e a minha fé. Será que fui eu quem atraí a morte até sua caminha, será que a matei, minha pequena Asuncion? Ah, são palavras torpes e mesquinhas para questões delicadas e misteriosas!

Adeus, adeus! Talvez eu reencontre do lado de fora um pensamento, uma intuição sua. Pois veja: o ponteiro avança e a lâmpada que ilumina seu doce rostinho em breve se extinguirá. Seguro sua pequena mão fria e espero. Logo ela virá até mim e eu apenas assentirei com a cabeça e fecharei os olhos ao ouvi-la dizer:

— É melhor resolver isso logo.

DESILUSÃO

Confesso que as declarações desse senhor ímpar me confundiram totalmente e temo ainda não estar apto a repeti-las de modo a impressionar os outros como a mim naquela noite. Talvez esse efeito fosse resultante da franqueza insólita com a qual alguém que era um completo estranho falou comigo...

A manhã de outono em que aquele desconhecido me chamou a atenção pela primeira vez na Piazza di San Marco foi cerca de dois meses atrás. Poucas pessoas caminhavam pela praça extensa, mas diante da prodigiosa construção colorida, de contornos exuberantes e fantásticos e cujos adornos dourados se destacavam encantadoramente contra um suave céu azul-claro, as bandeiras tremulavam com a leve brisa marinha; bem diante do portão principal um bando imenso de pombos tinha se reunido em volta de uma jovem que lhes atirava milho, enquanto outros mais aproximavam-se, céleres, de todos os lados... Uma visão de beleza radiosa e festiva sem igual.

Lá o encontrei, e enquanto escrevo tenho-o diante de meus olhos com excepcional nitidez. Era de porte médio e andava rápido e curvado, enquanto segurava sua bengala com as duas mãos às costas. Usava um chapéu preto, rígido, sobretudo claro de verão e calças de listras escuras. Não sei por quê, achei que era inglês. Podia tanto ter trinta ou talvez cinquenta anos de idade. Seu rosto, com um nariz razoavelmente largo e olhos cansados, cinza, estava bem escanhoado e a boca abria-se num sorriso inexplicável e um tanto tolo. De tempos em tempos, ele examinava o seu entorno, erguendo as sobrancelhas, para depois olhar de novo para o chão, monologava algumas palavras, balançava a cabeça e sorria. Era assim que ele, obstinado, atravessava a praça de um lado a outro.

Desde então, observei-o diariamente, pois ele não parecia se ocupar de nada além de subir e descer a praça, debaixo de sol ou chuva, de manhã ou de tarde, por trinta ou cinquenta vezes, sempre sozinho e sempre com a mesma curiosa expressão.

Uma banda militar tocara na noite à qual me refiro. Eu estava sentado numa das mesinhas que o Café Florian espalha pela praça, e depois do concerto, quando a massa que até então se agitava intermitentemente em intensas torrentes começou a se dissipar, o desconhecido tomou lugar numa mesa contígua à minha que ficara livre, sorrindo de maneira ausente como de costume.

O tempo passou, em volta o silêncio era cada vez maior e logo todas as mesas estavam desocupadas. Quase ninguém mais caminhava por ali; uma tranquilidade majestosa abarcou a praça, o céu se cobrira de estrelas e uma metade da lua erguia-se sobre a espetacular fachada de San Marco.

Com as costas voltadas para meu vizinho, eu lia meu jornal e estava em vias de deixá-lo sozinho no instante em que me senti obrigado a dar meia-volta em sua direção; pois se até então eu não ouvira o ruído de nenhum de seus movimentos, subitamente ele começou a falar.

— É sua primeira vez em Veneza, senhor? — ele perguntou num mau francês; e quando me esforcei em responder-lhe na língua inglesa, ele prosseguiu falando em alemão culto com a voz baixa e rouca, que com frequência procurava clarear por meio de pigarros.

— Está vendo tudo isso pela primeira vez? Corresponde às suas expectativas? Talvez até as supere? Ah! Não imaginou que era mais bonito? É verdade? O senhor não está falando isso apenas para parecer contente e digno de inveja? Ah! — Ele se recostou e me examinou com um olhar rápido e um esgar indefinível.

A pausa que se sucedeu foi longa, e sem saber de que maneira prosseguir essa curiosa conversa, eu estava novamente em vias de me levantar quando ele se curvou à frente, apressado.

— O senhor sabe o que é decepção? — perguntou em voz baixa e incisiva, apoiando-se com as duas mãos sobre sua bengala. — Não um fracasso, um revés na coisa miúda, mas a decepção grande, geral, a decepção que tudo, que a vida inteira, gera em nós? É claro que não a conhece. Mas lido com ela desde a juventude e ela me fez solitário, infeliz e um pouco estranho, não nego.

"Como o senhor me compreenderia? Mas talvez o faça, se posso lhe pedir que me escute por dois minutos. Pois o que pode ser dito é dito rapidamente...

"Permita-me explicar que cresci numa cidade muito pequena, filho de pastor, em cuja casa limpíssima reinava um patético otimismo esclarecido, fora de moda, e na qual se respirava uma curiosa atmosfera de retórica de tribuna, dessas grandes palavras que definem o bem e o mal, o feio e o belo, que odeio com tamanha amargura, porque talvez sejam elas, elas que carregam sozinhas a culpa pelo meu sofrimento.

"Minha vida era constituída de maneira absoluta pelas grandes palavras, pois dela eu não conhecia nada além das ideias assombrosas e irreais que essas palavras despertavam em mim. Eu esperava do homem a bondade divina e o diabólico horripilante; eu esperava da vida a beleza encantadora e o feio, e eu era tomado por um desejo por tudo isso, uma vontade profunda, amedrontadora, da verdade ampla, de experiências, quaisquer que fossem, da maravilhosa felicidade inebriante e do sofrimento indizível, de um horror inigualável.

"Lembro-me com uma triste clareza da primeira decepção da minha vida, e peço-lhe que leve em consideração que de modo algum se tratou do fracasso de uma bela esperança, mas a entrada na infelicidade. Eu era quase uma criança ainda quando um incêndio noturno se deu na casa de meus pais. O fogo havia se propagado de maneira velada e traiçoeira; a queimada no pequeno andar chegava até a porta de meu quarto e a escada também estava prestes a ser tomada pelas chamas. Fui o primeiro a perceber a situação e sei que saí correndo pela casa, gritando: 'Está pegando fogo! Fogo!'. Lembro-me dessas palavras com exatidão e sei também do sentimento que as motivaram, embora à época isso não deva ter sido consciente. Eis o que é um incêndio, pensei, e estou no meio dele! Não vai acontecer nada pior? Isso é tudo?...

"Deus sabe que não foi algo de somenos. A casa inteira foi consumida pelo fogo; com esforço, todos nos salvamos de um perigo extremo. E eu próprio sofri ferimentos consideráveis. Também não seria exato dizer que minha fantasia tenha prenunciado o acontecimento, imaginando um incêndio terrível na casa paterna. Mas havia em mim uma suposição vaga, uma imagem turva de algo muito mais hediondo, e comparativamente a realidade parecia esmaecida. O fogo foi minha primeira grande aventura: uma esperança enorme foi por ele decepcionada.

"Não tema que eu prossiga lhe desfiando minhas decepções uma a uma. Satisfaço-me quando digo que, com avidez funesta, alimentava minhas melhores expectativas em relação à vida com milhares de livros: com as obras dos poetas. Ah, aprendi a odiá-los, esses poetas, que escrevem suas palavras grandiloquentes em todas as paredes e que gostariam mesmo é de pintá-las no céu com um cedro mergulhado no Vesúvio — enquanto não consigo deixar de sentir cada palavra retumbante como mentira ou escárnio!

"Poetas exaltados cantaram-me que a língua era pobre, oh, que ela era pobre — oh, não, caro senhor! A língua, me parece, é rica, é excessivamente rica em comparação com a paupérie e a limitação da vida. A dor tem seus limites: a física no desfalecimento, a emocional no torpor; com a felicidade não é diferente! Porém a necessidade de comunicação dos homens criou sons que extrapolam esses limites.

"A culpa é minha? Será que o efeito de certas palavras estremece apenas a mim, despertando ideias de vivências que nem sequer existem?

"Saí para a vida exaltada cheio desse desejo por uma vivência, uma única, que correspondesse às minhas grandes ideias. Valha-me Deus, não fui correspondido! Corri a visitar as regiões mais enaltecidas da Terra, a fim de me postar diante das obras de arte glorificadas pela humanidade com palavras das mais altitonantes; postei-me ali e falei: 'É bonito. Mas não é mais bonito? Isso é tudo?'.

"Não tenho senso de realidade; talvez seja essa a chave. Certa vez, algures nas montanhas, estive num desfiladeiro profundo, estreito. As paredes eram nuas e verticais, e embaixo a água bramia sobre as rochas. Olhei para baixo e pensei: 'E se eu cair?'. Mas tinha experiência suficiente para responder que, caso acontecesse, falaria a mim: 'Você está caindo, é fato!'. Mas do que se trata, afinal?

"Creia-me, vivi o suficiente para formar opinião. Há anos, amei uma jovem, uma criatura delicada e loira, com quem gostaria de caminhar de mãos dadas, protegendo-a; mas ela não me amava, o que não era de espantar, e outro alguém pôde protegê-la... Há acontecimento mais doloroso? Há algo mais torturante do que tal amarga tribulação, mesclada cruelmente ao desejo? Passei algumas noites deitado de olhos abertos, e o pensamento mais triste, mais aflitivo era: eis a grande dor! Agora a sinto! Mas do que se trata, afinal?

"É necessário lhe falar também de minhas felicidades? Pois também vivi a felicidade, a felicidade também me decepcionou... Não carece, pois não passam de exemplos tolos que não lhe esclarecerão que foi a vida em seu todo e no geral, a vida com seu transcurso medíocre, desinteressante e opaco, que me decepcionou, decepcionou, decepcionou.

"'O ser humano, o louvado semideus', perguntou o jovem Werther certa vez, 'o que é? Não lhe faltam as forças quando delas mais necessita? E quando se ergue na alegria ou se afunda no sofrimento, justo aí não é contido, trazido de volta à consciência obtusa, fria, justo quando ansiava em se perder na vastidão do infinito?'

"Penso com frequência no dia em que vi o mar pela primeira vez. O mar é grande, o mar é amplo, minha vista fluía areia afora e esperava ser alforriada: lá atrás, porém, estava o horizonte. Por que tenho um horizonte? Da vida, eu esperava o infinito.

"Será que meu horizonte é mais estreito que o dos outros? Disse que não tenho senso de realidade... será que tenho senso demais? Será que me canso rápido demais? Será que chego ao fim rápido demais? Conhecerei a felicidade e a dor apenas nos graus inferiores, apenas num estado diluído?

"Não creio; e também não creio nas pessoas, acredito menos ainda naquelas que, diante da vida, concordam com as palavras grandiloquentes dos poetas — são falsas e mentirosas! Aliás, o senhor percebeu que há pessoas tão vaidosas e tão ávidas por reconhecimento e pela inveja secreta dos outros que asseguram ter experimentado apenas das grandes palavras da felicidade, mas não das do sofrimento?

"Está escuro e o senhor quase não presta mais atenção; por essa razão, hoje quero confessar a mim, mais uma vez, que também eu, eu próprio, um dia tentei mentir como essas pessoas, a fim de passar por feliz aos outros e a mim. Todavia essa vaidade já se foi há alguns anos e me tornei solitário, infeliz e um tanto singular, não o nego.

"Minha atividade preferida consiste em observar à noite o céu estrelado, pois não se trata da melhor maneira de se abstrair da Terra e da vida? E talvez seja perdoável que então me permita ao menos velar minhas ideias? Sonhar com uma vida livre, na qual a realidade surja em minhas grandes imagens sem o vestígio torturante da decepção? Com uma vida sem horizontes?

"Sonho com isso e aguardo a morte. Ah, já a conheço tão bem, a morte, essa última decepção! Eis a morte, exclamarei no último instante; agora a experimento! *Mas do que se trata, afinal?*

"Mas o tempo esfriou aqui na praça, caro senhor; estou em condições de notar isso, rá-rá! Meus melhores votos. Adeus..."

O PEQUENO SR. FRIEDEMANN

1.

A culpa era da ama de leite. De que adiantou, quando do surgimento da primeira suspeição, a esposa do cônsul Friedemann tê-la aconselhado seriamente a reprimir tal vício? De que adiantou ter oferecido todos os dias a ela, além da cerveja nutritiva, uma taça de vinho tinto? Subitamente descobriu-se que essa moça se prestava também a beber o álcool que devia ser usado para o fogareiro, e antes da chegada de alguém para substituí-la, antes de ser possível sua demissão, a tragédia tinha ocorrido. Certo dia, quando a mãe e as três filhas meninas-moças voltavam de uma saída, o pequeno Johannes, de um mês de idade, caído do trocador, choramingava no chão com um fio de voz, enquanto a ama de leite estava parada ao lado, embotada.

O médico que examinou os membros do pequeno ser, retorcido e trêmulo, com cuidadosa firmeza, fez uma expressão séria, muito séria; as três filhas soluçavam encostadas num canto e a sra. Friedemann, apavorada, rezava alto.

Ainda antes do nascimento do filho, a pobre mulher teve de assistir ao marido, o cônsul holandês, ser acometido por uma doença tão repentina quanto grave, e ela ainda estava muito fragilizada para ser capaz de esperançar-se com o pequeno Johannes lhe sendo poupado. Depois de dois dias, o médico lhe explicou, com um aperto de mão encorajador, que um perigo iminente já não existia, a pequena comoção cerebral havia sido completamente superada, algo que se percebia pelo olhar, que o bebê não demonstrava mais a expressão rígida de antes... Claro que era preciso aguardar como a questão se desenvolveria — e torcer pelo melhor, como disse, torcer pelo melhor...

2.

A casa com frontão na qual Johannes Friedemann cresceu ficava na entrada norte da antiga cidade comercial de porte quase mediano. Através da porta de entrada chegava-se a um vestíbulo amplo e com piso de pedras, do qual uma escada de corrimão branco subia aos andares. Os papéis de parede da sala no primeiro andar exibiam paisagens desbotadas e ao redor da pesada mesa de mogno com a toalha felpada vermelha-escuro havia móveis de espaldar duro.

Na infância, muitas vezes ele se sentava ali, junto à janela sempre ornada com belas flores, num pequeno banco aos pés da mãe, e enquanto observava seu cabelo repartido, liso e grisalho, e inalava o suave aroma emanado continuamente por ela, acompanhava com atenção uma história maravilhosa. Ou ele pedia para ver o retrato do pai, um simpático senhor de costeletas cinza. Ele estava no céu, a mãe lhe dizia, aguardando por todos eles.

Nos fundos da casa havia um pequeno jardim, no qual boa parte dos dias de verão era passada, apesar do vapor adocicado soprado quase sempre por uma refinaria de açúcar próxima. Muitas vezes o pequeno Johannes sentava-se num pequeno tamborete à sombra da nogueira velha, nodosa, e quebrava nozes, enquanto a sra. Friedemann e as três irmãs, já crescidas, juntavam-se numa tenda de lona cinza. O olhar da mãe, porém, erguia-se várias vezes de seu artesanato para, com melancólico afeto, mirar o filho.

O pequeno Johannes não era bonito, sua imagem no tamborete a quebrar avidamente as nozes com o peito alto e pontudo, as costas bem arqueadas e os braços muito longos, magros, era muito insólita. Mas as mãos e os pés eram delicados e estreitos, e ele tinha grandes olhos castanhos, feito um cervo, a boca bem desenhada e o cabelo fino, castanho-claro. Embora o rosto estivesse implantado de maneira tão lamentável entre os ombros, era quase possível chamá-lo de belo.

3.

Aos sete anos, foi mandado à escola e então os anos se tornaram previsíveis e passavam rápido. Diariamente ele caminhava, com o engraçado passo altaneiro que às vezes é próprio dos portadores de deficiências, entre a casa com o frontão e as lojas até o antigo imóvel da escola com os arcos góticos; e em casa, depois de encerrados os deveres, ele talvez lesse seus livros de capas belas e coloridas ou se ocupasse de algo no jardim, enquanto as irmãs cuidavam da casa para a mãe enfermiça. Elas também frequentavam eventos sociais, pois os Friedemann faziam parte dos melhores círculos da cidade, mas infelizmente ainda não haviam se casado, pois suas posses não eram muitas e elas eram bem feiosas.

Johannes por certo recebia de quando em vez um convite dos garotos de sua idade, mas não gostava de se relacionar com eles. Participar de seus jogos não lhe comprazia e, como eles sempre mantinham uma constrangida reserva em sua presença, não era possível estabelecer uma amizade autêntica.

Chegou o tempo em que passou a ouvi-los falar com frequência, no pátio da escola, sobre determinados acontecimentos; atento e com os olhos arregalados, acompanhava-os discorrendo sobre seus encantamentos por essa ou outra jovenzinha, e ficava em silêncio. Tais coisas, dizia a si mesmo, que visivelmente tanto contentavam os outros, faziam parte daquelas às quais ele não servia, como ginástica ou chutar bolas. Às vezes isso o deixava um pouco triste; entretanto, já estava acostumado desde sempre a ficar sozinho e não partilhar dos interesses dos outros.

Apesar disso, aconteceu de ele — naquela época, contava dezesseis anos — sentir-se atraído por uma jovem da mesma idade. Era irmã de um de seus colegas de classe, uma criatura loira, muito alegre, e ele a conheceu na casa do colega. Sentia uma angústia estranha na sua presença, e a maneira encabulada e artificialmente amistosa com que também ela o tratava enchia-o de profunda tristeza.

Numa tarde de verão, quando foi passear sozinho sobre a muralha da cidade, ouviu murmúrios por trás de um pé de jasmim e, com cuidado, espiou através dos galhos. Aquela jovem estava sentada no banco que lá havia ao lado de um rapaz comprido, ruivo, que ele conhecia muito bem; o rapaz colocara o braço ao redor dela e tascava um beijo em seus lábios, que ela retribuía com risadinhas. Depois de assistir àquilo, Johannes Friedemann deu meia-volta e afastou-se em silêncio.

Sua cabeça estava mais encolhida que de costume entre os ombros, as mãos tremiam, e uma dor aguda, aflitiva, subia do peito à garganta. Mas ele a sufocou e, decidido, empertigou-se da melhor maneira possível. "Bom", disse a si mesmo, "é o fim. Nunca mais quero me preocupar com essas coisas. Para os outros, isso garante felicidade e alegria, mas a mim traz apenas pesar e sofrimento. Chega. Acabou. Nunca mais…"

A decisão lhe fez bem. Estava resignado, resignado para sempre. Foi para casa e pegou um livro ou tocou violino, algo que aprendera apesar do peito deformado.

4.

Aos dezessete anos saiu da escola a fim de se tornar comerciário, como todas as gentes nos seus círculos, e entrou na grande madeireira do sr. Schlievogt, lá embaixo, junto ao rio. Tratavam-no com respeito; ele, por sua vez, era simpático e prestativo, e o tempo passava de maneira pacífica e regrada. Contava vinte e um anos quando sua mãe morreu após longa enfermidade.

A dor foi grande para Johannes Friedemann, que a carregou durante um bom tempo. Ele a apreciava, a dor, dedicando-se a ela como costumamos nos dedicar a uma grande felicidade, nutria-a com milhares de recordações de infância e explorava-a com sua primeira experiência intensa.

A vida não é boa em si, pouco importando se toma um curso possível de ser chamado de "feliz"? Johannes Friedemann pensava assim e ele amava a vida. Ninguém compreende como ele, tendo renunciado à maior felicidade que a vida pode nos oferecer, sabia apreciar as alegrias que estavam a seu alcance. Um passeio durante a primavera nos campos fora da cidade, o aroma de uma flor, o canto de um pássaro — não era possível ser grato por tais coisas?

Ele também sabia que a cultura anda junto com a capacidade de fruição; sim, que a cultura sempre é consonante com capacidade de fruição. E se ilustrava. Amava a música e ia a todos os concertos apresentados na cidade. Pouco a pouco, também passou a não fazer feio com o violino, embora seu aspecto ao tocar fosse muito estranho, e se alegrava com cada nota bonita e suave que conseguia produzir. A partir de muitas leituras, com o tempo desenvolveu ainda um gosto literário, embora não o dividisse com ninguém na cidade. Estava a par dos lançamentos nacionais e estrangeiros, sabia saborear o encantamento rítmico de um poema, permitia-se se comover com a atmosfera íntima de uma novela escrita com esmero... oh! era quase possível afirmar que era um epicurista.

Ele aprendeu a compreender que tudo era digno de ser apreciado e que diferenciar os acontecimentos felizes dos infelizes beirava a insensatez. Aceitava com boa vontade todos os seus sentimentos e humores, tratando com igual zelo tanto os tristes quanto os alegres: também os desejos irrealizados — a *nostalgia*. Amava-a por si e se convencia de que com a realização dos desejos o melhor desapareceria. Os anseios e esperanças de tardes plácidas de primavera, doces, dolorosos e vagos, não são mais deleitosos que todas as realizações que o verão pode trazer? Sim, o pequeno sr. Friedemann era um epicurista.

As pessoas que o cumprimentavam daquela maneira compadecida e amistosa na rua, à qual já estava acostumado, com certeza não sabiam disso. Elas não sabiam que esse infeliz aleijado que marchava pelas ruas com sua estranha soberba, de sobretudo claro e cartola reluzente — curiosamente era um tanto vaidoso —, amava com ternura a vida que transcorria suave, sem grandes afetos, mas repleta de uma felicidade tranquila e delicada que soía criar para si.

5.

O principal interesse do sr. Friedemann, porém, sua autêntica paixão, era o teatro. Possuía uma sensibilidade dramática incrivelmente forte, e durante um impactante efeito cênico, a catástrofe de uma peça trágica, seu pequeno corpo podia começar a tremer. Ele mantinha seu lugar cativo no primeiro piso do teatro municipal, que frequentava com regularidade, e de tempos em tempos suas três irmãs o acompanhavam. Desde a morte da mãe eles administravam juntos a velha casa, cuja propriedade as moças dividiam com ele.

Infelizmente ainda não estavam casadas; entretanto, havia tempos tinham chegado à idade em que era preciso se conformar, pois Friederike, a primogênita, somava dezessete anos a mais que o sr. Friedemann. Ela e a irmã Henriette eram um tanto altas e magras demais, enquanto Pfiffi, a mais nova, parecia baixa e corpulenta demais. A última, aliás, tinha um jeito engraçado de se sacudir a cada vez que falava, juntando umidade nos cantos da boca.

O pequeno sr. Friedemann não se preocupava muito com as três moças. Mas elas eram unidas entre si e compartilhavam uma mesma opinião. Especialmente quando se anunciava um noivado entre seus conhecidos, elas reforçavam em uníssono que a notícia era *muito* boa.

O irmão continuou a morar com elas, mesmo quando deixou o comércio de madeiras do sr. Schlievogt e se tornou autônomo, assumindo um pequeno negócio, uma agência ou coisa semelhante, que não demandava trabalho em demasia. Ocupava alguns cômodos no térreo para que só tivesse de subir a escada no horário das refeições, pois de vez em quando sofria de asma.

Por ocasião de seu trigésimo aniversário, um dia claro e quente de junho, encontrava-se sentado no jardim depois do almoço, debaixo do caramanchão, com um novo rolinho para descansar o pescoço que Henriette havia feito, um bom charuto na boca e um bom livro na mão. De tempos em tempos, deixava o último de lado, prestava atenção no divertido chilreio dos pardais que ficavam na velha nogueira e olhava para o limpo caminho de pedriscos que conduzia à casa e para o gramado com os canteiros coloridos.

O pequeno sr. Friedemann não cultivava barba e seu rosto quase não havia se modificado; apenas os traços estavam um pouco menos duros. O cabelo fino, castanho-claro, era liso e repartido de lado.

E numa das vezes em que apoiou completamente o livro no joelho e piscou para o céu azul, ensolarado, disse a si mesmo: "Passaram-se trinta anos. Talvez dez estejam ainda por vir, ou vinte, sabe Deus. Eles virão e passarão de modo plácido e silencioso, como os anteriores, e os aguardo com a alma em paz".

6.

Em julho desse mesmo ano ocorreu aquela alteração no comando do distrito que colocou todo o mundo em polvorosa. O jovem corpulento e jovial, que durante anos havia ocupado o posto, era muito querido nos círculos sociais, e ninguém gostou de sua partida. Deus sabe por que motivos justamente o sr. Von Rinnlingen, vindo da capital, tinha ido parar ali.

A troca, aliás, não pareceu ser má, visto que o novo tenente-coronel, casado mas sem filhos, alugou uma mansão espaçosa nos arredores da cidade, ao sul. Chegou-se à conclusão de que ele queria organizar recepções ali. De todo modo, o boato de que era extraordinariamente rico foi confirmado pelo fato de ele ter trazido consigo quatro mensageiros, cinco cavalos de montaria e de tração, um landau e uma carruagem leve para caça.

Logo após sua chegada, o casal começou a fazer visitas às famílias bem situadas, e seu nome estava na boca de todos. Mas o interesse principal não era despertado pelo sr. Von Rinnlingen em si, mas por sua esposa. Os homens estavam boquiabertos e ainda não sabiam o que dizer; as mulheres, por sua vez, simplesmente não estavam de acordo com o jeito de ser de Gerda Von Rinnlingen.

— O fato de percebermos os ares da capital — disse a mulher do advogado Hagenström ao conversar com Henriette Friedemann — é natural, claro. Ela fuma, monta — tudo bem! Mas seu comportamento não é apenas livre, é relaxado e um tanto masculino, e essa também não é a definição correta... Veja, ela não é de modo nenhum feia; é possível até achá-la bonita. Mesmo assim, carece de todo encanto feminino, e não há nada em seu olhar, seu sorriso, seus movimentos de que os homens gostem. Ela não é coquete, e Deus sabe que eu seria a última a reprovar que não fosse. Será, porém, que uma mulher tão jovem — ela tem vinte e quatro anos — pode prescindir totalmente da graciosa força natural de atração? Querida, não me expresso bem, mas sei do que estou falando. Nossos homens ainda estão com a cabeça virada. Depois de algumas semanas, você verá que eles se afastarão dela, enojados...

— Bem — disse a srta. Friedemann —, ela está muito bem servida.

— Sim, o marido! — exclamou a sra. Hagenström. — Como ela o trata? Você deveria ver! Você vai ver! Sou a primeira a defender que uma mulher casada seja até certo ponto reservada com o outro sexo. Mas quem se comporta dessa maneira com o próprio marido? O jeito muito frio de ela olhar para ele e de chamá-lo de "caro amigo" com uma entonação cheia de dó me deixa indignada! Pois é preciso vê-lo nessa hora — correto, firme, galante, um quarentão maravilhosamente conservado, um oficial brilhante! Estão casados há quatro anos... Querida...

7.

O lugar onde o pequeno sr. Friedemann teve o prazer de observar a sra. Von Rinnlingen pela primeira vez foi a Hauptstraße, ocupada quase exclusivamente por lojas, e esse encontro se deu por volta do horário de almoço, quando ele regressava da bolsa, onde havia feito alguns negócios.

Ele passeava, minúsculo e importante, ao lado do atacadista Stephens, um senhor de altura excepcional e rechonchudo, com costeletas arredondadas e sobrancelhas terrivelmente bastas. Ambos portavam cartola e, devido ao calor, tinham aberto os sobretudos. Conversavam sobre política, batendo os bastões de passeio de maneira ritmada no calçamento.

Ao chegarem quase na metade da rua, o atacadista Stephen exclamou de repente:

— O diabo que me carregue se não é a Rinnlingen vindo ali na carruagem.

— Ora, isso vem bem a calhar — disse o sr. Friedemann com sua voz aguda e um tanto cortante, olhando para a frente com expectativa. — É que ainda não tive o ensejo de vê-la. Lá está a carruagem amarela.

De fato era a carruagem de caça amarela que a sra. Von Rinnlingen usava naquele dia, e ela própria conduzia os dois cavalos magros, enquanto o criado estava sentado atrás dela, de braços cruzados. Ela vestia um casaco largo, bem claro, e a saia também era clara. Sob o pequeno chapéu de palha redondo com fita de couro marrom despontava o cabelo loiro-avermelhado, que estava penteado por cima das orelhas e caía na nuca num coque pesado. A cor da pele de seu rosto oval era branco fosco, e nas comissuras de seus olhos castanhos, singularmente próximos, havia sombras azuladas. Sobre o nariz fino, mas bastante bem talhado, dispunha-se um pequeno arco de sardas, que lhe caía muito bem. Não era possível saber se a boca era bonita, pois ela esticava e retraía o lábio inferior sem parar, raspando-o no superior.

Quando a carruagem se aproximou, o atacadista Stephens externou seus cumprimentos de maneira excepcionalmente respeitosa, e também o pequeno sr. Friedemann abanou o chapéu ao mesmo tempo que, com os olhos bem abertos e muito atentos, fitava a sra. Von Rinnlingen. Ela baixou seu chicote, meneou a cabeça de leve e prosseguiu devagar, observando as casas e as vitrines à esquerda e à direita.

Depois de alguns passos, o atacadista disse:

— Ela deu um passeio e está a caminho de casa agora.

O pequeno sr. Friedemann não respondeu, mas olhou para o calçamento diante de si. De repente, voltou-se para o atacadista e perguntou:

— O que disse?

E o sr. Stephen repetiu sua sagaz observação.

8.

Três dias depois, ao meio-dia, Johannes Friedemann estava voltando para casa de seu habitual passeio. O almoço era servido ao meio-dia e meia, e ele pretendia passar meia hora no seu "escritório", que ficava à direita da porta da casa, quando a criada atravessou pelo vestíbulo e lhe disse:

— Temos visita, sr. Friedemann.
— Para mim? — ele perguntou.
— Não, está lá em cima, com as senhoras.
— Quem é?
— O tenente-coronel Von Rinnlingen e a esposa.
— Oh — exclamou o sr. Friedemann —, então vou...

E subiu as escadas. No alto, atravessou o corredor e já estava com a mão na maçaneta da porta branca, alta, que levava ao "quarto da vista", quando parou de repente, deu um passo para trás, fez meia-volta e se afastou devagar, da mesma maneira como chegara ali. E embora estivesse absolutamente a sós, falou bem alto:

— Não. Melhor não...

Ele desceu até seu "escritório", sentou-se à escrivaninha e tomou o jornal nas mãos. Depois de um minuto, porém, largou-o e olhou para fora pela janela do lado. Ficou sentado assim até a criada aparecer e anunciar que a mesa estava servida; daí se dirigiu à sala de jantar, onde as irmãs já o aguardavam, e tomou o lugar na sua cadeira, sobre três partituras.

Henriette, que servia a sopa, falou:

— Sabe, Johannes, quem esteve aqui?
— Quem? — perguntou.
— O novo tenente-coronel e a esposa.
— Ah, é? Muito amável.
— Sim — falou Pfiffi, com os cantos da boca cheios de líquido —, acho que os dois são pessoas muito agradáveis.
— De todo modo — falou Friederike —, não podemos demorar muito em retribuir a visita. Sugiro irmos depois de amanhã, domingo.
— Domingo — disseram Henriette e Pfiffi.
— Johannes, você vem conosco, certo? — perguntou Friederike.
— Claro que sim! — disse Pfiffi, sacudindo-se. O sr. Friedemann não havia tomado conhecimento da pergunta e prosseguia tomando sua sopa com uma expressão apática e amedrontada. Era como se prestasse atenção em algo, algum ruído misterioso.

9.

Na noite seguinte o teatro municipal apresentava *Lohengrin*, e todas as pessoas cultas se faziam presentes. O pequeno espaço estava ocupado de cima a baixo e repleto de um rumor contínuo, cheiro de gás e de perfume. Porém todos os binóculos, tanto na plateia como nos pisos elevados, dirigiam-se ao camarote 13, logo à direita do palco, pois pela primeira vez o sr. Von Rinnlingen e a esposa tinham aparecido, e havia a possibilidade de finalmente examinar o casal a fundo.

Ao entrar em seu camarote — camarote 13 —, o pequeno sr. Friedemann, de impecável terno preto com peitilho proeminente, estremeceu junto à porta, fazendo um movimento com a mão até a testa e suas narinas se abriram por um instante como num espasmo. Em seguida, porém, ele ocupou sua poltrona, à esquerda da sra. Von Rinnlingen.

Enquanto ele se sentava, ela olhou para ele com atenção por algum tempo, levando o lábio inferior à frente, e depois se virou para trocar algumas palavras com o marido, sentado atrás dela. Tratava-se de um homem grande, largo, de bigode à escovinha e rosto moreno, bonachão.

Quando a abertura começou e a sra. Von Rinnlingen se debruçou sobre a balaustrada, o sr. Friedemann examinou-a depressa, de soslaio. Ela usava um traje social claro e era a única com um pequeno decote entre todas as mulheres presentes. As mangas eram muito largas e vaporosas, e as luvas brancas chegavam até os cotovelos. Seu porte era um tanto roliço, algo que pouco antes, quando metida na jaqueta folgada, não tinha sido possível observar; os seios fartos subiam e desciam lentamente, e o coque do cabelo loiro-avermelhado caía baixo e pesado sobre o pescoço.

O sr. Friedemann estava pálido, muito mais pálido do que o habitual, e na testa, sob o cabelo castanho liso e dividido com uma risca, juntavam-se pequenas gotas de suor. A sra. Von Rinnlingen tinha tirado a luva do braço esquerdo, apoiando-a sobre o veludo vermelho da balaustrada, e ele olhava o tempo todo para esse braço macio, branco fosco, transpassado — assim como a mão sem adornos — de veias levemente azuladas: era inevitável.

Os violinos trilavam, os trombones rugiam, Telramund morreu, a orquestra inteira exultava e o pequeno sr. Friedemann mantinha-se sentado imóvel, pálido e quieto, a cabeça entre os ombros, um dedo indicador diante dos lábios e a outra mão enfiada sob a aba do casaco.

Enquanto a cortina se fechava, a sra. Von Rinnlingen se ergueu a fim de deixar o camarote na companhia do marido. Sem olhar, o sr. Friedemann percebeu o movimento, passou o lenço com suavidade pela testa, ergueu-se de súbito, foi até a porta que levava ao pequeno corredor, deu meia-volta, sentou-se na sua poltrona e se manteve, estático, na posição anterior.

Quando a campainha tocou e seus vizinhos retornaram, ele percebeu que os olhos da sra. Von Rinnlingen pousavam nele e, involuntariamente, ele ergueu a cabeça em sua direção. Quando seus olhares se cruzaram, ela não desviou o olhar, mas prosseguiu observando-o sem qualquer sinal de constrangimento, até que ele, compelido e humilhado, baixou os olhos. Isso o fez ficar ainda mais pálido, e uma estranha fúria docemente mordaz cresceu dentro dele... A música começou.

Perto do final desse ato, aconteceu de a sra. Von Rinnlingen soltar seu leque, que caiu no chão ao lado do sr. Friedemann. Ambos se curvaram ao mesmo tempo, mas foi ela quem o pegou, dizendo com um sorriso zombeteiro:

— Obrigada.

Suas cabeças tinham estado muito próximas e por um instante ele inalou o aroma quente do peito dela. O rosto do sr. Friedemann estava desfigurado, todo seu corpo se contorcia e o coração palpitava de um modo terrivelmente pesado e enérgico, fazendo-o perder o fôlego. Ele ficou sentado por mais meio minuto, depois empurrou a poltrona para trás, ergueu-se em silêncio e saiu sem fazer barulho.

10.

Acompanhado pelos sons da música, ele atravessou o corredor, resgatou a cartola, o sobretudo claro e a bengala na chapelaria e desceu as escadas em direção à rua.

A noite estava cálida, tranquila. À luz das luminárias a gás, as casas de frontão cinza destacavam-se silenciosas diante do céu, no qual estrelas brilhavam claras e suaves. Os passos das poucas pessoas que cruzavam com o sr. Friedemann ecoavam na rua. Alguém o cumprimentou, mas ele não viu; mantinha a cabeça bem baixa, e seu peito alto, pontudo, tremia, tamanha a dificuldade em respirar. De tempos em tempos, repetia baixinho:

— Meu Deus! Meu Deus!

Ele perscrutou seu interior e vislumbrou, com horror e medo, como seus sentimentos, de que costumava cuidar com tamanha suavidade, com os quais lidava com igual delicadeza e inteligência, estavam exaltados, conturbados, remexidos... E, subitamente, de maneira irresistível, num estado de tontura, embriaguez, nostalgia e tortura, encostou-se no poste de uma luminária e, aos soluços, sussurrou:

— Gerda!

Tudo permaneceu em silêncio. Naquele instante, não havia ninguém à vista. O pequeno sr. Friedemann se recompôs e seguiu caminhando. Tinha percorrido a rua do teatro, que descia bem íngreme em direção ao rio, e depois seguiu para o norte na rua principal, na direção de sua casa...

Como ela olhara para ele! Como? Ela o havia forçado a baixar os olhos? Humilhado-o com seu olhar? Não era ela a mulher e ele, o homem? E nessa hora os estranhos olhos castanhos dela não vibraram, literalmente, de perversa satisfação?

Ele sentiu aquele ódio impotente, voluptuoso, inflamar-se de novo no seu interior, mas então se recordou do instante em que a cabeça dela roçara a sua, em que inalara o odor de seu corpo; e então parou pela segunda vez, curvou o peito deformado, puxou o ar pelos dentes e murmurou de novo, completamente desconcertado, desorientado, fora de si:

— Meu Deus! Meu Deus!

E continuou caminhando devagar, de maneira mecânica, pelo cálido ar da noite, pelas ruas vazias que produzem eco, até achar sua casa. Permaneceu um tempo no vestíbulo e inspirou o cheiro frio, mofado, que reinava por lá; em seguida, entrou no seu "escritório".

Sentou-se à escrivaninha ao lado da janela aberta e ficou encarando uma grande rosa amarela, que alguém lhe deixara num copo d'água. Pegou a flor e, de olhos fechados, inspirou seu perfume; mas depois, com um movimento cansado e triste, empurrou-a para o lado. Não, não, isso havia terminado. Qual o significado desse cheiro? Qual o significado de tudo o que até então definira sua "felicidade"?

Virou-se para o lado e olhou para a rua em silêncio do lado de fora. De tempos em tempos, o som de passos se elevava e depois desaparecia. Estava morto de cansaço e fraco! Tão vazia a sua cabeça que o desespero começou a se dissolver numa grande e suave melancolia. Alguns versos de um poema passaram pela sua mente, a música de Lohengrin voltou a soar nos ouvidos, ele viu mais uma vez a figura da sra. Von Rinnlingen diante de si, o braço branco dela sobre o veludo vermelho, e então ferrou num sono pesado, febril.

II.

Por vezes esteve prestes a despertar, mas tinha medo; então, voltava a ficar inconsciente. Quando o dia clareou de vez, porém, abriu as pálpebras e examinou seu entorno com um olhar abrangente e doloroso. Tudo estava muito claro em seu espírito; era como se seu sofrimento não tivesse sido interrompido pelo sono.

A cabeça pesava e os olhos ardiam; mas depois de se lavar e borrifar água de colônia na testa, ele se sentiu melhor e, em silêncio, sentou-se novamente no seu lugar junto à janela que permanecera aberta. Ainda era muito cedo, por volta de cinco da manhã. À exceção de um dos ajudantes do padeiro que passava por ali de vez em quando, não se via mais ninguém. Em frente, todas as persianas ainda estavam cerradas. Mas os pássaros trinavam e o céu brilhava azul. Uma maravilhosa manhã de domingo.

Uma sensação de bem-estar e confiança tomou conta do pequeno sr. Friedemann. O que ele temia? Tudo não estava como sempre? Certo, o ataque do dia anterior havia sido terrível; entretanto, aquilo tinha de acabar! Ainda não era tarde demais, ainda era possível escapar da própria perdição. Ele tinha de evitar todas as ocasiões que pudessem ensejar um novo ataque; sentia a força para tanto. Sentia a força para superar e sufocar totalmente esse estado dentro de si.

Às sete e meia, Friederike entrou e colocou o café sobre a mesa redonda que ficava diante do sofá de couro perto da parede dos fundos.

— Bom dia, Johannes — ela disse. — Aqui está seu café da manhã.

— Obrigado — disse o sr. Friedemann. E mais: — Querida Friederike, sinto muito, mas vocês terão de fazer a visita sozinhas. Não me sinto bem o bastante para acompanhá-las. Dormi mal, estou com dor de cabeça, resumindo, tenho de pedir que vocês...

Friederike respondeu:

— Que pena. Você não devia de maneira nenhuma se furtar da visita. Mas é verdade que parece doente. Quer que eu empreste meu bastão mentolado?

— Obrigado — disse o sr. Friedemann. — Vai passar. — E Friederike se foi.

Em pé ao lado da mesa, tomou seu café devagar e comeu um *croissant*. Estava satisfeito consigo mesmo e orgulhoso de sua determinação. Ao terminar, pegou um charuto e sentou-se de novo junto à janela. O café da manhã havia lhe feito bem, ele se sentia feliz e esperançoso. Pegou um livro, leu, fumou e, piscando, olhou para o sol do lado de fora.

A rua tinha se tornado mais movimentada; ruídos de carros, conversas e o sino dos bondes puxados por cavalos chegavam até ele. Entre tudo isso, porém, ouvia-se o chilreio dos pássaros, e um vento suave, cálido, soprava do reluzente céu azul.

Às dez horas, escutou as irmãs passando pelo vestíbulo, escutou a porta da casa ranger e viu as três damas passando diante da janela sem lhes dar muita importância. Passou-se uma hora; sentia-se mais e mais feliz.

Um tipo de travessura começou se insinuar. Que ar era aquele e como os pássaros trinavam! E se ele fosse dar um pequeno passeio? E então, com um doce espanto, surgiu sem maiores objeções a ideia: que tal ir até a casa dela? E enquanto a força dos músculos literalmente reprimia dentro dele suas prevenções, acrescentou com uma determinação feliz:

— Quero vê-la!

E vestiu sua roupa escura de domingo, pegou a cartola e a bengala e, apressado, resfolegando, atravessou a cidade inteira até seu extremo sul. Sem prestar atenção em ninguém, a cada passo ele erguia e baixava a cabeça de maneira afobada, refém de um estado de cegueira, exaltação, chegou à Kastanienalle diante da mansão rosa, onde se lia na entrada: "Tenente-coronel Von Rinnlingen".

12.

Lá, foi tomado por uma tremedeira e o coração pesado estrondeava no peito. Mas ele atravessou o corredor e apertou a campainha. Estava decidido e não havia retorno. Que as coisas seguissem seu rumo, pensou. Dentro dele, um súbito silêncio mortal se fez notar.

A porta se abriu, o empregado veio em sua direção, pegou o cartão e apressou-se escada acima, revestida com uma passadeira vermelha. Foi nela que o sr. Friedemann fixou o olhar, imóvel, até o empregado voltar, explicando que a senhora pedia que fizesse a gentileza de subir.

Ao lado da porta do salão de cima, onde deixou a bengala, conferiu a aparência no espelho. Seu rosto estava pálido e o cabelo grudava na testa sobre os olhos avermelhados, a mão que segurava a cartola tremia sem parar.

O criado abriu e ele entrou. Encontrou-se num cômodo razoavelmente amplo, penumbroso; as cortinas estavam fechadas. À direita havia um piano e no centro em volta da mesa redonda agrupavam-se poltronas acetinadas marrons. Acima do sofá, na parede lateral esquerda, via-se uma paisagem com pesada moldura dourada. O papel de parede também era escuro. Na sacada dos fundos havia palmeiras.

Um minuto se passou até a sra. Von Rinnlingen abrir passagem pelo reposteiro, à direita, e vir em sua direção caminhando sobre o espesso tapete marrom. Ela usava um vestido xadrez muito simples, vermelho e preto. Da sacada, um facho de luz no qual a poeira dançava caía justo sobre o farto cabelo loiro-avermelhado dela, de maneira a fazê-lo por um instante reluzir dourado. Ela manteve os estranhos olhos fixados nele, inquiridores, e como de costume avançou o lábio inferior.

— Prezada senhora — começou o sr. Friedemann, erguendo o olhar, pois alcançava apenas o peito dela —, também de minha parte quero apresentar meus protestos de consideração. É lamentável eu ter estado ausente quando a senhora deu às minhas irmãs a honra... e sinto muitíssimo por isso.

Ele não sabia mais o que dizer, mas ela continuou olhando para ele de maneira implacável, como se quisesse obrigá-lo a prosseguir falando. De súbito, todo o sangue afluiu ao rosto dele. Ela quer me torturar e humilhar!, pensou, ela percebeu tudo! Como os seus olhos estão tremendo!... Por fim ela falou com uma voz muito límpida e muito harmoniosa:

— É gentil que tenha vindo. Há pouco também lamentei não tê-lo encontrado ainda. Tenha a bondade de se sentar.

Ela se sentou perto dele, colocou os braços sobre os encostos laterais da poltrona e se recostou. Ele estava inclinado para a frente e segurava o chapéu entre os joelhos. Ela disse:

— O senhor sabe que há quinze minutos as senhoritas suas irmãs estiveram aqui? E que me contaram que o senhor estava adoentado?

— É verdade — respondeu o sr. Friedemann —, não estava me sentindo bem hoje pela manhã. Achei que não conseguiria sair de casa. Peço desculpas pelo meu atraso.

— Sua aparência agora também não é saudável — ela disse com muita calma, olhando-o fixamente. — O senhor está pálido e os olhos estão inflamados. Sua saúde deixa a desejar?

— Oh... — balbuciou o sr. Friedemann —, no geral, estou satisfeito...

— Também fico muito doente — ela prosseguiu, sem tirar os olhos dele —, mas ninguém percebe. Sou nervosa e conheço esses estados estranhos.

Ela calou-se, colocou o queixo sobre o peito e olhou-o de baixo para cima, no aguardo. Mas ele não replicou. Estava sentado quieto e mantinha os olhos arregalados e interrogativos presos nela. Como seu jeito de falar era curioso, e como sua voz clara, volúvel, o perturbava! O coração havia se acalmado; ele parecia estar sonhando. A sra. Von Rinnlingen recomeçou:

— Estou enganada ou o senhor saiu do teatro ontem antes do fim da apresentação?

— Correto, senhora.

— Que lástima. O senhor foi um vizinho atento, embora a apresentação não estivesse boa, ou apenas relativamente boa. O senhor gosta de música? Toca piano?

— Toco um pouco de violino — disse o sr. Friedemann. — Quer dizer, não toco quase nada...

— O senhor toca violino? — ela perguntou. Depois, deixou de encará-lo e ficou pensando. — Mas então poderíamos tocar juntos de vez em quando — ela falou de repente. — Consigo acompanhar um pouco. Fico feliz em encontrar alguém aqui... O senhor virá?

— Ao seu total dispor, prezada senhora — ele respondeu, sempre como num sonho. Fez-se uma pausa. De repente, a expressão do rosto dela mudou. Ele notou como se transfigurou num terrível desdém, quase imperceptível, como os olhos dela voltaram a se fixar nele, inquiridores, com aquele tremor sinistro, feito as duas vezes antes. O rosto dele enrubesceu e, sem saber para onde se voltar, de todo desconcertado e fora de si, baixou totalmente a cabeça entre os ombros, fixando incrédulo o tapete. Aquele ódio impotente e ternamente aflitivo tornou a atingi-lo como uma breve pancada de chuva...

Quando ergueu de novo o olhar, com uma determinação desesperada, ela não o encarava mais, e sim olhava com tranquilidade para a porta por cima de sua cabeça. Ele se esforçou em dizer algumas palavras:

— E até então a senhora está satisfeita com sua estadia em nossa cidade?

— Oh — respondeu a sra. Von Rinnlingen —, claro. Por que não haveria de estar? Sem dúvida que me sinto um tanto limitada e observada, mas... Aliás — ela prosseguiu —, antes de que me esqueça: estamos pensando em convidar algumas pessoas nos próximos dias em nossa casa, uma reunião pequena, descontraída. Poderíamos tocar um pouco de música, conversar... Além disso, dispomos de um jardim bem bonito nos fundos; chega até o rio. Resumindo: o senhor e suas irmãs naturalmente ainda receberão um convite, mas aproveito para solicitar já sua presença; o senhor nos dará esse prazer?

Mal o sr. Friedemann expressara seu agradecimento e sua confirmação, o trinco da maçaneta foi baixado energicamente e o tenente-coronel entrou. Ambos se ergueram, e enquanto a sra. Von Rinnlingen fazia as apresentações dos dois cavalheiros, o seu marido curvou-se diante do sr. Friedemann com a mesma cortesia com que diante dela. Seu rosto moreno estava luzente de calor.

Enquanto descalçava as luvas, dirigiu-se com a voz enérgica e estridente ao sr. Friedemann, cujos olhos grandes e vazios miravam o alto em sua direção, na expectativa de receber um tapinha nas costas. Em vez disso, o tenente-coronel, com os calcanhares juntos e o tronco levemente inclinado à frente, dirigiu-se à esposa e falou com a voz bem mais baixa:

— Você solicitou a presença do sr. Friedemann na nossa pequena reunião, querida? Se for conveniente para você, acho que podemos organizá-la daqui a oito dias. Espero que o tempo se mantenha e que possamos usar o jardim.

— Como queira — respondeu a sra. Von Rinnlingen, sem o encarar.

Dois minutos depois, o sr. Friedemann se despediu. Ao fazer nova reverência junto à porta, seus olhos se encontraram com os dela, pousados inexpressivos sobre ele.

13.

Ele saiu, não retornou à cidade, mas sem querer tomou um caminho que se desviava da alameda e levava ao antigo baluarte próximo ao rio. Lá havia espaços bem conservados, caminhos sombreados e bancos.

Caminhava rápido e de maneira maquinal, sem erguer os olhos. Sentia um calor insuportável e era como se chamas aumentassem e diminuíssem dentro dele, e a cabeça latejava sem cessar.

O olhar dela ainda estava fixado nele? Mas não como estava havia pouco, vazio e inexpressivo, mas como antes, com aquela crueldade trêmula logo após ter falado suavemente com ele? Ah, será que ela se regozijava em desprezá-lo e deixá-lo fora de si? Se o tivesse de fato desvendado, não poderia oferecer alguma compaixão?

Ele caminhara ao longo do rio, ao lado da muralha coberta de trepadeiras, e sentou-se num banco rodeado em semicírculo por jasmineiros. Um aroma doce, morno, envolvia tudo ao redor. Diante dele, o sol aquecia a água frisante.

Como se sentia abatido e esgotado, e como tudo dentro dele turbilhonava de maneira angustiante! Não seria melhor olhar ao redor mais uma vez, em seguida entrar na água e, após um breve sofrimento, fazer a passagem para o outro lado, para o sossego? Ah, sossego, sossego era seu desejo! Mas não o sossego no nada vazio e surdo, mas uma paz serena, preenchida por pensamentos bons e tranquilos.

Nesse instante, seu delicado amor pela vida inundou-o e ele sentiu uma profunda nostalgia da felicidade perdida. Mas depois olhou para os lados, para a paz silenciosa, a indiferença infinita da natureza, viu como o rio seguia seu caminho sob o sol, como a grama tremia e as flores continuavam onde haviam florescido, para então murchar e serem sopradas pelo vento, viu como tudo, tudo, se curvava à existência com muda resignação. De repente, foi tomado pela sensação de amizade e aceitação, que possibilita um tipo de superioridade sobre qualquer destino.

Naquela tarde, refletiu sobre seu trigésimo aniversário, quando ele, gozando de paz, acreditara ter olhado sem medo e com esperança para o restante de sua vida. Não enxergara nem luz nem sombra à sua frente, mas uma penumbra suave que se dissolvia de maneira quase imperceptível na escuridão mais ao fundo. E com um sorriso tranquilo e soberbo vira os anos que ainda estavam por vir. Quanto tempo atrás?

Então veio essa mulher, ela tinha de vir, era seu destino, exatamente ela era seu destino, apenas ela! Não soubera disso desde o primeiro instante? Ela chegara para agitar dentro dele tudo que havia sido reprimido desde a juventude — mesmo ele tendo tentado defender sua paz — porque pressentia seu significado de suplício e perdição; tinha sido agarrado com uma violência terrível, irresistível, que o consumia!

A situação o consumia; era notório. Mas para que lutar e se torturar? Que as coisas tomassem seu rumo! Que ele seguisse seu caminho e fechasse os olhos diante do abismo escancarado, subserviente à força poderosíssima, de torturante doçura, da qual não se há de escapar.

A água reluzia, o jasmim exalava seu aroma intenso, morno, os pássaros trinavam ao redor das árvores, entre as quais brilhava o céu pesado, de aveludado azul. Mas o pequeno e corcunda sr. Friedemann ainda permaneceu sentado por muito tempo naquele banco. Mantinha-se curvado para a frente, a cabeça apoiada em ambas as mãos.

14.

Era consenso que as reuniões dos Rinnlingen agradavam a todos. Cerca de trinta pessoas sentavam-se à mesa comprida, decorada com bom gosto, que se estendia pela sala de refeições; o criado e dois empregados temporários apressavam-se a servir o sorvete, o ambiente era dominado pelo som de talheres, louças e o cheiro quente das comidas e dos perfumes. Atacadistas afáveis, com suas esposas e filhas, estavam reunidos ali; além de quase todos os oficiais da guarnição, um médico idoso, benquisto, dois juristas e quem mais pertencia aos melhores círculos. Um estudante de matemática, sobrinho do tenente-coronel em visita aos parentes, também se encontrava presente; ele entabulara conversas das mais profundas com a sra. Hagenström, acomodada defronte ao sr. Friedemann.

Este último estava sentado sobre uma bela almofada de veludo numa das extremidades da mesa, ao lado da mulher não bonita do diretor do ginásio, próximo da sra. Von Rinnlingen, que tinha sido acompanhada até a mesa pelo cônsul Stephens. Surpreendia a transformação ocorrida com o pequeno sr. Friedemann nesses oito dias. Talvez seu rosto parecesse tão assustadoramente pálido devido, em parte, à iluminação a gás, branca, que inundava a sala. Mas sua face estava encovada, os olhos avermelhados e envoltos por olheiras escuras mostravam uma incomum réstia de tristeza e sua figura parecia mais deformada que nunca. Ele bebeu muito vinho e vez ou outra dirigia algumas palavras à vizinha.

A sra. Von Rinnlingen ainda não havia conversado à mesa com o sr. Friedemann; naquele instante, ela se inclinou um pouco à frente e dirigiu-se a ele:

— Esperei em vão pelo senhor por esses dias; pelo senhor e seu violino.

Antes de responder, por um átimo olhou para ela com um semblante completamente alheio. Ela usava um vestido claro, leve, que deixava o pescoço branco à mostra, e uma rosa Maréchal Nil vinha presa no cabelo brilhante. Naquela noite, suas faces estavam ligeiramente rubras, mas como sempre sombras azuladas escureciam os cantos dos olhos.

O sr. Friedemann baixou os olhos para seu prato e balbuciou algo como réplica, e em seguida teve de responder à esposa do diretor do ginásio, que queria saber se ele gostava de Beethoven. Nesse instante, porém, o tenente-coronel, sentado na cabeceira da mesa, lançou um olhar para a esposa, bateu no copo e disse:

— Meus senhores, sugiro tomar nosso café na outra sala; aliás, o jardim deve estar agradável esta noite, e se alguém quiser tomar um pouco de ar por ali, tem minha companhia.

O tenente Von Deidesheim, usando de seu tato, fez uma piada para quebrar o silêncio que havia se instalado, e todos se levantaram em meio a alegres gargalhadas. O sr. Friedemann foi um dos últimos a deixar a sala juntamente com a dama que estivera a seu lado, acompanhando-a através do cômodo em estilo antigo alemão, onde as pessoas começaram a fumar, até a outra sala, confortável e pouco iluminada, despedindo-se dela então.

Ele estava vestido com esmero; seu fraque era impecável, a camisa alvíssima e seus pés estreitos e bem formados estavam metidos em sapatos de laca. Vez ou outra vislumbrava-se suas meias vermelhas de seda.

Olhando para o corredor do lado de fora, enxergou grupos maiores descendo as escadas até o jardim. Mas se sentou com seu charuto e um café junto à porta do cômodo alemão antigo, no qual alguns senhores estavam conversando, e dirigiu o olhar à sala de estar.

Logo à direita da porta havia um grupo ao redor de uma pequena mesa, dominado pelo estudante que falava com fervor. Ele havia afirmado que era possível traçar, através de um ponto, mais de uma paralela em relação a outra linha. E a esposa do advogado Hagenström exclamou:

— Impossível!

E ele passou a comprovar a tese de maneira tão enfática que todos fizeram de conta que tinham compreendido.

Mas no fundo do cômodo, sobre o divã que ficava ao lado da luminária baixa e de cúpula vermelha, Gerda Von Rinnlingen conversava com a jovem srta. Stephens. Ela tinha se recostado levemente nas almofadas de seda amarela, colocado um pé em cima do outro e fumava um cigarro devagar, expelindo a fumaça pelo nariz enquanto avançava o lábio inferior. À sua frente, a srta. Stephens sentava-se empertigada como se tivesse sido talhada em madeira e respondia com um sorriso assustado.

Ninguém observou o pequeno sr. Friedemann e ninguém percebeu que seus olhos esbugalhados não se soltavam da sra. Von Rinnlingen. Esparramado na cadeira, ele a olhava. Seu olhar não demonstrava paixão nem quase nenhuma dor; havia algo débil e morto ali, uma resignação sombria, fraca, inapetente.

Dez minutos se passaram assim. Então a sra. Von Rinnlingen se levantou de repente e, sem encará-lo, como se o estivesse observando secretamente o tempo todo, foi em sua direção e postou-se à sua frente. Ele se levantou, ergueu os olhos e escutou:

— Gostaria de me acompanhar até o jardim, sr. Friedemann?

Ele respondeu:

— Com prazer, prezada senhora.

15.

— O senhor ainda não visitou nosso jardim? — ela lhe perguntou na escada. — É bastante grande. Tomara que não haja muita gente por lá; quero respirar um pouco. Senti dor de cabeça durante o jantar; talvez o vinho tinto tenha sido muito forte para mim... Temos de sair por essa porta. — Tratava-se de uma porta de vidro, através da qual chegaram do vestíbulo a um corredor pequeno e fresco; depois, alguns degraus levavam até o lado de fora.

Todos os canteiros exalavam seus aromas na maravilhosa noite estrelada e quente. O jardim estava banhado pela luz da lua cheia e os convidados percorriam o caminho de pedriscos brancos. Um grupo havia se reunido ao redor da fonte, onde o médico idoso e benquisto soltava barquinhos de papel sob risadas gerais.

A sra. Von Rinnlingen passou meneando a cabeça de leve e apontou para longe, onde o jardim de flores delicado e cheiroso escurecia e se transformava em parque.

— Vamos descer a alameda do centro — ela disse. A entrada era rodeada por dois obeliscos baixos, largos.

Lá no fundo, no final da retíssima alameda das castanheiras, eles viram o rio iluminado pelo luar, esverdeado e brilhante. O entorno estava escuro e fresco. De vez em quando, caminhos secundários formavam bifurcações que também levavam ao rio. Por muito tempo, não se ouviu nenhum ruído.

— Perto da água — ela falou — há um lugar bonito, onde já estive várias vezes. Podemos conversar um pouco por ali. Veja, às vezes uma estrela brilha entre as folhas.

Ele não retrucou e observou a superfície verde, brilhante, da qual se aproximavam. Era possível reconhecer as fortificações na margem oposta. Ao saírem da alameda e se dirigirem ao gramado que descia até o rio, disse a sra. Von Rinnlingen:

— Nosso lugar fica um pouco mais à direita. Veja, está vago.

O banco em que se sentaram estava a seis passos da alameda, contígua ao parque. Lá estava mais quente do que entre as árvores largas. Os grilos cantavam no gramado, que na água se transformava em caniços. O rio, iluminado pela lua, reluzia suavemente.

Ambos permaneceram em silêncio por algum tempo, olhando para a água. Mas depois ele se assustou, pois o tom que ouvira havia uma semana, aquele tom baixo, reflexivo e suave, sensibilizava-o de novo:

87

— Desde quando o senhor carrega esse defeito, sr. Friedemann? — ela perguntou. — É de nascença?

Ele engoliu em seco, pois a garganta parecia estrangulada. Em seguida, respondeu a meia voz, obediente:

— Não, senhora. Deixaram-me cair quando eu era bebê; foi desde então.

— E qual sua idade agora? — ela continuou perguntando.

— Trinta anos, senhora.

— Trinta anos — repetiu. — E o senhor não foi feliz durante esses trinta anos?

O sr. Friedemann sacudiu a cabeça e seus lábios tremiam.

— Não — ele respondeu. — Tudo foi mentira e engano.

— Então o senhor acreditou ter sido feliz? — ela perguntou.

— Eu tentei — ele disse, ao que ela retrucou:

— Foi corajoso.

Um minuto se passou. Apenas os grilos cantavam e atrás deles, as árvores farfalhavam baixinho.

— Entendo um pouco de infelicidade — ela disse. — Essas noites de verão perto da água são o melhor remédio.

Ele não respondeu, mas apontou com um movimento débil a outra margem, pacífica, no escuro.

— Estive sentado ali não faz tempo — ele disse.

— Ao voltar da minha casa? — ela perguntou.

Ele apenas concordou com a cabeça.

Em seguida, ele subitamente ergueu-se do seu lugar, soluçou, soltou um gemido de dor que era também um desabafo, e desabou aos poucos diante dos pés dela. Tocou a mão dela com a sua, que estava postada ao seu lado no banco, e enquanto a segurava, e enquanto segurava também a outra, enquanto esse homem pequenino, totalmente aleijado, tremia e soluçava à sua frente, de joelhos, apertando o rosto contra o colo dela, ele balbuciava, ofegante, com uma voz inumana:

— A senhora sabe... Deixe-me... Não consigo mais... Meu Deus... Meu Deus...

Ela não o repeliu, mas também não se curvou em sua direção. Continuava empertigada, um tanto recostada para trás, e seus olhinhos muito próximos um do outro, nos quais o brilho úmido da água parecia se espelhar, olhavam de maneira fixa e tensa à frente, para além dele, para longe.

Então, de repente, com um movimento brusco, com uma risada curta de desdém, orgulhosa, ela livrou ambas as mãos dos dedos quentes

88

dele, pegou-o pelo braço, jogou-o de lado com força ao chão, levantou-se e saiu correndo.

Ele ficou ali, o rosto na grama, anestesiado, fora de si, e o corpo tremendo sem parar. Conseguiu dar um jeito de se erguer, deu dois passos e caiu novamente no chão. Dentro da água.

O que se passara com ele naquele instante? Talvez aquele ódio voluptuoso que sentira quando ela o desdenhou com o olhar tivesse se transformado naquele instante — depois de ter sido tratado como um cachorro, de estar deitado no chão — num ódio louco a ser enfrentado, mesmo que contra si mesmo... Talvez fosse uma autorrepugnância que trazia o desejo de se matar, se destroçar em pedaços, se extinguir...

Engatinhou esfregando a barriga no chão por mais um pouco, ergueu o tronco e deixou-se cair novamente no rio. Não levantou mais a cabeça; não mexeu nem mesmo as pernas, que estavam na margem.

Enquanto a água chapinhava, os grilos silenciaram. Mas seu canto recomeçou, o parque reverberava baixinho e um riso abafado ecoava da longa alameda.

O PALHAÇO

Depois de tudo, ao final e como saída honrosa, na verdade é tão somente asco que a vida — minha vida — me instila, asco por "tudo isso" e "o todo", esse asco que me enoja, me assusta, me sacode e me joga de novo no chão, e que talvez um dia, cedo ou tarde, me garanta o ímpeto necessário a fim de encerrar esse assunto ridículo, que não vale de nada, e partir. Entretanto, é muito provável que eu ainda prossiga neste mês e no outro, que ainda prossiga por um quarto de ano ou um semestre, comendo, dormindo e me ocupando — da mesma maneira mecânica, programada e tranquila na qual minha vida exterior se passou durante este inverno e que se contrapôs de maneira terrível com o caótico processo de dissolução do meu interior. Não parece que os acontecimentos interiores de um ser humano são mais intensos e mais ferozes quanto mais descompromissada, alheia ao mundo e tranquila for sua maneira de viver exteriormente? Não adianta: é preciso viver; e se você resistir em ser um homem de atitudes e se retirar à solidão mais pacífica, as vicissitudes da existência hão de assolá-lo por dentro, e a partir delas será preciso comprovar seu próprio caráter, seja você herói ou mentecapto.

Preparei este caderno em branco para contar minha "história": por quê, afinal? Para ter algo que fazer? Por gostar de psicologia e me certificar da necessidade disso? A necessidade é tão consoladora! Talvez também para desfrutar de momentos de um tipo de superioridade sobre mim mesmo e um tipo de indiferença? Pois indiferença, sei, seria uma espécie de felicidade...

I.

Ela fica tão longe, a cidade antiga, pequena, com suas ruas estreitas, angulosas e construções distintas, suas igrejas góticas e fontes, suas pessoas íntegras, trabalhadoras e simples e a grande casa da aristocracia, acinzentada pelo tempo, na qual cresci.

Essa casa ficava no centro da cidade e tinha servido a quatro gerações de comerciantes ricos e respeitados. Sobre a porta de entrada lia-se "*Ora et labora*", e depois de se vencer a escada larga do vestíbulo espaçoso de pedras, chegava-se a uma galeria de madeira pintada de branco que o contornava no alto, e era preciso ainda atravessar uma antessala larga e uma pequena galeria escura de colunas, para então transpor uma das portas altas, brancas, da sala de estar, onde minha mãe se encontrava tocando piano.

Ela estava sentada na penumbra, pois as janelas estavam guarnecidas com cortinas pesadas, vermelho-escuras; e deuses desenhados em branco no papel de parede pareciam destacar-se plasticamente do seu cenário azul, prestando atenção aos sons pesados, graves, do início de um *Noturno* de Chopin, que era sua grande paixão e que sempre tocava muito devagar, como para saborear a melancolia de cada acorde. O piano era antigo e havia perdido a sonoridade, mas com o pedal, que disfarçava os tons agudos como se fossem prata fosca, era possível alcançar os efeitos mais surpreendentes.

Eu havia me acomodado no sofá adamascado, de encosto rígido, escutando e observando minha mãe. Ela era pequena e delicada e em geral usava um vestido de tecido macio, cinza-claro. O rosto estreito não era bonito, mas debaixo do cabelo repartido, levemente ondulado, de um loiro tímido, havia uma feição infantil tranquila, delicada. E quando estava sentada junto ao piano, a cabeça um pouco inclinada para o lado, assemelhava-se aos comoventes anjos pequeninos aos pés da Madona, esforçando-se em tocar o alaúde.

Quando eu era pequeno, ela costumava me contar, com sua voz baixa e retraída, histórias que ninguém mais conhecia; ou só colocava as mãos sobre minha cabeça deitada no seu colo, e permanecia em silêncio e imóvel. Creio que essas foram as horas mais felizes e serenas da minha vida. Seu cabelo não se tornava grisalho e, para mim, ela não parecia envelhecer; apenas seu corpo se tornava cada vez mais delicado e o rosto, mais estreito, calmo e sonhador.

Meu pai, porém, era um homem alto e largo, metido num elegante paletó preto e colete branco, sobre o qual se penduravam lunetas douradas. Entre suas costeletas curtas, cinza-gelo, estava o queixo, liso como o lábio superior, redondo e marcante, e entre as sobrancelhas havia sempre duas dobras profundas, verticais. Tratava-se de um senhor importante de grande influência sobre assuntos públicos; vi pessoas se afastando dele com a respiração acelerada e olhos brilhantes, e outros abalados e totalmente desesperados. Pois acontecia às vezes de eu e também minha mãe e minhas duas irmãs mais velhas assistirmos a essas cenas; talvez porque meu pai quisesse me incutir a ambição de vencer na vida como ele o fez; talvez também, como suspeito, porque ele precisasse de público. Recostado na sua cadeira e com uma das mãos enfiada na lapela do paletó, seu hábito de acompanhar com o olhar o felizardo ou o derrotado pelas costas já me fazia, ainda criança, suspeitar disso.

Eu estava sentado num canto e observava meu pai e minha mãe como se escolhesse entre os dois, decidindo se a vida era melhor vivida com pensamentos sonhadores ou com ação e poder. E no final meus olhos se fixavam no rosto tranquilo de minha mãe.

2.

Não que eu fosse igual a ela na minha natureza exterior, pois grande parte das minhas atividades não era nada tranquila e silenciosa. Lembro-me de uma delas, a predileta, de quando me relacionava com garotos da minha idade e suas brincadeiras, e que ainda agora, aos trinta anos, aliás, me enche de alegria e satisfação.

Trata-se de um teatro de marionetes grande e bem equipado, com o qual me trancava sozinho no meu quarto para apresentar os mais curiosos dramas musicais. Meu quarto, localizado no segundo andar e que tinha dois retratos de antepassados com bigodes à la Wallenstein pendurados na parede, ficava no escuro com uma lâmpada colocada ao lado do teatrinho, pois a iluminação artificial parecia necessária para melhorar a atmosfera. Eu me sentava bem à frente do palco, pois era o maestro, e minha mão esquerda descansava sobre uma grande caixa redonda de papelão, o único instrumento visível da orquestra.

Entravam depois os artistas que iriam atuar e que eu havia desenhado com pena e tinta, recortado e grudado em palitos de madeira, a fim de ficarem em pé. Eram homens de sobretudo e cartola e mulheres de grande beleza.

— Boa noite, meus senhores! — eu anunciava. — Tudo bem? Estou por aqui, pois alguns detalhes ainda tinham de ser resolvidos. Mas já é hora de ir ao camarim.

E todos entravam nos camarins, que ficavam atrás do palco, e voltavam depressa, transformados em coloridas personagens teatrais, a fim de especular sobre a lotação da casa através do buraco que eu havia recortado na cortina. De fato, a casa estava razoavelmente cheia e eu me dava o toque do sino para o início da apresentação, erguendo a batuta e desfrutando por um breve instante o grande silêncio que essa gente proporcionava. Logo em seguida, porém, um novo movimento disparava o abafado rufar dos tambores que fazia parte do início da abertura e que eu executava com a mão esquerda sobre a caixa de papelão: os trompetes, clarinetas e flautas — cujos sons eu imitava de maneira incomparável com a boca — começavam e a música prosseguia até num crescendo poderoso, quando a cortina se erguia e o drama começava num bosque escuro ou num salão reluzente.

A história havia sido criada pela imaginação, mas tinha de ser improvisada a cada instante, e o que ecoava nas canções apaixonadas e doces, enquanto os clarinetes trinavam e a caixa de papelão ribombava, eram versos estranhos, melodiosos, cheios de palavras grandiloquentes e ousadas que às vezes até rimavam, mas raramente resultavam num conteúdo compreensível. Mas a ópera seguia seu curso, enquanto eu tamborilava com a mão esquerda, cantava e tocava usando a boca e com a direita não apenas dirigia as personagens como também todo o resto, até o mínimo pormenor, de maneira que no final dos atos a ovação era entusiasmada, a cortina tinha de ser aberta diversas vezes e não raro era preciso que o maestro se virasse em sua cadeira e, voltado para a frente, se curvasse para a sala, orgulhoso e lisonjeado.

Realmente, quando eu guardava meu teatro após uma encenação tão exaustiva como essa, com a cabeça fervendo, um cansaço feliz tomava conta de mim, assim como deve senti-la um artista importante que executou com sucesso uma obra na qual empenhara o que tinha de melhor. Até meus treze ou catorze anos essa brincadeira continuou sendo minha atividade predileta.

3.

Como se passou mesmo minha infância e adolescência na grande casa, em cujos cômodos de baixo meu pai conduzia seus negócios enquanto no alto minha mãe, em sua cadeira de balanço, sonhava ou tocava o piano baixinho, pensativa, e minhas duas irmãs, que eram dois ou três anos mais velhas que eu, mexiam na cozinha e nos armários de roupa? Lembro-me de tão pouco.

Claro está que eu era um garoto incrivelmente corajoso que, devido à procedência privilegiada, a imitação exemplar dos professores, as milhares de pecinhas de teatro e as expressões de linguagem mais sofisticadas, sabia conquistar respeito e admiração. Mas durante as aulas eu não me saía bem, pois de tão profundamente ocupado em descobrir a comicidade nos movimentos dos professores não conseguia prestar atenção no restante, e em casa, de tão cheia a cabeça com assuntos de ópera, versos e bobagens das mais variadas, não conseguia me concentrar a sério para trabalhar.

— Argh — dizia meu pai depois de ter lido, com a mão na lapela do paletó, o boletim que eu lhe trazia na sala, e as rugas entre suas sobrancelhas ficavam mais fundas. — Você não me traz muitas alegrias, isso é fato. Caso tenha a bondade de me responder — o que será de você? Você nunca ficará com o pescoço fora d'água na vida.

Isso era deprimente; mas não me impedia de ler para meus pais e irmãs, logo depois do jantar, um poema que eu compusera de tarde. Meu pai ria e seu pincenê saltava de um lado a outro sobre o colete branco. "Que paspalho!", ele exclamava de vez em quando. Mas minha mãe me puxava para o seu lado, tirava o cabelo da minha testa e dizia:

— Não está nada mau, meu filho. Acho que tem algumas passagens bonitas aí.

Mais tarde, um pouco mais velho, aprendi sozinho um jeito de tocar piano. Comecei com acordes em fá sustenido maior, porque achava as teclas pretas especialmente atraentes, procurei transições para outros tons e aos poucos, visto que ficava longas horas ao piano, alcancei certa habilidade na troca das harmonias, embora desprovida de ritmo e de melodia. E colocava a maior expressividade possível nesse torvelinho místico.

Minha mãe dizia:

— A maneira como ele toca revela bom gosto. — E ela fez com que eu tivesse aulas que duraram apenas meio ano, pois eu realmente não tinha muito interesse em aprender de maneira correta a posição dos dedos e o ritmo.

Bem, os anos se passaram e, apesar das preocupações que a escola me proporcionava, cresci muito feliz. Circulava com alegria e desenvoltura entre meus conhecidos e parentes, e era prestimoso e encantador pelo prazer de me passar por alguém encantador, embora por instinto começasse a desprezar todas essas pessoas secas e sem imaginação.

4.

Certa tarde, quando tinha por volta de catorze anos e estava prestes a ingressar nos anos finais da escola, escutei uma curta conversa entre meus pais sentados à mesa redonda e que não sabiam que eu estava deitado perto da janela da sala de jantar ao lado, observando o céu pálido sobre os casarios. Ao reconhecer meu nome, aproximei-me em silêncio da porta branca de folha dupla que estava entreaberta.

Meu pai recostava-se em sua cadeira, as pernas cruzadas, e com uma das mãos segurava o informe da bolsa sobre os joelhos, enquanto a outra acariciava lentamente o queixo entre as costeletas. Minha mãe estava acomodada no sofá, com o rosto tranquilo curvado sobre um bordado. Entre os dois havia uma luminária.

Meu pai disse:

— Sou da opinião que devemos tirá-lo da escola e colocá-lo de aprendiz num grande estabelecimento comercial.

— Oh — disse minha mãe, desolada, erguendo o olhar. — Uma criança tão talentosa!

Meu pai ficou em silêncio enquanto soprava com cuidado um fiapo de poeira de seu paletó. Em seguida, ergueu os ombros, abriu os braços estendendo as palmas das mãos em direção à minha mãe e retrucou:

— Se você acha, querida, que a atividade de comerciante não contempla qualquer talento, está enganada. Entretanto, como devo reconhecer, para minha infelicidade, o menino não vai a lugar nenhum na escola. Seu talento, ao qual você se refere, é um tipo de talento de palhaço, e me apresso a acrescentar que não o subestimo. Ele pode ser amável quando está disposto, ele sabe lidar com as pessoas, diverti-las, lisonjeá-las, tem a necessidade de ser aceito por elas e fazer sucesso: com esse tipo de predisposição, muita gente já fez a vida e deste modo ele está relativamente apto a ser um comerciante de grande estilo, apesar de sua indiferença em relação ao resto.

Em seguida, meu pai se recostou satisfeito, pegou um cigarro da carteira e acendeu-o devagar.

— Certamente você tem razão — disse minha mãe, olhando melancólica para os lados. — Eu apenas muitas vezes acreditei, e de certa maneira esperei, que ele se tornasse um artista... É verdade, seu talento musical, que não foi desenvolvido, não deve ser valorizado em demasia; mas você percebeu que, nos últimos tempos, desde que visitou a pequena exposição de artes, ele começou a desenhar um pouco? Não é nada mau, creio...

Meu pai assoprou a fumaça para longe, empertigou-se na sua poltrona e sentenciou:

— Isso não passa de bufonaria e pilhéria. Aliás, é possível perguntar ao próprio sobre seus desejos.

Bem, que desejos eu haveria de ter? A perspectiva de mudança de minha vida exterior me deixava animado, afirmei estar seriamente disposto a deixar a escola a fim de me tornar comerciante, e fui ser aprendiz no grande comércio de madeiras do sr. Schlievogt, lá embaixo junto ao rio.

5.

A modificação era totalmente exterior, isso está claro. Meu interesse pelo comércio atacadista madeireiro do sr. Schlievogt era incrivelmente escasso, e eu ficava sentado na minha cadeira giratória sob a lâmpada de gás no escritório apertado e escuro tão alheio e distante àquilo como antes nos bancos escolares. Agora tinha menos preocupações; eis a diferença.

O sr. Schlievogt, um homem corpulento de rosto vermelho e barba cinza, dura, de lobo do mar, não me dava muita atenção, visto que se encontrava sempre na serraria, que ficava bastante distante do escritório e do depósito, e os empregados do escritório me tratavam com respeito. Eu mantinha um relacionamento de amizade com apenas um deles, um jovem talentoso e divertido de boa família, que já conhecia da escola, e que se chamava Schilling. Como eu, ele também troçava de todos ali, mas para além disso tinha um ávido interesse pelo negócio madeireiro e não deixava de expressar, todos os dias, a disposição de se tornar, de uma maneira ou de outra, um homem rico.

De minha parte, eu realizava mecanicamente minhas tarefas indispensáveis para depois ficar andando a esmo no depósito entre as pilhas de madeira e os trabalhadores, observar o rio através da alta cerca de madeira, ao longo do qual vez ou outra passava um trem de carga, enquanto me lembrava de uma encenação no teatro ou de um concerto a que havia assistido ou de um livro que tinha lido.

Eu lia muito, lia tudo que me caía nas mãos, e era muito impressionável. Compreendia cada personalidade poética com a sensação de estar me reconhecendo ali e pensava e sentia o estilo de um livro por tanto tempo até que um novo exercesse seu efeito sobre mim. No meu quarto, onde no passado montara meu teatro de marionetes, sentava-me com um livro no colo e erguia o olhar para o retrato dos dois antepassados, a fim de saborear a prosódia à qual havia me entregue, enquanto um caos estéril de pensamentos pela metade e de imagens fantasiosas me dominava...

Minhas irmãs haviam se casado em rápida sucessão e eu, quando não estava no comércio, descia à sala de estar, onde minha mãe, um tanto enfermiça e cujo rosto se tornava cada vez mais infantil e plácido, passara a ficar muitas vezes sozinha. Quando tocava Chopin para mim e eu lhe mostrava uma nova ideia de transição de harmonias, ela costumava me perguntar se eu estava satisfeito com minha profissão e feliz... Sem dúvida, eu estava feliz.

Eu não passara muito dos vinte anos, minha condição de vida era totalmente provisória, e não me era estranha a ideia de que não tinha nenhuma obrigação de passar meus dias na empresa do sr. Schlievogt ou numa madeireira ainda maior, e sim que em algum momento eu poderia me libertar, deixar aquela cidade e viver meus gostos em algum lugar do mundo: ler romances bons e bem escritos, frequentar o teatro, fazer um pouco de música... Feliz? Mas eu comia maravilhosamente, andava com as melhores roupas, e desde muito cedo — por exemplo durante a época da escola, quando percebi que colegas pobres e malvestidos costumavam se retrair e reconheciam a mim e a meus semelhantes, de um jeito tímido e lisonjeiro, como parte das autoridades e dos que ditam regras — tinha consciência de que fazia parte dos superiores, dos ricos, dos invejáveis, que têm direito de olhar do alto, com desdém benevolente, para os pobres, os infelizes e os invejosos. Como não seria feliz? Que as coisas tomassem o seu rumo. A princípio, havia um encanto em circular entre parentes e conhecidos de maneira distanciada, presunçosa e animada, fazendo troça de suas limitações, enquanto eu, querendo agradar, tratava-os com sabida amabilidade e de bom grado me aprazia do respeito difuso que toda essa gente manifestava diante de meu ser e meu jeito, porque, inseguros, suspeitavam da existência de algum tipo de insubordinação e extravagância.

6.

Meu pai começou a passar por uma transformação. Ao sentar-se à mesa às quatro horas, as rugas entre suas sobrancelhas pareciam mais fundas a cada dia e ele não metia mais, com um gesto imponente, a mão na lapela do paletó, mas parecia abatido, nervoso e acanhado. Certo dia, disse para mim:

— Você já tem idade suficiente para dividir comigo as preocupações que solapam minha saúde. Aliás, tenho a obrigação de mostrá-las a você, para que não alimente expectativas falsas sobre seu futuro padrão de vida. Você sabe que o casamento de suas irmãs exigiu sacrifícios significativos. Há pouco a firma sofreu prejuízos que acabaram por reduzir o patrimônio de maneira substancial. Sou um homem velho, sinto-me desencorajado e não acredito que a situação se altere de maneira significativa. Peço-lhe que tenha em mente que você estará por sua própria conta...

Isso foi o que me falou dois meses antes de sua morte. Certo dia, meu pai foi encontrado lívido, paralisado e aos balbucios no braço da poltrona em seu escritório privado, e uma semana depois a cidade inteira participou de seu enterro.

Minha mãe estava sentada no sofá, delicada e silenciosa, junto à mesa redonda da sala, e seus olhos mantinham-se fechados quase o tempo todo. Ao nos dirigirmos a ela, minhas irmãs e eu, ela assentia com a cabeça e sorria, para então voltar a ficar em silêncio e imóvel, as mãos cruzadas sobre as pernas, os olhos arregalados, alheios e tristes fixados em um dos deuses do papel de parede. Quando chegaram os homens de sobrecasacas para informar sobre o andamento da liquidação, ela do mesmo modo assentiu com a cabeça e voltou a fechar os olhos.

Ela não tocava mais Chopin e, quando vez ou outra alisava o cabelo, a mão pálida, delicada e cansada tremia. Pouco depois de meio ano da morte de meu pai, ela se deitou e morreu, sem um gemido, sem uma batalha pela vida...

Tudo tinha terminado. O que me prendia ao lugar? Os negócios foram encerrados, para o bem ou para o mal minha parte na herança resultou em cerca de cem mil marcos, suficientes para me tornar independente — e ainda mais porque, por um motivo qualquer, fui considerado inapto para o serviço militar.

Nada mais me ligava às pessoas entre as quais eu havia crescido; seus olhares dirigidos a mim carregavam mais e mais estranheza e espanto, sua visão de mundo era por demais parcial para considerar submeter-me a elas. Admito que me conheciam direito, que me consideravam um ser humano absolutamente inútil, que era como eu também me considerava. Mas como eu era cético e fatalista o suficiente para aceitar minha "aptidão a palhaço" — nas palavras de meu pai — pelo lado alegre, e animadamente disposto a aproveitar a vida do meu jeito, nada me faltava no quesito autossatisfação.

Reuni meu pequeno patrimônio e, quase sem despedidas, deixei a cidade com o intuito primeiro de viajar.

7.

Esses três anos que se seguiram e nos quais me entreguei com avidez a milhares de impressões novas, mutantes e ricas — lembro-me deles como um sonho bonito e distante. Quanto tempo faz desde que passei uma festa de Ano-Novo com os monges, em Simplon, entre neve e gelo; que perambulei em Verona pela Piazza Erbe; que caminhei, desde o Borgo San Spirito, sob a colunata de São Pedro, e meus olhos intimidados se perderam na praça monumental; que do Corso Vittorio Emanuele avistei, para além da reluzente Nápoles, a graciosa silhueta de Capri desaparecer na névoa azul... Na realidade, são seis anos e não muito mais.

Oh, eu vivia de maneira absolutamente cuidadosa e de acordo com minhas condições: quartos simples em casas de família, pensões baratas — mesmo assim, devido às constantes trocas de lugar e à dificuldade que senti de início para me desacostumar de meus hábitos burgueses, gastos maiores foram inevitáveis. Eu havia separado quinze mil marcos de meu capital para o período de minhas andanças; sem dúvida, essa soma foi ultrapassada.

Aliás, eu me sentia bem entre pessoas com as quais mantinha contato esporádico em trânsito, muitas vezes existências desprendidas e muito interessantes. Para elas, eu não era objeto de respeito como em meu antigo meio, mas também não precisava temer perguntas e olhares carregados de estranheza.

Nas pensões, meu talento social por vezes granjeava-me uma popularidade sincera entre os viajantes — lembro-me de uma cena no salão da pensão Minelli, em Palermo. Eu começara a improvisar no piano, às custas de muitas caretas trágicas, canto declamado e harmonias volteantes, um drama musical "de Richard Wagner" para um grupo de franceses de diversas idades. Ao encerrar a apresentação, sob muitos aplausos, veio até mim um senhor idoso quase careca e cujas ralas costeletas brancas batiam sobre seu casaco cinza de viagem. Ele tomou minhas mãos e exclamou, com lágrimas nos olhos:

— Mas isso é espantoso! Espantoso, meu caro! Eu lhe juro que há trinta anos não me divirto tanto! Ah, permita que eu lhe agradeça de coração! Mas o senhor tem de virar ator ou músico!

É verdade que nessas ocasiões eu sentia algo parecido com o genial atrevimento de um grande pintor que se presta a desenhar uma caricatura ao mesmo tempo ridícula e espirituosa na mesa junto a um grupo de amigos. Depois do jantar, porém, fiquei a sós no salão e passei uma hora solitária e melancólica tentando tirar do instrumento os acordes que eu acreditava serem afins à sensação que a visão de Palermo suscitava em mim.

A partir da Sicília, toquei fugazmente a África, depois me encaminhei à Espanha, e foi lá, próximo a Madri, numa tarde nublada de inverno no campo, que senti pela primeira vez o desejo de voltar à Alemanha — e a necessidade, também. Pois sem levar em conta que eu começava a desejar uma vida tranquila, ordenada e sedentária, não era difícil calcular que até minha chegada à Alemanha, apesar de todas as restrições, vinte mil marcos teriam sido consumidos. Não hesitei muito em iniciar o lento regresso através da França, para o qual precisei de quase meio ano, devido a estadias prolongadas em diferentes cidades, e lembro-me com nostálgica clareza da noite de verão em que entrei na estação de trem da cidade-residência da Alemanha central, que havia escolhido já no início da viagem. Estava um pouco mais instruído, carregando algumas experiências e conhecimentos e repleto de uma alegria infantil de poder iniciar, a partir de minha despreocupada independência e de bom grado de acordo com meus modestos meios, uma existência pacata e simples.

Na época, contava vinte e cinco anos.

8.

A escolha do lugar não era má. Trata-se de uma cidade importante, ainda sem o burburinho e agitação de cidade grande nem atividades comerciais perniciosas, com algumas praças antigas bastante extensas e, também, com uma movimentação nas ruas que não carecia de vivacidade nem de certa elegância. A localidade possui alguns lugares agradáveis; mas eu sempre preferi o passeio, planejado com muito bom gosto, que se estende até o monte Lerchenberg, uma colina estreita e longa, na qual grande parte da cidade se encosta, e do alto da qual é possível desfrutar de um belo panorama sobre casas, igrejas e o rio que serpenteia com suavidade até onde a vista alcança. Em alguns lugares, e sobretudo nas bonitas tardes de verão, quando uma capela militar toca e carruagens e passeadores se movimentam para lá e para cá, vem a recordação do Pincio. Mas ainda haverei de mencionar esse passeio.

Ninguém acredita no reverente prazer com o qual decorei o amplo cômodo que havia alugado, ao lado do dormitório contíguo, numa região cheia de vida do centro da cidade. Os móveis de meus pais tinham sido transferidos em grande parte para minhas irmãs, entretanto eu recebera tudo de que precisava: coisas imponentes e sólidas, que vieram com meus livros e os dois retratos dos antepassados; principalmente o velho piano, que minha mãe legara a mim.

Na verdade, depois de tudo montado e organizado, depois de as fotografias que eu reunira nas viagens ornamentarem todas as paredes, bem como a pesada escrivaninha de mogno e a cômoda bojuda, e depois de, pronto e aconchegado, ter me sentado numa poltrona junto à janela para observar ora as ruas lá fora ora meu novo apartamento, meu prazer não era pouco. E mesmo assim — não me esqueci desse momento —, mesmo assim, além da satisfação e da confiança, outra coisa em mim se fazia perceptível, um sentimento vago de medo e inquietação, a consciência silenciosa de um tipo de indignação e rebelião contra uma força ameaçadora... o pensamento levemente opressivo de que minha situação, que até então nunca passara de provisória, pela primeira vez devia ser encarada como definitiva e inevitável.

Não nego que essa sensação e outras similares se repetiam vez ou outra. Mas será possível evitar que, em determinadas horas vespertinas, nas quais olhamos para a noite que cai e talvez para uma chuva leve, não nos tornemos melancólicos? Nesse caso, era certo que meu futuro estava totalmente assegurado. Eu havia depositado a quantia redonda de oitenta mil marcos no banco municipal, os juros chegavam — meu Deus, que tempos difíceis! — a cerca de seiscentos marcos no trimestre, e me permitiam ter uma vida decente, comprar livros, ir com alguma frequência ao teatro, sem excluir um passatempo mais simples.

Desde então, meus dias transcorriam de acordo com o ideal que desde sempre fora meu objetivo. Levantava-me por volta das dez, tomava o café e passava o tempo até o almoço no piano e com a leitura de uma revista literária ou de um livro. Em seguida, caminhava rua acima até o pequeno restaurante que frequentava com regularidade, almoçava e depois fazia um passeio mais prolongado pelas ruas, por uma galeria, nos arredores, até o monte Lerchenberg. Voltava para casa e retomava as atividades da manhã: lia, tocava música, às vezes até me distraía com um tipo de desenho artístico ou me dedicava a escrever uma carta. Se eu não fosse ao teatro ou a um concerto depois do jantar, ficava no café e lia os jornais até a hora de dormir. Mas o dia havia sido bom e bonito, trazia-me felicidade caso tivesse conseguido um tema que me parecesse novo e belo no piano, caso tivesse conseguido absorver um estado de ânimo suave e duradouro a partir da leitura de uma novela ou da observação de uma imagem...

Aliás, não me furto em dizer que definia minhas disposições com certo idealismo e me propunha seriamente a garantir o máximo de "conteúdo" possível aos meus dias. Comia com frugalidade, via de regra dispunha de apenas um terno, em resumo, limitava minhas necessidades físicas com cuidado, para estar em condições de pagar um preço alto para um bom lugar na ópera ou no concerto, adquirir um lançamento literário, visitar essa ou aquela exposição de arte...

Os dias, porém, se passaram, tornaram-se semanas e meses — monotonia? Confesso: não é sempre que um livro nas mãos consegue dar sentido a uma série de horas; no mais, você tentou sem sucesso criar algo no piano, está sentado junto à janela, fumando cigarros e é tomado de assalto por um sentimento de aversão ao mundo e a si mesmo; o medo surge de novo, o tão conhecido medo, e você se levanta num salto e sai para observar a rua com a indiferença animada das pessoas felizes, os profissionais e os trabalhadores, que do ponto de vista espiritual e material não são aptos o suficiente para o ócio e a fruição.

9.

Teria um homem de vinte e sete anos condições de acreditar, seriamente, na imutabilidade definitiva de suas condições, mesmo que tal imutabilidade seja absolutamente provável? O trinado de um pássaro, o pedaço minúsculo de céu azul, qualquer sonho à noite, mesmo inconcluso e impreciso, tudo serve para lançar súbitos fluxos de vagas esperanças em seu coração e preenchê-lo com a expectativa jubilosa de uma felicidade grande, imprevista... Eu perambulava de um dia a outro — discreto, sem um objetivo, ocupado com essa ou aquela pequena esperança, fosse apenas o dia de publicação de uma revista de entretenimento, com a enérgica convicção de ser feliz e por vezes um pouco cansado da solidão.

Verdade, não eram raros os dias em que sentia desgosto pela falta de convívio e de companhias — é preciso explicar essa falta? Eu não dispunha de nenhum laço com a boa sociedade e com o primeiro e o segundo círculos da cidade; para me imiscuir na juventude dourada como *fêtard* faltavam-me, sabe Deus, os meios. E a boemia, por outro lado? Mas sou um homem educado, uso roupas brancas limpas e um terno sem remendos e não tenho nenhuma vontade de manter conversas anarquistas com jovens desleixados em mesas grudentas de absinto. Para resumir: não havia nenhum círculo social determinado ao qual eu pertenceria naturalmente, e as relações que se davam de forma espontânea eram raras, superficiais e frias — por minha própria culpa, como confesso, pois também nesses casos eu me retraía com um sentimento de insegurança e com a desagradável consciência de não conseguir explicar de maneira breve, clara e que despertasse respeito quem e o que eu era nem mesmo a um pintor preguiçoso.

Aliás, eu havia rompido com a "sociedade" e abdicado dela quando me dei a liberdade de não servi-la ao trilhar meus próprios caminhos, e se eu, para ser feliz, tivesse tido a necessidade das "pessoas", então teria de me perguntar também se nesse caso não estaria, naquela hora, ocupado em enriquecer como comerciante de grande estilo, granjeando inveja e o respeito generalizados.

Entretanto... entretanto! O fato era que meu isolamento filosófico me exasperava num grau muito alto e que, no fim das contas, ele não mais coincidia com minha ideia de "felicidade", com minha consciência, minha convicção de ser feliz, cujo estremecimento — não havia dúvida — era quase impossível. Não ser feliz, ser infeliz: isso era imaginável? Era inimaginável, e assim a pergunta estava respondida até que esse retraimento e alheamento não me parecessem direitos, nada direitos, e eu me tornava espantosamente rabugento.

"Rabugento." Seria essa uma característica dos felizes? Recordava-me de minha vida em casa, nos círculos restritos em que me movimentava com a divertida consciência a respeito de minha genial vocação artística — amistoso, simpático, os olhos cheios de animação, entusiasmo e orgulhosa benquerença em relação ao mundo todo, um tanto estranho no julgamento das pessoas, mas querido mesmo assim. Naquela época, fui feliz apesar de ter de trabalhar na madeireira do sr. Schlievogt; e agora? E agora?...

Mas apareceu um livro mais interessante do que a média, um novo romance francês, cuja compra me permiti e o qual, aconchegado na poltrona, degustarei com calma. Trezentas páginas, mais uma vez, cheias de bom gosto, graça e arte sofisticada! Ah, organizei minha vida em razão do meu deleite! Não sou feliz? Uma ridicularia, essa pergunta, apenas isso...

10.

Mais um dia se passou, um dia a respeito do qual não posso negar, graças a Deus, houve conteúdo; a noite chegou, as cortinas das janelas estão fechadas, a luminária arde sobre a mesa, já é quase meia-noite. A pessoa poderia se recolher, mas se mantém recostada na poltrona, e com as mãos cruzadas sobre o colo, olha para o teto, a fim de perseguir, com resignação, o puxar e repuxar silencioso de uma dor quase indeterminada, que não consegue ser espantada.

Há algumas horas eu ainda estava entregue ao efeito de uma grande obra de arte, uma dessas criações colossais e terríveis, que com a pompa degenerada de um diletantismo genial, sem escrúpulos, sacodem, anestesiam, torturam, beatificam, exterminam... Meus nervos ainda tremem, minha criatividade está agitada, estranhos estados de espírito são avivados e depois apagados dentro de mim, sensações de nostalgia, ardor religioso, triunfo, paz mística — e também há uma necessidade que se manifesta, que quer sair: a necessidade de se expressar, se comunicar, se mostrar, "fazer algo a partir disso"...

E se em realidade fosse um artista capaz de me expressar com a voz, a palavra ou a imagem — de preferência, específico, de todas essas maneiras e simultaneamente? Mas é verdade, logro tudo! Sei, por exemplo, sentar-me ao piano em meu pequeno cômodo e entregar-me por inteiro aos meus belos sentimentos, e isso deveria ser o suficiente para mim; pois se eu, para ser feliz, necessitasse "das gentes"... confesso, também preciso! E se eu também valorizasse minimamente o sucesso, a fama, o reconhecimento, a inveja, o amor?... Deus! Basta eu me lembrar das cenas naquele salão de Palermo para confessar que um acontecimento semelhante significaria para mim, neste instante, um estímulo incomparável.

Pensando bem, não posso evitar reconhecer essa diferenciação de conceitos sofista e ridícula: a diferenciação entre a felicidade interior e exterior! O que é exatamente a "felicidade exterior"? Há um tipo de gente, os eleitos de Deus, como parece, cuja felicidade é o gênio e cujo gênio é a felicidade, pessoas iluminadas que atravessam a vida de maneira leve, elegante e encantadora com o reflexo e o brilho do sol nos olhos, enquanto o mundo inteiro as admira, elogia, inveja e ama, porque a inveja também é incapaz de odiá-las. Mas elas olham para o mundo como as crianças, desdenhosas, mimadas, temperamentais, petulantes, com uma simpatia solar, seguras de sua felicidade e de seu gênio e de que nada poderia ser diferente...

No que me toca, não nego a fraqueza de querer fazer parte dessa turma, e sempre me parece — seja ou não com razão — que algum dia estive em seu meio. Absolutamente "entretanto", pois sejamos honestos: o que importa é o julgamento que fazemos de nós mesmos, o valor que nos concedemos, a segurança que temos para nos impor!

Talvez a verdade seja apenas que eu tenha aberto mão dessa "felicidade exterior" à medida que me retraí da "sociedade" e organizei minha vida sem as "pessoas". Mas em momento algum se pode ou se deve duvidar de minha satisfação — pois, repetindo, e com uma ênfase desesperada: quero e preciso ser feliz! As noções de "felicidade" como um tipo de recompensa, gênio, distinção, gentileza, e de "infelicidade" como algo feio, obscuro, desprezível e, com uma palavra, ridículo, calam muito fundo em mim e me impedem de me respeitar caso eu seja infeliz.

Como poderia permitir-me ser infeliz? Que papel haveria de desempenhar para mim mesmo? Deveria ficar socado num canto escuro feito um morcego ou uma coruja e olhar com inveja para os "iluminados", os encantadores felizes? Eu haveria de odiá-los com aquele ódio que não passa de amor envenenado — e me desprezar!

"Socado num canto escuro!" Ah, e me recordo do que por vezes pensei e senti desde aquele mês sobre minha "posição marginal" e "isolamento filosófico"! E o medo se anuncia outra vez, o medo tão conhecido! E a consciência de um tipo de indignação contra um poder ameaçador...

Sem dúvida um consolo foi achado, uma distração, uma anestesia para essa vez e para uma próxima. Mas tudo voltou, tudo isso, voltou milhares de vezes ao longo dos meses e dos anos.

II.

Há dias de outono que são como um milagre. O verão passou, as folhas começaram há muito a amarelar no campo, e na cidade o vento assobia em todas as esquinas, enquanto rios sujos borbulham nas valetas. Você aceitou isso, talvez se sentando junto ao fogão para aguardar o inverno passar; mas ao acordar certa manhã você percebe, incrédulo, uma estreita faixa de azul luminoso que brilha no seu quarto entre as cortinas. Totalmente espantado, você pula da cama, abre a janela, uma onda de trêmula luz vem em sua direção, e ao mesmo tempo você distingue o trinar ruidoso e animado dos pássaros entre os ruídos da rua, enquanto parece que está inspirando, com o ar fresco e leve de um dos primeiros dias de outubro, a incomparável fragrância doce e promissora do mês de maio. É primavera, tudo indica que é primavera apesar do calendário, e você se veste ansioso a fim de ganhar rápido as ruas e, sob o céu cintilante, chegar ao campo.

Um dia inesperado e singular como esse aconteceu há cerca de quatro meses — estamos agora no início de fevereiro — quando me deparei com algo extraordinariamente belo. Antes das nove da manhã já estava pronto e sentia-me plenamente leve e animado, tomado por vaga esperança de mudanças, surpresas e felicidades, quando tomei o caminho para o Lerchenberg. Iniciei a subida pelo lado direito da colina, e percorri toda a extensão da encosta, sempre caminhando perto da baixa beirada de pedras da via principal, para ter franqueada, durante todo o caminho que bem toma cerca de meia hora, a visão sobre a cidade que descai levemente como um terraço e sobre o rio, cujas ondulações piscavam ao sol e atrás do qual a paisagem com suas colinas e seu verde desapareciam na bruma dourada.

Lá no alto não havia quase ninguém. Os bancos ao longo do caminho estavam solitários, e aqui e acolá uma estátua surgia entre as árvores, reluzindo brancas devido ao sol, enquanto uma folha murcha podia tombar suavemente sobre elas. O silêncio que ouvia enquanto mantinha o olhar direcionado ao panorama luminoso permaneceu imperturbável até eu alcançar o final da colina, e o caminho entre as antigas castanheiras tornou a descer. Foi então que escutei atrás de mim passos de cavalo e o barulho de uma carruagem que se aproximava depressa e à qual tive de abrir caminho no meio do lugar um tanto inclinado. Dei um passo ao lado e permaneci parado.

Era uma pequena carruagem de caça, muito leve, de duas rodas, puxada por dois cavalos grandes, claros, bufando com vitalidade. As rédeas estavam nas mãos de uma jovem de dezenove, talvez vinte anos, sentada ao lado de um senhor de aparência imponente e elegante, bigodes brancos penteados *à la russe* e sobrancelhas bastas. Um criado de libré simples, em preto e prata, decorava o banco traseiro.

No início da descida, a velocidade dos cavalos tinha sido reduzida para um passo, visto que um deles parecia nervoso e inquieto. Ele havia se afastado bastante para o lado da lança, apertava a cabeça contra o peito e cravava as pernas finas com uma resistência tão trêmula que o velho senhor, um pouco preocupado, se curvou para a frente para ajudar, com sua mão esquerda, elegantemente enluvada, a jovem a puxar as rédeas. A condução parecia ter sido passada a ela temporariamente e meio de brincadeira; essa era a impressão, visto que ela maneja as rédeas com um tipo de importância infantil e, ao mesmo tempo, inexperiência. A jovem fez um pequeno movimento com a cabeça, sério e indignado, enquanto tentava acalmar o espantado e trôpego animal.

Ela era morena e magra. O cabelo, preso num coque firme sobre a nuca, com melenas que caíam leves e soltas ao redor da testa e do rosto, deixando reconhecer fios castanhos mais claros, estava coberto por um chapéu de palha redondo e escuro, adornado apenas com um singelo arranjo de fita. No mais, portava uma jaqueta curta, azul-escura, e uma saia simples de tecido cinza-claro.

O mais atraente em seu rosto oval e de formas delicadas, de pele moreno-clara recém-corada pelo ar da manhã, com certeza eram os olhos: um par de olhos estreitos e amendoados, de íris preta, reluzente, mas dos quais só se via metade, encimados por sobrancelhas excepcionalmente uniformes, como que desenhadas à mão. O nariz talvez fosse um pouco longo, e a boca, de lábios finos e bem delineados, pudesse ser menor. Naquele instante, porém, os dentes alvos brilhantes e algo separados que a jovem apertava com força contra o lábio inferior ao se esforçar com o cavalo, enquanto retraía um pouco o queixo quase infantil, encantaram-me.

Seria errado dizer que esse rosto era de uma beleza fora do comum, admirável. Tinha o fascínio da juventude e do frescor alegre, e esse fascínio era por assim dizer apurado, fixado e enobrecido pela despreocupação abastada, educação elegante e cuidados luxuosos; era evidente que os olhos estreitos e brilhantes, que agora miravam o cavalo teimoso com irritação mimada, no minuto seguinte reassumiriam a expressão da felicidade garantida e natural. As mangas da jaqueta, que eram amplas e bufantes, mal envolviam os punhos finos, e eu nunca me senti tão arrebatado pela elegância distinta como pelo modo que essas mãos estreitas, nuas, brancas e opacas seguravam as rédeas!

Eu estava no caminho sem ter sido notado quando a carruagem passou, e prossegui devagar depois que ela voltou a se movimentar e rapidamente desapareceu. Senti alegria e admiração; ao mesmo tempo, porém, uma dor estranha e pungente, um sentimento acre e imperioso de... inveja? Amor? Eu não ousava refletir a respeito... por menosprezo próprio?

Enquanto escrevo, vejo a imagem de um pedinte desvalido diante da vitrine de uma joalheria com os olhos fixos no valioso brilho de uma pedra preciosa. Esse homem não conseguirá formular em seu interior o desejo claro de possuir o adereço, pois o mero pensar nesse desejo é uma impossibilidade ridícula, fazendo-o zombar de si mesmo.

12.

Quero relatar que, devido a um acaso, revi essa jovem pela segunda vez após oito dias, mais especificamente na ópera. *Margarete*,* de Gounod, estava sendo apresentada e mal entrei no salão bem iluminado a fim de me dirigir ao meu assento na plateia, quando a notei à esquerda do velho senhor numa das frisas do outro lado do proscênio. Senti também que um susto risível e um tipo de desconcerto me abalaram e não sei por que motivo meus olhos logo se desviaram para esquadrinhar os outros pisos e camarotes. Apenas no início da abertura é que me decidi a observar os dois com um pouco mais de atenção.

O velho senhor, de sobrecasaca totalmente abotoada e gravata preta, recostava-se em sua poltrona com serena dignidade, mantendo uma das mãos vestida com luvas marrons pousada de leve sobre o veludo da balaustrada da frisa, enquanto a outra alisava de tempos em tempos a barba ou o cabelo curto, grisalho. A jovem, por sua vez — a filha, sem dúvida? —, sentava-se interessada e inclinada para a frente, com animação; ambas as mãos que seguravam um leque estavam sobre o acolchoado de veludo. Às vezes ela movimentava a cabeça a fim de tirar o cabelo castanho solto da testa e das maçãs do rosto.

Ela usava uma blusa leve de seda clara, com um pequeno ramalhete

* Título alemão da ópera *Fausto* (1859), de Charles Gounod.

de violetas encaixado no cinto, e seus olhos estreitos brilhavam ainda mais negros sob a luz forte do que oito dias antes. Aliás, constatei que a posição da boca que notara nela naquela vez lhe era costumeira: a todo momento, em pequenos intervalos regulares, ela punha os dentes brancos sobre o lábio inferior e esticava o queixo um pouco para a frente. Essa expressão inocente, que não atestava qualquer coquetismo, o olhar tranquilo e alegre, ao mesmo tempo inquieto, seu pescoço delicado e branco, que estava desnudo e ao redor do qual se aninhava uma estreita fita de seda da cor da blusa, o movimento com o qual ela se dirigia vez ou outra ao velho senhor para chamar-lhe a atenção sobre algo na orquestra, na cortina, num dos camarotes — tudo passava a impressão de uma infância extraordinariamente delicada e amorosa, mas que não trazia em si nada que evocasse qualquer grau de comoção e "pena". Tratava-se de uma infância elegante, ordenada, que o apurado bem-estar tornara segura e superior, e emanava uma felicidade que não tinha nenhuma arrogância, mas algo sereno, pois era natural.

A música criativa e delicada de Gounod, como imaginei, não foi um acompanhamento equivocado para esse momento, e acompanhei-a sem prestar atenção ao palco, totalmente entregue a uma sensação suave e reflexiva, de melancolia talvez ainda mais dolorosa sem a música. Mas no intervalo depois do primeiro ato ergueu-se da plateia um senhor de, digamos, vinte e sete a trinta anos, que sumiu para logo depois reaparecer com uma elegante reverência no camarote de minha atenção. O velho senhor logo lhe estendeu a mão e, com uma delicada reverência, a jovem dama também lhe ofereceu a sua, que ele levou recatadamente aos lábios. Em seguida, foi convidado a tomar assento.

Declaro-me disposto a reconhecer que esse senhor possuía o mais incomparável peitilho que já vi em toda minha vida. O peitilho estava todo descoberto, pois o colete não passava de uma fita estreita, preta, e o casaco do fraque, fechado por um botão bem abaixo do estômago, tinha um inusual corte largo a partir dos ombros. Mas o peitilho — fechado no colarinho alto e firmemente dobrado para trás por uma larga fita preta com dois grandes botões pretos, quadrados, presos a intervalos regulares — era de uma alvura ofuscante, e estava maravilhosamente engomado, sem perder a elasticidade, pois na altura do estômago formava-se uma agradável concavidade, para depois se erguer numa corcunda aprazível e reluzente.

Compreende-se que essa camisa reclamava para si a maior parte da atenção; a cabeça, por sua vez, totalmente redonda, com o crânio forrado com cabelo loiro-claro e curto, estava ornada por óculos sem aro, um bigode não muito basto, loiro e um pouco crespo. Uma porção de pequenas cicatrizes resultantes da esgrima entre estudantes cobria uma das faces até a têmpora. Aliás, esse homem era de constituição perfeita e se movimentava com segurança.

No decorrer da noite — pois ele permaneceu no camarote — observei nele duas posições que lhe pareciam típicas. Toda vez que a conversa com os outros cessava, ele se mantinha sentado com uma perna cruzada sobre a outra e o binóculo nos joelhos, confortavelmente recostado, baixava a cabeça e empurrava toda a boca com força para a frente, a fim de mergulhar na observação de ambas as extremidades de seu bigode, como que completamente hipnotizado, movendo a cabeça de modo lento e plácido de um lado para outro. Ou então, quando em meio a uma conversa com a jovem dama, ele por deferência alterava a posição das pernas, mas se recostava ainda mais para trás, erguia a cabeça o mais possível e sorria com a boca bastante aberta de maneira amável e até com certo grau de superioridade para sua jovem vizinha. Uma maravilhosa autoestima abençoada devia preencher esse homem...

Falando com seriedade, sei valorizar isso. Nenhum de seus movimentos, apesar da eventual ousada displicência, era seguido por constrangimento desagradável; ele era abonado pela confiança em si mesmo. E por que não? Era evidente: talvez sem sobressair demais, tinha tomado o caminho correto; iria percorrê-lo até alcançar objetivos claros e úteis; vivia à sombra da aquiescência com o mundo todo e ao sol da deferência geral. Enquanto isso, estava sentado no camarote e conversava com uma jovem, a cujo encanto puro e saboroso talvez se deixasse seduzir, nesse caso podendo de bom grado pedir-lhe a mão. Realmente, não senti vontade nenhuma de expressar qualquer palavra de demérito sobre esse homem!

Mas e eu, o meu lado? Estava sentado na plateia e, amuado, conseguia observar da distância, do escuro, como aquele valioso e inacessível ser conversava e ria com esse desqualificado! Enjeitado, reles, injustiçado, estranho, *hors ligne*, desclassificado, pária, achando-me deplorável...

Permaneci até o fim e reencontrei os três na chapelaria, onde passaram algum tempo conversando enquanto organizavam os casacos e trocavam uma ou outra palavra com alguém, aqui com uma senhora, lá com um oficial... O jovem acompanhou pai e filha ao deixarem o teatro e eu os segui discretamente pelo saguão de entrada.

Não estava chovendo, havia algumas estrelas no céu e eles não tomaram uma carruagem. Tranquilos e conversando, os dois caminhavam à minha frente, eu que os acompanhava de uma distância encabulada — abatido, torturado por um sentimento lancinante, desdenhoso, miserável... Não foram longe; mal percorreram uma rua quando pararam diante de uma casa imponente de fachada simples, e pai e filha desapareceram depois de uma despedida calorosa de seu acompanhante, que, por seu lado, afastou-se acelerando o passo.

Na porta pesada, cinzelada, lia-se o nome "Conselheiro Rainer".

13.

Estou decidido a continuar este relato até seu final, embora, por resistência interna, queira a todo instante levantar-me de supetão e sair correndo. Remoí esta história até a exaustão! Estou enjoado disso tudo!...

Não se passaram três meses desde que soube pelos jornais de um "bazar" de caridade, organizado na prefeitura da cidade, e com participação do mundo dos elegantes. Li o anúncio com atenção e logo me decidi a visitar o bazar. Ela estará lá, pensei, talvez como vendedora, e nesse caso não haverá nada que me impeça a aproximação. Pensando bem, sou homem de cultura e boa família, e se essa srta. Rainer me apraz, então nessa ocasião tenho tanto direito quanto aquele senhor de peitilho inacreditável de me dirigir a ela, trocar algumas palavras divertidas com ela...

Ventava e chovia naquela tarde quando me pus a caminho da prefeitura, diante de cujo portão reinava uma confusão de gentes e carros. Abri um caminho até o prédio, paguei a entrada, entreguei sobrecasaca e chapéu para serem guardados, com algum esforço subi a escada abarrotada até o primeiro andar e cheguei ao salão de festas, vindo de encontro a mim uma emanação de vinho, comidas, perfumes e cheiro de pinho, um caótico som de risadas, conversas, música, chamados e batidas de gongo.

O espaço incrivelmente alto e amplo tinha sido decorado com bandeiras e guirlandas coloridas, e tanto junto às paredes quanto no centro estavam as barracas, espaços abertos de venda e outros fechados, cuja visita era sugerida a plenos pulmões por homens de máscaras fantásticas. As senhoras, que por ali vendiam flores, artesanatos, tabacos e refrescos de todo o tipo também estavam vestidas de maneiras diferentes. Numa extremidade do salão, tocava a capela de música, postada sobre um estrado cheio de plantas, enquanto um fluxo compacto de pessoas avançava devagar pelo corredor nada largo que as barracas permitiam formar.

Um tanto impressionado pelo barulho da música, das tômbolas, dos reclames divertidos, juntei-me ao grupo e não havia se passado nem um minuto quando enxerguei, a quatro passos à esquerda da entrada, a jovem que eu procurava por ali. Ela oferecia vinho e refrescos numa barraca pequena, decorada com folhas de pinheiro, e estava vestida como uma italiana: saia colorida, touca branca e angulosa e corpete curto das nativas das Colinas Albanas, cujas mangas deixavam à mostra seus braços delicados até os cotovelos. Um pouco acalorada, ela se apoiava lateralmente no balcão, brincava com os leques coloridos e conversava com muitos dos homens que circulavam a barraca e fumavam, e entre eles descobri, à primeira vista, o antigo conhecido; era o mais próximo dela junto ao balcão, com quatro dedos de cada mão nos bolsos laterais de sua jaqueta.

Fui abrindo caminho aos poucos, decidido a ficar perto dela tão logo surgisse uma oportunidade, tão logo ela estivesse menos ocupada com os outros... Ah! Era chegada a hora de comprovar se eu dispunha ainda de um resto de alegre sociabilidade e o desembaraço autoconfiante ou se a morosidade e o quase desespero de minhas últimas semanas justificavam-se! O que eu tinha, afinal? De onde vinha esse sentimento miserável, mistura de inveja, amor, vergonha e amargura irritadiça, que me esquentava as faces, reconheço, ao vislumbrar essa jovem? Sinceridade! Amabilidade! Animada e graciosa presunção, diabos, como devem ser as pessoas felizes! E com uma avidez nervosa eu refletia sobre a broma, a palavra bem colocada, a saudação em italiano, com as quais imaginava me aproximar dela...

Demorou um bom tempo até a multidão que avançava vagarosa, em meio à qual eu me encontrava, dar a volta no salão — e exatamente: quando estava de novo diante da pequena barraca de vinho, o grupo de homens tinha sumido e apenas o velho conhecido ainda se encostava na mesa do balcão, conversando da maneira mais animada com a jovem vendedora. Bem, era preciso então me permitir interromper esse colóquio... E com um giro curto, deixei o fluxo e apareci diante do balcão.

O que aconteceu? Ah, nada! Quase nada! A conversação foi interrompida, o velho conhecido deu um passo para o lado enquanto pegava com os cinco dedos seus óculos sem aro e correia, observando-me através desses dedos; e a jovem lançou-me um olhar tranquilo e escrutinador — de meu terno até minhas botas. O terno não era nada novo e as botas estavam lambuzadas com sujeira da rua, eu sabia. Além disso, eu estava acalorado, meu cabelo provavelmente revolto. Não estava tranquilo, não estava à vontade e nem à altura da situação. Fui tomado pela incômoda sensação de ser um estranho, ilegal, indevido, e me sentia ridículo. Insegurança, abandono, ódio e lástima embaçavam meu olhar, e expressei minhas corajosas intenções ao pedir, com as sobrancelhas franzidas de modo sombrio, voz rouca e de modo brusco, quase tosco:

— Por favor, uma taça de vinho.

Absolutamente tanto faz se me enganei quando supus perceber que a jovem lançou um olhar rápido e desdenhoso para seu amigo. Em silêncio como ele e eu, ela me serviu o vinho e fiquei entre os dois, sem erguer o olhar, rubro e transtornado de raiva e dor, uma figura infeliz e risível, bebi alguns goles, larguei o dinheiro sobre o balcão, curvei-me desnorteado, saí do salão e fui correndo para o lado de fora.

Desde então, estou arrasado e é amargamente pouco aquilo que se acrescentou à situação quando encontrei, alguns dias mais tarde, o anúncio no jornal: "Compraz-me anunciar o noivado de minha filha Anna com o senhor assessor dr. Alfred Witznagel. Conselheiro Rainer".

14.

Desde então estou arrasado. Meu último resto de consciência de felicidade e vaidade esvaiu-se, atiçado à morte, e não consigo mais; sim, sou infeliz, confesso, e enxergo em mim uma figura lastimável e ridícula! É insuportável! Estou rebentando! Vou meter uma bala na cabeça, hoje ou amanhã!

Meu primeiro impulso, meu primeiro instinto, foi a esperta tentativa de resgatar o que havia de literário na situação e interpretar meu lastimável mal-estar em "amor infeliz": uma idiotice, é óbvio. Um amor infeliz não arruína ninguém. Um amor infeliz não é uma atitude má. Num amor infeliz, a pessoa se aceita. Mas estou arruinado, pois toda minha autoestima esvaiu-se, desesperançada.

Será que eu amava — caso finalmente possa perguntar —, será que eu amava essa jovem? Talvez... mas como e por quê? Será que esse amor não era produto de minha vaidade, há tempos irritada e doente, que à primeira vista dessa preciosidade inatingível rebelou-se, atormentada, trazendo sentimentos de inveja, ódio e desprezo próprio, aos quais o amor foi apenas pretexto, saída e salvação?

Sim, é vaidade! E não foi meu pai quem um dia me chamou de palhaço?

Ah, eu não tinha o direito, sobretudo eu, de me sentar à margem e ignorar a "sociedade", eu, que sou vaidoso demais para suportar seu desdém e sua indiferença, que dela não consigo abrir mão nem mesmo dos aplausos? Mas não se trata de um direito? Ou de uma necessidade? E minha imprestável condição de palhaço não teria servido para nenhuma posição social? Bem, é exatamente essa condição de palhaço que, de um modo ou de outro, me levou à ruína.

Indiferença, sei, seria um tipo de felicidade... Mas não estou em condições de ser indiferente a mim mesmo, não estou em condições de me enxergar com outros olhos do que os das "pessoas" e estou me arruinando pela consciência pesada — cheio de inocência... Será que a consciência pesada algum dia se distinguirá da vaidade purulenta?

Há apenas uma infelicidade: perder a autoaceitação. Não se aceitar mais, eis a infelicidade — ah, e eu sempre soube disso! Todo o resto é brincadeira e enriquecimento da vida; é possível estar extraordinariamente satisfeito consigo próprio em qualquer outro sofrimento, sentir-se ótimo. A autoinsatisfação, a consciência pesada no sofrimento, o bulício da vaidade que transformam a pessoa numa figura lastimável e repugnante...

Um velho conhecido de nome Schilling apareceu em cena, com quem trabalhei por um tempo na grande madeireira do sr. Schlievogt, servindo à sociedade. Ele estava na cidade a negócios e veio me visitar — um "indivíduo cético", as mãos nos bolsos da calça, com um pincenê de aro preto e um dar de ombros tolerante e realista. Chegou de noite e disse: "Ficarei alguns dias aqui". Fomos a uma taverna.

Ele me cumprimentou como se eu ainda fosse o feliz autocomplacente de quando me conheceu e, na expectativa de reproduzir apenas minha própria opinião alegre, disse:

— Por Deus, você ajeitou muito bem a vida, meu jovem! Independente, não! Livre! Na verdade, você tem razão, ora! A gente vive só uma vez, certo? E, no fundo, de que adianta todo o resto? Você é o mais inteligente de nós dois, devo dizer. Aliás, sempre foi gênio... — E, como antes, prosseguiu, elogiando-me à larga e sendo complacente comigo, sem supor que, do meu lado, eu temia desagradá-lo.

Tentei, com esforço desesperado, fazer jus ao lugar que ocupava em seus olhos, parecer estar por cima, como antes, parecer feliz e satisfeito — em vão! Eu sentia falta de toda confiança, toda coragem, toda compostura; manifestei um constrangimento opaco, uma insegurança opressiva — e ele percebeu isso com uma rapidez inacreditável! Foi decepcionante ver como ele, que estava totalmente disposto a me reconhecer como um homem feliz e superior, começou a compreender meu íntimo, observar-me espantado, tornar-se frio, tornar-se superior, impaciente e insatisfeito e, por fim, estampar todo seu desprezo no rosto. Ele retirou-se cedo e no dia seguinte algumas linhas fugazes me informaram que lhe tinha sido imperioso partir.

É fato, o mundo inteiro está ocupado de maneira demasiado diligente consigo mesmo para formar uma opinião séria sobre o outro; aceitamos com apática disposição o grau de respeito que temos segurança de manifestar a nosso respeito. Seja o que quiser, viva como quiser, mas mostre confiança atrevida e nenhuma consciência pesada, e ninguém será moralista o suficiente para menosprezá-lo. No entanto, experimente perder a harmonia interior, perder a autocomplacência, mostre que você se desdenha, e cegamente todos vão concordar. No que se refere a mim, estou perdido...

Paro de escrever, jogo a pena para longe — enojado, enojado! Pôr um ponto-final: mas isso não seria quase heroico demais para um "palhaço"? Continuarei vivendo, continuarei comendo, dormindo e me ocupando um pouco e me acostumando vagamente a ser uma "criatura infeliz e ridícula".

Meu Deus, quem imaginaria, quem poderia imaginar tamanha fatalidade e desgraça que é nascer "palhaço"!

LUISINHA

para Richard Schaukal

1.

Há casamentos que nem a inventividade literária mais versada é capaz de imaginar. É preciso aceitá-los como aceitamos no teatro as ligações aventurescas de opostos como velho e estúpido com belo e vivaz, que são dadas como premissas e que formam a base para a construção matemática de uma farsa.

No que se refere à esposa do advogado Jacoby, ela era jovem e bonita, de encantos incomuns. Há uns trinta anos, diríamos, foi batizada com os nomes Anna, Margarethe, Rosa, Amalie; mas desde que alguém juntou suas primeiras letras, ela nunca mais foi chamada senão por Amra, um nome de sonoridade exótica, que combinava perfeitamente com sua personalidade. Pois embora o tom escuro de seu cabelo forte, macio, com uma risca na lateral e que ela afastava da testa estreita para os lados, fosse o mesmo da castanha, sua pele exibia um amarelo opaco e escuro, totalmente meridional, e essa pele recobria formas que também pareciam tomadas por um sol meridional, e sua fartura inconsciente e indolente fazia lembrar uma sultana. Tal impressão, atiçada por cada um de seus lentos movimentos sedutores, fazia concluir que muito provavelmente sua razão estava subordinada ao coração. Bastava ela dirigir o olhar para alguém uma única vez — os inocentes olhos castanhos, as sobrancelhas bonitas na testa de estreiteza quase comovente erguidas de maneira única, na horizontal — e já se sabia. Mas ela também não era ingênua a ponto de não sabê-lo; ao falar pouco e poucas vezes, apenas evitava expor sua fraqueza: e não há nada contra uma mulher bonita que fica em silêncio. Oh! A palavra "ingênua" é a

117

menos adequada para descrevê-la. Seu olhar não era apenas estúpido, mas carregava também certa astúcia lasciva, e se via que a limitação dessa mulher não era suficiente para não causar confusão... Aliás, seu nariz, visto de perfil, talvez fosse um tanto marcado e carnudo demais; mas a boca, grande e exuberante era perfeitamente bela, mesmo que sem outra expressão que não a da sensualidade.

Essa mulher inquietante era esposa do advogado Jacoby, de cerca de quarenta anos de idade — e quem o via, espantava-se. Era encorpado, o advogado, e mais do que encorpado, um verdadeiro colosso! Suas pernas, sempre metidas em calças cinza-carvão, por sua ausência de forma à maneira de colunas, lembravam aquelas de um elefante; as costas curvadas, acolchoadas de gordura, eram as de um urso, e sobre a curvatura descomunal da barriga havia a curiosa jaquetinha verde-acinzentada que costumava usar, fechada com tanto esforço por um único botão que os dois lados se enrolavam até os ombros tão logo o botão era aberto. Mas sobre esse tronco colossal estava metida, quase sem transição de um pescoço, uma cabeça relativamente pequena de olhinhos pequenos e aquosos, um nariz pequeno e achatado e bochechas que pendiam por causa do excesso de recheio, entre as quais se perdia uma boca diminuta com cantos melancolicamente caídos. Poucos fios grossos e curtos, loiro-claros, cobriam o crânio redondo bem como o lábio superior, e deixavam a pele nua transparecer por todo o lado, como num cão bem cevado... Ah! O mundo todo devia estar ciente de que a corpulência do advogado não era do tipo saudável. Seu corpo gigante, tanto no comprimento quanto na largura, era rotundo sem ser musculoso e muitas vezes era possível observar um fluxo de sangue irrigando repentinamente seu rosto, para com igual repente dar lugar a uma palidez amarelada, enquanto a boca se retorcia de um jeito azedo...

O escritório do advogado era muito limitado; mas visto que possuía um bom dinheiro, em parte bens da mulher, o casal — aliás, sem filhos — residia na Kaiserstraße num apartamento confortável e mantinha uma vida social animada: unicamente, como é sabido, de acordo com as predisposições da sra. Amra, pois é impossível que o advogado, que parecia participar dos eventos apenas com um entusiasmo compulsório, se divertisse nessas horas. O caráter desse homem era o mais curioso. Não havia ninguém no mundo mais gentil, solícito, tolerante do que ele; mas mesmo sem uma manifestação explícita, notava-se que seu comportamento excessivamente simpático e reverente era, por algum motivo qualquer, forçado; que partia de pusilanimidade e insegurança interna — o que produzia um efeito desagradável. Nenhuma visão é mais feia do que a de uma pessoa que se despreza, mas que por covardia e vaidade quer ser amável e agradar a todos: e, segundo estou convencido, era o que se passava com o advogado, cujo autorrebaixamento quase rastejante era exagerado para manter a necessária honradez pessoal. À dama que queria acompanhar até a mesa era capaz de dizer:

— Respeitável senhora, sou uma pessoa repugnante, mas a senhora teria a bondade?

E falava sem talento à zombaria de si mesmo, de uma maneira agridoce, torturada e anojosa. A seguinte anedota também é verídica. Certo dia, quando o advogado saiu para passear, um empregado rude manejando um carrinho de mão veio de encontro e passou com força a roda sobre seu pé. O homem demorou a parar e se virou. Nessa hora, completamente atônito, pálido e com as bochechas tremendo, tirou o chapéu e balbuciou:

— Perdoe-me!

Tais coisas causam indignação. Mas esse estranho gigante parecia estar o tempo todo aturdido por pesos na consciência. Quando aparecia com a esposa no Lerchenberg, o principal passeio da cidade, lançava de tempos em tempos um olhar tímido a Amra, caminhando de maneira maravilhosamente ágil ao seu lado, e distribuía cumprimentos a mancheias, tão ansioso, amedrontado e diligente, como se sentisse necessidade de se curvar, submisso, diante de cada tenente e pedir desculpas por ele, justamente ele, estar de posse dessa bela mulher; e a lamentável expressão amistosa de sua boca parecia implorar que ninguém o desdenhasse.

2.

Já foi insinuado: o motivo de Amra ter se casado com o advogado Jacoby é um mistério. Mas ele, por sua vez, a amava, e com um amor tão fervoroso e raro de se encontrar em gente de sua compleição física, e com uma submissão e um temor tamanhos, correspondentes ao restante de seu ser. Muitas vezes, tarde da noite, quando Amra já estava recolhida no grande dormitório de janelas altas e cortinas floridas plissadas, o advogado vinha junto à sua pesada cama no maior silêncio — não se ouviam seus passos, apenas o tremor vagaroso do piso e dos móveis —, ajoelhava-se e tomava as mãos dela com infinito cuidado. Nessas horas, Amra costumava puxar as sobrancelhas para o alto na horizontal e, em silêncio e com uma expressão de sensual malquerença, observava seu misterioso marido à sua frente sob a luz tênue do abajur. Enquanto subia zeloso a manga da camisola dela com as mãos balofas e trêmulas e encostava o rosto gordo e triste na articulação relaxada desse braço cheio e moreno, onde pequenas veias azuis se distinguiam da pele escura, ele começava a falar com a voz abafada e trêmula, que um homem decente não costuma usar na vida cotidiana:

— Amra — ele sussurrava —, minha querida Amra! Estou incomodando você? Ainda não está dormindo? Meu Deus, passei o dia inteiro pensando no quanto você é bonita e no quanto eu a amo!... Preste atenção no que vou dizer (é tão difícil falar)... eu a amo tanto que às vezes meu coração se retrai e não sei para onde tenho de ir; meu amor por você é maior que minhas forças! É provável que você não entenda isso, mas deve acreditar em mim e tem de me dizer uma única vez que você me é um pouco grata, pois, veja, um amor assim, como o meu por você, tem seu valor nesta vida... e que você nunca vai me trair e me enganar, mesmo se você talvez não puder me amar, mas por gratidão, só por gratidão... estou aqui para lhe fazer esse pedido, um pedido de todo coração, com todo meu querer...

E tais solilóquios terminavam com o advogado, sem mudar de posição, chorando baixinho, aflito. Nessas horas Amra se comovia, passava a mão sobre os tocos de cabelo do marido e dizia várias vezes no tom lasso, de consolo e de escárnio, que se usa para falar com um cão que vem lamber nossos pés:

— Sim! Sim! Bom bichinho!

Esse comportamento de Amra certamente não era o de uma mulher de bons modos. Também chegou a hora de revelar a verdade que até então escondi, a verdade de que ela, mesmo assim, traía o marido, e o fazia com um homem chamado Alfred Läutner. Este era um jovem músico de talento, que aos vinte e sete anos tinha conquistado uma bela fama por meio de pequenas composições divertidas; um indivíduo magro de rosto impertinente, cabelo loiro, esvoaçante, e um sorriso solar nos olhos, do qual tinha absoluta consciência. Ele fazia parte daquela estirpe de artistas contemporâneos que não exigem demais de si mesmos, que querem ser pessoas felizes e amáveis em primeiro lugar, que usam seu pequeno e agradável talento para aumentar sua simpatia pessoal e fazer de bom grado o papel de gênio ingênuo na sociedade.

Sabidamente infantis, imorais, inescrupulosos, alegres, autocomplacentes como são, e saudáveis o suficiente para se prezar também nas suas doenças, sua vaidade é de fato encantadora enquanto nunca seja ferida. Mas ai desses pequenos felizes e mimados se são acometidos por uma grave infelicidade, um sofrimento que não lhes serve para seduzir, visto que não se prezam mais! Eles não saberão como ser infelizes de maneira decente, não saberão "fazer" nada, vão sucumbir... mas essa é outra história.

O sr. Läutner compunha coisas bonitas: valsas e mazurcas, no geral, e sua graça seria um tanto popular demais para eu classificá-las no que entendo por "música" caso não trouxessem, todas, um pequeno trecho original, uma passagem, uma entrada, uma alternância harmônica, qualquer ligeiro efeito nervoso que deixava entrever o engenho e a criatividade com que pareciam ter sido feitas, e que as tornavam interessantes também para conhecedores sérios. Muitas vezes dois compassos solitários carregavam algo curiosamente melancólico e nostálgico, algo que ressoava de maneira súbita e logo evanescia no entusiasmo de salão de baile característico da obra menor...

Pois bem, era por esse jovem que Amra Jacoby ardia num interesse condenável e ele, por sua vez, não dispunha de decência suficiente para resistir às suas investidas. Eles se encontravam aqui e ali, e um relacionamento devasso os unia havia anos: um relacionamento conhecido por toda a cidade, e sobre o qual toda a cidade conversava às costas do advogado. E o que falar deste último? Amra era idiota demais para sofrer por peso na consciência e se denunciar por essa razão. É preciso dar por certo que o advogado não podia levantar qualquer dúvida específica contra a esposa, por mais que seu coração pesasse de preocupação e medo.

3.

Finalmente a primavera havia chegado para alegrar todos os corações, e Amra teve uma ideia maravilhosa.

— Christian — disse (o advogado se chamava Christian) —, vamos dar uma festa, uma grande festa em honra das cervejas recém-produzidas da primavera, bem simples, claro, só vitela assada servida fria, mas com muita gente.

— Claro — respondeu o advogado. — Mas não podemos adiá-la um pouco?

Amra não respondeu, logo passando a falar dos detalhes.

— Serão tantas pessoas, sabe, que nossa sala será pequena demais; temos de alugar um lugar, um jardim, um salão fora da cidade, para haver espaço e ar o bastante. Você entende. Penso, em primeiro lugar, no grande salão do sr. Wendelin, aos pés do Lerchenberg. Esse salão está vazio e é ligado à loja e à cervejaria apenas por uma passagem. Dá para decorá-lo de maneira festiva, colocar mesas compridas e beber cervejas da primavera; dá para dançar e tocar música, talvez até fazer um pouco de teatro, pois sei que há um pequeno palco ali, e acho isso bem importante... Resumindo: deve ser uma festa original e vamos nos divertir maravilhosamente.

O rosto do advogado ficou levemente amarelado durante a conversa e os cantos da sua boca tremeram e caíram. Ele disse:

— Alegro-me de coração, minha querida Amra. Sei que posso deixar tudo a cargo de sua competência. Peço que faça seus preparativos...

4.

E Amra fez seus preparativos. Foi consultar algumas senhoras e alguns senhores, alugou pessoalmente o grande salão do sr. Wendelin, formou até uma espécie de comitê de pessoas que tinham sido convocadas ou que se voluntariaram para participar das animadas apresentações que deveriam embelezar a festa... Esse comitê era constituído sobretudo por homens, exceto a mulher do ator Hildebrandt, cantora. No mais, participavam o próprio sr. Hildebrandt, um assessor chamado Witznagel, um jovem pintor e o sr. Alfred Läutner, além de alguns estudantes que tinham sido agregados pelo assessor e que exibiriam danças de negros.

Oito dias depois de Amra ter tomado sua decisão, esse comitê reuniu-se para trocar ideias na Kaiserstraße, mais especificamente na sala de Amra, um pequeno cômodo quente e cheio, decorado com um tapete grosso, um divã e muitas almofadas, uma palmeira-leque, poltronas de couro inglesas e uma mesa de mogno de pernas arqueadas, sobre a qual estendia-se uma toalha felpuda e vários objetos de valor. Também havia uma lareira, ainda morna; e sobre seu aparador preto de pedra, alguns pratos com sanduíches finos, copos e duas garrafas de xerez.

Encostada nos travesseiros do divã sombreado pela palmeira-leque, Amra apoiava levemente um dos pés sobre o outro, e estava bonita feito uma noite cálida. Uma blusa de seda clara e muito leve envolvia-lhe o busto, mas a saia era de um tecido pesado, escuro e bordado com flores grandes; de vez em quando, afastava com uma das mãos a mecha castanha ondulada da testa estreita. A sra. Hildebrandt, a cantora, também estava sentada no divã, a seu lado. Era ruiva e usava um traje de montaria. Os homens haviam se acomodado diante das duas mulheres, num semicírculo apertado — entre eles o advogado, que encontrara apenas uma poltrona de couro bem baixa e passava a impressão de alguém terrivelmente infeliz. Vez ou outra inspirava profundamente e engolia em seco, como se lutasse contra um enjoo... o sr. Alfred Läutner em uniforme completo de tênis, dispensara a cadeira e apoiava-se garboso e feliz na lareira porque dizia não conseguir ficar sentado imóvel por muito tempo.

O sr. Hildebrandt falou com voz agradavelmente impostada sobre canções inglesas. Tratava-se de um homem respeitável e estava bem-vestido, todo de preto; tinha a cabeça grande como de um césar e um porte que passava segurança — um ator da corte de boa formação, conhecimentos bem fundamentados e gosto depurado. Durante as conversas, adorava emitir opiniões sobre Ibsen, Zola e Tolstói, que afinal perseguiam os mesmos condenáveis objetivos; naquele dia, porém, tomava parte da questão menor de uma maneira afável.

— Os senhores conhecem talvez a deliciosa canção "That's Maria!"? — ele perguntou. — É um pouco picante, mas tem um efeito incrível. E haveria ainda a famosa... — e sugeriu mais algumas canções às quais se chegou a um consenso e que a sra. Hildebrandt se dispôs a cantar. O jovem pintor, de ombros muito caídos e cavanhaque loiro, deveria parodiar um mágico ilusionista, enquanto o sr. Hildebrandt tinha a intenção de representar pintores famosos... ou seja, tudo estava andando às mil maravilhas e a programação parecia montada quando o assessor Witznagel, de movimentos conciliadores e que ostentava diversas cicatrizes de duelos de esgrima entre estudantes, tomou a palavra de novo.

— Muito bem, meus senhores, tudo isso promete ser muito divertido. Mas preciso acrescentar uma coisa. Creio que ainda nos falta algo, a atração principal, o brilho, o diferencial, o ponto alto... algo muito especial, absolutamente espantoso, uma brincadeira que leve a animação ao ápice... não tenho nada especial em mente; mas de acordo com minha impressão...

— No fundo, está certo! — o sr. Läutner falou com a voz de tenor junto à lareira. — Witznagel tem razão. Um número principal e de encerramento seria bastante desejável. Vamos pensar... — E enquanto arrumava o cinto vermelho com movimentos rápidos, esquadrinhou o ambiente com os olhos. A expressão de seu rosto era mesmo adorável.

— Então — falou o sr. Hildebrandt —, se não quisermos considerar as personalidades famosas como atração principal...

Todos concordaram com o assessor. Um número especialmente engraçado era desejável. Até o advogado concordou com a cabeça e disse baixinho:

— De fato... algo extraordinariamente animado...

Todos se puseram a pensar.

Ao final desse silêncio de um minuto e que tinha sido interrompido apenas por breves interjeições, aconteceu o fato notável. Amra estava sentada no divã, recostada nas almofadas, mordiscando avidamente a unha pontuda do dedo mindinho, feito um rato, ao mesmo tempo que seu rosto assumia uma expressão muito peculiar. Havia um sorriso em sua boca, um sorriso desatento e quase louco que alardeava uma excitação dolorosa e cruel, e os olhos, arregalados e vidrados, dirigiram-se lentamente à lareira, onde por um segundo se fixaram no olhar do jovem músico. De repente, porém, ela empurrou o tronco para o lado, contra o marido, o advogado, e enquanto o encarava com um olhar penetrante, as duas mãos no colo e a expressão nitidamente mais pálida, ela falou devagar e com muita clareza:

— Christian, sugiro que você se apresente no final como uma cantora, usando uma camisolinha rosa, de seda, e dance um pouco para nós.

O efeito dessas poucas palavras foi incrível. Apenas o jovem pintor tentou rir, complacente, enquanto o sr. Hildebrandt, com o rosto impávido, limpava suas mangas, os estudantes tossiram e usaram os lenços fazendo um ruído nada razoável, a sra. Hildebrandt corou violentamente, o que não acontecia com frequência, e o assessor Witznagel apenas saiu para buscar um sanduíche. O advogado estava entalado na poltrona baixa e, olhando ao redor com o rosto amarelo e um sorriso amedrontado, balbuciou:

— Mas, meu Deus... eu... não tenho capacidade... não, como... me perdoem.

O rosto de Alfred Läutner não demonstrava mais despreocupação. Ele parecia mais corado; encarou Amra de um jeito perturbado, confuso, questionador...

Ela, porém, sem modificar sua postura impertinente, prosseguiu com a mesma entonação afetada:

— E, aliás, você deveria cantar uma canção composta pelo sr. Läutner, e ele vai acompanhá-lo no piano; eis o melhor e mais retumbante ponto alto de nossa festa.

Fez-se silêncio, um silêncio opressivo. Então, subitamente, aconteceu algo extraordinário: o sr. Läutner, como que contagiado, envolvido e excitado, deu um passo à frente e começou a falar depressa, trêmulo por causa do repentino entusiasmo:

— Puxa vida, senhor advogado, estou à disposição, declaro-me à disposição para compor algo ao senhor... O senhor terá de cantar, dançar... Trata-se do único ponto alto imaginável para a festa... O senhor verá, o senhor verá, vai ser a melhor coisa que produzi até agora e que ainda hei de produzir... Numa roupinha de bebê rosa, de seda! Ah, sua esposa é uma artista, uma artista, estou dizendo! Caso contrário, ela nunca teria tido essa ideia! Diga sim, eu lhe imploro, aceite! Produzirei algo fabuloso, memorável, o senhor verá...

Nesse momento, todos relaxaram e começaram a se movimentar. Seja por maldade ou por cortesia, todos começaram a soterrar o advogado com pedidos e a sra. Hildebrandt chegou ao ponto de exclamar com sua voz de Brünhilde:

— Ora, senhor advogado! No geral o senhor é um homem divertido e brincalhão!

Mas ele mesmo, o advogado, acabou por achar palavras e ainda um pouco amarelo, mas com uma grande dose de determinação, disse:

— Escutem, todos: o que devo lhes dizer? Não sou adequado, acreditem em mim. Tenho pouco talento humorístico e fora isso... resumindo, não, é impossível.

Ele permaneceu inflexível nessa negativa e como Amra não entrou mais na discussão, recostada com uma expressão muito ausente, e como também o sr. Läutner não disse mais nada, com os olhos fixos estudando profundamente um dos arabescos do tapete, o sr. Hildebrandt conseguiu dar uma nova direção à conversa e logo em seguida a reunião se dispersou, sem ter resolvido a última questão.

À noite daquele mesmo dia ainda, com Amra já recolhida e deitada de olhos abertos, seu marido entrou com passos pesados, puxou uma cadeira para perto da cama dela, sentou-se e disse baixinho e hesitante:

— Escute, Amra, para ser sincero, um pensamento me aflige. Caso eu tenha sido pouco amistoso hoje com as pessoas, caso as tenha afrontado, Deus sabe que não era minha intenção! Ou será que você acha, de verdade, que... eu lhe peço...

Amra ficou calada por um momento, enquanto erguia lentamente as sobrancelhas. Então, deu de ombros e falou:

— Não sei o que responder, meu amigo. Nunca esperaria tal comportamento da sua parte. Você se negou, com palavras mal-educadas, a apoiar as apresentações com sua participação, que todos — e isso só pode ser um elogio a você — consideraram indispensável. Para usar uma expressão delicada, você desapontou todo mundo, e você estragou toda a festa com sua rude má-educação, quando teria sido sua obrigação como anfitrião...

O advogado tinha baixado a cabeça e, inspirando profundamente, disse:

— Não, Amra, não quis ser mal-educado, acredite em mim. Não quero magoar nem desapontar ninguém, e se me comportei mal, estou disposto a consertar. Trata-se de uma piada, uma troça, um prazer inocente — por que não? Não quero estragar a festa, estou disposto...

Na tarde do dia seguinte, Amra saiu mais uma vez atrás de preparativos. Parou na Holzstraße 78 e subiu ao segundo andar, onde estava sendo aguardada. E deitada e entregue ao amor, apertando a cabeça dele contra o peito, sussurrou com paixão:

— Componha para quatro mãos, está ouvindo? Enquanto ele canta e dança, vamos acompanhá-lo juntos. Eu, eu mesma vou providenciar a roupa...

Um estranho arrepio, um acesso de riso reprimido, atravessou o corpo de ambos.

5.

A propriedade do sr. Wendelin no Lerchenberg é indicada para todos aqueles que querem dar uma festa, um evento em grande estilo ao ar livre. Depois de percorrer uma graciosa via fora do perímetro urbano e passar por um portão alto, chega-se ao jardim semelhante a um parque, que faz parte do terreno e em cujo centro fica o espaçoso salão de festas. Esse salão, que se liga por um corredor estreito ao restaurante, à cozinha e à cervejaria, construído com madeiras pintadas de cores alegres numa engraçada mistura de estilos, chinês e renascentista, tem portas altas de duas folhas, que com tempo bom podem ficar abertas para permitir a entrada do cheiro das árvores, e comporta muitas pessoas.

No dia da festa, os carros que se aproximavam eram cumprimentados já à distância por luzes coloridas, pois toda a cerca, as árvores do jardim e o salão em si estavam decorados com uma profusão de lampiões coloridos, e os enfeites do interior do salão deixavam o ambiente muito alegre. Guirlandas coloridas cruzavam o teto, nas quais muitas lanternas de papel estavam fixadas, embora em meio à decoração das paredes, composta por bandeirolas, galhos e flores artificiais, uma quantidade de lâmpadas elétricas iluminava o salão com brilho máximo. Numa das suas extremidades ficava o palco, ladeado por folhagens ornamentais, e um gênio pintado pela mão de algum artista flutuava na cortina vermelha. Da outra extremidade do salão, porém, quase até o palco, enfileiravam-se as mesas longas, decoradas com flores, nas quais os convidados do advogado Jacoby desfrutavam de assado de vitela e cerveja da primavera: juristas, oficiais, comerciantes, artistas, altos funcionários públicos e suas esposas e filhas — com certeza, mais de cento e cinquenta pessoas. Vieram todos trajados com simplicidade, jaquetas pretas e vestidos leves, não muito escuros, pois a ordem do dia era animada informalidade. Os homens iam pessoalmente com as canecas até os grandes barris encostados a uma das paredes, e no lugar amplo, colorido e claro, preenchido pelo aroma de festas — adocicado e opressivo, mistura de folhas, flores, pessoas, cerveja e comida —, o tilintar de pratos e talheres, a conversa alta e descontraída, as risadas soltas, animadas e despreocupadas de toda essa gente zuniam e retumbavam... O advogado permanecia sentado, informe e desamparado, na extremidade de uma mesa perto do palco; ele não bebia muito e de vez em quando se esforçava para dirigir uma palavra à vizinha, a esposa do conselheiro Havermann. Respirava a contragosto, com os cantos da boca caídos, e seus olhos inchados, aquosos e opacos encaravam impávidos e com um tipo de estranhamento sombrio a alegre agitação, como se naquele odor de festa, nessa animação ruidosa, houvesse algo extraordinariamente triste e incompreensível...

Então grandes tortas começaram a ser servidas e as pessoas passaram ao vinho doce e aos discursos. O sr. Hildebrandt, o ator da corte, festejou a cerveja da primavera numa fala composta inteiramente por citações clássicas, sim, e também gregas, e o assessor Witznagel brindou com seus movimentos mais conciliadores e da maneira mais delicada as senhoras presentes, ao pegar do vaso mais próximo e de cima da toalha uma porção de flores, comparando cada uma delas a uma das mulheres. Mas Amra Jacoby, sentada à sua frente com um vestido leve de seda amarela, foi chamada de "a irmã mais bela da rosa-damascena".

Logo depois, ela passou a mão sobre a risca macia de seu cabelo, ergueu as sobrancelhas e, séria, fez um sinal com a cabeça para o marido — e o homem gordo se levantou e quase teria estragado toda a atmosfera ao balbuciar algumas palavras lastimáveis com seu jeito constrangedor e um sorriso feio... Apenas alguns "bravos" forçados foram ouvidos e por um instante houve um silêncio opressivo. Mas a alegria retornou novamente e todos começaram a se erguer, fumando e bastante agitados, tirando com as próprias mãos as mesas do salão, pois queriam dançar.

Passava das onze horas e a informalidade era total. Parte do grupo saíra para o iluminado jardim colorido a fim de tomar ar fresco, enquanto outra parte ficou no salão, em pequenas rodas, fumando, conversando, buscando cerveja, bebendo em pé... De repente, ouviu-se do palco um forte toque de trompete que chamou a todos de volta ao salão. Músicos — de sopro e de cordas — tinham entrado e tomado posição em frente à cortina; cadeiras, sobre as quais havia programas vermelhos, estavam enfileiradas, e as mulheres se sentaram, enquanto os homens postaram-se atrás delas ou em ambos os lados. O silêncio da expectativa reinava.

Em seguida, a pequena orquestra tocou uma abertura estrondeante, a cortina se abriu — e vejam só, um grupo de negros pavorosos, em trajes chamativos e lábios vermelho-sangue, arreganhavam os dentes e começaram uma gritaria bárbara... Essas apresentações foram, sem dúvida, o ponto alto da festa de Amra. Aplausos entusiasmados, e a programação organizada de maneira inteligente foi seguindo, número após número: a sra. Hildebrandt apareceu com uma peruca empoada, bateu com um bastão longo no chão e cantou, muito alto: "That's Maria!". Um ilusionista veio metido num fraque coberto por medalhas para apresentar coisas das mais incríveis, o sr. Hildebrandt imitou Goethe, Bismarck e Napoleão de uma maneira assustadoramente fidedigna e o redator dr. Wiesensprung prestou-se no último instante a discorrer, bem-humorado, sobre o tema: "A importância social da cerveja da primavera". No final, a tensão chegou ao máximo, pois era hora do número de encerramento, essa atração misteriosa que vinha circundada por uma coroa de louros no programa e intitulada: "Luisinha. Canto e dança. Música de Alfred Läutner".

A sala inteira ficou agitada e os olhares se encontraram quando os músicos deixaram os instrumentos de lado e o sr. Läutner, que até então tinha estado encostado numa porta, desinteressado, em silêncio e com o cigarro entre os lábios, sentou-se com Amra Jacoby ao piano, no centro diante da cortina. Seu rosto estava rubro e ele folheava nervoso a partitura, enquanto Amra, ao contrário, ligeiramente pálida, apoiava um dos braços no encosto da cadeira e olhava para o público. Em seguida, quando todos os pescoços se esticavam, a campainha estridulou. O sr. Läutner e Amra tocaram alguns acordes à guisa de introdução, a cortina se ergueu e Luisinha apareceu...

Quando a massa triste e mal-ajambrada entrou com penosos passos de urso, os espectadores, entre espantados e assombrados, levaram um choque. Era o advogado. Um vestido amplo, reto, de seda vermelho-sangue que chegava até os pés envolvia seu corpo disforme, e esse vestido tinha um decote que deixava o pescoço, empoado com farinha, repugnantemente à vista. Também as mangas se inflavam perto dos ombros e eram bem curtas, mas luvas longas, amarelo-claras, cobriam os braços gordos e flácidos, enquanto a cabeça era encimada por uma peruca alta, de cachos loiríssimos, da qual balançava uma pena verde. Sob essa peruca, porém, encontrava-se um rosto amarelo, inchado, infeliz e desesperadamente alegre, com o constante sobe e desce das bochechas dando pena, e cujos olhos pequenos, avermelhados, sem enxergar nada, faziam força para se manter fixos no chão, enquanto o homem gordo sofria para deslocar seu peso de uma perna para a outra, segurando o vestido com as mãos ou erguendo os indicadores com os braços sem força — ele não fazia nenhum outro movimento; e a voz constrangida e ofegante entoava uma canção ridícula ao som do piano...

Essa figura lastimável não emanava um sopro frio de sofrimento, capaz de sufocar qualquer alegria descontraída, pousando como uma carga inescapável de desprazer sobre todo o grupo? Inúmeros olhos encaravam com puro horror a cena, o casal ao piano e o marido lá em cima... O escândalo silencioso, insólito, deve ter durado uns cinco minutos.

Mas então aconteceu o momento que ninguém ali presente há de esquecer durante toda a vida... Lembremo-nos do que se passou na realidade durante esse breve lapso de tempo, terrível e complicado.

A ridícula canção chamada "Luisinha" é conhecida e todos, sem dúvida, também se lembram dos seguintes versos:

Danço como ninguém
a valsa e a polca, eis!
Sou Luisinha, meu bem,
a preferida do freguês.

Essas linhas chinfrins e tolas são o refrão das três estrofes bastante longas. Entretanto, na nova composição para essa letra, Alfred Läutner realizou sua obra-prima ao levar ao extremo sua mania de provocar admiração ao inserir de súbito, em meio a uma obra vulgar e cômica, um diamante da alta música. A melodia, que até então seguia em dó sustenido maior, tinha sido bem bonita e totalmente banal na primeira estrofe. No início do citado refrão, o ritmo se tornou mais animado e surgiram dissonâncias que, com a repetição cada vez mais intensa do si, criava a expectativa para uma transição ao fá sustenido maior. Essas desarmonias tornaram-se mais complexas até a palavra "eis"; e depois do "sou", que aumentava ainda mais a complexidade e a tensão, era preciso haver uma diluição com um fá sustenido maior. Em vez disso, aconteceu algo mais surpreendente. É que por uma mudança brusca, por meio de uma ideia quase genial, o tom passou para fá maior, e isso, que aconteceu com o uso de ambos os pedais durante a segunda sílaba alongada da palavra "Luisinha", gerou um efeito indescritível, absolutamente fantástico! Foi uma surpresa completamente atordoante, uma súbita corrente elétrica percorrendo a coluna vertebral, foi um milagre, uma descoberta, uma revelação quase cruel em sua imprevisão, uma cortina que se rasga...

E o advogado Jacoby parou de dançar durante esses dois acordes em fá maior. Ficou parado, em pé no centro do palco como que enraizado, ambos os indicadores ainda erguidos — um deles pouco mais baixo do que o outro —, o "i" de Luisinha silenciou-se em sua boca, ele emudeceu e, enquanto quase simultaneamente o acompanhamento ao piano também foi interrompido sem mais, essa figura bizarra e ridiculamente medonha vidrou os olhos no que estava à frente, a cabeça esticada feito um animal e os olhos inflamados... Ele encarava o salão arrumado, claro e cheio de gente, no qual o escândalo ia ganhando corpo como uma emanação de todas aquelas pessoas... Encarava todos esses rostos erguidos, crispados e muito iluminados, essas centenas de olhos que se dirigiam todos com a mesma expressão de julgamento ao casal ao piano diante dele e a ele próprio... Enquanto um silêncio terrível, não interrompido por nenhum som, envolvia tudo aquilo, ele dirigiu os olhos, cada vez mais arregalados, desse casal até o público e do público até esse casal... Uma revelação pareceu manifestar-se no seu rosto subitamente inundado por um fluxo de sangue, encharcando-o de vermelho feito o vestido de seda, e logo em seguida refluiu para deixá-lo branco como cera mais uma vez — o homem gordo tombou e as tábuas estalaram.

Durante um instante, o silêncio se manteve; em seguida, ouviram-se gritos, iniciou-se um tumulto, dois homens intrépidos, entre eles um jovem médico, saltaram do lugar da orquestra para o palco, a cortina havia sido baixada...

Amra Jacoby e Alfred Läutner continuavam sentados junto ao piano, cada qual voltado para um lado. Ele, de cabeça baixa, parecia continuar ouvindo sua transição para o fá maior; ela, com seu cérebro de passarinho, incapaz de compreender rapidamente o que se passava, olhava ao redor com o rosto sem nenhuma expressão...

Pouco tempo depois, o jovem médico retornou ao salão, um judeu baixo de rosto sério e cavanhaque preto. A alguns homens que o cercaram próximo à porta de saída, ele respondeu dando de ombros:

— Acabou.

TOBIAS MINDERNICKEL

I.

Uma das ruas que sobe de maneira bastante íngreme a partir do cais até o centro da cidade chama-se "Caminho Cinza". Mais ou menos no meio dessa rua e na mão direita para quem vem do rio está a casa de número 47, uma construção estreita e de cor apagada que em nada se distingue dos seus vizinhos. No térreo há uma loja de miudezas, na qual se encontram também galochas e óleo de rícino. Ao atravessar o corredor, que permite vislumbrar um pátio interno com gatos perambulando, chega-se a uma escada estreita e gasta, cheirando a bolor e pobreza, que sobe aos andares superiores. No primeiro andar à esquerda mora um carpinteiro, à direita uma parteira. No segundo andar à esquerda mora um sapateiro, à direita uma senhora que começa a cantar alto assim que escuta passos na escada. O terceiro andar está vazio à esquerda, à direita mora um homem chamado Mindernickel, que ainda por cima atende por Tobias.* Esse homem tem uma história que deve ser contada porque é enigmática e, de acordo com qualquer parâmetro, infame.

A aparência exterior de Mindernickel é chamativa, estranha e ridícula. Se vemos, por exemplo, sua figura magra apoiada numa bengala subindo a estrada durante um passeio, então estará trajando preto dos pés à cabeça. Ele usa uma cartola fora de moda, de aba curvada e gasta, uma sobrecasaca apertada e desbotada pela idade e calças igualmente

---

* Thomas Mann usa com frequência os aptrônimos, que são nomes próprios que "falam". Tobias vem do hebraico e quer dizer "Deus é bom", "agradável a Deus". Mindernickel, o sobrenome, junta o advérbio "minder" (menos) e "Nickel" (níquel). Tobias Mindernickel é um nome irônico.

puídas, desfiadas embaixo e tão curtas que a palmilha de borracha das botinas fica visível. Aliás, é preciso dizer que essa roupa é limpíssima de tão escovada. Seu pescoço magro parece ainda mais longo quando surge de dentro de uma pequena gola dobrada. O cabelo grisalho é liso e penteado até as têmporas, e a aba larga da cartola sombreia um rosto barbeado e pálido, de olhos inflamados, que raras vezes se erguem do chão, e dois sulcos profundos que, rabugentos, vão do nariz até os cantos descaídos da boca.

    É raro Mindernickel sair de casa e há um motivo para isso. Assim que aparece na rua, muitas crianças se juntam, seguindo-o por um bom pedaço do caminho, rindo, desdenhando, cantando "Ho, ho, Tobias!" e também puxam seu casaco, enquanto as pessoas saem nas portas e se divertem. Ele próprio, sem se defender e olhando tímido ao redor, segue com os ombros encolhidos e a cabeça esticada à frente, como alguém que corre sob uma pancada de chuva; e embora seja alvo das risadas, cumprimenta com uma cortesia submissa uma ou outra das gentes que estão diante das portas. Mais tarde, quando as crianças ficaram para trás, quando ninguém mais o conhece e poucos se viram para olhá-lo de costas, seu comportamento não muda muito. Ele prossegue olhando amedrontado ao redor e cabisbaixo, como se pressentisse o peso de milhares de olhares sarcásticos sobre si, e quando ergue o olhar do chão, indeciso e tímido, é possível perceber algo espantoso, sua incapacidade de fixar o olhar em nada ou em ninguém com firmeza e calma. Mesmo parecendo estranho, é como se lhe faltasse a superioridade natural que os sentidos provêm e com a qual os indivíduos olham para o mundo dos fenômenos; parece sentir-se inferiorizado diante de todas as suas manifestações, e seus olhos que não se sustentam têm de rastejar no chão diante das pessoas e das coisas...

    O que se passa com esse homem sempre sozinho e que parece extraordinariamente infeliz? Sua roupa, forçosamente burguesa, assim como um determinado movimento cuidadoso da mão sobre o queixo, parece indicar que de maneira nenhuma quer ser reconhecido como sendo da classe social com a qual convive. Deus sabe das dificuldades por que passou. Seu rosto parece ter sido esmurrado com toda a força pela vida, enquanto esta ria, desdenhosa... Aliás, é muito provável que ele, sem ter recebido pesados golpes do destino, apenas não consiga se haver com a existência, e a submissão sofredora e sua aparência imbecil passam a constrangedora impressão de que a natureza lhe negou o quinhão de equilíbrio, força e resistência necessários para se viver de cabeça erguida.

Depois de ter caminhado até a cidade, apoiado em sua bengala preta, retorna ao seu apartamento no Caminho Cinza, recepcionado pelos gritos das crianças; sobe a escada embolorada até seu apartamento, que é pobre e sem adereços. Apenas a cômoda, um sólido móvel no estilo império, com pesados puxadores de metal, é de valor e tem beleza. Na janela, cuja vista é inapelavelmente cortada pela parede lateral do prédio vizinho, há um vaso de flor, cheio de terra, mas no qual nada cresce; apesar disso, Tobias Mindernickel vez ou outra vai até lá, observa o vaso e cheira a terra nua. Ao lado desse cômodo fica o dormitório pequeno e escuro. Depois de entrar em casa, Tobias deixa a cartola e a bengala sobre a mesa, senta-se no sofá de estofamento verde que cheira a pó, apoia o queixo na mão e, com as sobrancelhas erguidas, volta a olhar para o chão. Parece que, para ele, não há nada mais a se fazer nesta Terra.

No que se refere ao caráter de Mindernickel, é difícil julgar; é provável que o caso a seguir deponha a seu favor. Certo dia, quando o estranho homem deixou a casa e, como de costume, juntou-se um grupo de crianças que o seguiram às chacotas e risadas, um menino de cerca de dez anos tropeçou no pé de outro e caiu tão forte sobre o pavimento que o sangue lhe escorria pelo nariz e pela testa, e ficou chorando. Tobias se virou de pronto, foi depressa até o menino caído, curvou-se sobre ele e começou a consolá-lo com a voz suave e embargada.

— Pobre criança — disse —, você se machucou? Está sangrando! Vejam, o sangue está escorrendo da testa dele! Sim, sim, como você está sofrendo! Com certeza, dói tanto que o pobrezinho está chorando! Como eu me compadeço de você! A culpa foi sua, mas vou amarrar meu lenço ao redor da sua cabeça... Assim, assim! Agora respire fundo, levante-se de novo... — E depois de ter amarrado seu lenço no menino, colocou-o cuidadosamente em pé e se afastou. Nesse instante, porém, sua postura e seu rosto estavam sem dúvida bem diferentes do habitual. Ele caminhava firme e ereto, o peito inspirava fundo debaixo da sobrecasaca; os olhos tinham aumentado, estavam brilhantes e com certeza apreendiam pessoas e coisas, enquanto um traço de felicidade dolorosa envolvia a boca...

Esse incidente abafou um pouco a zombaria das pessoas do Caminho Cinza. Mas passado algum tempo, seu comportamento surpreendente tinha sido esquecido e uma porção de gargantas saudáveis, alegres e cruéis voltou a entoar atrás do homem curvado e frágil:

— Ho, ho, Tobias!

2.

Às onze horas de uma manhã, Mindernickel deixou o apartamento e atravessou toda a cidade em direção ao Lerchenberg, aquela colina alongada que de tarde se transforma no passeio mais elegante da cidade, mas que durante o clima extraordinário de primavera também era visitado naquela hora por algumas carruagens e pedestres. Um homem com um pequeno perdigueiro preso a uma guia estava parado sob uma árvore da grande alameda principal, exibindo-o aos passantes com a intenção evidente de vendê-lo; tratava-se de um animal pequeno, amarelo e musculoso, de cerca de quatro meses, com um círculo preto ao redor de um dos olhos e uma orelha preta.

Quando enxergou a cena, a dez passos de distância, Tobias ficou parado, alisou várias vezes o queixo com a mão e observou pensativo o vendedor e o cachorrinho alerta que abanava o rabo. Em seguida, voltou a caminhar e, com a empunhadura da bengala apertada contra a boca, circundou três vezes a árvore na qual o homem se encostava, depois se dirigiu a este último e enquanto mantinha o olhar fixo no animal perguntou em voz baixa e apressada:

— Quanto custa o cachorro?
— Dez marcos — respondeu o homem.

Tobias ficou em silêncio por um instante e daí repetiu, indeciso:
— Dez marcos?
— Sim — respondeu o homem.

Tobias tirou uma carteira preta de couro do bolso, puxou um nota de cinco marcos, uma moeda de três marcos e outra de dois marcos, entregou ligeiro esse dinheiro ao vendedor, pegou a guia e, olhando tímido e encolhido ao redor, pois algumas pessoas tinham observado a compra e riam, puxou apressado o animal que se recusava a caminhar. Ele foi emperrando durante todo o percurso, firmando as patas dianteiras no chão e olhando amedrontado para seu novo dono; este continuava em silêncio a puxar com energia e conseguiu atravessar a cidade.

Quando Tobias apareceu com o cachorro, a algazarra das crianças do Caminho Cinza foi terrível, mas ele o pegou no colo, curvou-se sobre ele e sem se deter pelas caçoadas e pelos puxões no casaco, logo venceu as escadas e chegou ao seu apartamento. Largou o cachorro que choramingava no chão, acariciou-o com afeição e disse de maneira condescendente:

— Muito bem, você não precisa ter medo de mim, bichinho; não tem por quê.

Em seguida, pegou um prato com carne cozida e batatas de uma gaveta da cômoda e jogou uma parte para o cachorro, que parou de se lamentar e comeu sua refeição ruidosamente e abanando o rabo.

— Aliás, você vai se chamar Esaú — disse Tobias. — Entendeu? Esaú. Com certeza será possível se lembrar desse som simples... — E apontando para o chão na sua frente, ordenou: — Esaú.

O cachorro, talvez na expectativa de ganhar mais de comer, de fato se aproximou, e Tobias deu-lhe um tapinha no flanco e disse:

— Está certo assim, meu amigo; parabéns.

Depois deu alguns passos para trás, apontou para o chão e ordenou de novo:

— Esaú!

E o animal, que ganhara muita coragem, veio correndo mais uma vez e lambeu as botas do dono.

Tobias repetiu esse exercício com incansável alegria de dar a ordem e vê-la executada de doze a catorze vezes; por fim, o cachorro pareceu ter se cansado, estava com vontade de descansar e fazer a digestão, e se deitou no chão com a postura elegante e inteligente dos perdigueiros, ambas as patas dianteiras, longas e finas, esticadas lado a lado.

— Mais uma vez! — disse Tobias. — Esaú!

Esaú, porém, virou a cabeça para o lado e ficou no lugar.

— Esaú! — Tobias exclamou com a voz alta dos donos. — Você tem de obedecer, mesmo cansado!

Mas Esaú deitou a cabeça entre as patas, não obedecendo de jeito nenhum.

— Escute — disse Tobias, e o tom de sua voz continha uma ameaça velada e terrível —; obedeça ou vai descobrir que não vale a pena me irritar!

O animal mal mexeu o rabo.

Mindernickel foi tomado por uma raiva sem tamanho, desproporcional e alucinada. Pegou sua bengala preta, ergueu Esaú pela pele do pescoço e bateu no animalzinho que gania, estava fora de si, tomado pela cólera indignada e repetia com a voz terrivelmente estridente:

— O quê, você não obedece? Você ousa não me obedecer?

Enfim soltou a bengala, largou o cão choramingador no chão e, ofegante e com as mãos nas costas, começou a caminhar diante dele, para lá e para cá, enquanto vez ou outra lançava um olhar orgulhoso e enraivecido para Esaú. Depois de caminhar assim por um tempo, parou perto do animal que estava deitado de barriga para cima, movimentando as patas dianteiras, suplicante, cruzou os braços no peito e falou com uma voz e um olhar terrivelmente frios, iguais aos de Napoleão postado diante da companhia que perdera sua águia imperial durante a batalha:

— Posso perguntar que comportamento foi esse?

E o cachorro, feliz pela aproximação, chegou ainda mais perto, encostou na perna do dono e olhou para cima com os olhos brilhantes.

Por um bom tempo, Tobias observou do alto a criatura humilhada; mas então, quando sentiu a quentura enternecedora do corpo na sua perna, ergueu Esaú.

— Venha, terei compaixão de você — ele disse; mas quando o cachorro começou a lamber-lhe o rosto, ficou emocionado e triste. Um amor ressentido fê-lo apertar o cachorro contra si, seus olhos se encheram de lágrimas e, sem terminar a frase, repetiu diversas vezes com a voz embargada:

— Veja, você é meu único... meu único... — Depois, aninhou Esaú no sofá cuidadosamente, sentou-se a seu lado, apoiou o queixo na mão e olhou-o com os olhos doces e tranquilos.

3.

Tobias Mindernickel passou a sair de casa com menos frequência do que antes, pois não sentia vontade de aparecer na rua com Esaú. Mas dedicava toda sua atenção ao cachorro, sim, não fazia outra coisa, de manhã à noite, senão alimentá-lo, limpar seus olhos, passar ordens, censurá-lo e falar da maneira mais humana possível com ele. A questão era que Esaú nem sempre se comportava da maneira desejada. Quando estava deitado ao seu lado no sofá, sonolento pela falta de ar e de liberdade, e mirava-o com olhos melancólicos, Tobias se enchia de satisfação; sentado numa posição complacente e serena, acariciava-lhe as costas com compaixão e dizia:

— Você está me olhando com dor, meu pobre amigo? Sim, sim, o mundo é triste; mesmo tão jovem, você sabe disso...

Mas quando o animal, cego e alucinado pelo instinto da brincadeira e da caça, corria pelo lugar, divertia-se com uma pantufa, pulava sobre as cadeiras e, com incrível animação, dava piruetas, Tobias acompanhava seus movimentos à distância com um olhar desnorteado, crítico e inseguro, e um sorriso feio e cheio de raiva, até finalmente chamá-lo num tom rude, ordenando:

— Chega de euforia. Não há motivo para ficar saltitando por aí.

Uma vez aconteceu de Esaú escapulir do apartamento, descer as escadas e chegar à rua, onde logo começou a perseguir um gato, comer excrementos de cavalo e, alegríssimo, brincar com as crianças. Entretanto, quando Tobias apareceu com o rosto contraído de dor em meio aos aplausos e às risadas de metade da rua, aconteceu a tristeza de o cachorro fugir em disparada de seu dono... Nesse dia, Tobias surrou-o longamente e com amargura.

Certo dia — o cachorro já era dele havia algumas semanas —, Tobias pegou um pão da gaveta da cômoda para alimentar Esaú e, curvado, começou a parti-lo em pedacinhos com sua costumeira faca grande com empunhadura de osso e jogá-los no chão. Mas o animal, fora de si pela vontade de comer e de fazer estrepolias, deu um salto às cegas, trombou desajeitado contra a faca na altura da escápula direita, e caiu sangrando no chão.

Assustado, Tobias deixou tudo de lado e curvou-se sobre o ferido; subitamente, porém, a expressão do seu rosto mudou, iluminando-se de verdade com um esboço de alívio e felicidade. Carregou o animal que gania até o sofá e ninguém há de imaginar com qual desvelo cuidou do doente. Durante o dia, não desgrudava do cão, à noite permitia que dormisse em sua cama, dava banho e fazia curativos, consolava-o e se compadecia dele com incansável alegria e zelo.

— Está doendo muito? — perguntava. — Sim, sim. Você sofre amargamente, meu pobre animal! Mas fique quieto, temos de suportar... — Seu rosto estava tranquilo, melancólico e feliz com essas palavras.

Mas à medida que Esaú recobrava as forças, se tornava mais alegre e convalescia, aumentavam em Tobias a inquietude e a insatisfação. Ele achou que não era mais preciso se preocupar com a ferida, mas mostrar sua compaixão pelo cachorro apenas com palavras e afagos. A convalescença era rápida, Esaú tinha boa constituição, recomeçando a se movimentar pelo quarto. Certo dia, depois de ter esvaziado às lambidas um prato com leite e pão branco, saltou do sofá, totalmente saudável, para circular em ambos os cômodos aos latidos alegres e, com a velha falta de sossego, puxar a coberta da cama, empurrar uma batata e rolar de contentamento.

Tobias estava junto à janela, perto do vaso, e enquanto uma de suas mãos, longa e magra sob a manga desfiada, girava mecanicamente o cabelo que vinha até a têmpora, sua silhueta destacou-se, negra e inusitada, do muro cinza do prédio vizinho. O rosto estava pálido e contraído de rancor, e o olhar desabonador, transtornado, invejoso e cheio de maldade acompanhava, imóvel, os saltos de Esaú. De repente, levantou-se, foi na direção dele e o pegou devagar nos braços.

— Meu pobre animal... — começou num tom melancólico. Esaú, porém, bem-disposto e nem um pouco interessado em continuar sendo tratado dessa maneira, abocanhou corajoso a mão que queria afagá-lo, escapou dos braços, pulou no chão, deu um salto atrevido para o lado, latiu e saiu correndo.

O que aconteceu em seguida foi tão incompreensível e infame que me recuso a contar com detalhes. Tobias Mindernickel estava com os braços soltos ao longo do corpo e um pouco curvado para a frente, os lábios bem fechados e os globos oculares tremiam assustadoramente em suas cavidades. E então, de repente, com um tipo de salto alucinado, pegou o animal, um objeto grande e reluzente brilhava em sua mão, e com um corte, que foi da escápula direita até bem abaixo do peito, o cachorro caiu no chão — sem emitir qualquer som; apenas caiu de lado, sangrando e tremendo...

No instante seguinte estava deitado no sofá e Tobias se ajoelhou diante dele, apertando um pano na ferida, balbuciando:

— Meu pobre animal! Meu pobre animal! Como tudo é triste! Como somos tristes os dois! Você está sofrendo? Sim, sim, sei que você sofre... Que lástima você deitado na minha frente! Mas eu, eu estou ao seu lado! Eu o consolo! Vou usar meu melhor lenço...

Mas Esaú continuava deitado, agonizando. Seus olhos baços e questionadores dirigiam-se cheios de incompreensão, inocência e queixa a seu dono — e então esticou um pouco as pernas e morreu.

Tobias, porém, se manteve imóvel. Pousou o rosto sobre o corpo de Esaú e chorou com amargura.

O GUARDA-ROUPA

para Carla

Era de noitinha, estava nublado e fresco, quando o trem expresso Berlim-Roma entrou numa estação de médio porte. Um viajante solitário aprumou-se num dos vagões de primeira classe com cobertas de crochê sobre as largas poltronas aveludadas: Albrecht van der Qualen.* Tinha acordado. Sentiu um gosto insípido na boca e seu corpo estava tomado pela sensação não muito agradável que é consequência da imobilidade da viagem longa, da cessação do resfolego ritmado, do silêncio que de súbito realça estranhamente os ruídos de fora, os chamados e os sinais... Esse estado é quase o despertar de um transe, de uma anestesia. Nossos nervos perdem o apoio, o ritmo, ao qual haviam se entregue: sentem-se então profundamente incomodados e abandonados. E mais ainda quando despertamos do sufocante sono das viagens.

Albrecht van der Qualen espreguiçou-se um pouco, foi até a janela e baixou o vidro. Percorreu a composição com os olhos. No vagão dos correios, diversos homens lidavam com a carga e a descarga de pacotes. A locomotiva emitiu alguns sons, espirrou e gorgolejou um pouco, fez silêncio e permaneceu dessa forma; mas, assim como um cavalo que se mantém quieto, erguendo trêmulo os cascos, movimentando as orelhas e esperando pelo sinal da partida. Uma senhora grande e gorda com uma capa de chuva longa e rosto infinitamente preocupado trazia uma sacola de cem toneladas, que empurrava aos trancos com um joelho de um lado a outro do vagão: muda, ansiosa e com olhos amedrontados. Havia algo muito comovente sobretudo em seu lábio superior, que se estendia bastante para a frente e sobre o qual brotavam gotinhas de suor... Ah,

---

* Sobrenome prenunciador, pois "Qual" significa tortura, tormento, suplício.

quanto sofrimento!, pensou Van der Qualen. Se eu pudesse ajudá-la, acolhê-la, tranquilizá-la, apenas para agradar esse seu lábio! Mas cada um por si, é como as coisas funcionam, e eu, que nesse momento não tenho nenhum medo, observo-a como a um besouro caído de costas...

O crepúsculo reinava na modesta estação. Era manhã ou noite? Não sabia. Tinha dormido, e era incerto se por duas, cinco ou doze horas. Afinal, não acontecia de ele dormir por vinte e quatro horas ou mais, sem a menor interrupção, profundamente, muito profundamente? Era um homem de sobretudo médio de inverno, marrom-escuro, com gola de veludo. Difícil reconhecer a idade a partir de seus traços; oscilava entre vinte e cinco anos e o final dos trinta. Sua pele era amarelada, mas os olhos brilhavam negros como carvão e vinham com olheiras profundas. Esses olhos não prenunciavam nada de bom. Em conversas sérias e francas entre dois homens, diversos médicos haviam-no desenganado, só mais alguns meses... Aliás, ele usava o cabelo escuro, liso, com uma risca lateral na direita.

Havia embarcado no trem expresso em Berlim que estava prestes a partir apenas com a mala de mão de couro vermelho — embora Berlim não fosse seu ponto de partida —, tinha dormido e, naquele instante, ao despertar, sentia-se tão indiferente ao tempo que foi tomado pela satisfação. Não portava relógio. Estava feliz em saber que a correntinha fina, dourada, usada ao redor do pescoço prendia apenas uma pequena medalha metida no bolso de seu colete. Não gostava de saber das horas nem do dia da semana, pois também não consultava o calendário. Havia muito perdera o hábito de saber o dia do mês, o mês ou até mesmo o ano corrente. Tudo tem de estar no ar, ele costumava pensar, e isso lhe dizia muita coisa, embora fosse uma expressão um tanto obscura. Ele raramente — ou melhor, nunca — tinha sido incomodado por esse desconhecimento, visto que se esforçava em se manter afastado de todos os incômodos do tipo. Não lhe era suficiente perceber mais ou menos a estação do ano? É provável que seja outono, pensou enquanto olhava para o saguão escuro e úmido do lado de fora. Mais não sei. Será que ao menos sei onde estou?...

E, de repente, esse pensamento transformou sua satisfação num alegre sobressalto. Não, ele não sabia onde estava! Estaria ainda na Alemanha? Sem dúvida. No norte da Alemanha? Talvez. Com olhos ainda embotados pelo sono, vira uma placa iluminada passar diante da janela do seu vagão que provavelmente informava o nome da estação... nenhuma imagem das letras chegara ao seu cérebro. Entorpecido, ouvira os cobradores anunciarem o nome duas ou três vezes... não entendeu nem uma sílaba. Mas lá, lá, num crepúsculo que ele não sabia se prenunciava manhã ou noite, havia um lugar desconhecido, uma cidade estranha... Albrecht van der Qualen pegou seu chapéu de feltro do bagageiro, sua mala vermelha de couro, cujas correias prendiam uma coberta de lã de seda xadrez vermelho e branco, na qual por sua vez havia um guarda-chuva de empunhadura de prata espetado e — embora seu bilhete estivesse emitido para Florença — desceu do vagão, caminhou por todo o modesto saguão, depositou sua bagagem no lugar adequado, acendeu um charuto, esticou as mãos — não carregava nem bengala nem chapéus — dentro dos bolsos do paletó e deixou a estação.

Do lado de fora, no lugar escuro, úmido e bastante vazio, cinco ou seis cocheiros estalaram seus chicotes e um homem de quepe ornado e sobretudo longo, que o protegia da tremedeira, disse como que perguntando:

— Hotel dos Notáveis?

Van der Qualen agradeceu-lhe polidamente e continuou em frente no seu caminho. As pessoas que encontrava traziam a gola dos sobretudos erguida; por essa razão, fez o mesmo, encostou o queixo no veludo, continuou fumando e prosseguiu, nem rápido nem devagar.

Passou por uma murada baixa, um portão velho com duas torres imponentes e atravessou uma ponte com estátuas na balaustrada e sob a qual a água fluía escura, bem devagar. Passou uma balsa comprida, frágil, em cuja parte traseira um homem remava empunhando uma vara longa. Van der Qualen parou por um instante e curvou-se sobre o parapeito. Veja, pensou ele, um rio; o rio. Bom não saber seu nome... Em seguida, continuou em frente.

Caminhou por mais um tempo na calçada de uma rua que não era nem muito larga nem muito estreita e em algum momento dobrou à esquerda. Estava de noite. As lâmpadas elétricas dos postes curvos começavam a espoucar, piscaram algumas vezes, acenderam, zumbiram e daí brilharam na neblina. As lojas cerraram as portas. Então, tudo indica que é outono, pensou Van der Qualen, e se manteve na escura calçada molhada. Ele não usava galochas, mas suas botas eram extraordinariamente largas, resistentes, duráveis e apesar disso não deviam nada em elegância.

Ele se mantinha sempre à esquerda. Pessoas caminhavam e o ultrapassavam, apressadas atrás de seus negócios ou voltando dos negócios. E estou no meio delas, pensou, e estou tão solitário e sou tão estranho como nunca. Não tenho negócio nem objetivo. Não tenho nem uma bengala na qual me apoiar. Ninguém me deve nada e não devo nada a ninguém. Deus nunca estendeu a mão sobre mim, ele nem me conhece. Infortúnio perene sem esmola é coisa boa; podemos dizer: não devo nada a Deus...

    A cidade logo chegou ao fim. Provavelmente havia percorrido a diagonal desde o centro. Encontrava-se numa rua do subúrbio, larga, com árvores e casarões. Virou à direita, passou por três ou quatro ruelas, quase aquelas de vilarejos, iluminadas apenas por lampiões a gás, e enfim parou diante de um portão de madeira ao lado de uma casa convencional pintada de amarelo-terroso, que por sua vez chamava a atenção devido às janelas espelhadas muito curvas, totalmente opacas. Um cartaz preso no portão informava: "Nesta casa há quartos para alugar no terceiro andar". Verdade?, ele se perguntou, dispensando o que restava do charuto. Em seguida, atravessou o portão, seguiu ao longo de uma cerca de madeira que separava o terreno daquele do vizinho, à esquerda passou pela porta da casa, com dois passos venceu o saguão revestido por uma passadeira gasta — um velho tapete cinza — e começou a subir a escada de madeira muito simples.

    Também as portas dos andares eram muito modestas, com vidros leitosos, protegidos por grades de arame e alguns com plaquinhas com nomes. Os lances da escada eram iluminados com lamparinas a querosene. Mas no terceiro andar — era o último, e acima dele estava o sótão — havia entradas também à direita e à esquerda da escada: portas simples marrons de quartos; nenhuma tinha nome. Van der Qualen acionou a campainha de latão no centro... Ela soou, porém nenhuma movimentação se fez ouvir lá dentro. Ele bateu à esquerda... Nenhuma resposta. Bateu à direita... Passos longos, leves, puderam ser percebidos e alguém atendeu.

    Tratava-se de uma mulher, uma senhora grande, magra, velha e alta. Usava uma touca com um laço grande, de um lilás opaco, e um vestido fora de moda, preto, fechado. Tinha um rosto de pássaro, encovado, e sobre a testa era possível distinguir uma erupção da pele, uma tumefação com aparência de musgo. Era bastante repugnante.

    — Boa noite — disse Van der Qualen. — Os quartos...

    A velha senhora assentiu com a cabeça; assentiu e sorriu devagar, muda e compreensiva, e a bonita mão branca, longa, fez um movimento lento, cansado e elegante de apontar a porta em frente, à esquerda. Depois, ela se retirou e reapareceu com uma chave. Enquanto ela abria, postada à sua frente, ele pensou: Vejam só, parece um fantasma, uma personagem de Hoffmann, minha senhoria... Ela pegou a lamparina a querosene do gancho e pediu que ele entrasse.

O quarto era pequeno, baixo, com tábuas marrons; as paredes, entretanto, estavam revestidas até o teto com tecido rústico entrançado cor de palha. A janela da parede de trás à direita estava oculta pelas dobras longas e esguias da cortina de musselina branca. A porta branca que dava para o cômodo ao lado ficava à direita.

A velha senhora abriu-a e ergueu a lamparina. Esse cômodo era lastimavelmente vazio, com paredes nuas, brancas, diante das quais três cadeiras de bambu pintadas de vermelho destacavam-se como morangos do chantili. Um armário, um lavatório com espelho... A cama, um extraordinário móvel de mogno, ficava solta no meio do quarto.

— Alguma objeção de sua parte? — perguntou a velha senhora, passando suavemente a mão bonita, grande e branca pelo musgo na testa... Era como se tivesse falado isso sem querer, como se naquele momento não se lembrasse de uma expressão mais corrente. Ela acrescentou de imediato: — Por assim dizer...?

— Não, não tenho qualquer objeção — respondeu Van der Qualen. — Os quartos estão decorados de maneira muito divertida. Vou alugá-los... Gostaria que alguém buscasse minhas coisas na estação, aqui está o comprovante. Faça a gentileza de arrumar a cama, a mesinha de cabeceira... de me passar de imediato a chave do prédio, a chave do andar... assim como me arranje algumas toalhas. Quero me lavar um pouco, depois ir à cidade comer e voltar mais tarde.

Ele tirou um estojo amassado do bolso, pegou um sabonete e começou a refrescar o rosto e as mãos no lavatório. De quando em quando olhava para baixo pelos vidros bastante arqueados para fora, vislumbrando as ruas lamacentas da cidade de periferia iluminadas pelos lampiões a gás, as lâmpadas dos postes curvos e as mansões... Enquanto secava as mãos, foi até o guarda-roupa. Tratava-se de um móvel tosco, com verniz marrom, um tanto bambo e com um acabamento ornamental tolo, plantado no meio da parede lateral direita justo no nicho para uma segunda porta branca que devia levar aos cômodos acessados de fora, perto da escada, pela porta principal e a intermediária. Há algumas coisas no mundo que são apropriadas, pensou Van der Qualen. Este guarda-roupa cabe no nicho da porta como se tivesse sido feito para embutir... Abriu-o. Estava totalmente vazio, com diversas filas de cabides no alto; mas acontece que esse móvel sólido não tinha fundo, estava fechado do lado de trás por um tecido cinza, um pano convencional, duro, preso nos quatro cantos por pregos ou tachas.

Van der Qualen fechou o guarda-roupa, pegou seu chapéu, voltou a erguer a gola do sobretudo, apagou a vela e saiu. Enquanto passava pelo cômodo da frente, teve a impressão de ouvir, entre o ruído de seus passos, um som metálico, baixo e claro, vindo dos outros quartos... mas não soube ao certo se não tinha sido um engano. Como uma aliança de ouro caindo numa pia de prata, pensou ele, que fechou o apartamento, desceu a escada, saiu do prédio e tomou o caminho da cidade.

Entrou num restaurante iluminado de uma rua movimentada e sentou-se numa das mesas da frente, de costas para todo mundo. Tomou sopa de ervas aromáticas com pão torrado, escolheu um bife com ovo, compota e vinho, um pedacinho de gorgonzola verde e metade de uma pera. Ao pagar e tornar a se vestir, deu algumas tragadas num cigarro russo, depois acendeu um charuto e se foi. Perambulou sem rumo por um tempo, achou o caminho da casa no subúrbio e percorreu-o sem pressa.

A casa com as janelas espelhadas estava imersa na escuridão e no silêncio totais quando Van der Qualen abriu a porta e subiu a escada sombria. Ele iluminava o caminho com um palitinho de fósforo e, no terceiro andar, abriu a porta marrom à esquerda que conduzia ao seu quarto. Depois de ter colocado o sobretudo e o chapéu sobre o divã, acendeu a lamparina sobre a grande escrivaninha e encontrou sua mala, assim como a coberta com o guarda-chuva. Desenrolou a coberta e tirou dali uma garrafa de conhaque, em seguida pegou um copo pequeno da mala de couro e, enquanto terminava de fumar seu charuto sentado na cadeira de braço, tomou alguns goles... Que bom que ainda existe conhaque no mundo, ele pensou... Depois foi até ao quarto de dormir, onde acendeu a vela sobre a mesinha de cabeceira, apagou a lamparina do outro cômodo e começou a se despir. Colocou peça por peça de seu terno cinza, discreto e duradouro, sobre a cadeira vermelha perto da cama; mas quando estava soltando os suspensórios, lembrou-se do chapéu e do sobretudo, que ainda estavam sobre o divã; buscou-os, abriu o guarda-roupa... Deu um passo para trás e agarrou uma das grandes bolas de mogno vermelho-escuro que decoravam os quatro cantos da cama às suas costas.

O quarto com suas paredes brancas, nuas, diante das quais três cadeiras de bambu pintadas de vermelho destacavam-se como morangos do chantili, estava sob a inquieta luz da vela. Mas o guarda-roupa de porta escancarada não estava vazio, havia alguém dentro, um vulto, um ser, tão encantador que o coração de Albrecht van der Qualen parou por um instante para retomar seu trabalho com batidas cheias, lentas, suaves... Ela estava totalmente nua e mantinha um de seus braços finos, delicados, no alto, agarrando com o indicador um gancho no tampo do móvel. Cachos de seu cabelo castanho roçavam os ombros infantis, tão belos que davam vontade de chorar. O brilho da vela refletia-se em seus olhos pretos amendoados... A boca era um pouco larga, mas de expressão tão doce como os lábios do sono que tocam nossa testa após dias de sofrimento. Mantinha os calcanhares bem unidos e as pernas magras encostavam uma na outra...

Albrecht van der Qualen passou a mão sobre os olhos e viu... ele também viu que embaixo, no canto direito, o tecido cinza soltava-se do guarda-roupa...

— Hein? — perguntou ele... — Não quer entrar?... ou melhor... sair? Gostaria de tomar um copinho de conhaque? Meio copinho?...

Mas não esperou por resposta e também não recebeu nenhuma. Os olhos dela, amendoados, brilhantes e tão pretos que pareciam inexpressivos, indecifráveis e mudos, estavam dirigidos a ele, agitados e embaciados como se não o enxergassem.

— Devo lhe contar? — ela perguntou de repente com a voz tranquila, dissimulada.

— Conte... — ele respondeu. Havia se sentado no canto da cama. O sobretudo estava sobre os joelhos, e as mãos unidas descansavam ali. A boca dele permanecia um pouco aberta e os olhos, semicerrados. Mas o sangue circulava quente, pulsando suavemente por seu corpo e o ouvido zumbia de leve.

Ela tinha se sentado no móvel e abraçava com os braços delicados um dos joelhos que havia flexionado, enquanto a outra perna estava do lado de fora. Os braços apertavam os seios pequenos e a pele esticada do joelho reluzia. Ela narrou... narrou com a voz baixa, enquanto a chama da vela dançava em silêncio...

Duas pessoas caminhavam pelo urzal, a cabeça dela repousava no ombro dele. As ervas exalavam um aroma forte, mas logo a névoa do anoitecer apareceu: eis o começo. E muitas vezes eram versos que rimavam com tanta leveza e doçura como acontece às vezes na modorra de noites febris. Mas o fim não foi feliz. O fim foi tão triste como quando dois se abraçam, indivisíveis, e enquanto os lábios estão juntos, um crava no corpo do outro uma lâmina larga acima da cintura — por um bom motivo. Mas assim terminou. E então ela se ergueu com um movimento infinitamente silencioso e discreto, abriu o canto direito inferior do tecido cinza que formava o fundo do guarda-roupa e desapareceu.

A partir de então ele a encontrou todas as noites em seu guarda-roupa e escutou suas histórias... quantas noites? Por quantos dias, semanas ou meses permaneceu nesse apartamento e nessa cidade? De nada adiantaria haver um número aqui. Quem se importa com um malfadado número?... E sabemos que diversos médicos haviam desenganado Albrecht van der Qualen.

Ela lhe narrou... e eram histórias tristes, sem consolo; mas elas se depositavam sobre o coração como uma doce carga e o faziam bater mais devagar e mais feliz. Muitas vezes se perdia em devaneios... O sangue entrava em ebulição, ele esticava as mãos para ela e ela não o repelia. Mas depois ele não a encontrava mais no guarda-roupa por várias noites, e quando retornava permanecia outras tantas noites sem lhe contar nada, recomeçando devagar, até ele devanear novamente.

Quanto tempo se passou assim... quem sabe? Quem é que sabe se Albrecht van der Qualen de fato acordou naquela tarde e foi à cidade desconhecida; se não ficou dormindo no seu vagão de primeira classe, sendo carregado a toda velocidade pelas montanhas a bordo do expresso Berlim-Roma? Quem entre nós ousa responder a essa pergunta com segurança e responsabilizar-se pela resposta? Trata-se de algo totalmente incerto. "Tudo tem de estar no ar..."

VINGADA

— É nas verdades mais simples e básicas — disse Anselm já bem tarde da noite — que por vezes a vida desperdiça as evidências mais originais.

Quando conheci Dunja Stegemann, eu tinha vinte e um anos e era desajeitado ao extremo. Diligentemente ocupado em tornar-me culto, estava bem distante de cumprir tal tarefa. Lançava-me à satisfação de meus desejos irrefreáveis sem qualquer escrúpulo, e unia com total desenvoltura a estranha libertinagem com que levava minha vida àquele idealismo que, por exemplo, me fazia desejar a intimidade pura, espiritual — absolutamente espiritual — com uma mulher. No que se refere à Dunja Stegemann, ela havia nascido em Moscou, filha de pais alemães, e crescera ali mesmo; na Rússia, de todo modo. Fluente em três idiomas, o russo, o francês e o alemão, tinha vindo à Alemanha como governanta. Mas como tinha pendores artísticos, abandonou essa profissão depois de alguns anos e passou a viver como mulher inteligente e livre, como filósofa e solteira, produzindo matérias sobre literatura e música para um jornal de segunda ou terceira categoria.

Dunja Stegemann tinha trinta anos quando eu, no dia de minha chegada a B., encontrei-me com ela no minguado *table d'hôte* de uma pequena pensão: uma pessoa alta desprovida de seios, desprovida de quadris, com imperturbáveis olhos verde-claros, um nariz demasiado grosso e um penteado insípido de um loiro desinteressante. Seu sóbrio vestido marrom-escuro era tão sem adornos e elegância quanto suas mãos. Eu nunca vira uma feiura tão incontestável e categórica numa mulher.

Na hora do rosbife, começamos a conversar sobre Wagner no geral e sobre o *Tristão* em particular. A liberdade de seu espírito me desconcertou. Nunca imaginara ser possível uma emancipação tão natural, tão sem exageros nem afetação, tão tranquila, segura e sincera, como a sua. Essa serenidade objetiva que a fazia usar expressões como "luxúria platônica" no decorrer de nossa conversa, abalou-me. E correspondiam a seus olhares, seus movimentos, a maneira amigável como colocou a mão sobre meu braço...

Nossa conversa foi animada e profunda, após a refeição prosseguimos por horas falando enquanto os outros quatro ou cinco hóspedes tinham deixado havia tempo o refeitório, nos revimos no jantar, mais tarde tocamos o piano desafinado da pensão, voltamos a trocar ideias e sensações e nos entendemos muito bem. Minha satisfação era total. Tratava-se de uma mulher com cérebro desenvolvido de modo totalmente masculino. As palavras dela serviam ao assunto e não a um coquetismo pessoal, enquanto sua imparcialidade possibilitava aquele radicalismo íntimo na troca de experiências, sensações e estados de espírito, que na época eram minha paixão. Nesse sentido, meu desejo estava saciado: havia encontrado um companheiro mulher, cuja sublime naturalidade não justificava nenhuma preocupação e em cuja proximidade eu podia me sentir seguro e tranquilo que apenas e tão somente meu espírito se agitaria, pois os encantos físicos dessa intelectual eram os de uma vassoura. Sim, minha segurança nesse sentido era ainda maior pois, à medida que nossa intimidade espiritual aumentava, tudo que era corpóreo em Dunja Stegemann se tornava mais e mais desagradável, por assim dizer repulsivo: impossível desejar maior triunfo do espírito.

E mesmo assim... mesmo assim, apesar de nossa amizade ter se tornado tão perfeita, por mais respeitosamente que nos visitássemos em nossas casas depois que ambos deixamos a pensão, mesmo assim havia muitas vezes algo entre nós que deveria ser três vezes mais estranho à frieza solene de nosso particular relacionamento... bem quando nossas almas revelavam seus segredos mais íntimos e pudicos uma à outra, nossos espíritos trabalhavam na solução de seus enigmas mais sutis, quando um tratamento mais formal, que costumávamos usar nas horas menos entusiasmadas, se transformava numa informalidade ilibada... uma excitação maligna ficava no ar, poluindo-o e atrapalhando minha respiração... Ela parecia não notar nada disso. Sua força e liberdade eram tão grandes! Eu, porém, pressentia algo e acabava sofrendo.

Certa noite foi assim, e da maneira mais perceptível do que nunca, quando estivemos juntos no meu quarto, imersos em conversas psicológicas. Ela havia jantado em casa; à exceção do vinho tinto que continuávamos a tomar, a mesa redonda estava limpa, e a situação nada galante na qual fumávamos nossos cigarros era característica de nossa relação: Dunja Stegemann estava sentada ereta junto à mesa, enquanto eu, com o rosto voltado para a mesma direção, descansava quase deitado na chaise longue. Nossa conversa incisiva, analítica e radicalmente franca que tratava dos estados da alma que o amor produz no homem e na mulher, avançou. Mas eu não me sentia tranquilo nem livre, e talvez estivesse estranhamente suscetível, pois tinha bebido muito. Aquele algo estava presente... aquela excitação sinistra estava no ar e o turvava de tal maneira que a situação foi se tornando cada vez mais insuportável para mim. Fui completamente engolfado pela necessidade de abrir uma janela metafórica, banindo — naquele instante e para sempre, por meio de palavras diretas e brutas — a injustificada perturbação ao reino do desprezível. O que decidi expressar não era mais forte e honesto do que muitos outros assuntos que já havíamos discutido e era preciso ser resolvido de vez. Meu Deus, ela seria quem menos haveria de me agradecer por escrúpulos de educação e delicadeza...

— Escute — falei puxando um joelho e cruzando uma perna sobre a outra —, há algo que sempre esqueço de ponderar. Sabe o que, na minha opinião, confere ao nosso relacionamento o charme mais original e elegante? É a familiaridade íntima de nossos espíritos, que se tornou imprescindível para mim, em oposição à pronunciada rejeição física que sinto em relação a você.

Silêncio.

— Sim, sim — ela disse então —, isso é divertido. — E assim esse aparte foi descartado e nossa conversa sobre o amor foi retomada. Senti-me aliviado. A janela estava aberta. A clareza, pureza e segurança da situação haviam sido estabelecidas, algo que sem dúvida também era uma necessidade da parte dela. Fumávamos e conversávamos.

— E então há o tema — ela falou de repente —, que temos de abordar algum dia... É que você não sabe que já tive um relacionamento amoroso no passado.

Virei a cabeça em sua direção e encarei-a estarrecido. Ela estava sentada ereta, muito tranquila, movimentando a mão que segurava o cigarro ligeiramente de um lado para outro sobre a mesa. Sua boca estava entreaberta e os olhos verde-claros miravam para a frente, impassíveis. Exclamei:

— Você?... Jura?... Platônico?

— Não, um... sério.

— Onde... quando... com quem?

— Em Frankfurt, há um ano, com um funcionário de banco, um homem ainda jovem, muito bonito... Senti a necessidade de contar para você... Acho bom que você esteja sabendo. Ou será que caí em seu conceito?

Dei risada, estiquei-me de novo e tamborilei com os dedos na parede ao meu lado.

— É possível! — disse com maravilhosa ironia. Não olhei mais para ela, mas mantive a cabeça voltada para a parede, observando meus dedos se mexendo. Com um golpe ela carregou de tal maneira a atmosfera que havia pouco ainda era pura, e o sangue subiu à minha cabeça, turvando-me os olhos... Essa mulher permitira ser amada. Seu corpo havia sido envolvido por um homem. Sem tirar meu rosto da parede, deixei minha fantasia despir esse corpo e senti uma atração repulsiva. Entornei mais uma — quantas até então? — taça de vinho. Silêncio mortal.

— Sim — ela repetiu a meia-voz —, acho bom que você esteja sabendo agora. — E a entonação indiscutivelmente significativa que ela usou fez com que um tremor excruciante tomasse conta de mim. Ela estava sentada ali, sozinha comigo por volta da meia-noite num quarto, ereta, imóvel, numa impassibilidade expectante, oferecida... Meus instintos depravados estavam em ebulição. A imaginação do requinte que poderia haver em entregar-me a essa mulher em excessos despudorados e diabólicos disparou meu coração de maneira insuportável.

— Veja só! — falei com a língua pesada. — A meu ver, trata-se de algo extremamente interessante!... E esse funcionário de banco divertiu você?

Ela respondeu:

— Ah, sim.

— E — prossegui, sempre sem encará-la — você não teria nada contra em vivenciar o mesmo outra vez?

— Nada de nada...

Com um impulso, virei-me de forma brusca, apoiei a mão sobre a almofada e perguntei com o atrevimento da avidez excessiva:

— E que tal nós dois?

Ela moveu o rosto devagar em minha direção e me olhou com um espanto amistoso:

— Oh, meu caro, que ideia é essa? Não, afinal nosso relacionamento é de natureza puramente espiritual...

— Ora... ora... mas esses são outros quinhentos! Sem prejuízo de nossa amizade e totalmente à parte dela, bem que poderíamos nos afinar também de outra maneira...

— Mas não! Você não está ouvindo o meu não? — ela respondeu, cada vez mais pasma.

Exclamei com a raiva do despudorado, que não está acostumado a abrir mão da ideia mais suja:

— Por que não? Por que não? Por que então você está se fazendo de rogada? — E ensaiei partir para a ação. Dunja Stegemann se levantou.

— Recomponha-se agora mesmo — ela disse. — Você está totalmente fora de si. Conheço suas fraquezas, mas isso lhe é indigno. Eu disse não e disse que nossa simpatia mútua é de natureza absolutamente espiritual. Não dá para entender? E agora vou embora. Ficou tarde.

Eu havia serenado e recuperado minha compostura.

— Então levei um fora?! — perguntei rindo... — Bem, espero que isso não mude em nada nossa amizade...

— Por que haveria? — ela respondeu, apertando minha mão como a de um colega, e um sorriso desdenhoso delineava sua boca nada bonita. Depois, partiu.

Parado no meio do quarto, a expressão de meu rosto não era nada sagaz enquanto mais uma vez repassava na cabeça essa minha aventura predileta. Por fim, lasquei-me um tapa na testa e fui dormir.

O CAMINHO DO CEMITÉRIO

para Arthur Holitscher

O caminho para o cemitério seguia sempre ao lado da estrada, sempre ao seu lado até alcançar seu destino, o cemitério. Do outro lado havia, no começo, casas, construções recentes do subúrbio, algumas ainda em construção; em seguida, vinham os campos. No que se refere à estrada, flanqueada por árvores, faias nodosas de idade avançada, metade estava pavimentada, metade, não. Mas o caminho para o cemitério era salpicado com cascalho, o que lhe conferia o caráter de uma agradável trilha de caminhadas. Uma valeta estreita, seca, recheada de grama e flores silvestres, estendia-se entre ambos.

Era primavera, já quase verão. A Terra sorria. O céu azul do Senhor estava ocupado por muitas nuvenzinhas redondas e compactas, pontilhado por bolotas brancas feito neve que sugeriam brincadeiras. Os pássaros trinavam nos arbustos e um vento suave soprava do campo.

Uma carruagem vinha do povoado vizinho à cidade pela estrada; circulava metade na sua parte pavimentada, metade na parte não pavimentada. O cocheiro deixava as pernas soltas de ambos os lados do tirante e assobiava a plenos pulmões. Na parte traseira externa, porém, havia um cãozinho amarelo que lhe dava as costas e que olhava a trilha que deixavam para trás por sobre o pequeno focinho pontudo, com uma expressão incrivelmente séria e concentrada. Tratava-se de um cãozinho incomparável, que valia ouro, muito divertido; uma pena que não faça parte da história, motivo pelo qual vamos deixá-lo de lado. Uma tropa de soldados passou. Vinham da caserna que não ficava distante, marchando em meio à nuvem que levantavam, e cantavam. Uma segunda carruagem, oriunda da cidade, dirigia-se ao próximo vilarejo. O cocheiro dormia e não havia nenhum cãozinho ali, tornando esse veículo totalmente desinteressante. Dois aprendizes de artesão vinham pelo caminho; um corcunda, e o outro um gigante. Caminhavam descalços porque carregavam as botas nas costas, gritaram algo bem-humorado para o cocheiro e seguiram em frente. Havia um trânsito mediano, que se desembaraçava sem confusões nem contratempos.

Pelo caminho do cemitério seguia apenas *um* homem; caminhava devagar, cabeça baixa e apoiado num bastão preto. Chamava-se Piepsam, nada menos que Lobgott Piepsam.* Revelamos explicitamente seu nome porque, logo depois, ele se comportou de maneira estranhíssima.

Vestia preto, pois estava a caminho do túmulo de sua amada. Usava uma cartola ordinária, de aba curva, um sobretudo encardido pelo uso, calças compridas muito justas e muito curtas, mais luvas pretas de cetim, desgastadas em todos os lugares. Seu pescoço, um pescoço longo e magro, com saliente pomo de adão, erguia-se de um colarinho desfiado, sim, esse colarinho já estava um tanto carcomido nos cantos. Mas quando o homem erguia a cabeça, algo que fazia de tempos em tempos para ver a distância que ainda o separava do cemitério, era possível vislumbrar um rosto raro, sem dúvida um rosto do qual ninguém se esquece tão rápido.

Estava barbeado e pálido. Porém, entre as encovadas maçãs do rosto aparecia um nariz que engrossava feito um bulbo na frente, no qual ardia um vermelho exagerado, desnatural, intumescido por uma porção de verrugas, excrescências pestíferas, que lhe emprestavam uma aparência anômala e fantástica. Esse nariz, cujo rubor profundo se destacava sobremaneira da palidez embaciada da extensão do rosto, tinha algo de improvável e pitoresco, parecia de mentira, como um nariz de carnaval, uma galhofa melancólica. Mas a questão não era o... Sua boca, uma boca larga de cantos caídos, ele a mantinha firmemente fechada, e ao olhar para cima erguia as sobrancelhas negras, mesclada com fiozinhos brancos, até embaixo da aba do chapéu, de modo que era possível ver os olhos inflamados e lastimavelmente emoldurados por olheiras. Resumindo, era um rosto ao qual a mais vívida simpatia não podia ser negada durante muito tempo.

A aparição de Lobgott Piepsam não era prazerosa, combinava mal com a doce manhã, e mesmo para alguém que quer visitar os túmulos dos entes queridos era exageradamente desolada. Mas quando se examinava seu interior, era preciso admitir que havia motivos suficientes

---

* "Lobgott" poderia ser traduzido como "louva-a-deus'.

para tanto. Ele era um pouco taciturno, não?... É difícil explicar isso para pessoas tão felizes como vocês... Um pouco infeliz, não é verdade? Um pouco maltratado. Ah, para dizer a verdade, não era pouco, era muito; sem exagero, era um desgraçado.

Em primeiro lugar, ele bebia. Bem, ainda vamos falar a respeito. Além do mais, era viúvo, órfão e tinha sido abandonado por todos deste mundo; não contava com nenhuma alma boa na Terra. Sua mulher, de sobrenome Lebzelt quando solteira, tinha sido arrancada dele quando lhe dera um filho antes de terminado o resguardo de seis meses; era o terceiro filho. Os outros dois também tinham morrido; um de difteria, o outro assim do nada, talvez por carência generalizada. Não bastasse isso, logo em seguida perdeu o emprego, sendo enxotado de maneira ultrajante do departamento à rua da amargura por causa daquele vício, que era mais forte do que Piepsam.

Havia conseguido resistir precariamente à bebida, embora de tempos em tempos a ela se rendesse sem freios. Mas quando perdeu mulher e filhos, quando se viu sem qualquer apoio no mundo, o vício tomou conta dele, minando mais e mais sua tenência espiritual. Tinha sido funcionário de uma empresa de seguros, uma espécie de copista sênior com rendimento mensal na casa dos noventa marcos do Reich. Em situação de insânia mental, porém, havia cometido um erro por descuidos grosseiros e, após repetidas advertências, foi enfim dispensado por suspeição constante.

Está claro que isso de modo algum contribuiu para elevar o moral de Piepsam; ao contrário, ele caiu totalmente na ruína. É preciso que vocês saibam que a infelicidade mata a dignidade da pessoa — sempre é bom manter isso em vista. Existe uma razão particular e terrível para tanto. Não serve de nada a pessoa declarar-se inocente: na maior parte dos casos, ela vai desdenhar a si mesma pela sua infelicidade. Mas o menosprezo e o vício mantêm uma relação de reciprocidade das mais deploráveis, eles se alimentam mutuamente, trabalham de mãos dadas — é um horror. Foi assim também com Piepsam. Ele bebia porque se desvalorizava e se desvalorizava mais e mais porque o malogro contínuo de suas boas intenções corroía sua autoconfiança. Em casa, dentro de seu armário, costumava haver uma garrafa com um líquido cujo amarelo assemelhava-se a veneno. O líquido era nocivo; por precaução, não citaremos o nome. Piepsam já tinha ficado literalmente de joelhos diante desse armário, mordendo a língua; mesmo assim, sucumbia... Também não gostamos de contar essas coisas, mas são educativas. Bem, ele estava a caminho do cemitério, segurando seu bastão preto à frente. O vento suave envolvia também o *seu* nariz, mas ele não sentia. Com as sobrancelhas erguidas, apreendia o mundo com um olhar vazio e turvo — um homem miserável e perdido. De repente, percebeu atrás de si um ruído e prestou atenção: um leve farfalhar aproximava-se de longe com grande celeridade. Ele se virou e ficou parado... Era uma bicicleta, cujos pneus estalavam no terreno levemente salpicado com cascalho e vinha em desabalada carreira, mas depois diminuiu a velocidade, pois Piepsam estava no meio do caminho.

Sobre o selim estava um homem novo, um jovem, um turista despreocupado. Ah, meu Deus, ele não tinha mesmo a pretensão de fazer parte dos privilegiados deste mundo! Usava um equipamento de qualidade mediana, de uma fábrica qualquer, uma bicicleta que, com sorte, custava por volta de duzentos marcos. E percorria um pouco o campo, recém-saído da cidade, com os pedais reluzentes rumo ao ar livre! Trajava uma camisa colorida e um casaco cinza por cima, polainas esportivas e o gorrinho mais irreverente do mundo — uma piada em forma de gorro, em xadrez marrom com um botão no alto. Embaixo dela, porém, surgia um desgrenhado tufo grosso de cabelo loiro, bem sobre sua testa. Os olhos eram azuis luminosos. Ele se aproximou como a animação em pessoa e tocou a sineta; Piepsam, entretanto, não se moveu nem um milímetro a fim de lhe dar passagem. Ficou parado, olhando impassível para a personificação da vida.

Esta última lançou-lhe um olhar irritado de volta e passou devagar por ele, e Piepsam voltou a caminhar. E quando a bicicleta já estava à sua frente, disse devagar e pronunciando com gravidade:

— Número nove mil setecentos e sete. — Em seguida, fechou os lábios com força e olhou para baixo, fixamente, enquanto pressentia que o olhar da Vida pousara, atônito, sobre ele.

A Vida tinha se virado, segurando o selim às costas com uma mão e andando bem devagar.

— O quê? — ela perguntou.

— Número nove mil setecentos e sete — Piepsam repetiu. — Ah, nada. Vou prestar queixa de você.

— O senhor vai prestar queixa de mim? — perguntou a Vida, virando-se ainda mais e pedalando ainda mais devagar, de modo que tinha de se equilibrar virando o guidão para lá e para cá.

— Sem dúvida — respondeu Piepsam à distância de cinco ou seis passos.

— Por quê? — perguntou a Vida, descendo da bicicleta. Ficou parada e parecia estar na expectativa.

— Você deve saber muito bem o porquê.

— Não, não sei.

— Deve saber.

— Mas eu *não sei* — disse a Vida —, e também não dou a mínima! — E aproximou-se novamente da sua bicicleta para montá-la. Não tinha papas na língua, não mesmo.

— Vou prestar queixa porque você está andando aqui, não lá na estrada, mas aqui no caminho para o cemitério — disse Piepsam.

— Mas, meu senhor — disse a Vida com um sorriso irritado e impaciente, voltando-se novamente e ficando parada —, há marcas de bicicletas ao longo de todo o caminho... Alguém pedala por aqui...

— Isso *não* me importa — retrucou Piepsam —, vou prestar queixa de você.

— Ora, faça o que achar melhor! — exclamou a Vida, montando na bicicleta. Ela realmente o fez, sem passar vergonha errando na subida; apoiou apenas uma vez o pé, sentou-se com firmeza no selim e começou a pedalar a fim de ganhar uma velocidade que correspondesse ao seu temperamento.

— Se você continuar pedalando por aqui, no caminho do cemitério, vou prestar queixa sem falta — Piepsam falou alto e com a voz trêmula. Mas a Vida não estava preocupada com isso; prosseguiu pedalando cada vez mais rápido.

Vocês teriam ficado profundamente assustados caso tivessem visto o rosto de Lobgott Piepsam nesse instante. Ele pressionou os lábios com tanta força que as maçãs do rosto e até o nariz reluzente moveram-se para a frente, e sob as sobrancelhas erguidas de maneira forçada os olhos acompanhavam o veículo de duas rodas com uma expressão de loucura. De repente, disparou. Atravessou correndo o curto trecho que o separava da bicicleta e agarrou o bolso do selim; prendeu-se nele com ambas as mãos, ficou literalmente pendurado e, sempre com os lábios apertados de modo sobre-humano, em silêncio e com os olhos injetados, puxou com toda sua força o veículo que se esforçava em prosseguir adiante e em manter o equilíbrio. Quem o visse podia ficar na dúvida se ele queria impedir o jovem de prosseguir viagem por maldade ou se tinha sido tomado pelo desejo de ser rebocado, saltar na traseira da bicicleta e ganhar uma carona, assim como também sair um pouco, ingressar com os pedais reluzentes no divino ar livre, hurra...!

A bicicleta não conseguiu resistir àquela carga exaltada; o veículo parou, inclinou-se, tombou.

Foi então que a Vida se tornou rude. Em pé apoiada em uma das pernas, esticou o braço direito e golpeou com força o peito do sr. Piepsam, que cambaleou vários passos para trás. Depois falou com a voz num crescendo ameaçador:

— Você deve estar bêbado, camarada! Se o estrambótico resolver me parar mais uma vez que seja, vou dar na sua fuça, entendeu? Quebro todos os seus ossos em dois! Lembre-se disso!

E deu as costas para o sr. Piepsam, segurou com força seu gorrinho no alto da cabeça com um movimento indignado e montou na bicicleta de novo. Não, ela não tinha papas na língua. A nova subida aconteceu tão sem contratempos quanto antes. De novo apoiou apenas uma vez o pé, sentou-se com firmeza no selim e imediatamente colocou o veículo em movimento. Piepsam viu as costas dela se afastarem cada vez mais rápido.

Ele ficou parado ali, ofegante e olhando para a Vida... Que não caiu, não sofreu nenhum acidente, nenhum pneu furou e nenhuma pedra impediu seu caminho; rodava perfeitamente. Foi então que Piepsam começou a soltar gritos e palavrões — é possível dizer que começou a rugir, pois a voz não era mais humana.

— Você não vai continuar andando! — ele gritou. — Pare! Pedale na estrada e não no caminho do cemitério, ouviu?!... Desça da bicicleta, desça já! Ah, ah, vou prestar queixa! Vou processá-lo! Ah, Deus, se você caísse, se você acabasse caindo, seu canalha encrenqueiro, eu meteria o pé em você, meteria a bota na sua cara, seu maldito rapazola...

Nunca se havia visto nada igual! Um homem aos vitupérios no caminho do cemitério, um homem de cabeça inchada aos berros, um homem que dança de tanto xingar, dá cambalhotas, sacode braços e pernas e que não consegue se conter! A bicicleta já não era mais visível, mas Piepsam continuava a se debater no lugar.

— Parem ele! Parem ele! Ele está usando o caminho do cemitério! Arranquem ele dali, esse maldito janota! Ah... ah... se eu tivesse podido, como queria torturar você, seu zé-ninguém, fedelho ignorante... Desça! Desça neste instante! Será que ninguém vai jogá-lo no chão, esse moleque?!... Passear, é isso? Justo no caminho do cemitério, é? Seu imbecil! Fedelho atrevido! Macaco maldito! Olhos azuis cintilantes, não é? E o que mais? Que o diabo os arranque, moleque ignorante, ignorante, ignorante!...

Piepsam passou a usar expressões que não podemos reproduzir, espumava de raiva e com a voz áspera vomitava os palavrões mais terríveis, enquanto a fúria de seu corpo só fazia aumentar. Duas crianças com um cesto e um cãozinho pinscher vinham da estrada; atravessaram a valeta, deram a volta no homem que berrava e olharam curiosas para o rosto desfigurado. Algumas pessoas que trabalhavam mais adiante, nas construções novas ou que estavam no início do recesso para o almoço, também começaram a prestar atenção, e tanto as mulheres que misturavam cimento quanto alguns homens se juntaram ao grupo. Mas Piepsam continuava a vociferar, só piorava. Alucinado e enlouquecido, agitava os punhos contra o céu e em todas as direções, agitava as pernas, girava em torno de si mesmo, dobrava os joelhos e erguia-se de novo num salto pelo esforço desmedido em gritar bem alto. Ele não parou com os palavrões nem um minuto, mal tinha tempo de respirar e causava espanto imaginar de onde tirava todas aquelas imprecações. Seu rosto estava terrivelmente inchado, a cartola escorregara para o pescoço e a camisa solta aparecia pendurada para fora do colete. Nesse meio tempo, já passara para as generalidades e cuspia coisas que não tinham a menor relação com o assunto. Tratava-se de alusões a sua vida devassa e lampejos religiosos, proferidos num tom muito inadequado e desaforadamente mesclado com palavrões.

— Venham todos, venham todos até aqui! — berrava. — Não vocês, não apenas vocês, também os outros, aqueles de gorrinhos e olhos azuis cintilantes! Quero gritar umas verdades nos seus ouvidos para que fiquem arrepiados para sempre, seus canalhas encrenqueiros!... Vocês estão rindo? Estão dando de ombros?... Eu bebo... Sim, eu bebo! Eu fico bêbado, se é o que vocês querem ouvir! E daí?! O Juízo Final ainda não chegou! Chegará o dia em que Deus vai pesar todo o mundo, corja inútil... Ah... ah... O filho do homem vai surgir entre as nuvens, seus canalhas inocentes, e a justiça Dele não é a deste mundo! Ele vai jogar vocês nas trevas, sua malta animada, onde há choro e...

Estava rodeado por uma pequena multidão. Algumas pessoas riam e outras olhavam-no franzindo a testa. Mais trabalhadores e mulheres que misturavam cimento tinham se juntado ao grupo. Um cocheiro desceu de seu carro que estava parado na estrada e, de chicote na mão, também havia atravessado a valeta. Um homem sacudiu Piepsam pelo braço, mas não adiantou de nada. Soldados de uma tropa que passavam marchando por ali esticaram os pescoços, curiosos. O cãozinho pinscher não conseguiu mais ficar quieto, cravou as patas dianteiras no chão e, com o rabo entre as pernas, ganiu no rosto dele.

De repente, Piepsam gritou mais uma vez, a plenos pulmões:

— Desça, desça já daí, seu moleque ignorante! — E, descrevendo um amplo semicírculo com um braço, tombou. Ficou deitado ali, abruptamente mudo, como um saco escuro em meio aos curiosos. Sua cartola de abas arredondadas saiu voando, quicou uma vez no chão e parou também.

Dois pedreiros curvaram-se sobre o imóvel Piepsam e debateram o caso no tom honesto e responsável de homens trabalhadores. Em seguida, um deles se afastou e, caminhando depressa, desapareceu. Aqueles que restaram ainda fizeram algumas tentativas de despertá-lo. Um aspergiu-o com a água, outro entornou aguardente de sua garrafa na mão e esfregou-lhe as têmporas. Mas nenhum desses esforços foi coroado de êxito.

Assim se passou um breve intervalo de tempo. Depois, ouviu-se o som de rodas e uma carruagem se aproximou pela estrada. Era uma ambulância, que parou bem ali: equipada com dois belos cavalos de pequeno porte e uma cruz vermelha enorme pintada em cada um dos lados. Dois homens com uniformes alinhados desceram da boleia e enquanto um se dirigia à parte traseira da carruagem para abri-la e retirar dali a maca dobrável, o outro foi até o caminho do cemitério, empurrou os curiosos para o lado e com a ajuda de um homem do povo, carregou o sr. Piepsam até o veículo. Ele foi colocado na maca e empurrado como se empurra um pão para dentro do forno, a porta se fechou novamente e ambos os uniformizados subiram na boleia. Tudo aconteceu de maneira muito precisa, com alguns movimentos bem ensaiados, num zás-trás, como num teatro de macacos amestrados.

Em seguida, levaram Lobgott Piepsam dali.

GLADIUS DEI

*para M. S., como lembrança
de nossos dias em Florença*

I.

Munique resplandecia. Um céu de seda azul envolvia, luminoso, as praças imponentes e os templos de colunatas brancas, os monumentos neoclássicos e as igrejas barrocas, as fontes jorrando, palácios e jardins da Residência,* e as perspectivas largas e desobstruídas, rodeadas de verde e bem calculadas, viam-se envolvidas pela névoa dourada de um dos primeiros e belos dias de junho.

Chilreios de passarinhos e euforia velada sobre todas as ruas. E as atividades tranquilas e divertidas da cidade bonita e bem cuidada estão em marcha nas praças e nas tendas. Viajantes de todas as nações circulam ao redor em fiacres pequenos, lentos, erguendo o olhar de aleatória curiosidade, à esquerda e à direita, para as fachadas das casas, e sobem as escadarias dos museus.

Muitas janelas estão abertas e de muitas a música escapa para as ruas, exercícios de piano, violino ou violoncelo, esforços honestos e de um diletantismo bem-intencionado. No Odeon, entretanto, ouvem-se os estudos sérios de vários teclados.

Jovens que assobiam o tema da espada do *Anel dos Nibelungos* e à noite enchem o fundo da plateia do teatro moderno, com revistas literárias nos bolsos laterais de seus casacos, entram e saem da universidade e da Biblioteca Nacional. Uma carruagem do palácio para diante da academia de artes plásticas, que abre seus braços brancos entre a Türkenstraße e o Portão da Vitória. E no alto da rampa, sentados, estão os

---

* A Residência de Munique serviu como sede do governo e residência da realeza bávara de 1508 a 1918.

modelos, grupos coloridos de velhos pitorescos, crianças e mulheres com os trajes das Colinas Albanas.

Lassidão e perambular vagaroso em todas as longas ruas do norte. As pessoas aqui não são incitadas pela avidez do consumo nem por ela consumidas, mas seguem objetivos agradáveis. Jovens artistas, chapeuzinhos redondos vermelhos sobre a parte de trás das cabeças, gravatas frouxas e sem bengala, rapazes despreocupados que pagam seus aluguéis com esboços coloridos, perambulam para fazer essa manhã azul-clara impregnar seu espírito e observam as moças, esse tipo bonito, atarracado, com fita nos cabelos castanhos, os pés ligeiramente grandes demais e modos impecáveis. A cada cinco casas há janelas de ateliê mirando o sol. Vez ou outra uma construção artística se ressalta da sequência das edificações burguesas, a obra de um arquiteto muito criativo, larga e arqueada, com ornamentação bizarra, cheia de graça e estilo. E, de repente, a porta de uma fachada absolutamente tediosa vem emoldurada por uma improvisação atrevida, linhas fluidas e cores vivas, bacantes, ondinas, beldades nuas rosadas.

Passar um tempo diante da área de exposição das marcenarias exclusivas e dos bazares para artigos de luxo modernos é sempre uma diversão. Quanto conforto cheio de criatividade, quanto humor patente no desenho de todas as coisas! As pequeninas lojas de esculturas, molduras e antiguidades estão espalhadas por todos os lados, de cujas vitrines bustos das mulheres do *Quattrocento* olham para você. E o proprietário da mais barata e menor dessas lojas conversa sobre Donatello e Mino da Fisole como se tivesse recebido pessoalmente desses artistas a permissão de reproduzir suas obras.

Mas lá no alto, onde fica a praça Odeon, diante da portentosa *loggia* diante da qual se espraia a ampla superfície de mosaicos, e em cuja diagonal está o palácio do Regente, as pessoas se apertam ao redor das janelas e vitrines largas da grande galeria de arte, a extensa loja de decoração de M. Blüthenzweig. A oferta opulenta é incrível! Reproduções de obras-primas de todos os museus do mundo, enquadradas em molduras valiosas, pintadas com refinamento e ornamentadas com preciosa simplicidade; reproduções de pinturas modernas, fantasias que estimulam os sentidos, nas quais a Antiguidade parece renascida de maneira bem-humorada e realista; a escultura do Renascimento em moldes perfeitos; corpos nus em bronze e frágeis vidros decorativos; vasos austeros de terracota que, por meio de banhos de vapores metálicos, surgem num manto de cores coruscantes; livros magníficos, triunfos da nova arte da encadernação, obras de poetas em voga, envoltos num fausto decorativo e elegante; em meio a isso, retratos de artistas, músicos, filósofos, atores, poetas, pendurados segundo a curiosidade popular. Na primeira janela, vizinha à livraria, um cavalete sustenta um quadro grande, diante do qual uma multidão se reúne: uma reprodução valiosa, em tons marrom-avermelhados, com moldura larga de ouro velho, uma peça chamativa, a reprodução do sucesso da grande exposição internacional do ano, cujos cartazes de aspecto antigo e muito efeito — grudados em colunas de propaganda, entre prospectos de concertos e anúncios com linguagem artística sobre artigos de toalete — convidam a visitar.

Olhe ao redor e observe a vitrine da livraria. Seus olhos topam com títulos como *A arte da moradia no Renascimento*, *A educação do sentido cromático*, *O Renascimento no moderno mercado de arte*, *O livro como obra de arte*, *A arte decorativa*, *Fome de arte* — e saiba que, à noite, salões cheios discutem esses mesmos assuntos.

Se tiver sorte, uma das famosas mulheres que estamos acostumados a ver por meio da arte vai cruzar em pessoa com você, uma dessas damas ricas e belas de um loiro ticiano artificialmente produzido e com joias de diamantes, cujos traços inebriantes foram legados à eternidade pelas mãos de um retratista genial e sobre cuja vida sentimental a cidade inteira comenta — rainha das festas dos artistas no carnaval, um tanto maquiada, um tanto pintada, cheia de nobre mordacidade, ávida por agradar e passível de ser adorada. E, veja, lá vai um grande pintor subindo a Ludwigstraße numa carruagem com sua amante. As pessoas apontam para o veículo, ficam paradas e acompanham os dois com o olhar. Muitos cumprimentam. E por pouco os guardas não se perfilam.

A arte floresce, a arte está no comando, a arte ergue seu cetro forrado de rosa sobre a cidade e sorri. Impera um interesse respeitoso e geral por seu desenvolvimento, há um exercício geral, compenetrado e dedicado a seu serviço e à sua propaganda; um culto sincero à linha, ao enfeite, à forma, aos sentidos, à beleza. Munique resplandecia.

2.

Um jovem caminhava em direção à Schellingstraße; caminhava em meio às bicicletas, pelo piso de madeira da larga fachada da igreja Ludwig. Sua visão era a de uma sombra encobrindo o sol ou a lembrança de um momento difícil encobrindo o entusiasmo. Será que ele não amava o sol que mergulhava a bela cidade num brilho festivo? Por que ele se mantinha curvo e alheio, com os olhos voltados para o chão, enquanto caminhava?

Ele não usava chapéu, coisa que, devido à liberdade de vestimentas da cidade descontraída, não incomodava ninguém. Em vez disso, havia puxado o capuz de seu largo sobretudo preto sobre a cabeça, que sombreava a testa baixa, angulosa, cobria as orelhas e emoldurava as faces magras. Que objeções de consciência, que escrúpulos e que abusos autoinfligidos tanto haviam escavado aquelas faces? Não é aterrador enxergar, num tal dia de verão, a angústia nas faces ocas de um ser humano? As sobrancelhas escuras espessavam-se junto à base estreita do nariz, que era grande e tuberoso, destacava-se do rosto, e os lábios eram fortes e cheios. Quando erguia os olhos bastante próximos, com as sobrancelhas castanhas unidas, rugas transversais surgiam na testa magra. Ele olhava com uma expressão de sabedoria, humildade e sofrimento. Visto de perfil, o rosto era absolutamente idêntico a um retrato antigo feito por mãos de monges, guardado em Florença num apertado e tosco quarto de convento, no qual algum dia houve um protesto violento e aterrorizante contra a vida e seu triunfo.

Hieronymus veio na direção de Schellingstraße com passos lentos e seguros, enquanto segurava por dentro, com ambas as mãos, seu sobretudo largo. Duas moças, dois desses tipos bonitos, atarracados, com fita no cabelo, os pés ligeiramente grandes demais e modos impecáveis, que passaram ao seu lado de braços dados e prontas para uma aventura, cutucaram uma à outra e riram, curvaram-se para a frente e dispararam a correr por causa das risadas sobre seu capuz e seu rosto. Mas ele não lhes deu atenção. De cabeça baixa e sem olhar à direita ou à esquerda, atravessou a Ludwigstraße e subiu os degraus da igreja.

As grandes folhas da porta central estavam escancaradas. Na penumbra sagrada, fresca, úmida e impregnada de incenso, percebia-se uma leve incandescência avermelhada. Uma mulher mais velha, de olhos sanguinolentos, ergueu-se do genuflexório e arrastou-se com muletas por entre as colunas. De outro modo, a igreja estava vazia.

Hieronymus umedeceu a testa e o peito junto à pia, dobrou o joelho diante do altar principal e depois ficou parado na nave central. Ele não parecia mais alto ali dentro? Empertigado e imóvel, com a cabeça nua erguida, o nariz grande e tuberoso dava a impressão de se destacar acima dos lábios fortes com uma expressão dominadora, e os olhos não estavam mais dirigidos ao solo, mas miravam audazes e diretos para a frente, para o crucifixo sobre o altar principal. Por algum tempo, foi assim que ele permaneceu; depois, dobrou novamente o joelho, pisando para trás, e deixou a igreja.

Ele subiu a Ludwigstraße, de maneira lenta e firme, cabeça baixa, em meio à via larga, não pavimentada, ao encontro da portentosa *loggia* e suas estátuas. Chegando à praça Odeon, porém, olhou para cima, formando rugas transversais em sua testa angulosa, e diminuiu o passo: sua atenção foi atraída pela reunião de pessoas diante da exposição da grande galeria de arte, da ampla loja de decoração de M. Blüthenzweig.

As pessoas iam de vitrine em vitrine, apontavam para os tesouros à mostra e trocavam opiniões, enquanto uma olhava por sobre o ombro da outra. Hieronymus misturou-se entre elas e começou também a examinar os objetos, a observar tudo, peça por peça.

Ele viu a reprodução de obras-primas de todos os museus do mundo, as molduras valiosas em sua bizarria, as esculturas renascentistas, os torsos de bronze e os vidros decorativos, os vasos reluzentes, os livros ornamentados e os retratos dos artistas, músicos, atores, poetas, checou tudo e dedicou um instante a cada objeto. Enquanto segurava fechado o sobretudo com ambas as mãos por dentro, virou a cabeça coberta pelo capuz em movimentos pequenos, curtos, de uma coisa para outra, e sob as sobrancelhas grossas que erguia, muito próximas na base do nariz, seus olhos se detinham um pouco em cada coisa com uma vaga e fria expressão de estranhamento. Quando chegou à primeira vitrine, aquela que continha o quadro tão chamativo, passou um tempo mirando por sobre os ombros das pessoas que se apinhavam à sua frente, até finalmente se aproximar da área de exibição.

A reprodução grande, marrom-avermelhada, enquadrada com extremo bom gosto numa moldura de ouro velho, estava sobre um cavalete no centro do espaço. Tratava-se de uma Nossa Senhora de inspiração absolutamente moderna, um trabalho livre de qualquer convenção. A figura da santa Mãe era de uma feminilidade cativante, nua e bela. Seus olhos grandes, sensuais, tinham sido delineados com uma cor escura e os lábios delicados e de sorriso singular estavam entreabertos. Os dedos finos, um tanto nervosos e agrupados com tensão, seguravam a coxa de um bebê, um menino nu de magreza distinta e quase primitiva, que brincava com seus seios e mantinha um inteligente olhar de soslaio fixo no espectador.

Dois outros jovens estavam ao lado de Hieronymus e conversavam sobre a reprodução, dois rapazes com livros debaixo do braço que tinham emprestado da Biblioteca Nacional ou que a ela estavam devolvendo, gente de formação humanista, entendidos em arte e ciência.

— O pequeno está como pediu a Deus, barbaridade! —, disse um.

— E evidentemente tem a intenção de causar inveja na gente — completou o outro. — "Uma mulher suspeita!

— Uma mulher enlouquecedora! Isso aqui faz com que se desconfie um pouco do dogma da imaculada conceição.

— Sim, sim, ela passa uma impressão bem conspurcada. Você chegou a ver o original?

— Naturalmente. Fiquei muito abalado. Em cores, ela tem um efeito ainda mais afrodisíaco... principalmente os olhos.

— Na verdade, a semelhança é completa.

— Como assim?

— Você não conhece a modelo? Ele usou uma faxineirinha para isso. É quase um retrato, apenas muito estilizado para o lado do profano. A moça é mais inofensiva.

— É o que espero. A vida seria cansativa demais se existissem muitas como essa *mater amata*.

— A pinacoteca comprou a obra.

— Verdade? Puxa vida! Ele sabia muito bem o que estava fazendo. O tratamento da carne e o contorno do traje é realmente exímio.

— Sim. Um sujeito incrivelmente dotado.

— Você o conhece?

— Um pouco. Fará carreira, é certo. Ele já compareceu duas vezes a jantares com o regente.

A última sentença foi preferida enquanto começavam a se despedir um do outro.

— Você vai ao teatro à noite? — um deles perguntou. — O grêmio dramático traz lindamente a *Mandrágora*, de Maquiavel.

— Oh, bravo. Diversão garantida. Minha intenção era a de ir ao teatro de variedades, mas é provável que eu prefira o valente Nicolau. Adeus.

Eles se separaram, deram um passo para trás e foram um para a direita, outro para a esquerda. Outras pessoas tomaram seu lugar e passaram a observar o quadro famoso. Hieronymus, porém, mantinha-se imóvel; estava com a cabeça esticada para a frente e era possível ver como suas mãos, que seguravam o sobretudo pelo lado de dentro, se cerraram, tensas. As sobrancelhas não estavam mais arqueadas com aquela expressão de assombro, fria e um tanto hostil; tinham arriado e eram sombrias; as faces, semicobertas pelo capuz preto, pareciam ser mais fundas do que antes e os lábios grossos estavam totalmente pálidos. Devagar, ele baixou a cabeça, mais e mais, até que encarou a obra de arte de baixo para cima, com o olhar fixo. Suas narinas tremiam.

Ele permaneceu nessa posição por cerca de quinze minutos. As pessoas ao seu redor mudavam, mas ele não saía do lugar. Por fim, virou-se lentamente, lentamente girou sobre os calcanhares e foi embora.

3.

Mas o quadro de Nossa Senhora foi com ele. Seja recolhido em sua cela, pequena e despojada, seja ajoelhado nas igrejas geladas, ele estava sempre diante de sua alma indignada, com olhos sensuais e delineados, lábios de sorriso enigmático, nua e bela. E nenhuma oração era capaz de espantá-la.

Na terceira noite, porém, Hieronymus recebeu uma ordem e um chamado do alto para intervir, erguer a voz contra a perfídia leviana e a arrogância atrevida. Em vão, como Moisés, ele rebateu invocando a língua pesada; a vontade de Deus se manteve inabalável e exigiu esse sacrifício de sua timidez sob os riscos de seus inimigos.

À tarde, porque Deus assim o quis, ele tomou o caminho até a galeria de arte, até a grande loja de decoração de M. Blüthenzweig. O capuz estava levantado sobre a cabeça e, enquanto caminhava, ambas as mãos seguravam o sobretudo por dentro.

4.

O tempo estava abafado; o céu tinha se descolorido e havia ameaça de tempestade. Mais uma vez muita gente se apinhava diante das vitrines da galeria, mas principalmente diante daquela que exibia o quadro de Nossa Senhora. Hieronymus lançou apenas um breve olhar até ele; em seguida, apertou a maçaneta da porta de vidro ornamentada com pôsteres e revistas de arte.

— É a vontade de Deus! — ele disse e entrou na loja.

Uma moça, que estava escrevendo num livro grande junto a uma mesinha alta em algum lugar dali, um tipo bonito, de fita nos cabelos castanhos e pés grandes demais, veio em sua direção, perguntando o que desejava.

— Muito obrigado — respondeu Hieronymus em voz baixa, encarando-a. Rugas transversais na testa angulosa dele, olhos sérios. "Não quero falar com a senhorita, mas com o dono do negócio, o sr. Blüthenzweig."

Hesitante, ela se afastou dele e retomou suas tarefas. Hieronymus estava bem no meio da loja.

Todas as amostras expostas do lado de fora encontravam-se multiplicadas por vinte ali dentro, empilhadas e espalhadas generosamente: uma profusão de cores, linhas e formas, de estilo, graça, bom gosto e beleza. Hieronymus olhou devagar para ambos os lados e depois apertou ainda mais junto ao corpo a frente do seu sobretudo preto.

Havia várias pessoas presentes na loja. Um homem de terno amarelo e cavanhaque preto estava sentado numa das mesas largas dispostas na diagonal, analisando uma pasta com desenhos franceses, sobre os quais vez ou outra soltava um sorriso reclamão. Ele estava sendo atendido por um jovem com aspecto de funcionário mal pago e vegetariano, que trazia novas pastas para análise. Na diagonal do homem reclamão, uma dama idosa, elegante, ocupava-se com bordados artísticos modernos, grandes flores estilizadas em tons pastéis sobre cabos longos, rígidos e na vertical. Ela também estava sendo servida por um funcionário da loja. Numa segunda mesa havia um inglês sentado de maneira relaxada, boina de viagem na cabeça e um cachimbo de madeira na boca. Vestido de maneira atemporal, barbeado, frio e idade indefinida, ele escolhia estatuetas de bronze que o sr. Blüthenzweig lhe trazia pessoalmente. Segurava pela cabeça a figura ornamental de uma menina nua, que, impúbere e delicada, cruzava as mãos sobre o peito numa castidade coquete, analisando-a detidamente ao rodá-la lentamente sobre si mesma.

O sr. Blüthenzweig, de barba castanha, curta e cheia, e olhos límpidos da mesma cor, movimentava-se em volta dele esfregando as mãos, elogiando a menina com todos os termos dos quais conseguia se apropriar.

— Cento e cinquenta marcos, *sir* — ele disse em inglês. — Arte de Munique, *sir*. Verdadeiramente muito encantadora. Cheia de encanto, sabe? Trata-se da personificação da graça, *sir*. Realmente bela ao extremo, graciosa e digna de ser admirada. — Nesse momento, ele se lembrou de mais uma coisa e disse — Altamente atraente e sedutora — Em seguida, recomeçou.

Seu nariz pousava um pouco achatado sobre o lábio superior, de maneira que a toda hora ele farejava o bigode com um discreto ruído resfolegante. Às vezes aproximava-se do comprador numa postura curvada, como se o obedecesse. Quando Hieronymus entrou, o sr. Blüthenzweig estudou-o rapidamente desse modo, mas logo se voltou de novo ao inglês.

A dama elegante tinha feito sua escolha e deixou a loja. Outro homem entrou. O sr. Blüthenzweig deu uma breve farejada, como se quisesse descobrir seu potencial de compra, e deixou que a jovem escriturária o atendesse. Esse comprou apenas um busto de faiança de Piero, filho do magnífico Médici, e foi embora. Também o inglês começou a sair. Ele tinha adquirido a menina e partiu simultaneamente à reverência do sr. Blüthenzweig. Em seguida, o negociante de arte se virou para Hieronymus e se postou na sua frente.

— O senhor deseja... — ele perguntou, sem maior deferência.

Hieronymus segurava o sobretudo com ambas as mãos, por dentro, e encarava fixamente o sr. Blüthenzweig, quase sem piscar. Ele entreabriu devagar os lábios grossos e disse:

— Estou aqui por causa do quadro daquela vitrine ali, a reprodução grande de Nossa Senhora. — Sua voz estava um pouco rouca e sem modulação.

— Sim, certamente — disse o sr. Blüthenzweig com animação e começou a esfregar as mãos. — Setenta marcos com moldura, meu senhor. É fidelíssima... uma reprodução de primeira classe. Altamente atraente e sedutora.

Hieronymus ficou em silêncio. Inclinou a cabeça dentro do capuz e relaxou um pouco, enquanto o comerciante falava; em seguida, aprumou-se de novo e disse:

— Aviso-lhe de antemão que não estou em condições nem tenho vontade de comprar nada. Sinto muito ter de decepcionar suas expectativas. Tenho pena caso isso lhe cause algum desconforto. Mas, em primeiro lugar, sou pobre e em segundo não gosto das coisas que o senhor oferece. Não, não consigo comprar nada.

— Nada é nada — disse o sr. Blüthenzweig, farejando com insistência. — Mas posso perguntar...

— Da maneira como acredito conhecê-lo —, Hieronymus prosseguiu — o senhor me despreza pelo fato de eu não estar em condições de comprar algo aqui.

— Hum... — disse o sr. Blüthenzweig. — Não por isso! Apenas...

— Mesmo assim, peço-lhe que me ouça e leve minhas palavras a sério.

— Levar a sério. Hum... Mas posso perguntar...

— O senhor pode perguntar — disse Hieronymus — e responderei.

Vim para lhe pedir que o senhor retire da vitrine aquele quadro, a reprodução grande da Nossa Senhora, e nunca mais a exponha.

Durante algum tempo, o sr. Blüthenzweig encarou em silêncio o rosto de Hieronymus, e de uma maneira como se tentasse constrangê-lo pelas palavras arriscadas. Mas como isso nem de longe aconteceu, ele farejou bastante e exclamou:

— O senhor pode ter a bondade de me dizer se está a mando de algum tipo de ação oficial que o permite me dar ordens ou então o que o traz aqui?

— Ah, não — respondeu Hieronymus. — Não tenho cargo nem título oficial. O poder não está do meu lado, senhor. O que me traz até aqui é minha consciência.

O sr. Blüthenzweig movimentou a cabeça à procura de palavras, soprou o bigode com força pelo nariz e se embaralhou na fala. Por fim, disse:

— Sua consciência... Bem, então faça o favor... Saiba que... sua consciência é, para nós... totalmente irrelevante!

Em seguida ele se virou, foi rapidamente até sua mesa alta no fundo da loja e começou a escrever. As duas funcionárias gargalhavam. Também a senhorita bonita dava risadinhas sobre seu livro-caixa. No que se refere ao homem amarelo de cavanhaque preto, ficou claro que se tratava de um estrangeiro, pois supostamente não tinha entendido nada da conversa, continuando a se ocupar com as revistas francesas, soltando de tempos em tempos sua risada rabugenta.

— Termine de atender o homem — disse o sr. Blüthenzweig por cima dos ombros para seu funcionário. Em seguida, voltou a escrever. O funcionário jovem com aspecto de mal pago e de vegetariano foi até Hieronymus tentando segurar o riso; o outro vendedor também se aproximou.

— Podemos ajudá-lo de outra maneira? — perguntou o mal pago com suavidade. Hieronymus manteve fixo nele seu olhar sofredor, opaco e mesmo assim penetrante.

— Não — ele respondeu. — O senhor não pode. Peço-lhe que retire o quadro de Nossa Senhora imediatamente da vitrine e para sempre.

— Ah... e por quê?

— Porque é a santa mãe de Deus... — disse Hieronymus, abafando a voz.

— Entretanto, o sr. Blüthenzweig foi claro ao dizer que não está disposto a atender sua demanda.

— É preciso levar em conta que se trata da santa mãe de Deus — disse Hieronymus, e sua cabeça tremia.

— Verdade. Mas e daí? É proibido exibir Nossas Senhoras? É proibido pintá-las?

— Não desse jeito! Não desse jeito! — retrucou Hieronymus quase sussurrando, empertigando-se e sacudindo com força a cabeça várias vezes. Sua testa angulosa sob o capuz estava totalmente marcada por longos e profundos vincos transversais. "Você sabe muito bem que aquilo que alguém pintou ali é a própria depravação... a lascívia escancarada! Escutei com estes meus ouvidos como duas pessoas simples e ignorantes que observavam este quadro começaram a duvidar do dogma da imaculada conceição.

— Oh, perdão, não se trata disso — disse o jovem vendedor, sorrindo com superioridade. Disse que estava escrevendo um livro sobre a arte moderna em suas horas livres e que tinha condições de conversar em alto nível a respeito. — O quadro é uma obra de arte — ele prosseguiu, — e é preciso julgá-lo pelos parâmetros adequados. Ele foi bem recebido em todos os lugares. Foi comprado pelo Estado.

— Sei que o Estado comprou — disse Hieronymus. — Também sei que o pintor jantou duas vezes com o regente. O povo fala disso e Deus sabe o que significa alguém ser alçado à glória por uma obra assim. Trata-se do testemunho de quê? Da cegueira do mundo, uma cegueira incompreensível caso não esteja baseada numa heresia desavergonhada. Esse quadro surgiu da sensualidade e é apreciado pela sensualidade... verdade ou não? Responda; responda o senhor também, sr. Blüthenzweig.

Houve uma pausa. Hieronymus parecia seriamente demandar uma resposta e olhava com seus olhos castanhos, sofredores e penetrantes, ora para os dois vendedores, que o encaravam curiosos e espantados, ora para a corcunda do sr. Blüthenzweig. O silêncio reinava. Apenas o senhor amarelo com o cavanhaque preto, curvado sobre os desenhos franceses, soltava sua risada rabugenta.

— É verdade! — Hieronymus prosseguiu e sua voz empastada deixava transparecer uma profunda indignação. — Não ouse contestar! Como é possível festejar seriamente o autor desse quadro como uma pessoa que criou um novo bem exemplar para a humanidade? Como é possível alguém se manter tranquilamente frente a isso, entregue ao prazer indigno que provoca, e calar a consciência com a palavra "beleza", convencendo-se de estar num estado nobre, requintado e altamente digno do ser humano? Trata-se de inescrupulosa ignorância ou condenável heresia? Minha razão está empacada neste lugar... empacada diante do fato absurdo de que um ser humano pode chegar aos píncaros da glória na Terra por meio do desenvolvimento idiota e confiante de seus instintos animais! Beleza... O que é a beleza? O que incentiva a beleza hoje em dia e qual seu efeito? É impossível não saber disso, sr. Blüthenzweig! E como é possível perceber a questão com tamanha clareza e não ser tomado pela repulsa e pelo rancor? É criminoso confirmar a incerteza das crianças indecentes e dos atrevidos irresponsáveis por meio da valorização e adoração frívola da beleza, fortalecendo-a e ajudando-a a dominar o poder, pois eles estão longe do sofrimento e ainda mais longe da redenção! Você é pessimista, essa sua resposta, você, desconhecido. O saber, eu lhe digo, é a tortura mais profunda do mundo; mas também é o purgatório — sem seu suplício purificador, nenhuma alma humana seria salva. Não é a mentalidade infantil atrevida nem a despreocupação inescrupulosa que serve, sr. Blüthenzweig, mas aquele conhecimento no qual as paixões de nossa carne nojenta se esvaem e se extinguem.

Silêncio. O senhor amarelo com o cavanhaque preto resmungou.

— Por favor, vá embora agora — disse o mal pago com suavidade.

Mas Hieronymus não fez qualquer menção de ir embora. Empertigado no seu sobretudo de capuz, com olhos em brasa, ele estava no meio da loja de artigos de arte e seus lábios grossos formavam, num tom duro e por vezes áspero, palavras de condenação.

— Arte, o senhor diz, prazer! Beleza! Envolvam o mundo em beleza e empreste a cada objeto a distinção do estilo! Não assim, infame! A ideia é disfarçar a miséria do mundo com cores vibrantes? Vocês acreditam que é possível abafar o gemido da Terra torturada com o barulho de festa do copioso bom gosto? Vocês estão enganados, seus desavergonhados! Deus não permite zombarias e sua idolatria da superfície reluzente é uma abominação a seus olhos! Você insulta a arte, o senhor me diz, você, desconhecido! O senhor mente, respondo, não insulto a arte! A arte não é uma ilusão inocente a fortalecer e a confirmar, por sedução, a vida da carne! A arte é a chama sagrada, que ilumina misericordiosamente todas as terríveis profundezas, todos os abismos vergonhosos e rancorosos da existência; a arte é o fogo divino que foi colocado na Terra para que arda e se extinga junto a toda sua infâmia e suplício em redentora compaixão! Tire, sr. Blüthenzweig, tire de sua vitrine a obra do famoso pintor! Sim, o senhor faria bem em queimá-la com fogo vivo e espalhar suas cinzas no vento, aos quatro cantos!

Sua voz desagradável cessou. Ele tinha dado um grande passo para trás, tirado um braço de dentro do sobretudo, esticando-o com um movimento apaixonado para apontar com a mão estranhamente distorcida, tensa e trêmula, os objetos expostos, a vitrine onde o quadro de Nossa Senhora que causava espécie estava posicionado. Ele se manteve nessa posição dominadora. Seu nariz grande, adunco, parecia se destacar com uma expressão autoritária, as sobrancelhas escuras, quase unidas junto à base do nariz, estavam tão erguidas que a testa angulosa, sombreada pelo capuz, era feita de vincos transversais e um rubor desvairado insinuava-se sobre os ossos malares.

Nesse instante, porém, o sr. Blüthenzweig se virou. Seja porque a exigência de queimar a reprodução de setenta marcos deixava-o tão indignado seja porque a fala de Hieronymus tinha exaurido por completo sua paciência, a imagem dele transmitia uma cólera merecida e intensa. Ele apontou com a caneta para a porta da loja, fungou várias vezes de maneira breve e nervosa na direção do bigode, procurou pelas palavras e acabou falando enfaticamente:

— Se o senhor não sumir imediatamente daqui, vou fazer com que o carregador facilite sua saída, entendido?

— Oh, não me intimide, o senhor não vai me enxotar, não vai calar minha voz! — Hieronymus exclamou enquanto, no alto do peito, recolhia o capuz com a mão e, intrépido, sacudia a cabeça. — Sei que sou solitário e não tenho poder, mesmo assim não emudecerei até o senhor me escutar! Tire o quadro de sua vitrine e queime-o! Ah, não queime apenas o quadro! Queime também estatuetas e bustos, cuja visão leva ao pecado, queime vasos e adornos, essas réplicas desavergonhadas do paganismo, esses versos de amor encadernados com tamanho luxo! Queime tudo o que sua loja contém, sr. Blüthenzweig, pois se trata de imundícies aos olhos de Deus! Queime, queime, queime tudo! — ele exclamou fora de si, fazendo um movimento brusco, amplo, um giro que apontava em todas as direções. — A colheita está madura para o coletor. O atrevimento destes tempos rompe todas as barragens. Mas eu lhe digo...

— Krauthuber! —, o sr. Blüthenzweig, dirigindo-se para uma porta nos fundos, se esforçou para chamar em voz alta. — Venha cá imediatamente!

E o que surgiu ali, na sequência da ordem, foi um algo maciço e imponente, uma aparição humana terrível e exuberante de porte atemorizador, cujos braços e pernas entumecidos, hipertrofiados e agigantados eram uma só massa disforme. Uma figura enorme, irregular, que caminhava lentamente e respirava com dificuldade, nutrida com malte, um filho do povo de impressionante robustez! Um bigode de leão-marinho, feito uma franja, era visível no alto de seu rosto, um avental sujo de mingau cobria o corpo e as mangas amarelas de sua camisa tinham sido dobradas para cima dos braços inacreditáveis.

— Por favor, abra a porta para esse senhor, Krauthuber — disse o sr. Blüthenzweig — e caso mesmo assim ele não a encontre, acompanhe-o até a rua.

— Ah? — disse o homem, enquanto observava alternadamente, com os olhinhos de elefante, Hieronymus e o iracundo patrão. O som era abafado como o de uma força duramente reprimida. Em seguida ele foi em direção à porta, com seus passos fazendo tudo tremer à sua volta, e abriu-a.

Hieronymus tinha ficado muito pálido. — Queime... —, ele tentou dizer, mas nesse instante se sentiu virado por uma força superior terrível, por um vigor físico contra o qual não havia resistência possível, e estava sendo empurrado lenta e inescapavelmente para a porta.

— Sou fraco... — ele conseguiu dizer. — Minha carne não suporta a violência... não aguenta, não... O que isso prova? Queime...

Ele silenciou. Estava fora da loja de objetos de arte. O funcionário gigante do sr. Blüthenzweig por fim soltou-o com um pequeno empurrão, e ele caiu de lado sobre o degrau de pedra, apoiando-se numa mão. E atrás dele a porta de vidro se fechou tilintando.

Hieronymus ficou de pé. Tinha se endireitado de novo e respirava profundamente, recolhendo com uma das mãos seu capuz no alto do peito, deixando a outra solta debaixo do sobretudo. Nas maçãs do rosto havia agora uma palidez acinzentada; as narinas do nariz grande, adunco, dilatavam-se e contraíam-se regularmente; os lábios feios contorcidos eram a expressão de um ódio desesperado e os olhos injetados corriam sem direção e desconcertados pela bela praça.

Ele não se deu conta dos olhares que lhe eram dirigidos, curiosos e sorridentes. Na superfície do grande mosaico diante da grande *loggia* enxergou as vaidades do mundo, os trajes à fantasia das festas dos artistas, os ornamentos, os vasos, joias e objetos de decoração, as estátuas nuas e os bustos femininos, as pitorescas reencarnações do paganismo, os retratos das famosas beldades assinadas pelos mestres, os versos de amor encadernados com tamanho luxo e escritos de publicidade da arte empilhados feito uma pirâmide, sendo tomados pelas chamas sob o grito de júbilo do povo escravizado por suas palavras terríveis. Ele viu, diante da parede amarela de nuvens que se levantava da Theatinerstraße e que crepitava baixinho, uma larga espada de fogo que se estendia à luz sulfúrea sobre a cidade animada...

— *Gladius Dei super terram...* — seus lábios grossos sussurraram, e empertigando-se ainda mais dentro de seu sobretudo com capuz, com um balançar escondido e tenso de sua mão caída, ele murmurou, tremendo — *Cito et velociter!*.*

---

* "A espada de Deus sobre a Terra... depressa e velozmente", frase atribuída a Jerônimo Savonarola (1452-98), padre dominicano, que claramente inspira o personagem homônimo aqui, Hieronymus.

TRISTÃO*

*a Carl Ehrenberg, o músico,
por tantas horas ressoantes*

1.

Ei-lo, o Sanatório Einfried! Retilíneo, caiado de branco, o extenso edifício principal, com a ala lateral, ergue-se no meio de um amplo jardim deliciosamente adornado de grutas, alamedas e pequenos pavilhões rústicos. Atrás dos telhados revestidos de lâminas de ardósia, destacam-se do céu montanhas cobertas de verdes pinheirais, maciças e todavia sulcadas por suaves vales.

Desde sempre o estabelecimento é dirigido pelo dr. Leander. Com a barba preta de duas pontas que, pela dureza e crespidão, assemelha-se àquela crina animal que serve para estufar móveis; com as lentes espessas, cintilantes, dos óculos, e com a aparência peculiar de um homem no qual a ciência incutiu frieza, impassibilidade e um pessimismo tranquilo, indulgente, cativa à sua maneira lacônica, fechada, os seus pacientes, todos esses indivíduos que, por demais fracos para se imporem leis e obedecerem a elas, entregam-lhe a sua fortuna para que a severidade do médico lhes propicie um amparo.

No que se refere à srta. Von Osterloh, ela administra a casa com incansável dedicação. Meu Deus, com que zelo sobe e desce as escadas, correndo de uma extremidade a outra do sanatório! Governa a cozinha e a despensa, lida com os guarda-roupa, manda na criadagem e preocupa-se, dos pontos de vista da economia, da higiene, do bom gosto e da estética, com a alimentação fornecida pelo estabelecimento. Trabalha com furiosa meticulosidade, e sua excessiva competência parece

* Tradução de Herbert Caro.

incessantemente repreender o mundo dos homens, porque nenhum deles jamais teve a ideia de pedi-la em casamento. Mas nas suas faces ardem duas manchas redondas, carmesins, revelando a inabalável esperança de que um dia ela possa chegar a ser a esposa do dr. Leander...

Ozônio e ar calmo, muito calmo! Por mais que os invejosos e os concorrentes do dr. Leander detratem o estabelecimento, podemos recomendar calorosamente o Sanatório Einfried a quem sofrer de doenças dos pulmões. Mas a sua clientela não se limita aos tísicos, frequentam-no pacientes de todos os tipos, cavalheiros, senhoras e mesmo crianças: o dr. Leander obteve triunfos nos mais diversos campos da medicina. Há por aí pessoas que sofrem de moléstias gástricas, tais como a cônjuge do conselheiro municipal Spatz, que, além disso, está atacada dos ouvidos. Há ainda cardíacos, paralíticos, reumáticos e nervosos de todos os graus. Um general diabético gasta, entre ininterruptos resmungos, a sua aposentadoria neste nosocômio. Vários senhores de rosto descarnado agitam as pernas daquele modo brusco que não permite prognósticos favoráveis. Uma dama cinquentona, esposa do pastor Höhlenrauch, a qual deu à luz dezenove filhos e perdeu o juízo, sem todavia encontrar a paz, vagueia há mais de ano pelo edifício inteiro, impelida por um desassossego tolo, desnorteada, sinistra, apoiada no braço de uma enfermeira particular.

De vez em quando falece um dos "casos graves", que jazem nos seus quartos e não comparecem nem às refeições nem à sala de estar, e ninguém, nem sequer o vizinho de apartamento, apercebe-se de seu trespasse. Às caladas da noite, o hóspede lívido é removido e as atividades do Einfried prosseguem sem solução de continuidade: massagens, aplicações de eletricidade, injeções, duchas, banhos, ginásticas, suadouros, inalações, tudo isso ministrado em numerosas salas providas de todas as conquistas terapêuticas dos tempos modernos...

Sim, no Einfried reina grande animação. O estabelecimento floresce. O porteiro, que cuida da entrada na ala lateral, toca um enorme sino sempre que chegam novos pacientes, e o próprio dr. Leander, acompanhado da srta. Von Osterloh, conduzirá até o carro aqueles que partirem. Quantos tipos curiosos não se instalaram no Einfried! Até mesmo um escritor acha-se atualmente ali, um homem excêntrico cujo nome recorda algum mineral ou pedra preciosa e que vive mandriando no sanatório.

Seja dito de passagem que, além do dr. Leander, há ainda no Einfried um segundo médico, para tratar dos casos leves e dos desenganados.

Este, porém, se chama Müller, simplesmente, e não é, de forma alguma, digno de menção.

2.

Em princípio de janeiro, o comerciante atacadista Klöterjahn — da firma A. C. Klöterjahn & Cia. — levou a esposa ao Einfried. O porteiro tocou o sino e a srta. Von Osterloh deu as boas-vindas ao casal que vinha de longe. Fê-lo na sala de recepção, situada no andar térreo e mobiliada, como a maior parte da distinta mansão, no mais puro estilo império. Logo depois surgiu também o dr. Leander, dobrando-se todo em cortesias. A seguir, iniciou-se uma conversa preliminar, instrutiva para ambas as partes.

Lá fora estendia-se o jardim hibernal, com os canteiros protegidos por esteiras, as grutas, cobertas de neve e os pequenos pavilhões, abandonados. O carro estava estacionado na estrada, em frente do portão, uma vez que não existia nenhuma rampa de acesso ao estabelecimento. Dois criados empenhavam-se em tirar as bagagens dos novos hóspedes do veículo.

— Devagar, Gabriele, *take care*, meu anjo, e mantenha a boca bem fechada! — dissera o sr. Klöterjahn, enquanto conduzia a esposa através do jardim, e quem a visse e tivesse o coração compassivo, carinhoso, devia concordar intimamente com esse *take care* (se bem que não possamos negar que não teria custado nada ao sr. Klöterjahn dizer isso em alemão).

O cocheiro que conduzira o casal da estação até ao sanatório, indivíduo rude, bronco, despido de sensibilidade, ainda assim quase que mordera a língua na sua solicitude ineficaz ao ver como o comerciante atacadista acudia à esposa durante o desembarque. Os dois alazões, cujo hálito pairara, vaporoso, no ar gélido, tinham dado a impressão de acompanhar atentamente, com os olhos voltados para trás, a comovente cena, cheios de preocupação por tamanha graça frágil e tanta delicadeza encantadora.

A moça sofria da traqueia, segundo se afirmava, expressamente, na carta que anunciara a sua chegada. O sr. Klöterjahn enviara-a das margens do mar Báltico ao médico-chefe do Einfried, e graças a Deus os pulmões não estavam atingidos! Mas, mesmo que se tratasse dos pulmões, a nova paciente não poderia ter se apresentado de forma mais meiga, mais nobre, mais imaterial, mais distante deste mundo do que fazia nesse momento, quando, ao lado do robusto marido, acompanhava a conversa, recostando-se suave e languidamente na poltrona branca de linhas retas.

As formosas e lívidas mãos, sem nenhum adorno, a não ser a singela aliança, repousavam no colo, entre as dobras da saia de espessa casimira escura. A senhora vestia um corpete justo, cinza-prateado, com gola dura e aplicações em relevo de arabescos de veludo. Mas as fazendas pesadas, agasalhadoras, apenas davam aparência ainda mais enternecedora, celestial, adorável à indizível delicadeza, doçura e lassidão da cabecinha. Os cabelos castanho-claros, juntados num nó que descia até a nuca, estavam penteados para trás. Somente nas proximidades da fonte direita caía na testa uma madeixa solta, crespinha, não muito longe do lugar onde, acima da curva elegante da sobrancelha, se ramificava, azulada e enfermiça, uma estranha e minúscula veiazinha através da imaculada brancura da testa quase transparente. Essa veiazinha azul, logo acima do olho, dominava de modo inquietante todo o fino oval do rosto. Tornava-se mais visível cada vez que a moça se punha a falar, e mesmo quando apenas sorria. Nesses momentos manifestava-se na sua fisionomia um quê de esforço, de angústia, que despertava vagos temores, mas não a impedia de falar e de sorrir. Falava franca e gentilmente, com a voz levemente velada, e sorria com os olhos, cuja mirada às vezes parecia um tanto cansada, e cujos cantos, de ambos os lados da raiz do nariz delgado, jaziam em profunda sombra; sorria com a formosa e larga boca, que, embora descorada, parecia resplandecer, talvez porque os lábios estivessem traçados com extrema nitidez. De quando em quando, dava uma tossidela. Nessas ocasiões, tapava a boca com o lenço, que examinava em seguida.

— Não tussa, Gabriele — dizia então o sr. Klöterjahn. — Você sabe muito bem, *darling*, que o dr. Hinzpeter, lá em casa, lhe proibiu expressamente de fazer isso. Um pouquinho de disciplina, meu anjo, e nada mais! Como eu já disse, é a traqueia — prosseguia explicando. — Realmente, quando aquilo começou, pensei que fosse o pulmão, e sabe Deus que levei um susto. Mas não é o pulmão; não, senhor! Nunca na vida! Não é, Gabriele? Quá-quá-quá...

— Não há dúvida — disse o dr. Leander, e as lentes de seus óculos projetavam o seu brilho em direção à moça.

Em seguida, o sr. Klöterjahn pediu café e pãezinhos com manteiga, e seu jeito de pronunciar essas palavras era tão expressivo que todo o mundo ficava com água na boca.

Satisfizeram-lhe os desejos e também lhe indicaram um apartamento para ele e a esposa. O casal instalou-se.

É escusado dizer que o próprio dr. Leander se encarregou do tratamento da enferma, sem requerer, para esse caso, os préstimos do dr. Müller.

3.

A personalidade da nova paciente causava no Einfried inusitada sensação, e o sr. Klöterjahn, habituado a colher triunfos dessa espécie, presenciava com evidente prazer quaisquer homenagens prestadas a sua esposa. O general diabético interrompeu por um momento os seus resmungos ao avistá-la pela primeira vez. Os cavalheiros de rostos descarnados sorriam e esforçavam-se enormemente por dominarem as suas pernas sempre que se aproximavam dela. A cônjuge do conselheiro municipal Spatz não tardou em arrogar a si as funções de amiga maternal de Gabriele. Sim, a senhora à qual o sr. Klöterjahn dera o seu nome era deveras impressionante. Aquele escritor que, havia algumas semanas, passava o seu tempo no Einfried, um esquisitão curioso, cujo nome recordava o de uma pedra preciosa, empalideceu, sim, ficou todo pálido, quando a moça passou por ele no corredor. Estacou e conservou-se assim, imóvel, muito depois de ela ter desaparecido.

Dois dias bastaram para que todos os hóspedes conhecessem a história de Gabriele. Ela era natural de Bremen, o que, aliás, era revelado por certas peculiaridades encantadoras da sua pronúncia das vogais. Fora nessa mesma cidade que, fazia dois anos, consentira em aceitar por marido o comerciante atacadista Klöterjahn. Ele a levara consigo à sua cidade natal, lá longe, à beira do mar Báltico, onde Gabriele, havia dez meses, aproximadamente, dera-lhe, sob circunstâncias particularmente difíceis e perigosas, um filho, um herdeiro, uma criança de admirável vitalidade e saúde. Desde aqueles dias terríveis, porém, Gabriele jamais recuperara as suas forças, se é que em alguma época houvesse sido forte. Depois do parto, andara totalmente exausta, extremamente depauperada, e em seguida verificara-se que, quando tossia, escarrava um pouquinho de sangue. Não muito; não, senhor!, apenas uma quantidade insignificante, mas melhor seria que tal não tivesse acontecido. E o que dava que pensar era o fato de essa ocorrenciazinha sinistra ter se repetido várias vezes. Pois bem, para isso existiam remédios, e o médico da família, o dr. Hinzpeter, não deixara de ministrá-los. Prescrevera o mais completo repouso. Mandara engolir pedacinhos de gelo. Receitara morfina, a fim de combater a irritação da garganta e de acalmar o mais possível o coração. Mas as melhoras custaram a chegar e, ao passo que a criancinha, Anton Klöterjahn Filho, uma joia de nenê, conquistava e defendia com extraordinária energia e desconsideração o lugar que lhe cabia no mundo, a jovem mãe parecia consumir-se numa febre lenta, mal perceptível... Como já dissemos, era somente a traqueia, palavra essa que na boca do dr. Hinzpeter exercia sobre todos os espíritos um efeito surpreendentemente reconfortante, tranquilizador, quase que hilariante. Mas, muito embora não se tratasse dos pulmões, o médico acabara por opinar que a influência de um clima mais brando e a estada numa casa de saúde seriam sumamente indicadas para um restabelecimento mais rápido. A fama do Sanatório Einfried e de seu chefe havia feito o resto.

Esta era a história, e o sr. Klöterjahn contava-a a todos quantos demonstrassem interesse por ela. Falava em voz alta, relaxada e jovialmente, como é o hábito das pessoas que conseguem manter a sua digestão e as suas finanças em perfeita ordem. Ao fazê-lo, abria largamente os lábios, à maneira displicente e todavia veloz dos habitantes das costas setentrionais. Expelia certas palavras com tamanha força que cada consoante se assemelhava a uma pequena explosão, e disso se ria como de uma boa piada.

Era de altura mediana, espadaúdo, vigoroso e atarracado. Tinha o rosto cheio, rubro, com olhos azuis, da cor do mar, e que ficavam obumbrados pelas pestanas louras, muito claras. As narinas eram amplas, e os lábios estavam sempre úmidos. O sr. Klöterjahn usava suíças aparadas à moda inglesa, vestia-se como um inglês e ficou encantado ao encontrar no Einfried toda uma família inglesa — o pai, a mãe e três belos filhos com sua *nurse* — que morava no sanatório, unicamente por não saber onde viveria melhor e em cuja companhia ele tomava de manhã o seu *breakfast* inglês. Diga-se de passagem que o comerciante atacadista gostava imensamente de comida e bebida de boa qualidade e quantidade. Mostrando-se um autêntico conhecedor de cozinha e adega, sabia entreter os hóspedes do estabelecimento, narrando-lhes pormenores dos jantares que sua roda de amigos, lá na sua cidade, costumava oferecer, e descrevendo certos pratos escolhidos, desconhecidos na região do Einfried. Nessas ocasiões, semicerravam-se os seus olhos, assumindo uma expressão jovial, e na sua maneira de falar notavam-se entonações que vinham do paladar ou do nariz, acompanhadas de leves estalos da língua. O fato de ele não desprezar por princípio os demais prazeres deste mundo evidenciou-se certa noite, quando um escritor hospedado no sanatório como paciente o surpreendeu a gracejar num corredor de modo algo livre com uma camareira; incidente sem importância, apenas divertido, mas que no referido escritor provocou uma careta de repugnância simplesmente ridícula.

Quanto à esposa do sr. Klöterjahn, percebia-se nitidamente que amava seu marido de todo coração. Observava com um sorriso as suas palavras e os seus gestos, e não revelava aquela indulgência arrogante que os que sofrem demonstram às vezes para com os que gozam de boa saúde, mas apenas o contentamento bonachão e a simpatia gentil que sentem enfermos bondosos em face da vitalidade confiante de pessoas cheias de alegria de viver.

O sr. Klöterjahn não se deteve por muito tempo no Einfried. Fora ali apenas para acompanhar a esposa; depois de uma semana, porém, via que ela estava bem instalada e em boas mãos, e assim não havia nenhuma razão para prolongar a própria estada. Deveres de igual importância — o esplêndido filhinho e os também esplêndidos negócios — chamavam-no, obrigavam-no a regressar, abandonando a esposa aos excelentes cuidados do Sanatório Einfried.

4.

O escritor que morava no Einfried havia algumas semanas chamava-se Spinell.* Detlev Spinell era o nome inteiro, e sua aparência era bastante singular.

Imaginemos um moço moreno, de pouco mais de trinta anos e de imponente estatura. Se bem que já tivesse nas têmporas cabelos grisalhos em grande número, não se mostrava no rosto redondo, pálido, um tanto flácido nenhum traço de barba. Não estava escanhoado; isso se teria percebido. Na tez macia, suave como a de um menino, apareciam apenas esporádicos pelos, que se assemelhavam a uma penugem e davam à fisionomia um aspecto curioso. A mirada dos olhos castanhos, brilhantes, revelava brandura. O nariz um pouco curto era demasiado carnudo.

---

* "Spinell", em alemão, é o nome genérico dos corindos, classe de pedras preciosas à qual pertencem os rubis.

O lábio superior do sr. Spinell, proeminente e poroso, imprimia-lhe um quê de romano. Além disso, tinha o escritor dentes grandes, cariados, bem como pés de enormes dimensões. Um piadista cínico que fazia parte do grupo dos cavalheiros de pernas indômitas apelidara-o secretamente de "lactante caduco", mas tal denominação era maliciosa e pouco exata. O sr. Spinell andava bem trajado, à última moda, vestindo, geralmente, uma sobrecasaca preta e um colete de fazenda *petit-pois*.

Mostrava-se insociável e não mantinha contato com ninguém. Somente em raras ocasiões tinha fases de condescendência, amabilidade e exuberância, o que acontecia quando era acometido de acessos de enlevo estético. Sempre que a visão de um objeto formoso, a harmonia de duas cores, a forma nobre de um vaso, a serra iluminada pelos raios do sol poente lhe arrebatassem manifestações de ruidosa admiração, costumava exclamar: "Que beleza!", inclinando a cabeça para o lado, espalmando as mãos e encrespando o nariz e os lábios. "Meu Deus, que beleza! Vejam só!" — repetia, e na emoção que o dominava nesses momentos era capaz de abraçar efusivamente qualquer pessoa, sem distinção entre os sexos...

Constantemente e de modo conspícuo, à vista de quem quer que entrasse no seu quarto, jazia na sua mesa o livro que escrevera. Tratava-se de um romance de módicas dimensões, enfeitado de uma capa totalmente inextricável e impresso numa espécie de papel-filtro, com caracteres que, todos eles, se pareciam com catedrais góticas. A srta. Von Osterloh, que o lera num quarto de hora ocioso, qualificava-o de "requintado", o que era o seu jeito de contornar a expressão "terrivelmente maçante". O enredo transcorria em salões elegantes ou alcovas suntuosas, cheias de peças seletas, tais como gobelinos, móveis antiquíssimos, porcelanas sofisticadas, fazendas de valor inestimável e joias artísticas de toda espécie. O autor empregara a mais carinhosa meticulosidade na descrição dessas coisas, e quem lesse a obra via ininterruptamente o sr. Spinell, com o nariz encrespado, a dizer: "Meu Deus, que beleza! Vejam só!". Era, de resto, surpreendente o fato de ele ainda não ter publicado outros livros, uma vez que, evidentemente, a sua paixão era escrever. O sr. Spinell passava a maior parte do dia no quarto, sempre a escrever, e mandava levar ao correio um sem-número de cartas, uma ou duas por dia. O que chamava atenção e causava mesmo certa hilaridade era a circunstância de que ele, por sua vez, só raras vezes recebia respostas...

5.

Nas refeições, o sr. Spinell estava sentado em frente à esposa do sr. Klöterjahn. No primeiro jantar de que participou o casal, o escritor apareceu um pouco tarde no vasto salão situado no andar térreo da ala lateral. Em voz suave saudou todos os presentes, coletivamente, enquanto se encaminhava ao seu lugar. Sem grandes cerimônias, o dr. Leander apresentou-o aos recém-chegados. O sr. Spinell inclinou-se cortesmente e, em seguida, pôs-se a comer, manipulando, de maneira bastante afetada, o garfo e a faca com as mãos grandes, brancas, bem modeladas, que saíam de mangas muito justas. Depois, sentindo-se mais à vontade, contemplou com toda a calma alternadamente o sr. e a sra. Klöterjahn. No curso da refeição, o comerciante atacadista dirigiu-lhe algumas perguntas e fez observações relativas ao clima do Einfried, às quais a moça, à sua maneira simpática, acrescentou umas poucas palavras explicativas. O sr. Spinell respondeu polidamente. Tinha voz meiga, agradável, mas no seu modo de falar manifestava-se algum embaraço, como se os dentes entravassem a língua.

Depois do jantar, passaram para a sala de estar. Quando o dr. Leander surgiu lá, a fim de dar aos novos hóspedes seus votos especiais de bom proveito, a esposa do sr. Klöterjahn lhe pediu informações sobre o seu vizinho de mesa.

— Como se chama aquele cavalheiro? — perguntou. — Spinelli? Não peguei bem o nome.

— Spinell, minha cara senhora, e não Spinelli. Não é italiano. Ao que saiba, é natural de Lemberg.

— Se eu entendi o senhor, ele é escritor. Ou estou enganado? — indagou o sr. Klöterjahn. Tinha as mãos nos bolsos da cômoda calça de casimira inglesa. Ao aproximar a orelha do rosto do médico, entreabria a boca, como fazem certas pessoas, para melhor escutarem.

— Pois é. Também não sei... Ele escreve... — replicou o dr. Leander. — Creio que publicou um livro, uma espécie de romance. Realmente, não sei...

Esse repetido "não sei" indicava que o dr. Leander não ligava grande importância ao escritor e não queria absolutamente responsabilizar-se por ele.

— Que coisa interessante! — disse a esposa do sr. Klöterjahn, que nunca na vida vira um escritor em carne e osso.

— Pois é — concordou o dr. Leander, afavelmente. — Ouvi dizer que ele goza de alguma fama... — A seguir, mudou de assunto.

Mas um pouco mais tarde, quando os novos hóspedes acabavam de retirar-se e o dr. Leander estava a ponto de abandonar, por sua vez, a sala de estar, foi detido pelo sr. Spinell, também desejoso de informações.

— Como se chama aquele casal? — perguntou. — Naturalmente não entendi o nome.

— Klöterjahn — respondeu o dr. Leander, prosseguindo no seu caminho.

— Como se chama o homem? — insistiu o sr. Spinell.

— Eles se chamam *Klöterjahn*! — repetiu o dr. Leander, e foi-se. Decididamente, não ligava grande importância ao escritor.

6.

Já dissemos que o sr. Klöterjahn regressou ao seu torrão natal? Pois bem, ele se encontrava novamente na sua cidade à beira do mar Báltico, absorvido pelos negócios e pelo filhinho, criaturinha despreocupada e cheia de vitalidade, e que causara à sua mãe muitos sofrimentos e um pequeno defeito da traqueia. Ela mesma, a jovem senhora, permanecia no Einfried, e a esposa do conselheiro municipal Spatz fazia-lhe companhia, desempenhando as funções de amiga maternal. Mas isso não impedia a sra. Klöterjahn de manter boas relações com os demais pacientes também, como, por exemplo, o sr. Spinell, que para a maior surpresa de todos — já que até então não tivera contato com ninguém — a tratava desde o primeiro dia com extraordinária consideração e solicitude, e com o qual ela gostava de conversar nas poucas horas de lazer que lhe deixava o rigoroso horário do estabelecimento.

Ao lidar com ela, o sr. Spinell demonstrava extrema deferência e infinito respeito e jamais falava com ela sem abafar cuidadosamente a voz, de maneira que a conselheira, um tanto mouca, não ouvia nada do que ele dizia. Andando na ponta dos pés enormes, aproximava-se da poltrona na qual a esposa do sr. Klöterjahn, esboçando um amável sorriso, se encostava confortavelmente, mas a dois passos dela estacava. Antes de dirigir-lhe a palavra, recuava uma das pernas e inclinava o tronco para a frente. Então punha-se a falar, no seu modo inibido, embaraçado, com grande insistência, porém sempre disposto a afastar-se e sumir às pressas ao primeiro sinal de cansaço ou tédio que se mostrasse na fisionomia de sua interlocutora. Ele, no entanto, não a entediava; ela convidava-o a sentar-se junto dela e da sra. Spatz, fazia qualquer pergunta e, risonha e curiosa, escutava o que ele respondia. Pois, às vezes, o sr. Spinell dizia coisas tão divertidas, tão esquisitas que à sra. Klöterjahn parecia nunca ter ouvido iguais.

— Diga-me, por que razão o senhor está no Einfried? — perguntou ela certa feita. — Que tipo de tratamento faz aqui, sr. Spinell?

— Que tratamento? Ora, o pessoal ministra-me algumas aplicações elétricas. Realmente, não vale a pena falar dessa bagatela. Vou-lhe dizer, minha cara senhora, por que estou neste lugar: é por causa do estilo.

— Ah, sim — disse a esposa do sr. Klöterjahn, apoiando o queixo na mão. A seguir, voltou-se para ele com aquele interesse exagerado que se finge em face de crianças que anseiam contar uma história.

— Pois é, minha prezada senhora, o Einfried representa o mais puro estilo império. Foi outrora um castelo, uma residência de verão, segundo aprendi aqui. Esta ala lateral é, na verdade, um acréscimo de uma época posterior, mas o edifício principal é antigo e autêntico. Bem, de vez em quando me ocorre que eu simplesmente não possa passar sem o império, e que esse estilo se me torne absolutamente indispensável para que eu goze um mínimo de bem-estar. É escusado dizer que uma pessoa que viver entre móveis macios, cômodos a ponto de beirarem a lascívia, será diferente de outra que morar entre essas mesas, cadeiras e cortinas de linhas retas. Esta clareza e rigidez, minha cara senhora, esta simplicidade fria, severa, esta austeridade recatada, tudo isso me confere disciplina e dignidade, e tem por consequência que aos poucos eu me purifique e restaure intimamente. Sem dúvida alguma, isso contribui para a minha elevação moral...

— Hum, que coisa esquisita — disse ela. — Mas acho que, com um pequeno esforço, consigo compreender o senhor.

Ao que ele respondeu que realmente não valia a pena fazer qualquer esforço, e ambos desataram a rir. Também a sra. Spatz se riu e achou graça, porém sem afirmar que tivesse compreendido.

A sala de estar era espaçosa e bonita. A alta porta de dois batentes estava escancarada e exibia o vizinho salão de bilhar, onde se divertiam os cavalheiros de pernas indômitas e outros pacientes do sanatório. Ao outro lado havia uma porta envidraçada, através da qual se viam o amplo terraço e o jardim. Junto à porta, achava-se também um piano. No recinto existia uma mesa de jogo, forrada de verde, e na qual o general diabético jogava uíste com um grupo de senhores. Algumas senhoras estavam lendo ou distraindo-se com trabalhos manuais. Uma estufa de ferro encarregava-se de fornecer calor, mas era em frente da lareira de estilo império, com um simulacro de fogo de pedaços de carvão envoltos em papel cor de brasa, que se podia conversar mais agradavelmente.

— O senhor é madrugador, sr. Spinell — disse a esposa do sr. Klöterjahn. — Casualmente observei duas ou três vezes que o senhor sai de casa às sete e meia da manhã.

— Madrugador, eu? Ai de mim! Isso é muito relativo, minha prezada senhora. Na realidade, levanto-me cedo, porque, no fundo, sou um dorminhoco.

— O senhor tem que me explicar isto, sr. Spinell.

Também a sra. Spatz pedia uma explicação.

— Pois bem. Uma pessoa que gosta de madrugar não tem, na minha opinião, nenhuma necessidade de levantar-se tão cedo. A consciência, minha cara senhora, a consciência é um assunto muito sério. Eu e a gente da minha laia estamos toda a vida em conflito com ela e temos que esforçar-nos loucamente por lográ-la de vez em quando e por dar-lhe habilmente algumas pequenas satisfações. Nós somos criaturas inúteis, eu e a gente da minha laia, e fora algumas poucas horas boas andamos arrastando conosco a certeza da nossa inutilidade, essa certeza que nos fere e nos torna doentes. Odiamos tudo quanto é útil, sabemos que a utilidade é feia e vulgar, e defendemos essa verdade como só se defendem coisas que absolutamente não se podem dispensar. Mas, mesmo assim, sentimo-nos a tal ponto corroídos pelos nossos remorsos que já não temos em nós nenhum lugarzinho inteiro. Acresce que todo o gênero da nossa existência íntima, a nossa concepção do mundo, o nosso modo de trabalhar... exercem sobre nós um efeito terrivelmente malsão, solapador, exaustivo, e isso contribui para piorar a situação. Há, todavia, certos paliativos, sem os quais simplesmente não poderíamos aguentar esse estado de coisas. Um pouco de prudência e alguma higiene austera em nossa conduta são necessários para muitos de entre nós. Levantar-se cedo, cruelmente cedo; tomar um banho frio; dar um passeio pela neve... Com isso conseguimos, talvez, uma horinha de vago contentamento. Mas, se eu agisse como gostaria de fazer, francamente, ficaria na cama até depois do meio-dia. Assim, essa coisa de eu levantar-me tão cedo no fundo não passa de hipocrisia.

— Não diga isso, sr. Spinell. A meu ver, é autodomínio... Não acha também, conselheira?

A sra. Spatz era da mesma opinião.

— Pode ser hipocrisia, pode ser autodomínio, minha cara senhora. É uma questão de terminologia. A minha tristeza é que sou demasiado honesto para...

— Deve ser isso! O senhor se entristece em demasia.

— Pois é. Ando muito triste, minha prezada senhora...

O bom tempo mantinha-se constante. A região, as montanhas, a casa e o jardim jaziam brancos, firmes, limpos em meio à calmaria e à luminosa geada, alternadamente envolta em luz ofuscante e sombras azuladas. O azul desmaiado do céu, onde pareciam dançar miríades de cintilantes corpúsculos e de fúlgidos cristais, abobadava-se, imaculado, por cima da paisagem. A essa altura, a esposa do sr. Klöterjahn portava-se bem; estava sem febre, não tossia quase nunca e comia sem manifestar grande repugnância. Conforme ao regulamento, passava frequentemente longas horas sentada no ensolarado terraço. Instalada numa cadeira colocada na neve e cuidadosamente agasalhada com cobertores e peliças, aspirava, cheia de esperança, o ar puro, glacial, proveitoso à sua traqueia. Nessas ocasiões, deparava-se às vezes com o sr. Spinell, que passeava pelo jardim, igualmente abrigado com roupas quentes e sapatos forrados de pele, graças aos quais os seus pés assumiam dimensões fantásticas. Caminhava a passo comedido através da neve e, conservando os braços numa posição que revelava ao mesmo tempo prudência e certa graça cerimoniosa, cumprimentava-a respeitosamente sempre que se aproximava do terraço. Então galgava os primeiros degraus, para bater um papo.

— Hoje, durante o meu passeio matinal, vi uma linda mulher... Meu Deus, como era bela! — disse certa vez, inclinando a cabeça para o lado e espalmando as mãos.

— Realmente, sr. Spinell? Descreva-a, por favor!

— Não, senhora, não posso. Ou então teria de apresentar-lhe uma imagem falsa. Apenas rocei-a de leve, com um rápido olhar, quando ela passava por mim. Mas a vaga visão que guardei dela bastava para inspirar a minha imaginação. Assim levei comigo uma recordação que é linda... Deus meu, como é linda!

Ela riu-se.

— Será este o seu jeito de contemplar belas mulheres, sr. Spinell?

— Sim, minha cara senhora, e acho que desta forma procedo mais acertadamente do que faria se nelas cravasse os olhos rudemente, ávido de conhecer a realidade, e obtivesse apenas o reflexo de uma objetividade defeituosa...

— Ávido de conhecer a realidade? Que expressão curiosa! O senhor fala bem à maneira dos escritores, sr. Spinell. Mas, para dizer a verdade, suas palavras impressionaram-me. Há nelas muita coisa de que entendo um pouco, uma atitude livre, independente, que até mesmo se recusa a respeitar a realidade, se bem que ela seja o que há de mais respeitável no mundo, a própria respeitabilidade, por assim dizer... E também compreendo que existe algo que não seja palpável, algo mais delicado...

— Conheço um único rosto — disse ele de repente, com uma emoção singularmente jubilosa a vibrar na voz, e levantando as mãos crispadas até à altura dos ombros prosseguiu com um sorriso exaltado, que descobria os dentes cariados: — Conheço um único rosto cuja realidade é tão nobre que seria um crime querer corrigi-la na minha imaginação; um rosto que eu desejava contemplar, no qual gostaria de deter-me, não por minutos nem por horas a fio, senão a vida inteira, perdendo-me nele por completo e olvidando em face dele toda a esfera terrena...

— Pois é, sr. Spinell. Mas não esqueça que a srta. Von Osterloh tem as orelhas um tanto despegadas.

Ele se calou e fez uma profunda mesura. Quando se empertigou, fixou os olhos com uma expressão mesclada de constrangimento e pesar naquela estranha e minúscula veiazinha que se ramificava, azulada e enfermiça, através da brancura da testa quase transparente.

7.

Um esquisitão, realmente um esquisitão! A esposa do sr. Klöterjahn pensava de vez em quando no sr. Spinell, uma vez que lhe sobrava muito tempo para meditações. Podia ser que a mudança de ares já tivesse cessado de produzir efeitos benéficos, ou talvez houvesse sobrevindo qualquer influência prejudicial. Fosse como fosse — sua saúde piorara. O estado da traqueia deixava muito a desejar. Ela sentia-se fraca, fatigada, sem apetite, e amiúde tinha febre. O dr. Leander acabava de recomendar-lhe insistentemente que repousasse muito, evitasse qualquer movimento e se precavesse. Assim se explica que ela, sempre que não a obrigassem a permanecer deitada, se conservasse sentada, quietinha, em companhia da sra. Spatz. No seu regaço jazia um bordado, no qual ela não trabalhava, uma vez que preferia entregar-se a este ou aquele pensamento.

Sim, ele lhe dava que pensar, esse excêntrico sr. Spinell, e o que era o mais estranho: suas reflexões preocupavam-se menos com a pessoa dele do que com sua própria. De algum modo o escritor provocava na alma da moça uma esquisita curiosidade, um interesse nunca antes sentido, de conhecer-se a si mesma. Certa vez, no curso das conversas, dissera o sr. Spinell:

— As mulheres são mesmo entes enigmáticos. Ainda que esse fato não seja novidade, não podemos deixar de deter-nos, pasmados, diante dele. Existe, por exemplo, uma criatura maravilhosa, uma sílfide, uma forma vaporosa, uma autêntica fada! E que faz ela? Sem mais aquela, entrega-se a um açougueiro ou a um Hércules de feira. Passeia de braço dado com ele. É mesmo capaz de apoiar a cabecinha em seu ombro, lançando ao redor olhares brejeiros, como se quisesse dizer: "Pois então, procurai desvendar este mistério!". E nós realmente nos esforçamos por desvendá-lo...

Repetidas vezes, a esposa do sr. Klöterjahn preocupara-se com essas palavras.

Em outra ocasião, para o maior espanto da conselheira, houve entre os dois o seguinte diálogo:

— Permita-me, minha prezada senhora, que lhe pergunte (talvez seja atrevimento da minha parte), que lhe pergunte como se chama. Qual é o seu verdadeiro nome?

— Ora, eu me chamo Klöterjahn, sr. Spinell!

— Hum... Esse fato me é conhecido. Ou melhor: nego-o. Refiro-me, naturalmente, a seu nome de solteira. A senhora deve ser justa e concordar comigo que quem lhe der o tratamento de "sra. Klöterjahn" merece uma surra em regra.

Ela soltou uma risada tão gostosa que a veiazinha azul acima do sobrolho se salientou com assustadora nitidez, imprimindo à delicada e meiga fisionomia uma expressão lassa, angustiada, que causava profundas apreensões no observador atento.

— Não diga isso, sr. Spinell! Deus me livre! Uma surra? Acha tão pavoroso o nome de "Klöterjahn"?

— Sim, minha cara senhora, detesto esse nome de todo coração, e isso desde que o ouvi pela primeira vez. Ele é grotesco, é horrivelmente feio, e frisa pela barbárie, pela infâmia, levar as convenções ao ponto de obrigar a senhora a usar o nome de seu marido.

— Pois então, que tal lhe parece "Eckhof"? Pensa que "Eckhof" é mais bonito? Meu pai chama-se Eckhof.

— Olhe, Eckhof é diferente. Um grande ator chamava-se assim. Eckhof é admissível... Mas a senhora somente mencionou o pai. E a senhora sua mãe?

— Ora, minha mãe faleceu quando eu era uma criancinha.

— Ah, sim... Tenha a gentileza de falar-me um pouco mais de si mesma. A não ser que isso a canse. Nesse caso, fique à vontade, enquanto eu continuar a contar-lhe coisas de Paris, como fiz da outra vez. Mas a senhora pode falar em voz baixa, e se se limitasse a sussurrar, melhor ainda... Sua cidade natal é Bremen; não é?

Ele proferiu essa pergunta numa voz quase surda, num tom reverente, prenhe de significado, que parecia indicar que Bremen era uma cidade sem igual, cidade cheia de indizíveis mistérios e secretas belezas, como se a circunstância de ter nascido ali outorgasse às pessoas uma enigmática distinção.

— Pois é. Imagine — disse ela, quase sem querer. — Sou de Bremen.

— Estive lá uma única vez — explicou ele com ar pensativo.

— Em Bremen, o senhor esteve também? Meu Deus! Francamente, sr. Spinell, tenho a impressão de que o senhor conhece tudo, desde Túnis até Spitzberg.

— Sim, senhora. Estive lá uma única vez — repetiu ele. — Umas poucas horas. Foi de noite. Recordo-me de uma rua antiga, estreita, com altas cumeeiras por cima das quais pairava a lua numa posição estranhamente oblíqua. Depois entrei numa adega, onde havia um cheiro de vinho e mofo. Disso tenho uma recordação bem nítida...

— Realmente? Eu gostaria de saber onde ficava essa adega. Pois eu nasci numa dessas casas cinzentas, de cumeeiras altas, uma velha casa de comércio com uma galeria caiada de branco e um chão de lajes retumbantes.

— Isso quer dizer que o senhor seu pai é comerciante? — perguntou ele, com certa hesitação.

— Sim, senhor. Mas, além disso, e no íntimo, antes de mais nada, é artista.

— Ah, ah! Em que sentido?

— Ele toca violino... Mas esse fato por si só não significa nada. É preciso saber, sr. Spinell, *como* ele toca! Há certos sons que, sempre que os ouço, fazem com que me venham aos olhos lágrimas ardentes. Não conheço mais nada que me comova tanto. O senhor não me acredita?

— Acredito, sim! Claro que lhe acredito!... Diga-me, minha cara senhora: sua família é bem antiga; não é? Naquela casa cinzenta, de cumeeira alta, moraram, trabalharam, morreram provavelmente muitas gerações...

— Pois é. Mas por que me pergunta essas coisas?

— Porque acontece com certa frequência que uma estirpe de tradições práticas, burguesas, prosaicas se transfigure pelo fim de sua existência graças à arte.

— Será?... Bem, no que se refere a meu pai, ele é, sem dúvida alguma, mais artista do que muitos que se intitulam assim e se enchem de glória. Eu mesma só toco piano, assim, assim. Ultimamente, estou proibida de tocar, mas naqueles dias, lá em casa, tocava muito. Meu pai e eu tocávamos juntos... Sim, tenho reminiscências gratas daqueles anos. Gosto sobretudo de recordar-me do jardim, do nosso jardim, que ficava atrás da casa, miseravelmente abandonado, com uma vegetação exuberante. Os muros cobertos de musgo caíam em pedaços. Mas era precisamente isso o que o tornava tão encantador. No centro havia um chafariz cercado de uma densa coroa de gladíolos. No verão, eu costumava passar lá longas horas, em companhia de minhas amigas. A gente instalava-se ao redor do chafariz, em pequenas cadeiras dobradiças...

— Que beleza! — disse o sr. Spinell, alçando os ombros. — Estavam lá sentadas e cantavam?

— Não, senhor. Geralmente fazíamos trabalhos de crochê.

— Não tem importância...

— Sim, a gente fazia crochê e conversava, minhas seis amigas e eu...

— Que maravilha, céus! Que maravilha, imaginem! — exclamou o sr. Spinell, com o rosto todo enlevado.

— Mas, sr. Spinell, que é que o senhor acha tão maravilhoso nisso?

— Ora, é precisamente o fato de ter havido seis outras a seu lado. A senhora não se incluía nesse número, mas se erguia no meio das demais como uma rainha... Era distinta das suas seis amigas. Uma pequena coroa de ouro, toda singela e todavia significativa, encimava-lhe a cabeça e brilhava...

— Nada disso! Não brinque comigo! Não havia coroa alguma.

— Havia, sim! E ela cintilava secretamente. Eu teria reparado nela, teria notado o seu esplendor, com toda a clareza, na sua cabeleira se, numa dessas ocasiões, me tivesse escondido atrás dos arbustos...

— Sabe Deus o que o senhor teria notado. Mas não era o senhor quem se achava atrás dos arbustos, porém o meu atual marido, que certo dia apareceu ali, junto com meu pai. Receio até que eles possam ter escutado antes uma parte das nossas conversas.

— Então foi nesse lugar que a senhora chegou a conhecer o senhor seu esposo?

— Sim, foi justamente ali — respondeu ela em voz alta, alegre, e enquanto sorria salientava-se mais uma vez acima do sobrolho a veiazinha azulada, sinal singular do esforço que ela fazia. — Ele fora ter com meu pai, a fim de tratarem de negócios, sabe? No dia seguinte, foi convidado para jantar conosco, e outros três dias após pediu-me em casamento.

— Realmente? Foi tão depressa?

— Foi, sim, senhor. Verdade é que, daí por diante, as coisas iam um pouco mais devagar. Pois meu pai, no fundo, não via com bons olhos esse casamento, sabe? Fez questão que eu refletisse maduramente. Em primeiro lugar, teria gostado de que eu ficasse com ele por mais algum tempo. Fora isso, havia ainda outras objeções da parte dele. Mas...

— Mas o quê?

— Mas eu *desejava* casar-me — respondeu ela, sorrindo, e novamente a veiazinha azulada dominou toda a sua fisionomia meiga, dando-lhe uma expressão angustiada, enfermiça.

— Ah, sim? A senhora desejava casar-se.

— Pois é, e como o senhor vê, manifestei a minha vontade de modo firme, inabalável...

— Vejo mesmo. Sim, senhora.

— ... de maneira que meu pai acabou conformando-se.

— E assim a senhora abandonou a ele e ao violino, abandonou o velho casarão, o jardim exuberante, o chafariz e as seis amigas para seguir o sr. Klöterjahn.

— Para segui-lo? O senhor usa cada expressão, sr. Spinell! Parece estilo bíblico!... Sim, abandonei tudo aquilo, uma vez que a natureza quer que assim aconteça.

— Pois sim, provavelmente é isso o que ela quer.

— Não esqueçamos que se tratava da minha felicidade.

— Como não. E ela veio, a felicidade?

— Veio, sr. Spinell, na mesma hora em que me apresentaram pela primeira vez o pequeno Anton, o nosso Antoninho. E quando ele berrava vigorosamente com toda a força dos pulmõezinhos sadios, ele que é tão robusto, tão perfeitamente são...

— Não é a primeira vez que ouço a senhora falar da excelente saúde de seu Antoninho. Ele deve ser extraordinariamente sadio.

— Isso mesmo, e se parece em tudo com meu marido.

— Hum... Então foi assim que se passaram as coisas. E agora a senhora já não se chama Eckhof, mas usa outro nome e tem o Antoninho e sofre um pouco da traqueia.

— Pois é, sr. Spinell. E quanto ao senhor, asseguro-lhe com toda franqueza que é uma personalidade cem por cento enigmática...

— Realmente! Enigmático é, valha-me Deus! — disse a conselheira, que também estava presente.

Mais de uma vez, a recordação dessa conversa preocupava o coração da esposa do sr. Klöterjahn. Por insignificante que fosse o diálogo mantido, havia, escondida no seu fundo, certa coisa que a induzia a refletir sobre si própria. Seria *esta* a influência nociva que nela se fazia sentir? Sua fraqueza intensificava-se dia a dia, e frequentemente acometiam-na acessos de febre. Ela jazia como que abrasada por um ardor quieto, que lhe causava uma sensação de suave enlevo, ao qual se entregava de bom grado, numa confusão de sentimentos a conter, ao mesmo tempo, meditação, preciosismo, vaidade e uma pontinha de melindre. Quando não estava acamada, via o sr. Spinell acercar-se dela, na ponta dos pés enormes, e estacar a dois passos de distância, recuando uma das pernas e inclinando o tronco para a frente. Então ele lhe dirigia a palavra, falando numa voz reverentemente abafada, que deixava perceber o seu desejo de elevá-la, suavemente, a grandes alturas e de depositá-la em coxins de nuvens, onde nenhum som estridente, nenhum contato profano pudesse alcançá-la. E nesses momentos lembrava-se do jeito com que o sr. Klöterjahn costumava dizer: "Cuidado, Gabriele, *take care*, meu anjo, e mantenha a boca bem fechada!". O tom em que essas exortações eram pronunciadas assemelhava-as a um vigoroso e bem-intencionado tapa nas costas. Em seguida, distanciando-se de tal recordação, a esposa do sr. Klöterjahn tornava a descansar, débil e enlevada, nos coxins de nuvens que o sr. Spinell serviçalmente lhe preparava.

Um belo dia, inopinadamente, voltou a mencionar a pequena conversa que tivera com ele sobre a sua estirpe e sua juventude.

— É verdade, sr. Spinell — perguntou — que o senhor teria notado a coroa?

E, embora o referido diálogo tivesse se realizado mais de duas semanas antes, sabia ele imediatamente de que se tratava. Com palavras comovidas, asseverou que naquele dia, quando ela estivera sentada junto ao chafariz, na roda das seis amigas, jamais teria deixado de perceber o misterioso brilho da coroazinha, de percebê-lo no meio dos cabelos.

Alguns dias após, um dos hóspedes do sanatório pediu, por cortesia, informações acerca do estado de saúde do pequeno Anton. Lançando um rápido olhar em direção ao sr. Spinell, que se achava nas proximidades, respondeu ela, numa voz levemente entediada:

— Como anda meu filho? Olhe, ele e meu marido andam sempre muito bem, obrigada!

8.

Em fins de fevereiro, num dia de temperatura glacial, transparente e luminoso como nenhum de todos quantos o precederam, reinava no Einfried a mais desenfreada alegria. Os pacientes cardíacos tagarelavam entre si, com as faces coradas. O general diabético cantarolava que nem um adolescente e os cavalheiros de pernas indômitas pareciam todos fora de si. Que se passava? Nada mais nada menos do que a iminência de uma excursão coletiva, um passeio que se daria em diversos trenós, ao som de guizos e chicotadas, rumo à serra. Fora o dr. Leander que se lembrara de organizá-la a fim de distrair os seus hóspedes.

É escusado dizer que os "casos graves" tinham de ficar no estabelecimento. Coitados dos "casos graves"! Secretamente, por sinais de cabeça, os outros combinavam em não os porem a par do projeto, e todos se sentiam bem em face de uma oportunidade para demonstrarem compassividade e consideração. Mas também havia algumas pessoas que muito bem poderiam ter participado do divertimento comum e todavia preferiam excluir-se. Quanto à srta. Von Osterloh, ninguém a censurou pela sua ausência. Quem, como ela, andasse assoberbada de responsabilidades, não podia pensar seriamente em passeios de trenó. A administração da casa requeria imperiosamente a sua presença. Numa palavra: ela não se afastou do Einfried. Mas o fato de a esposa do sr. Klöterjahn também declarar a sua intenção de permanecer no sanatório causou contrariedade geral. Em vão o dr. Leander procurava persuadi-la a experimentar os benéficos efeitos da excursão ao ar livre. Ela pretextava estar com enxaqueca, sentir-se fatigada, e assim toda a gente tinha de resignar-se. O pianista cínico, porém, aproveitou o ensejo para observar aos companheiros:

— Vocês vão ver que o "lactante caduco" também ficará em casa.

E não se enganou, uma vez que o sr. Spinell comunicou a sua intenção de aproveitar a tarde para o trabalho — ele gostava de empregar a palavra "trabalho" com relação às suas atividades bastantes obscuras. De resto, não havia ninguém que lamentasse a sua ausência, e com igual facilidade conformaram-se todos, quando a conselheira lhes revelou a resolução de fazer companhia à sua jovem amiga, alegando que um passeio de trenó lhe causava enjoos.

Logo depois do almoço, que, excepcionalmente, já tivera lugar por volta do meio-dia, os trenós estacionaram em frente do Einfried. Em grupos animados, os hóspedes bem agasalhados fervilhavam no jardim, cheios de curiosidade e excitação. A esposa do sr. Klöterjahn, ao lado da sra. Spatz, deixava-se estar na porta envidraçada que dava para o terraço, e o sr. Spinell observava a saída da janela de seu quarto. Viam então como os melhores lugares eram disputados entre gracejos e risadas; como a srta. Von Osterloh, com o pescoço envolto num boá de pele, corria de um veículo ao outro, a fim de acomodar embaixo dos assentos uns cestos forrados de comida; como o dr. Leander, com o boné de pele fincado na testa, controlava os acontecimentos até o último instante, antes de embarcar por sua vez e de dar o sinal de partida... Bruscamente, os cavalos puseram-se em movimento. Algumas senhoras lançaram gritinhos de susto e caíram para trás. Os guizos tilintavam; os chicotes de cabo curto davam estalos, enquanto os seus cordéis compridos estriavam a neve atrás dos patins dos trenós. A srta. Von Osterloh demorou-se junto à grade do jardim e abanou o lenço, até que as viaturas, deslizando depressa, desaparecessem atrás de uma curva da estrada e cessassem os ruídos alegres. Em seguida, correu de volta, através do jardim, a fim de dedicar-se novamente aos seus afazeres. As duas senhoras também se afastaram da porta envidraçada, e quase ao mesmo tempo o sr. Spinell abandonou o seu posto de observação.

Mais uma vez, reinava no Einfried completa calma. O regresso da expedição não devia ocorrer antes da noite. Os "casos graves" jaziam em seus aposentos e sofriam. A esposa do sr. Klöterjahn e sua amiga mais velha arriscaram um rápido passeio a pé, depois do qual retornaram aos seus quartos. O sr. Spinell, que não saíra do seu, ocupava-se à sua maneira. Pelas quatro horas, cada uma das senhoras recebeu meio litro de leite, ao passo que ao escritor foi servido o costumeiro chá fraquinho. Poucos minutos depois, a esposa do sr. Klöterjahn bateu na parede que separava o seu quarto do da sra. Spatz e disse:

— Que tal, conselheira? Não quer descer comigo à sala de estar? Aqui não tenho nada que fazer.

— Só um momentinho, minha cara! — respondeu a amiga. — Espere que eu calce os meus sapatos. Estava deitada na cama, sabe?

Não se surpreenderam ao encontrarem a sala de estar totalmente deserta. Ambas instalaram-se ao pé da chaminé. A sra. Spatz bordava flores num pedaço de etamine e a esposa do sr. Klöterjahn fez o mesmo. Depois de uns poucos pontos, porém, deitou a fazenda no colo e, dirigindo o olhar por cima do braço da poltrona ao vazio, começou a devanear. Enfim disse qualquer coisa que não valia o esforço necessário para descerrar os dentes. Como no entanto a conselheira, apesar disso, perguntasse: "O quê?", viu-se obrigada a repetir, muito a contragosto, a frase inteira. A sra. Spatz tornou a não entendê-la. Mas, nesse instante, ouviram-se passos no vestíbulo. Abriu-se a porta e o sr. Spinell entrou.

— Estou incomodando? — indagou, falando suavemente e detendo-se no limiar. Ao fazê-lo, olhava exclusivamente para a esposa do sr. Klöterjahn e inclinava o tronco para a frente, num gesto tão delicado quanto gracioso.

— Que ideia! — respondeu a moça. — Em primeiro lugar é este recinto uma espécie de porto franco; não é, sr. Spinell? E depois, em que ocupação poderia o senhor incomodar-nos? Tenho a firme impressão de que a conselheira se aborrece em minha companhia...

Não sabendo o que replicar, ele se limitou a mostrar num vasto sorriso os dentes cariados. Acompanhado pelos olhares das duas damas, caminhou a passo hesitante até à porta envidraçada. Ali estacou e espiou para fora, virando, de modo um tanto descortês, as costas às senhoras. Então disse por cima do ombro, mas ainda com os olhos fixos no jardim:

— O sol desapareceu. O céu nublou-se de repente. Já começa a escurecer.

— É verdade. Há sombra em toda a parte — respondeu a esposa do sr. Klöterjahn. — Parece mesmo que os nossos excursionistas apanharão neve. Ontem, a essa hora, era ainda dia claro e hoje já se aproxima o crepúsculo.

— Não importa — disse ele. — Depois da excessiva luminosidade das últimas semanas, a escuridão faz até bem aos olhos. Fico realmente grato, quando esse sol que com a mesma nitidez importuna irradia o belo e o vulgar, esconde-se por algum tempo.

— O senhor não gosta do sol, sr. Spinell?

— Ora, não sou pintor... E quando não há sol, melhor nos aprofundarmos no nosso íntimo... Pode ser que aquela espessa camada de nuvens esbranquiçadas signifique que amanhã comece o degelo. Não acho, aliás, muito indicado que a senhora, lá no fundo da sala, prossiga com os olhos pregados no seu bordado.

— Ah, não se preocupe. De qualquer modo deixei de trabalhar nele. Mas que mais posso fazer aqui?

Ele acabava de sentar-se no banquinho giratório, diante do piano, em cuja tampa apoiava o braço.

— Música... — disse. — Quem me dera ouvir de vez em quando um pouquinho de música! Às vezes, as criancinhas inglesas cantam umas *nigger-songs*.* Mas outra coisa não se ouve.

— Não, senhor, na tarde de ontem a srta. Von Osterloh executou a toda pressa os "Sinos do mosteiro" — objetou a esposa do sr. Klöterjahn.

— Mas a senhora, que toca piano... — recomeçou ele em voz de súplica, enquanto se punha de pé. — No passado, a senhora acompanhava todos os dias o senhor seu pai.

— Pois é, sr. Spinell. Eram outros tempos. Foi na época do chafariz, sabe?

— Faça-o hoje mais uma vez — implorou ele. — Apenas alguns compassos! Se a senhora soubesse quanta sede de música eu tenho...

— O nosso médico lá em casa e também o dr. Leander proibiram-me terminantemente...

— Nem um nem o outro estão aqui, minha cara senhora. Estamos livres. A senhora está livre! Só uns poucos acordes inofensivos!

— Não, sr. Spinell, nada disso! Sabe Deus que prodígios o senhor espera da minha parte! Esqueci tudo, palavra de honra! Não sei quase nada de cor.

— Então toque esse "quase nada"! Além disso, vejo aí alguns volumes de músicas. Aqui estão, logo em cima do piano! Não, isto não serve. Mas, que tal este Chopin?

— Chopin?

— Sim, senhora, os *Noturnos*. Agora só falta acendermos as velas...

— Não tocarei, sr. Spinell. Nem é bom pensar nisso! Estou proibida. E se a música me fizesse mal?

Ele calou-se. À luz dos dois círios do piano, quedava-se imóvel, com os pés enormes, a comprida sobrecasaca preta, a cabeça grisalha e o rosto flácido, escanhoado. As mãos pendiam, inertes, para baixo.

— Agora não lhe peço mais nada — disse finalmente, em voz muito baixa. — Se a senhora tem medo de prejudicar-se, deixe morta e muda toda aquela beleza que deseja ressoar sob os seus dedos! A senhora nem sempre se mostrou tão sisuda, pelo menos não o fez na ocasião em que se tratava de sacrificar a beleza. Não se preocupou com seu corpo e

---

* Canções cantadas por negros ou pessoas "disfarçadas" de negro. O personagem de Thomas Mann faz uso do termo em inglês, hoje extremamente ofensivo. [N. E.]

demonstrou uma vontade firme, desconsiderada, quando se separou do chafariz e depôs a coroazinha de ouro... Escute — prosseguiu depois de uma pausa, abafando a voz ainda mais —, se a senhora se sentasse agora ao piano e tocasse, como fazia outrora, quando seu pai estava a seu lado e o violino cantava aqueles sons que lhe arrancavam lágrimas... quem sabe se então não se veria novamente no seu cabelo o misterioso brilho da coroazinha de ouro...

— Acha mesmo? — perguntou ela, sorrindo. Casualmente, a sua voz falhou, ao proferir essas palavras, a ponto de ela tornar-se rouca, quase afônica. Depois de pigarrear, continuou. — É verdade que o senhor tem aí os *Noturnos* de Chopin?

— É! Já abri o volume. Está tudo pronto.

— Bem, então vou tocar um deles, Deus me perdoe! — disse. — Mas só um, está combinado? Depois disso, de qualquer jeito, o senhor não vai querer ouvir mais.

Com essas palavras, levantou-se, largou o bordado e encaminhou-se ao piano. Instalou-se no banquinho giratório, no qual se achavam alguns álbuns de música encadernados. Endireitou os castiçais e começou a virar as páginas. O sr. Spinell, que fora buscar uma cadeira, sentou-se a seu lado, como um professor.

Ela tocou o "Noturno" em mi bemol maior, opus 9 número 2. Se realmente se esquecera de alguma coisa, devia ter tido, em outros tempos, a técnica de uma artista consumada. O piano não passava de medíocre, mas logo ao primeiro contato já sabia ela manejá-lo com gosto e segurança, evidenciando seu senso natural de colorido matizado e um prazer visível na agilidade rítmica, até chegar às raias do fantástico. Seu toque era ao mesmo tempo firme e suave. Sob as suas mãos, a melodia cantava com extrema doçura, e os ornamentos, com tímida graça, adaptavam-se às suas formas.

Ela usava o mesmo vestido do dia da sua chegada, e o corpete escuro, de fazenda pesada, com as aplicações em relevo de arabescos de veludo, dava mais uma vez à cabeça e às mãos uma aparência frágil, etérea. Enquanto tocava, sua expressão fisionômica não se modificou. Parecia, entretanto, que os contornos dos lábios se desenhavam com maior nitidez, ao passo que as sombras nos cantos dos olhos se tornavam cada vez mais profundas. Depois de terminar, deitou as mãos no regaço, porém não afastou o olhar do caderno. O sr. Spinell permaneceu sentado, silencioso e imóvel.

Ela tocou mais um "Noturno"; tocou um segundo e um terceiro.

Então se levantou, mas o fez somente para procurar outro álbum entre os que se achavam em cima da tampa do piano.

O sr. Spinell teve a boa ideia de vasculhar os volumes encadernados de preto que jaziam no banquinho giratório. De súbito, deu um grito indistinto, e suas manzorras brancas folheavam apaixonadamente um desses álbuns abandonados.

— Será possível? Não pode ser!... — disse. — Não, não me enganei! Sabe a senhora o que encontrei, o que estava ali, o que seguro com as minhas mãos?

— Que é? — indagou ela.

Num gesto mudo, ele indicou-lhe a página de frontispício. Todo pálido, largou a partitura e olhou a moça. Seus lábios tremiam.

— Vejam só! Como é que isso veio parar aqui? Passe-o para cá! — disse ela, sem cerimônias.

Depois de colocar o álbum na estante, sentou-se novamente. Após um instante de silêncio, iniciou a primeira página.

Ele manteve-se a seu lado, inclinado para a frente, com as mãos entrelaçadas entre os joelhos, a cabeça abaixada, enquanto ela tocava com lânguida e torturante lentidão o "Prelúdio", entrecortando as diferentes figuras por extensos e inquietantes intervalos. O leitmotiv da saudade, voz isolada, errante através da noite, fez ouvir sua interrogação angustiada. Depois, silêncio, expectativa. Eis que ressoou a resposta, com o mesmo som temeroso, solitário, apenas mais claro e mais terno. Novo silêncio. Então se encetava o motivo do amor, partindo daquele maravilhoso *sforzato* em surdina, que se parece com uma tentativa de criar ânimo, com um jubiloso ato de rebeldia das paixões. Alçando-se, extasiado, vencia os obstáculos que o separavam do deleitoso enlace. Em seguida, desprendendo-se, esmorecia, e os violoncelos, com a sua grave cantilena, cheia de aflitiva e dolorosa volúpia, sobressaíam, perpetuando a melodia...

No seu empenho de sugerir, nesse instrumento miserável, os efeitos de uma grande orquestra, a executante foi bastante feliz. Com luminosa precisão, ressoavam, num lento crescendo, os trinados dos violinos. Ela interpretava-os com reverência solene. Detendo-se piedosamente diante de cada figura, punha em evidência quaisquer pormenores, e essa atitude tão submissa quanto demonstrativa assemelhava-a a um sacerdote a erguer o Santíssimo por cima da cabeça. Que acontecia? Duas forças, dois seres enlevados buscavam-se numa sequência de sofrimentos e delícias, e no seu abraço expressava-se o frenético, o louco desejo da eternidade, do absoluto… Depois de elevar-se, qual labareda, o "Prelúdio" apagou-se. Ela parou no ponto em que se divide a cortina, e mais uma vez, sem dizer nada, manteve os olhos fixos na partitura.

Nesse meio-tempo, o tédio da conselheira alcançara aquele grau de intensidade que, desfigurando o rosto humano, faz com que os olhos saiam das órbitas e a fisionomia assuma uma expressão cadavérica, realmente assustadora. Acrescia que esse tipo de música lhe agitava os nervos estomacais, causando no seu organismo dispéptico um estado de angústia. Assim se explica que a sra. Spatz receasse a iminência de um ataque de cólicas.

— Vejo-me forçada a recolher-me ao meu quarto — disse em voz débil. — Até logo. Voltarei mais tarde…

E se foi. O crepúsculo adensara-se ainda mais. Lá fora, sobre o terraço, caía, cerrada e silenciosa, a neve. As duas velas espalhavam uma luz trêmula e limitada.

— O segundo ato — sussurrou ele, e a moça virou as páginas. Então começou a tocar o segundo ato.

O toque das trompas perdia-se em regiões longínquas. Mas como? Talvez fosse o cicio da ramagem, ou o suave murmúrio da fonte. A noite já derramara sossego sobre o bosque e a casa. Nenhuma advertência súplice era capaz de retardar por mais tempo a consumação do desejo. Rematar-se-ia o sagrado mistério. Extinguia-se a tocha. Num colorido estranho, subitamente ensombrado, o motivo da morte descia sobre a cena, e a saudade, em premente impaciência, fazia esvoaçar o véu branco em direção ao bem-amado, que dela se aproximava com os braços abertos, atravessando as trevas.

Ah, esse júbilo imenso, insociável, da união no perene além das coisas! Libertos de equívocos torturantes, escapados à prisão do espaço e do tempo, o tu e o eu, o teu e o meu, fundiam-se na mais sublime delícia. Bem os podia separar a pérfida falácia do dia, mas sua jactanciosa mentira já não era capaz de enganar aqueles que sabiam enxergar no escuro, desde que a magia do filtro lhes enfeitiçara os olhos. A quem, no auge do amor, visionar a noite da morte e seu doce segredo, só restará, em meio às ilusões da luz, um único anelo, a saudade da noite sagrada, perene, verídica, da noite que une os seres…

Ah, desce, ó noite de amor! Outorga-lhes o esquecimento que tanto almejavam! Envolve-os inteiramente no teu deleite! Livra-os de um mundo de mentira e de desunião! Vede, a última tocha acaba de extinguir-se! No sublime crepúsculo que redime o universo, aliviando os tormentos da ilusão, mergulhavam raciocínios e ponderações. Nesse momento em que se desfazem as quimeras e, extasiados, velam-se os meus olhos, enxergando aquilo de que me apartava a mentira do dia, e cuja visão inalcançável, torturante, sempre se apresentava aos meus desejos — nesse momento supremo, sou *eu*, ó milagre da consumação! sou *eu* o mundo! E mesclando-se com a sombria advertência de Brangäne, iniciava-se aquele canto dos violinos que se eleva acima de toda e qualquer razão.

— Há coisas que eu não entendo, sr. Spinell. Às vezes, só chego a vislumbrar o sentido. Por exemplo: que significa esse: "Nesse momento, sou eu o mundo"?

E ele comentou o trecho, falando apressadamente, em voz abafada.

— Pois é. Isso mesmo!... Como se explica que o senhor, que tão bem compreende essa música, seja incapaz de tocá-la?

Por estranho que pareça, essa pergunta inocente deixou-o perplexo. Ruborizado, o sr. Spinell torcia as mãos. Como que sumindo-se, junto com a sua cadeira, respondeu finalmente, com manifesto constrangimento:

— É muito raro encontrarmos numa e na mesma pessoa esses dois talentos. Não, senhora! Não sei tocar... Mas continue, por favor!

Eis que eles prosseguiam nos ébrios cânticos do lendário enredo. O amor, pode o amor morrer? O amor de Tristão? O amor da tua, da minha Isolda? Não, os golpes da morte jamais atingem o eterno amor! Nada sucumbe a ela, a não ser o que nos estorva, o que falazmente desune os unidos. Pela terna palavra "e", o amor ligava-os entre si. Se a morte rasgasse essa palavra, não seria inevitável que, com a própria vida de um, também se esvaísse a do outro? E um misterioso diálogo aliava a ambos na indizível esperança da morte pelo amor, do interminável, jamais separado abraço no reino milagroso da noite. Ó doce noite! Ó eterna noite de amor! Ó país da suprema felicidade, país que tudo abrange! Quem, nas visões do sonho, tiver te admirado, jamais poderá acordar sem medo de enfrentar outra vez o fastio do dia. Aniquila o medo, morte querida! Isenta já os que dormem da miséria do despertar! Ah, esse turbilhão de ritmos desenfreados! Esse encantamento cromaticamente intensificado, em face da percepção metafísica! Como segurar, como abandonar tal deleite gozado longe dos suplícios da luz que isola? Ó suave anelo, sem ilusão nem receio, ó extinção sublime, isenta de sofrimento, devaneio no espaço sem limites! Isolda, tu! Tristão, eu! Já não sou Tristão, já não és Isolda!...

Nesse instante, de súbito, ocorreu um incidente assustador. Cessando de tocar, a moça levantou a mão por cima dos olhos, a fim de espiar o que se passava na escuridão. Rapidamente, o sr. Spinell voltou-se na sua cadeira. A porta dos fundos, a que dava para o corredor, vinha de descerrar-se, e por ela entrava um vulto sinistro, apoiado no braço de outro. Era uma hóspede de Einfried, a qual não estava em condições de participar do passeio de trenó, mas aproveitava essa hora tardia para fazer uma das suas melancólicas e instintivas romarias pelo estabelecimento. Era aquela paciente que dera à luz dezenove filhos e, a essa altura, já não conseguia conceber nenhum raciocínio sensato. Numa palavra: era a esposa do pastor Höhlenrauch, guiada pela sua enfermeira particular. Sem erguer os olhos, a passo tateante, irrequieto, atravessou a parte traseira do recinto e, em seguida, pela porta oposta, desapareceu, sempre muda, obtusa, inconsciente, desvairada... O silêncio pairava na sala.

— Era a senhora pastora Höhlenrauch — disse o sr. Spinell.

— Sim, era a pobre da sra. Höhlenrauch — acudiu ela. Então virou algumas páginas e pôs-se a tocar o final da ópera, a cena em que Isolda morre pelo amor.

Como estavam descorados os seus lábios, e com quanta nitidez se delineavam! As sombras nos cantos dos olhos aprofundavam-se espantosamente. Acima da sobrancelha, na testa diáfana, salientava-se cada vez mais claramente aquela veiazinha azulada, inquietante sinal de fadiga. Sob as mãos ágeis realizava-se o pasmoso clímax, interrompido por aquele pianíssimo repentino, quase pérfido, que nos dá a impressão de perdermos o chão de baixo dos pés e de submergirmos no abismo da extrema volúpia. O êxtase de um desenlace inaudito, de uma consumação sem igual, principiava e repetia-se. O frêmito atordoador da mais extrema saturação transformou-se, retrocedendo, em nova, sempre nova insaciabilidade. Em certo momento, parecia a ponto de desfalecer. Mais uma vez entretecia na sua melodia o motivo da saudade, antes de expirar, evolando-se, sumindo. Silêncio. Silêncio profundo.

Ambos aguçavam os ouvidos. Inclinando a cabeça para o lado, escutavam atentamente.

— Ouço guizos — disse ela.

— São os trenós — respondeu ele. — Já me vou.

Levantou-se e passou pela sala. Estacando diante da porta dos fundos, virou-se. Nervosamente, trocava as pernas. E então se deu que, a quinze ou vinte passos de distância da moça, o sr. Spinell se pusesse de joelhos e permanecesse assim ajoelhado, sem dizer palavra alguma. A comprida sobrecasaca preta desdobrava-se pelo chão. As mãos entrelaçadas tapavam a boca. Via-se que os ombros tremiam.

Ela conservava-se sentada, inclinada para a frente, com as mãos postas no colo. Voltando as costas ao piano, observava o escritor. No seu rosto esboçava-se um sorriso inseguro, angustiado, e seus olhos espiavam pensativamente pela escuridão quase completa, com tamanho esforço que se semicerravam.

Aproximando-se de regiões longínquas, ressoavam o tilintar dos guizos, os estalos dos chicotes e a confusão de vozes humanas.

9.

O passeio de trenó, que toda a gente continuava comentando por muito tempo ainda, tivera lugar no dia 26 de fevereiro. No dia seguinte começou o degelo. Tudo se derretia, gotejava, chapinhava, desfazia-se em fios de água. Nesse dia, a esposa do sr. Klöterjahn andava às mil maravilhas. No dia 28, porém, expectorou um pouquinho de sangue. Não era muita coisa, não. Mas, mesmo assim, era sangue. Ao mesmo tempo, sentia-se extremamente fraca, mais fraca do que nunca. Em seguida, recolheu-se ao leito.

O dr. Leander veio examiná-la. Fê-lo com a fisionomia impassível como uma pedra. A seguir, receitou o que a ciência prescreve nesses casos: pedacinhos de gelo, morfina, repouso absoluto. De resto, obrigou-o o excesso de afazeres, logo no dia seguinte, a desencarregar-se do tratamento da paciente, o qual foi entregue ao dr. Müller. Cônscio dos seus deveres e das cláusulas do seu contrato, este tomou a si, com sua peculiar brandura, os cuidados da enferma. Era um homem calmo, pálido, insignificante e melancólico, cuja atividade humilde, inglória ficava reservada aos quase curados e aos desenganados.

Antes de mais nada, comunicou aos interessados que, segundo a sua opinião, a separação do casal Klöterjahn já se prolongara indevidamente, de modo que seria desejável que o sr. Klöterjahn fizesse outra visita ao Einfried, contanto que a sua florescente casa de negócios lhe permitisse uma breve ausência. Que tal se lhe escrevesse uma carta ou talvez enviassem um telegramazinho? E certamente contribuiria para a felicidade e o fortalecimento da jovem mãe se o marido trouxesse consigo o Antoninho. Além disso, seria interessante para os médicos conhecerem esse filhinho extraordinariamente sadio.

E — imaginem! — o sr. Klöterjahn apareceu de fato. Após ter recebido o telegrama do dr. Müller, chegou diretamente das margens do mar Báltico. Ao desembarcar do coche, encomendou café, pão e manteiga. No entanto, parecia perplexo.

— Doutor — disse —, que é que há? Por que me mandaram vir?

— Porque achamos desejável — respondeu o dr. Müller — que o senhor esteja agora ao lado da sua esposa.

— Desejável... Desejável! Mas será também necessário? Eu penso no meu dinheiro, doutor. Os tempos são duros, e as passagens de trem, bastante caras. Não era possível poupar-me essa viagem de um dia inteiro? Eu não diria nada, se, por exemplo, se tratasse do pulmão. Mas, uma vez que, graças a Deus, é somente a traqueia...

— Sr. Klöterjahn — interrompeu-o o dr. Müller, gentilmente —, em primeiro lugar, a traqueia é um órgão bem importante... — Incorretamente, disse "em primeiro lugar", se bem que não tivesse a intenção de fazê-lo seguir de um "em segundo".

Ao mesmo tempo que o sr. Klöterjahn, surgira, porém, uma personagem roliça, toda vestida de ouro, vermelho e xadrez. Era ela que carregava nos seus braços Anton Klöterjahn Filho, o sadio Antoninho. Sim, ele estava presente, e ninguém podia negar-lhe a saúde quase excessiva. Rosado e branquinho, gorducho e perfumado, limpo e bem agasalhado, descansava no colo da engalonada ama. Engoliu enormes quantidades de leite e carne picada, berrava e entregava-se, sob todos os aspectos, aos seus instintos.

Da janela do seu quarto, o escritor Spinell observara a chegada do pequeno Klöterjahn. Fitara-o com um olhar curiosamente velado e todavia perscrutador. Depois disso, quedara-se por muito tempo ainda nesse mesmo lugar, sempre conservando a referida expressão fisionômica.

Daí por diante, evitava o mais possível qualquer encontro com Anton Klöterjahn Filho.

10.

O sr. Spinell estava sentado no seu quarto e "trabalhava".

Era um aposento igual a todos os outros do Einfried: simples, nada moderno, porém distinto. A pesada cômoda estava guarnecida de cabeças de leão de metal. O alto espelho de parede não oferecia uma superfície lisa, pois se compunha de numerosos pedacinhos quadrados de vidro, engastados em chumbo. Nenhum tapete cobria o chão envernizado de azul, no qual se prolongavam os pés retos da mobília, sob a forma de sombras nitidamente delineadas. Uma escrivaninha ampla encontrava-se nas proximidades da janela, que o romancista cobrira com a cortina dourada, provavelmente para dar mais intimidade ao ambiente.

Nesse crepúsculo amarelento, inclinando-se sobre a superfície da secretária, escrevia. Redigia uma das inúmeras cartas que, semana por semana, despachava pelo correio, e às quais, inexplicavelmente, quase nunca recebia respostas. À sua frente achava-se uma folha grande de papel espesso, em cujo canto superior esquerdo se viam uma paisagem esdruxulamente desenhada e, em letras de feitio ultramoderno, o nome de Detlev Spinell. O escritor estava a cobri-la de caracteres miudinhos, cuidadosamente traçados e extremamente corretos.

"Prezado senhor" — lia-se ali —, "se dirijo a V. S.ª as linhas que se seguem, é porque não posso agir de outro modo. Pois o que tenho de comunicar-lhe preocupa-me, tortura-me e me faz estremecer. As palavras afluem para mim numa torrente tal que me sufocariam, se eu não pudesse descarregá-las nesta carta…"

Para falar verdade, a expressão "torrente" simplesmente não correspondia aos fatos. Sabe Deus por que razões frívolas o sr. Spinell fazia essa afirmação. Não se tinha em absoluto a impressão de que as palavras afluíam torrencialmente. Se levamos em consideração que sua profissão era escrever, precisamos admitir que ele avançava com lamentável lentidão. Quem o visse tinha de pensar que um escritor é uma pessoa que encontre na redação maiores dificuldades do que qualquer outra.

Com as pontas de dois dedos, segurava um daqueles pelos singularmente penugentos das suas faces, e enquanto cravava o olhar no espaço vazio, torcia esse pelo por mais de um quarto de hora, sem adiantar o seu trabalho por uma linha sequer. A seguir, pôs no papel algumas palavras preciosas, mas logo parou de novo. É bem verdade que o resultado final do seu esforço não deixava de impressionar pela animação estilística e pelo aprimoramento formal, posto que, quanto ao conteúdo, parecesse excêntrico, equívoco e, às vezes, francamente incompreensível.

"É para mim uma necessidade inelutável" — prosseguia a missiva — "patentear também a V. S.ª aquilo que, há várias semanas, ergue-se ante os meus olhos como uma visão inextinguível, e fazer com que V. S.ª também o enxergue, com que o veja à minha maneira, sob a luz das mesmas palavras que o definem no meu íntimo. Tenho o hábito de ceder a tal impulso que me obriga a converter as minhas experiências pessoais em experiências do mundo inteiro, formulando-as em frases inesquecíveis, inflamadas, proferidas com perfeita exatidão. E por isso peço-lhe que me preste atenção.

"Nada direi a não ser o que se passou e ainda se passa. Limito-me a contar uma história, que é brevíssima e todavia inefavelmente revoltante. Narrá-la-ei sem comentário, sem acusação nem sentença, apenas do meu ponto de vista. É a história de Gabriele Eckhof, cavalheiro, da mulher que V. S.ª chama de sua... E repare bem: apesar de V. S.ª tê-la acompanhado, serão na realidade as minhas palavras que lhe conferirão o valor de uma experiência vivida.

"Recorda-se do jardim, cavalheiro, do velho e abandonado jardim que se encontrava nos fundos do cinzento solar patrício? Musgo verde brotava das fendas dos muros antigos, que cercavam a sua exuberante e romântica vegetação. Recorda também o chafariz que se achava no centro? Lírios roxos inclinavam-se por cima da bacia vetusta e o jato de água espumosa comunicava seus mistérios à pedra gretada. O dia estival acercava-se de seu fim.

"Sete donzelas formavam uma roda em torno da fonte. Nos cabelos da sétima, porém, da primeira, da única, o sol poente parecia tecer secretamente o distintivo da sua soberania. Seus olhos revelavam sonhos temerosos, e contudo sorriam os lábios puros...

"Elas cantavam. Mantinham os rostos finos dirigidos para cima, ao ponto culminante do jorro, lá onde ele, começando a declinar, curvava-se, lasso e distinto, e as vozes claras, suaves pairavam ao redor do gracioso bailado da água. Talvez enlaçassem os joelhos com as mãos delgadas, enquanto assim cantavam...

"Lembra-se desse quadro, cavalheiro? V. S.ª o viu? Não, senhor, não viu. Seus olhos não foram feitos para tal percepção, e seus ouvidos são incapazes de ouvir a casta doçura daquela melodia. Notou-a por acaso? Então não se teria atrevido a respirar. Deveria ter ordenado a seu coração que não batesse, deveria ter regressado à vida, à *sua* vida; deveria ter guardado por todo o resto da sua existência terrena aquela visão como um patrimônio sagrado, intangível, inviolável, da sua alma. Mas que fez V. S.ª, muito ao contrário?

"Aquele quadro foi um ponto-final, cavalheiro! Era realmente necessário que V. S.ª se acercasse dele, a fim de destruí-lo, a fim de dar-lhe uma continuação rumo à vulgaridade e ao sofrimento hediondo? Aquilo foi uma apoteose tocante, plácida, transfigurada pelo sol poente do declínio, da decomposição, do apagamento. Uma estirpe antiga, já muito cansada, por demais nobre para que pudesse ainda agir e viver, encontra-se perto do fim de seus dias, e suas derradeiras manifestações são aqueles sons que a arte profere: a voz do violino, cheia da sábia melancolia de quem está prestes a morrer... Viu V. S.ª os olhos daquela que vertia lágrimas em virtude desses sons? As almas das suas seis companheiras talvez pertencessem à vida. Mas a de sua soberana irmã já era propriedade da beleza e da morte.

"V. S.ª viu essa beleza marcada pela morte, e ao contemplá-la, cobiçou-a. Em face de toda essa sublimidade comovente o seu coração não sentiu nenhum respeito, nenhuma inibição. A visão não lhe bastava. Era preciso que a possuísse, gozasse, profanasse... Que magnífica escolha fez V. S.ª! É um *gourmet*, cavalheiro, um *gourmet* plebeu, um campônio com excelente gosto.

"Repare, por favor, que não tenho a menor intenção de melindrá-lo. O que digo não é nenhum insulto, senão a fórmula, a simples fórmula psicológica para a sua personalidade singela, totalmente desprovida de interesse literário. Pronuncio-a tão somente porque me sinto coagido a esclarecê-lo sobre a sua própria natureza e conduta, porque me coube em sorte a vocação inelutável de definir as coisas, de fazer com que elas falem claramente, de tornar diáfano o inconsciente. O mundo anda repleto do que costumo chamar 'o tipo inconsciente', e não consigo suportar esse tipo! Não suporto a sua vida, essa atitude obtusa, instintiva, ignorante. Não suporto a irritante ingenuidade desse mundo que me cerca. Uma força penosa, irresistível, impele-me a comentar — na medida da minha capacidade — tudo o que existe a meu redor, a descrevê-lo, a levá-lo ao estado de consciência, sem me preocupar com o problema de saber se disso resulta um efeito proveitoso ou nocivo, se meu trabalho causa consolo e conforto ou mesmo aflição.

"Já lhe disse, cavalheiro, que é um gourmet plebeu, um campônio com excelente gosto. Apesar de ser de compleição obesa e de fazer parte de uma categoria muito pouco desenvolvida da espécie humana, chegou subitamente, graças à riqueza e à vida sedentária, a uma corrupção bárbara, anacrônica, do seu sistema nervoso, e que teve por consequência certo refinamento lúbrico das suas necessidades em matéria de prazeres. É perfeitamente possível que, no momento em que se decidiu a apossar--se de Gabriele Eckhof, os músculos da sua goela hajam dado um estalo, tal como lhe provoca uma sopa soberba ou outro quitute raro...

"E de fato conseguiu V. S.ª desviar os desejos divagantes da moça, quando a tirou do jardim abandonado e fê-la travar contato com a vida, com a fealdade. Pespegou-lhe o seu nome ordinário e transformou-a em esposa, dona de casa, mãe. Degradou a beleza da morte, essa flor lassa, tímida, de sublime inutilidade, pondo-a a serviço da vulgaridade cotidiana e daquele ídolo estúpido, tosco, desprezível, que se chama 'natureza', e, na consciência boçal de V. S.ª, a imensa infâmia de tal procedimento não causou sequer a menor sensação de remorso.

"Mais uma vez: que aconteceu? A moça, cujos olhos se parecem com sonhos angustiados, deu-lhe um filho. Para essa criatura, que é apenas a continuação da existência primitiva de seu progenitor, passou tudo quanto possuía em matéria de sangue e de possibilidades de sobrevivência. Ela está às portas da morte, cavalheiro! Evitar que seu trespasse seja trivial, fazer com que, no último instante, ela saia do abismo e possa esvaecer, altaneira e jubilosa, ao receber o beijo fatal da beleza — isso tem sido o *meu* empenho. Enquanto isso, V. S.ª estava, provavelmente, empenhado em divertir-se com uma criadinha qualquer na escuridão discreta de algum corredor.

"Seu rebento, porém, o filho de Gabriele Eckhof, prospera, vive, triunfa. Pode ser que um dia dê sequência à vida do pai, tornando-se um negociante burguês, pagador de impostos e consumidor de pratos saborosos, ou talvez venha a ser militar, ou ainda funcionário público, um esteio ignaro e ativo do Estado. Mas, em todo caso, será um ente avesso às musas, de reações normais, um homem otimista, robusto, imbecil, desprovido de escrúpulos.

"Confesso com toda franqueza, cavalheiro, que os odeio, a V. S.ª e a seu filho, assim como odeio a própria vida, essa vida vil, ridícula e todavia triunfante que ambos representam, a eterna antagonista, a inimiga mortal da beleza. Não me cabe afirmar que menosprezo V. S.ª. Não posso fazê-lo. Sou sincero: V. S.ª é mais forte do que eu. Ao combatê-lo, nada lhe consigo opor a não ser aquelas coisas grandiosas que são as armas e os instrumentos de vingança dos fracos: o espírito e a palavra. Acabo de servir-me delas. Pois esta carta — também neste ponto sou franco, cavalheiro! — é nada mais nada menos do que um ato de vingança, e se houver nela uma única palavra suficientemente afiada, brilhante, formosa para deixá-lo perplexo, fazendo com que V. S.ª sinta a força de um poder estranho, suscetível de abalar por um momento a sua corpulenta indiferença, então hei de exultar.

"Detlev Spinell."

Era essa a missiva que o sr. Spinell colocou num envelope. Após os selos, escreveu o endereço numa caligrafia elegante e despachou-a pelo correio.

11.

O sr. Klöterjahn bateu à porta do quarto do sr. Spinell. Tinha na mão uma folha grande, coberta de letras cuidadosamente traçadas. Sua atitude revelava a intenção de agir com toda a energia. O correio cumprira com o seu dever, a carta não se extraviara, ela completara o esdrúxulo trajeto do Einfried ao Einfried e às quatro horas da tarde encontrara o seu destinatário.

Quando o sr. Klöterjahn entrou no quarto, o sr. Spinell, sentado no sofá, estava a ler o seu próprio romance, cuja capa mostrava aquele desenho inextricável. Levantando-se, lançou ao visitante um olhar no qual se mesclavam surpresa e interrogação. Ao mesmo tempo, ruborizou-se visivelmente.

— Bom dia — disse o sr. Klöterjahn. — Desculpe se eu venho incomodá-lo. O senhor está ocupado. Mas posso lhe perguntar se escreveu esta carta?

A isso, erguia com a mão esquerda a referida folha grande, coberta de letras cuidadosamente traçadas e com as costas da direita golpeava-a tão vigorosamente que o papel estalava. Em seguida, enfiou a destra no bolso das calças cômodas, inclinou a cabeça para o lado e abriu a boca, como fazem certas pessoas para melhor escutarem.

Por estranho que pareça, o sr. Spinell sorriu. Esboçou um sorriso obsequioso, um tanto confuso, como para pedir perdão, e levou a mão à cabeça, à maneira de quem procura recordar-se.

— Ah, sim... — disse então. — Pois é... Tomei a liberdade...

Acontecia que nesse dia agira segundo as suas verdadeiras inclinações e dormira até o meio-dia. Em consequência disso, tinha a consciência pesada e o cérebro como que nublado. Sentia-se nervoso e incapaz de reagir. Acrescia ainda que o ar primaveril o tornava lânguido e depressivo. É preciso mencionarmos todas essas circunstâncias, uma vez que elas explicam por que o sr. Spinell se comportou no decorrer desta cena de modo extraordinariamente tolo.

— Realmente? Muito bem! Pois então... — exclamou o sr. Klöterjahn, enquanto abaixava o queixo sobre o peito, franzia a testa, espichava os braços e tomava ainda uma série de outras medidas destinadas a liquidarem o assunto, logo após o término das formalidades iniciais. Em virtude da satisfação que lhe causava o próprio eu, estendeu em demasia esses atos preparatórios. O que deles resultou finalmente não correspondeu inteiramente à ameaçadora meticulosidade dessa mímica preliminar. Mesmo assim, o sr. Spinell estava bastante pálido.

— Muito bem! — repetiu o sr. Klöterjahn. — Então permita-me, meu caro, que lhe responda de viva voz, considerando que, na minha opinião, é rematada idiotice escrever cartas de muitas páginas a uma pessoa com a qual se pode falar a qualquer instante...

— Idiotice, ora, ora... — disse o sr. Spinell com um sorriso constrangido, quase submisso.

— Idiotice, sim, senhor! — insistiu o sr. Klöterjahn, sacudindo violentamente a cabeça, a fim de demonstrar a certeza inabalável que tinha nesse pormenor. — E eu não me dignaria de responder com uma só palavra a esses garatujos que não se prestam sequer para papel de embrulho, se não me esclarecessem certas coisas que não pude compreender, certas modificações... Mas isso não é da sua conta e nada tem que ver com o tema da nossa conversa. Sou um homem prático. Tenho preocupações mais importantes do que as suas visões indizíveis...

— Escrevi "visões inextinguíveis" — disse o sr. Spinell, empertigando-se. Foi esse, aliás, durante toda a discussão, o único momento em que demonstrou um pouco de dignidade.

— Indizíveis ou inextinguíveis, tanto faz! — replicou o sr. Klöterjahn, examinando o manuscrito. — O senhor tem uma letra miserável. Eu nunca lhe daria um emprego no meu escritório, meu caro! À primeira vista, ela parece bem cuidadosa, mas um estudo mais demorado revela uma porção de erros e hesitações. Bem, isso é problema seu e não meu. Estou aqui para dizer-lhe, em primeiro lugar, que é um palhaço, o que o senhor provavelmente já sabe. Mas, além disso, é um grandíssimo covarde, e não preciso tampouco entrar em detalhes para demonstrar isso. Minha mulher escreveu-me certa vez que o senhor não encara as pessoas de sexo feminino que lhe passem pelo caminho, mas se limita a lançar-lhes um olhar de esguelha, a fim de levar delas uma imagem ideal. Tanto medo tem da realidade! Lastimo que ela depois tenha cessado de mencionar o senhor nas suas cartas. Não fosse assim, talvez pudesse eu contar outras histórias a seu respeito. Mas o senhor é assim mesmo. A cada instante fala de "beleza", porém, no fundo, não passa de um poltrão, um hipócrita, um invejoso, e isso me explica também aquela sua indireta desaforada sobre "a escuridão discreta de algum corredor". Certamente, ela devia ferir-me, mas apenas me fez rir. Sim, senhor, apenas me fez rir! Espero que essas palavras tenham contribuído para "esclarecê-lo" um pouco "sobre a sua própria natureza e conduta", seu miserável! Ainda que não seja essa a minha "vocação inevitável", quá-quá-quá...

— Escrevi "vocação inelutável" — objetou o sr. Spinell, mas logo se resignou. Quedava-se, imóvel, em seu lugar, e na sua impotência submissa assemelhava-se a um escolar adulto, grisalho, digno de compaixão.

— Inelutável ou inevitável, tanto faz!... O senhor é um covarde sórdido, isso lhe digo! Todo santo dia, me vê na hora das refeições; cumprimenta-me, sorrindo; passa-me um prato, sorrindo; diz "Bom proveito!", sempre sorrindo. E de repente me manda essa missiva cheia de injúrias completamente idiotas. Pois é, quando escreve, tem coragem. Ora, se apenas se tratasse dessa carta ridícula... Mas o senhor teceu intrigas contra mim, teceu intrigas pelas minhas costas. Agora compreendo muito bem o que aconteceu... Mas não se iluda, isso não lhe trará nenhum proveito! Se o senhor, por acaso, alimentar a esperança de ter despertado quaisquer ideias malucas na cabeça de minha mulher, estará redondamente enganado. Não, meu prezadíssimo senhor, ela é muito sensata para deixar-se embair! E não leve as suas imaginações malucas ao ponto de acreditar que, quando cheguei aqui com a criança, ela nos tenha recebido de modo diferente de outros tempos. Não beijou o pequeno, isso sim, mas foi só por prudência, uma vez que recentemente foi ventilada a hipótese de que não se trata somente da traqueia, mas também do pulmão, e nesse caso não se pode saber se... De resto, não temos, por enquanto, nenhuma certeza sobre essa história do pulmão, e aquilo que o senhor escreve de "estar às portas da morte"... é rematada burrice!

Nesse momento, o sr. Klöterjahn interrompeu-se para tomar um pouco de fôlego. A essa altura, já se encolerizara bastante. Incessantemente furava o ar com o indicador direito, enquanto a mão esquerda maltratava o pobre do papel. O rosto emoldurado pelas suíças loiras, aparadas à moda inglesa, estava terrivelmente corado, e as veias entumecidas que se salientavam na testa sombria pareciam-se com raios furiosos.

— O senhor me odeia — prosseguiu ele — e me desprezaria se eu não fosse o mais forte de nós dois... Claro que sou o mais forte. Com os diabos! Tenho sangue nas veias, ao passo que o senhor deve ter sangue de barata. Eu poderia quebrar-lhe a cara, apesar do seu "espírito" e da sua "palavra". Somente não o faço, seu idiota traiçoeiro, porque a lei o proíbe. Mas isso não quer dizer que suportarei sem reagir os seus insultos, e quando eu mostrar ao meu advogado lá em casa aquele trecho que fala do meu "nome ordinário", vamos ver se o senhor não terá uma pequena surpresa. Meu nome é bom, cavalheiro, graças aos meus próprios méritos. Resta saber, seu vagabundo, se, pelo seu, alguém lhe empresta um níquel sequer. Mas isso é problema seu. Contra gente da sua laia deve-se tomar medidas legais. É um caso de polícia! Sua loucura é contagiosa... se bem que não precise imaginar que desta vez tenha alcançado seu objetivo, pérfido patife que é! Não me deixo vencer por sujeitos da sua categoria, nunca na vida! Tenho sangue nas veias...

A essa altura dos acontecimentos, o sr. Klöterjahn estava extremamente irado. Aos gritos, afirmava reiteradamente que tinha sangue nas veias.

— "Elas cantavam", ponto-final! Não cantavam coisa alguma! Faziam tricô. Além disso, conversavam, segundo pude entender, sobre uma receita de panquecas. E se eu contasse a meu sogro aquele trecho que fala de "declínio" e de "decomposição", ele o processaria, e com razão, disso pode ter certeza!... "Lembra-se desse quadro? Viu-o?" Claro que o vi, mas não compreendo por que deveria ter fugido, sem me atrever a respirar. Eu não olho as mulheres de esguelha. Olho-as bem no rosto, e quando me agradam e gostam de mim, agarro-as. Eu tenho sangue nas vei...

Alguém bateu à porta. Bateu nove ou dez vezes em rápida sequência à porta do quarto, e o som parecido com um rufo de tambor, violento, insistente, angustiado, fez com que o sr. Klöterjahn se calasse. Uma voz totalmente desprovida de firmeza, quase esganiçada de tanta exaltação, proferia a toda pressa as palavras:

— Sr. Klöterjahn! Sr. Klöterjahn! Ah, meu Deus, diga-me se o sr. Klöterjahn está aí!

— Não entre — disse o sr. Klöterjahn, agastado. — Que é que há? Tenho que tratar de um assunto...

— Sr. Klöterjahn! — respondeu a voz insegura, trêmula. — O senhor deve sair... Os médicos também estão lá... Oh, que coisa horrível...

Num só pulo, ele aproximou-se da porta. Ao abri-la com um gesto veemente deparou com a sra. Spatz, que tapava a boca com o lenço. Lágrimas grandes, oblongas rolavam aos pares em direção ao paninho.

— Sr. Klöterjahn — conseguiu ela dizer com alguma dificuldade — que tristeza! É pavoroso! Ela teve uma hemoptise terrível... Estava sentada na cama, tranquilamente, e cantarolava uma peça de música. Foi nesse momento que veio o sangue. Meu Deus, quanto sangue!...

— Ela está morta? — gritou o sr. Klöterjahn, que estacara no limiar. Segurando a conselheira pelo braço, sacudia-a impetuosamente. — Não, ainda não está inteiramente morta! Ainda não! Ainda me reconhecerá?... Ela escarrou novamente um pouco de sangue? Do pulmão, não é? Talvez seja mesmo do pulmão... Ó Gabriele! — exclamou subitamente, enquanto seus olhos se enchiam de lágrimas. Percebia-se que sentimentos sinceros, bondosos, humanos e quentes tomavam conta dele. — Sim, já vou! — disse finalmente, e a passo largo saiu do quarto. Arrastando a conselheira consigo, afastou-se pelo corredor. De uma parte distante da galeria, ressoava ainda sua voz, cada vez mais fraca, e que perguntava: — Ainda não? É verdade?... Do pulmão, não é?

12.

O sr. Spinell ainda se achava no mesmo lugar em que permanecera durante toda a visita do sr. Klöterjahn, visita essa que fora tão bruscamente interrompida. Mantinha os olhos fixos na porta escancarada. Finalmente avançou alguns passos, para escutar os ruídos que viessem de longe. Mas tudo estava quieto. Por isso, fechou a porta e voltou ao quarto.

Por alguns instantes, mirou-se no espelho. Em seguida, foi à escrivaninha. Retirou de uma das prateleiras uma garrafinha e um cálice. Tomou um conhaque, o que, nessas circunstâncias, ninguém lhe podia levar a mal. Então se deitou no sofá e cerrou os olhos.

A parte superior da janela estava aberta. Lá fora, no jardim do Einfried, chilravam os pássaros, e nas suas vozinhas tênues, petulantes, expressava-se delicada e insistentemente toda a primavera. De chofre, o sr. Spinell murmurou de si para si:

— Vocação inevitável...

Enquanto isso, meneava a cabeça e aspirava o ar através dos dentes, à maneira de quem sinta uma dor nevrálgica muito violenta.

Assim não era possível concentrar-se e recuperar a calma. A gente não nasceu para suportar emoções de tal veemência! Graças a um processo psíquico cuja análise iria muito longe, o sr. Spinell chegou à decisão de pôr-se de pé e exercitar-se um pouco mediante um passeio ao ar livre. Agarrou o chapéu e abandonou o quarto.

Quando saiu do edifício e se sentiu envolvido pela atmosfera suave, aromática, virou a cabeça. Deslizando lentamente pela fachada, seus olhos chegaram a determinada janela, e nessa janela coberta pelas cortinas cravou-se por algum tempo o seu olhar grave, firme, sombrio. A seguir, cruzou as mãos pelas costas e começou a caminhar pelo passeio ensaibrado. E assim caminhava, absorto em profunda meditação.

Os canteiros encontravam-se ainda revestidos de esteiras. Árvores e arbustos estavam desfolhados, mas a neve já desaparecera e as veredas conservavam apenas poucos sinais de umidade. O vasto jardim com as grutas, as alamedas e os pavilhões estendia-se magnificamente colorido pelo sol da tarde, que intensificava as sombras e banhava tudo numa luz opulenta, dourada. A ramaria escura das árvores destacava-se nítida e delicadamente do céu límpido.

Era a hora em que o sol adquire contornos distintos e a confusão da sua massa luminosa transforma-se num disco claramente delineado, que desce aos poucos, e cujo fogo menos forte os nossos olhos são capazes de aguentar. O sr. Spinell não via o sol. O caminho pelo qual se adiantava ocultava-o a seus olhos. O escritor andava cabisbaixo. Às vezes, cantarolava um trechinho de música, uns breves compassos, nos quais uma figura angustiada, lamentosa, o motivo da saudade, aumentava cada vez mais em intensidade...

Mas de súbito estacou bruscamente, como que paralisado. Sua respiração tornou-se oprimida, convulsiva. Contraindo furiosamente as sobrancelhas, o sr. Spinell arregalou os olhos e fitou, com uma expressão de horrorizado protesto, qualquer coisa que se achava à sua frente...

A vereda fazia uma curva, rumando em direção ao sol poente. Atravessado por duas nesgas estreitas de nuvens iluminadas, orladas de ouro, erguia-se ele, enorme e oblíquo, no firmamento. Abrasava as copas das árvores e derramava por sobre o recinto o seu esplendor jalde-avermelhado. E em meio a tal transfiguração dourada, sob a prodigiosa auréola do disco solar, alçava-se sobre o passeio uma personagem roliça, toda vestida de ouro, vermelho e xadrez. Fincando a mão direita no opulento quadril, empurrava com a esquerda suavemente um carrinho gracioso. Nesse carrinho, porém, estava sentada a criança, estava sentado Anton Klöterjahn Filho, o gorducho rebento de Gabriele Eckhof!

Estava lá, agasalhado num casaquinho de pelúcia branca. Com a cabeça coberta por um grande chapéu branco, tronava entre as almofadas, bochechudo, nédio, exuberante. Sua mirada jovial, irremovível, cruzou-se com a do sr. Spinell. O romancista empenhava-se em cobrar ânimo. Esforçando-se masculamente, bem poderia ter deixado atrás de si essa inopinada e refulgente visão. Teria tido forças suficientes para prosseguir na sua caminhada. Mas, nesse momento, aconteceu uma coisa medonha: Anton Klöterjahn começou a rir, a alegrar-se ruidosamente, a dar estrídulos berros de inexplicável deleite. Era de causar arrepios.

Sabe Deus o que se passava no seu íntimo. Talvez fosse o vulto negro, repentinamente surgido à sua frente, o que lhe provocava tal acesso de desenfreada hilaridade, ou quiçá se tratasse simplesmente de uma manifestação de bem-estar animalesco. Fosse como fosse, a criança segurava numa das mãos um anel de osso e, na outra, um chocalho de latão. Exultando, agitava os dois objetos em direção ao sol; sacudia-os; batia-os um no outro, como se quisesse afugentar alguém. Tinha os olhos semicerrados de tanta alegria, mas escancarava a boca a tal ponto que o paladar rosado ficava totalmente descoberto. Até abanava a cabeça entre gritos de júbilo.

De repente, o sr. Spinell deu meia-volta. Afastou-se depressa. Seguido pela exultação do pequeno Klöterjahn, foi-se embora, pelo passeio ensaibrado, conservando os braços numa posição que revelava ao mesmo tempo prudência e certa graça cerimoniosa. Seus passos eram hesitantes como os de quem quer dissimular que está fugindo.

OS FAMINTOS

No instante em que se sentiu tomado pela sensação de sua superfluidade, Detleff se deixou levar, como sem querer, pela agitação festiva e sumiu sem dar adeus aos olhares de ambas as criaturas. Entrou numa corrente que o levou a uma das paredes da suntuosa sala de teatro; e apenas quando teve certeza de estar longe de Lili e do pequeno pintor, ofereceu resistência e fincou o pé: próximo ao palco, encostado na curvatura revestida de dourado de um camarote do proscênio, entre uma cariátide barroca barbuda com a nuca baixa, carregada, e seu complemento feminino, que apontava um par de seios túrgidos à sala. Apesar das dificuldades, tentava manter uma atitude de espectador, erguendo de vez em quando o binóculo de ópera aos olhos e o olhar que explorava o entorno evitava um único ponto daquele público radiante.

A festa estava em seu auge. Nos fundos dos camarotes bojudos, comia-se e bebia-se em mesas postas, enquanto nas balaustradas senhores envergando fraques pretos e coloridos, flores enormes na lapela, curvavam-se sobre os ombros empoados de senhoras maravilhosamente vestidas e penteadas, conversando e apontando para o fervor colorido do salão, que se distribuía em grupos, movimentava-se em correntes, parava, juntava-se orbitando redemoinhos e se dispersava num ágil jogo de cores... As mulheres, com vestidos fluidos, os chapéus à moda dos de boneca, presos sob o queixo com laços grotescos e apoiadas em bastões compridos, seguravam lornhões de cabo longo diante dos olhos, e as mangas bufantes dos homens chegavam quase até as abas de seus chapéus baixos, cinzentos. Gracejos ruidosos alcançavam as galerias no alto, e copos de cerveja e champanhe eram erguidos em brindes. De cabeça curvada para trás, as pessoas se comprimiam diante do palco aberto, onde algo excêntrico acontecia em meio a cores e sons. Então, quando a cortina se fechou, todos se recolheram, rindo. A orquestra soou com força. As pessoas zanzavam animadas umas ao redor das outras. E a luz dourada que preenchia o festivo salão dava aos olhos das pessoas afogueadas um brilho cintilante, enquanto todas inalavam, em inspirações rápidas — ávidas sem saber direito pelo quê —, as excitantes emanações de flores e vinho, de comidas, poeira, pó de arroz, perfume e corpos festivamente acalorados...

A orquestra silenciou. As pessoas pararam de braços dados e olharam sorrindo para o palco, onde algo novo começava aos sussurros e gorgolejos. Quatro ou cinco pessoas em trajes camponeses parodiavam, com clarinetas e instrumentos de corda anasalados, a batalha cromática da música de *Tristão*... Por um instante, Detleff cerrou as pálpebras, que ardiam. Seus sentidos estavam tão apurados que ele não conseguia deixar de absorver a dolorosa ânsia de união que se expressava a partir desses sons, apesar de sua proposital deformação; e de súbito renascia nele mais uma vez a sofrida nostalgia da unidade que se perdeu em inveja e amor por uma reluzente e ordinária filha de Deus.

Lili... A alma dele invocou o nome com súplica e o carinho; mas não conseguiu mais impedir seus olhos de mirar em segredo aquele ponto distante... Sim, ela ainda estava ali, ainda estava no mesmo lugar no fundo onde ele a deixara, e, às vezes, quando a multidão se dividia, ele a via por inteiro, com seu vestido branco leitoso e brocados prateados, a trança loira um pouco torta e as mãos às costas, encostada na parede, e enquanto conversava com o pintor baixinho, olhava marota e fixamente para os olhos dele, tão azuis, tão francos e cristalinos quanto os dela.

Sobre o que conversam, sobre o que continuam a conversar? Ah, essa trela que fluía tão leve e fácil da inesgotável fonte da candura, da despretensão, inocência e vivacidade, e da qual ele — tornado sério e lento por uma vida de sonhos e conhecimento, por ideias paralisantes e pelo tormento em criar — não sabia participar! Ele tinha se afastado; num ataque de obstinação, desespero e magnanimidade havia escapulido e deixado as duas criaturas a sós, para mesmo assim observar à distância, com esse ciúme sufocante na garganta, o sorriso de alívio com o qual eles, coniventes, se viam livres de sua presença opressiva.

Por que viera mais uma vez? Qual necessidade perversa fazia-o se misturar, para seu tormento, à multidão de gentes descontraídas que o envolviam e excitavam, sem realmente acolhê-lo? Ah, ele devia conhecer essa necessidade! "Nós, solitários", ele escrevera num lugar em silenciosa confissão, "nós, sonhadores isolados e que a vida desertou; nós, que passamos nossos dias de ruminações num exílio gelado e distante; nós, que espalhamos ao nosso redor um bafo frio de estranhamento insuperável tão logo que exibimos em nossas testas marcas pelo sinal do conhecimento e da covardia entre os seres vivos; nós, pobres criaturas da existência, que somos recebidos com uma acanhada atenção e abandonados à própria sorte o quanto antes para que nosso olhar vazio e conhecedor não perturbe a alegria por mais tempo — todos nutrimos internamente uma nostalgia furtiva e corrosiva pelo que é inocente, simples e vivaz, por amizade, dedicação, confiança e felicidade humana. A 'vida' da qual estamos apartados não se apresenta como uma visão de grandeza sangrenta ou de beleza selvagem, não se apresenta como algo estranho a nós, os estranhos; o reino de nossa nostalgia é o normal, o decoroso e o amável, é a vida em sua sedutora banalidade."

Ele olhou para os conversadores enquanto risadas generosas interrompiam o toque da clarineta, que distorcia a melodia carregada e doce do amor em estridente sentimentalismo. Vocês são isso, ele pensou. Vocês são a vida quente, encantadora, insensata, como está em eterna oposição ao mundo do espírito. Não creiam que o mundo dos espíritos os desdenha. Não acreditem em sua aparência de menoscabo. Nós, demônios mudos, seguimos seus rastros, ficamos à distância e em nossos olhos arde uma ávida aspiração de nos assemelharmos a vocês.

O orgulho se manifesta? Negará que somos solitários? Gaba-se que a obra do espírito assegura ao amor, em todos os lugares e em todos os tempos, uma união superior com os vivos? Ah, com quem? Com quem? Sempre apenas com nossos iguais, com os sofredores, os nostálgicos, os pobres, e nunca com vocês, os de olhos azuis, que não necessitam do espírito.

... Agora estão dançando. Os números sobre o palco tinham se encerrado. A orquestra ribombava e cantava a plenos pulmões. Os casais deslizavam, volteavam e gingavam sobre o chão liso. E Lili dançava com o pintor baixinho. Com que delicadeza sua cabecinha encantadora surgia do cálice do colarinho rígido, bordado! Aos avanços e volteios descontraídos e maleáveis eles se movimentavam no espaço exíguo; o rosto dele estava voltado para o dela; e sorrindo, numa entrega controlada à doce trivialidade dos ritmos, continuavam a conversar.

De repente, nasceu no solitário um movimento parecido com o de mãos que seguram e moldam. Vocês ainda são meus, ele pressagiou, e estou acima de vocês. Não vislumbro, sorrindo, seus espíritos simplórios? Não noto e registro, com amor desdenhoso, cada excitação ingênua de seus corpos? Não se arregimentam dentro de mim, por conta da ação inconsciente de vocês, a força da palavra e da ironia, fazendo meu coração martelar de desejo e prazeroso sentimento de poder ao imitá-los de modo lúdico e, à luz de minha arte, oferecer sua tola felicidade para o júbilo do mundo?... Em seguida, tudo que era fraco e cobiçoso — e que havia sido erguido com tamanha obstinação — desabou dentro dele novamente. Por uma vez, apenas uma noite como esta, não ser artista, mas homem! Escapar por uma vez da maldição que persiste em dizer: Não seja; observe! Não viva; crie! Não ame; saiba! Por uma vez viver, amar e enaltecer a partir de sentimentos cândidos e simples! Por uma vez estar entre vocês, em vocês, ser vocês, oh, viventes! Por uma vez! Tragá-los em goles encantados, oh, a felicidade do trivial.

 Ele estremeceu e se afastou. Era como se todos esses rostos belos, acalorados, assumissem uma expressão fria e perscrutadora ao olhá-lo. De súbito, o desejo de sair daquele lugar, procurar pelo silêncio da escuridão, tornou-se tão forte nele que foi impossível resistir. Partir, afastar-se sem despedida, assim como havia se afastado de Lili havia pouco, e deitar a cabeça quente, dolorosamente aturdida, sobre um travesseiro fresco... Ele foi em direção à saída.

 Será que perceberiam? Ele conhecia bem essa partida, esse saimento silencioso, cheio de orgulho e desespero, de um salão, de um jardim, de um lugar qualquer de animada sociabilidade, com a esperança oculta de proporcionar à criatura radiosa um breve instante de sombra, de reflexão, de enternecimento! Ele ficou parado e mais uma vez olhou em volta. Uma súplica despontou nele. Permanecer, aguentar, ficar junto dela, mesmo que à distância, e aguardar por alguma alegria imprevista? Em vão. Não havia nenhuma aproximação, nenhum entendimento, nenhuma esperança. Vá, vá para a escuridão, apoie a cabeça nas mãos e chore, se conseguir, se houver lágrimas nesse seu mundo da imobilidade, da ironia, do ferro, do espírito e da arte! Ele saiu do salão.

 Seu peito abrigava uma dor ardente que corroía em silêncio e, ao mesmo tempo, uma esperança louca, insensata. Ela tinha de vê-lo, tinha de compreendê-lo, tinha de vir, segui-lo, mesmo se apenas por pena, tinha de impedi-lo a meio caminho e lhe dizer: fique, alegre-se, amo você. E ele andou bem devagar, embora soubesse, soubesse com uma certeza ridícula, que ela — a pequena dançarina e conversadeira Lili — não viria de maneira nenhuma.

Eram duas da manhã. Os corredores estavam vazios e atrás das longas mesas da chapelaria as funcionárias cochilavam, sonolentas. Ninguém mais além dele pensava em voltar para casa. Ele agasalhou-se com o sobretudo, pegou chapéu e bengala e deixou o teatro.

Na praça, as carruagens faziam uma longa fila em meio à neblina iluminada de branco da noite de inverno. Os cavalos estavam parados diante dos carros com as cabeças pensas, mantas sobre as costas; os cocheiros enrolados em cobertores pisoteavam em grupos a neve dura. Detleff fez sinal para um deles, e enquanto o homem preparava o seu animal, ele permaneceu na saída do saguão iluminado e deixou o ar frio, seco, envolver as têmporas palpitantes.

O sabor residual insípido do vinho espumante deu a ele vontade de fumar. Pegou um cigarro mecanicamente, riscou um fósforo e acendeu-o. E então, nesse instante, quando a pequena chama se apagou, passou-se algo de pronto incompreensível, deixando-o desnorteado e confuso, de braços caídos...

Assim que sua visão se recuperou do ofuscamento pela pequena chama, despontou da escuridão um rosto selvagem, encovado, de barba ruiva, cujos olhos inflamados e de olheiras lastimáveis encararam os seus com uma expressão de desdém brutal e ardorosa curiosidade. Distante dois ou três passos, os punhos enterrados nos bolsos fundos da calça, o colarinho da jaqueta esfarrapada erguido, o homem que era dono desse rosto desvalido estava encostado num poste de luz. Seu olhar abarcou todo o corpo de Detleff, o sobretudo de pele, sobre o qual o binóculo de ópera estava pendurado, descendo até os sapatos de laca, para depois a atravessar, com uma avaliação lasciva e voraz, os olhos do outro; uma única vez o homem soltou, brevemente e com desprezo, ar pelas narinas... e então seu corpo estremeceu no frio, suas faces flácidas pareciam ainda mais ocas, enquanto as pálpebras se fechavam tremendo, e os cantos da boca pendiam, maliciosos e ao mesmo tempo sofridos.

Detleff ficou petrificado. Súbito, tomou consciência da sensação de satisfação e bem-estar com a qual ele, participante da festa, havia deixado o teatro, acenado para o cocheiro, tirado o cigarro do seu estojo de prata. Involuntariamente ergueu a mão, em vias de dar um tapa da cabeça. Deu um passo em direção ao homem, inspirou, para começar a falar, a explicar... mas então subiu mudo no carro à disposição, tão espantado que quase se esqueceu de fornecer o endereço ao cocheiro.

Que engano, meu Deus — que mal-entendido tremendo! Esse indigente marginalizado o tinha observado com avidez e amargura, com o violento desprezo que são a inveja e a ânsia. Não teria o esfaimado se exibido? Será que seu tremor, seu esgar sofrido e desdenhoso não expressava o desejo de impressionar, de proporcionar a ele, o felizardo irreverente, um instante de sombras, de reflexão, de enternecimento? Engana-se, amigo. Você não percebe o efeito. Sua imagem lastimável não é um alerta de um mundo estranho, que assusta e constrange. Afinal, somos irmãos!

É aqui que você sente, camarada, aqui acima do peito, e arde? Sei como é isso! E por que você veio? Por que você não permanece na escuridão, obstinado e orgulhoso, mas toma seu lugar sob janelas iluminadas, atrás das quais há música e a risada da vida? Por acaso não conheço também a necessidade doentia que o levou até lá, a fim de alimentar sua miséria, que podemos chamar tanto de amor quanto de ódio? Da lamúria que o preenche, nada me é estranho — e você estava achando que me constrangeria! O que é espírito? Teatro do ódio! O que é arte? Nostalgia que dá a forma! Ambos estamos em casa na terra dos traídos, dos famintos, dos acusadores e dos negadores; e também nos são comuns as traiçoeiras horas cheias de desprezo por nós mesmos, em que nos perdemos num vergonhoso amor pela vida, numa felicidade. Mas você não me reconheceu.

Engano! Engano!... E enquanto esse lamento o preenchia por completo, algures em seu íntimo brilhou um pressentimento doloroso e, ao mesmo tempo, doce... Será que apenas o outro se engana? Onde termina o engano? Será que não são enganos todos os anseios deste mundo, o meu em primeiro lugar, de uma vida simples e feita de arroubos, uma vida silenciosa, que não conhece a glorificação pelo espírito e pela arte, a libertação pela palavra? Ah, somos todos irmãos, nós, criaturas da vontade sofredora, sem paz, e não nos reconhecemos mutuamente. É preciso outro tipo de amor, outro...

Em casa, entre seus livros, quadros e bustos de olhares silenciosos, sentiu-se enternecido pela singela frase: "Filhos, amai-vos uns aos outros".

UMA FELICIDADE
Estudo

Silêncio! Examinaremos o interior de uma alma. De passagem, por assim dizer, por alto, e apenas em poucas páginas, pois estamos muito ocupados. Viemos de Florença, de um tempo antigo; os assuntos tratados por lá são derradeiros e difíceis. Estando eles dominados... para onde então? Talvez para a corte, no castelo de um rei, quem sabe?* Coisas estranhas, de brilho opaco, estão em vias de se conectar... Anna, pobre pequena baronesa Anna, não temos muito tempo para você!

Compasso ternário e tinir de copos — tumulto, névoa, zumbido e passo de dança: somos conhecidos, nossa pequena fraqueza é conhecida. Será porque lá a dor recebe os olhos mais profundos e ardorosos, de maneira que secretamente gostamos de ficar em lugares onde a vida celebra suas festas mais simples?

— *Avantageur!* — exclamou por todo o salão o barão Harry, capitão da cavalaria, parando de dançar. Ainda mantinha sua dama envolta pelo braço direito e apoiava a mão esquerda no próprio quadril. — Isso não é uma valsa, mas um hino fúnebre, ora! Você não tem ritmo; fica apenas flutuando e alisando. O tenente Von Gelbsattel deve voltar a tocar, para que tenhamos ritmo. Afaste-se, *avantageur*! Caso saiba dançar melhor, vá!

E o aspirante a oficial se levantou, bateu as esporas uma contra a outra e, em silêncio, deu lugar ao tenente Von Gelbsattel, que logo em seguida começou a martelar, com as mãos brancas e grandes, bem abertas, o forte-piano que vibrava e zunia.

---

* A referência a Florença deve-se ao fato de o autor estar trabalhando por essa época na peça *Fiorenza*; os castelos e a corte remetem ao projeto *Sua Alteza Real*, a princípio concebido como novela.

O barão Harry tinha ritmo no corpo, ritmo de valsa e de marcha, bom humor e orgulho, felicidade e senso de vitória. A jaqueta amarela de amarrar no estilo hussardo combinava maravilhosamente com seu rosto jovem, afogueado, que não exibia nenhum traço de tormento nem reflexão. Estava queimado do sol, vermelho, como as pessoas loiras, embora o cabelo e o bigode fossem castanhos, que as mulheres consideravam um sinal picante. A cicatriz vermelha sobre a sobrancelha direita emprestava uma expressão de selvagem atrevimento a seu rosto franco. Não se sabia se ela significava um golpe de espada ou uma queda da montaria — de todo modo, algo maravilhoso. Dançava feito um deus.

Mas o *avantageur* flutuava e alisava, caso seja permitido usar a expressão do barão Harry num sentido figurado. Suas pálpebras eram longas demais, de modo que nunca conseguia abrir os olhos de verdade; seu uniforme também não lhe assentava com elegância nem propriedade e Deus talvez soubesse como conseguiu ingressar na carreira militar. Viera a contragosto nessa diversão no cassino com as "Andorinhas", mas concordou porque era preciso cuidar para não gerar desconfiança; pois, primeiro, era de origem burguesa e, segundo, havia um tipo de livro seu, uma série de histórias inventadas, que ele próprio havia escrito ou, como se costuma dizer, cometido, e que estava à disposição de todos na livraria. Isso sem dúvida despertava alguma suspeita em relação ao *avantageur*.

O salão do cassino dos oficiais em Hohendamm era longo e largo, na verdade amplo demais para os trinta homens que se divertiam ali naquela noite. As paredes e o tablado dos músicos eram decorados com drapeados falsos de gesso pintado de vermelho e do teto rachado pendiam dois castiçais rebuscados, com velas tortas que ardiam e pingavam. Mas o piso de tábuas tinha sido limpo durante toda a manhã por sete hussardos destacados para tanto, e no final mesmo os senhores oficiais não podiam exigir maior luxo num vilarejo de fim de mundo como Hohendamm. E aquilo que faltava à festa em brilho era substituído pela atmosfera peculiar, maliciosa, que impregnava o caráter da noite devido à sensação proibida e exultante de estar em companhia das "Andorinhas". Mesmo os ordenanças idiotas soltavam risadinhas dissimuladas quando colocavam novas garrafas de champanhe nas cubas de gelo nas laterais das mesinhas de toalhas brancas, montadas em três lados do salão, olhavam ao redor e baixavam os olhos sorrindo, como empregados domésticos que, em silêncio e de maneira irresponsável, acobertam um excesso do patrão — tudo por conta das "Andorinhas".

As Andorinhas, as Andorinhas? Bem, resumindo, eram as "Andorinhas de Viena"! Elas cruzavam o país como um bando de aves migratórias, cerca de trinta, iam de cidade em cidade e se apresentavam em salas de espetáculos e teatros de variedades de quinta categoria, interpretando descontraidamente com vozes pipiladas e eufóricas a canção que lhes era característica e gloriosa:

Quando retornarem as andorinhas,
Será verão! Será verão!

Tratava-se de uma boa canção, de humor fácil, que elas cantavam sob o aplauso da parte mais compreensiva do público.

As "Andorinhas" tinham chegado a Hohendamm e se apresentavam na cervejaria Gugelfing. Havia uma guarnição estacionada em Hohendamm, um regimento inteiro de hussardos, o que justificava que elas antevissem um maior interesse pelo espetáculo nos círculos importantes da cidade. Mas elas encontraram mais, encontraram contentamento. Noite após noite os oficiais solteiros sentavam-se a seus pés, escutando a música das Andorinhas, fazendo brindes às moças com a cerveja amarela de Gugelfing. Não demorou muito e os homens casados também estavam presentes, e certa noite apareceu até o coronel Von Rummler em pessoa, que assistiu à programação com interesse e chegou a manifestar sua irrestrita admiração pelas "Andorinhas" em diversas circunstâncias.

Foi quando amadureceu o plano dos tenentes e capitães de cavalaria de trazer as "Andorinhas" à intimidade, uma seleção delas, cerca das dez mais bonitas, convidando-as com entusiasmo e vinho espumante para uma noite animada no cassino. Os oficiais mais graduados estavam impedidos de dizer que tinham ciência da empreitada e tiveram de ficar de fora, pesarosos; mas não foram apenas os tenentes solteiros que participaram da festa, como também os tenentes e capitães da cavalaria casados e, ainda por cima (eis o detalhe picante da coisa), ainda por cima com as esposas.

Obstáculos e controvérsias? O tenente Von Levzahn encontrara a solução mágica ao afirmar que, para os soldados, obstáculos e controvérsias existem para serem superados e suprimidos! Que os honrados habitantes de Hohendamm se escandalizassem ao saber que os oficiais juntaram suas senhoras às "Andorinhas" — certamente estes últimos não podiam chegar a tanto. Mas há um ponto, há regiões audaciosas e reservadas da vida, onde se admitem coisas que em esferas mais baixas seriam difamantes e desonrosas. Os honrados habitantes locais já não estavam acostumados a presenciar todo o tipo de excentricidades de seus hussardos? Os oficiais não cavalgavam sobre o passeio público à luz do sol divino quando lhes aprouvesse? Uma vez, à noitinha, tiros de pistola foram disparados na praça do mercado, o que só podia ter sido coisa dos oficiais: alguém teve ideia de reclamar? A anedota seguinte foi confirmada várias vezes:

Certa manhã, entre cinco e seis horas, o capitão da cavalaria barão Harry seguia animado para casa na companhia de alguns companheiros após uma noitada: tratava-se do capitão da cavalaria Von Hühnemann bem como dos tenentes Le Maistre, do barão Trucheß, Von Trautenau e Von Lichterloh. Ao atravessarem a ponte velha encontraram um aprendiz de padeiro que caminhava em meio ao frescor da manhã enquanto carregava nos ombros um cesto grande com pãezinhos e assobiava despreocupado. "Passe para cá!", exclamou o barão Harry, que pegou o cesto pela alça, girou-o por três vezes com tamanha habilidade que não deixou cair nenhum pãozinho, e depois lançou-o em arco, atestando a força de seu braço, para bem longe na correnteza escura. O aprendiz de padeiro, a princípio petrificado de susto, ergueu os braços gritando exasperado, agitando-os como um enlouquecido. Mas depois de os homens terem se divertido por um tempo com o medo infantil dele, o barão Harry lhe jogou uma moeda que ultrapassava em três vezes o conteúdo do cesto, e os oficiais, rindo, seguiram em frente. Foi então que o menino percebeu que estava lidando com gente nobre e emudeceu...

Essa história logo circulou, mas ai de quem ousasse abrir a boca a respeito! Rindo ou rilhando os dentes — ela era aceita pois vinha do barão Harry e de seus companheiros. Eles eram homens distintos! Homens distintos de Hohendamm! E assim as mulheres dos oficiais se juntaram às "Andorinhas".

Parecia que o *avantageur* não era tão mais versado em dançar quanto em tocar valsas, pois, fazendo uma reverência, foi logo se sentando numa mesinha à qual estava a pequena baronesa Anna, mulher do barão Harry, a quem dirigiu algumas palavras tímidas. O jovem não era capaz de conversar com as "Andorinhas". Sentia um medo real delas, visto que imaginava que essas moças o olhavam com estranheza, independentemente do que lhes dissesse; e isso machucava o *avantageur*. Mas como mesmo a pior das músicas o fazia se calar, sonolento e pensativo — como costuma acontecer a muitas pessoas de natureza letárgica e inútil — e que também a baronesa Anna, a quem ele era de todo indiferente, só lhe dava respostas evasivas, ambos logo emudeceram, limitando-se a observar com um sorriso um tanto petrificado e torto, que estranhamente lhes era comum, os rodopios da dança.

As velas dos castiçais bruxuleavam e gotejavam de maneira tão abundante que estavam deformadas por calombos semiendurecidos resultantes da exsudação da cera; debaixo delas, os casais rodopiavam e deslizavam com os ritmos fogosos do tenente Von Gelbsattel. Os pés movimentavam-se flexionados para baixo, mudavam facilmente de direção e continuavam a deslizar. As longas pernas dos homens curvavam-se um pouco, comprimiam-se, distendiam-se e saíam bailando. As saias esvoaçavam. As coloridas jaquetas dos hussardos misturavam-se entre si, e com um movimento de cabeça sensual, as mulheres encostavam as cinturas nos braços dos dançarinos.

O barão Harry abraçava com bastante firmeza uma "Andorinha" impressionantemente bela contra o peitilho cheio de cordões enquanto mantinha seu rosto próximo do dela, olhando-a bem nos olhos. O sorriso da baronesa Anna observava o casal. O tenente Von Lichterloh, um varapau, conduzia uma "Andorinha" pequena, bem nutrida, redonda feito uma bola e com um incrível decote. Mas debaixo de um dos castiçais, a mulher do capitão de cavalaria Von Hühnemann, que amava o champanhe sobre todas as coisas, girava — absolutamente encantada — com uma terceira "Andorinha", uma criatura bonita e sardenta, cujo rosto irradiava essa honraria máxima.

— Prezada baronesa — a sra. Von Hühnemann dirigiu-se mais tarde à mulher do tenente Von Trucheß —, essas moças não são de modo nenhum ignorantes, elas podem lhe recitar de cor todas as guarnições da cavalaria do Reich. — As duas dançavam juntas, pois as mulheres eram maioria e elas não perceberam que pouco a pouco todos se retiraram da pista a fim de deixá-las sozinhas. Por fim, deram-se conta disso e ficaram lado a lado no meio do salão, soterradas por risadas, aplausos e exclamações de "bravo"...

Depois foi a hora da champanhe, e os ordenanças com suas luvas brancas passavam para servir de mesa em mesa. Em seguida as "Andorinhas" tiveram de cantar de novo, não importando se estivessem ou não com fôlego!

Formaram uma fila no palco, localizado no lado estreito do salão, e passaram a jogar seu charme. Ombros e braços estavam descobertos e os vestidos, muito trabalhados, com coletes cinza-claros e fraques escuros, lhes davam mesmo a impressão de andorinhas. Além disso usavam meias do tipo arrastão e sapatos bem abertos com saltos altíssimos. Eram loiras e morenas, algumas roliças e tranquilas e outras de magreza interessante, algumas de faces baças, curiosamente acarminadas, e outras de rostos tão brancos como os dos palhaços. A mais bonita de todas, porém, era a moreninha com os braços de criança e os olhos amendoados, com a qual o barão Harry dançara havia pouco. A baronesa Anna também achou essa a mais bonita e continuou a sorrir.

As "Andorinhas" cantaram e o tenente Von Gelbsattel as acompanhou, virando a cabeça em sua direção, o corpo inclinado para trás, enquanto pressionava as teclas com os braços bem abertos. Elas entoaram em uníssono que eram aves ligeiras, que tinham viajado pelo mundo inteiro e que levavam consigo os corações de todos ao partir. Entoaram uma canção extremamente melodiosa, que começava com os versos:

Do soldado ao general
gostamos muito por sinal!

e terminava de maneira semelhante. Mas, após exigências intempestivas, repetiram mais uma vez a canção das andorinhas, e os homens, que também já a sabiam na ponta da língua, acompanharam com satisfação:

Quando retornarem as andorinhas,
Será verão! Será verão!

O salão retumbava com a cantoria, as risadas e as botas de esporas vibrando e batendo para marcar o ritmo.

A baronesa Anna também riu de todas as bobagens e gracejos; rira tanto durante a noite inteira que a cabeça e o coração lhe doíam e preferiria ficar em paz e na escuridão com os olhos fechados se Harry não estivesse tão empolgado...

— Hoje estou alegre — dissera havia pouco à sua vizinha de mesa, quando ela mesma acreditava nisso; entretanto, recebeu de volta silêncio e um olhar de desdém; percebeu então que era constrangedor falar dessas coisas para as pessoas. Quando alguém está alegre, comporta-se de acordo; confirmar e manifestar a sensação era algo ousado e espantoso. Entretanto, dizer "estou triste" teria sido mesmo impossível.

A baronesa Anna tinha crescido em meio a tamanha solidão e silêncio na propriedade de seu pai no litoral, que ainda tendia demais a não prestar atenção em tais verdades, embora não quisesses espantar as pessoas e desejasse ardentemente ser exatamente igual aos outros, a fim de ser um pouco amada... Tinha mãos pálidas e cabelo loiro acinzentado, muito pesado em relação ao seu rostinho estreito e de ossos delicados. Entre as sobrancelhas claras havia uma ruga vertical que conferia ao seu sorriso uma certa aflição e mágoa...

Era fato que amava o marido... Não riam! Ela o amava inclusive por causa da história com os pãezinhos, amava-o de maneira covarde e deplorável, embora ele a traísse e diariamente tratasse o coração dela como se fosse um moleque; ela sofria de amor por ele como uma mulher que despreza a suavidade e fragilidade que lhes são próprias e sabe que a força e a felicidade enfática detêm a razão nesta Terra. Sim, ela se dedicou a esse amor e às suas torturas, como antes, quando ele a cortejou durante um breve acesso de delicadeza e ela se entregou: com o desejo sedento de uma criatura solitária e sonhadora pela vida, pela paixão e pelas tempestades do sentimento...

Compassos ternários e tinir de copos — tumulto, fumaça, zumbido e passos de dança: esse era o mundo de Harry e seu reino; e esse era o reino dos sonhos dela, porque lá estavam a felicidade, o trivial, o amor e a vida. Do lado dela, apenas aflição, sofrimento e o silêncio mortal apático da estranheza.

Sociabilidade! Sociabilidade inocente, festiva, veneno tranquilizante, que degrada, seduz, repleto de encantos estéreis, insinuantes, inimiga do pensamento e da paz, você é terrível! Ela passava começos de noite e noite adentro atormentada pela estridente contraposição entre o absoluto vazio espiritual e a trivialidade ao seu redor, e a febril excitação que reinava por causa do vinho, do café, da música sensual, da dança e dos relacionamentos desejosos entre as pessoas, ficava sentada e assistia a Harry encantar mulheres bonitas e divertidas, não porque elas o satisfizessem em especial, mas pela exigência de sua vaidade, a de se exibir com elas, ou seja, um homem feliz, bem servido, nunca excluído, que não passa vontades... Como essa vaidade lhe doía e como, mesmo assim, ela o amava! Como era doce notar que ele era jovial, bonito, maravilhoso e deslumbrante! Como o amor das outras por ele fazia o amor dela arder em chamas torturantes! E mais tarde, ao final de uma festa que ela passara aflita e agoniada por causa dele, quando ele não cessava de enaltecer de maneira egoísta e distraída essas horas, havia momentos em que o ódio e o desprezo dela eram equivalentes ao seu amor; ela o chamava secretamente de "patife" e "cabotino", tentando castigá-lo pelo silêncio, por um silêncio ridículo, desesperado...

Temos razão, pequena baronesa Anna? Discorremos sobre tudo o que se esconde por trás desse pobre sorriso enquanto as "Andorinhas" cantam? E chega enfim aquele estado lastimável e desonroso, quando, deitada em sua cama, você está exausta de pensar nas piadas, chistes, respostas certeiras que você teria de ter se lembrado para ser amável, mas das quais não se lembrou. Ao amanhecer vêm aqueles sonhos e você, enfraquecida pela dor, chora no ombro dele, que tenta consolá--la com palavras vazias, simpáticas, banais e você de repente se sente inundada pelo constrangedor absurdo que é chorar no ombro dele o desgosto pelo mundo...

E se ele ficasse doente, não é? Se estamos corretos, uma indisposição leve, insignificante por parte dele abre a você um mundo inteiro de sonhos, no qual ele é seu paciente, sofredor, deitado à sua frente, indefeso e frágil e, enfim, enfim, seria seu? Não se envergonhe! Não se recrimine! Às vezes, as agruras geram alguma maldade — sabemos disso, compreendemos. Oh, pequenina alma, vimos coisas bem diferentes em nossas viagens! Mas você poderia dar um pouco de atenção ao jovem *avantageur* com os cílios longos que está sentado ao seu lado e que gostaria de juntar a própria solidão com a sua. Por que você o rejeita? Por que o despreza? Porque ele é do mesmo mundo que o seu e não do outro, onde reinam a alegria e o orgulho, felicidade, ritmo e senso de vitória? Certo, é difícil não se sentir em casa em nenhum desses dois mundos — sabemos disso! Mas não há jeito...

Os aplausos começaram, invadindo o grandiloquente poslúdio do tenente Von Gelbsattel, as "Andorinhas" tinham terminado. Elas saltaram do palco sem usar os degraus, despencando e voejando, e os homens se apressaram em ajudá-las. O barão Harry acudiu a baixinha morena com os braços de criança, sendo atencioso e muito hábil. Com um dos braços, pegou as coxas dela e com o outro, sua cintura, não teve pressa em baixá-la, carregando-a quase até as mesinhas de champanhe, onde lhe serviu uma taça que transbordou, e ergueu-lhe um brinde, devagar e com insinuações, à medida que a encarava com um sorriso gratuito e penetrante. Ele havia bebido muito e a cicatriz brilhava vermelha na testa branca, muito evidente em seu rosto bronzeado; mas estava animado e livre, absolutamente excitado e entregue à paixão.

A mesa ficava diante daquela da baronesa Anna, na extremidade oposta da sala, no sentido do seu comprimento, e enquanto ela trocava palavras indiferentes com alguém que se encontrava próximo, escutava sedenta a risada do outro lado, vigiando constrangida e envergonhada todos os movimentos — nesse estado estranho cheio de dolorosa tensão que nos permite manter, de modo mecânico e observando todas as convenções sociais, um diálogo com alguém e ao mesmo tempo estar absolutamente ausente de espírito, pois se está junto da outra pessoa, aquela que observamos...

Por uma ou duas vezes ela achou que o olhar da pequena "Andorinha" tinha cruzado com o seu... Ela a conhecia? Sabia de quem se tratava? Como era bela! Como era graciosa e relaxada, cheia de vida e sedutora! Se Harry a amasse, se sentisse consumido por ela, sofresse, ela o desculparia e se compadeceria dele. De súbito, sentiu que seu próprio desejo pela pequena "Andorinha" era mais ardoroso e profundo que o de Harry.

A pequena "Andorinha"! Meu Deus, ela se chamava Emmy e era absolutamente ordinária. Mas também era maravilhosa com suas mechas pretas que emolduravam o rosto largo, desejoso, os olhos amendoados de contornos escuros, a boca grande, carnuda, cheia de dentes brancos reluzentes e os braços morenos, aveludados e sedutores; e o mais belo nela eram os ombros, ombros redondos, brilhantes, que em determinados movimentos giravam de um jeito incomparavelmente macio nas articulações... O barão Harry era todo interesse por esses ombros; não queria deixar, de modo nenhum, que ela os cobrisse, e entrou numa briga ruidosa pelo xale que ela decidira usar — e enquanto isso, absolutamente ninguém, nem o barão Harry nem sua esposa, nem mais nenhuma outra pessoa, notara que essa pequena criatura desvalida, que o vinho deixava sentimental, passara a noite toda suspirando pelo jovem *avantageur* que havia pouco tinha sido enxotado do piano por falta de ritmo. Os olhos cansados dele e o jeito de tocar comoveram-na, ele passava a impressão de ser digno, poético e de vir de outro mundo enquanto o jeito de Harry lhe parecia conhecido e tedioso, e ela sentia-se infeliz por inteiro e sofria pelo fato de o *avantageur*, por seu lado, não ter lhe enviado nem o menor sinal de amor...

As velas consumidas até o toco ardiam sem brilho entre a fumaça dos cigarros que flutuava em camadas azuladas sobre as cabeças. Aroma de café invadiu o salão. Uma atmosfera tediosa e pesada de festa com emanações de sociabilidade, engrossada pelos pesados perfumes das "Andorinhas" depositava-se sobre tudo, sobre as mesas de toalhas brancas e os baldes da champanhe, as pessoas tresnoitadas e agitadas, sua babel de risadas, cochichos e galanteios.

A baronesa Anna não falava mais. O desespero e aquela mistura terrível de desejo, inveja, amor e autodesvalorização a que chamamos de ciúme e que não deveria existir se o mundo fosse um lugar bom, tinham subjugado seu coração e não lhe sobraram forças para fingir. Ele que visse como ela se sentia, ele que se envergonhasse dela, pois ao menos assim em seu peito haveria um sentimento dedicado a ela!

A baronesa olhou para lá... A brincadeira tinha avançado um pouco demais e todos estavam prestando atenção neles, rindo e curiosos. Harry tinha inventado um novo tipo de delicado combate com a pequena "Andorinha": estava decidido a trocar de anéis com ela. E prendia-a na cadeira com os joelhos pressionados contra os dela, tentando freneticamente agarrar, numa caça tresloucada, a pequena mão e abrir o punho fechado. Por fim, ele venceu. E sob aplausos ruidosos, tirou com dificuldade o estreito anel em forma de cobra dela e meteu-lhe, triunfal, sua própria aliança de casamento no dedo.

Foi então que a baronesa Anna se levantou. Estava dominada pela raiva e pelo sofrimento, pela vontade de se esconder no escuro com a dor de amar um homem tão vulgar, pelo desejo desesperado de puni-lo com um escândalo, chamar de alguma maneira a atenção dele para si. Pálida, empurrou sua cadeira para trás e, atravessando o salão, foi até a porta.

Houve um alvoroço. As pessoas se olhavam, sérias e graves. Alguns homens chamaram Harry em voz alta. O barulho cessou.

E então aconteceu algo muito estranho. A "Andorinha" Emmy, muito decidida, tomou o partido da baronesa Anna. Seja porque um instinto feminino sensível à dor e ao amor sofrido tenha determinado seu comportamento, seja porque sua própria tristeza em relação ao *avantageur* de pálpebras cansadas fez com que enxergasse na baronesa Anna uma aliada — para surpresa geral, ela se manifestou.

— O senhor é indecente! — ela falou quebrando o silêncio, enquanto empurrava o espantado barão Harry. Apenas uma frase, o senhor é indecente! Logo depois já estava ao lado da baronesa Anna, que segurava o trinco da porta.

— Perdoe-me! — ela falou tão baixo como se ninguém daquela roda fosse digno de ouvir. — Aqui está o anel. — E colocou a aliança de Harry na mão da baronesa Anna. De repente, a baronesa Anna sentiu o rostinho largo, quente da mocinha sobre a sua própria mão e um beijo macio, ardente, queimar ali. — Perdoe-me! — a pequena "Andorinha" sussurrou mais uma vez e foi embora.

Mas a baronesa Anna estava do lado de fora, no escuro, ainda completamente anestesiada, esperando esse acontecimento inesperado tomar forma e sentido em seu íntimo. E então uma felicidade, uma felicidade doce, quente e secreta, fechou-lhe os olhos...

Pare! Basta e nada mais! Vejam o preciso detalhe! Lá estava ela, totalmente encantada e enfeitiçada porque aquela salteadora maluquinha viera acarinhá-la!

Vamos deixá-la, baronesa Anna. Um beijo em sua testa, cuide-se, partimos! Vá dormir! Você sonhará durante toda a noite com a "Andorinha" que apareceu e será um tantinho feliz.

Pois um instante de felicidade, um pequeno calafrio e um aturdimento tocam o coração quando aqueles dois mundos entre os quais o desejo vagueia de um lado para outro se encontram numa aproximação efêmera e ilusória.

O MENINO-PRODÍGIO

O menino-prodígio entra — o salão fica em silêncio.

Fica em silêncio e então as pessoas começam a aplaudir, porque em algum lugar nas laterais uma autoridade nata e líder de matilha aplaudiu primeiro. Elas ainda não ouviram nada, mas aplaudem; um forte esquema de propaganda já apresentou de antemão o menino-prodígio e as pessoas já estão deslumbradas, quer saibam disso ou não.

O menino-prodígio aparece por detrás de um biombo magnífico, inteirinho bordado com coroas imperiais e grandes flores quiméricas, sobe rápido os degraus até o estrado e mergulha nos aplausos como num banho, tremendo um pouco, sentindo um ligeiro arrepio, mas ainda num elemento amistoso. Vai até a beirada do estrado, sorri como se fosse fotografado, e agradece com uma pequena mesura feminina, tímida e delicada, embora seja menino.

Está todo vestido de seda branca, provocando certa comoção no lugar. Usa uma jaquetinha de seda branca de corte impecável com uma echarpe por baixo, e até seus sapatos são de seda branca. Mas as perninhas, que são bem morenas, destacam-se vividamente das calças curtas; trata-se de um menino grego.

Ele se chama Bibi Saccellaphylaccas. Esse é seu nome. Ninguém sabe ao certo de qual nome ou apelido "Bibi" é diminutivo, exceto o empresário, que considera a questão um segredo do negócio. O cabelo de Bibi é preto, liso e cai até os ombros; apesar disso, tem uma risca lateral e, preso atrás da cabeça com um pequeno laço de seda, deixa a testa morena e um pouco arqueada à vista. Tem o rosto infantil mais inocente do mundo, um narizinho incompleto e uma boca cândida; apenas a parte debaixo dos olhos de roedor, escuros feito breu, já está um pouco baça e é claramente delimitada por dois traços característicos. Aparenta ter nove anos, mas conta apenas oito e é apresentado como tendo sete. As pessoas não sabem ao certo se acreditam nisso. Talvez saibam, mas mesmo assim acreditam, como se costuma fazer nesses casos. Uma pequena mentira, pensam, faz parte da beleza. Onde ficaria o que edifica e enobrece, pensam, se não usarmos um pouco de boa vontade para concordar que dois mais dois são cinco? E suas cabeças têm razão nessas sentenças.

O menino-prodígio agradece até as palmas cessarem; em seguida, dirige-se ao piano e as pessoas conferem o programa uma última vez. Primeiro é "Marche solennelle", depois "Rêverie" e então "Le Hibou et les moineaux" — tudo de Bibi Saccellaphylaccas. O programa inteiro é dele, são suas composições. Ele ainda não sabe como anotá-las, mas guarda todas em sua pequena cabeça incomum, e é preciso reconhecer sua importância artística, como anunciam de modo sério e objetivo os cartazes confeccionados pelo empresário. Tem-se a impressão de que o empresário arrancou a duras penas tal afirmação de sua natureza crítica.

O menino-prodígio senta-se na cadeira giratória e procura os pedais com suas perninhas; para que Bibi os alcance, um mecanismo engenhoso faz com que estejam muito mais altos do que o habitual. É seu próprio piano que leva para todos os lugares. Fica assentado sobre calços e seu verniz está bastante danificado devido aos muitos deslocamentos; tudo isso, porém, torna tudo ainda mais interessante.

Bibi coloca os pés de seda branca sobre os pedais; em seguida, faz uma careta pretensiosa, olha para a frente e ergue a mão direita. É uma ingênua mãozinha infantil morena, mas a articulação é forte, nada infantil, com nós bem pronunciados.

Sua careta é para as pessoas, porque sabe que tem de entretê-las um pouco. Mas, secretamente, sente um prazer especial na coisa, um prazer que não conseguiria descrever para ninguém. Trata-se daquela felicidade borbulhante, daquela descarga de alegria aspergida sobre ele a cada vez que está sentado diante do piano — e que nunca perderá. Mais uma vez o teclado está à disposição, essas sete oitavas pretas e brancas entre as quais se perdeu tantas vezes em aventuras e venturas profundamente excitantes, e que voltam a ter uma aparência tão pura e intocada quanto uma lousa limpa. É a música, a música toda que está diante dele! Está à sua frente como um mar chamativo no qual pode entrar e nadar feliz, boiar e se deixar levar, afundar com tudo nas tempestades e, mesmo assim, manter o domínio nas mãos, reger e dispor... Mantém a mão direita no ar.

No salão, o silêncio é total. A tensão antes da primeira nota... Como começará? Começará *assim*. E com o indicador Bibi tira a primeira nota do piano, uma nota cheia de energia, do meio do teclado, é totalmente inesperada, semelhante a um toque de trompete. Outras se juntam, surge uma introdução — as pessoas relaxam o corpo.

Trata-se de um salão luxuoso, situado num hotel da moda primeiro nível, com sensuais quadros rosados nas paredes, pilares luxuriantes, espelhos de molduras rebuscadas e um sem-número de lâmpadas elétricas — um verdadeiro sistema solar — que surgem por todos os lados em umbelas, em maços inteiros, e que eletrizam o lugar com uma luz muito mais clara do que a do dia, difusa, dourada, celestial... Nenhuma cadeira está livre, as pessoas estão postadas até mesmo nos corredores laterais e nos fundos. Na frente, onde o lugar custa doze marcos (pois o empresário é partidário do princípio de que os preços impõem respeito), enfileira-se a sociedade elegante; existe um vívido interesse dos mais altos círculos pelo menino-prodígio. Veem-se muitos uniformes, muito bom gosto nos trajes... Até algumas crianças estão presentes, que educadamente deixam as pernas pender das cadeiras e observam com olhos brilhantes seu talentoso coleguinha vestido de seda branca...

Na frente, à esquerda, está sentada a mãe do menino-prodígio, uma mulher extremamente corpulenta com queixo duplo empoado e uma pena na cabeça, e ao seu lado encontra-se o empresário, um homem de tipo oriental com grandes abotoaduras douradas nos punhos bem salientes da camisa. Mas no meio, ao centro, está a princesa. É uma princesa velha, pequena, enrugada, encolhida, mas incentivadora das artes, desde que sejam refinadas. Senta-se numa poltrona grande de veludo, funda, e sob seus pés foram colocados tapetes persas. Ela mantém as mãos cruzadas bem embaixo do peito sobre seu vestido de seda cinza listrado, curva a cabeça para o lado e oferece uma imagem de paz aristocrática enquanto observa a criança-prodígio em ação. Ao lado está sua dama de companhia, que também usa um vestido de seda verde listrado. Mas ela não passa de uma dama de companhia e não pode nem se recostar.

Bibi termina sob grande ovação. Com que força esse rapazinho tocou o piano! As pessoas não acreditam no que acabaram de ouvir. O tema da marcha, uma melodia vigorosa, entusiasmada, ressurge num arranjo totalmente harmonioso, extenso e altivo, e a cada compasso Bibi joga o torso para trás, como se marchasse triunfante num desfile. Depois, encerra energicamente, inclina-se e desce do banco pelo lado e, sorrindo, espera pelos aplausos.

E as palmas começam, unânimes, comovidas, satisfeitas: vejam os quadris delicados da criança enquanto executa sua breve reverência feminina! Palmas, palmas! Esperem, vou tirar minhas luvas. Bravo, pequeno Saccophylax ou seja lá qual for seu nome! Mas ele é mesmo endiabrado!

Bibi precisa voltar três vezes de trás do biombo antes que lhe deem sossego. Alguns retardatários, que chegaram atrasados, forçam passagem desde os fundos e com esforço adentram o salão cheio. Em seguida, o concerto prossegue.

Bibi sussurra sua "Rêverie", que é toda composta de arpejos, sobre alguns dos quais às vezes se ergue, com asas leves, um pedacinho de melodia; depois, toca "Le Hibou et les moineaux". Essa peça faz um sucesso estrondoso, exerce um efeito arrebatador. Trata-se de uma peça de fato infantil e de uma plasticidade maravilhosa. É possível enxergar a coruja nos baixos, piscando mal-humorada seus olhos misteriosos, enquanto os agudos são os pardais que querem ataranta-la aos chilreios, atrevidos e amedrontados. No final, Bibi é aclamado por quatro vezes. Um funcionário do hotel com botões brilhantes leva ao palco três grandes coroas de louros e as segura ao lado do menino, enquanto Bibi cumprimenta e agradece. Até a princesa participa do aplauso, juntando muito delicadamente a palma das mãos, em completo silêncio...

Como esse malandrinho esperto sabe atrair os aplausos! Ele se demora atrás do biombo, distrai-se ligeiramente nos degraus até o pódio, observa com satisfação infantil as coloridas fitas de cetim das coroas, embora elas há muito o entediem, cumprimenta de maneira amável e hesitante e espera as pessoas cansarem de aplaudir, para que nada do valioso ruído de suas mãos seja perdido. "Le Hibou" é meu grande êxito, pensa ele; pois aprendeu esse termo com o empresário. Na sequência vem a *fantaisie*, que na realidade é muito melhor, sobretudo no momento em que entra o dó sustenido. Mas vocês da plateia são alucinados por esse *hibou*, embora seja a primeira música e a mais idiota que toquei. E ele agradece, todo amável.

Em seguida, apresenta uma *méditation* e depois um *étude* — o programa é bastante abrangente. A *méditation* transcorre à semelhança da *rêverie*, o que não é nenhuma crítica, e no *étude* Bibi demonstra toda sua habilidade técnica, que aliás fica um pouco atrás de sua capacidade inventiva. Mas então é a hora da *fantaisie*. Trata-se de sua peça predileta. Ele a toca de maneira um pouco diferente a cada vez, trata-a com liberdade e, quando numa noite boa, surpreende-se com novas ideias e variações.

Fica sentado, bem pequeno e de um branco brilhante, e toca um grande piano preto, sozinho e destacado no estrado acima da massa humana indefinida, cuja alma coletiva, bronca e embotada, deve ser estimulada pela sua, que é apenas uma e proeminente... Seu cabelo macio, preto, caiu na testa junto com a fita de seda branca, os dedos de nós salientes, treinados, trabalham e vemos tremer os músculos de suas faces morenas, infantis.

Vez ou outra acontecem segundos de esquecimento e de solidão, quando os curiosos olhos de roedor e olheiras baças deslizam para o lado, evitando o público e mirando ao lado a parede pintada, atravessando-a, para se perderem no burburinho de uma vastidão povoada por coisas vagas e nebulosas. Num átimo, porém, o olhar de esguelha retorna ao salão e ele se encontra mais uma vez diante da plateia.

Lamento e alegria, elevação e queda profunda — "minha *fantaisie*!", pensa Bibi com carinho. "Escutem, chegou o momento da passagem para o dó sustenido!" E ele executa a passagem para o dó sustenido. "Será que percebem?" Ah, não, claro que não percebem! E por essa razão ele olha teatralmente para o teto, a fim de que elas tenham algo a admirar.

As pessoas estão sentadas em longas fileiras assistindo ao menino-prodígio. Muitas coisas também se passam em seus cérebros simplórios. Um senhor idoso de barba branca, um sinete no dedo indicador e um calombo na cabeça calva, uma tumoração por assim dizer, pensa: "Na realidade, eu deveria me envergonhar. Nunca consegui ir além do 'Três caçadores de Kurpflaz' e agora, grisalho, estou sentado aqui aprendendo como se faz com esse baixinho metido a gênio. Mas isso vem de cima. Deus distribui seus talentos, não há o que se fazer e não é nenhum demérito ser um homem comum. Um tanto parecido com o Menino Jesus. Precisamos nos curvar diante de uma criança sem sentir vergonha. É curioso e faz muito bem!". Ele não ousa pensar: "Como é adorável!". "Adorável" seria demérito para um vigoroso senhor. Mas ele sente isso! Sente mesmo assim!

"Arte...", pensa o comerciante com o nariz de papagaio. "Sim, sem dúvida, ela traz um pouco de brilho para a vida, algum plim-plim e seda branca. Aliás, ele não se sai nada mal. Foram vendidos cinquenta lugares a doze marcos; só aí são seiscentos marcos — e depois vem todo o resto. Tirando o aluguel do salão, a iluminação e os programas, com certeza restam mil marcos líquidos. E que são embolsados."

"Bem, a peça que ele tocou lindamente foi Chopin!", pensa a

professora de piano, uma mulher de nariz pontudo entrada nos anos em que as esperanças se recolhem e a razão ganha intensidade. "Podemos dizer que ele não é muito direto. Mais tarde, vou afirmar: 'Ele é pouco direto'. Soa bem assim. Aliás, a posição de sua mão não está nada educada. É preciso conseguir equilibrar uma moeda sobre as costas das mãos... Eu o trataria com a régua."

Uma menina moça, que parece feita de cera e se encontra numa idade crítica, presa fácil de pensamentos delicados, considera secretamente: "Nossa! O que ele está tocando? Ele está tocando a paixão! Mas não passa de uma criança! Se me beijasse, então seria como se meu irmãozinho tivesse me beijando — não seria um beijo. Existe uma paixão desconectada, uma paixão sem o objeto terreno, que seja apenas uma ardente brincadeira de criança?... Bem, se eu dissesse isso em voz alta, teria de tomar óleo de fígado de bacalhau. O mundo é assim".

Um oficial está postado junto a um pilar. Ele observa o exitoso Bibi e pensa: "Você é alguém, eu sou alguém, cada um de seu jeito!". No mais, junta os calcanhares e oferece ao menino-prodígio o mesmo respeito que oferece a todas as forças estabelecidas.

Mas o crítico, um homem já mais velho de paletó preto puído e calças de pernas dobradas, manchadas, está acomodado no seu assento gratuito e pensa: "Vejam só esse Bibi, esse moleque! Como indivíduo, ainda tem um tanto para crescer, mas como figura está completamente pronto, como figura de artista. Ele carrega em si a nobreza do artista e sua falta de dignidade, sua charlatanice e sua faísca sagrada, seu desdém e seu encanto secreto. Mas não posso escrever isso; é por demais elogioso. Ah, acredite, eu também teria sido um artista caso não tivesse essa perspicácia...".

O menino-prodígio termina e uma verdadeira tempestade se ergue no salão. Ele tem de sair várias vezes de trás de seu biombo. O homem com as abotoaduras brilhantes traz novas coroas, quatro de louro, uma lira de violetas, um buquê de rosas. Seus braços não são suficientes para entregar todas as oferendas ao menino-prodígio; o empresário sobe ao palco para ajudá-lo. Pendura uma coroa de louros no pescoço de Bibi, passa a mão pelo cabelo do menino com delicadeza. E de repente, deslumbrado, curva-se e dá um beijo no menino-prodígio, um beijo estalado, bem na boca. E a tempestade se transforma em furacão. Esse beijo corre feito um choque elétrico pelo salão, atravessa a multidão como um tremor nervoso. As pessoas sentem uma necessidade louca por barulho. Gritos de "viva" misturam-se às palmas contínuas. Alguns coleguinhas de Bibi acenam lá de baixo com seus lenços… Mas o crítico pensa: "Claro, o beijo do empresário tinha de acontecer. Uma velha piada, eficiente. Ah, Deus, quem me dera não perceber essas coisas!".

E então o concerto do menino-prodígio chega ao fim. Teve início às sete e meia, às nove e meia terminou. O tablado está cheio de coroas e dois pequenos vasos de flores descansam sobre o lugar das luminárias no piano. Bibi tocou como número final sua "Rhapsodie grecque", que acaba no hino grego, e seus conterrâneos presentes teriam muita vontade de acompanhá-lo cantando caso não se tratasse de um concerto elegante. Mas eles se vingam no final com um barulho ensurdecedor, uma balbúrdia total, uma demonstração de nacionalismo. Mas o crítico mais velho pensa: "Certo, o hino era de praxe. A coisa é levada para outro campo, nenhum artifício deixa de ser usado. Vou escrever que isso não é artístico. Mas talvez por isso mesmo seja artístico. O artista, o que é? Um bufão. O que há de mais elevado é a crítica. Mas é impossível escrever tal coisa". E se afasta com suas calças manchadas.

Depois de nove ou dez chamados o acalorado menino-prodígio não sai de trás do biombo, mas vai até a mãe e o empresário no salão. As pessoas estão entre as cadeiras puxadas e empurradas, aplaudem e tentam abrir caminho, a fim de ver Bibi de perto. Alguns também querem ver a princesa; formam-se diante do palco dois círculos densos, um ao redor do menino-prodígio e outro ao redor da princesa, e não se sabe bem ao certo qual dos dois está concedendo uma audiência. A dama de companhia, porém, segue ordens e vai até Bibi; ela puxa e alisa um pouco a jaqueta de seda dele para deixá-lo apresentável, conduz o menino de braços dados até a princesa e lhe diz, com seriedade, para beijar a mão da Sua Alteza real.

— Como você consegue, meu filho? — pergunta a princesa. — Flui do seu interior quando você está sentado?

— *Oui, madame* — responde Bibi. Internamente, porém, pensa: "Ah, sua princesa velha e burra!". Em seguida, se vira tímido e mal-educado e volta para suas companhias.

Do lado de fora, na chapelaria, reina uma algazarra. As pessoas erguem seus números, recebem com os braços abertos suas peles, xales e galochas de borracha que passam sobre as mesas. Em algum lugar, a professora de piano está rodeada de conhecidos e critica:

— Ele é pouco direto — ela diz em voz alta, olhando ao redor…

Diante de um grande espelho de parede, uma jovem senhora faz com que seus irmãos, dois tenentes, ajudem-na a vestir o sobretudo e os sapatos de pele. Ela é maravilhosa com seus olhos azul-aço e o rosto pequeno, distinto, uma autêntica senhorita aristocrática. Depois de pronta, ela espera pelos irmãos.

— Não passe tanto tempo diante do espelho, Adolf! — ela diz em voz baixa e irritada para um deles, que não consegue se separar da imagem de seu rosto bonito e simples. Já chega! Mas o tenente Adolf poderá abotoar seu paletó diante do espelho com a gentil permissão dela. Em seguida partem, confabulando se ainda devem passar em outro lugar.

— Por mim, vamos! — diz o tenente Adolf.

— Hoje dormi o suficiente; senão me recusaria. — E do lado de fora, na rua, onde luminárias curvas de brilho opaco se destacam entre a neblina formada pela neve, com o colarinho erguido e as mãos nos bolsos enviesados do sobretudo, o tenente Adolf começa a sapatear um pouco sobre a neve endurecida e fazer uma pequena *nigger-dance*,* porque está tão frio e porque está descansado.

"Uma criança!", pensa a moça despenteada, que segue atrás deles com os braços soltos ao longo do corpo e na companhia de um jovem melancólico. "Uma criança adorável! Lá dentro era um honorável..." E com a voz alta, monocórdia, diz:

— Todos nós somos crianças-prodígio, nós que criamos.

"Bem!", pensa o velho senhor, que não passou de "Três caçadores de Kurpfalz" e cuja tumoração está coberta por um chapéu, "quem ela pensa que é? Um tipo de pitonisa, me parece."

Mas o jovem melancólico, que a compreende perfeitamente, aquiesce devagar com a cabeça.

E então ficam em silêncio e a moça observa os três irmãos nobres. Ela os despreza, mas os observa até sumirem depois de dobrar a esquina.

---

* Ver nota da página 201, no conto "Tristão".

NA CASA DO PROFETA

Há lugares estranhos, cérebros estranhos, regiões estranhas do espírito, elevados e despojados. Nas periferias das grandes cidades, lá onde a iluminação pública se torna mais rarefeita e os policiais caminham a dois, é preciso chegar até o alto das casas, até os sótãos inclinados, onde gênios jovens, pálidos, assassinos de sonhos, elucubram solitários com os braços cruzados diante do peito; até os ateliês baratos e de decoração sugestiva, onde artistas solitários, famintos e orgulhosos duelam em meio à fumaça de cigarro com os últimos e mais desolados ideais. Eis o final, o gelo, a pureza e o nada. Nesse lugar, nenhum contrato tem valor, nenhuma confissão, nenhuma tolerância, nenhuma medida ou riqueza. Nesse lugar, o ar é tão fino e puro que os miasmas da vida não proliferam. Nesse lugar, reinam a teimosia, a coerência extrema, o eu que demanda desesperado, a liberdade, a loucura e a morte…

Era Sexta-Feira Santa, por volta das oito da noite. Vários daqueles que Daniel convidara chegaram ao mesmo tempo. Haviam recebido convites quadrados, com uma águia carregando uma adaga desembainhada pelo ar e que, com uma tipologia própria, chamavam para uma leitura das proclamações de Daniel por ocasião da Sexta-Feira Santa. Por essa razão se encontraram a uma determinada hora na rua vazia e semiescurecida diante da casa de cômodos, onde outrora fora a morada terrena do profeta.

Alguns se conheciam e trocaram cumprimentos. Havia o pintor polonês e a menina magra que vivia com ele; o poeta, um semita alto de barba preta, com sua esposa em trajes pesados, pálidos e soltos; um homem de aparência ao mesmo tempo marcial e doentia, espiritista e oficial de cavalaria reformado, e um jovem filósofo com a aparência de um canguru. Apenas o novelista, um senhor de chapéu rígido e bigode bem cuidado, era desconhecido de todos. Vinha de outro meio, tinha chegado ali sem querer. Estava bem de vida, um livro seu era lido em círculos burgueses. Estava decidido a se comportar com muita discrição, agradecido e basicamente como alguém que é tolerado. Seguia os outros para dentro da casa mantendo uma ligeira distância.

Eles subiram as escadas, uma depois da outra, apoiados no corrimão de ferro fundido. Faziam silêncio porque eram pessoas que conheciam o valor das palavras e não costumavam conversar sem um propósito. À luz baça da pequena lamparina a óleo postada nos nichos das janelas nas curvas da escada, liam os nomes das portas dos apartamentos. Em silêncio, sem desprezo mas com acanhamento, passaram por lares acolhedores ou conturbados de um empregado de seguradora, de uma parteira, de uma lavadora de roupas finas, de um "agente", de um calista. Subiam a escada estreita como se fosse um túnel na penumbra, com confiança e sem se deter; pois lá do alto, lá de onde não havia mais como prosseguir, uma claridade de brilho delicado e bruxuleante lhes acenava.

Finalmente estavam no destino, sob o teto, à luz de seis velas que queimavam em diversos castiçais numa mesinha protegida por uma toalhinha descorada de altar, no fim da escada. Junto à porta, que aliás tinha o jeito de entrada de despensa, havia um cartaz de papelão cinza onde se lia em letras romanas, traçadas com carvão, o nome Daniel. Tocaram...

Um menino de cabeça grande e olhar simpático, metido num terno azul novo e botas reluzentes, abriu-lhes a porta com uma vela na mão e iluminou o corredor pequeno e escuro na diagonal para mostrar um espaço sem acabamento nas paredes, ao estilo de uma água-furtada, vazio à exceção de um armário. Em silêncio, com um gesto acompanhado por um som gutural balbuciante, o menino pediu que os pertences fossem descarregados ali, e quando o novelista lhe dirigiu uma pergunta, por simpatia genérica, ficou comprovado que o menino era mudo. Ele conduziu os convidados com sua luz de volta ao corredor e até outra porta, fazendo com que entrassem. O novelista foi o último. Ele trajava sobretudo e luvas, decidido a se comportar como se estivesse na igreja.

Uma claridade solene, cintilante, gerada por vinte ou vinte e cinco velas acesas, dominava o cômodo relativamente grande que adentraram. Uma jovem de vestido discreto, gola drapeada e punhos brancos, Maria Josefa, irmã de Daniel, de aparência pura e tola, estava próximo à porta e apertava a mão de todos. O novelista a conhecia. Ele a havia encontrado durante um chá literário, quando ela se manteve empertigada, a xícara nas mãos, falando do irmão com a voz clara e afetuosa. Ela endeusava Daniel.

O novelista procurou-o com os olhos...

— Ele não está aqui — disse Maria Josefa. — Está ausente, não sei onde. Mas em espírito ele estará entre nós, acompanhando a leitura da proclamação, frase por frase.

— Quem vai ler? — perguntou o novelista em voz baixa e de modo respeitoso. Estava falando sério. Tratava-se de um homem bem-intencionado e interiormente humilde, cheio de reverência diante de todas as manifestações do mundo, disposto a aprender e a honrar o que era para ser honrado.

— Um seguidor de meu irmão — respondeu Maria Josefa —, que aguardamos da Suíça. Ainda não chegou. No momento certo, estará a postos.

Em frente à porta, sobre uma mesa e com a moldura superior encostando no teto inclinado, via-se à luz de velas um desenho grande de giz, com traços vigorosos, que retratava Napoleão numa postura tosca e despótica esquentando os pés metidos em botas próximo a uma lareira. À direita da entrada erguia-se um relicário parecido com um altar sobre o qual ardiam velas em castiças prateados e a pintura de um santo que esticava as mãos com os olhos levemente erguidos. Na sua frente estava o genuflexório e quem se aproximava mais via uma pequena fotografia amadora, encostada aos pés do santo, que mostrava um jovem de cerca de trinta anos, testa muito alta, branca e alongada, e um rosto imberbe, ossudo, semelhante ao de uma ave de rapina, de concentrada espiritualidade.

O novelista demorou-se um pouco diante do retrato de Daniel; em seguida, continuou a percorrer o quarto com todo cuidado. Atrás de uma grande mesa redonda, em cujo tampo polido de amarelo, emoldurado por uma coroa de louros, estava gravada a mesma águia dos convites, erguia-se, entre dois bancos baixos de madeira, uma cadeira gótica sóbria, estreita e alta como um trono e uma cadeira de caçador. Um banco comprido, construído com simplicidade e recoberto de tecido barato, estendia-se diante do nicho amplo, formado pela parede e teto, no qual a janela baixa estava instalada. Estava aberta supostamente porque a estufa de azulejos embutida embaixo tinha superaquecido e garantia a vista a um pedaço de noite azul; embaixo e até ao longe, as luminárias a gás, dispostas de maneira irregular, perdiam-se como pontos de brilho amarelados em intervalos cada vez maiores.

Mas do outro lado da janela o quarto se estreitava num tipo de alcova, mais iluminado do que o restante da água-furtada e parecia ser usado meio como gabinete, meio como capela. Bem no fundo havia um divã recoberto por delicados tecidos desbotados. À direita via-se uma estante de livros sobre a qual ardiam velas compridas em castiçais e lâmpadas a óleo de formas antigas. À esquerda, uma mesa com toalha branca havia sido montada e carregava um crucifixo, um castiçal de sete braços, um cálice cheio de vinho e um pedaço de bolo com passas num prato. Mais à frente da alcova erguia-se sobre um pedestal baixo, embora ainda superada por um candelabro de ferro, uma coluna de gesso banhada a ouro cujo capitel tinha sido coberto por uma toalha de altar de seda vermelho-sangue. E em cima disso descansava uma pilha de papéis escritos no formato in-folio: proclamações de Daniel. Um papel de parede claro, impresso com pequenas guirlandas, recobria a parede e as partes inclinadas do teto; máscaras mortuárias, rosários, uma espada grande, enferrujada, estavam penduradas na parede; e além do grande retrato de Napoleão, os de Lutero, Nietzsche, Moltke, Alexandre VI, Robespierre e Savonarola, produzidos em estilos diversos, espalhavam-se pelo lugar...

— Tudo isso foi vivido — disse Maria Josefa, enquanto procurava entender o efeito da decoração no rosto respeitosamente fechado do novelista. Nesse meio tempo, porém, mais convidados haviam chegado, em silêncio e solenes, e as pessoas começaram a se sentar, com adequada postura, nos bancos e cadeiras. Além dos que haviam chegado primeiro, estavam acomodados ali mais um fantástico desenhista com um envelhecido rosto de criança, uma senhora claudicante que se apresentou como "trovadora erótica", uma jovem mãe solteira de origem nobre, banida pela família, sem quaisquer pretensões espirituais e que fora incluída nesse círculo única e exclusivamente por causa de sua maternidade, uma escritora mais velha e um músico adulto... no total, cerca de doze pessoas. O novelista tinha se aninhado no nicho da janela, e Maria Josefa estava sentada numa cadeira bem perto da porta, as mãos pousadas lado a lado sobre os joelhos. Assim esperavam pelo discípulo da Suíça, que estaria a postos no momento certo.

De repente entrou ainda a mulher rica que costumava frequentar tais eventos para flertar. Ela havia chegado da cidade em seu coupé, vinda de sua luxuosa casa com os gobelinos e os batentes das portas de *Giallo antico*,* subiu todas as escadas e passou pela porta, linda,

---

* Amarelo antigo.

cheirosa e elegante num vestido azul de malha com bordados amarelos, o chapéu parisiense sobre o cabelo castanho-avermelhado, e sorriu com seus olhos de Ticiano. Ela vinha por curiosidade, tédio, prazer pelos opostos, boa vontade com tudo que fosse um pouco extraordinário, extravagância amável. Cumprimentou a irmã de Daniel e o novelista, que frequentavam sua casa, e sentou-se com a maior naturalidade no banco diante do nicho da janela entre a trovadora erótica e o filósofo com a aparência de um canguru.

— Quase me atrasei — falou em voz baixa com sua boca bonita e marcante ao novelista, sentado atrás dela. — Tive convidados para o chá; eles se demoraram...

O novelista sentiu-se totalmente comovido e agradeceu a Deus por estar vestido de maneira apresentável. "Como ela é bonita!", pensou. "Ela é digna de ser a mãe da filha..."

— E a srta. Sonja? — ele perguntou sobre o ombro dela... — A senhora não trouxe a srta. Sonja?

Sonja era a filha da mulher rica e, aos olhos do novelista, uma criatura fantástica, um prodígio de formação universal, um ideal de cultura alcançado. Ele disse seu nome duas vezes porque exprimi-lo lhe dava um prazer indescritível.

— Sonja está doente — disse a mulher rica. — Sim, imagine o senhor, ela está com o pé machucado. Ah, nada de mais, um inchaço, algo como uma pequena inflamação ou calombo. Foi extraído. Talvez não tivesse sido necessário, mas ela quis.

— Ela quis! — repetiu o novelista sussurrando com deleite. — Isso é próprio dela! Mas como posso manifestar meus votos de melhoras?

— Bem, vou dizer a ela — disse a mulher rica. E como ele ficou em silêncio: — Não lhe é suficiente?

— Não, não me é suficiente — ele respondeu bem baixo. Visto que apreciava os livros dele, ela retrucou, sorrindo:

— Então envie uma florzinha para ela.

— Obrigado! — disse ele. — Obrigado! Farei isso! — Para si, pensava: "Uma florzinha? Um buquê! Uma braçada! Amanhã, antes ainda do café, vou com um coche até o florista!". E sentiu que estava de bem com a vida.

Do lado de fora, um ruído fugaz se fez ouvir, a porta abriu e fechou rápido com um tranco e, sob a luz das velas, um jovem baixo e robusto, de terno escuro, apareceu diante dos convidados: o discípulo da Suíça. Ele esquadrinhou o lugar com um olhar ameaçador, aproximou-se com passos vigorosos até a coluna de gesso diante da alcova, postou-se atrás do pódio baixo com tanta energia que parecia querer enraizar-se ali; depois, pegou a primeira folha manuscrita da pilha e começou imediatamente a ler.

Ele devia ter por volta de vinte e oito anos, tinha o pescoço curto e era feio. O cabelo raspado crescia na forma de um ângulo agudo, comprido, em direção à testa baixa e vincada. Seu rosto, imberbe, mal-humorado e tosco, tinha o nariz dos cães dogos, malares abrutalhados, uma das faces encovadas e lábios grossos, salientes, que pareciam formar as palavras com dificuldade, repulsa e às vezes com uma discreta raiva. Apesar de grosseiro, o rosto era pálido. Ele lia com a voz não educada e alta, embora ela fervilhasse e vacilasse em seu interior e fosse prejudicada pela falta de fôlego. A mão que segurava a folha escrita era larga e vermelha, e mesmo assim ela tremia. Ele representava uma mistura tenebrosa de brutalidade e fraqueza, e aquilo que lia casava de maneira muito estranha com isso.

Tratava-se de prédicas, parábolas, teses, leis, visões, profecias e chamados para lições diárias, que se seguiam numa mescla de estilos, em tons saltério-apocalípticos e estratégico-militares, mais expressões crítico-filosóficas, numa imprevisível sequência aleatória. Um eu febril e terrivelmente irritado surgia em meio à solitária megalomania e ameaçava o mundo com uma torrente de palavras violentas. Seu nome era Christus imperator maximus, que recrutava tropas dispostas a morrer para dominar o mundo, enviava mensagens, impunha condições implacáveis, exigia pobreza e castidade e repetia sem cessar, num chamado sem fim e estranhamente excitado, o mandamento da obediência irrestrita. Buda, Alexandre, Napoleão e Jesus foram chamados de seus humildes antecessores, desmerecedores de soltar os cadarços do imperador espiritual...

O discípulo leu por uma hora; depois, tremendo, tomou um gole de vinho tinto e apanhou novas proclamações. O suor brotava na testa baixa, os lábios volumosos tremiam e entre as palavras ele expelia o ar pelas narinas com um rápido bufar, exausto e aos berros. O solitário Eu cantava, enfurecia-se e comandava. Ele se perdia em imagens loucas, submergia num turbilhão de falta de lógica e de súbito voltava à tona, assustador, num lugar totalmente inesperado. Misturavam-se injúrias e hosanas — incenso e vapor de sangue. O mundo era conquistado e salvo por batalhas tempestuosas.

Teria sido difícil medir o efeito das proclamações de Daniel sobre os ouvintes. Alguns voltavam a cabeça, bem inclinada para trás, até o teto, de olhos fechados; outros, curvados sobre os joelhos, o rosto enterrado nas mãos. Sempre que a palavra "castidade" ecoava, os olhos da trovadora erótica se fechavam de uma maneira estranha e o filósofo com a aparência de um canguru escrevia de vez em quando algo incerto no ar com seu indicador longo e curvo. O novelista procurava havia tempos, em vão, por uma posição adequada para as costas doloridas. Às dez horas teve a visão de um pão com presunto, mas afastou-a bravamente.

Por volta das dez e meia era possível notar que o discípulo segurava na trêmula e vermelha mão direita a última folha. O fim havia chegado.

— Soldados — ele encerrou, nos estertores de sua força, com a voz tonitruante por um fio: — Entrego-lhes à espoliação: o mundo!

Em seguida desceu do pódio, lançou em volta um olhar ameaçador e, com a mesma determinação com que chegara, saiu pela porta.

Os ouvintes permaneceram mais um minuto imóveis nas suas últimas posições. Então se ergueram como que obedecendo a uma decisão conjunta e se foram sem demora, depois de apertarem, um a um, a mão de Maria Josefa, dizendo-lhe uma palavra em voz baixa. Ela estava novamente junto à porta com seu drapeado branco, silenciosa e pura.

O garoto mudo encontrava-se atento e em posição do lado de fora. Iluminava a chapelaria para os convidados, ajudava-os na hora de vestir os casacos e acompanhava-os pela escadaria estreita, de cujo alto, do reino de Daniel, caía a luz em movimento das velas, até embaixo na porta da casa, que destrancava. Os convidados saíram em fila para a tediosa rua da pequena cidade.

O cupê da mulher rica estacionou em frente à casa; foi possível ver o cocheiro sobre o banco entre as duas lanternas acesas levar a mão com o cabo do chicote até o chapéu. O novelista acompanhou a mulher rica até a porta.

— Como a senhora está se sentindo? — ele perguntou.

— Não gosto de falar sobre essas coisas — ela respondeu. — Talvez ele seja mesmo um gênio ou algo parecido.

— Sim, o que é um gênio... — falou, pensativo. — Esse Daniel reúne todas as precondições: a solidão, a liberdade, a paixão intelectual, a visão grandiosa, a crença em si mesmo, até a proximidade ao crime e à loucura. O que falta? Talvez o humano? Um pouco de sentimento, desejo, amor? Mas trata-se de uma hipótese totalmente improvisada... — Transmita meus votos a Sonja — ele disse quando ela, do assento, esticou-lhe a mão para se despedir, ao mesmo tempo que ele tomava consciência, tenso, da expressão dela pelo fato de ter se referido apenas à "Sonja" e não à "srta. Sonja" ou "a senhorita sua filha".

Ela apreciava os livros dele e por isso tolerou, sorrindo, seu pedido.

— Serão transmitidos.

— Obrigado — ele disse e um sopro de esperança desnorteou-o. — Agora vou jantar feito um leão!

Ele estava de bem com a vida.

.

HORA DIFÍCIL

Ele se levantou da escrivaninha, de sua pequena e frágil mesa, levantou-se como um desesperado e de cabeça baixa foi até a estufa longa e estreita feito uma coluna que ficava no canto oposto do quarto. Colocou as mãos sobre os azulejos, mas eles estavam quase totalmente frios, pois a meia-noite já passara fazia tempo, e então se encostou ali, sem receber o pequeno conforto que aguardava. Tossindo, fechou as fraldas da camisola, de cujos apliques no peito pendia a desgastada renda Jabot e assoou o nariz para ganhar um pouco de ar, pois o resfriado era uma constante.

Tratava-se de um resfriado estranho e funesto, que quase nunca o abandonava. As pálpebras estavam inflamadas e os contornos das narinas totalmente feridos, e esse resfriado pousava sobre sua cabeça e membros como uma bebedeira pesada, dolorosa. Ou será que a culpa pela moleza e pelo peso era o tedioso confinamento no quarto que o médico lhe prescrevera, mais uma vez, havia semanas? Deus haveria de saber se ele tinha razão. O eterno catarro e as fisgadas no peito e no baixo-ventre talvez fossem o motivo para tanto; além do mais, o tempo estava ruim em Jena havia semanas, um tempo miserável e odioso, que era possível ser sentido em todos os nervos, desolado, escuro e frio, e o vento de dezembro uivava no cano da estufa, tão desamparado e abandonado por Deus que soava feito urzal noturno no meio da tempestade, loucura e incurável aflição d'alma. Mas boa não era, essa prisão estreita, não era boa para as ideias e o ritmo do sangue, do qual vinham as ideias…

O quarto de seis cantos, vazio, sóbrio e desconfortável com seu teto caiado e fumaça de tabaco, seu papel de parede de quadrados enviesados, sobre o qual pendiam silhuetas emolduradas, e seus quatro, cinco móveis de pernas finas estavam à luz das duas velas que queimavam próximas ao manuscrito na escrivaninha. Cortinas vermelhas pendiam sobre as esquadrias das janelas, meras bandeirolas, telas de algodão juntadas simetricamente; mas eram vermelhas, de um vermelho quente e sonoro, e ele as amava e queria nunca ter de se privar delas, porque traziam alguma exuberância e prazer na parcimônia recatada e contida de seu quarto...

Próximo à estufa, observou com um piscar rápido e dolorosamente esforçado a obra do qual havia fugido, aquela carga, aquela pressão, aquela tortura da consciência, aquele mar que se havia de beber, aquela tarefa desastrosa, sinônimo de seu orgulho e sua miséria, seu céu e sua danação. O trabalho se arrastava, conturbava, parava — mais uma e mais outra vez! A culpa era do tempo, do seu catarro e de seu cansaço. Ou da obra? Do trabalho em si? De uma concepção infeliz e consagrada ao desespero?

Ele se levantara a fim de conseguir um pouco de distância, pois muitas vezes a separação espacial do manuscrito tornava possível ter uma visão geral, um olhar mais amplo sobre a matéria, encontrar soluções. Sim, havia casos em que a sensação de alívio ao se afastar do campo da batalha trazia satisfação. E tratava-se de uma alegria inocente, como quando tomamos licor ou café preto, forte... A pequena xícara estava sobre a mesinha. Será que ela o ajudava a superar o bloqueio? Não, não, não mais! Não apenas o médico, também um segundo, alguém mais respeitável, havia-lhe cuidadosamente desaconselhado: o outro, *aquele* ali, de Weimar,* a quem amava com uma inimizade desejosa. Aquele era sábio. Sabia viver, criar; não se torturava; estava sempre atento a si próprio...

Reinava o silêncio na casa. Audível apenas o vento que soprava pela Schloßgasse abaixo, e a chuva quando espocava nas janelas. Todos dormiam, o dono da casa e os seus, Lotte e as crianças. E ele estava acordado sozinho junto à estufa gelada, olhando torturado para a obra na qual sua doentia insatisfação não permitia acreditar... Seu pescoço branco despontava, longo, do colarinho e entre as fraldas da camisola via-se as pernas arqueadas para dentro. O cabelo ruivo tinha sido penteado para trás da testa alta e delicada, deixando à mostra vales de veias pálidas sobre as têmporas e cobrindo as orelhas com cachos delicados. Na base do nariz grande, curvo, que terminava subitamente numa ponta esbranquiçada, surgiam próximas as sobrancelhas grossas, mais escuras do que o cabelo, emprestando uma mirada tristonha ao olhar dos

---

* Referência à amizade entre Schiller e Goethe.

olhos profundos, machucados. Obrigado a respirar pela boca, abria os lábios finos, e suas maxilas sardentas e abatidas pelo ar do quarto amoleciam e afundavam...

Não, estava fracassando e tudo era em vão! O exército! Ele teria de ter apresentado o exército! O exército era a base de tudo! Como ele não podia ser levado diante dos olhos — será que a descomunal arte de impingi-lo à imaginação era possível? E o herói não era herói; era torpe e frio! O início era equivocado, a linguagem era equivocada, tratava-se de uma palestra desanimada e seca sobre história, extensa, sóbria e imprestável para o palco!

Bem, então o fim havia chegado. Um fracasso. Um empreendimento errado. Falência. Queria escrever a Körner,* ao bom Körner, que acreditava nele, que se fiava nele com sua confiança infantil. O amigo iria zombar, suplicar, fazer barulho; iria recordar-lhe de *Carlos*, que também nasceu em meio a escrúpulos, esforços e mudanças e que no final, depois de toda tortura, comprovou ser um feito largamente exemplar e glorioso. Mas tinha sido diferente. Naquela época ele ainda era o homem que conseguia enfrentar um tema com mão venturosa e transformá-lo em vitória. Escrúpulos e batalhas? Ah, sim. E também estivera doente, talvez mais doente do que agora, um sofredor, fugitivo, decaído junto com o mundo, oprimido e paupérrimo nas coisas humanas. Mas jovem, ainda muito jovem! A cada vez seu espírito empertigava-se rapidamente e flexível, não importava quão encurvado estivesse, e depois das horas de aflição sucediam-se outras, as da fé e do triunfo interior. Essas não mais existiam, quase não mais. Uma noite de inspiração total, quando de repente vislumbramos sob genial luz apaixonada o que podia ser criado — caso pudéssemos ainda desfrutar de tais dádivas —, tinha de ser paga com uma semana de escuridão e paralisia. Ele sentia-se cansado, contava apenas trinta e sete anos e já estava no fim. A fé no futuro, que tinha sido sua estrela na miséria, desaparecera. Eis a desesperadora verdade: os anos de necessidade e de insignificância, que ele considerava anos de sofrimento e de provação, foram em realidade anos ricos e frutíferos; e agora que gozava de um pouco de felicidade, que deixava a pirataria espiritual de lado para adquirir alguma legitimidade e manter relações burguesas, que ostentava cargo e glória, tinha mulher e filhos, agora estava exausto e combalido. Restavam fracasso e desalento.

---

* Referência a Christian Gottfried Körner (1756-1831), jurista e funcionário público, desde 1785 amigo muito próximo de Schiller. "Carlos", citado logo abaixo, é o drama *Don Carlos*, de 1787.

Ele gemeu, pressionou a mão defronte dos olhos e caminhou apressado pelo cômodo. O que acabara de pensar era tão terrível que lhe era impossível ficar parado no lugar. Sentou-se numa cadeira junto à parede, deixou as mãos cruzadas pender entre os joelhos e encarou o chão com tristeza.

A consciência... como sua consciência gritava alto! Tinha pecado, pecado contra si mesmo em todos os anos, contra o delicado instrumento que era seu corpo. As escoriações de seu ânimo juvenil, as noites em claro, os dias imersos no ar impregnado de tabaco do quarto, excesso de espírito e desleixo com o corpo, os estimulantes com os quais se aguilhoava a trabalhar — isso se vingava, se vingava agora!

Vingando-se, ele queria afrontar os deuses que decretam a culpa e depois impõem o castigo. Vivera como era preciso ter vivido, não tivera tempo de ser sábio, não tivera tempo de ser precavido. O que era a dor nesse ponto do peito quando respirava, tossia, bocejava, sempre no mesmo ponto, esse aviso pequeno, diabólico, que espeta, que perfura, que não se cala desde que há cinco anos ele fora acometido em Erfurt pela febre com catarro, aquela cruel doença do pulmão? Na realidade, sabia muito bem o que era, independentemente da opinião do médico. Não tinha tempo para repousar de maneira sensata, para viver de maneira moralmente regrada. O que queria fazer tinha de ser feito logo, ainda hoje, rápido... decência? Por fim, como foi que justo o pecado, a entrega ao que prejudica e debilita, passou a parecer mais moral do que toda sabedoria e fria disciplina? Não ela, não a desprezível arte da consciência limpa era moral, mas a batalha e a necessidade, a paixão e a dor!

A dor... Como a palavra abria-lhe o peito! Ele se empertigou, cruzou os braços; e seu olhar, debaixo das pálpebras avermelhadas, fechadas, animou-se com a beleza do sofrimento. A miséria não tinha chegado, a miséria total ainda não, enquanto fosse possível dar à própria miséria um nome orgulhoso e nobre. O último, o pior de tudo era desdenhar de si mesmo. Mas isto era imprescindível: a boa coragem de dar à vida nomes grandes e belos! Não imputar o sofrimento ao ar do quarto e à constipação! Ser saudável o suficiente para ser patético — para ignorar o que vem do corpo, ignorar suas sensações! Ser ingênuo apenas nesse sentido, mesmo se onisciente de todo o resto! Acreditar, conseguir acreditar na dor... Mas acreditava de modo tão profundo e íntimo na dor que as coisas que se passavam numa atmosfera dolorosa não poderiam ser, segundo tal crença, nem inúteis nem más.

Seu olhar voltou-se para o manuscrito e os braços se cruzaram sobre o peito com mais força... O talento em si — não era dor? E se *aquilo*, a fatídica obra, fazia-o sofrer, então tudo estava certo assim e não era quase um bom sinal? Ela nunca havia fluído aos borbotões e, na verdade, ele desconfiaria se o fizesse. A fluência só é dada aos diletantes e aos incompetentes, aos que se satisfazem depressa e aos ignorantes, que não viveram sob a pressão e a disciplina do talento. Pois o talento, senhoras e senhores da plateia, o talento não é algo simples, não é um galanteio, não é um saber sem mais. Na raiz, é uma *necessidade*, um conhecimento crítico do ideal, uma insuficiência, que não sem tormento primeiro conquista e amplia seu saber. E aos maiores, aos insatisfeitos, o talento é o pior de seus flagelos... Não se queixar! Não se vangloriar! Pensar com humildade e paciência no fardo que carregamos! E se nenhum dia, nenhuma hora tiverem sido livres de sofrimento — e daí? Dar pouca atenção às cargas e às conquistas, exigências, queixas, obstáculos, considerá-los *menores* — eis o que torna *grande*!

Ele se levantou, pegou a lata de rapé e inspirou avidamente, depois levou as mãos às costas e caminhou com tanta agitação pelo quarto que as chamas das velas bruxulearam pela corrente de vento... Grandeza! Excepcionalidade! Conquistar o mundo e imortalizar o nome! De que vale toda a felicidade dos eternos anônimos contra esse objetivo? Ser conhecido — conhecido e amado pelos povos do mundo! Falem à vontade do egoísmo, vocês que nada conhecem da doçura desse sonho e dessa urgência! Sempre que há sofrimento, tudo que é extraordinário é egoísta. Vejam com seus olhos, falem a respeito, vocês que não têm uma missão, cuja vida na Terra é tão tranquila! E a ambição diz: é para o sofrimento ter sido em vão? Ele deve é me engrandecer!...

As narinas do comprido nariz estavam dilatadas, o olhar era ameaçador e não se fixava. A mão direita tinha sido metida com força e profundamente na dobra da camisola enquanto a esquerda, de punho fechado, permanecia baixa. Um rubor repentino havia tomado suas faces macilentas, uma labareda nascida da brasa de seu egoísmo de artista, aquela paixão pelo Eu que ardia inextinguível em seu interior. Ele o conhecia, o secreto inebriamento desse amor. Por vezes, bastava observar a própria mão para ser arrebatado por uma encantada doçura em relação a si, quando então decidia colocar a serviço dela todo seu arsenal de talento e de arte. E era possível fazê-lo; não havia nada de desonroso nisso. Pois mais profundo do que esse egoísmo era a consciência de que ele se consumia e sacrificava abnegadamente a serviço de algo elevado, com certeza sem paga, mas por necessidade. Esse era seu ciúme: o de não ser ultrapassado por ninguém que não houvesse sofrido mais que ele a fim de alcançar tais alturas...

Ninguém!... Ficou parado, a mão sobre os olhos, o tronco ligeiramente inclinado para o lado, desviando-se, fugindo. Mas já sentia a picada do pensamento inevitável no coração, o pensamento dirigido a ele, ao outro, luminoso, ávido por agir, sensual, divinamente inconsciente, àquele em Weimar, a quem amava com nostálgica inimizade... E mais uma vez, profundamente inquieto, com pressa e avidez, sentia começar dentro dele a lucubração que seguia a esse pensamento: como afirmar e delimitar a própria pessoa e a própria arte da pessoa e a arte do outro... O outro era mesmo maior? Em quê? Por quê? Quando o outro vencia, não se tratava de um "apesar de tudo"* sangrento? Sua derrota chegaria a ser um espetáculo trágico? Talvez o outro fosse um deus, mas não herói. Mas era mais fácil ser um deus do que um herói! Mais fácil... Para o outro era mais fácil! Separar com a mão sábia e feliz o discernimento da criação, eis o trabalho tornado prazeroso, leve e despreocupado. Mas se a criação era divina, o discernimento era heroico, e aquele que cria com discernimento é ambos, deus e herói...

A vontade de realizar o difícil... Alguém fazia ideia do quanto de disciplina e autossuperação lhe exigia uma sentença, um pensamento rigoroso? Afinal, era ignorante e pouco escolarizado, um sonhador inculto e sentimental. Era mais difícil escrever uma carta de Julio** do que fazer a melhor cena — e, portanto, não era também quase mais elevado? Do primeiro impulso rítmico de arte interior por história, matéria, possibilidade de expressão — até o pensamento, a imagem, a palavra, a linha: que batalha! Que tormento! Suas obras eram milagres da ânsia, ânsia por forma, estrutura, limite, corporeidade, do desejo por aceder ao mundo claro do outro, que chamava diretamente pelo nome e com boca divina as coisas sensíveis.

Mesmo assim e apesar disso: quem era um artista, um poeta igual a ele, ele próprio? Quem criava como ele, do nada, do peito? Um poema não nascera em sua alma como música, como pura imagem primordial

---

* De acordo com estudiosos de Thomas Mann, esse "apesar de tudo" faz alusão a uma passagem de *Ecce Homo*, de Nietzsche ("Apesar disso, e como que para demonstrar minha tese de que tudo decisivo acontece apesar de tudo, foi nesse inverno [...]" — aqui em tradução de Paulo César de Souza). Embora o livro tenha sido publicado apenas em 1906, Mann pode ter tomado conhecimento da passagem na revista *Die Zukunft* de 1897, no artigo de Elisabeth Förster-Nietzsche "Como surgiu o Zaratustra".
** Julio e Rafael são os correspondentes de Schiller em *Cartas filosóficas*, de 1786-7.

do ser, muito antes de emprestar alegorias e figurinos do mundo das aparências? História, filosofia, paixão: meios e pretextos, não mais, que pouco tinham em comum com eles, com a criação oriunda de profundezas órficas. Palavras, conceitos: somente teclas que sua arte preme para fazer soar a melodia de uma lira invisível... Sabiam? Elas o elogiavam muito, as boas pessoas, pela convicção com que ele premia essa ou aquela tecla. E sua palavra preferida, seu último páthos, o grande sino com o qual conclamava às festas mais elevadas d'alma, conclamava muitos... Liberdade!... Sem dúvida compreendia-a mais — e também menos — que as pessoas quando se alegravam. Liberdade, o que é? Um tanto de honra burguesa diante do trono dos príncipes? Vocês imaginam tudo aquilo que um espírito pretende dizer com essa palavra? Liberdade de quê? De que mesmo? Talvez até da felicidade, da felicidade humana, esse grilhão de seda, obrigação suave e encantadora...

Da felicidade... Seus lábios tremiam; era como se o olhar se voltasse para dentro, e aos poucos ele deixou o rosto tombar nas mãos... Encontrava-se no quarto lateral. Uma luz azul fluía da lanterna e a cortina florida escondia a janela com pregas imóveis. Ao lado da cama, curvou-se sobre a doce cabeça no travesseiro... Um cacho preto caído sobre a face pálida como as pérolas e os lábios infantis abertos no sono... Minha mulher! Amada! Seguiste meu desejo e chegaste até mim para ser minha felicidade? Tu és, não te agites! E dorme. Não abras essas pálpebras doces, de sombras longas, para me encarar com olhos tão grandes e escuros como por vezes quanto perguntas por mim e me procuras! Deus, Deus, te amo tanto! Apenas há momentos em que não consigo encontrar meu sentimento, pois amiúde estou muito cansado de sofrer e de lutar com a tarefa que meu Eu me impõe. E não devo ser excessivamente teu, nunca totalmente feliz contigo, pelo bem de minha missão...

Ele beijou-a, separou-se do doce calor do sono dela, olhou ao redor, voltou. O sino alertava-o do quanto a noite havia avançado, mas era como se ao mesmo tempo indicasse, bondoso, o fim de uma hora difícil. Inspirou, os lábios cerraram com força; ele foi e pegou a pena... Nada de remorsos! Era algo profundo demais para remorsos! Não devia descer ao caos, ao menos não permanecer por lá! Mas devia erguer do caos, que é a plenitude, e trazer à luz o que é válido e está maduro para ganhar forma. Nada de remorsos: trabalhar! Limitar, escolher, configurar, completar, terminar...

E a obra do sofrimento havia chegado ao fim. Talvez não tenha ficado boa, mas chegou ao fim. E quando estava finalizada, veja só, também era boa. E novas obras nasciam de sua alma, da música e da ideia, imagens sonoras e brilhantes, que em sua forma sagrada permitiam intuir maravilhosamente o lar eterno, assim como a concha marulha o seu mar.

SANGUE DE VOLSUNGOS*

Como faltavam sete minutos para o meio-dia, Wendelin entrou na antessala do primeiro andar e tocou o gongo. Pernas abertas, vestindo calças violeta que iam até o joelho, ele estava em pé sobre um tapete de orações amarelado pelo tempo e batia no metal com a baqueta. O barulho metálico, selvagem, canibal e exagerado para seu objetivo, era ouvido em todos os lugares: nos salões à direita e à esquerda, na sala de bilhar, na biblioteca, no jardim de inverno, acima e abaixo da casa inteira cuja atmosfera aquecida por igual estava impregnada por um perfume doce e exótico. Enfim emudeceu e Wendelin ainda passou sete minutos ocupado com outros assuntos, enquanto Florian ajeitava os últimos detalhes na sala de jantar. Mas ao meio-dia em ponto o aviso bélico soou pela segunda vez. E então as pessoas apareceram.

O sr. Aarenhold saiu com passos curtos da biblioteca, onde estivera ocupado com suas obras antigas. Costumava comprar antiguidades literárias, primeiras edições em todas as línguas, livros velhos, caros e mofados. Enquanto esfregava as mãos em silêncio, perguntou com a voz abafada e um tanto sofrida:

— Beckerath ainda não chegou?

— Vai chegar. Por que não viria? Afinal, economiza um café da manhã no restaurante — respondeu a sra. Aarenhold, descendo em silêncio a escada coberta por uma passadeira espessa; no topo dela havia um pequeno órgão de igreja, antiquíssimo.

O sr. Aarenhold piscou. A mulher era impossível. Pequena, atrevida,

---

* Últimos versos do primeiro ato de *As valquírias*, de Richard Wagner: "Noiva e irmã/ és do irmão/ floresça pois o sangue dos volsungos".

precocemente envelhecida e ressecada como se esturricada sob um sol estrangeiro, mais quente. Um colar de brilhantes descansava sobre o peito caído. O penteado do cabelo grisalho era complexo e preso no alto, com muitos cachos e rococós, e em algum lugar em sua lateral um maço de penas brancas estava fixado por uma presilha decorada com diamantes. Mais de uma vez o sr. Aarenhold e os filhos tinham criticado com palavras escolhidas a dedo essa maneira de usar o cabelo. A sra. Aarenhold, entretanto, teimava em fazer valer o próprio gosto.

Os filhos chegaram. Eram Kunz e Märit, Siegmund e Sieglinde. Kunz vinha de uniforme engalanado, era um homem bonito, moreno, de lábios entreabertos e uma perigosa cicatriz de luta. Treinava havia seis semanas com seu regimento de hussardos. Märit trajava um vestido sem espartilho. Loiríssima, era uma moça severa de vinte e oito anos com nariz adunco, olhos de águia cinzentos e boca amarga. Estudava direito e, com uma expressão de desdém, trilhava os próprios caminhos.

Siegmund e Sieglinde apareceram por último, mãos dadas, vindos do segundo andar. Eram gêmeos e os caçulas: aos dezenove anos, esguios como varas, tinham compleição infantil. Ela usava um vestido de veludo vermelho-bordô, muito pesado para sua silhueta e de corte parecido à moda florentina de 1500. Ele estava de terno cinza com uma gravata de seda crua cor de framboesa, sapatos de laca nos pés finos e abotoaduras enfeitadas com pequenos brilhantes. A barba cerrada, preta, estava tão bem escanhoada que o rosto magro e pálido com as sobrancelhas negras unidas ainda mantinha seu ar de efebo. Sua cabeça estava coberta de cachos espessos, pretos, repartidos lateralmente à força e que cresciam ganhando as têmporas. O cabelo castanho-escuro dela, penteado de modo a deixar livres as orelhas e com uma risca lisa e longa, era ornado por um arco dourado do qual pendia uma pérola na altura da testa — presente dele. Um dos punhos de garoto dele estava envolto por uma pesada pulseira dourada — presente dela. Eles se pareciam muito. Tinham o mesmo nariz um pouco amassado, ossos malares proeminentes, olhos pretos e cintilantes. Mas eram as mãos longas e finas que mais se assemelhavam — tanto que as dele não eram mais masculinas do que as dela, mas apenas de uma coloração mais avermelhada. E eles costumavam se dar as mãos, não se importando com a tendência de ambas ficarem úmidas...

Todos se reuniram por um tempo sobre o tapetinho no saguão, quase em silêncio. Por fim chegou Von Beckerath, noivo de Sieglinde. Wendelin abriu-lhe a porta do corredor e ele entrou com seu paletó preto, desculpando-se pelo atraso. Era funcionário da administração pública e de família — pequeno, amarelo-canário, barba pontuda e de ávida polidez. Antes de começar uma frase, puxava rapidamente o ar pela boca aberta, apertando o queixo no peito.

Beijou a mão de Sieglinde e disse:

— Sim, perdoe-me também, prezada Sieglinde! O caminho do ministério ao Tiergarten é tão longo... — Ele ainda não podia ser menos formal com ela; ela não gostava. Sem hesitar, ela respondeu:

— Muito longo. Tendo em vista esse caminho, que tal sair do ministério um pouco mais cedo?

Kunz acrescentou, e seus olhos negros se tornaram rasgos cintilantes:

— O que com certeza agitaria nosso dia a dia doméstico.

— Sim, oh, Deus... Negócios... — disse Von Beckerath, desanimado. Ele contava trinta e cinco anos.

Os irmãos falaram com argúcia e língua afiada, supostamente ofensivos, embora talvez movidos apenas por uma atitude de defesa que traziam de nascença; magoaram, quiçá apenas pelo prazer do gracejo, de modo que seria pedante malquerê-los. Levaram a sério as pobres palavras dele como se achassem que lhe eram adequadas e que o jeito dele não necessitava da proteção do gracejo. Dirigiram-se à mesa; o sr. Aarenhold, que queria mostrar a Von Beckerath que estava com fome, foi na frente.

Sentaram-se, desdobraram os guardanapos. A mesa de sete lugares da família perdia-se na vastidão da sala de refeições, forrada com tapetes e paredes cobertas com *boiserie* do século XVIII. Do teto pendiam três lustres elétricos. Ela estava próxima à grande janela que chegava até o chão e oferecia uma visão ampla sobre o jardim ainda invernal. A seus pés e atrás da cerca baixa bailava o delicado jato prateado de uma fonte. Gobelinos com idílios pastorais, como aqueles que há tempos enfeitaram os painéis de madeira de um castelo francês, cobriam a parte superior das paredes. Os assentos junto à mesa eram baixos, de cadeiras com estofados largos e flexíveis, revestidos com gobelinos. Sobre o damasco muito engomado, branquíssimo e bem passado, havia uma taça com duas orquídeas para cada jogo de talheres. O sr. Aarenhold firmou com a mão magra e cuidadosa o pincenê à meia-altura do nariz e leu o cardápio com uma expressão desconfiada; havia três deles sobre a mesa. Sofria de uma fraqueza do plexo solar, aquele complexo de nervos que se encontra sob o estômago e que pode se tornar fonte de pesadas controvérsias. Por essa razão, tinha por hábito verificar o que consumia.

Havia caldo de carne com tutano, *sole au vin blanc*,* faisão e abacaxi. Apenas isso. Era uma refeição em família. Mas o sr. Aarenhold estava satisfeito: tratava-se de alimentos bons, fáceis de digerir. Veio a sopa. Um elevador monta-pratos, que chegava no bufê, baixou-a silenciosamente da cozinha, e os empregados serviram-na ao redor da mesa, curvados, os rostos concentrados, num tipo de paixão por servir. As pequenas xícaras eram da mais delicada e transparente porcelana. As bolinhas esbranquiçadas de tutano boiavam no líquido quente, amarelo-ouro.

O sr. Aarenhold, sentindo-se aquecido, dispôs-se a animar a mesa. Com os dedos cuidadosos, levou o guardanapo à boca e procurou por uma maneira de exprimir aquilo que agitava seu espírito.

— Sirva-se de mais uma tacinha, Beckerath — disse. — Isso alimenta. Quem trabalha tem direito de se cuidar, de maneira prazerosa... Gosta de comer? Come com satisfação? Se não, pior para você. Para mim, cada refeição é uma festa. Alguém disse que a vida é boa pois está organizada de maneira a podermos comer quatro vezes ao dia. Verdade. Mas para honrar essa disposição, é preciso ter alguma juventude e gratidão, que nem todos sabem manter... Envelhecemos, é certo, não dá para mudar. O que importa na verdade é que as coisas permaneçam como novidade e que não nos acostumemos a nada... Já que você — ele prosseguiu enquanto colocava um pouco de tutano no pedaço de pão, jogando um pouco de sal por cima — está em vias de modificar suas relações, o nível de sua existência deve aumentar de maneira significativa. — (Von Beckerath sorriu.) — Se quiser desfrutar a vida, de fato desfrutá-la, consciente e artisticamente, trate de nunca se habituar aos novos padrões. O hábito é a morte. É o embotamento. Não se acostume, não permita que nada se torne natural, preserve um gosto infantil pelas doçuras da abastança. Veja... Há alguns anos estou em condições de permitir-me alguns confortos da vida — (Von Beckerath sorriu) — e mesmo assim lhe asseguro que ainda hoje, a cada manhã que o Senhor me concede, sinto meu coração se acelerar um pouco ao acordar e saber que meu lençol é de seda. Isso é juventude... Ainda não sei como cheguei até aqui; mesmo assim, consigo me achar um príncipe encantado...

Os filhos se entreolharam, todos entre si, e de maneira tão indelicada que o sr. Aarenhold não pôde deixar de notar e ficar embaraçado.

---

* Linguado ao vinho branco.

Estava ciente de que eles se lhe opunham e o desprezavam: por sua origem, pelo sangue que corria nele e que receberam dele, pela maneira como conquistou sua riqueza, pelos seus passatempos que aos olhos deles não lhe cabiam, pelo cuidado que dispensava a si próprio, ao qual também não teria direito, por seus colóquios aveludados e poéticos, aos quais faltavam os constrangimentos do gosto... Ele sabia disso e lhes dava algum tipo de razão; não estava imune a sentimentos de culpa em relação a eles. No fim das contas, porém, tinha de afirmar sua personalidade, tinha de levar sua vida e também poder falar a respeito, ou seja, disso. Tinha esse direito, tinha comprovado que era digno de consideração. Fora um verme, um piolho, sim; mas a capacidade de perceber a situação de maneira tão clara e com tanto desprezo por si próprio era causa daquela ambição tenaz e nunca suficiente que o fizera grande... O sr. Aarenhold nascera no Leste, numa cidade distante, casara-se com a filha de um comerciante abastado e a partir de um empreendimento audaz e inteligente, intrigas geniais que tinham como objeto uma mina, a exploração de uma jazida de carvão, criou um fluxo intenso e incessante de dinheiro para seu caixa...

O prato de peixe tinha chegado. Trazendo-o do bufê, os empregados atravessavam apressados a sala. Serviram o molho cremoso que o acompanhava e vinho tinto, ligeiramente frisante na língua. A conversa girava em torno do casamento de Sieglinde e Beckerath.

Estava próximo, aconteceria dali a oito dias. O enxoval foi assunto, bem como o roteiro da viagem de núpcias. Na verdade, o sr. Aarenhold explicava sozinho esses temas, secundado por Beckerath numa espécie de submissão obediente. A sra. Aarenhold comia com sofreguidão e respondia do seu jeito, apenas por meio de perguntas pouco exigentes. Sua fala era intercalada com palavras curiosas e ricas em sons guturais, expressões de seu dialeto de infância. Märit opunha-se com silenciosa resistência à cerimônia religiosa, que tinha sido aventada e que a ofendia em suas convicções totalmente esclarecidas. Além disso, o sr. Aarenhold mantinha-se pouco entusiasmado em relação a esse casamento, visto que Von Beckerath era evangélico. Um casamento evangélico não tinha beleza. Seria diferente, caso Von Beckerath seguisse a confissão católica. — Kunz permaneceu quieto porque na presença de Von Beckerath ficava irritado com a mãe. E nem Siegmund nem Sieglinde participariam da conversa. Entre as cadeiras, davam-se as mãos estreitas e úmidas. Vez ou outra seus olhares se encontravam, fundidos, fechavam um pacto ao qual não havia caminhos nem acesso do lado de fora. Von Beckerath estava sentado do outro lado de Sieglinde.

— Cinquenta horas — disse o sr. Aarenhold — e o senhor estará em Madri, se quiser. Progredimos, precisei de sessenta no caminho mais curto... Assumo que preferirá o caminho por terra em detrimento daquele por mar, a partir de Roterdã?

Von Beckerath concordou rapidamente com o caminho por terra.

— Mas não deixe Paris de lado. Existe a possibilidade de ir direto passando por Lyon... Sieglinde conhece Paris. Mas você não devia perder a oportunidade... Deixo a seu critério fazer uma parada antes. O lugar do início de sua lua de mel fica a seu bel-prazer...

Sieglinde virou a cabeça, virou-a pela primeira vez na direção do noivo: sincera e aberta, sem se preocupar minimamente se alguém estava prestando atenção nela. Encarou a expressão dócil ao seu lado com um olhar grande e moreno, perscrutador, cheio de expectativa, questionador, brilhante e sério que, como o de um animal, falou sem usar de conceitos durante esses três segundos. Porém, entre as cadeiras, segurava a mão do irmão gêmeo, cujas sobrancelhas unidas na base do nariz formavam duas dobras pretas.

A conversa foi rareando, gotejou de maneira irregular por um tempo, triscou a nova remessa de charutos que havia chegado de Havana numa embalagem de zinco especialmente para o sr. Aarenhold, e depois ficou dando voltas ao redor de um ponto, uma questão de natureza lógica, levantada de passagem por Kunz: se A era condição necessária e suficiente para B, B seria também a condição necessária e suficiente para A? O tema foi debatido, retalhado com perspicácia, ilustrado com exemplos, ampliado da centena para o milhar, atacado de ambos os lados por uma dialética material e abstrata, até se inflamar. É que Märit havia introduzido no debate uma diferenciação filosófica, ou seja entre o motivo real e o causal. Kunz, retrucando de cabeça erguida para ela, declarou que o "motivo causal" se tratava de um pleonasmo. Märit insistiu, com palavras irritadas, na razão de sua terminologia própria. O sr. Aarenhold empertigou-se, levantou um pedacinho de pão entre o polegar e o indicador e se preparou para explicar aquilo tudo. O fiasco foi total. Os filhos riram dele. Até a sra. Aarenhold rebateu.

— Do que você está falando? — ela perguntou. — Você estudou o assunto? Você estudou pouco, isso sim! — E quando Von Beckerath pressionou o queixo no peito e puxou o ar pela boca a fim de manifestar sua opinião, a conversa já era outra.

Siegmund falou. Num tom irônico, contou da encantadora ingenuidade e naturalidade de um conhecido que não sabia diferenciar uma jaqueta de um smoking. Esse Parsifal referia-se a um smoking xadrez... Kunz conhecia um caso ainda mais extremo de inocência. Tratava-se de alguém que aparecera de smoking para o *five o'clock tea*.

— À tarde, de smoking? — perguntou Sieglinde repuxando os lábios... — Só os bichos fazem isso.

Von Beckerath riu com entusiasmo, até porque sua consciência o alertava que ele próprio já comparecera a um chá trajando smoking... Na hora do prato de ave, a conversa tinha passado de questões de cultura geral para arte: para artes plásticas, das quais Von Beckerath era conhecedor e amante; para literatura e teatro, simpatias do lar dos Aarenhold, embora Siegmund se ocupasse da pintura.

O diálogo estava animado e abrangente, os filhos participavam com entusiasmo, falavam bem, seus gestos eram nervosos e arrogantes. Marchavam no extremo do bom gosto e exigiam o mais radical. Queriam mais que intenção, convicção, sonho e desejo combativo, insistindo impiedosamente na capacidade, no desempenho, no sucesso da batalha aguerrida das forças, e a obra de arte vencedora era saudada sem admiração, mas com reconhecimento. O próprio sr. Aarenhold falou para Von Beckerath:

— Você é muito bondoso, meu caro! Defende a boa vontade. *Resultados*, meu amigo! Você diz: embora aquilo que faça não seja muito bom, ele não era nada além de um camponês antes de enveredar na arte; desse ponto de vista, é surpreendente. Nada disso. O resultado é absoluto. Não há circunstâncias atenuantes. Ele que faça algo de primeira categoria, ou é porcaria total. Eu poderia dizer a meu respeito: de início você não era nada além de um miserável; é comovente como chegou a conquistar o próprio escritório. Então, eu não estaria sentado aqui. Tive de obrigar o mundo a me reconhecer — então também quero que me obriguem a reconhecer os demais. Aqui é Rodes;* é preciso dançar conforme a música!

Os filhos riram. Por um instante, não o desprezaram. Estavam afundados na cadeira macia da sala, numa postura descontraída, semblantes mimados, caprichosos, sentados em meio a uma segurança abastada, mas sua fala afiada parecia ser própria de onde é imperioso que seja assim, de onde agudeza de espírito, dureza e defesa própria e graça atenta

---

* Adaptação da frase latina *"Hic Rhodus, hic salta!"* (Aqui é Rodes, salta aqui!).

são necessárias à vida. Seus elogios limitavam-se a uma concordância discreta; suas reprimendas rápidas, astutas e desrespeitosas desarmavam num piscar de olhos e sufocavam a satisfação, tornando-a burra e muda. Eles chamavam de "muito boa" a obra supostamente blindada por uma intelectualidade nada sonhadora contra qualquer objeção, e desprezavam o erro da paixão. Von Beckerath, inclinado a um entusiasmo desarmado, ficava em posição difícil, sobretudo por ser o mais velho. Na cadeira, dava a impressão de ser menor do que era, pressionava o queixo no peito e respirava com dificuldade pela boca aberta, oprimido pela superioridade alegre dos outros. Contestavam em qualquer circunstância, como se lhes parecesse impossível, reles, insultuoso não contestar, contestavam com excelência, e seus olhos se tornavam rasgos faiscantes nessa hora. Atacavam uma palavra, uma única, que ele tenha empregado, destroçavam-na, descartavam-na, e escolhiam outra, uma de característica mortal, que, feito flecha, mirava, zunia e acertava o alvo na mosca... No fim do café da manhã os olhos de Von Beckerath estavam vermelhos e sua imagem era de alguém muito transtornado.

De repente — o açúcar estava sendo espalhado sobre as fatias de abacaxi —, Sigmund falou, franzindo o rosto do seu jeito, como alguém que é ofuscado pelo sol:

— Ah, antes que nos esqueçamos, Beckerath, tem outra coisa... Sieglinde e eu, nós lhe pedimos... A "Valquíria" será encenada hoje na ópera... Gostaríamos de ouvi-la mais uma vez, os dois juntos... podemos? É claro que isso depende de sua complacência e favor...

— Que apropriado! — disse o sr. Aarenhold.

Kunz tamborilou sobre a toalha o ritmo do tema de Hunding.

Von Beckerath, aturdido por alguém pedir sua permissão para alguma coisa, respondeu de pronto:

— Mas, Siegmund, certamente... e minha cara Sieglinde... considero isso muito razoável... vá sem falta... estou de acordo e os acompanho... O elenco de hoje é excepcional...

Os Aarenhold curvaram-se sobre seus pratos, sorrindo. Von Beckerath, excluído e piscando em busca de entender o que acontecia, tentou, na medida do possível, dividir a satisfação deles.

Siegmund disse o seguinte:

— Ah, imagine, eu acho o elenco ruim. Aliás, receba toda nossa gratidão; mas você nos entendeu mal. Sieglinde e eu pedimos para escutar a "Valquíria" *sozinhos* uma última vez antes do casamento. Agora já não sei se...

— Mas claro... Entendo perfeitamente. É comovente. Vocês têm de ir mesmo...

— Obrigado. Estamos muito gratos. Então vou pedir para colocar os arreios em Percy e Leiermann.

— Permita-me observar — disse o sr. Aarenhold — que sua mãe e eu vamos até os Erlanger para o jantar, usando Percy e Leiermann para tanto. Vocês hão de ser condescendentes e se satisfazer com Baal e Zampa e o cupê marrom.

— E os ingressos? — perguntou Kunz...

— Já os tenho faz tempo — disse Siegmund, jogando a cabeça para trás.

Riam enquanto miravam os olhos do noivo.

O sr. Aarenhold abriu a embalagem de um pó de beladona com a ponta dos dedos e salpicou-o cautelosamente na boca. Em seguida, acendeu um cigarro largo que logo passou a difundir um aroma delicioso. Os empregados se puseram em ação para puxar as cadeiras atrás dele e da sra. Aarenhold. Foi dada a ordem de o café ser servido no jardim de inverno. Kunz solicitou, com a voz enérgica, seu docar a fim de ir até a caserna.

Siegmund estava se aprontando para a ópera havia mais de uma hora. Possuía uma necessidade excepcional e contínua de limpeza, de modo que chegava a passar parte considerável do dia junto ao lavatório. Nesse instante se encontrava diante de um grande espelho estilo império, de moldura branca, mergulhando o pincel grosso de pó na lata para empoar o queixo e as maçãs do rosto, recém-barbeadas; pois sua barba era tão cerrada que se saísse à noite precisava removê-la uma segunda vez.

Estava um tanto colorido: ceroulas e meias de seda cor-de-rosa, pantufas vermelhas de fino couro marroquino e um casaco de usar em casa de estampa escura e acolchoado. E ao seu redor havia o dormitório grande, totalmente decorado com móveis laqueados de branco e elegantemente práticos, e atrás das janelas encontravam-se as massas de copas nuas e o nevoeiro do Tiergarten.

Como escureceu demais, acendeu as lâmpadas instaladas no grande *plafonnier* branco circular que preencheram o ambiente com uma claridade leitosa, e fechou todas as cortinas de veludo diante das janelas turvas. A luz era aprendida pelos espelhos claríssimos do armário, da mesinha do lavatório, da penteadeira; cintilava nos frascos lapidados sobre a prateleira revestida com azulejos. E Siegmund seguiu trabalhando em si próprio. Às vezes, durante um pensamento qualquer, as sobrancelhas unidas sobre a base do nariz formavam duas dobras pretas.

Seu dia havia se passado como seus dias costumavam passar: vazios e rápidos. Visto que o teatro começava às seis e meia e que começara a se trocar já às quatro e meia, mal pudera usufruir da tarde. Depois de ter descansado das duas às três na sua chaise longue, tomou o chá e, esticado numa poltrona de couro funda no escritório que dividia com o irmão Kunz, aproveitou a hora restante para ler algumas páginas de cada um dos romances recém-lançados. Tinha achado todas aquelas obras fracas, mas mesmo assim enviou algumas ao encadernador de livros para arrumá-las artisticamente para sua biblioteca.

Aliás, tinha trabalhado na parte da manhã. Passara das dez às onze no ateliê de seu professor. Esse professor, um artista de fama europeia, aperfeiçoava o talento de Siegmund no desenho e na pintura, e recebia dois mil marcos por mês do sr. Aarenhold. O que Siegmund pintava era motivo de riso. Ele próprio o sabia e estava longe de colocar grandes expectativas na sua arte. Era sagaz demais para não perceber que as condições de sua existência não eram as mais favoráveis para o desenvolvimento de um talento criativo.

Os penduricalhos da vida eram tão ricos, tão diversificados, tão exagerados, que quase não sobrava nenhum espaço para a vida em si. Cada um desses penduricalhos era tão precioso e belo que se erguia pretensiosamente sobre sua finalidade intrínseca, desconcertava, consumia atenção. Siegmund tinha nascido na abastança, sem dúvida estava acostumado a ela. Apesar disso, essa abastança nunca cessava de ocupá-lo e estimulá-lo, excitando-o com contínua luxúria. Querendo ou não, nesse ponto se sentia como o sr. Aarenhold, que exercia a arte de não se acostumar a nada...

Gostava de ler, aspirava pela palavra e pelo espírito como se fossem um tipo de armamento recomendado por um instinto profundo. Mas nunca tinha se lançado a um livro e nele se perdido como acontece quando esse livro se transforma na coisa mais importante da vida, a única, no mundo em miniatura fora do qual não enxergamos nada, no qual nos fechamos e afundamos, nutrindo-nos até a última sílaba. Os livros e os jornais vinham aos borbotões, podia comprá-los todos, eles se amontoavam a seu redor, e quando queria ler, incomodava-se pelo tanto que ainda havia para ler. Mas os livros eram mandados para encadernar.

Em couro prensado, com a bela marca de Siegmund Aarenhold, ficavam todos expostos ali, esplêndidos, autossuficientes, um lastro na sua vida como uma propriedade à qual ele não conseguia se sujeitar.

O dia era seu, era livre: um presente com todas as suas horas, do nascer ao pôr do sol; apesar disso, Siegmund não achava tempo em seu íntimo para uma vontade, muito menos para sua concretização. Ele não era herói, não dispunha de forças descomunais. As precauções, os preparativos luxuosos para o que era essencial e sério consumiam aquilo de que dispunha para empregar. Quanto cuidado e esforço mental não eram aplicados numa toalete minuciosa e completa, quanta atenção na manutenção de seu guarda-roupa, do estoque de cigarros, sabonetes, perfumes, quanto de capacidade de decisão naquele instante, que se repetia duas ou três vezes ao dia, em que era preciso escolher a gravata! E isso era essencial, era sério. Que os loiros cidadãos do campo usassem coturnos e colarinhos moles à vontade. Mas ele, especialmente ele, tinha de manter a aparência irretocável e irrepreensível, dos pés à cabeça...

No final, ninguém esperava dele nada além disso. Nos momentos em que sentia uma ligeira inquietação sobre o verdadeiro significado de "essencial", percebia que a ausência da expectativa dos outros enfraquecia e dissipava essa inquietação... A divisão de tempo na casa tinha sido decidida do ponto de vista de que o dia passava rápido e sem horas vagas perceptíveis. A refeição seguinte sempre estava próxima. Jantava-se antes das sete; à noite o tempo dedicado ao ócio com a consciência limpa era longo. Os dias corriam e em igual velocidade as estações se alternavam. Dois meses de verão eram passados no castelinho do lago, com o jardim extenso e vistoso mais as quadras de tênis, as trilhas frescas através do parque e as estátuas de bronze no gramado aparado; o terceiro mês, na praia ou na montanha, em hotéis que tentavam superar o padrão de casa... Em alguns dias de inverno, ainda havia pouco, tinha estado na universidade para assistir a um curso ministrado em horário conveniente sobre história da arte; não o frequentava mais, visto que, de acordo com seu olfato, os outros participantes de longe não tomavam banhos suficientes...

Em vez disso, passeava com Sieglinde. Ela estivera ao seu lado desde o mais longínquo início. Juntos, ambos balbuciaram os primeiros sons, deram os primeiros passos e ele não tinha nenhum amigo, nem nunca tivera, como ela, que nascera com ele, seu carinhoso duplo ricamente embelezado, moreno, cuja mão pequena e úmida ele segurava enquanto os abastados dias passavam céleres diante de seus olhos vazios. Eles levavam flores recém-colhidas nos passeios, um raminho de violetas ou lírios-do-vale, cheirando-as alternadamente ou, às vezes, os dois ao mesmo tempo. Ao caminhar, inspiravam o ar doce com uma entrega lasciva e relaxada, mimando-se como doentes egoístas, entorpecendo-se como desesperançados, afastando de si com um movimento íntimo o mundo malcheiroso e amando um ao outro em sua cultivada inutilidade. Mas seu discurso era cortante e brilhantemente coerente; referia-se às pessoas com as quais se relacionavam, às coisas que tinham visto, ouvido, lido e que haviam sido feitas por outros, daqueles que existiam para sujeitar seus próprios feitos à palavra, à definição, à cômica divergência...

Depois apareceu Beckerath, funcionário do ministério e de boa família. Ele havia cortejado Sieglinde, tendo ao seu lado a neutralidade benevolente do sr. Aarenhold, a concordância da sra. Aarenhold, o apoio entusiasmado de Kunz, o hussardo. Ele fora paciente, cuidadoso e de uma educação infinita. E, por fim, depois de Sieglinde lhe dizer vezes suficientes que não o amava, ela começou a observá-lo com atenção, cheia de expectativa, em silêncio, com um grave olhar cintilante, que falava sem usar de conceitos, como de um animal — e disse sim. E o próprio Siegmund, que a dominava, tinha parte nesse final. Ele se desprezava por isso, mas não se manifestou de maneira contrária porque Beckerath trabalhava no ministério e era de boa família... Às vezes, em meio à toalete, suas sobrancelhas unidas sobre a base do nariz formavam duas dobras pretas.

Postou-se sobre a pele de urso-polar que esticava as patas diante de sua cama, na qual os pés afundavam, e pegou a camisa dobrada do fraque depois de ter se lavado inteiro com uma água aromatizada. Seu torso amarelado, sobre o qual escorregava o linho engomado e brilhante, era magro como de um rapazinho, mas lanoso de pelos pretos. Continuou a se vestir com ceroulas pretas de seda, meias pretas de seda e ligas pretas de fivelas prateadas, meteu-se nas calças passadas a ferro, de tecido preto brilhante feito seda, fixou os suspensórios brancos de seda sobre os ombros estreitos e, com o pé sobre um banquinho, começou a abotoar as botas de laca. Bateram à porta.

— Posso entrar, Gigi? — perguntou Sieglinde do lado de fora...
— Sim, entre — ele respondeu.

Ela entrou, já pronta. Seu vestido era de seda brilhante verde-mar, com decote anguloso arrematado por um largo bordado bege. Dois pavões bordados acima da cintura, um virado para o outro, seguravam uma guirlanda com os bicos. O cabelo castanho-escuro de Sieglinde não estava enfeitado no momento; mas havia uma pedra preciosa grande, oval, presa ao fino colar de pérolas sobre o colo desnudo, cuja pele era da cor da espuma do mar. Sobre o braço, uma echarpe entretecida com muitos fios prateados.

— Sou obrigada a te informar — ela disse — que o carro está esperando.

— Acredito que ele não se incomodará em aguardar mais dois minutos — ele retrucou de bate-pronto. No fim, foram dez minutos. Ela se sentou na chaise longue de veludo branco e ficou observando o irmão se arrumar ainda mais rápido.

De um caleidoscópio colorido de gravatas, ele escolheu uma branca de piquê, e começou a dar o nó na frente do espelho.

— Beckerath — ela disse — ainda usa as gravatas coloridas com o nó transversal, como foi moda no ano passado.

— Beckerath — disse ele — é o ser mais banal que já conheci. — Em seguida, virando-se na sua direção e franzindo o rosto como alguém ofuscado pelo sol, acrescentou:

— Aliás, peço que você não mencione mais esse germano durante esta noite.

Ela deu um pequeno sorriso e respondeu:

— Não se preocupe, não se trata de algo complicado para mim.

Ele vestiu o colete de piquê de decote bem aberto, e por cima, o fraque; o fraque que passara por cinco provas, cujo forro de seda suave acarinhava as mãos enquanto elas escorregavam pelas mangas.

— Deixe-me ver quais abotoaduras você escolheu — disse Sieglinde, aproximando-se dele. Eram as de ametista. Os botões do peitilho, dos punhos, do colete branco eram do mesmo tipo.

Ela o olhava com admiração, orgulho, devoção — havia uma delicadeza profunda, escura, em seus olhos límpidos. Como os lábios dela descansavam tão suavemente um sobre o outro, ele os beijou. Sentaram-se na chaise longue para se papariciarem por mais um instante, como gostavam de fazer.

— Você está macio, muito macio de novo — ela disse, acariciando as faces barbeadas dele.

— Seus bracinhos parecem de cetim — ele disse, alisando com a mão o delicado antebraço dela, enquanto inalava a fragrância de violetas do seu cabelo.

Ela beijou seus olhos fechados; ele beijou-a no pescoço, ao lado da pedra preciosa. Beijaram as mãos um do outro. Com uma doce sensualidade, amavam-se pelas suas aparências mimadas e donairosas, e pelos seus bons perfumes. Por fim, brincaram feito filhotinhos de cachorro que se mordiscam com os lábios. Em seguida, ele se levantou.

— Não queremos nos atrasar hoje — disse. E ainda apertou a boca do frasco do perfume no lenço, esfregou uma gota nas mãos estreitas e vermelhas, pegou as luvas e afirmou estar pronto.

Ele apagou a luz e eles saíram: atravessaram o corredor de iluminação avermelhada, com escuras e antigas pinturas penduradas, passaram pelo órgão e desceram as escadas. Wendelin, gigante em seu paletó longo e amarelo, estava no saguão aguardando com os sobretudos. Fizeram com que ele os ajudasse a vesti-los. Metade da cabecinha morena de Sieglinde sumiu na gola de raposa prateada do seu. Acompanhados pelo empregado, seguiram pelo corredor de pedra e ganharam o lado de fora.

Fazia um friozinho e nevava um pouco, flocos grandes, como uns fiapos sob luz branca. O coupé parou bem próximo à casa. O cocheiro, com a mão no chapéu, inclinou-se um pouco no banco ao vigiar a subida dos irmãos. Daí o chicote estalou, Wendelin saltou para junto dele e a carruagem, ganhando velocidade imediatamente, estalou sobre o cascalho do jardim dianteiro, passou pelo portão alto e bem aberto, fez uma curva suave à direita e continuou rodando...

O ambiente pequeno e macio onde se encontravam estava levemente aquecido.

— Quer que eu feche? — perguntou Siegmund... E como ela assentiu, cerrou as cortinas de seda marrom diante dos vidros polidos.

Chegaram no coração da cidade. Luzes passavam pipocando atrás das cortinas. À volta do rápido passo ritmado dos cavalos, à volta da velocidade silenciosa da carruagem que os transportava elegantemente sobre as irregularidades do solo, a engrenagem da grande vida fervia, estrilava e zumbia. E alheios a isso, protegidos com conforto, estavam sentados em silêncio no estofamento macio de seda marrom — de mãos dadas.

O carro parou em frente à ópera. Wendelin postou-se no estribo para ajudá-los a desembarcar. Na claridade das luminárias curvas, pessoas cinzentas, passando frio, assistiam a sua chegada. Atravessaram seus olhares inquisidores e hostis, seguidos pelo empregado, e atravessaram o vestíbulo. Já estava tarde, o silêncio reinava. Subiram a escada, largaram os sobretudos no braço de Wendelin, demoraram-se um segundo lado a lado diante de um espelho alto e passaram pela pequena porta do camarote. Foram recepcionados pelo ruído dos assentos sendo abertos, a última ebulição das conversas antes do silêncio. No momento em que o funcionário do teatro os acomodou nas poltronas de veludo, a sala se envolveu em escuridão e o prelúdio começou, arrebatador.

Tempestade, tempestade... Chegados ali com tranquilidade, como que flutuando, concentrados, preservados de obstáculos, de pequenas adversidades irritantes, Siegmund e Sieglinde entraram de pronto na atmosfera da encenação. Tempestade e trovoadas inflamadas, temporal no bosque. A ordem áspera do deus ecoou, repetiu-se transtornada de ódio, e o relâmpago estrondou obediente. A cortina se abriu como que pela agitação. Lá estava o espaço pagão, com a brasa do forno no escuro, a silhueta ereta de um freixo. Siegmund, um homem rosado de barba cor de pão, apareceu na porta de madeira e se apoiou acuado e exausto contra o batente. Depois, suas pernas fortes, envoltas por peles de animais e cordões, carregaram-no em passos arrastados, trágicos, para a frente. Os olhos azuis debaixo das sobrancelhas loiras e dos cachos loiros da peruca que caíam na testa, dirigiam-se de esguelha ao maestro, suplicantes; e finalmente a música diminuiu, cessou, para que sua voz fosse ouvida, clara e honrada, embora ele a abafasse, ofegante. Na canção curta, ele disse que precisava descansar, tanto fazia de quem fosse o forno; no momento da última palavra, tombou sobre a pele de urso e permaneceu deitado, a cabeça encostada no braço carnudo. O peito subia e descia enquanto dormitava.

Um minuto se passou, preenchido pelo fluxo cantante, fabulatório, anunciador da música, que escorria aos pés dos acontecimentos... Sieglinde veio da esquerda. Seu busto era de alabastro e ondulava maravilhosamente no decote da túnica de musselina com apliques de pelo. Notou com espanto a presença do homem estranho; apertou o queixo no peito, cerrou os lábios e expressou o assombro em tons que emergiam suaves e mornos de sua garganta alva e que ela formava com a língua, a boca em movimento...

Ela cuidou dele. Curvada em sua direção, de modo que o busto se mostrasse a ele de dentro do pelo selvagem, com as duas mãos ela lhe entregou a trompa. Ele bebeu. A música comovente falava de deleite e refresco. Então ambos se olharam com um primeiro encantamento, um primeiro reconhecimento, obscuro, em silêncio entregues ao momento, que soava da orquestra como canto profundo, sorvente...

Ao lhe trazer água-mel, tocou primeiro os lábios na trompa e depois ficou a observá-lo bebendo devagar. E mais uma vez seus olhares mergulharam um no outro, mais uma vez a música encantava, nostálgica...

Depois ele resolveu partir, cabisbaixo. Defendendo-se dolorosamente, foi até a porta com os braços nus caídos para conduzir seu sofrimento, sua solidão, sua existência perseguida, odiada, de volta ao mundo selvagem. Ela o chamou, mas como ele não a ouviu, confessou com as mãos erguidas, sem rodeios, a própria infelicidade. Ele parou. Ela baixou os olhos. A música falava de maneira obscura do sofrimento que unia os dois. Ele ficou. Parou diante do forno com os braços cruzados, consciente do destino.

Hunding chegou, barrigudo e com as pernas tortas feito uma vaca. A barba era preta, com tocos castanhos. Seu tema furioso anunciou-o, e ali estava ele, apoiado em sua lança, sombrio e inchado, olhando com olhos de búfalo para o convidado cuja presença saudou como bem-vinda, num tipo de educação selvagem. Sua voz de baixo era áspera e descomunal.

Sieglinde pôs a mesa do jantar; e enquanto trabalhava, o olhar lento e desconfiado de Hunding ia e voltava entre ela e o desconhecido. Esse idiota percebeu muito bem que eles se assemelhavam, e que eram de um mesmo tipo, aquele tipo independente, teimoso e excepcional que ele odiava e do qual não se sentia à altura.

Em seguida sentaram-se, e Hunding se apresentou, explicou com simplicidade e economia de palavras sua existência singela, ordeira e respeitadora. Fazendo assim, obrigou Siegmund a também se apresentar, algo muito mais difícil. Mas Siegmund cantou — cantou de maneira límpida e maravilhosa sua vida e seu sofrimento e como havia vindo ao mundo a dois, ele e a irmã gêmea... e seguindo os modos daqueles que têm de ser cuidadosos, chamou-se de um nome falso e avisou claramente sobre o ódio, a inveja que moviam a perseguição de seu pai estrangeiro e dele próprio, do incêndio de sua morada, do sumiço da irmã, da vida livre, cansativa, desacreditada dos velhos e dos jovens no bosque e, por fim, de como havia se perdido misteriosamente do pai... Em seguida, Siegmund cantou o que lhe era mais doloroso: a ânsia pelos seres humanos, a nostalgia e a solidão infinitas. Cortejara homens e mulheres por amizade e amor, em vão. Carregava uma maldição, a marca de sua origem estranha estava gravada de maneira indelével. Sua língua e a dos outros não eram as mesmas. Aquilo que lhe parecia bom irritava a maioria, aquilo que os outros honravam havia muito amargurava-o. Disse ainda que havia se metido em brigas e discussões, sempre e em todos os lugares, acompanhado de perto pelo desdém, ódio e insultos, porque era diferente dos outros, desenganadamente diferente...

Hunding mantinha uma postura característica em relação a isso. Não apresentava nenhuma empatia, nenhuma compreensão: apenas aversão e desconfiança profunda em relação à maneira questionável, aventureira e irregular de ser de Siegmund. E no instante em que se deu conta de que o desprezível, aquele que ele devia perseguir, estava em sua própria casa, comportou-se de acordo com seu pedantismo grosseiro. Munido da moral que o vestia terrivelmente, tornou a explicar que sua casa era sagrada e que protegeria o refugiado por aquele único dia, mas que no seguinte teria a honra de matar Siegmund numa batalha. Ordenou com aspereza que Sieglinde lhe preparasse uma bebida para a noite e o esperasse na cama, soltou mais duas ou três ameaças e saiu, levando consigo todas as suas armas e deixando Siegmund a sós, na mais desesperadora situação.

Siegmund, sentado na sua poltrona e curvado sobre a balaustrada de veludo, apoiou a jovem cabeça morena na mão estreita e vermelha. As sobrancelhas formaram duas dobras pretas, e um dos pés, apoiado apenas no salto da bota de laca, fazia um movimento nervoso contínuo, girando e balançando sem cessar. Ficou quieto ao ouvir um sussurro ao seu lado: "Gigi…".

E, ao virar a cabeça, sua boca tinha um quê atrevido.

Sieglinde ofereceu-lhe cerejas ao conhaque de uma lata revestida com madrepérola.

— As de marrasquino estão embaixo — ela sussurrou. Mas ele pegou apenas uma cereja, e enquanto tirava o invólucro de papel de seda, ela se inclinou mais uma vez até seu ouvido e disse: — Ela logo vai voltar para ele.

— Isso não me é de todo desconhecido — ele disse tão alto que várias cabeças se voltaram na sua direção, irritadas… O grande Siegmund cantava lá embaixo, no escuro, para si mesmo. Do fundo do peito clamou pela espada, a arma branca que podia brandir se algum dia despontasse reluzente aquilo que ainda se mantinha trancado, furioso, em seu coração; seu ódio e sua ânsia… Ele notou o punhal da espada brilhar na árvore, viu esse brilho e o fogo do forno se apagarem, caiu de novo no sono desesperado — e se apoiou deliciosamente horrorizado nas mãos que Sieglinde, no escuro, esticava em sua direção.

Hunding dormia feito uma pedra, anestesiado, embebedado. Alegraram-se com o grandalhão bobo enganado — quando sorriam, seus olhos se estreitavam iguaizinhos… Mas então Sieglinde olhou furtivamente para o maestro, ouviu sua entrada, posicionou os lábios e cantou a situação em detalhes. Cantou de maneira comovente como a adulta solitária, estrangeira e selvagem tinha sido presenteada à revelia ao homem sombrio e balofo e obrigada a se declarar feliz por causa do casamento respeitável, adequado a apagar sua origem tenebrosa... cantou de maneira profunda e serena como o velho com chapéu havia espetado a espada na árvore, para seu escolhido ser o único a tirá-la dali; fora de si, cantou como gostaria que ele fosse aquele alguém que ela imagina, conhece e anseia dolorosamente, o amigo, mais que amigo, o consolador de sua miséria, o vingador de sua fraqueza, ele que um dia se perdeu dela e por quem ela chora em desgraça, o irmão no sofrimento, o salvador, o libertador...

Então Siegmund abraçou-a com seus braços rosados, carnudos, apertou uma face dela contra seu peito e, por cima da cabeça dela, espalhou seu júbilo em todas as direções, com a voz solta e prateada. O peito dele estava quente da promessa que o ligava a ela, a querida companheira. Toda nostalgia de sua vida desprezada estava satisfeita nela e todos os seus dolorosos fracassos com homens e mulheres, quando deles se aproximou com atrevimento — que nada mais era que timidez e a consciência de seu ferrete — para conquistar amizade e amor, tudo estava presente nela. Ambos sofreram e foram humilhados, ambos tinham sido desonrados em seu respeito, e a vingança — a vingança passaria a ser seu amor fraternal!

Um sopro de vento bateu, a porta grande, carpintada, abriu-se, uma torrente de luz elétrica branca espalhou-se pela sala e, de repente, desnudados da escuridão, estavam eles ali, cantando a canção da primavera e de sua irmã, o amor.

Aninharam-se na pele de urso, enxergaram-se e cantaram coisas doces um ao outro. Seus braços nus se tocaram, tocaram-se as faces com as mãos, olharam-se nos olhos e as bocas estavam próximas ao cantar. Os olhos e as faces, testas e vozes, comparavam-se entre si e se achavam iguais. O reconhecimento imperioso, crescente, recuperou nele o nome do pai, ela o chamou: Siegmund! Siegmund! Ele brandiu a espada libertada sobre a cabeça; em estado de graça, ela cantou quem era: sua irmã gêmea, Sieglinde... Trôpego, esticou os braços na direção dela, sua noiva, ela o abraçou, a cortina correu a se fechar, a música girava num torvelinho ruidoso, polífono, espumante de paixão arrebatadora; girou, girou e, com um épico reboar, calou-se!

Aplausos acalorados. A luz se acendeu. Milhares de pessoas se ergueram, endireitaram-se discretamente e aplaudiram, o corpo já voltado à saída, a cabeça ainda na direção do palco, dos cantores, que apareceram lado a lado na frente da cortina, como máscaras de barraquinha de uma feira anual. Hunding também surgiu e sorriu educado, apesar de tudo...

Siegmund empurrou a poltrona para trás e se levantou. Sentia calor; as faces barbeadas, pálidas e magras, estavam coradas.

— No que me diz respeito — ele disse —, vou procurar um ar melhor. Aliás, Siegmund foi quase fraco.

— Também a orquestra — disse Sieglinde — sentiu-se impelida a se arrastar terrivelmente na canção da primavera.

— Sentimental — afirmou Siegmund, ajeitando os ombros estreitos do fraque. — Você vem?

Ela hesitou um instante, ainda estava sentada, olhando para o palco. Ele observou-a se levantar e pegar a echarpe prateada antes de se juntar a ele. Os lábios cheios e suavemente fechados tremiam...

Dirigiram-se ao foyer, movimentaram-se em meio à massa vagarosa, cumprimentaram conhecidos, deram uma volta pelas escadas, de mãos dadas em alguns momentos.

— Gostaria de tomar um sorvete — ela disse —, se provavelmente não fosse tão depreciativo.

— Impossível! — disse ele. E assim comeram dos doces da lata dela, cerejas ao conhaque e bombons de chocolate na forma de feijões, recheados com marasquino.

Quando a campainha tocou, estavam apartados observando com um tipo de desprezo a multidão ser tomada pela pressa e se congestionar, e esperaram até os corredores silenciarem para entrar no último instante no camarote, quando a luz já se apagava, a escuridão descia abafando a agitada animação da sala... Ouviu-se um som baixo, o regente esticou os braços, e o som festivo que ordenou preencheu mais uma vez os ouvidos que haviam descansado um pouco.

Siegmund olhou para a orquestra. O fosso claro contrastava com a plateia atenta e estava mergulhado em trabalho — mãos dedilhando, braços em movimento, faces estufadas a soprar, gente simples e entusiasta a serviço da execução da obra nascida de uma força potente, sofredora; essa obra, que se desenrolava no palco em sublimes rostos infantis... Uma obra! Como se criava uma obra? Uma dor nasceu no peito de Siegmund, um ardor ou um repuxar, algo como um doce sofrimento — para onde? para quê? Estava tão nublado, tão terrivelmente obscuro. Ele sentiu duas palavras: criação... paixão. E enquanto o calor pulsava nas têmporas, uma epifania nostálgica revelou-lhe que a criação vem da paixão e retoma a forma da paixão. Ele enxergou a mulher pálida, exausta, caída no colo do fugitivo ao qual tinha se entregue, viu o amor e a aflição dela e sentiu que a vida tinha de ser assim para ser criativa. Analisou a própria vida, essa vida que se compunha de suavidade e graça, de comodidade e negação, luxo e contradição, abundância e racionalidade, segurança abastada e ódio galante, essa vida que não se abria para vivências, só jogos lógicos; não se abria para sentimentos, só descrições letais — e em seu peito havia um ardor ou repuxar, algo como um doce sofrimento — para onde? para quê? Para a obra? Para a vivência? Para a paixão?

Ruído de cortina e grande final! Luz, aplausos e abertura de todas as portas. Siegmund e Sieglinde passaram o intervalo como o anterior. Quase não conversaram, passearam lentamente por corredores e escadas, dando-se as mãos de vez em quando. Ela lhe ofereceu cerejas ao conhaque, mas ele não aceitou mais. Ela olhou para ele e quando ele a encarou, desviou o rosto, caminhando em silêncio e numa postura um tanto tensa ao seu lado, permitindo que ele a observasse. Os ombros infantis dela, debaixo do tecido prateado, estavam um tanto altos demais e horizontais, como uma estátua egípcia. A face dela irradiava o mesmo calor que ele sentia na dele.

Novamente esperaram até que a multidão se dispersasse, e no último instante sentaram-se em suas poltronas. Vento de tempestade, nuvens e regozijos pagãos distorcidos. Oito mulheres, um pouco secundárias na trama, representavam no palco cheio de rochas uma barbárie virginal e sorridente. O medo de Brünhilde interrompeu, com assombro, seu prazer. Wotan aproximou-se furioso, expulsou as irmãs e se lançou sobre ela. Depois de quase matá-la, liberou sua raiva e aos poucos se acalmou, tornando-se suave e melancólico. Estava no fim. Abriu-se um grande horizonte ao longe, uma intenção honrada. Tudo era consagração épica. Brünhilde dormia; o deus subiu nas rochas. Labaredas, que subiam ao céu e se espalhavam com o vento, lambiam a casa de madeira. Entre faíscas e fumaça vermelha, rodeada como numa ciranda, cercada, enfeitiçada pelo crepitar hipnotizador e pela canção de ninar do fogo, a Valquíria jazia em seu leito de musgo sob o peitoral e o escudo da armadura. No ventre da mulher, entretanto, germinava tenazmente essa geração odiosa, desrespeitosa e escolhida por Deus, na qual um par de gêmeos une tão livre prazer a sua aflição e seu tormento...

Quando Siegmund e Sieglinde saíram do seu camarote, Wendelin estava do lado de fora, gigante em seu paletó amarelo, segurando os sobretudos de ambos. Ele, um escravo notável, descia a escada atrás das delicadas criaturas castanhas, protegidas do frio.

A carruagem estava a postos. Os dois cavalos, altos, elegantes e absolutamente semelhantes entre si, aguardavam quietos e reluzentes com suas pernas finas na névoa da noite de inverno, balançando vez ou outra as cabeças de um jeito orgulhoso. O interior diminuto do veículo, aquecido, acolchoado com seda, acolheu os gêmeos. A porta se fechou atrás deles. Por um instante, por mais um segundo, o coupé permaneceu parado, agitando-se levemente com o salto dado por Wendelin para se juntar ao cocheiro. Em seguida, um suave e rápido avanço e o portal do teatro ficou para trás.

E mais uma vez a velocidade silenciosa em combinação com os passos ritmados e rápidos dos cavalos, as irregularidades do solo vencidas de maneira tão suave e delicada, a proteção delicada da vida estridulante ao redor. Estavam calados, apartados do cotidiano, como se ainda estivessem em suas poltronas de veludo diante do palco e, de certo modo, imersos na mesma atmosfera. Nada podia distanciá-los daquele mundo selvagem, voluptuoso e exuberante que exercera um efeito mágico sobre eles, atraindo-os para dentro dele... Não perceberam de pronto porque a carruagem havia parado; imaginaram um obstáculo no caminho. Mas já estavam estacionados diante da casa paterna e Wendelin apareceu junto à porta.

O caseiro tinha saído de sua habitação para lhes abrir o portão.

— O sr. e a sra. Aarenhold já voltaram? — perguntou Siegmund para ele, olhando por cima da cabeça do caseiro e franzindo o rosto, como alguém que está sendo ofuscado pelo sol...

Eles ainda não tinham voltado do jantar na casa dos Erlanger. Kunz também não estava em casa. No que se referia a Märit, ela estava igualmente ausente; ninguém sabia por onde andava, visto que sempre tomava seus próprios caminhos.

No saguão do térreo, os irmãos mandaram tirar seus sobretudos e subiram a escada, passando pelo vestíbulo do primeiro andar, chegando na sala de refeições. O ambiente amplo estava na penumbra. Havia apenas um candelabro aceso sobre a outra extremidade da mesa, que estava posta, e Florian os aguardava ali. Caminharam rápido e sem fazer barulho sobre o tapete. Florian ajeitou-lhes as cadeiras quando se sentaram. Em seguida, um sinal por parte de Siegmund informou-lhe que estava dispensado.

Na mesa havia um prato com sanduíches, uma travessa com frutas, uma garrafa de vinho tinto. Sobre uma enorme bandeja de prata, a chaleira com o chá, aquecida eletricamente, fumegava ao lado dos acompanhamentos.

Siegmund comeu um pãozinho com caviar e em goles ávidos bebeu do vinho que brilhava escuro no copo delicado. Depois, queixou-se com a voz irritadiça de que caviar e vinho tinto era uma combinação cultural repulsiva. Ele foi ágil ao pegar um cigarro de seu estojo prateado; recostado na cadeira e as mãos nos bolsos da calça, começou a fumar, rolando o cigarro de um canto da boca a outro enquanto franzia o rosto. As maçãs de seu rosto, debaixo dos ossos salientes, escureciam de novo com os tocos da barba. As sobrancelhas unidas formavam duas dobras pretas junto à base do nariz.

Sieglinde havia preparado um chá para si, no qual acrescentou um gole de vinho da Borgonha. Seus lábios envolviam totalmente e de maneira suave a fina borda da xícara. Enquanto bebia, os olhos grandes, pretos e úmidos, estavam dirigidos para Siegmund.

Ela pousou a xícara e apoiou a cabeça morena, doce e exótica na mão estreita e avermelhada. Os olhos permaneciam fixos nele, tão expressivos, com tamanha persuasão e eloquência que aquilo que dizia em voz alta parecia menos que nada se comparado a eles.

— Você não quer comer mais nada, Gigi?

— Visto que estou fumando — respondeu —, não se pode pressupor que eu tenha a intenção de comer mais alguma coisa.

— Mas você não comeu nada desde o chá, exceto bombons. Pelo menos um pêssego...

Ele deu de ombros, rodando-os no fraque feito uma criança teimosa.

— Bem, isso está um tédio. Vou subir. Boa noite.

Ele terminou de tomar seu vinho, jogou o guardanapo para o lado, ergueu-se e — cigarro na boca, mãos nos bolsos da calça — desapareceu na escuridão da sala com movimentos lentos e displicentes.

Foi até seu dormitório e acendeu a luz. Não muito, apenas duas ou três das lâmpadas que formavam um círculo amplo no teto, e depois ficou parado, em dúvida sobre o que fazer. A despedida de Sieglinde não tinha sido definitiva. Não era essa a maneira de se dizer Boa noite. Era certo que ela ainda viria vê-lo. Tirou o fraque, vestiu o casaco de ficar em casa, forrado com pelo, e pegou outro cigarro. Depois esticou-se na chaise longue, sentou-se, tentou a posição de lado, a face no travesseiro de seda, virou novamente de costas e ficou deitado assim por um tempo, com as mãos sob a cabeça.

O aroma fino e evidenciado do tabaco misturou-se com o dos cosméticos, do sabão, da água aromática. Siegmund inspirava esses cheiros bons que flutuavam no ar morno do quarto; tinha consciência deles e os achava mais doces que de costume. Fechando os olhos, entregou-se como alguém que aproveita dolorosamente um pouco de bem-estar e delicada felicidade em meio à dureza e à excepcionalidade de seu destino...

De repente levantou-se, apagou o cigarro e postou-se diante do armário branco em cujas três portas haviam sido instalados espelhos enormes. Estava diante do central, bem próximo, olhando-se nos olhos, observando o próprio rosto. Checou cada traço com cuidado e curiosidade, abriu ambas as portas laterais do armário e de pé entre três espelhos mirou-se também de lado. Ficou assim por muito tempo, verificando as marcas de seu sangue, o nariz um pouco achatado, os lábios cheios e suavemente superpostos, os ossos malares salientes, seu cabelo preto basto, cacheado, repartido à força de lado, que continuava a crescer nas têmporas, e até os olhos debaixo das sobrancelhas grossas, unidas — esses olhos grandes, úmidos e brilhantes, de mirada queixosa e combalida.

Vislumbrou no espelho o pelo de urso, às suas costas, com as patas esticadas diante de sua cama. Virou-se, caminhou teatralmente até lá arrastando os pés e, após um instante de hesitação, deitou-se no sentido do comprimento sobre o pelo, a cabeça pousada sobre o braço.

Permaneceu imóvel por um momento; em seguida, firmou o cotovelo, apoiou a face na mão estreita e avermelhada e assim ficou, mergulhado na visão de seu reflexo no armário. Bateram à porta. Assustou-se, enrubesceu, quis abrir. Mas depois voltou a se deitar, a cabeça de novo deitada no braço esticado, e ficou em silêncio.

Sieglinde entrou. Seus olhos procuravam por ele no quarto, sem encontrá-lo de pronto. Por fim, descobriu-o sobre a pele de urso e assustou-se.

— Gigi... o que está fazendo?... Você está doente? — Ela correu até ele, curvou-se e, acariciando-lhe a testa e o cabelo, repetiu: — Você não está doente de verdade, não é?

Ele balançou a cabeça e, enquanto se mantinha deitado sobre o braço, recebendo carícias, ergueu o olhar até ela.

Ela estava quase pronta para a noite, tinha saído de pantufas do seu quarto que ficava bem em frente no mesmo corredor. O cabelo solto caía sobre o robe branco, aberto. Sob as rendas da camisola, Siegmund enxergou os peitos pequenos, da cor da espuma do mar.

— Você foi tão malvado — ela disse. — Foi embora de um jeito tão feio. Eu nem queria vir. Mas acabei vindo porque aquilo não tinha sido um "Boa noite"...

— Estava esperando por você — ele disse.

Ainda curvada, em pé, ela franziu o rosto de dor, ressaltando suas características fisionômicas.

— O que não impede — ela disse no seu tom habitual — que minha postura atual me cause um desconforto bastante significativo nas costas.

Ele ficou se virando de um lado para outro a fim de se defender.

— Pare com isso, pare... Assim não, não... Não tem de ser assim, Sieglinde, entenda... — Seu jeito de falar era estranho, ele próprio percebia. A cabeça dele ardia e os membros estavam úmidos e frios. Ela acabou se ajoelhando ao seu lado na pele de urso; as mãos pousaram no cabelo dele. Erguendo-se um pouco, ele colocou um braço ao redor do pescoço dela e encarou-a, observou-a como tinha se observado havia pouco, os olhos e as têmporas, testa e faces...

— Você é igualzinha a mim — ele disse com os lábios frouxos e pigarreou, porque sua garganta estava esturricada... — Tudo é... como comigo... e para isso... para a experiência... no meu caso, é o que há com você e Beckerath... assim a balança se mantém... Sieglinde... e no fim é... a mesma coisa, sobretudo o que se refere a isso... vingar-se, Sieglinde...

Ele imaginava estar sendo lógico no que dizia, mas soava audacioso e esquisito, como se estivesse num sonho maluco.

Ela não achou nada estranho nem extravagante. Não se envergonhava em escutá-lo dizer coisas tão pouco polidas, tão confusas. As palavras dele enevoaram sua mente, empurrando-a para baixo, lá de onde elas vinham, para um reino profundo, onde ela nunca estivera antes, mas cujas fronteiras já visitara várias vezes em sonhos cheios de expectativa desde o noivado.

Ela beijou seus olhos fechados; ele beijou-a no pescoço sob as rendas da camisola. Beijaram as mãos um do outro. Com uma doce sensualidade, amaram-se pelas suas aparências mimadas e donairosas, e pelos seus bons perfumes. Inspiraram o ar doce com uma entrega lasciva e relaxada, mimaram-se como doentes egoístas, entorpeceram-se como desesperançados, perderam-se em arrulhos de amor, que progrediram e se transformaram numa comoção agitada e por fim eram apenas soluços...

Ela permanecia sentada na pele de urso, os lábios abertos, apoiada em uma das mãos, tirando o cabelo dos olhos. Ele estava em pé ao lado da cômoda branca, as mãos nas costas, balançava os quadris e olhava para o nada.

— Mas e Beckerath... — ela disse, tentando organizar os pensamentos. — Beckerath, Gigi... e o que será dele?...

— Bem — ele disse, e por um instante as marcas de seu jeito ficaram muito ressaltadas no seu rosto —, o que será dele? Nós o enganamos... o gói.

ANEDOTA

Nós, um grupo de amigos, tínhamos jantado juntos e, tarde de noite, ainda estávamos reunidos no escritório do anfitrião. Fumávamos e nossa conversa era serena e um pouco sentimental. Conversávamos sobre o véu de *maya* e sua ilusão rutilante, sobre o que o Buda chama de "a sede", a doçura da nostalgia e a amargura do conhecimento, a grande tentação e a grande decepção. O termo "a vergonha da nostalgia" tinha sido citado; alguém mencionou também a máxima filosófica de que o objetivo de toda nostalgia é a superação do mundo. E incentivado por tais observações, alguém contou a seguinte anedota, que parece ter ocorrido exatamente assim na elegante sociedade da cidade natal do narrador.

— Se vocês tivessem conhecido Angela, a mulher do diretor Becker, a adorável Angela Becker, se vocês tivessem visto seus sorridentes olhos azuis, a boca doce, a deliciosa covinha nas bochechas, os cachos loiros emoldurando seu rosto, se vocês tivessem tido oportunidade de partilhar da encantadora meiguice de seu ser, então estariam apaixonados por ela como eu e todos os demais! O que é um ideal? O ideal não é mesmo uma força *revigorante*, uma proposta de felicidade, uma fonte de satisfação e poder, consequentemente espinho e estímulo a todas as energias psíquicas proporcionado pela própria vida? Assim sendo, Angela Becker era o ideal de nossa sociedade, sua estrela, seu protótipo. Pelo menos eu achava que ninguém de seu círculo pudesse deixar de pensar nela, imaginar sua perda, sem ao mesmo tempo ver diminuído seu prazer pela vida e sua vontade de viver; tratava-se de uma perda imediata. Juro, era assim!

"Ernst Becker a havia trazido do exterior — um homem tranquilo, cortês e, no mais, desimportante, de barba castanha. Deus sabia como conquistara Angela; resumindo, ela era sua. Originalmente jurista e funcionário público, aos trinta anos se transferiu para o setor bancário, supostamente para proporcionar conforto e um lar próspero à jovem que queria levar ao altar, pois logo em seguida se casou.

"Como um dos diretores do banco de hipotecas, recebia de trinta a trinta e cinco mil marcos, e os Becker, que aliás não tinham filhos, participavam animadamente da vida social da cidade. Angela era a rainha da estação, a vitoriosa do cotilhão, o centro dos eventos noturnos. Nos intervalos do teatro, seu camarote ficava cheio de homens ansiosos, sorridentes, encantados. Sua barraca no bazar beneficente era circundada por compradores que competiam em esvaziar os bolsos e assim poder beijar a pequena mão de Angela, receber um sorriso de seus lábios formosos. De que adiantaria chamá-la de maravilhosa e fascinante? Só é possível explicar o doce encanto de sua pessoa pelos efeitos desse encanto. Ela tornara velhos e jovens cativos de seu amor. Era adorada por mulheres e moças. Rapazes lhe enviavam versos entre flores. Por causa de Angela, um tenente atirou no ombro de um conselheiro do governo por causa de uma valsa num baile. Mais tarde, tornaram-se amigos inseparáveis, unidos pela veneração que dedicavam a ela. Senhores idosos reuniam-se a seu redor após os jantares para participar das suas conversas adoráveis, observar seus graciosos e divinos trejeitos; o sangue retornava às faces dos velhos, eles queriam viver, estavam felizes. Certa vez, um general — claro que por brincadeira, mas não sem a expressão total do sentimento — ajoelhou-se diante dela no salão.

"Apesar disso, ninguém, homem ou mulher, podia se gabar de ter um relacionamento verdadeiramente mais íntimo ou de amizade com ela, exceto Ernst Becker, evidente, e ele era quieto e discreto, quiçá também inexpressivo demais para se vangloriar da sorte. Entre nós e Angela mantinha-se sempre uma boa distância, talvez ajudada pelo fato de ela não ser vista fora dos salões de festa ou de baile; sim, na realidade, parece que essa gente festeira nunca era vista à luz do dia, mas sempre apenas à noite, sob luz artificial, aproveitando o acolhimento social. Ela nos tinha a todos como adoradores, mas não amigos ou amigas: e isso estava correto, pois que ideal está à nossa altura?

"A julgar pelo brilho luxuoso que distinguia suas próprias reuniões sociais noturnas, Angela dedicava seus dias aos cuidados do lar. Essas festas eram famosas e, de fato, o ponto alto do inverno: um mérito da anfitriã, pois, como é preciso acrescentar, Becker era apenas cortês, não festeiro. Nessas noites, Angela superava a si mesma. Depois do jantar, sentava-se junto à harpa e, acompanhando o dedilhar das cordas, entoava sua voz prateada. Inesquecível. O bom gosto, o garbo, a animação presentes nessas noites eram encantadores; sua atenção equânime, dividida entre todos, conquistava os corações; a maneira dedicada, de furtiva ternura, pela qual se relacionava com o marido mostrava-nos a felicidade, a possibilidade da felicidade, ofertando-nos a crença reparadora e nostálgica nas coisas do bem, à semelhança de quando a alcançamos ao aprimorar a vida pela arte.

"Essa era a mulher de Ernst Becker e era de esperar que ele soubesse valorizar sua posse. Se houvesse alguém invejado na cidade, era ele; e é fácil imaginar o quanto ouvia dizer que era homem de sorte. Todos lhe repetiam isso, e ele recebia as homenagens da inveja com uma alegre simpatia. Os Becker estavam casados havia dez anos; o diretor tinha quarenta anos e Angela estava na casa dos trinta. Então aconteceu o seguinte.

"Os Becker estavam oferecendo uma recepção, uma de suas noites exemplares, jantar para cerca de vinte convidados. O menu era primoroso; a atmosfera, a mais animada. Na hora de abrir o champanhe, um homem — solteiro de uma certa idade — se levanta e brinda. Ele saúda os anfitriões, saúda sua hospitalidade, verdadeira e rica, que provém da felicidade abundante e do desejo de partilhá-la. Fala de Angela, elogiando-a a mancheias.

"— Sim, minha cara, maravilhosa, dileta senhora — ele diz, com a taça na mão voltada para ela —, se passo minha vida na solteirice, então é porque não encontrei uma mulher que fosse como você; e se um dia eu vier a me casar, uma coisa é certa: minha mulher teria de ser igualzinha! — Em seguida, ele se volta para Ernst Becker e pede permissão para dizer mais uma vez o que já ouviu tantas vezes: o quanto todos o invejam, felicitam, exaltam. Em seguida, exorta os presentes a um brinde conjunto aos abençoados anfitriões, sr. e sra. Becker.

"O brinde ecoa, as pessoas se levantam de seus lugares, todos querem se aproximar do casal para tocar as taças. De repente, faz-se silêncio, pois Becker, o diretor Becker, se levanta, branco feito um cadáver.

"Ele está lívido e de olhos vermelhos. Começa a falar com uma solenidade trêmula.

"E como a soltar algo preso em seu peito, diz que é preciso falar de uma vez! De uma vez revelar a verdade que há tempos carrega sozinho! Quer finalmente abrir nossos olhos, os ofuscados, seduzidos, em relação ao ídolo alvo da cobiça geral! E enquanto os convidados, em parte sentados, em parte de pé, circundam a mesa decorada — petrificados, paralisados, sem acreditar em seus ouvidos e com os olhos arregalados —, o homem expressa com ímpeto terrível a imagem de seu casamento, do *inferno* de um casamento...

"Como essa mulher, *aquela* ali, diz ele, é falsa, enganosa e terrível feito um animal. Como lhe falta amor e é vazia de um jeito repulsivo. Como passa o dia inteiro numa moleza descuidada e negligente, para apenas à noite, com luz artificial, acordar para uma vida hipócrita. Como sua única atividade diuturna é martirizar o gato com terrível engenho. Ela o tortura até tirar sangue através de seus humores malignos. Como ela o trai desavergonhadamente, como ela o transformou em corno com ajudantes de artesãos, mendigos que batem à sua porta. Como antes disso ela o tinha puxado para o abismo de sua podridão, humilhando-o, conspurcando-o, envenenando-o. E disse como havia suportado tudo isso em nome do amor de outrora pela impostora, que no fim das contas, ela não passa de uma mulher infeliz e infinitamente deplorável. E de como acabou ficando cansado da inveja, das felicitações, dos brindes — e uma vez, pelo menos uma vez, ele tinha de dizer.

"— Porque — ele exclama — ela nem se lava! Ela é preguiçosa demais! Debaixo das rendas, é suja!

"Dois homens tiraram-no dali. O grupo se dispersou.

"Alguns dias mais tarde, Becker, supostamente em acordo com a esposa, foi levado a um sanatório. Mas ele tinha a saúde perfeita e havia apenas chegado ao limite.

"Mais tarde, os Becker se mudaram para outra cidade."

O ACIDENTE DE TREM

Contar uma história? Mas não sei nenhuma. Bem, vou contar algo.
Certa vez, já faz dois anos, participei de um acidente de trem — as minúcias estão muito vivas na minha memória.
Não foi nada de primeira ordem, nada de ficar feito uma sanfona com "massas irreconhecíveis" e assim por diante, isso não. Mas foi um verdadeiro acidente de trem com tudo que lhe diz respeito e, ainda por cima, noturno. Nem todo o mundo vivenciou algo parecido e por isso quero recontar da melhor maneira possível.
Na época eu estava em trânsito para Dresden, convidado por amantes da literatura. Ou seja, uma viagem típica de artistas reconhecidos, como gosto de empreender de tempos em tempos. Nessas viagens, o artista em questão se mostra, se apresenta, se expõe a uma multidão em júbilo; não se é súdito de Guilherme II por acaso. Dresden também é bonita (sobretudo o Zwinger) e depois eu também queria subir por dez, catorze dias ao sanatório "Weißer Hirsch", a fim de me cuidar um pouco; e, se as "aplicações" terapêuticas resultassem em inspiração, quiçá trabalhar um pouco também. Para tanto, havia colocado meu manuscrito bem no fundo da mala, juntamente com o material de anotação, uma pilha considerável envolta em papel de embrulho marrom e amarrado com barbante resistente nas cores da Baviera.
Gosto de viajar com conforto, principalmente quando estou sendo pago. Usei o vagão-dormitório, dias antes havia reservado uma cabine na primeira classe e estava bem instalado. Apesar disso, sentia febre, como sempre nessas ocasiões, pois uma viagem permanece sendo uma aventura e nunca me acostumarei direito com os meios de transporte. Sei muito bem que o trem noturno para Dresden costuma partir todas

as noites da estação central de Munique e que chega todas as manhãs em Dresden. Mas quando estou na composição e relaciono meu meritório destino com o dela, a coisa muda de figura. Não consigo deixar de imaginar que o trem esteja em ação apenas nesse dia, e por minha causa, e esse engano insensato traz consigo uma excitação profunda, silenciosa, que me consome enquanto não termino todas as formalidades da partida, a arrumação das malas, a viagem com o coche lotado até a estação, a chegada ali, o despacho das bagagens, e até saber que estou definitivamente acomodado e em segurança. Só então sinto um relaxamento agradável, a mente se volta para novos assuntos, o grande estrangeiro se abre atrás da curvatura da abóbada de vidro e a alma é tomada por alegre expectativa.

Foi assim também dessa vez. Eu havia recompensado regiamente o carregador da minha mala de mão, de modo que ele tirou o quepe e me desejou boa viagem, e fiquei com meu charuto da noite junto a uma das janelas do corredor do carro-dormitório, a fim de observar a movimentação da plataforma. Havia assobios e o barulho de rodas, pessoas apressadas, despedidas e a propaganda cantada dos vendedores de jornal e de refrescos, e as grandes luas elétricas ardendo entre a névoa da noite de outubro. Dois homens robustos puxavam um carrinho de mão ao longo do trem em direção ao vagão de carga. Reconheci minha mala com suas marcas peculiares. Lá estava ela, uma entre várias, e no seu fundo estava o precioso pacote de papéis. Bem, pensei, nada de preocupação, está em boas mãos! Vejam esse maquinista com ombreiras vermelhas em couro, o portentoso bigode de policial e o olhar atento, mal-humorado. Vejam como repreende a mulher velha de mantilha preta puída, que por um triz não subiu na segunda classe. Esse é o Estado, nosso pai, a autoridade e a segurança. Não gostamos de lidar com ele, que é rígido, por vezes áspero, mas ele inspira confiança, é possível confiar nele, e a mala está bem guardada como se no colo de Abraão.

Um homem perambula pela plataforma com polainas e paletó de meia-estação amarelo, conduzindo um cachorro na coleira. Nunca vi um cachorrinho mais bonito. É um dogo compacto, puro, musculoso, com manchas pretas e tão cuidado e gracioso como os cãezinhos que por vezes vemos no circo e que divertem o público ao correr com toda força de seu pequeno corpinho ao redor do picadeiro. Sua coleira é prateada e a guia, de couro trançado, colorido. Mas nada disso causa espécie se levarmos em conta seu dono, o senhor de polainas, que sem dúvida tem ascendência das mais nobres. Ele usa um monóculo, o que torna sua expressão mais grave, sem distorcê-la, e o bigode está modelado de uma maneira rebelde, fazendo com que os cantos da boca e o queixo ganhem uma expressão escarnecida e voluntariosa. Ele dirige uma pergunta ao marcial maquinista e o homem simples, que percebe claramente com quem está falando, responde com a mão no quepe. Em seguida, o senhor volta a caminhar, exultante com o efeito de sua pessoa. Caminha seguro em suas polainas, sua expressão é fria, encarando pessoas e objetos com olhar severo. Nem de longe está excitado pela viagem, é fácil reconhecer, que para ele é algo tão banal, nada tem de aventura. Sente-se em casa na vida e não teme instâncias nem poderes instituídos, pois faz parte desses poderes; com uma palavra: um senhor. Não consigo me fartar de observá-lo.

Quando chega a hora, resolve embarcar (o maquinista tinha acabado de virar as costas). Passa pelo corredor às minhas costas e, embora esbarre em mim, não diz "perdão!". Que sujeito! Mas isso não é nada em relação ao que vem a seguir: sem pestanejar, esse senhor traz seu cachorro para dentro da cabine-dormitório! Trata-se de algo indubitavelmente proibido. Tentasse eu entrar com um cachorro no vagão-dormitório. Mas ele o faz pelo poder de seu direito senhorial sobre a vida e puxa o animal atrás de si.

Soou um apito, a locomotiva respondeu, o trem lentamente se pôs em movimento. Fiquei na janela por mais um tempo, olhei para as pessoas que ficavam para trás, acenando, vi a ponte de ferro, vi luzes flutuando e se movendo... Depois, recolhi-me para dentro do vagão.

O carro-dormitório não estava tão cheio; um compartimento ao meu lado mantinha-se vazio, sem estar arrumado para a noite, e assim decidi me instalar confortavelmente ali para uma tranquila hora de leitura. Peguei meu livro e me sentei. O sofá é recoberto por um tecido sedoso cor de salmão, o cinzeiro fica sobre a mesinha dobrável, o ambiente está iluminado. Eu lia enquanto fumava.

O condutor do vagão-dormitório entrou, pediu minha passagem e eu a entreguei nas suas mãos escuras. Falou de maneira educada mas puramente burocrática, eximindo-se de cumprimentar um a um com um "Boa noite", e seguiu em frente a fim de bater na cabine vizinha. Mas deveria tê-la deixado de lado, pois ali estava o senhor com as polainas, e seja porque este último não queria que seu cão fosse visto ou porque já tinha se deitado, o fato é que ficou terrivelmente enfurecido por ter sido perturbado, sim, apesar do barulho do trem consegui ouvir através da parede fina a explosão de sua iracúndia rasteira.

— O que se passa?! — ele gritou. — Me deixe em paz, seu macaco!

Ele usou a expressão "macaco", uma expressão senhorial, um jeito muito enfático de cavalheiros e cavaleiros se expressarem. Mas o condutor do vagão-dormitório se manteve firme, pois era provável que precisasse mesmo da passagem do senhor, e como fui até o corredor a fim de acompanhar tudo minuciosamente, assisti à porta sendo por fim entreaberta e a caderneta das passagens voando em direção ao rosto do condutor, atingindo-o com força. Ele a catou com os dois braços e, embora um dos cantos tivesse atingido seu olho fazendo-o lacrimejar, bateu os calcanhares e agradeceu, de mão no quepe. Espantado, voltei para meu livro.

Ponderei a respeito de algum inconveniente em fumar mais um cigarro e achei que estava tudo bem. Então fumei mais um enquanto o trem andava e continuei, sentindo-me bem e cheio de ideias. O tempo passou, bateram as dez horas, dez e meia ou mais, os integrantes do vagão-dormitório estavam todos recolhidos, e enfim concordei em fazer o mesmo.

Ergui-me e fui até minha cabine de dormir. Um quartinho de dormir de verdade, luxuoso, com paredes revestidas de couro prensado, ganchos para roupas e pia niquelada. A cama de baixo estava arrumada, branquíssima, o cobertor convidativamente puxado para trás. Ah, maravilha!, pensei. As pessoas se deitam nessa cama como se estivessem em casa, durante a noite há alguma trepidação, mas em compensação pela manhã estão em Dresden. Peguei minha maleta de mão do compartimento superior a fim de fazer minha toalete. Segurei-a sobre a cabeça com os braços estendidos.

Nesse instante aconteceu o acidente com o trem. Lembro-me como se fosse ontem.

Houve um tranco — mas "tranco" ainda é muito suave. Foi um tranco que passou uma primeira impressão de ser sem dúvida perigoso, um tranco terrivelmente barulhento e de tal violência que a maleta de mão saiu voando de minhas mãos, não sei para onde, e fui jogado contra a parede, batendo o ombro de maneira dolorosa. Não houve tempo para pensar. Mas em seguida o vagão balançou assustadoramente, trazendo pânico enquanto isso durou. É sabido que um vagão de trem balança em desvios, curvas fechadas. Mas nesse balanço específico era impossível se ficar em pé, as pessoas eram jogadas de uma parede a outra, prenunciando o tombamento do vagão. Eu pensava em algo muito simples, mas de maneira muito concentrada. Pensava apenas: "Não vai dar certo, não vai dar certo, não vai dar certo de maneira nenhuma". Exatamente assim. E ainda: "Pare! Pare! Pare!". Pois sabia que se o trem parasse muita coisa estaria salva. E, vejam só, atendendo a esse meu comando calado e fervoroso, o trem parou.

Até aquele instante, o vagão-dormitório estava imerso num silêncio mortal. E então o susto irrompeu. Gritos femininos agudos misturavam-se com os chamados perplexos e abafados dos homens. Ao meu lado escutei um grito de "Socorro!" e, sem dúvida, era a voz que havia pouco tinha gritado "macaco", a voz do homem de polainas, sua voz transtornada pelo medo. "Socorro", ele pediu, e no instante em que saí para o corredor que concentra os outros passageiros ele despontou de sua cabine metido num pijama de seda e ficou parado com os olhos vidrados. "Meu Deus", disse. "Deus Todo-poderoso!" E para se humilhar por completo e assim escapar da morte, ainda acrescentou num tom de súplica: "Deus amado...". De repente, porém, caiu em si e resolveu partir para a ação. Arremeteu contra o armarinho do corredor que guarda, para o caso de alguma eventualidade, uma machadinha e uma serra, quebrou o vidro da janela com o punho, mas como não conseguiu usar as ferramentas de pronto, deixou-as de lado, abriu caminho aos empurrões entre os passageiros reunidos, fazendo as mulheres seminuas gritarem novamente, e saltou para fora.

Isso aconteceu num piscar de olhos. Apenas então me dei conta do susto: uma fraqueza nas costas, uma incapacidade temporária de engolir. Todos estavam em volta do encarregado de mãos escuras do vagão-dormitório, que também tinha aparecido com os olhos vermelhos; as mulheres, de braços e ombros descobertos, sacudiam as mãos.

Ocorrera um descarrilamento, explicou o homem, descarrilamos. O que não era verdade, como se descobriu mais tarde. Mas, vejam, o homem tornou-se falante naquela circunstância, abandonou sua objetividade profissional; os grandes eventos soltaram sua língua e ele revelou coisas íntimas a respeito da esposa:

— Ainda falei para minha mulher: Mulher, estou dizendo, tenho a impressão de que hoje vai acontecer alguma coisa!

E não é que tinha acontecido? Sim, todos lhe deram razão. Percebemos fumaça dentro do vagão, uma fumaça espessa, ninguém sabia de onde, e todos decidimos ficar do lado de fora, na noite.

Era preciso dar um salto bastante alto do degrau do vagão, pois não havia plataforma, e além disso nosso carro-dormitório estava parado bastante torto, penso para o outro lado. Mas as mulheres, que haviam recoberto a nudez apressadamente, saltaram desesperadas, e logo estávamos em meio aos trilhos.

Estava quase escuro, mas ainda dava para ver que os vagões atrás do nosso permaneciam intactos, embora inclinados. Mas à frente — quinze ou vinte passos à frente! Não foi por acaso que o tranco provocara um ruído tão tenebroso. Lá o cenário era de destroços. Chegando perto, dava para ver as rodas e as pequenas lanternas dos funcionários do trem.

Tínhamos notícias dali, pessoas nervosas traziam informes sobre a situação. Estávamos perto de uma pequena estação, não distantes de Regensburg, e por culpa de um desvio defeituoso nosso trem rápido tinha entrado num trilho errado e batido à toda na traseira de um trem de carga que se encontrava parado, amassado o outro trem e também sofrido danos severos. O grande trem rápido da empresa Maffei, de Munique, estava inoperante e partido em dois. Preço, setenta mil marcos. E nos vagões dianteiros, quase deitados, os bancos tinham sido em parte empurrados uns contra os outros. Não, não havia perdas humanas, graças a Deus. Falava-se de uma mulher idosa, que tinha sido "puxada para fora" dos escombros, mas ninguém viu. De todo modo, as pessoas foram jogadas de um lado para outro, crianças apareceram soterradas sob bagagens, e o desespero era grande. O carro de bagagens estava destruído. O que tinha acontecido com o carro de bagagens? Estava destruído.

Lá estava eu...

Um funcionário andava sem quepe ao longo do trem, era o chefe da estação, distribuindo ordens de maneira suave e chorosa aos passageiros, a fim de mantê-los disciplinados e encaminhá-los de volta aos vagões. Mas ninguém prestava atenção, visto que ele estava sem quepe nem mantinha a compostura. Pobre homem! Talvez a responsabilidade acabasse sendo imputada a ele. Talvez sua carreira tivesse chegado ao fim, sua vida estivesse destruída. Não seria nada delicado perguntar-lhe a respeito das bagagens.

Um outro funcionário apareceu — apareceu *mancando*, e eu o reconheci pelo bigode de policial. Era o maquinista, o maquinista atento e mal-humorado da noite de hoje, o Estado, nosso pai. Ele mancava, curvado, uma mão apoiada no joelho, sem se preocupar com nada além desse seu joelho.

— Ai, ai — ele se lamentava. — Ai!

— Mas o que aconteceu?

— Ah, meu caro, eu estava bem no meio, bateu no meu peito, safei-me pelo telhado, ah, ah! — Esse "safei-me pelo telhado" tinha gosto de notícia de jornal, certamente o homem não costumava usar o verbo "safar-se", tinha vivenciado seu acidente como uma notícia de jornal sobre seu acidente, mas de que isso me adiantava? Ele não estava em condições de me fornecer informações sobre o meu manuscrito. E perguntei pela bagagem a um jovem que vinha lépido do monte de escombros, com ares de importante e excitado.

— Sim, meu senhor, ninguém faz ideia, a começar pelo estado da coisa! — E pelo seu tom compreendi que deveria ficar feliz de ter escapado ileso do acidente. — Está tudo bagunçado por ali. Sapatos de mulher... — falou com uma careta séria de desolação, franzindo o nariz. — Os trabalhos de remoção vão esclarecer. Sapatos de mulher...

Lá estava eu. Entregue à própria sorte na noite entre os dormentes da ferrovia, analisando meu coração. Trabalhos de remoção. Trabalhos de remoção seriam conduzidos com meu manuscrito. Que estaria destruído, provavelmente rasgado e amassado. Minha colmeia de abelhas, minha teia artística, minha astuta toca de raposa, meu orgulho e meu esforço, o melhor de mim. O que eu faria? Não dispunha de cópia daquilo que estava escrito, já pronto e lapidado, que já vivia e soava — sem falar das minhas anotações e estudos, todo meu tesouro de castor que era o material durante anos compilado, conquistado, ouvido, espiado, sofrido. O que eu faria? Refleti com cuidado e soube que começaria tudo de novo. Sim, com uma paciência de bicho, com a tenacidade de um ser inferior, do qual destruímos a obra espantosa e complicada de sua pequena inteligência — depois de um instante de desespero e perplexidade —, começaria tudo de novo, e talvez dessa vez as coisas fluíssem de maneira um pouco mais suave...

Mas nesse meio tempo os bombeiros tinham chegado com tochas que lançavam luz vermelha sobre o monte de escombros, e quando fui para a frente a fim de observar o vagão de bagagens, descobri que estava quase intacto e que nada havia ocorrido às malas. Os objetos e produtos espalhados por ali eram do trem de carga, uma quantidade inominável de rolos de fio, um mar de rolos de fio que forrava o solo.

Senti-me aliviado e me misturei às pessoas que estavam por ali, conversando, iniciando amizades motivadas pelo seu infortúnio, gracejando e fazendo-se de importantes. Era quase certeza que o condutor do trem havia se comportado de maneira consciensiosa e evitado uma tragédia ainda maior, ao puxar o freio de emergência na última hora. Senão, diziam, o trem acabaria mesmo feito uma sanfona e provavelmente também teria despencado da escarpa bastante alta, à esquerda. Merecia um prêmio! Ele não estava à vista, ninguém o vira. Mas sua fama espalhava-se ao longo de todo o trem e, mesmo ausente, todos o enaltecemos.

— O homem — disse um senhor apontando para um lugar qualquer dentro da noite —, o homem salvou-nos todos. — E todos concordaram.

Mas nosso trem estava num ramo da via férrea que não era o seu, e por essa razão era preciso tomar medidas de precaução para que não fosse abalroado. Assim, os bombeiros subiram com as tochas no último vagão, e também o jovem nervoso, que havia me assustado tanto com suas botas de mulher, tinha pego uma tocha e fazia sinais, agitando-a, embora não houvesse trem nenhum à vista.

E à medida que as coisas começavam a se organizar, o Estado, nosso pai, reconquistou postura e reconhecimento. Um telegrama havia sido enviado e todos os passos necessários tomados; um trem auxiliar, vindo de Regensburg, entrou de maneira cautelosa na estação e grandes equipamentos de iluminação a gás com refletores foram instalados nos montes de destroços. Nós, passageiros, fomos evacuados e instruídos a aguardar por transporte na casinha da estação. Carregando a bagagem de mão e em parte com as cabeças enfaixadas, caminhamos em meio a um corredor formado por moradores curiosos até a pequena sala de espera, onde nos comprimimos da maneira possível. E depois de uma hora tudo tinha sido colocado, sem maior ordem ou método, dentro de um trem extra.

Eu tinha um bilhete de primeira classe (pois a viagem me fora paga), mas não me serviu de nada, pois todos preferiram a primeira classe, que ficou ainda mais cheia do que as outras. Entretanto, ao encontrar meu lugarzinho, quem descubro sentado numa diagonal à minha frente, num canto? O senhor com as polainas e as expressões de cavaleiro, meu herói. Ele não trazia o cachorrinho consigo, que tinha sido tomado dele, e apesar de todos os seus direitos senhoriais, estava sentado num lugar escuro logo atrás da locomotiva, chorando. O senhor também tinha uma passagem amarela, inútil; resmungando, fez uma tentativa de se rebelar contra o comunismo, contra o nivelamento total diante da gravidade do acidente. Mas um homem lhe responde com a voz sincera:

— Agradeça o fato de estar sentado! — E sorrindo de maneira ácida, o senhor se resigna à situação infernal.

Quem entra, apoiado em dois bombeiros? Uma velha pequenina, uma mãezinha de mantilha puída, a mesma que, em Munique, por um fio não tinha subido na segunda classe.

— Esta é a primeira classe? — ela pergunta o tempo todo. — Esta realmente é a primeira classe? — E quando alguém confirma a informação e lhe abre um lugar, ela solta um "Graças a Deus" como se tivesse sido salva apenas naquele instante e se senta sobre o travesseiro de veludo.

Chegamos às cinco horas em Hof e estava claro. Lá havia café da manhã, e lá peguei o trem expresso que, com três quartos de hora de atraso, levou a mim e a meus pertences a Dresden.

Sim, este foi o acidente de trem que sofri. Uma vez haveria de acontecer. E embora os lógicos levantem objeções, ainda acredito ter boas chances de nunca mais passar por algo semelhante.

DE COMO JAPPE E DO ESCOBAR BRIGARAM

Fiquei muito assustado quando Johnny Bishop me disse que Jappe e Do Escobar queriam se esbofetear e que devíamos ir até lá para assistir.

Eram férias de verão, em Travemünde, num dia quentíssimo com vento fraco vindo do continente e mar calmo, vazante. Tínhamos ficado na água por cerca de três quartos de hora e então nos deitamos debaixo de uma construção de madeira da praia, sobre a areia dura, com Jürgen Brattström, filho do dono do barco. Johnny e Brattström, de bruços, totalmente nus, enquanto me era mais confortável manter a toalha de banho enrolada nos quadris. Brattström me perguntou por que eu fazia isso, e como não soube lhe dar uma resposta adequada, Johnny respondeu com seu sorriso arrebatador, doce: disse que eu já devia ser um pouco grande demais para ficar deitado nu. Eu era de fato maior e mais desenvolvido que ele e Brattström, talvez também um pouco mais velho do que eles, lá pelos treze anos. Dessa maneira, aceitei em silêncio a explicação de Johnny, embora ela me magoasse um pouco. Pois na companhia de Johnny era fácil ficar sob uma luz um tanto esquisita quando se era maior, menos distinto ou fisicamente menos infantil do que ele, que pontuava alto em todos esses quesitos. Pois ele podia olhar para alguém com os belos olhos de moça, simpáticos e ao mesmo tempo desdenhosos, e uma expressão que queria dizer: "Nossa, que varapau desengonçado!". O ideal da masculinidade e das calças compridas desaparecia na sua proximidade e isso num tempo, não distante do fim da guerra, em que força, coragem e todo tipo de virtude áspera eram muito valorizados entre nós garotos, e todo o resto era coisa de maricas. Mas Johnny, como estrangeiro ou semiestrangeiro, não estava sob a influência de tal estado de espírito e, ao contrário, tinha algo de mulher que se cuida e que ri das outras que se cuidam menos. Ele também era, de longe, o garoto vestido da maneira mais elegante e distinta da cidade, com trajes ingleses de marinheiro e golas de linho azul, nós náuticos, cordões, um apito prateado bordado no bolso do peito e uma âncora no punho estreito da manga bufante. Em qualquer outro, algo semelhante teria sido escarnecido como pedantismo e castigado. Mas nele, que usava a roupa com graça e naturalidade, não era assim, e nunca fora discriminado por sua causa.

Ele se parecia com um cupido pequeno e magro, deitado ali, os braços para cima, a bela cabeça loira e de cachos macios, comprida e inglesa, aninhada nas mãos estreitas. Seu pai, um comerciante alemão que se naturalizara na Inglaterra, morrera havia anos. A mãe, entretanto, era inglesa de sangue, uma senhora de temperamento suave, tranquilo, de rosto comprido e que tinha se instalado na nossa cidade com os filhos, Johnny e uma menina igualmente bonita e um pouco maliciosa. Ela ainda vestia apenas preto, em luto constante pelo marido, e honrava seu último desejo ao permitir que as crianças crescessem na Alemanha. Claramente tinha um bom padrão de vida. Possuía uma casa ampla nas cercanias da cidade e uma casa de veraneio em Travemünde, e de tempos em tempos viajava com Johnny e Sissie para estâncias termais longínquas. Não fazia parte da sociedade, embora sua entrada lhe estivesse franqueada. Seja pelo luto, seja porque o horizonte das nossas principais famílias era muito estreito, vivia na maior reclusão pessoal possível, mas cuidava do trânsito social dos filhos por meio de convites e pela organização de jogos coletivos, pela participação da Johnny e Sissie em cursos de dança e de etiqueta e assim por diante. Embora não determinasse seu rumo pessoalmente, vigiava-o com serena atenção; desse modo, Johnny e Sissie só conviviam com crianças de casas afluentes — claro que não por um princípio declarado, mas porque era natural. Assim, a sra. Bishop contribuiu de longe com a minha educação ao me ensinar que para ser respeitado pelos outros não é preciso nada mais do que respeitar a si próprio. Privada do líder masculino, a pequena família não mostrava nenhum dos sinais de degradação e declínio que nesses casos com frequência despertam a desconfiança burguesa. Sem mais parentes, sem título, tradição, influência e emprego público, sua existência era ao mesmo tempo isolada e exigente: e de tal modo isolada e tão exigente que todos lhe faziam concessões, sem alarde e sem maiores ponderações, e a amizade dos seus filhos com meninos e meninas era altamente valorizada.

Quanto a Jürgen Brattström, sua história era a seguinte: seu pai tinha amealhado riqueza e galgado cargos públicos e construíra para si e os seus a casa de arenito vermelho em Burgfeld, vizinha à propriedade da sra. Bishop. Dessa maneira e com a anuência tranquila da sra. Bishop, Jürgen foi colega de brincadeiras no jardim de Johnny e sua companhia no caminho da escola; tratava-se de um rapaz fleumático, carinhoso, de membros curtos, sem traços de personalidade muito pronunciados, que já mantinha às escondidas um pequeno comércio de alcaçuz.

Como disse, eu estava extremamente chocado com a informação de Johnny sobre a proximidade do duelo entre Jappe e Do Escobar, que deveria acontecer naquele dia às doze horas e com a maior seriedade, em Leuchtenfeld. Prenunciava-se algo terrível, pois Jappe e Do Escobar eram sujeitos fortes, audazes e prezavam a honra de cavaleiros; seu encontro em clima de animosidade podia gerar inquietude. Na minha lembrança eles ainda me parecem tão grandes e viris como naquela época, embora não pudessem ter mais de quinze anos. Jappe era oriundo da classe média da cidade; tinha pouca supervisão e na verdade já era quase aquilo que chamávamos no passado de *"butcher"* (quer dizer, encrenqueiro), mas com traços de bon vivant. Do Escobar tinha uma natureza livre, era um estrangeiro exótico que nem frequentava regularmente a escola mas estava lá apenas como ouvinte (uma existência desregrada, mas paradisíaca!), vivia nas casas dos outros e estava muitíssimo satisfeito com sua total autonomia. Ambos eram do tipo que dormia tarde, ia a restaurantes, perambulava à noite na Breitenstraße, seguia garotas, fazia acrobacias arriscadas, resumindo: cavalheiros! Embora não se hospedassem no elegante hotel balneário quando em Travemünde — onde também não era seu lugar —, mas num lugar qualquer da cidadezinha, ficavam à vontade no parque do lugar, eram homens cosmopolitas, e eu sabia que às noites, melhor dizendo aos domingos, quando havia tempos já me encontrava na cama num dos chalés do balneário, tendo pacificamente conciliado o sono sob a música do concerto ao ar livre, eles flanavam de um lado para outro na frente do longo telhado de lona da confeitaria ao lado de outros membros do mundo jovem e no fluxo dos hóspedes e turistas, procurando e encontrando diversões adultas. Foi ali que se encontraram — Deus sabia como e por quê. Era possível que tivessem trombado ombros ao passarem um pelo outro, incidente que sua honra transformou num caso de guerra. Johnny, que sem dúvida tinha dormido mais e estava ciente do negócio apenas por ouvir falar, manifestou-se com sua voz infantil tão agradável, um pouco velada, que o ponto da discórdia deve ter sido uma "moçoila", algo fácil de se imaginar devido à avançada audácia de Jappe e Do Escobar. Ou seja, eles não tinham armado uma confusão em público, mas combinaram diante de testemunhas e com poucas palavras, furibundas, a realização da defesa da honra. Amanhã ao meio-dia, encontro naquele lugar no Leuchtenfeld. Boa noite! O professor de balé Knaak, de Hamburgo, *maître de plaisir* e organizador das reuniões do hotel balneário, também esteve presente e confirmou sua aparição no lugar escolhido.

    A alegria de Johnny pela luta era absoluta, sem que ele ou Brattström partilhassem da consternação que eu sentia. Ele reassegurava, enquanto pronunciava da sua maneira encantadora o "r" bem na frente do céu da boca, que ambos se enfrentariam com a maior seriedade e na qualidade de inimigos; e depois avaliou com uma objetividade divertida e um tanto desdenhosa as chances de vitória. Jappe e Do Escobar eram os dois muitíssimo fortes, ora, ambos eram brutamontes. Era divertido eles decidirem de maneira tão séria qual seria o mais brutamontes dos dois. Jappe, disse Johnny, tinha o peito largo e admiráveis músculos nos braços e pernas, como dava para observar diariamente no banho. Mas Do Escobar era excepcionalmente robusto e feroz, de modo que era difícil prever quem sairia vencedor. Era estranho ouvir Johnny discorrer com tanta desenvoltura sobre as qualidades de Jappe e Do Escobar, ao mesmo tempo observar seus braços de criança tão fracos, com os quais nunca teria podido dar um soco ou defender-se dele. No que dizia respeito à minha pessoa, eu nem pensava em perder o espetáculo da pancadaria. Seria ridículo, e além do mais o evento iminente me atraía. Eu tinha de comparecer sem falta e assistir a tudo, visto que sabia o que estava sendo armado — tratava-se de uma espécie de sentimento de obrigação mas que se debatia inflamadamente com sentimentos detestáveis: tão pouco dado a brigas e tão pouco corajoso como eu era, sentia grande constrangimento e vergonha por atrever-me a comparecer ao cenário de atos de caráter masculino; um medo nervoso das comoções que a visão de uma briga aguerrida, séria e por assim dizer de vida ou morte iria produzir em mim e que eu sentia de antemão; sem dúvida também uma simples preocupação covarde de que lá, em meio ao acontecimento, fosse exposto a desafios contra minha própria pessoa, contrários à minha natureza mais íntima — a preocupação de ser atraído e compelido a me provar também um rapaz intrépido, uma prova que me repugnava acima de tudo. Por outro lado, não podia escapar de me pôr no lugar de Jappe e Do Escobar e compreender as sensações ardentes que pressupunha neles. Imaginei a ofensa e a provocação no jardim do balneário, reprimi junto com eles, por conta de elegante consideração, o ímpeto de sair socando o outro. Experimentei seu indignado desejo por justiça, a aflição, a raiva agitada, arrebatadora, os ataques de exasperada impaciência e vingança que os devem ter assolado à noite. Levado ao extremo, para além de quaisquer temores, digladiei-me em pensamento com um opositor igualmente despersonalizado, soquei sua boca odiada com tanta força que todos os dentes se quebraram, recebi em contrapartida um chute brutal no baixo-ventre e desfaleci em numa agitação vermelha, acordando na minha cama, com os nervos tranquilizados e compressas geladas, ao som das suaves admoestações de meus familiares... Resumindo, às onze e meia, quando nos levantamos para nos vestir, sentia-me exausto de nervosismo; tanto na cabine do vestiário quanto depois, quando deixamos o balneário já vestidos, meu coração pulsava como se fosse eu a ir à luta, com Jappe ou com Do Escobar, em público e sob condições adversas.

Ainda sei muito bem como descemos, nós três, a balançante ponte de madeira que subia da praia em diagonal até o balneário. Óbvio que pulávamos, a fim de fazer a ponte balançar e nos impulsionar como um trampolim. Mas, chegando embaixo, não seguíamos a trilha de tábuas que passava entre os pavilhões e cadeirões de vime até a praia, mas tomamos o curso na outra direção, quase rumo à casa-sede do balneário, mais à esquerda. O sol ardia nas dunas e extraía um cheiro seco e calorento do chão seco e com pouca vegetação, dos cardos-marítimos, dos juncos que nos picavam as pernas. Não se ouvia nada além do zunido ininterrupto das moscas azul-metálicas, que pareciam imóveis no calor pesado, subitamente trocavam de lugar e retomavam seu canto monótono e agudo em outro lugar. O efeito refrescante do banho havia muito se fora. Brattström e eu arejávamos de tempos em tempos o que nos cobria a cabeça — ele seu quepe suíço de marinheiro com aba de lona, eu meu gorro de lã redondo de Hellgoland, um tipo de boné escocês típico — a fim de secar o suor. Johnny sofria pouco sob o calor, graças à sua magreza e sobretudo também porque sua roupa estava mais elegantemente adequada ao dia de verão do que as nossas. Em seu leve e confortável traje de marinheiro de tecido listrado, que deixava à mostra pescoço e panturrilhas, o quepe azul de fita curta com inscrição em inglês sobre a bela cabecinha, os pés longos e finos metidos em sapatos leves, quase sem salto, de couro branco, ele caminhava com passos amplos e ascendentes e joelhos um pouco curvados entre mim e Brattström, cantando com seu gracioso sotaque a canção popular "Pequena pescadora", na moda à época; cantava com uma variação indecorosa, inventada especialmente pela juventude precoce. Pois ele era assim: apesar de toda criancice, já sabia de algumas coisas e não tinha melindres em pronunciá-las. Mas então fazia uma pequena expressão hipócrita, dizia: "Argh, quem será que canta músicas tão maldosas?", e fazia de conta que éramos nós que havíamos insultado a moça pescadora de maneira tão obscena.

Estávamos tão próximos do ponto de encontro e local da fatalidade que eu não tinha vontade nenhuma de cantar. A grama cortante das dunas dera lugar ao musgo arenoso, em um gramado rarefeito; estávamos caminhando em Leuchtenfeld, chamado assim por causa do farol amarelo e redondo que se erguia bem distante à esquerda — e de repente tínhamos chegado ao destino.

Era um lugar acolhedor, pacífico, quase sempre deserto, ocultado da vista por arbustos do terreno. E um círculo de jovens, como um tipo de barreira humana, tinha se sentado numa clareira em meio à vegetação, quase todos mais velhos do que nós e de diferentes classes sociais. Pelo visto éramos os últimos espectadores que tinham chegado. Apenas o professor de balé Knaak, que deveria exercer a função de árbitro, ainda era aguardado. Mas tanto Jappe quanto Do Escobar já se encontravam por ali — eu os avistei de pronto. Estavam sentados distantes um do outro no círculo, fazendo de conta que não se viam. Depois de cumprimentar alguns conhecidos com um silencioso aceno de cabeça, também nos sentamos de pernas cruzadas no chão quente.

As pessoas fumavam. Jappe e Do Escobar também seguravam cigarros no canto da boca enquanto piscavam por causa da fumaça, cada qual com um olho fechado, e era fácil ver que tinham a sensação de grandiosidade em ficarem sentados daquela maneira e fumar com toda tranquilidade um cigarro antes de começarem a se bater. Ambos já estavam vestidos como adultos, mas Do Escobar estava muito mais distinto do que Jappe. Usava sapatos amarelos de bico muito fino e terno de verão cinza-claro, uma camisa rosa de punho com botões, gravata colorida de seda e um chapéu de palha redondo e abas estreitas, empurrado para trás até o remoinho de modo que o montinho espesso sobre a testa formado pelo cabelo repartido de lado, preto reluzente e cheio de pomada, aparecia debaixo dele. Por vezes erguia e balançava a mão direita, a fim de colocar de volta a pulseira prateada para dentro do punho. A aparência de Jappe era muito menos chamativa. Suas pernas estavam metidas em calças justas que, mais claras que paletó e colete, estavam presas com tiras debaixo de suas botas engraxadas e, ao contrário de Do Escobar, enterrara bem o boné esportivo xadrez, cobrindo o cabelo loiro. Agachado, abraçara os joelhos e apenas então foi possível ver que os punhos estavam soltos nas mangas da camisa e, além disso, que as unhas dos dedos fechados estavam cortadas muito curtas, ou que sofria do vício de roê-las. Aliás, apesar da atitude relaxada e livre, a atmosfera no grupo era séria, até ressabiada, e sobretudo silenciosa. A única pessoa que agia de modo contrário era Do Escobar, que falava sem parar, em voz alta, rouca e com o "r" lingual, com aqueles que estavam ao seu lado, enquanto deixava a fumaça sair pelo nariz. Seu estardalhaço me afastou dele e, apesar de suas unhas excessivamente curtas, sentia-me inclinado a ficar ao lado de Jappe, que muito de vez em quando dirigia sobre o ombro uma palavra aos vizinhos e, no mais, observava, aparentemente em absoluta tranquilidade, a fumaça de seu cigarro.

Eis que chegou o sr. Knaak — ainda o vejo em seu terno matutino de flanela azul listrada. Veio da direção da casa-sede com passos acelerados e, arejando o chapéu de palha, parou fora do nosso círculo. Não consigo acreditar que estivesse ali por boa vontade; tendo a achar que precisou engolir esse sapo porque esteve presente em uma briga; mas sua posição, sua relação difícil com a juventude belicosa e que valorizava ao extremo características masculinas, devia obrigá-lo a isso. Moreno, bonito e gordo (gordo exatamente na região dos quadris), ele ministrava aulas de dança e de etiqueta na época do inverno tanto para grupos familiares fechados quanto para grupos abertos, no cassino. No verão, assumia o posto de organizador de festas e funcionário do balneário, na casa-sede de Travemünde. Com seus olhos vaidosos, o andar ondulante, sinuoso, no qual pousava no chão primeiro as pontas dos pés muito voltadas para fora e fazia o restante do pé seguir o movimento, a maneira de falar presunçosa e estudada, a segurança cênica de suas atitudes, a distinção extraordinária de seus modos, ele era adorado pelo sexo feminino enquanto o mundo masculino, notadamente os adolescentes críticos, mantinham-se céticos. Refleti muitas vezes a respeito da posição de François Knaak na vida e sempre a considerei extraordinária e fantástica. Filho de remediados como era, seu apego à vida sofisticada não combinava com ele; sem fazer parte da sociedade, era pago por ela como guardião e professor de seu ideal de comportamento. Jappe e Do Escobar também eram seus alunos; não num curso particular, como Johnny, Brattström e eu, mas nas aulas públicas no cassino; e era ali que o jeito de ser do sr. Knaak recebia a mais severa avaliação por parte dos jovens (pois nós, no curso particular, éramos mais brandos). Um homem que ensinava o relacionamento delicado com meninas pequenas, um homem sobre o qual corria o boato não desmentido de que usava espartilho, que segurava com a ponta dos dedos a bainha de seu paletó, fazia reverências, dava saltitos, de repente batia os pés no alto e depois aterrissava no chão com leveza: tratava-se mesmo de um homem? Essa era a suspeita que recaía sobre a pessoa do sr. Knaak e sua vida; e sua segurança e superioridade anormais aumentavam essa dúvida. Sua diferença de idade conosco era significativa e dizia-se que tinha mulher e filhos em Hamburgo (uma suposição cômica!). Essa característica de adulto e o fato de ser visto apenas no salão de dança o protegiam de ser denunciado e descoberto. Ele sabia fazer ginástica? Soube algum dia? Tinha coragem? Tinha forças? Resumindo, era digno de consideração? Não tivera condições de comprovar qualidades mais viris que contrabalançassem suas artes de salão a fim de torná-lo respeitável. Mas havia rapazes que passavam por ele chamando-o de macaco e de covarde. Provavelmente sabia disso e por isso tinha vindo nesse dia a fim de confirmar seu interesse numa briga organizada e mostrar camaradagem com os jovens, embora, na sua condição de agente do balneário, não devesse tolerar o desagravo ilegal da honra. Mas acredito que não se sentia bem com a situação e sabia muito bem estar pisando em terreno movediço. Alguns o examinavam cuidadosamente, e ele próprio olhava em volta, inquieto, para ver se chegavam mais pessoas.

Educado, pediu desculpas pelo atraso. Disse que uma reunião com a direção da casa-sede sobre o evento da noite de sábado o tinha retido.

— Os combatentes estão a postos? — perguntou com um tom de voz enérgico. — Então, podemos começar. — Apoiado no seu bastão e de pés cruzados, estava fora de nosso círculo, prendendo o macio bigode moreno com o lábio inferior e com uma sombria expressão de especialista.

Jappe e Do Escobar se levantaram, jogaram fora os cigarros e começaram a se preparar para a luta. Do Escobar aprontou-se voando, com espantosa velocidade. Atirou no chão o chapéu, paletó e colete, desamarrou a gravata; gola e suspensórios aumentaram a pilha de roupas. Depois, até tirou a camisa cor de rosa da calça, despiu rapidamente as mangas e ficou de camiseta de algodão com listras brancas e vermelhas, que deixava nus os braços amarelados, já com pelos pretos, a partir da metade da parte superior do braço.

— Tenha a gentileza! — disse da sua maneira peculiar, tomando depressa o centro do lugar e, com o peito estufado, ajeitou os ombros... Não tinha tirado a pulseira prateada.

Jappe, que ainda não estava pronto, virou a cabeça em sua direção e com as sobrancelhas erguidas, encarou com as pálpebras quase cerradas os pés do outro por um instante, como que dizendo: "Faça o favor de esperar. Não preciso da sua conversa mole". Embora tivesse os ombros mais largos, quando ficou frente a frente com Do Escobar nem de longe parecia tão atlético e combativo quanto o outro. As pernas nas calças justas tendiam à forma de um X e sua camisa macia, já um pouco encardida, com as mangas largas fechadas nos punhos com botões e os suspensórios de elástico cinza por cima não pareciam nada demais, enquanto o blusão listrado de Do Escobar e os pelos pretos nos seus braços passavam uma impressão extremamente belicosa e perigosa. Ambos estavam pálidos, mas no caso de Jappe isso era mais evidente porque costumava ter as faces coradas. Seu rosto era o de um loiro alerta e algo bruto, com nariz arrebitado, sardento. O nariz de Do Escobar, por sua vez, era pequeno, reto e curvado para baixo, e sobre seus lábios abertos distinguia-se a penugem preta de um bigode.

De braços caídos, ambos estavam frente a frente e quase peito contra peito; olhavam um para a região do estômago do outro com uma expressão sombria, desdenhosa. Era evidente que não sabiam direito o que fazer, e era isso que eu achava também. Uma noite inteira e um meio dia tinham se passado desde seu encontro, e a vontade de sair brigando — tão forte na noite anterior, mas amansada pelo cavalheirismo —, arrefecera. Naquela hora marcada, com o sangue já sóbrio e diante de um público reunido, tinham de obedecer a um comando para fazer algo que no dia anterior nasceria de um impulso espontâneo. Afinal, tratava-se de garotos educados e não de gladiadores da Antiguidade. Estando a mente tranquila, mantemos um constrangimento humano em socar o corpo saudável do outro. Era o que eu pensava e devia ser assim.

Mas como a honra impunha acontecer alguma coisa, começaram a se empurrar com os cinco dedos esticados no peito um do outro, como se acreditassem, em desdém mútuo, conseguir com tamanha facilidade lançar ao chão o opositor; além disso, queriam se irritar mutuamente. No momento, porém, em que o rosto de Jappe começou a se contorcer, Do Escobar interrompeu as preliminares.

— Perdão, cavalheiro! — ele disse, esquivando-se ao dar dois passos para trás. Ele o fez para apertar melhor a fivela das calças; pois tinha tirado os suspensórios, e visto que os quadris eram estreitos, suas calças devem ter começado a escorregar. Em seguida, murmurou algo crepitante, gutural, espanhol, que ninguém entendeu e que provavelmente quisesse dizer que, por fim, ele estava pronto, jogou mais uma vez os ombros para trás e deu um passo à frente. Estava claro que sua vaidade era desmedida.

As escaramuças com empurrões de ombros e mãos abertas recomeçaram. De repente, porém, deu-se um breve rebuliço de mãos, cego e ágil, um tumulto vertiginoso de seus punhos, que durou três segundos e que se encerrou de maneira igualmente súbita.

— Agora estão no clima — disse Johnny, que estava sentado ao meu lado com uma folha seca de grama na boca. — Aposto com vocês que Jappe vai derrubá-lo. Do Escobar é arrogante demais! Vejam, ele está sempre olhando de soslaio para os demais! Jappe está concentrado. Quem aposta que ele vai socá-lo de verdade?

Tinham se afastado depois de se trombarem e estavam de pé, arfando, os punhos nos quadris. Sem dúvida ambos acusavam os golpes, pois os rostos estavam bravos e ambos esticavam os lábios como a dizer: "Quem lhe deu o direito de me machucar?!". Quando retomaram a briga, os olhos de Jappe estavam injetados e Do Escobar arreganhou os dentes brancos.

Então se bateram com toda força, alternadamente e com pausas breves, nos ombros, nos antebraços e no peito.

— Isso não é nada — disse Johnny com seu adorável sotaque. — Assim ninguém tomba. Eles têm de socar entre os olhos, aqui, sobre o osso do nariz. Nocaute.

Nesse meio-tempo, Do Escobar segurou, com o braço esquerdo, os dois braços de Jappe, apertando-os contra o peito como num torno, enquanto batia incessantemente com o punho direito no flanco de Jappe.

Uma grande agitação teve início. "Sem segurar!", gritaram muitos, levantando-se. O sr. Knaak apressou-se, assustado, até o centro.

— Sem segurar! — ele também gritou. — Você está segurando ele, caro amigo! Isso vai contra qualquer regra. — Ele os separou e repetiu a Do Escobar mais uma vez que segurar era absolutamente proibido. Depois, saiu de novo.

Jappe estava furioso, era fácil notar. Muito pálido, massageava o lado do corpo e ao mesmo tempo observava Do Escobar com um movimento de cabeça longo e que prenunciava desgraça. E quando o próximo round começou, seu rosto testemunhava tamanha determinação que todos anteviram ações decisivas da sua parte.

E, de fato, Jappe desferiu ligeiro um golpe — usando de uma finta que provavelmente deve ter planejado antes. Um soco fingido com a esquerda para o alto deu oportunidade para Do Escobar cobrir o rosto; mas, ao fazer assim, a direita de Jappe atingiu-o tão duramente no estômago que Do Escobar se curvou para a frente, com o rosto amarelo como cera.

— Esse acertou — disse Johnny. — Doeu. Agora pode ser que ele se recupere e tente se vingar seriamente.

Mas o golpe no estômago tinha sido muito forte e o sistema nervoso de Do Escobar estava visivelmente alterado. Era possível ver que não conseguia nem mais fechar os punhos direito a fim de dar seus socos, e os olhos tinham a expressão de alguém não mais totalmente consciente. Mas ao perceber que os músculos falhavam, foi a vaidade que o aconselhou a comportar-se como o ágil homem meridional que caçoa do urso alemão e o exaspera. Com passos curtos e usando todo o tipo de volteios desnecessários, dançava em pequenos círculos ao redor de Jappe, além de tentar rir animadamente, algo que me passava uma impressão heroica dado seu estado fragilizado. Jappe, por sua vez, não se exasperou de modo algum, mas apenas acompanhou os giros, lascando-lhe golpes tão contundentes enquanto o braço esquerdo defendia os débeis ataques de Do Escobar. O destino de Do Escobar foi selado, entretanto, pelo fato de sua calça escorregar o tempo todo, fazendo com que sua camiseta de malha escapasse dela e subisse, deixando entrever um pedaço de seu corpo nu, amarelado, motivo de chacota para alguns. Por que tinha tirado os suspensórios? Ele devia ter deixado o quesito beleza de lado. Pois as calças o atrapalhavam, tinham atrapalhado durante toda a luta. Ele queria erguê-las o tempo todo, enfiar a camiseta para dentro delas, pois apesar de sua condição desastrosa, não suportava a sensação de oferecer uma visão desarrumada e cômica. E foi assim que, por fim, enquanto lutava com uma mão e com a outra tentava melhorar a aparência, Jappe lhe meteu um tamanho soco no nariz que até hoje não entendo como Do Escobar não foi a nocaute.

Mas o sangue começou a jorrar e Do Escobar se virou, afastando-se de Jappe, procurou estancar o sangramento com a mão direita e com a esquerda fez um sinal muito significativo para trás. Jappe, com as pernas em "x" abertas e punhos cerrados, ainda estava de pé, aguardando o retorno de Do Escobar. Porém, Do Escobar não estava mais participando. Se o compreendi bem, ele era o mais educado de ambos e achou que já era tempo de colocar um fim na coisa. Era certo que Jappe continuaria a lutar com o nariz sangrando; mas era quase certo também que Do Escobar se recusaria a prosseguir com a luta nesse caso. E era muito mais certo que se recusasse naquele instante, já que era quem sangrava. Alguém fizera sangue escorrer de seu nariz, diabos, em sua opinião algo assim nunca poderia ter acontecido. O sangue lhe escorria entre os dedos sobre a roupa, manchava as calças claras e pingava até nos sapatos amarelos. Tratava-se de uma porcaria, simplesmente, e sob essas circunstâncias recusou-se a continuar a luta, que chamou de desumana.

Aliás, sua ideia coincidia com a da maioria. O sr. Knaak entrou na roda e deu o confronto por encerrado.

— A honra foi satisfeita — ele disse. — Ambos se comportaram de maneira exemplar. — Era possível notar o quanto estava aliviado pela situação ter transcorrido de maneira tão inócua.

— Mas ninguém tombou — disse Johnny, espantado e decepcionado. Jappe também concordou em considerar a disputa encerrada e foi até suas roupas, ofegante. A delicada ficção do sr. Knaak, de que o duelo terminara empatado, foi aceita por todos. Jappe foi felicitado apenas furtivamente; outros emprestaram seus lenços a Do Escobar, visto que o seu logo ficou empapado de sangue.

— Continua! — alguns exclamaram. — Que outros comecem a lutar.

Essa foi a expressão da vontade do grupo ali reunido. A contenda entre Jappe e Do Escobar durara tão pouco, apenas bons dez minutos, não mais. As pessoas tinham ido até lá, haviam reservado esse tempo, era preciso acontecer alguma coisa! Que viessem mais dois à arena, e quem quisesse provar que merecia ser chamado de homem.

Ninguém se voluntariou. Mas por que meu coração começou a bater feito uma zabumba no momento da conclamação? Aconteceu o que eu temia: os desafios se estenderam aos espectadores. Mas por que eu me sentia quase como aguardando ansiosamente por esse grande momento, lançado num turbilhão de sentimentos contraditórios? Olhei para Johnny: totalmente relaxado e imparcial, estava sentado ao meu lado, girava sua folhinha de grama na boca e examinava o grupo com uma expressão aberta, curiosa, tentando achar mais dois sujeitos forçudos que quisessem partir os narizes ao meio para seu prazer particular. Por que, terrivelmente nervoso, tive de me sentir pessoalmente atingido e incitado a superar minha própria vergonha com um esforço violento e utópico, e atrair a atenção geral ao me apresentar como herói na roda? De fato, seja por arrogância ou timidez excessiva, eu estava em vias de erguer a mão e me inscrever para o combate, quando uma voz insolente se fez ouvir de algum lugar:

— Agora é a vez do sr. Knaak entrar na briga!

Todos os olhos se voltaram ávidos para o sr. Knaak. Não disse que ele estava caminhando sob gelo fino, que estava se expondo ao perigo de ser submetido a um meticuloso exame? Mas ele respondeu:

— Obrigado, mas já levei cascudos suficientes na minha juventude.

Ele estava salvo. Liso feito peixe ensaboado, tinha conseguido escapar do imbróglio, chamou a atenção à sua idade, deu a entender que antigamente nunca fugira de uma briga honesta, e o fez sem gabarolices, mas sabendo dar às palavras o timbre da verdade ao confessar, com simpático autodesdém, que tinha levado umas surras. Ele foi deixado de lado. As pessoas notaram que era difícil, quiçá impossível, envolvê-lo naquilo.

— Então que comecem as lutas! — alguém exigiu.

A sugestão recebeu pouco apoio. Mas em meio às deliberações a respeito, ouviu-se a voz rouca espanholada de Do Escobar por trás de seu lenço ensanguentado (e nunca me esqueço da impressão constrangedora que me causou):

— Lutar é covardia. Quem luta são os alemães! — Uma falta de tato impensável de seu lado, que também encontrou a justa réplica. Pois foi então que o sr. Knaak lhe deu a excelente resposta:

— Pode ser. Mas também se diz que vez ou outra os alemães dão surras fenomenais nos espanhóis. — Risos aprovaram a declaração; a partir de então, tinha sua posição assegurada e, por sua vez, Do Escobar estava definitivamente em baixa.

A opinião majoritária, porém, considerava lutar algo um tanto tedioso, e por isso as pessoas passaram a fazer todo tipo de exercícios a fim de matar o tempo: pular sela sobre as costas do outro, parada de cabeça, caminhar plantando bananeira e coisas assim.

— Venham, vamos embora — disse Johnny para Brattström e para mim, levantando-se. Uma atitude típica de Johnny Bishop. Ele tinha vindo porque algo real com final sangrento estava anunciado. Já que o evento tinha se transformado em brincadeira, ele se foi.

Ele me transmitiu as primeiras impressões da peculiar superioridade do caráter nacional inglês, o qual eu mais tarde aprendi tanto a apreciar.

UM HOMEM E SEU CÃO: UM IDÍLIO

ELE VEM DOBRANDO A ESQUINA

Quando a bela estação do ano faz jus ao nome e o trinado dos pássaros me acorda a tempo porque encerrei o dia anterior na hora certa, gosto de sair por uma meia hora ao ar livre, sem chapéu, ainda antes da primeira refeição, na alameda diante de casa ou também nos parques mais distantes, a fim de inspirar um pouco do jovem ar matinal e, antes do trabalho se apoderar de mim, participar um pouco da alegria das límpidas manhãs. Nos degraus que levam até a porta de casa, dou um assobio de dois tons, a nota dominante e uma quarta mais grave, do jeito que começa a melodia do segundo movimento da sinfonia inacabada de Schubert — um sinal que pode valer, por exemplo, como a versão musical de um nome de duas sílabas. Já no instante seguinte, enquanto caminho em direção ao portão do jardim, um distante tilintar delicado, mal perceptível a princípio, se aproxima rapidamente e se torna cada vez mais nítido, igual ao da plaquinha de registro batendo contra o revestimento de metal de uma coleira; e quando me viro, vejo Bauschan a toda velocidade dobrando a quina dos fundos da casa e disparando em minha direção, como se planejasse me atropelar. O esforço é tanto que o lábio de baixo se retrai um pouco e dois, três de seus dentes dianteiros ficam à mostra, brilhando num branco esplêndido no sol matutino.

Ele vem de sua casinha que fica lá atrás sob o piso da varanda e onde esteve tirando uma leve soneca matinal depois de uma noite agitada até que meu assobio de duas sílabas o animasse ao extremo. A casinha tem uma cortina de pano rústico e é forrada com palha, o que explica um ou outro fiapo preso na pelagem de Bauschan, já desgrenhada pelo sono, ou até metido entre as garras da pata: uma imagem que me lembra a cada vez do velho conde de Moor numa apresentação de acurada força imaginativa, quando o vi sair da prisão onde ficara a pão e água, com uma palha presa entre dois dedos da meia de tricô de seus pobres pés. Sem querer, fico de lado em relação ao animal em desabalada carreira, numa posição de defesa, pois sua suposta intenção de trombar contra meus pés e me fazer cair é infalivelmente enganosa. Mas no último instante e bem perto do choque, ele freia e vira, o que atesta tanto seu autodomínio corporal quanto psíquico; e então ele começa, em silêncio — pois faz um uso econômico de sua voz sonora e expressiva —, a fazer uma caótica dança de saudação, composta de patadas, abanos desmedidos que aqui não se restringem à específica ferramenta de expressão do rabo, mas engloba toda a parte posterior do corpo até as costelas, além de uma ondulante contração do corpo, assim como saltos no ar elásticos e centrífugos, e giros ao redor do próprio eixo — apresentações com as quais ele curiosamente se esforça para afastar meu olhar, na medida em que desloca o palco sempre para o lado oposto. Mas no momento em que me abaixo e estico a mão, ele aparece de súbito ao meu lado, o ombro pressionado contra minha canela como uma coluna: fica encostado diagonalmente em mim, as patas fortes pressionadas contra o chão, o rosto erguido em direção ao meu, enxergando-me de ponta-cabeça e de baixo para cima, e sua imobilidade enquanto lhe dou tapinhas no ombro sob palavras sussurradas e dóceis é tão intensa e apaixonada quanto o alvoroço passado.

    Trata-se de um perdigueiro alemão de pelo curto — se não levarmos essa denominação de maneira muito rígida e estrita, mas quisermos compreendê-la com uma pitada de humor; pois Bauschan com certeza não é um perdigueiro de manual e nem segue as meticulosas normas da raça. Para tanto, talvez seja um pouco pequeno demais. Ele é, vamos reforçar, decididamente menor que um daqueles cães que apontam a caça, além disso suas patas dianteiras não são muito retas, mas voltadas para fora, algo que também não corresponde bem ao retrato ideal de uma linhagem pura. A pequena tendência ao "papo", quer dizer: aquela dobra de pele junto ao pescoço que é capaz de criar uma imagem tão honorável, fica perfeitamente bem nele; mesmo isso poderia ser considerado um defeito pelos criadores implacáveis, pois ouvi dizer que, no caso do perdigueiro, a pele deve envolver a garganta de maneira lisa. A coloração de Bauschan é muito bonita. Seu pelo é essencialmente marrom--ferrugem e tigrado de preto. Mas também há muito branco misturado, que domina o peito, as patas, a barriga, enquanto o focinho achatado parece ter sido mergulhado no preto. No alto de seu crânio largo bem como nas orelhas geladas, o preto e o marrom-ferrugem compõem um padrão bonito e aveludado, e o mais especial na sua aparência é o redemoinho, tufo ou ponta formado pela torção do pelo branco no peito, que se destaca na horizontal como o riste de antigas armaduras. Aliás, esse colorido um tanto aleatório de seu pelo pode ser considerado "vedado" por aqueles que priorizam as leis da raça em detrimento da personalidade, pois o perdigueiro clássico dever ser de cor única ou com placas de cores diferentes, mas não tigrado. Mas uma ordenação rigidamente esquemática de Bauschan é impedida sobretudo por uma certa pelagem comprida nos cantos da boca e no lado inferior do focinho, que recorda, não sem laivos de justiça, barbicha e bigode, e que, se observada com cuidado, remete ao tipo do pinscher ou do schnauzer.

    Apesar de estar entre perdigueiro e pinscher, Bauschan é um animal bonito e bom, apoiado teso no meu joelho, olhando-me de baixo com uma dedicação muito concentrada! Os olhos são particularmente bonitos, suaves e inteligentes, mesmo se talvez um tanto inexpressivos. A íris é marrom-ferrugem, da cor do pelo; na verdade, ela forma apenas um círculo estreito, possivelmente uma expansão maciça das pupilas pretas espelhadas, e por outro lado sua cor invade o branco do olho e se esparrama por ali. A expressão de sua cabeça, de sensata integridade, atesta uma virilidade moral, que o corpo repete no plano físico: o peito estufado que marca de modo vigoroso as costelas sob a pele lisa e sedosamente colada, os quadris retesados, as pernas com os nervos saltados feito veias, as patas rústicas e bem formadas — tudo isso atesta bravura e virtudes viris, fala de sangue camponês de caçador, sim, o caçador e o líder aparecem de maneira intensa na constituição de Bauschan; caso alguém me pergunte, ele é um perdigueiro de direito, embora não deva sua existência a nenhum ato de vaidoso cruzamento consanguíneo; e talvez seja isso mesmo o que quero lhe dizer com as palavras muito confusas e desconexas que lhe dirijo, enquanto dou tapinhas no seu ombro.

    Ele está em pé, olhando, presta atenção no tom da minha voz, por meio das entonações que imprimo enfaticamente na minha fala compreende que o valorizo sobremaneira. E, de repente, ao esticar a cabeça e abrir e fechar depressa a boca, dá um salto na direção do meu rosto como se quisesse arrancar meu nariz, uma pantomima em resposta às palavras que proferi e que sempre me faz dar um salto para trás, rindo, algo que Bauschan também sabe de antemão. É um tipo de beijo no ar, meio carinho, meio zombaria, que é seu costume desde que era filhote, apesar de eu nunca ter observado algo assim em seus antepassados. Aliás, ele se desculpa imediatamente abanando o rabo, faz breves reverências e uma carinha constrangida e divertida pela liberdade que tomou. E depois saímos pelo portão.

Um ruído semelhante ao marulho nos envolve, pois minha casa fica quase ao lado do rio que corre rápido e espuma sobre rochas planas, separada dele apenas pela alameda de choupos, uma faixa de grama cercada e plantada com bordos jovens, e um caminho elevado, margeado por faias pretas imensas, gigantes de galhos se movimentam de maneira bizarra cujo algodão branco, cheio de sementes, neva por toda região no início de junho. Rio acima, em direção à cidade, soldados estão em treinamento construindo uma ponte flutuante. Os passos de suas botas pesadas sobre as tábuas e os chamados dos chefes ecoam. Mas desse lado da margem chegam ruídos de trabalho, pois ali, um pouco além da casa, rio abaixo, há uma fábrica de locomotivas com uma moderna área industrial expandida, com galpões de janelas altas que brilham entre o escuro a qualquer hora da noite. Máquinas novas e bem pintadas andam para lá e para cá à guisa de testes; vez ou outra, um apito de vapor solta seu som choroso, um tropel abafado abala de tempos em tempos o ar e a fumaça sai de várias chaminés, mas é soprada para longe por um vento favorável, na direção do bosque do outro lado, dificilmente chegando a este lado do rio. Assim se misturam no isolamento típico de periferia, semi-interiorano dessa região, os ruídos da natureza imersa em si mesma com os da atividade humana, e sobre tudo isso se estende o límpido frescor da manhã.

Quando saio assim, podem ser oficialmente sete e meia, mas na verdade são seis e meia. Desço, os braços nas costas, sob o delicado raiar do sol, a alameda hachurada pelas sombras compridas dos choupos, desse ponto ainda não vejo o rio, mas escuto seu borbotão largo, regular; há um delicado sussurro nas árvores, o penetrante chichiar, assobiar, trinar e soluçante gorjear dos pássaros canoros preenche o ar; sob o céu azul úmido, um avião vindo do leste, uma ave mecânica rígida, com roncos baixos, crescentes e decrescentes, segue em seu percurso independente sobre a terra e o rio, e Bauschan alegra minha vista com saltos bonitos e flexíveis sobre a cerca baixa da faixa de grama do lado esquerdo, para um lado e para outro. Na verdade, ele salta porque sabe que eu gosto; pois várias vezes o incentivei a tanto chamando e batendo na cerca, elogiando-o quando correspondia ao meu desejo; e também agora se aproxima depois de quase todo salto para ouvir que é um saltador audaz e elegante. E responde com outro salto contra meu rosto, quando suja meu braço que uso em defesa contra o focinho úmido. De outro lado, porém, ele se ocupa desses exercícios como uma ativa toalete matinal; pois alisa seu pelo áspero e se livra das folhas da palha velha que o enfeavam.

 É bom caminhar assim pela manhã, os sentidos rejuvenescidos, a alma limpa pelo banho terapêutico e um grande gole nas águas do rio Lete que é a noite. Olhamos em direção ao dia que está à nossa frente com renovada confiança, mas hesitamos prazerosamente a começá-lo, senhores de um intervalo de tempo excepcional, não reivindicado e leve entre sonho e dia, que foi nossa recompensa pela vida direita. A ilusão de uma vida constante, simples, concentrada e serena, voltada a si mesma, a ilusão do auto-pertencimento, traz felicidade; pois o ser humano tende a considerar seu estado momentâneo, seja ele animado ou confuso, pacífico ou apaixonado, o estado verdadeiro, natural e duradouro de sua vida e elevar de imediato qualquer *ex tempore* feliz a uma regra favorável e hábito inquebrantável, enquanto na verdade está condenado a viver de improviso e, moralmente, da mão para a boca. Assim, inspirando o ar matinal, acredito na liberdade e na virtude, mas deveria saber — e no fundo, sei — que o mundo arma suas redes para me prender e que provavelmente amanhã ficarei na cama até as nove, porque me deitei às duas, acalorado, com a mente obnubilada e apaixonadamente entretido... Que seja assim, então. Hoje sou o homem da sobriedade e da alvorada, o dono do cão de caça que acaba de saltar de novo a cerca, alegre porque pareço querer viver o hoje com ele e não com o mundo lá atrás.

 Percorremos a alameda por cerca de cinco minutos até o ponto em que ela deixa de ser alameda e segue o curso do rio como desolada trilha de pedregulhos; damos-lhe as costas e entramos numa estrada larga ainda não pavimentada de cascalho bem fino mas que, como a alameda, já dispõe de um caminho para bicicletas. Virando à direita, entre parcelas mais baixas do bosque, ela leva à encosta que limita a leste nossa margem do rio e é o cenário da vida de Bauschan. Atravessamos outra estrada aberta entre bosque e campo, de futuro parecido, que mais acima, em direção à cidade e ao ponto do bonde, está cercada por casas de aluguel; uma trilha de cascalho em declive nos conduz a um terreno bem cuidado, de jardinagem com apuro paisagístico, mas sem viva alma, como todo o lugar àquela hora, bancos para descansar nos caminhos sinuosos que em vários pontos se alargam em rotatórias, bem cuidados parquinhos infantis e amplas áreas gramadas com árvores velhas e bem formadas — olmos, faias, tílias e salgueiros prateados — de copas curvadas para baixo, de modo que só vemos parte dos troncos sobre a grama. Gosto do lugar bem cuidado, no qual não poderia caminhar mais tranquilo mesmo se me pertencesse. Não falta nada. As sendas de cascalho que descem as encostas suaves de grama ao redor têm até valetas cimentadas. E há vistas graciosas e fundas entre todo o verde, com o fim distante na arquitetura de uma das mansões que se vê dos dois lados.

Paro por um momento no caminho enquanto Bauschan, encantado pela felicidade do espaço aberto, galopa o gramado aberto de um lado a outro, às vezes com latidos que misturam indignação e satisfação ao perseguir um passarinho que, hipnotizado pelo medo ou para irritá-lo, voeja sempre bem perto de seu focinho. Mas como resolvo me sentar num banco, ele também fica por ali e se posta aos meus pés. Pois uma de suas leis é correr apenas quando também estou em movimento; no instante em que me sento, a pausa é observada. Não há qualquer necessidade disso, mas Bauschan faz questão.

É estranho, familiar e engraçado senti-lo sobre meu pé, que recebe sua febril temperatura corporal. Em sua companhia ou estando a observá-lo, meu peito sempre se enche de doçura e simpatia. Sua maneira de se sentar é muito camponesa, os ombros voltados para fora com as patas viradas para dentro, sem simetria. Nessa pose, ele se parece menor e mais gordo, e é engraçado como o redemoinho de pelos brancos do seu peito fica pronunciado. Mas a honrosa cabeça metida no pescoço compensa, com concentrada atenção, toda falta em relação à postura... O silêncio é tanto que ambos estamos quietos. O rumor do rio chega muito abafado até ali. Os movimentos pequenos e secretos ao redor ganham em importância e estimulam os sentidos: o breve farfalhar de uma lagartixa, um trinado de pássaro, o revolver de uma toupeira no solo. As orelhas de Bauschan estão erguidas até o máximo permitido pela musculatura das orelhas pensas. Ele inclina a cabeça a fim de aguçar a audição. E as narinas de seu focinho preto e úmido movimentam-se sem parar, num sensível movimento farejador.

Então ele se deita, mantendo o contato com meu pé. Aninha-se de perfil em mim, na postura arcaica e simétrica do animal sagrado da esfinge, cabeça e peito erguidos, as quatro coxas junto ao corpo, as patas esticadas igualmente para a frente. Ao sentir calor abre a boca, fazendo com que sua expressão inteligente assuma algo de bestial e os olhos piscam, estreitando-se; e uma língua vermelho-rosada pende, longa, entre os caninos brancos e fortes.

COMO FICAMOS COM BAUSCHAN

Uma mocinha simpática, baixa, de olhos negros, que — com a ajuda de uma filha robusta em fase de crescimento e olhos igualmente negros — toca um restaurante de montanha próximo a Tölz intermediou a apresentação de Bauschan e sua compra. Isso foi a dois anos, e à época ele tinha seis anos. Anastasia, esse o nome da dona, por certo sabia que tivemos de mandar matar nosso Percy, um pastor escocês, aristocrata e doente mental inofensivo, que tinha sido acometido por uma doença dermatológica dolorida e deformante, e desde aquele dia e por todos os dias, sentíamos falta do guardião. Por esse motivo ela nos informou lá de sua montanha e por intermédio do telefone, que havia um cachorro recebendo comida e cuidados de sua parte e que ele podia ser examinado a qualquer hora.

Como as crianças insistiam e a curiosidade dos adultos não ficava muito atrás, subimos já na tarde seguinte até o endereço de Anastasia e encontramos com a camponesa em sua cozinha ampla, repleta de aromas quentes e nutritivos, onde preparava o jantar de seus pensionistas com os antebraços roliços à mostra e o vestido aberto no pescoço, o rosto afogueado e úmido. A filha, caminhando para lá e para cá em silenciosa dedicação, passava-lhe o que era necessário. Fomos saudados amistosamente e recebemos um elogio por não ter colocado o assunto em banho-maria, tendo logo nos colocado a caminho dali. Depois de olhares curiosos ao redor, a filha Resi nos levou até diante da mesa da cozinha, onde apoiou as mãos nos joelhos e dirigiu algumas palavras encorajadoras e ternas para debaixo do tampo. Pois havia ali, preso com uma corda puída, um animal do qual até então não havíamos nos dado conta na semiescuridão do cômodo. Ao vê-lo, ninguém conseguiu suprimir um riso de compaixão.

Ele se apoiava sobre pernas altas e angulosas, o rabo entre as pernas traseiras, as quatro patas lado a lado, as costas curvadas, e tremia. Podia estar tremendo de medo, mas era possível perceber que o fazia por falta de uma carne que o aquecesse, pois o animal era só ossos, costelas com coluna vertebral, recobertas por pelo estropiado e apoiadas em quatro estacas. Tinha colocado as orelhas para trás — posição que apaga de imediato qualquer luz de alegria numa fisionomia canina — e que, ainda por cima, expressava naquele rosto ainda tão novinho de expressar nada além de miséria e abandono, mais um urgente pedido por cuidados. Além disso, o que ainda hoje poderíamos chamar de sua barba e seu bigode estavam proporcionalmente muito mais aparentes à época, acrescentando em sua lastimosa aparência geral uma nuança de amarga melancolia.

Todos se curvaram para oferecer ao coitado palavras de conforto e coragem. E em meio ao júbilo lamentoso das crianças, Anastasia, junto ao fogão, passou suas explicações a respeito do animal em questão. Disse que ele estava sendo chamado provisoriamente de Lux e era filho de ótimos pais. Tinha conhecido a mãe e ouvido apenas coisas boas do pai. Acrescentou que Lux nascera numa fazenda em Huglfing e seus proprietários, por motivo de força maior, tiveram de abrir mão dele a um preço módico, motivo pelo qual fora trazido até ali, tendo em vista o grande trânsito do estabelecimento. Os donos tinham vindo em sua charrete e Lux correu sem parar entre as rodas traseiras, por todos os vinte quilômetros. E disse que logo pensou em nós, já que estávamos procurando por um bom cachorro e estava quase certa de que iríamos nos decidir por ele. Afirmou que, se ficássemos com ele, as duas partes sairiam ganhando! Ele nos agradaria, com certeza, e do outro lado o animal não estaria mais sozinho no mundo, mas teria encontrado um lugarzinho confortável, e ela, Anastasia, ficaria com a consciência tranquila. Pediu que não nos deixássemos influenciar pela sua expressão no momento. Naquele instante, ele se sentia embaraçado e sem autoconfiança devido ao ambiente estranho. Mas logo estaria óbvio que descendia de pais excepcionalmente bons.

— Sim. Mas e se os dois não combinassem muito bem?

— Pelo contrário; afinal, eram dois animais fantásticos.

A srta. Anastasia disse que o cachorro tinha as melhores características e que podia atestar isso. E que ele também não era mimado, mas contido em suas necessidades, o que hoje em dia é importante; até aquele momento, afirmou tê-lo alimentado apenas com cascas de batata. Pediu que o levássemos para casa a fim de fazer um teste sem qualquer compromisso. Ela o pegaria de volta e retornaria o pouco dinheiro pago na compra caso não gostássemos do cachorro. Falou sem timidez e sem qualquer preocupação de exigirmos o que prometera. Disse que, afinal, assim como o conhecia, nos conhecia também — ou seja, ambos os lados —, e que estava convencida e que acabaríamos nos afinando com ele e nem nos passaria pela cabeça nos separar mais uma vez do cachorro.

Ela falou mais muitas coisas nesse sentido, de maneira tranquila, fluente e agradável, enquanto mexia no fogão e vez ou outra as chamas se levantavam à sua frente feito mágica. Por fim, ela se aproximou e abriu com as mãos a boca de Lux, a fim de mostrar seus belos dentes e, por algum motivo, também seu palato róseo e enrugado. Em relação à pergunta técnica de ele já ter tido cinomose, ela disse com leve impaciência que não sabia. E no que se referia ao tamanho que alcançaria, de pronto afirmou ser o do nosso falecido Percy. Houve ainda muita indecisão, muita propaganda calorosa por parte de Anastasia, reforçada pelos pedidos das crianças, muita desorientação do nosso lado. Por fim pedimos um curto tempo de reflexão, que nos foi concedido de bom grado, e caminhamos pensativos para o vale, checando e comparando nossas impressões.

É claro que as crianças tinham ficado sensibilizadas pelo saco de pulgas de quatro patas debaixo da mesa, e nós adultos ridicularizávamos em vão a falta de critério e julgamento delas: pois também sentíamos o espinho no coração e percebíamos que seria difícil apagar novamente a imagem do pobre Lux de nossa memória. O que seria dele se o rejeitássemos? Em que mãos cairia? Uma figura misteriosa e terrível ergueu-se em nossa fantasia: o carniceiro, de cuja ação terrível pudemos salvar nosso Percy com alguns tiros de misericórdia e um túmulo decente no canto de nosso jardim. Se quiséssemos entregar Lux a um destino incerto e talvez tenebroso, então não deveríamos tê-lo conhecido nem estudado seu rosto infantil com barba e bigode; já que sabíamos da sua existência, uma responsabilidade parecia pousar sobre nós; negá-la era algo difícil e violento. Foi assim que já no terceiro dia nos vimos de novo subindo aquela trilha confortável dos Alpes. Não que estivéssemos decididos pela compra. Mas sabíamos que a coisa, mal parada, não tomaria outra saída.

Dessa vez Anastasia e a filha estavam sentadas nas extremidades da mesa, uma em frente à outra, tomando café. Entre elas, diante da mesa, estava o cão chamado provisoriamente de Lux. Sentado da maneira como costuma se sentar agora, os ombros posicionados como os de um camponês, as patas viradas para dentro e atrás de sua coleira gasta de couro havia um raminho de flores campestres, resultando numa melhoria festiva de sua aparência e emprestando-lhe um pouco a expressão de um rapaz de aldeia em trajes domingueiros ou de um noivo no campo. A jovem senhorita, também bem cuidada em seu traje típico, foi quem o arrumara assim: para a mudança ao novo lar, como disse. E mãe e filha asseguraram que nunca tiveram a menor dúvida de que voltaríamos a fim de buscar nosso Lux, e ainda por cima naquele dia.

Então, logo à nossa chegada, qualquer outro debate se mostrou impossível e encerrado. Anastasia agradeceu com seu jeito agradável o dinheiro que lhe entregamos, a soma de dez marcos. Estava evidente que fizera a cobrança visando mais nosso interesse do que o dela ou do pessoal do estabelecimento: assim, acabou por valorizar o pobre Lux aos nossos olhos de maneira positiva e material. Entendemos o ponto e pagamos com gosto. Lux foi solto do pé da mesa, a extremidade da corda entregue a mim e nossa saída pela soleira da porta da cozinha da srta. Anastasia foi acompanhada pelos melhores votos e desejos.

O trajeto até em casa em companhia de nosso novo companheiro de lar não foi nenhum cortejo festivo, visto que o noivo, logo no início da movimentação, perdeu seu pequeno buquê. Observamos alegria mas também desdém zombeteiro nos olhares dos passantes; as oportunidades para tanto eram multiplicadas, visto que nosso caminho cruzava a povoação e, para piorar ainda mais, no sentido do comprimento. Para completar, descobrimos que Lux devia sofrer havia muito tempo de uma diarreia que nos obrigou a fazer paradas constantes sob o olhar das pessoas. Fazíamos um círculo protetor ao redor de sua desgraça profunda enquanto nos perguntávamos se já não se tratava da cinomose dando seus terríveis sinais — uma preocupação desnecessária que o futuro nos ensinou; esse mesmo futuro mostrou que lidávamos com uma natureza pura e resistente, até hoje livre de pragas e vícios.

Assim que chegamos, as empregadas foram chamadas imediatamente para conhecer o novo membro da família e também para dar seu parecer sobre ele. Notamos que elas se aproximavam a fim de elogiá-lo; mas depois de tê-lo analisado e percebido nossas expressões hesitantes, elas davam risadas cruéis, viravam as costas para o animal de olhar triste e faziam gestos de menosprezo na sua direção. Como essa atitude reforçou a dúvida de que compreenderiam o sentido da cobrança humanitária que Anastasia exigira de nós, lhes dissemos que havíamos recebido o cachorro de presente, e levamos Lux até a varanda a fim de oferecer a ele uma refeição de boas-vindas, composta de restos nutritivos.

A timidez fez com que rejeitasse tudo. Cheirou os bocados que lhe foram servidos, mas manteve receosa distância deles, incapaz de acreditar que cascas de queijo e coxas de galinha lhe estavam sendo servidas. Contudo, não recusou o travesseiro de saco, preenchido com feno, colocado no corredor para seu conforto, descansando ali com as patas debaixo do corpo, enquanto nos cômodos internos o nome ao qual atenderia mais tarde estava sendo debatido e decidido em definitivo.

No dia seguinte, também se absteve de comer, e então seguiu-se uma época em que engolia, sem medida nem razão, tudo aquilo que estivesse ao alcance de seu focinho, até alcançar uma rotina tranquila e digna nas coisas da alimentação. Isso caracteriza em grande medida o processo de sua adaptação e de afirmação burguesa. Não vou me perder numa descrição excessivamente fiel desse processo, que sofreu uma interrupção pelo temporário desaparecimento de Bauschan: as crianças tinham levado o animal ao jardim, liberado-o da guia a fim de lhe proporcionar liberdade e, num instante sem vigilância, ele ganhou o longe passando pelo pequeno espaço entre portão e o solo. Seu desaparecimento gerou consternação e tristeza, pelo menos na esfera dos patrões, visto que as empregadas estavam inclinadas a encarar a perda de um cão ganho de presente como algo de somenos, ou nem reconhecer o fato como perda. O telefone trabalhou intensamente entre nós e o estabelecimento de montanha de Anastasia, onde, com esperança, supúnhamos encontrá-lo. Em vão, ele não tinha aparecido por lá; e dois dias se passaram até a senhorita conseguir nos avisar que tinha notícias de Huglfing, onde Lux aparecera havia duas horas no seu torrão natal. Sim, ele estava lá, o idealismo de seu instinto o havia atraído de volta ao mundo das cascas de batata e o fez completar mais uma vez o caminho de vinte quilômetros que outrora percorrera entre rodas, em solitárias marchas durante dias, exposto aos elementos! Por isso, seus antigos donos tiveram novamente de atrelar cavalos à sua pequena charrete a fim de entregá-lo de volta às mãos de Anastasia, e passados dois dias nos pusemos outra vez a caminho para buscar o errante, que encontramos mais uma vez amarrado ao pé da mesa, desgrenhado e exausto, respingado com a sujeira das estradas. Quando nos viu, deu sinais autênticos de que nos reconhecia e ficou alegre! Mas então por que tinha nos abandonado?

Chegou uma época em que ficou evidente que ele havia se esquecido daquele seu primeiro lugar, mas ainda não tinha fincado totalmente raízes conosco, de modo que sua alma não tinha dono e ele se parecia com uma folha balançando ao vento. Naquele tempo, era preciso prestar muita atenção nele na hora dos passeios, pois tinha grande tendência a romper distraidamente o frágil laço que nos unia, perdendo-se nos bosques, onde sem dúvida voltaria ao estado de seus selvagens antepassados caso tivesse de viver às próprias custas. Nossos cuidados resguardavam-no desse destino sombrio, mantinham-no com firmeza no alto estágio de evolução alcançado por sua espécie depois de milhares de anos ao lado dos seres humanos; e foi então que uma decisiva mudança de endereço, nossa transferência à cidade ou aos seus arredores, contribuiu sobremaneira para que ele se orientasse de maneira inequívoca por nós e se ligasse firmemente ao nosso lar.

ALGUMAS INFORMAÇÕES SOBRE O MODO DE VIDA
E O CARÁTER DE BAUSCHAN

Um homem no vale do rio Isar me contou que esse tipo de cachorro pode ser irritante, pois quer sempre ficar próximo ao dono. Dessa maneira, eu fora avisado a não considerar a obstinada fidelidade que Bauschan de fato passou a me dedicar de maneira absolutamente pessoal em sua essência, o que por sua vez tornava mais fácil de refreá-la e defender-me dela quando julgasse necessário. Tratava-se de um instinto patriarcal do cão de longínqua herança, que o impele — ao menos nas raças mais viris, com adoração pela vida ao ar livre — a enxergar necessariamente no homem, no cabeça da casa e da família, o dono, o protetor da matilha, o senhor, e assim venerá-lo, encontrando num relacionamento especial de devota vassalagem com ele a dignidade de sua vida, mantendo com os outros membros da casa uma independência muito maior. Bauschan se comportou comigo dessa maneira quase que desde o primeiro dia, encarando-me com um olhar fiel que parecia solicitar ordens que eu preferia não explicitar, visto que logo ficou patente que a obediência não era uma de suas especialidades e que ele se prendia aos meus calcanhares na convicção moral de que nossa ligação inseparável fazia parte da natureza sagrada das coisas. Era natural que no âmbito da família ele se sentasse aos meus pés e não junto aos pés de mais ninguém. Também era natural que quando eu me afastava do grupo no meio do passeio, a fim de percorrer caminhos próprios quaisquer, ele se juntasse a mim e me seguisse. Também fazia questão da minha companhia quando eu trabalhava, e quando encontrava a porta do jardim fechada, entrava pela janela aberta com um salto abrupto, assustador, carregando muito cascalho ao cômodo, e, suspirando profundamente largava-se debaixo da escrivaninha.

Mas há uma consciência em relação ao ser vivo, muito intensa, e mesmo a presença de um cachorro consegue nos perturbar quando queremos ficar a sós; e então Bauschan me atrapalhava também de maneira física. Ele se postava ao lado da minha cadeira, me lançava olhares suplicantes e me chamava como que sapateando. Ao menor sinal de resposta, apoiava as patas dianteiras no braço da cadeira, aproximava-se do meu peito, fazia-me sorrir com seus beijos aéreos, depois passava a investigar o tampo da mesa, provavelmente supondo que encontraria algo de comer, visto que eu me curvava de modo tão concentrado sobre o lugar, e com suas patas largas, peludas, sujava o recém-escrito. Advertido com severidade para manter a calma, deitava-se confortavelmente e adormecia. Mas assim que caía no sono, começava a sonhar, realizando movimentos de marcha com as quatro patas esticadas, com latidos altos e ao mesmo tempo abafados, às vezes ventríloquos e vindo de um outro mundo. Não é de espantar que isso me irritasse e me roubasse a concentração, pois primeiro era sinistro e também me comovia e abalava minha consciência. Essa vida onírica, claro, era apenas uma substituição artificial para a corrida e a caça reais providenciada por sua natureza, pois em seu convívio comigo, a felicidade da movimentação ao ar livre não lhe era proporcionada na medida exigida por seu sangue e seus sentidos. Eu me sensibilizava; mas como não havia como mudar as coisas, interesses mais elevados me faziam afastar a inquietação da mente, e eu também sabia que durante o tempo ruim ele trazia muita sujeira ao cômodo e ainda rasgava o tapete com suas unhas.

Dessa maneira, sua permanência nas dependências da casa e sua companhia ao meu lado enquanto eu estivesse em casa foram estritamente banidas, embora houvesse exceções; e ele compreendeu depressa a proibição e se curvou ao antinatural, pois esse era o desejo insondável do dono e do senhor da casa. A distância em relação a mim, que frequentemente no inverno valia para grandes períodos do dia, é apenas uma distância, não uma separação real nem afrouxamento de laços. Ele não está comigo devido a ordens minhas, mas isso é apenas a execução de uma ordem, uma companhia negada, e não se pode falar de Bauschan levando uma vida autônoma sem mim nessas horas. Pela porta de vidro de meu quarto vejo-o brincando com as crianças no pequeno gramado diante da casa, simpático e afetuoso como são os tios, desajeitadamente engraçado. Mas de tempos em tempos ele vem até a porta, e como não consegue me enxergar através da cortina de tule, fareja a fresta para se certificar de minha presença, e se senta nos degraus, vigilante, de costas para o quarto. Da minha mesa também o vejo no caminho elevado entre os velhos choupos, num flanar pensativo; só que esses passeios são apenas meros passatempos, sem orgulho, felicidade e vida, e é absolutamente inimaginável que Bauschan pudesse se lançar por conta própria aos prazeres da caça, embora ninguém o impedisse, e minha presença, como será mostrado, não é imperativa para tanto.

Sua vida se inicia quando saio — e, ah!, mesmo assim, por muitas vezes, ainda não! Pois quando deixo a casa, a questão é se irei virar para a direita, descendo a alameda, tomando o caminho para o verde e a solidão de nosso campo de caça, ou para a esquerda, rumo à estação do bonde, a fim de ir à cidade; e a companhia de Bauschan faz sentido apenas no primeiro caso. No começo, ele se juntava a mim quando eu escolhia a urbe, percebia com espanto a aproximação do bonde barulhento e, reprimindo violentamente sua timidez, seguia-me dando um salto cego e confiante até a plataforma, em meio às pessoas. Mas um fluxo de indignação popular varria-o dali e então se decidia a correr aos galopes ao lado do veículo que tão pouco se parecia com a charrete entre cujas rodas ele há tempos trotou. Conseguia manter o passo enquanto o bonde estivesse em movimento e seu fôlego também dificilmente o deixaria na mão. Mas o movimento da cidade desnorteava o filho do campo; ele se via entre os pés da pessoas, cachorros estranhos o atacavam, um tumulto de cheiros estranhos como nunca sentira antes excitava e perturbava seus sentidos, esquinas de casas encharcadas com aromas de antigas aventuras cativavam-no de maneira irresistível, ficava para trás, alcançava o bonde de novo, mas só que era o errado, absolutamente parecido ao correto; Bauschan andava às cegas na direção errada, acabava por se embrenhar mais e mais num lugar estranho e frenético e voltava para a paz da casa mais afastada junto ao rio apenas depois de dois dias, faminto e claudicante, para onde, nesse meio tempo, também o dono havia tido a sensatez suficiente de retornar.

Isso aconteceu por duas ou três vezes; depois, Bauschan abriu mão e parou definitivamente de me acompanhar à esquerda. Reconhece de pronto o que pretendo fazer ao sair pela porta de casa, o passeio da caça ou o mundo. Levanta-se do capacho colocado sob o arco do portal, de onde aguardava minha saída. E no mesmo instante percebe para onde se encaminham minhas intenções: sou denunciado por minhas roupas, a bengala que carrego, provavelmente também meu semblante e minha postura, o olhar que lhe lanço, frio e ocupado ou convidativo. Ele compreende. Quando a saída parece estar garantida, desce os degraus aos trambolhões e, em calada satisfação, dança com giros frenéticos diante de mim até o portão; e quando se esvai a esperança, ele se retrai, abaixa as orelhas, o semblante perde o brilho, ele é só desolação e melancolia, e seus olhos se enchem com a expressão do constrangido sofrimento do pecador que a infelicidade traz aos olhos dos homens e dos animais.

Por vezes não consegue acreditar no que está vendo e no que sabe, que dessa vez não há nada a ser feito, caçadas nem pensar. Seu desejo era intenso demais, ele nega os sinais, não quer ter visto a bengala da cidade, meus trajes altamente burgueses. Atravessa comigo o portão, lá fora fica girando no lugar, tenta me puxar para a direita ao iniciar um galope e virar a cabeça em minha direção, forçando-se a não prestar atenção no "não" inevitável que contraponho aos seus esforços. Quando de fato vou para a esquerda, ele retorna. Suspirando profundamente e soltando sons breves, transtornados, frutos da tensão excessiva de seu interior, acompanha-me ao longo da divisória do jardim da frente e começa a saltar para lá e para cá sobre a cerca do parque vizinho, embora essa cerca seja bastante alta e ele acabe gemendo um pouco, preocupado em se machucar. Ele salta devido a um tipo de coragem desesperada que rechaça os fatos e também para me subornar, para me ganhar por sua destreza. Pois apesar de toda a improbabilidade, ainda não está totalmente fora de questão que no final eu acabe saindo do caminho para a cidade, dobre mais uma vez à esquerda e acabe levando-o ao campo depois de um pequeno desvio pela caixa de correio quando tenho de checar a correspondência. Acontece, mas é raro acontecer, e se mesmo essa esperança se desfaz, Bauschan se senta e me deixa partir.

Lá está ele sentado no meio da rua, com sua postura camponesa desengonçada, e olha para mim durante todo o longo trajeto. Se viro a cabeça em sua direção, levanta as orelhas mas não me segue e também não obedeceria a um chamado ou assobio, pois sabe que não adianta. Até na saída da alameda consigo enxergá-lo sentado, um pequeno pontinho, escuro e desajeitado, no meio da rua, e sinto uma pontada no coração, subo no bonde com nada além da consciência pesada. Ele esperou tanto, e sabemos o quanto a espera pode torturar! Sua vida é esperar — pelo próximo passeio no campo, e essa espera começa quando está descansado da última vez. Ele espera também durante a noite, pois seu sono se divide nas vinte e quatro horas da rotação do sol; mais algumas horinhas de soneca no gramado feito tapete do jardim, enquanto o sol aquece o pelo, ou atrás das cortinas da casinha, devem encurtar os períodos vazios do dia. Dessa maneira, seu descanso noturno também é intermitente, muitas vezes circula pela escuridão, pelo quintal e pelo jardim, se aboleta aqui e acolá e espera. Espera pelo retorno do guarda-noturno com a lanterna, cuja ronda de passos marcados acompanha com terrível latido de alerta, apesar de saber que é errado; espera pela alvorada, pelo cacarejar do galo num quintal distante, pelo despertar do vento da manhã nas árvores e pela abertura da porta da cozinha, para que possa entrar e se aquecer perto do fogão.

Mas creio que o martírio do tédio noturno é suave se comparado com aquele que Bauschan tem de suportar durante o dia claro, sobretudo com o tempo bom, seja verão ou inverno, quando o sol convida para estar ao ar livre, o desejo por movimentos enérgicos tensiona todos os músculos, e o dono, sem o qual um passeio de verdade não é possível, ainda não quer deixar seu lugar atrás da porta de vidro. O pequeno corpo ágil de Bauschan, no qual a vida pulsa de maneira tão acelerada e febril, está absolutamente descansado, descansado em excesso, dormir não é mais opção. Ele vem ao terraço, até diante de minha porta, deita no cascalho com um suspiro profundo e pousa a cabeça sobre as patas, olhando o céu de baixo para cima com um olhar paciente. Isso dura apenas alguns segundos, pois está cheio e mais que cheio da situação, considera-a insuportável. Deve ser possível fazer alguma coisa. Ele pode subir as escadas e erguer a perna contra uma das pequenas árvores piramidais que ladeiam os canteiros de rosas — aquela à direita, que devido ao costume de Bauschan está sendo corroída, mirrando ano a ano e precisando ser trocada. Então ele vai e faz aquilo de que não sente uma necessidade real, mas que de todo modo pode servir temporariamente para distraí-lo. Apesar da total ausência de resultados dessa sua ação, fica parado por um bom tempo apoiado em três patas, tanto tempo que a quarta pata começa a tremer no ar e Bauschan precisa saltar a fim de manter o equilíbrio. Depois de voltar aos quatro apoios, a situação não está melhor do que antes. Ele olha embotado para os ramos do grupo de freixos entre os quais dois passarinhos voejam trinando, observa como os emplumados são rápidos feito uma flecha e se vira, parecendo dar de ombros para tanta puerilidade. Estica-se e repuxa-se como se quisesse se rasgar e, a fim de executar isso bem, divide a ação em duas partes: primeiro alonga os membros anteriores, erguendo o traseiro, para depois concentrar-se neste último, com as patas traseiras bem esticadas. Ambas as vezes quase dilacera a garganta num bocejo animalesco. Então isso também já foi feito — a ação não pôde ser prolongada, o alongamento foi realizado segundo todas as regras, por enquanto não dá para repetir. Bauschan está de pé, olhando para o chão, os sentidos obnubilados. Em seguida, começa a girar devagarinho e curioso ao redor de si mesmo, como se quisesse se deitar e estivesse apenas na dúvida de que modo. Mas acaba por se decidir diferente e vai até o centro do gramado com passos lentos, quando num movimento súbito, quase selvagem, se joga de costas, a fim de se coçar e refrescar por meio dessa animada esfregação sobre a grama aparada. A coisa deve ser muito prazerosa, pois ele retrai de maneira frenética as patas ao se esfregar e, no rebuliço da excitação, morde o ar em todas as direções. Sim, ele saboreia o ar de modo ainda mais apaixonado por saber que não tem consistência, que não dá para ficar se esfregando assim por mais de dez segundos e que na sequência não sentirá aquele cansaço bom que conquistamos após um esforço animado, mas apenas a calma e o tédio dobrados, que são nossa paga pelo êxtase, pelos excessos anestesiantes. Permanece por um tempo deitado de lado feito morto, os olhos revirados. Depois, levanta para se sacudir. Sacode-se como apenas seus iguais sabem fazê-lo sem sofrer uma concussão cerebral, sacode-se produzindo ruídos diversos, as orelhas batem na parte de baixo das bochechas e os beiços se desgrudam dos reluzentes caninos brancos. E o que mais? Depois disso fica imóvel, num alheamento paralisante e definitivamente não tem a menor ideia de como prosseguir. Sob tais circunstâncias, apela para o extremo. Sobe ao terraço, se aproxima da porta de vidro e com as orelhas baixas e uma verdadeira expressão de pedinte, ergue hesitante uma pata dianteira e raspa a porta — apenas uma vez e bem fraco, mas essa vacilante pata erguida, esse raspar único e delicado ao qual se decidiu, visto que não conhecia jeito melhor, me arrebatam e me ergo para abrir-lhe a porta, para que ele entre e fique comigo, embora saiba que isso não é coisa boa; pois imediatamente começa a saltar e a dançar, convidando a ações masculinas, faz mil dobras no tapete, alvoroça o quarto e meu sossego se foi.

Mas agora que se julgue se me é fácil partir com o bonde depois de ter visto Bauschan esperar, deixando-o sentado lá bem embaixo na alameda das faias como um pontinho triste! No verão, durante os dias longos, a infelicidade não é tão grande, pois há uma boa chance de ao menos meu passeio do final da tarde me levar ao campo, de modo que Bauschan, mesmo se após dura espera, consiga ver seu desejo realizado e, com alguma sorte de caçador, perseguir um coelho. No inverno, porém, quando saio na hora do almoço, o dia acabou e Bauschan tem de enterrar qualquer esperança por vinte e quatro horas. Pois na hora de minha segunda saída já é noite faz tempo, os terrenos de caça estão mergulhados numa escuridão inacessível, tenho de conduzir meus passos a terrenos iluminados artificialmente rio acima, por ruas e espaços urbanos, algo que não combina com a natureza e a mente simples de Bauschan; no começo ele me seguia, mas logo depois abriu mão e ficou em casa. Não apenas porque lhe faltasse amplidão visual — o lusco-fusco o assustava, ele se intimidava, transtornado, diante de gente e das plantas, a pelerine esvoaçante de um guarda-noturno fazia-o saltar para o lado, ganindo, e com a coragem do desespero, atacar o funcionário igualmente morto de susto e que tentava superar o choque através de uma torrente de palavras de baixo calão e ameaçadoras contra mim e Bauschan — e havia ainda muito mais incômodos que nos assolavam quando me acompanhava na noite escura. Por ocasião do guarda, quero acrescentar que a antipatia de Bauschan é dirigida a três tipos de pessoas, que são os guardas, os religiosos e os limpadores de chaminé. Ele não os tolera e os ataca com latidos irados quando passam diante de casa ou seja lá onde os enxergue.

Além disso, o inverno é a época do ano em que o mundo mais atrevidamente aprisiona nossa liberdade e nossa virtude, que menos nos proporciona uma existência concentrada e regrada, uma existência de recolhimento e silencioso aprofundamento, e assim a cidade me atrai com muita frequência uma segunda vez, à noite — a sociedade faz valer seus direitos. E apenas mais tarde, por volta da meia-noite, um último bonde me leva ao penúltimo ponto de sua linha ou chego ainda mais tarde, quando os transportes cessaram há tempos, a pé, disperso, melancólico, fumando, mais que cansado e envolto pela falsa despreocupação em relação a todas as coisas. Então acontece que meu lar, minha vida normal e silenciosa, venha ao meu encontro, cumprimentando-me não apenas sem críticas nem melindres, mas com a maior das alegrias, dando-me as boas-vindas e se colando de novo a mim — e isso na figura de Bauschan. Na escuridão completa, enquanto o rio murmureja, entro na alameda de faias e após alguns passos sinto-me envolto por uma dança e muita agitação. No começo, passava minutos sem saber o que estava acontecendo. "Bauschan?", perguntava ao breu... Então a dança e a agitação se intensificam ao máximo, transformando-se num tipo de adoração frenética, sempre em silêncio e, no instante em que paro, as patas sinceras, porém molhadas e sujas, alcançam o peito de meu sobretudo, e lambidas e mordiscos se sucedem diante do meu rosto, de maneira que preciso me curvar para trás, batendo naqueles ombros magros, molhados pela neve ou pela chuva... Sim, ele me buscou do bonde, o grande; provavelmente a par dos meus afazeres, como sempre, saiu quando lhe pareceu a hora certa e me aguardou na estação — talvez tenha esperado bastante, na neve ou na chuva, e sua alegria pela minha chegada, por fim, não carrega qualquer rancor pela minha terrível infidelidade, embora eu o tenha negligenciado totalmente hoje e nada do que esperou foi alcançado. Elogio-o aos montes enquanto lhe dou tapinhas e caminhamos para casa. Digo-lhe que agiu bem e faço promessas sérias em relação ao dia seguinte, asseguro-lhe (quer dizer: muito mais a mim do que a ele) que amanhã na hora do almoço com certeza iremos sair para caçar, independentemente do tempo, e sob tais proposições meu estado de espírito mundano desaparece, seriedade e objetividade retornam à mente, e com a lembrança dos campos solitário de caça surgem obrigações superiores, secretas e mágicas...

Mas quero acrescentar outros traços à imagem do caráter de Bauschan, de modo que ele apareça da maneira mais vívida possível aos olhos do leitor de boa vontade. Talvez a melhor maneira de fazer isso seja compará-lo ao falecido Percy; pois opostos mais extremos que os dessas criaturas são inimagináveis dentro de uma mesma espécie. Basicamente é preciso notar que Bauschan dispõe de uma saúde mental perfeita, enquanto Percy, como já comentei, e como não raro acontece com cães de linhagem nobre, foi louco, amalucado, o modelo da impossibilidade de uma criação excessivamente aperfeiçoada, durante toda a sua vida. Já mencionei isso antes, num contexto maior. Compare-se aqui apenas a natureza simples e camponesa de Bauschan, que se expressa por exemplo nos passeios ou saudações, quando as manifestações de seu humor se mantêm estritamente nos limites do compreensível e carregam uma cordialidade saudável, sem nunca nem ao menos resvalar nos limites da histeria, muitas vezes ultrapassados de maneira indigna por Percy nas mesmas ocasiões.

Apesar disso, a oposição completa entre ambos os animais ainda não está demonstrada completamente; na verdade, ela é mais intrincada e misturada. Como o povo, Bauschan é rústico; e, como ele, é também lamuriento, enquanto seu nobre predecessor juntava a maior delicadeza e resiliência, uma alma incomparavelmente mais firme e orgulhosa, e apesar de toda parvoíce sua autodisciplina superava em muito a do pequeno camponês. Ressalto essa mistura de opostos de rústico e sentimental, delicado e firme, não no sentido de uma opinião professoral aristocrática, mas apenas e tão somente em prol da verdade da vida. Bauschan, por exemplo, é o homem que passa ao ar livre mesmo as noites mais frias de inverno, quer dizer sobre a palha e atrás das cortinas de juta de sua casinha. Uma inflamação na bexiga impede-o de ficar por sete horas seguidas num cômodo fechado sem se aliviar; e por isso foi preciso tomar a decisão de mantê-lo fora de casa mesmo nas estações inóspitas, confiando com justiça em sua saúde vigorosa. Pois não foram poucas as vezes em que, depois de uma noite especialmente gelada, ele me aparece não apenas com bigodes e barba fabulosamente endurecidos, mas também um pouco resfriado, com uma tosse monossilábica e funda, para depois de poucas horas superar a irritação, sem qualquer complicação remanescente. Quem teria tido a coragem de expor Percy e seu pelo sedoso ao frio terrível de uma noite assim? No entanto, Bauschan sente medo de qualquer dor, mesmo a mais mínima, e responde sempre com uma lamúria que haveria de gerar antipatia se não fosse desarmada por sua ingenuidade popular e que só traz alegria. Durante todo o tempo enquanto farisca pelo chão do bosque, escuto-o guinchando alto porque foi espetado por um espinho ou atingido por um galho em movimento; e caso esfole um pouco a barriga ao pular uma cerca ou torcer a pata, há uma grita heroica do tipo clássico, um andar cambaleante em três pernas, choro e lamentos espantados — que, aliás, se tornam mais enfáticos quanto mais compaixão demonstramos, embora quinze minutos mais tarde esteja correndo e saltando como antes.

Com Percival era diferente. Ele cerrava os dentes. Temia o chicotinho de couro como Bauschan o teme, e infelizmente o provava mais do que Bauschan; pois, primeiro, eu era mais jovem e mais esquentado naquela época do que hoje, e além disso não era raro sua parvoíce assumir um cunho extravagante e maldoso, que clamava por castigo e o provocava. Então, irritado ao extremo, quando eu pegava o látego do prego, ele se enfiava todo encolhido debaixo da mesa e do banco; mas nunca um som de dor saía de sua boca quando uma batida e mais outra lhe era infligida, no máximo um gemido sério caso tivesse sido atingido de maneira muito intensa — enquanto o compadre Bauschan já geme e grita de covardia apenas ao ser pego no colo. Resumindo, nenhuma honra, nenhuma severidade consigo mesmo. Aliás, seu comportamento quase não dá motivo para ações punitivas, visto que há tempos desaprendi a exigir resultados que contradigam sua natureza e cuja solicitação levaria ao confronto.

Não lhe peço mais obras de arte, por exemplo; seria em vão. Ele não é sábio, não é artista de rua, não é comediante; é um garoto caçador cheio de vida e não professor. Disse antes que era um saltador excepcional. Quando é o caso, encara qualquer obstáculo — se é alto demais a fim de ser superado por um salto livre, ele o escala e se deixa cair do outro lado, é o suficiente para vencer a parada. Mas o obstáculo tem de ser um obstáculo de verdade, quer dizer um desses que não pode ser passado por baixo ou pelo meio: senão Bauschan acharia uma maluquice ter de saltá-lo. Um muro, um túmulo, uma cerca de arame farpado, uma cerca de madeira sem furos são obstáculos assim. Uma vara no chão, na diagonal, uma bengala estendida à sua frente, não são desse naipe, e por isso também não é possível saltá-los sem entrar em contradição maluca consigo mesmo e com as coisas. Bauschan se recusa a fazê-lo. Ele se recusa — tente motivá-lo a saltar sobre um desses obstáculos irreais; você ficará tão bravo que não lhe restará alternativa senão catá-lo pelo pescoço e lançar o estridente animal guinchante para o outro lado, e então ele ficará com cara de quem conseguiu concretizar seu desejo, festejando o resultado com danças e latidos satisfeitos. Elogie ou castigue o cão — reina ali uma recusa da razão contra a pura acrobacia artística, que você não conseguirá quebrar de modo nenhum. Ele não é grosseiro, a satisfação do dono é importante, ele ultrapassa uma sebe fechada quando lhe peço ou ordeno, não apenas de moto próprio, e aprecia os elogios e agradecimentos posteriores. Sobre a lança, o pau, ele não salta, mas passa por baixo, mesmo se receber uma surra mortal. Suplica centenas de vezes por perdão, por consideração, por misericórdia, pois teme a dor, teme-a até a covardia; entretanto, nenhum temor e nenhum medo conseguem incitá-lo a fazer algo que, do ponto de vista físico, seria uma brincadeira de criança mas que carece ostensivamente da possibilidade de colocá-lo sob pressão. Exigir isso dele não seria questioná-lo sobre saltar ou não; o assunto está decidido de antemão e a ordem prenuncia castigo puro e simples. Pois solicitar-lhe o incompreensível — e, por causa da incompreensão, impossível — a seus olhos é apenas um motivo para briga, estremecimento da amizade e desculpa para punição; e desde o começo já é tudo isso. Imagino que essa seja a opinião de Bauschan e tenho dúvidas se é possível falar de teimosia. Afinal, a teimosia pode ser quebrada, sim, ela quer ser quebrada; mas ele selaria com a morte sua recusa à mera acrobacia.

Alma curiosa! Tão próxima pela amizade, mesmo assim tão estranha, tão divergente em alguns pontos que nossa palavra é incapaz de servir à sua lógica. Por exemplo, qual a razão da irritante complexidade, tanto para os observadores quanto para os participantes, que envolve os congraçamentos caninos, suas apresentações mútuas ou apenas o travamento de conhecimentos fugazes? Centenas de vezes meus passeios com Bauschan me colocaram na posição de testemunha de tais encontros; melhor dizendo, me obrigam a ser testemunha apreensiva; e a cada vez, durante toda a duração da cena, seu comportamento outrora tão conhecido se torna impenetrável para mim. Eu achava impossível ter simpatia pelas sensações, leis, hábitos da espécie que fundamentam esse comportamento. Na realidade, o encontro de dois cães estranhos um ao outro num lugar aberto é dos eventos mais constrangedores, emocionantes e fatais; sua atmosfera é diabólica e singular. Reina ali uma ligação para a qual não existe um nome específico; os cães não conseguem passar ao largo uns dos outros, trata-se de um embaraço terrível.

Não estou falando do caso em que uma das partes está presa em seus domínios, atrás de cerca ou sebe — mesmo então é intolerável como os dois cães se comportam, mas a situação é comparativamente menos difícil. Eles se farejam a partir de uma distância qualquer e Bauschan aparece de repente ao meu lado, como que procurando por proteção, soltando um gemido que atesta uma aflição e um tormento mental indefinidos que nenhuma palavra dá conta de expressar, enquanto o estranho, preso, late furiosamente, fingindo uma enérgica vigilância participativa, mas assume de vez em quando tons semelhantes aos de Bauschan, ou seja, um ganido nostálgico, lamuriento e invejoso, aflito. Nós nos aproximamos do lugar, ficamos bem perto. O cão estranho nos aguardava atrás da cerca, xingando e chorando sua impotência, saltando irascível contra a cerca. Sua expressão é de quem sem sombra de dúvida estraçalharia Bauschan caso conseguisse chegar nele — ninguém sabe o quanto é sério. Apesar disso, Bauschan, que poderia ficar ao meu lado e ignorar o outro, fica parado ao lado da cerca; tem de fazer assim e o faria mesmo contra minha ordem; manter-se distante vai contra suas leis internas — enraizadas muito mais profundamente e mais inquebrantáveis do que minha proibição. Então ele se aproxima e assume, com uma expressão humilde e fechada, aquele comportamento de vítima com o qual (como ele bem deve saber) sempre consegue tranquilizar um pouco o outro, levando a uma conciliação temporária, enquanto o imita mesmo se soltando insultos e gemidos abafados. Em seguida, ambos iniciam uma caçada selvagem ao longo da cerca, um de um lado, o outro do outro lado, mudos e sempre muito parelhos. No fim do terreno, voltam ao mesmo tempo e correm mais uma vez. De repente, porém, no meio, param como se tivessem criado raízes, não mais de lado para a cerca, mas bem de frente, encostando os narizes através dela. Ficam assim por um algum tempo, para então recomeçar a extraordinária competição de corrida sempre empatada, ombro a ombro, em ambos os lados da cerca. Por fim, o meu cachorro faz uso de sua liberdade e se afasta. Trata-se de um momento terrível para o aprisionado! O fato de o outro simplesmente resolver ir embora é insuportável, uma vilania sem igual; ele se enfurece, espuma de raiva, se porta feito um alucinado, ameaça saltar sobre a cerca a fim de esgoelar o desleal e lhe lança os insultos mais terríveis. Bauschan escuta tudo e fica muito embaraçado, como revela sua expressão silenciosa e envergonhada; mas ele não se vira e continua a caminhar tranquilamente, enquanto atrás de nós a feia torrente de impropérios vai se transformando em ganidos, para aos poucos silenciar.

Eis como a cena mais ou menos se desenrola quando uma das partes se encontra sob custódia. O desconforto chega ao máximo quando o encontro se dá em iguais condições e ambos estão livres — descrevê-lo é desagradável; é a situação mais deprimente, embaraçosa e crítica do mundo. Bauschan, que há pouco saltitava despreocupado, vem até mim, literalmente se aperta contra mim, com aquele gemido e suspiro das maiores profundezas d'alma, dos quais não dá para saber o significado, mas que reconheço imediatamente e partir dos quais concluo que há um cão estranho por perto. Preciso ficar alerta: correto, lá vem ele, e de longe já é possível reconhecer, em seus movimentos hesitantes e tensos, que também tomou consciência de Bauschan. Minha própria inibição quase não fica atrás da de ambos; o encontro me é mesmo indesejado. "Saia!", digo a Bauschan. "Por que do lado da minha perna? Vocês não conseguem se arranjar sozinhos, se distanciando um pouco?" E procuro afastá-lo de mim com a bengala; pois se a situação escalar para uma briga com mordidas, o que não é improvável, tendo eu reconhecido motivos para tanto ou não, então vai acontecer diante de meus pés e ficarei irritadíssimo. "Saia!", digo em voz baixa. Mas Bauschan não vai embora, mantém-se ao meu lado, firme e aflito, afastando-se apenas por um instante até uma árvore, a fim de fazer as necessidades, enquanto o estranho, lá adiante, age igual. Estamos então a vinte passos de distância, a tensão é terrível. O estranho se deitou de barriga, encolhido feito um tigre, com a cabeça esticada para a frente, e com essa pose de salteador aguarda pela aproximação de Bauschan, claro que para pular no seu pescoço. Mas isso não acontece e Bauschan parece não ter tal expectativa; de todo modo, ele vai direto até o animal em posição de espera, mesmo se terrivelmente hesitante e de coração pesado, e continuaria indo inclusive se eu resolvesse nesse instante me separar dele, tomar uma trilha lateral e abandoná-lo à própria sorte diante das dificuldades da situação. Não importa quão opressivo é o momento, é impensável escapar dele, fugir. Ele caminha preocupado, está ligado no outro, ambos estão ligados entre si de uma maneira delicada e obscura e não podem negar isso. Estamos agora a dois passos de distância.

 Então o outro se levanta em silêncio como se nunca tivesse assumido a expressão de um animal da selva e se posiciona exatamente como Bauschan — ambos estão pasmados, coitados e profundamente embaraçados, e não conseguem se afastar. É provável que seja isso que querem fazer, viram a cabeça para o lado, olham de esguelha, tristes, é como se ambos estivessem com a consciência culpada. Eles se empurram e se esfregam tensos e com pesaroso cuidado, flanco com flanco, farejando um no outro o segredo da procriação. Aqui começam a rosnar e eu chamo Bauschan pelo nome, em voz baixa, e aviso que é chegado o momento de decidirem se haverá mordidas ou se serei poupado desse estresse. As mordidas acontecem, não se sabe como e muito menos por quê — de repente ambos se engalfinham, fazem uma barafunda que só, animada pelos mais desagradáveis sons de bestas rapinantes. Tenho de me meter com a bengala a fim de evitar uma desgraça, tento também agarrar Bauschan pela coleira ou pela pelagem do pescoço a fim de erguê-lo com um braço, enquanto o outro está preso nele; e sabe-se lá os sustos que ainda estão por vir e que me farão tremer durante boa parte do passeio. Pode ser, também, que o caso, depois de todos os preparativos e complicações, termine sem mais e num piscar de olhos. De qualquer modo, é difícil sair do lugar: mesmo sem se atracarem às mordidas, ambos mantêm entre si um vínculo tenaz, interior. Parecem já ter se encontrado antes, não hesitam mais, flanco com flanco, estão já quase em linha reta, um virado para lá, outro para cá, não se veem, também mal viram as cabeças para trás, apenas se olham de soslaio na medida do possível. Embora já estejam afastados, seu vínculo triste ainda perdura e ninguém sabe qual o momento da libertação; ambos certamente querem ir embora, mas por alguma crise de consciência nenhum deles ousa dar esse passo. Enfim, enfim o vínculo se quebra e Bauschan começa a saltar, aliviado, coração leve, como se a vida lhe tivesse sido dada mais uma vez.

 Falo dessas coisas para mostrar o quão estranha e curiosa me é a natureza de um amigo muito próximo em determinadas circunstâncias — a sensação é tenebrosa e obscura; observo-o balançando a cabeça e consigo apenas levantar suposições. Entretanto, conheço seu interior tão bem, sinto calorosa simpatia por todas as suas manifestações, as expressões de seu rosto, todos os seus movimentos. Para citar um exemplo qualquer, conheço aquele bocejar manhoso que ele solta quando um passeio o decepcionou por ter sido breve demais ou infrutífero do ponto de vista esportivo: quando comecei o dia tarde, saí da mesa e fui para fora com Bauschan só por quinze minutos e logo dei meia-volta. Então ele fica ao meu lado e boceja. Trata-se de um bocejo desavergonhado, malcriado, imenso, animalesco, acompanhado por um som gutural chorão e uma expressão insultada e entediada. "Que belo dono esse o meu", é a tradução. "Busquei-o tarde da noite na ponte, e ele fica hoje atrás da porta de vidro e me deixa esperando tanto por um passeio que eu poderia morrer de tédio; mas quando finalmente sai é para retornar antes de eu ter sentido o cheiro de qualquer animal selvagem. Ah, que belo dono! Um tratante."

É isso que seu bocejo expressa com uma clareza rude, sendo que é impossível não compreendê-lo. Sei que tem razão e sei que tenho uma dívida com ele; estico a mão para consolá-lo com tapinhas nos ombros ou afagos na cabeça. Mas ele não quer saber de carinhos sob tais circunstâncias, não os aceita, foge da mão, embora seja por natureza — ao contrário de Percy e de acordo com sua sensibilidade popular — grande amigo de esparramadas manifestações de afeto. Gosta especialmente de receber carinhos na parte de baixo do pescoço e tem um engraçado jeito enérgico de conduzir a mão até esse ponto por meio de rápidos movimentos da cabeça. Mas o fato de não querer saber de carícias nesse momento deve-se, para além de sua decepção, ao estado de movimento em que se encontra; quer dizer: se eu também estou em movimento, ele não vê sentido nem tem interesse no afeto. Está num estado de ânimo muito viril para achar graça nisso — mas tal disposição muda imediatamente quando me sento. Aí fica receptivo às manifestações de simpatia que vêm do coração e as retribui de maneira impertinente, apaixonada e desajeitada.

Quando estou lendo um livro na minha cadeira colocada no canto do muro do jardim ou sentado no meio do gramado, com as costas encostadas numa árvore predileta, interrompo com prazer minha tarefa intelectual para falar e brincar um pouco com Bauschan. E o que falo com ele? Em geral digo seu nome em voz alta, o som que o interessa mais que tudo pois o designa e tem um efeito eletrizante sobre todo seu ser;

cutuco e incentivo sua autoconsciência na medida em que lhe asseguro, com diversas entonações, que ele é Bauschan; que se chama assim. E continuo a brincadeira por um tempo, consigo encantá-lo verdadeiramente, levá-lo a um tipo de inebriamento de identidade, fazendo-o girar em torno de si mesmo e latir forte e exultante para o céu, a partir da orgulhosa aflição de seu peito. Ou dou um tapinha em seu focinho e ele mordisca minha mão como se estivesse querendo pegar uma mosca, nosso tipo de conversa. Então ambos sorrimos — sim, Bauschan também sorri, e para mim, que também estou sorrindo, essa é a imagem mais maravilhosa e enternecedora do mundo. É comovente ver como sob o estímulo da troça os contornos da boca e as bochechas murchas de bicho se sacodem, como a expressão fisionômica da risada humana aparece no semblante escuro da criatura ou ao menos seu reflexo opaco, desajeitado e melancólico, para depois desaparecer e dar lugar aos sinais do susto e do constrangimento, e reaparecer outra vez...

Quero, porém, parar por aqui e não me perder mais em minúcias. Além disso, a extensão me preocupa, pois esta pequena descrição ameaça ir totalmente contra minha intenção. Quero mostrar logo meu herói em seu esplendor e no seu elemento, naquela situação em que é autêntico na maior parte do tempo, ou seja, na caça. Mas antes tenho de apresentar com mais exatidão ao leitor o palco dessas alegrias, nosso território de caça, minha paisagem junto ao rio; pois ela está muito ligada à pessoa de Bauschan; sim, tenho-a em meu coração de maneira íntima e significativa, muito semelhante a dele. E nos valeremos dele sem maiores intenções novelísticas como justo título para sua descrição.

O TERRITÓRIO DE CAÇA

Nos jardins de nossa pequena colônia, implantada em extensa área, árvores gigantes que superam os telhados das casas destacam-se por todos os lados das delicadas plantações recentes, e não há dúvida de que constituem a flora nativa, os primeiros habitantes dessa região. Elas são o orgulho e o adorno desse ainda jovem povoamento; foram cuidadosamente poupadas e mantidas, na medida do possível, e onde geraram conflitos na hora da medição e cercamento dos terrenos — quer dizer: onde aconteceu de um tronco portentoso, prateado devido ao musgo, estar bem sobre a linha de demarcação —, a cerca fez uma pequena volta ao seu redor a fim de acolhê-lo no jardim, ou o muro de concreto reservou-lhe um gentil buraco, na qual o velho agora se encontra, meio privado, meio público, os galhos nus carregados de neve ou decorados com o folhame de pequenas folhas que despontam tardiamente.

    Pois trata-se de exemplares do freixo, uma árvore que ama a umidade como poucas — e, com isso, já se falou algo decisivo sobre a característica básica de nossa terra. Não faz muito tempo que o engenho humano tornou-a apta a receber plantações e moradias — talvez uma década e meia, não mais. Antes, aqui era um pântano abandonado — verdadeiro buraco de mosquitos onde salgueiros, choupos retorcidos e outras árvores semelhantes se espelhavam na água de lagos de água parada, fétida. Trata-se de área de aluvião; alguns metros debaixo do solo há uma camada de terra impermeável: o terreno era lamacento e havia água em todas as suas depressões. A seca se deu quando o nível do rio foi diminuído — não entendo de coisas da engenharia, mas basicamente usou-se de um artifício para a água que não conseguia se infiltrar ser escoada, de maneira que riachos subterrâneos de muitas localidades passaram a desaguar no rio e a terra pôde ganhar firmeza, pelo menos em sua grande parte; pois conhecendo o lugar como eu e Bauschan, sabemos que rio abaixo, onde o bosque é mais fechado, há alguns trechos de várzea com juncos que fazem lembrar de seu estado original, lugares recônditos, nos quais o dia mais quente de verão é neutralizado pelo frescor úmido; nesses dias, é agradável passar alguns minutos respirando por ali.

    Aliás, a região tem sua curiosa característica, de pronto diferente das margens dos rios de montanha, que costumam exibir bosques de pinheiros e solo musgoso. Ela preservou integralmente seus traços iniciais, inclusive desde a implantação dos loteamentos, e em todos os lugares, mesmo fora dos jardins, sua vegetação nativa e original tem supremacia numérica à vegetação secundária e reflorestada. As alamedas e locais públicos exibem castanheiros-da-índia, o bordo, de crescimento acelerado, até faias e todo tipo de plantas ornamentais; nada disso é nativo, mas plantado, assim como os álamos-negros, empertigados em fila com sua masculinidade estéril. Digo que o freixo é uma árvore autóctone — está muito disseminado, representado em todas as suas idades, tanto como gigante centenário quanto como muda delicada, que germina massivamente como erva daninha entre o cascalho. E é ele, juntamente com o álamo-prateado e o álamo-tremedor, a bétula, o salgueiro, como árvore e como arbusto, que emprestam à região sua marca peculiar. Mas essas são todas árvores de folhas pequenas — e as folhas pequenas, a consequente delicadeza da folhagem, muitas vezes em árvores de dimensões gigantes, formam também uma característica imediatamente perceptível da região. Os ulmeiros constituem-se exceção, exibindo ao sol sua folha grande, picotada como que à serra, grudenta na superfície, mais a grande quantidade de trepadeiras, que em todo bosque envolvem os troncos mais jovens, emaranhando suas folhas nas deles. A figura esbelta do amieiro forma pequenos arvoredos em áreas mais baixas. As tílias, entretanto, são raras; não se veem carvalhos nem abetos. Mas algumas árvores dessas espécies aparecem em vários pontos da encosta oriental acima, na fronteira de nossa região, junto à qual começa, por causa de características diferentes de solo, um tipo distinto de vegetação. Lá elas se empertigam escuras contra o céu e do alto olham vigilantes para nossa planície.

    Da encosta até o rio não são mais de quinhentos metros, medi com passadas. Pode ser que as margens, ao se aplainarem rio abaixo, tornem-se um pouco mais largas. Entretanto, a diferença não é significativa, e a rica diversidade paisagística garantida pela estreita região se mantém surpreendente, mesmo em se fazendo uso tão moderado do espaço oferecido no sentido do comprimento, seguindo o curso do rio, como Bauschan e eu, que raramente estendemos nosso percurso para além de duas horas, incluindo-se aí ida e volta. Mas a diversidade de quadros — e o fato de ser possível variar constantemente os passeios e combiná-los de várias maneiras faz com que a paisagem, apesar de longa familiaridade, não se torne monótona e sua limitação nem seja percebida — se deve à sua divisão em três regiões ou zonas bastante diferentes entre si. É possível percorrer uma só ou interligá-las no mesmo passeio, seguindo as sucessivas trilhas transversais: por um lado, a região do rio e sua margem imediata; por outro, a região da encosta e a do bosque no meio

    A zona do bosque, do parque, dos salgueiros, da vegetação ribeirinha, é a mais larga — procuro mais adequado e mais fidedigno para o terreno maravilhoso do que a palavra bosque, e não a encontro. Não se pode falar de um bosque no sentido habitual — área com solo musgoso com folhas secas e troncos de árvores de calibres mais ou menos parecidos. As árvores do nosso espaço são de idades e dimensões muito variadas; há entre elas gigantes pais fundadores da espécie dos salgueiros e dos álamos, exatamente ao longo do rio, mas também no interior do bosque; também há outras, já crescidas, que devem contar por volta de dez ou quinze anos, e por fim uma legião de tronquinhos finos, viveiro selvagem de freixos jovens, bétulas e amieiros, mas que não passam a impressão de magreza porque, como já salientei, estão espessamente envolvidos por trepadeiras e no geral temos um luxuriante quadro quase tropical. Entretanto, tenho a impressão de que elas impedem o crescimento de seus hospedeiros, pois nos anos em que vivo aqui creio que não vi muitos desses troncos engrossarem.

As árvores são de poucas espécies, aparentadas. O amieiro é da família da bétula, o álamo, no fim das contas, não é muito diferente de um salgueiro. E seria possível justificar uma aproximação de todas ao tipo básico deste último — afinal, os especialistas sabem que as árvores se adaptam às características do ambiente, acabam se combinando umas com as outras, como que imitando o gosto local em relação a linhas e formas. Aqui reina a linha fantástica do salgueiro, retorcido como por encanto, esse fiel companheiro das águas correntes ou plácidas, com seus galhos de dedos tortos, ramificados à semelhança de uma vassoura, e as outras árvores procuram imitá-lo. O álamo-prateado curva-se completamente a seu bel-prazer; muitas vezes, porém, é difícil diferenciá-lo da bétula, que, conduzida pelo espírito do lugar, também vez ou outra assume as contorções mais estranhas — entretanto, isso não exclui a presença aqui de exemplares muitíssimo bem formados dessa árvore adorável, que encanta os olhos com uma luminosidade vespertina favorável. A região conhece o álamo com o caule fino, prateado, com poucas folhinhas bem separadas como copa; como senhorita adoravelmente crescida, de formas harmoniosas e tronco mais ornamentado, pendendo os cachos de sua folhagem com a maior delicadeza e languidez; e também como um exemplar verdadeiramente robusto, cujo tronco nenhum homem pode envolver sozinho, de casca branca lisa apenas bem no alto mas que embaixo se transformou em cortiça áspera, esturricada, rasgada...

Em relação ao solo, sua semelhança ao solo de um bosque é quase nula. Ele é rachado, barrento e até arenoso, e não devemos considerá-lo fértil — embora seja copioso dentro de seus limites. Viceja por ali uma grama que muitas vezes se torna mais seca, fina, de bordas cortantes e que no inverno cobre o chão como feno pisoteado e muitas vezes também se transforma em caniços, mas que junto às raízes inchadas das árvores cresce macia, grossa e viçosa, mesclada com cicutas, urtigas, línguas-de-vaca, todo tipo de folhagens rasteiras, cardos bem crescidos e mudas muito jovens, macias, de árvores, um ótimo esconderijo para faisões e outros galináceos selvagens. Desse aluvião e forragem do solo despontam por todos os cantos as clemátis, os lúpulos, escalando as árvores em espirais, guirlandas de folhas largas, e mesmo no inverno seus caules se mantêm fixos nos troncos como arame duro, resistente.

Não se trata de bosque nem de parque, mas — sem tirar nem pôr — de um jardim encantado. Quero defender o conceito, embora no fundo se trate apenas de uma natureza pobre, limitada e tendendo à deformidade que pode ser totalmente abrangida e classificada com alguns nomes botânicos simples. O solo é ondulado, sobe e desce constantemente, e disso resulta a bela unidade das paisagens e seus arredores inesperados; sim, se o conjunto das árvores se espalhasse por milhas à direita e à esquerda ou tanto quanto o faz no comprimento, em vez de medir apenas algumas centenas de passos para ambos os lados desde o meio, seria impossível se sentir mais acolhido, imerso e solitário nele. Apenas o ouvido sabe, por meio do rumorejar contínuo do oeste, da amistosa proximidade do rio, que daqui não se vê... Há grotas totalmente preenchidas por sabugueiros, alfeneiros, jasmineiros e amieiros-negros, de modo que nos abafados dias de junho o peito mal dá conta de tantos perfumes. E há outras depressões no solo, verdadeiras grutas de pedra em cujas paredes e solo crescem apenas salgueiros e alguma sálvia um tanto seca.

O efeito singular de tudo isso sobre mim nunca cessa, embora desde alguns anos seja um lugar de presença diária. De algum modo todas essas folhas de freixo, que lembram samambaias gigantes, todas as trepadeiras e o caniçal, a umidade e a aridez, esse bosque me toca de uma maneira fantástica, e dando voz a minha impressão geral: é como se estivesse transportado à paisagem de outro período da Terra, ou ainda a uma paisagem subaquática, como se caminhasse no fundo do mar — uma ideia que tem, aqui e acolá, algum ponto em comum com a verdade; pois no passado muitas localidades por aqui estavam cheias d'água, sobretudo aquelas depressões que, hoje, como tanques naturais quadrados formados por grupos de freixos germinados livremente pela natureza, servem para as ovelhas pastarem e dos quais há um bem atrás da minha casa.

A vegetação é cortada em todas as direções por trilhas, às vezes veredas de grama pisada ou caminhos de pedrinhas, que muito provavelmente não foram planejados, mas surgiram apenas pelo trânsito, sem que seja possível definir quem os possa ter aberto: pois Bauschan e eu toparmos com alguém por ali é uma espantosa exceção, e diante dessa visão meu acompanhante permanece parado, perplexo, e emite um único latido surdo, que expressa com bastante exatidão o que sinto também. Mesmo durante as belas tardes de verão aos domingos, quando uma grande quantidade de visitantes aparece na nossa região a passeio (pois aqui sempre é alguns graus mais fresco do que em qualquer outro lugar), podemos caminhar por essas trilhas internas sem sermos perturbados; pois as pessoas não as conhecem, e também a água, o rio, seu fluxo, as atraem de maneira muito poderosa, elas caminham bem junto a ele, tão junto quanto possível, no cais mais baixo, ou seja: quando ele não está inundado, a massa de gente se movimenta rumo ao campo e volta à noite. No máximo deparamos lá dentro, em meio aos arbustos, com um casal enamorado que nos observa de seu ninho com olhos animais atrevidos e tímidos, como se quisesse perguntar, desafiador, se temos algo contra sua presença ali ou contra o que estavam fazendo ou deixando de fazer — o que negamos, em silêncio, à medida que saímos de perto: Bauschan e aquela sua indiferença com a qual confronta tudo que não tem cheiro de animal selvagem, e eu com o semblante fechado e inexpressivo que não deixa transparecer nem um mínimo de aplauso nem reprimenda.

Essas trilhas, entretanto, não são os únicos sistemas de trânsito e ligação no meu parque. Há inclusive ruas — mais especificamente, existem estruturas que um dia foram ruas ou que um dia haveriam de ser ruas ou, sabe Deus, um dia de fato serão ruas... A situação é a seguinte: ainda é possível notar pistas da enxada pioneira e de um empreendimento fervoroso por um bom trecho para além da parte construída da região, a pequena colônia de casas. A visão era de longo prazo e os planos, audazes. A sociedade comercial que há dez ou quinze anos tomou a área nas mãos tinha outros planos, mais grandiosos, para o lugar (e para si mesma), diferentes do resultado final; o povoado não seria limitado ao punhado de casas unifamiliares que foram implantadas. Havia terrenos para serem construídos em profusão, por cerca de um quilômetro rio abaixo estava — ainda está hoje — tudo organizado para a recepção de compradores e amantes de um estilo tranquilo de vida. Nas sessões da diretoria da sociedade, reinava a generosidade. A ideia não era se limitar a construções de segurança junto às margens, como um píer de trânsito e ajardinado; suas atividades avançaram bastante bosque adentro, com arroteamentos, aterramento com cascalho, divisão da área virgem por ruas, algumas vezes no comprimento e muitas mais na transversal — ruas bem planejadas, esplêndidas, ou seus projetos, pavimentadas com cascalho de aluvião, pistas de rodagem demarcadas e calçadas largas sobre as quais agora cidadão nenhum caminha, exceto Bauschan e eu: este último sobre o couro de qualidade e resistente de suas quatro patas, eu sobre botas com pregos, por causa do cascalho de aluvião. Pois as casas, que segundo os cálculos e as intenções da sociedade haveriam de ter sido há tempos erguidas ao seu redor, estão por enquanto ausentes, embora eu tenha me adiantado dando um bom exemplo ao construir a minha na região. Não foram erguidas nesses dez, quinze anos, acho, e por isso não é de espantar que um certo mau humor tivesse baixado sobre a região, indispondo a sociedade em relação aos desenvolvimentos subsequentes e ao término do que já estava bem avançado.

Apesar disso, o empreendimento tinha chegado ao ponto de essas ruas desabitadas estarem devidamente batizadas, assim como quaisquer outras no subúrbio da cidade ou fora dela; gostaria eu de saber que especulador romântico e filósofo sonhador escolheu tais nomes. Há uma rua Gellert, uma rua Opitz, uma rua Fleming, uma rua Bürger, e até uma rua Adalbert Stifter, a qual percorro com meus sapatos de pregos com especial simpatia. Como em ruas dos subúrbios sem casas de esquina, foram implantados postes nas entradas das ruas e neles afixadas as placas com os nomes: placas de esmalte azul, como é costume por aqui, e letras brancas. Mas, ah, elas não estão nas melhores condições, há muito tempo batizam projetos de ruas nas quais ninguém quer morar, e por fim são elas que exibem claramente os sinais do desgosto, do fiasco e do desenvolvimento frustrado. Abandonadas, resistem; não há previsão para sua manutenção, renovação, as intempéries e o sol as maltrataram. O esmalte está bastante desgastado, as letras brancas foram atacadas pela ferrugem e em seu lugar espalham-se apenas manchas marrons com espaços e feios contornos irregulares que corroem os nomes e dificultam sua leitura. Uma das placas me fez quebrar a cabeça quando passei por ali pela primeira vez investigando a região. Tratava-se de uma placa excepcionalmente comprida e a palavra "rua" permanecia intacta; o nome em si, porém, que como já disse, era longo ou tinha sido longo, algo evidente pela grande maioria das letras totalmente apagadas ou corroídas pela ferrugem: os espaços marrons faziam adivinhar seu número; mas não era possível reconhecer nada além de a metade de um "S" no início, um "e" em algum lugar no meio e mais um "e" no fim de novo. Tratava-se de muito pouco para minha perspicácia, uma conta com excessivas variáveis. Fiquei um bom tempo com as mãos nas costas olhando para a placa, estudando-a. Depois, continuei pela calçada com Bauschan. Mas enquanto tentava pensar em outras coisas, minha mente continuava maquinando, às escondidas, procurando pelo nome danificado. Súbito, tive um lampejo — fiquei parado e levei um susto: voltei apressado, postei-me mais uma vez diante da placa, comparei e tentei. Sim, era compatível e tinha sentido. Eu estava caminhando pela rua Shakespeare.

As placas combinam exatamente com essas ruas e as ruas exatamente com essas placas — sonhadora e maravilhosamente abandonadas. Elas percorrem o bosque no qual foram abertas; mas o bosque não descansa, não deixa as ruas intocadas por décadas até os moradores chegarem; ele toma todas as medidas para fechá-las mais uma vez, pois o que cresce aqui não teme o cascalho, está acostumado a se desenvolver nesse meio, e por essa razão aparecem cardos púrpura, sálvia azul, mudas de arbustos prateados e o verde de freixos jovens por todos os cantos das ruas e, intrepidamente, também nas calçadas: não há dúvida, as ruas do parque com nomes poéticos estão se fechando, o bosque volta a se espessar e independente de nosso aplauso ou lamento, o fato é que em mais dez anos as ruas Opitz e Fleming não estarão mais desimpedidas e provavelmente terão desaparecido. No momento não há motivo para queixa, pois sem dúvida em todo o mundo não se encontram ruas mais bonitas do que estas em seu estado atual, do ponto de vista pictórico e romântico. Nada mais agradável que perambular pelo descuido de sua incompletude quando se está bem calçado e não é preciso temer as pedrinhas pontudas; que olhar, por sobre a vegetação diversa e selvagem de sua baixada, as copas das árvores de folhas miúdas envoltas em suave umidade que emolduram e fecham a perspectiva. Trata-se de uma imagem como aquele mestre pintor da Lorena pintou há trezentos anos... Mas o que estou dizendo... Como ele a pintou? Foi esta que ele pintou! Ele esteve por aqui, conhecia a região, por certo a havia estudado; e se o sócio sonhador que batizou as ruas do meu parque não tivesse se limitado de maneira tão estrita à literatura, o nome de Claude Lorrain estaria para ser decifrado numa das placas enferrujadas.

Com isso descrevi a região central do bosque. Mas também a região à leste da encosta tem encantos nada desprezíveis, pelo menos para mim e Bauschan, por motivos que se seguirão posteriormente. Seria possível chamá-la também de região do riacho, pois um desses lhe confere um toque idílico-paisagístico, e com o discreto pano de fundo de suas miosótis, forma a contrapartida deste lado para a zona do rio caudaloso do outro lado, cujo borbotar se entreouve aqui quando sopra o vento oeste.

No sopé da encosta onde desemboca a primeira das ruas transversais abertas, que corre da alameda dos álamos (feito uma barragem) entre bacias de relvados e parcelas de bosque, sai à esquerda um caminho que no inverno é usado pelos jovens como pista de trenós e que vai até as terras mais baixas. O riacho começa seu curso onde esse caminho se torna plano, e às suas margens, direita ou esquerda, não importa qual, o homem e seu cachorro gostam de passear ao longo da encosta com suas diferentes formações. À esquerda, espraiam-se áreas arborizadas. Existe por ali um sítio que comercializa seus produtos e vemos os fundos de suas instalações; ovelhas pastam e arrancam os trevos, conduzidos por uma menina não muito esperta de saia vermelha que apoia o tempo todo a mão nos joelhos com uma raiva autoritária, e grita a plenos pulmões com a voz esganiçada mas ao mesmo tempo tem um medo terrível da ovelha grande, majestosamente rechonchuda devido à sua lã, que não aceita qualquer ordem e faz absolutamente tudo o que lhe der na telha. O pior grito da menina é quando as ovelhas entram em pânico com a aparição de Bauschan, o que acontece quase sempre, sem intenção ou propósito de Bauschan, que é absolutamente indiferente às ovelhas, que as trata como se fossem ar e, com um enfático pouco caso e ares de superioridade, procura inclusive evitar uma manifestação de insensatez por parte delas. Pois embora exalem um cheiro bastante forte para o meu nariz (aliás, não desagradável), esse cheiro não é de coisa selvagem e, por consequência, Bauschan não tem o menor interesse em açodá-las. Apesar disso, basta um movimento súbito seu ou sua mera presença para que de repente toda a manada — que há pouco ainda pastava espalhada pelo lugar com seus pacíficos balidos másculos ou infantis — comece a correr formando uma massa fechada para um mesmo lado, lombos encostando em lombos, enquanto a criança burra agachada grita para ela até a voz falhar e me olha querendo me falar algo como: não venha me dizer que sou a culpada e que dei o motivo!

Certa vez, entretanto, aconteceu algo oposto, mas que acabou sendo ainda mais constrangedor e, de todo modo, mais estranho do que o pânico. É que uma das ovelhas, um exemplar comum da espécie, de tamanho mediano e feições ovinas normais, com a boca estreita e curvada para o alto parecendo sorrir — o que lhe dava uma expressão idiota quase maldosa —, parecia apaixonada por Bauschan e se aproximou dele. Simplesmente passou a segui-lo — ela se soltou do bando, deixou o pasto e grudou nos calcanhares de Bauschan, em silêncio e com um sorriso idiota superlativo. Ele saiu do caminho e a ovelha o seguiu; ele correu e a outra também começou a galopar; ficou parado e a outra fez igual, bem atrás dele e sorrindo misteriosamente. Mau humor e constrangimento começaram a despontar na expressão de Bauschan, e de fato sua situação era bem desproposital, não tinha qualquer sentido nem para o bem nem para o mal, era de um ridículo inédito tanto para ele quanto para mim. A ovelha afastou-se mais e mais de sua base, mas isso não parecia incomodá-la; continuava seguindo o irritado Bauschan, claramente decidida a não mais se separar dele, não importava quão longe e para onde ele fosse. Ele se manteve próximo a mim, menos por preocupação, para a qual não havia motivo, e mais por vergonha pela indignidade de sua situação. Por fim, como se estivesse farto daquilo, parou, virou a cabeça e rosnou ameaçadoramente. Nesse instante, a ovelha baliu de um jeito semelhante a uma pessoa rindo com maldade; absolutamente aterrorizado, o pobre Bauschan saiu correndo com o rabo entre as pernas — com a ovelha aos saltos ridículos atrás.

Enquanto isso, já estávamos bem longe do grupo das ovelhas, e a menininha atoleimada gritou como se fosse explodir, pois não apenas se curvou até os joelhos como também os erguia alternadamente até o rosto enquanto gritava, compondo uma cena que, vista de longe, era grotesca e colérica. E depois apareceu uma empregada do sítio, de avental, acudindo aos gritos ou porque percebera o que havia acontecido. Ela correu, segurando o forcado de estrume com uma das mãos e com a outra o peito solto, que balançava demais na corrida, chegou sem fôlego até nós, e usando do forcado, começou a enxotar a ovelha — que voltara a andar, visto que Bauschan também estava andando — de volta à direção correta, mas não teve sucesso. A ovelha desviava do garfo grande, embora logo voltasse aos calcanhares de Bauschan, e nada nem ninguém parecia capaz de dissuadi-la de seu intento. Então me dei conta da única saída possível e fiz meia-volta. Voltamos todos, Bauschan ao meu lado, atrás dele a ovelha e atrás dessa a empregada com o forcado, enquanto a menina de saia vermelha gritava para nós, curvada e esperneando. Mas não foi suficiente retornarmos até a manada, tivemos de fazer o trabalho integral e encerrar o processo. Foi preciso chegar no pátio e ao estábulo, cuja larga porta de correr a empregada abriu à nossa frente usando de toda sua força. Entramos; e estando todos reunidos, tivemos de escapulir dali com habilidade e fechar a porta diante do nariz da ovelha enganada para que ficasse presa. Apenas então, e depois dos agradecimentos da empregada, Bauschan e eu pudemos retomar nosso passeio, embora Bauschan conservasse um ar de mau humor e humilhação até o fim.

Basta de ovelhas. Ao lado esquerdo do sítio há um extenso conjunto de estufas que lembra um cemitério, com seus caramanchões e casinhas semelhantes a capelas, e as muitas cerquinhas de seus jardins minúsculos. Esse conjunto como um todo está cercado; apenas os jardineiros do lugar têm acesso pelo portão de treliças da entrada e vez ou outra vejo por lá um homem de braços descobertos revolvendo a terra de sua pequena plantação de verduras de nove pés, parecendo cavar a própria cova. Depois surgem novamente espaços abertos salpicados por tocas de toupeiras que se multiplicam até o limite da região central do bosque, e na qual moram, além das toupeiras, muitos ratos silvestres, algo relevante levando-se em conta Bauschan e seu diversificado prazer em caçar.

Por outro lado, quer dizer, do lado direito, riacho e encosta seguem adiante; esta última, como já disse, sempre assumindo formas diferentes. No começo, tem um caráter escuro, de sombras, com abetos. Depois, torna-se um areal, que aquecido reflete os raios de sol, depois ainda uma saibreira e por fim um monte de tijolos, como se uma casa tivesse sido demolida e os escombros sem qualquer valor apenas tivessem sido lançados naquele lugar, de maneira que o curso do rio enfrenta dificuldades temporárias. Mas ele conseguirá superá-las, suas águas se represam um pouco e vazam em seguida, tingidas de vermelho pelo pó das pedras queimadas, colorindo também a grama que as rodeiam na margem. Depois, porém, passa a correr ainda mais cristalino e vigoroso, com o sol faiscando sobre sua superfície.

Como todo curso d'água, desde o oceano até o menor dos charcos com juncos, gosto muito de riachos, e quando meu ouvido percebe ao longe seu marulho e gorgolejo, por exemplo nas montanhas durante o verão, vou seguindo os sons líquidos, por muito tempo se necessário, até encontrá-lo, vislumbrar o pequeno filho das alturas escondido e tagarela, tornar-me seu amigo. Bonitos são os riachos de queda, que descem com trovões muito sonoros entre pinheiros e sobre íngremes degraus de rocha, formando bacias verdes, geladíssimas, descendo ao degrau seguinte como solução branca. Mas também observo, com satisfação e gosto, os riachos da planície, querendo saber se são planos, de modo que mal conseguem cobrir as pedrinhas lapidadas, prateadas e lisas de seu leito, ou tão profundos como pequenos rios que, protegidos por salgueiros debruçados profundamente de ambos os lados, correm cheios e fortes, a correnteza mais forte no centro do que nas laterais. Quem nunca seguiu durante suas caminhadas o curso das águas que são livres para fazer as próprias escolhas? A força de atração que a água exerce sobre o homem é natural e de misteriosa natureza. O homem é um filho d'água, nove décimos de seu corpo são formados por água, e num determinado estágio de nosso desenvolvimento, antes do parto, temos guelras. De minha parte, afirmo com tranquilidade que contemplar a água em qualquer de suas manifestações e formas significa, de longe, a mais imediata e comovente maneira de fruir a natureza; sim, que a verdadeira meditação, o verdadeiro esquecimento de si, a correta dissolução do limitado Eu, só me estão garantidos nessa experiência. Por exemplo, a onda do mar se aproximando, adormecida ou vigorosa, consegue me transportar a um estado de tão profundo devaneio físico, a uma tal ausência de mim que perco toda e qualquer sensação de tempo e o tédio se transforma num conceito vazio, pois nessa comunhão e companhia as horas parecem passar como minutos. Mas eu também poderia permanecer indefinidamente curvado sobre o guarda-corpo de uma ponte sobre um rio qualquer, aos devaneios, enquanto observo a água escoar, borbulhar e girar, sem que aquele outro fluxo, ao meu redor e dentro de mim — o compasso apressado do tempo —, me despertasse medo ou impaciência. Tal simpatia com a natureza da água faz com que eu valorize o fato de a estreita região onde moro ser cercada por água de ambos os lados.

O riacho daqui é dos mais simples e inocentes entre os seus, não há nada de especial nele, seu caráter é o de uma simpática mediania. De ingenuidade cristalina, sem falsidade nem dissimulação, ele está bem longe de simular profundidade por meio de turvação, é raso e límpido, mostrando, de maneira inofensiva, que no seu fundo há panelas de metal e o cadáver de um sapato de amarrar. Aliás, ele é profundo o suficiente para servir de moradia a peixinhos bonitos, cinza-prateados e extremamente ágeis, que fogem da nossa aproximação com amplos zigue-zagues. Ele se alarga parecendo um pequeno lago em vários pontos, e belos salgueiros aparecem em suas bordas; ao passar, observo um deles com predileção. Ele cresce na encosta, ou seja, a alguma distância da água. Mas um de seus galhos se esticou e se abaixou até o riacho, desejoso, conseguindo que a água corrente salpicasse levemente a folhagem prateada do ramo. E assim permanece, desfrutando desse contato.

É bom caminhar por ali, com o bafejo suave do sol quente de verão. Quando o calor é muito, é provável que Bauschan entre no riacho para refrescar a barriga; por conta própria, ele não mete n'água as partes mais altas do corpo. Fica parado, as orelhas para trás, com uma expressão de devotamento, enquanto a água corre por ele e ao seu redor. Em seguida, vem rente a mim a fim de se sacudir, algo que está convencido que é preciso ser feito comigo por perto, embora a intensidade da sacudida me lance uma chuva de água e lama. Não adianta afastá-lo com palavras e com a bengala. Ele não se deixa deter naquilo que lhe parece ser natural, legítimo e inevitável.

Depois o riacho se volta a um pequeno povoado que domina a paisagem entre o bosque e a encosta ao norte, e em cuja entrada fica a hospedaria. Ali o riacho forma novamente um lago, e nele mulheres de joelhos esfregam roupa. Ao vencer o pontão que o atravessa, chegamos à rua que conduz do vilarejo até a cidade entre os limites do bosque e do relvado. Mas, saindo dela à direita, é possível se chegar depressa até o rio usando um caminho que atravessa o bosque.

Essa é então a zona do rio, e o próprio está à nossa frente, verde e com espuma branca; no fundo, não passa de uma grande torrente que vem das montanhas, mas seu ruído constante, que pode ser ouvido mais ou menos abafado por todos os cantos da região, reina soberano por ali preenchendo os ouvidos, podendo certamente substituir o marulho sagrado do mar, que está longe. O alarido incessante de inúmeras gaivotas se mistura a esse rumor; no outono, no inverno e ainda na primavera elas circundam com grasnidos famintos as saídas dos canos de escoamento, e encontram ali seu alimento até que a época do ano lhes permita regressar aos lagos mais ao norte — como os patos selvagens e semisselvagens que também passam os meses frescos e os mais frios perto da cidade, embalando-se sobre as ondas, deixando-se levar pela água que cai, faz com que rodopiem e balancem, saindo voando no último instante antes de uma cascata, para depois pousar novamente n'água mais adiante...

A região da margem é dividida e classificada da seguinte maneira: perto do limite do bosque espraia-se uma larga superfície de cascalho como continuação da muito citada alameda de faias, cerca de um quilômetro rio abaixo, quer dizer até a casa da balsa, que ainda será assunto, e atrás do qual a mata se aproxima do leito do rio. Sabemos o que significa o deserto de cascalho: trata-se da primeira e mais importante rua aberta mecanicamente, ricamente planejada pela sociedade como a esplanada mais encantadora para o elegante trânsito de veículos, onde os homens a cavalo deveriam se aproximar da porta de charretes reluzentes e trocar palavras leves e elegantes com as mulheres sorridentes, recostadas. Ao lado da casa da balsa uma placa de madeira, grande, já torta e carcomida, mostra o destino imediato, o ponto-final provisório do corso, pois as letras largas informam que a esquina está à venda para que seja montado um café e refinado estabelecimento de bebidas leves e refrescantes... Sim, lá ela está e lá ficará. Pois a placa torta de madeira continua fincada no lugar do café com suas mesinhas, garçons apressados e comensais, uma oferta fracassada, prestes a tombar, sem demanda, e o corso é apenas um deserto do cascalho mais grosseiro, tão densamente tomado por vimeiros e sálvia azul como as ruas Opitz e Flemming.

 Ao lado da esplanada, mais perto do rio, há uma trilha estreita de cascalho com postes de telégrafos, igualmente ocupada pela vegetação e na qual gosto de passear, seja para variar um pouco, seja porque o cascalho permite um caminhar limpo, mesmo se mais dificultoso, quando o lamacento percurso de caminhada não parecer utilizável depois de uma chuva forte. Esse percurso de caminhada, o verdadeiro passeio, que se estende por horas ao longo do curso do rio para enfim se transformar em trilhas selvagens, tem plantadas no lado d'água árvores jovens, bordos e bétulas, e no lado do campo estão as imponentes moradoras nativas da região, salgueiros, álamos e álamos-prateados de dimensões colossais. Sua ribanceira desce íngreme e funda na direção do leito do rio. O uso inteligente de ramos de salgueiros e mais a concretagem de sua parte inferior protegem-na contra a cheia que acontece uma ou duas vezes por ano, na época do degelo nas montanhas ou durante chuvas constantes. Aqui e acolá vemos ressaltos de madeira, metade escadas, metade degraus, pelos quais é possível descer com bastante conforto até o leito do rio propriamente dito: o leito-reserva de cascalho de cerca de seis metros de largura, em geral seco, do grande riacho, que se comporta exatamente como aqueles pequenos e pequeníssimos da sua família, ou seja de acordo com a época e com a condição da água em sua cabeceira, mostra apenas uma sanga verde, mal cobrindo as rochas onde as gaivotas parecem estar em pé na água, pernaltas, mas em outras épocas assume uma natureza quase perigosa — cresce a correnteza que enche seu leito largo com acinzentada água encapelada, trazendo em círculos objetos impróprios, cestos, arbustos e cadáveres de gatos — e se mostra bastante inclinado a transbordamentos e atos de violência. Também o leito-reserva está protegido contra enchentes por meio de trançados de madeira dispostos lado a lado e na diagonal, fazendo as vezes de obstáculos. O leito-reserva é forrado por capim, areia de praia e pela planta ornamental onipresente na região, a sálvia seca e azul; e é fácil de caminhar nele graças a uma faixa de pedras lisas localizada bem distante das ondas e que me proporciona mais uma variação — a que mais aprecio — para meus passeios. Caminhar na pedra dura não é confortável, mas isso é totalmente compensado pela proximidade com a água; de vez em quando ainda é possível caminhar pela areia — sim, há areia entre o cascalho e o capim, ligeiramente misturada com barro, sem a sagrada pureza da areia do mar, mas é areia de verdade, e aqui embaixo trata-se de um autêntico passeio de praia que se perde de vista ao longo do rio — não faltam nem marulho nem alarido de gaivota, nem aquela uniformidade de espaço e tempo que garante um tipo de entretenimento anestesiante. O som das cascatas baixas está em todos os lugares e a meio caminho da casa da balsa ouve-se o borbulhão da queda d'água, que são as águas de um canal fluindo até o rio. A queda tem a forma de um arco, é brilhante e vítrea como o corpo de um peixe, e sua extremidade fervilha sem parar.

Bonito é quando o céu está azul, quando a balsa está decorada com uma flâmula em homenagem ao tempo ou qualquer outra ocasião festiva. Há outros barcos naquele lugar, mas a balsa está presa a um cabo metálico que, por sua vez, está ligado a outro ainda mais grosso esticado na diagonal sobre o rio, e se movimenta ao longo deste último movida por uma roldana. A correnteza em si tem de movimentar a balsa, e um toque do balseiro no leme faz o resto. O balseiro mora com mulher e filho na casa da balsa, que fica um pouco afastada da trilha do alto, com pequena horta e galinheiro, e trata-se com certeza de uma moradia gratuita de serviço. É um tipo de casa unifamiliar de dimensões nanicas, construída de maneira simples e bem-humorada, com pequena marquise e varandinha e parece ter dois cômodos em cima e dois embaixo. Gosto de me sentar no banco em frente ao jardinzinho, junto à trilha do alto; Bauschan se senta sobre meu pé, as galinhas do balseiro me circundam batendo as cabeças a cada passo e em geral o galo sobe no encosto do banco, abaixa o penacho *bersaglieri* e se senta ao meu lado me olhando descaradamente de lado com um olho vermelho. Assisto ao trânsito das balsas, que não pode ser chamado de caótico nem de agitado, mas que se dá com grandes pausas. Gosto ainda mais de assisti-lo quando do lado de cá ou de lá aparece um homem ou uma mulher carregando um cesto e exige atravessar o rio; pois a poesia do chamamento "baaalsa!" permanece encantadora como no passado mais remoto, mesmo que a ação, como aqui, tenha se tornado mais moderna. Escadas duplas de madeira para os que vêm e os que vão descem de ambos os lados da ribanceira até o leito do rio e para os cais, e uma campainha elétrica está instalada de um lado e do outro lateralmente às suas entradas. Aparece então um homem na outra margem que para e olha para o outro lado. Ele não chama mais pelas mãos ocas, juntas, como fazia antes. Vai até o botão da campainha, estica o braço e o aperta. O toque na casa do balseiro é agudo: trata-se do "baaalsa"; mesmo assim, permanece poético. O homem espera e observa. E no mesmo instante em que a campainha toca, o balseiro sai de sua casinha, como se estivesse parado atrás da porta ou sentado numa cadeira, atento ao sinal — ele sai e seus passos mecânicos fazem imaginar que foi acionado pelo botão pressionado, como quando atiramos na porta de uma casinha num estande de tiro: acertamos, ela se abre e aparece um boneco, uma mulher em trajes alpinos ou um soldadinho. Sem se apressar demais e balançando os braços de maneira uniforme, o balseiro atravessa seu jardinzinho, chega até o rio depois de passar pela trilha e a escada de madeira, solta a balsa e segura o leme, enquanto a roldana começa a girar pelo cabo de aço e a balsa se movimenta. Do outro lado, deixa o estranho embarcar. Do lado de cá, este lhe entrega uma moeda, sobe a escada feliz depois de ter atravessado o rio e toma a esquerda ou a direita. Às vezes, quando o balseiro tem algum impedimento, seja por indisposição ou por inadiáveis assuntos domésticos, sua mulher ou até mesmo o filho saem e buscam o estranho; pois ambos sabem fazê-lo tão bem quanto ele, e eu também o sei. O serviço de balseiro é simples e não requer nenhuma habilidade ou conhecimento específicos. Ele pode dar graças à sorte e aos desígnios do destino por possuir tal sinecura e morar na casa nanica. Qualquer idiota poderia substituí-lo sem mais; ele por certo sabe disso e se comporta de maneira discreta e agradecida. No caminho de casa me cumprimenta educadamente, enquanto estou sentado entre o cão e o galo, e percebe-se nele a vontade de não fazer inimigos.

Cheiro de alcatrão, vento de água — e escuto uma batida seca contra a madeira da balsa. O que quero mais? De tempos em tempos, me vem à mente outra recordação de casa: a água é funda, o cheiro tem algo de podre — é a laguna, é Veneza. Mas aí vem a tempestade, cai uma chuva infindável; de casaco impermeável e rosto encharcado, enfrento no caminho de cima o vento leste que arranca na alameda os álamos jovens de suas estacas e explica por que as árvores aqui tendem a ser tortas por causa do vento, por que as coroas crescem só de um lado; e muitas vezes Bauschan fica parado no caminho a fim de se sacudir, espirrando água para todos os lados. O rio não é mais o que era. Inchado, amarelo-escuro, corre prenunciando catástrofe. A corrente forte balança, empurra, agiliza — com as ondas sujas, abarca todo o leito de reserva até o limite do talude, chega a bater no concreto, nas proteções de galhos trançados, abençoadas por estarem ali. Terrível notar que, nesse estado, o rio fica mais quieto, muito mais quieto do que antes, quase em silêncio. As corredeiras habituais sumiram, ele está demasiado cheio; mas é possível reconhecer seus pontos pois as ondas formam vales mais profundos, são mais altas e suas cristas quebram para trás — não para a frente, como as cristas da rebentação. A queda d'água já não tem mais importância; seu volume está baixo e é muito pequeno, o borbulhar na base quase inexiste devido ao alto nível da água. No que diz respeito a Bauschan, seu espanto sobre essas mudanças é infinito. A perplexidade simplesmente não diminui, ele não consegue compreender que a árvore seca, perto da qual costumava correr e campear, desapareceu, está coberta pela água; assustado, sobe a ribanceira fugindo da correnteza que bate e levanta espuma, olha de novo para a água com um jeito desconsolado, abrindo e fechando a boca torta enquanto a língua vai de um canto a outro — um semblante que cabe tanto nos homens quanto nos animais, um pouco deselegante e inferior como forma de expressão, mas absolutamente compreensível e, dada a situação complicada, poderia também estar estampado em alguém mais simplório e humilde, que ainda por cima coçaria o pescoço.

 Finda a apresentação minuciosa da zona do rio, a região toda está descrita, e creio que fiz de tudo para ilustrá-la a contento. Gosto dela como está na descrição, mas gosto ainda mais como se encontra na natureza. Afinal de contas ela é mais exata e mais diversificada nessa esfera do real, assim como na realidade Bauschan é mais caloroso, vivaz e divertido do que seu reflexo mágico. Sou devotado e grato à paisagem, motivo por tê-la descrito. Ela é meu parque e minha solidão; meus pensamentos e sonhos estão misturados e entrelaçados com suas imagens, como a folhagem de suas trepadeiras e suas árvores. Observei-a todos os dias e em todas as estações do ano: no outono, quando as emanações químicas das folhas que estão murchando preenchem o ar, os incontáveis cardos perdem as flores, as grandes faias do jardim do balneário formam um grande tapete de folhas secas ao seu redor e tardes douradas transformam-se em lusco-fuscos dramáticos e românticos com o quarto crescente de lua que se move no céu, a cerração leitosa que flutua sobre o solo e um crepúsculo ardente vislumbrado através de negras silhuetas de árvores… Tanto no outono quanto no inverno, quando a neve já cobriu todo cascalho nivelando-o com maciez, e é possível passear ali com galochas de borracha; quando o rio corre, escuro, entre as margens brancas e geladas, e o alarido de centenas de gaivotas preenche o ar da manhã à noite. Mas a convivência mais descontraída e agradável com a região ainda é nos meses amenos, quando apetrechos são desnecessários para se sair por quinze minutinhos, rapidamente, entre duas pancadas de chuva, afastar um galho de amieiro da frente do rosto e ao menos lançar um olhar nas ondas. Talvez tivéssemos convidados em casa; depois de eles irem embora, estou cansado das conversas e preso dentro das quatro paredes, onde o sopro dos estranhos ainda flutua na atmosfera. Aí é bom caminhar e parar por um instante na rua Gellert, descer lentamente a rua Stifter, para encher os pulmões de ar e se recompor. Olho para o céu, olho para as profundezas da folhagem delicada e macia — os nervos se acalmam, o ânimo retoma a seriedade e a quietude.

Bauschan, entretanto, está sempre junto. Ele não pode evitar a invasão do mundo na casa, protestou com voz horrível e se contrapôs a ela, mas não adiantou de nada e por isso desistiu. Agora se sente feliz por estarmos mais uma vez juntos naquele território. E vai trotando diante de mim, no cascalho, com as orelhas deitadas para trás descontraidamente, movendo-se do jeito torto como costumam fazer cachorros de todos os tipos: as pernas traseiras não se movimentam exatamente alinhadas com as dianteiras, mas um pouco mais para o lado. De repente, vejo seu corpo e sua alma levarem um choque, e o toquinho do rabo, duro, começa a se mexer vigorosamente. A cabeça vai para a frente e para trás, o corpo se retesa e estica, ele salta de lá para cá e no instante seguinte dispara numa determinada direção, sempre com o focinho na terra. Trata-se de uma pista. Ele está no encalço de uma lebre.

A CAÇA

A região é rica em animais selvagens que podem ser caçados, e nós os caçamos; quer dizer: Bauschan os caça e eu assisto. Dessa maneira, caçamos: lebres, galinhas silvestres, ratos silvestres, toupeiras, patos e gaivotas. Mas também não temos medo de caças maiores, vamos ao encalço de faisões e mesmo de veados quando um desses se perde em nosso território, por exemplo no inverno. É sempre um momento emocionante quando o animal pernalta, de compleição leve, amarelo em contraste com a neve, traseiro branco arrebitado que rebola, sai correndo do pequeno Bauschan, que mobilizou toda sua força na perseguição — acompanho a peripécia com o maior interesse e tensão. Não que ela venha render algum fruto; isso nunca aconteceu e não acontecerá. Mas a falta de resultados palpáveis nem diminui o prazer e a paixão de Bauschan nem esvazia minimamente meu próprio contentamento. Apreciamos a caça por si só, não pela presa ou pela sua utilidade, e Bauschan é — como já disse — a parte ativa. De minha parte, ele não espera mais do que um apoio moral, visto que não conhece por experiência pessoal e direta nenhum outro tipo de ação conjunta, um modo mais objetivo e resoluto de fazer a coisa. Enfatizo as palavras "pessoal" e "direta"; pois é mais do que provável que seus antepassados conhecessem a verdadeira caça, na medida em que faziam parte da linhagem dos cães perdigueiros, e vez ou outra me perguntei se ele pode ter tido uma recordação desse tipo, sendo despertada por algum impulso casual. No seu estágio de desenvolvimento, certamente a vida do indivíduo não é tão diferente da vida dos outros da sua espécie como no nosso caso; nascimento e morte significam uma oscilação menos profunda do ser, talvez as transmissões hereditárias permaneçam mais intactas, de modo que seria apenas uma aparente contradição falar de experiências congênitas, lembranças inconscientes que, ativadas, conseguem confundir a criatura em suas experiências pessoais, tornando-a insatisfeita. Com alguma inquietação, dei tratos à bola a esse respeito; logo, porém, tirei o pensamento da cabeça, da maneira como Bauschan notadamente tirava da cabeça a brutal ocorrência de que foi testemunha e que motivou minhas reflexões.

Quando saio em sua companhia para caçar, costuma ser horário do almoço, onze e meia ou meio-dia; vez ou outra, sobretudo em dias muito quentes de verão, também é mais para o fim da tarde, seis horas ou mais tarde, ou está acontecendo pela segunda vez por esse horário. Em todo caso, meu estado é bem diferente daquele de nosso primeiro e descontraído passeio matinal. A pureza e o frescor daquela hora se foram há muito; nesse meio tempo já me preocupei e trabalhei, superei dificuldades terríveis, lidei com problemas específicos enquanto, ao mesmo tempo, tinha de manter em mente uma relação extensa e diversificada, mesmo em suas últimas ramificações, e minha cabeça está cansada. É a caça com Bauschan que me distrai e alegra, que desperta meus espíritos vitais e me torna apto para o restante do dia, no qual ainda há coisas a fazer. Por gratidão, me ponho a descrevê-la.

Claro que não cismávamos a cada dia com uma determinada espécie silvestre entre aquelas que citei, partindo para caçar unicamente lebres ou patos. Caçávamos muito mais a esmo tudo aquilo que passava diante de... quase disse: de nosso rifle; e não precisamos nos afastar muito para topar com os animais, a caça pode começar literalmente logo depois do portão do jardim, pois existe uma porção de ratos silvestres e toupeiras no fundo do relvado atrás da casa. Esses animais peludos, a bem dizer, não são silvestres. Mas seu ser oculto e dado a revolver a terra, melhor dizendo: a astuta ligeireza dos ratos — que não são cegos durante o dia como seus primos escavadores, muitas vezes circulam com sagacidade na superfície da terra e se metem no buraco quando um perigo se aproxima sem que consigamos distinguir suas perninhas em movimento — tem um efeito poderoso sobre o ímpeto de perseguição de Bauschan, e acabam sendo a única espécie que ele às vezes consegue apanhar. Um rato silvestre, uma toupeira são um petisco, nada desprezíveis em tempos tão magros como os atuais, onde em muitas ocasiões ele encontra em sua tigela ao lado da casinha nada além de um pouco da insossa sopa de cevada.

Mal apoiei meu bastão por alguns passos pela alameda dos álamos acima e mal Bauschan se soltara um pouco a fim de abrir a sessão, já o vejo à direita executando as mais incríveis cabriolas: ele já está envolvido pela paixão em caça, não vê nem ouve mais nada além dos movimentos provocantes e ocultos ao seu redor: tenso, balançando o rabo e erguendo as pernas com cuidado, caminha sorrateiro pela grama, para no meio de um passo, uma das pernas dianteiras e uma das traseiras no ar, olha para o chão com a cabeça torta e o focinho pontudo enquanto as dobras das orelhas rígidas caem diante de ambos os olhos. Subitamente salta com ambas as patas dianteiras de uma só vez, para a frente e de novo para a frente, olhando com uma expressão teimosa para onde há pouco existiu algo e agora não mais. Em seguida, começa a cavar... Eu teria a maior boa vontade em ficar ao seu lado e aguardar pelo resultado, mas não sairíamos do lugar, ele desperdiçaria ali toda a vontade de caçar reunida para esse dia. Por essa razão, vou em frente sem me preocupar em ser alcançado, mesmo se ele ficar muito para trás e não tiver visto para onde me virei: minha pista não lhe é menos clara do que a de um animal silvestre, quando me perde com os olhos, passa a farejá-la com a cabeça entre as patas dianteiras, e logo escuto às costas o tilintar da medalhinha, seu galope forte, ele me ultrapassa a toda velocidade e dá meia-volta, para abanando o rabo, e se apresenta.

Mas adiante, no bosque ou na amplidão do campo da região do riacho, às vezes paro e fico observando-o cavar atrás de um rato, mesmo sabendo que já é tarde e que ao ficar assistindo perco o tempo contado do passeio.

Sua atividade passional é por demais fascinante, seu profundo entusiasmo contagia, não consigo deixar de lhe desejar sucesso de coração — do qual quero muito ser testemunha. O lugar onde cava talvez não chame a atenção do lado de fora; talvez se trate de uma elevação musguenta, transpassada por raízes de árvores, aos pés de uma bétula. Mas ele ouviu a caça ali, cheirou-a, talvez até a tenha visto fugir apressada; ele tem certeza de que está lá embaixo da terra, em sua toca, é preciso apenas chegar até lá, por essa razão cava com toda a força, numa dedicação incondicional e totalmente absorta, não com raiva mas com uma objetiva paixão esportista — é maravilhoso de assistir. Seu pequeno corpo tigrado, sob cuja pele lisa as costelas se desenham e os músculos brincam, está abaulado no centro, a parte traseira com o toco de rabo que fica num acelerado vai e vem incessante ergue-se na vertical, a cabeça está junto às patas dianteiras, já na abertura escavada que avança na diagonal; ele vira a face e abre mais e mais o solo com as patas duras feito metal, com a maior celeridade possível, fazendo com que torrões de terra, nacos de grama e pedacinhos de madeira das raízes voem em minha direção até a aba do chapéu. No meio tempo, escuto seu bufar no silêncio quando, depois de avançar um pouco, ele revira o focinho na terra a fim de situar com o olfato o ser inteligente, silencioso e amedrontado lá dentro. Um som abafado: expira com avidez, apenas para esvaziar rapidamente o pulmão e depois inspira — para poder inspirar o cheiro de rato, apurado, intenso, mesmo se ainda distante e encoberto. Qual será o estado de ânimo do animalzinho lá embaixo, com todos esses bafejos abafados? Ora, é problema dele ou também problema de Deus, que elegeu Bauschan como inimigo e perseguidor dos ratos silvestres; e mais, o medo também é uma consciência aumentada da vida, é possível que o ratinho ficasse entediado caso não existisse um Bauschan; qual seria então o sentido de sua inteligência dos olhos de bolinhas de gude e de sua arte de cavar túneis, que fazem com que as condições da batalha se equilibrem suficientemente, de maneira que o sucesso do atacante seja sempre bastante improvável? Resumindo, não sinto pena do rato, por dentro estou do lado de Bauschan e com frequência não me limito ao papel de espectador: intervenho com o bastão quando no caminho há uma pedra muito encravada, um pedaço duro de raiz, e o ajudo a superar os obstáculos, cavando e levantando. E em meio ao trabalho, ele me lança um olhar rápido e excitado de consentimento. Com as bochechas cheias ele morde o solo firme cheio de raízes, arranca torrões, joga-os para o lado, solta mais um bafejo abafado para dentro da terra e, incendiado pelo faro, as patas retomam sua atividade urgente...

Na grande maioria das vezes tudo não passa de esforço vão. Com o nariz cheio de terra, sujo até as omoplatas, Bauschan fareja mais uma vez a superfície do lugar e depois desiste, voltando a trotar com indiferença. "Não foi nada, Bauschan", digo quando ele me olha. "Não foi nada", repito, balançando a cabeça para ser melhor compreendido, levantando sobrancelhas e ombros. Mas não é nem um pouco necessário consolá-lo, o fracasso não o deprime minimamente. Caça é caça, a presa é o de menos, e foi um esforço maravilhoso, ele pensa, na medida em que consegue refletir sobre a ação tão intensamente praticada; pois já está voltado para novos empreendimentos, aos quais não faltam mesmo oportunidades em todas as três zonas.

Mas também acontece de ele pegar o ratinho, algo que me abala, pois quando se apodera dele o devora sem dó, vivo, com pelo e ossos. Talvez a infeliz criatura não estivesse bem aconselhada por seu instinto vital, tendo escolhido um lugar muito macio, inseguro e facilmente escavável para a construção da toca; talvez o túnel não fosse fundo o suficiente e devido ao susto o animalzinho não conseguiu aprofundá-lo com rapidez ainda mais, tinha perdido a cabeça e ficou apenas alguns centímetros sob a superfície enquanto os olhinhos de bola de gude saltavam de susto por causa dos terríveis bafejos que se aproximavam. Foi o suficiente, a pata férrea o descobre, joga-o para cima — para fora, para o terrível dia: ratinho, você está perdido! Com razão você teve medo, e ainda bem que esse grande medo justificado provavelmente o deixou semi-inconsciente, pois será transformado em merenda. Ele girou você pelo rabo duas, três vezes, no chão, para lá e para cá, ouço um assobio fraco, o último do ratinho desenganado por Deus, e então Bauschan o engole, goela abaixo, entre os dentes brancos. Ele fica parado ali com as pernas afastadas, as patas dianteiras firmes no chão, o pescoço baixo, jogando a cabeça para a frente enquanto mastiga, como se estivesse prendendo a presa de novo a cada vez, ajeitando-a na boca. Os ossinhos estalam, um pedaço de pelo fica preso por um instante no canto da boca, ele o pega e então terminou, e Bauschan começa uma espécie de dança de alegria e vitória ao meu redor, eu que estou parado e apoiado em meu bastão, como permaneci enquanto assistia a toda a ação.

— Você se saiu melhor do que a encomenda! — disse com um reconhecimento arrepiante e balancei a cabeça. — Revelou ser um belo de um assassino e canibal! — Essas palavras fazem com que ele intensifique a dança e falta apenas que ria alto. Retomo minha trilha, com os membros um pouco gelados pelo que vi, mas também sorridente por dentro devido ao impiedoso humor da vida. A situação faz parte da ordem natural das coisas e um ratinho mal-aconselhado por seu instinto acaba se tornando merenda. Mas nesses casos de ordem natural, prefiro mesmo me manter estritamente na plateia do que dar uma ajudinha com o bastão.

    É assustador quando de repente o faisão sai do meio do bosque, onde estava sentado, dormindo ou, acordado, esperava passar desapercebido, e onde o faro de Bauschan foi perturbá-lo depois de alguma procura. Muito agitado, aos gritos indignados, o pássaro grande vermelho-ferrugem de penas longas se levanta; com a tolice obstinada de um galo ele se esconde numa árvore, deixando excrementos cair do alto e continua a gritar enquanto Bauschan late para ele freneticamente, junto ao tronco. "Vamos, vamos!", quer dizer esse latido. "Continue voando, coisa ridícula do meu desejo, para que eu consiga caçar você!" E a galinha selvagem não resiste à voz poderosa. Farfalhante, solta-se de novo de seu galho e se afasta com um voo pesado através das copas, sempre grasnando e reclamando, enquanto Bauschan a persegue no solo com um silêncio viril.

    Eis seu deleite; ele não quer outra coisa. Pois o que aconteceria se acabasse pegando o pássaro? Não aconteceria nada — vi quando segurou um deles entre as patas, deve ter topado com a ave dormindo profundamente, de modo que ela não conseguiu erguer seu peso a tempo do chão: estava em cima dela, um vitorioso aturdido que não sabia bem o que fazer. Com uma asa aberta, o faisão estava deitado na grama com o pescoço esticado para o outro lado e gritava, gritava sem parar, fazendo parecer que uma velhinha estava sendo assassinada entre as árvores, e corri até lá a fim de evitar algo terrível. Mas logo me convenci de que não havia nada a temer: o desconcerto momentâneo de Bauschan, a expressão meio curiosa, meio enojada com a qual observava do alto, com a cabeça torta, sua presa, me certificou disso. O escândalo de mulher a seus pés estava lhe dando nos nervos, tornando o acaso mais constrangedor do que triunfal. Será que ele depenou um pouco o faisão a fim de manter a honra e afastar o ultraje? Acho que puxou algumas penas com os lábios sem usar dos dentes, jogando-as para o lado com um sacudir irritado da cabeça. Depois afastou-se e o libertou — não por magnanimidade, mas porque a situação o entediava, não lhe parecia ter mais nada em comum com uma alegre caçada. Nunca vira um pássaro tão abismado! Provavelmente se desenganara, como se não soubesse o que fazer com a vida: ficou algum tempo na grama feito morto. Em seguida, cambaleou um pouco no chão, conseguiu subir numa árvore, pareceu que ia cair dali, equilibrou-se e resolveu se afastar batendo as asas pesadamente. Em silêncio, voou sobre o parque, o rio, os bosques do outro lado, longe, longe, tão longe quanto possível e certamente nunca retornou.

Mas há muitos dos seus na nossa região e Bauschan os caça com total despretensão. Devorar o rato foi sua única culpa de sangue e isso parece ser dispensável, ocasional; o magnânimo objetivo em si é farejar, encontrar, correr, perseguir — todos que o observassem nessa brincadeira radiante concordariam. Como ele se torna belo, perfeito, ideal! O guri da montanha, acanhado, gordinho, também parece absoluto e modelar empertigando-se sobre a rocha como um caçador de cabritos montanheses. Tudo que Bauschan tem de nobre, autêntico e bom é colocado para fora e desabrocha maravilhosamente nessas horas; por essa razão ele as demanda tanto e sofre quando são infrutíferas. Não se trata de um pinscher, mas é o cão de pastoreio e caça como manda o figurino, e todas as poses guerreiras, viris na origem, que assume num rodízio constante, atestam essa alegria sentida consigo mesmo. Não sei de muitas outras coisas que me regozijam tanto a vista quanto observá-lo trotando ligeiro pelo bosque para depois parar, fascinado, uma pata delicadamente erguida e virada para dentro, inteligente, atento, expressivo, todas suas características tensionadas ao máximo! E então ele gane. Algo espinhudo entrou na pata e ele grita alto. Mas isso também é da sua natureza, a disposição cômica à doce ingenuidade, que apenas roça sua dignidade, pois o esplendor de sua postura foi totalmente recomposto no instante seguinte.

Olhando para ele lembro-me de uma época quando todo seu orgulho e nobreza haviam se perdido e seu corpo e mente tinham chegado, literalmente, ao ponto mais baixo, como na primeira vez na cozinha da senhorita da montanha, e de onde se reergueu com muito esforço para voltar a acreditar em si e no mundo. Não sei o que lhe aconteceu — ele sangrava na boca ou no nariz ou no pescoço, até hoje não sei; deixava um rastro de sangue por onde quer que andasse ou parasse, no relvado, na palha de seu lugar de dormir, no chão do cômodo que adentrava, sem que fosse confirmado qualquer ferimento externo. Muitas vezes o focinho parecia melecado com tinta vermelha. Ele espirrava e jorravam gotículas de sangue e pisava sobre elas, carimbando com os dedos cor de telha por todos os lados. Exames cuidadosos não chegaram a nenhum resultado e nossa inquietação crescia. Estava com pneumonia? Ou fora acometido por um mal que desconhecíamos e ao qual sua espécie estava exposta? Depois de alguns dias, sem que cedessem os sintomas tão estranhos quanto sujos, decidimos por sua internação na clínica veterinária da universidade.

No dia seguinte, por volta do meio-dia, o homem ajustou-lhe com firmeza amistosa a focinheira, aquela máscara de couro que está entre as coisas que Bauschan mais odeia e da qual tenta continuamente se safar balançando a cabeça e raspando a pata nela, prendeu-o a uma longa guia trançada e saiu à esquerda, alameda acima, com o animal arreado dessa maneira. Depois passou pelo parque da cidade e subiu uma rua imponente até chegar aos edifícios da universidade cujo portão e pátio também atravessamos. Chegamos a uma sala de espera, com várias pessoas sentadas encostadas às paredes, cada qual, à minha semelhança, segurando um cachorro pela guia — cachorros de diferentes tamanhos e tipos, que observavam uns aos outros melancólicos através de suas focinheiras de couro. Havia uma vovozinha com seu pug combalido por causa de um derrame; um empregado de uniforme com um galgo russo alto e alvíssimo, que de tempos em tempos tossia de maneira elegantemente rouca; um homem do campo com um dachshund que tinha grandes chances de ser submetido à ciência ortopédica, visto que todas as patas estavam implantadas erradas no corpo, deformadas e tortas; e mais outras tantas. Em sequência, todos foram conduzidos pelo funcionário do lugar, que ia e vinha o tempo todo, à sala de consulta anexa, cuja porta finalmente também se abriu para mim e Bauschan.

O professor, um homem entrado em anos, trajando avental branco de cirurgia, óculos de aro dourado, risca no cabelo ondulado e de uma amabilidade tão culta e alegre que eu poderia lhe confiar irrestritamente qualquer enfermidade minha ou dos meus, durante minha explanação abriu um sorriso paternal para o cliente sentado à sua frente e que, por sua vez, observava-o com confiança.

— Ele tem belos olhos — disse ele sem prestar atenção na barbicha, para depois afirmar que estava pronto para realizar imediatamente um exame.

Surpreso, sem opor resistência, Bauschan foi colocado sobre uma mesa com a ajuda de um funcionário, e então foi comovente assistir ao doutor encostar nele o estetoscópio e auscultar com cuidado o machinho tigrado, exatamente como permiti que fizessem comigo mais de uma vez na vida. Ele escutou seu acelerado coração de cachorro, escutou sua vida orgânica interior em diversos pontos. Em seguida, com o estetoscópio debaixo do braço, examinou com ambas as mãos os olhos de Bauschan, o nariz e também dentro da boca, chegou a um veredicto provisório. Disse que o cachorro estava um pouco nervoso e anêmico, mas fora isso seu estado era bom. A origem do sangramento era incerta. Poderia se tratar de epistaxe ou de hematemese. Mas não estava descartado também um caso de sangramento na traqueia ou na faringe. Talvez o mais provável fosse uma hemoptise. O animal deveria ser cuidadosamente observado. Disse ainda que eu deveria deixá-lo ali mesmo e voltar para vê-lo em oito dias.

Assim orientado, agradeci e como despedida dei um tapinha no ombro de Bauschan. Ainda vi o assistente levar o recém-chegado pelo pátio até a entrada de uma construção de fundos e Bauschan se virar para mim com uma expressão desconcertada e amedrontada. Mas ele teria de ter se sentido lisonjeado, como também me senti, porque o professor chamou-o de nervoso e anêmico. Ninguém previra no início de sua vida que algum dia seria tratado de maneira tão científica e exata.

Desse momento em diante, porém, meus passeios tinham o mesmo sabor de comida sem sal; proporcionavam-me pouca satisfação. Não havia um rebuliço de alegria na hora da minha saída, nenhum alvoroço relacionado à caça ao meu redor durante o percurso. O parque me parecia monótono, entediei-me. Não deixei de pedir notícias pelo telefone durante o tempo de espera. A resposta, dada por um órgão subalterno, foi a de que o estado do paciente era compatível com seu quadro — quadro que não era esmiuçado por bons ou maus motivos. Como chegou novamente o dia da semana em que levara Bauschan à instituição, me pus a caminho até lá mais uma vez.

Acompanhado por inúmeros cartazes com inscrições ou mãos indicando rotas, cheguei por via direta e sem me perder à porta do departamento clínico que acolhera Bauschan, segui uma ordem pendurada na porta e não bati, entrei. A sala onde me encontrava, de tamanho mediano, dava a impressão de um viveiro de predadores e também uma atmosfera igual reinava por lá; apenas o cheiro selvagem-animalesco de uma coleção particular de bichos em cativeiro estava misturado com todo o tipo de emanações de medicamentos — uma mistura opressiva e excitante. Gaiolas estavam por todo o lado, quase todas ocupadas. Ouvi latidos graves de uma delas; junto à sua porta aberta, o tratador mexia com ancinho e pá. Sem interromper seu trabalho, limitou-se a retribuir meu cumprimento, abandonando-me temporariamente com minhas impressões.

A primeira olhada ao redor, ainda na soleira da porta aberta, me permitiu reconhecer Bauschan e fui até ele. Estava deitado atrás das grades de sua gaiola sobre algum tipo de forragem, que poderia ser casca de carvalho ou coisa parecida, cujo aroma característico somava-se ao cheiro do corpo do animal e ao dos desinfetantes ácido fênico ou Lysoform — estava deitado ali feito um leopardo, mas como um leopardo muito cansado, muito alheio e desanimado: assustei-me com a indiferença rabugenta com a qual recepcionou minha chegada e aproximação. Bateu o rabo com fraqueza uma ou duas vezes no chão, e apenas quando lhe dirigi a palavra é que ergueu a cabeça das patas, mas apenas para deixá-la cair imediatamente depois e piscar com tristeza para o lado. Um pote de barro com água estava nos fundos da gaiola à sua disposição. Fora, próximo às grades, havia uma tabela metida numa moldura, meio impressa, meio preenchida à mão, que depois de informar o nome de Bauschan, a raça, sexo e idade, mostrava uma curva de febre. "Bastardo de perdigueiro", estava escrito ali, "atende por Bauschan. Macho. Dois anos de idade. Deu entrada no dia tal do mês tal do ano tal, para observação devido a sangramentos ocultos." E daí seguia-se a curva da temperatura, riscada com caneta e no mais com poucas oscilações, ao lado de dados numéricos sobre a frequência cardíaca de Bauschan. Ele estava sendo monitorado, como vi, e também o pulso era observado do ponto de vista médico — nesse sentido, nada estava faltando. Mas seu estado de espírito me preocupava.

— Este é seu? — perguntou o tratador, que entrementes havia se aproximado com as ferramentas na mão. Trajava uma espécie de avental de jardineiro, um homem atarracado, de barba redonda e bochechas vermelhas, olhos castanhos um pouco injetados cujo olhar fiel e úmido era notoriamente parecido com o de um cachorro.

Respondi-lhe afirmativamente, referi-me à orientação recebida de retornar naquele dia, aos telefonemas realizados e expliquei que tinha vindo para tomar pé da situação. O homem lançou um olhar para a tabela. Sim, o cão sofria de sangramentos ocultos, ele disse, e que sempre eram complicados, sobretudo quando sua origem era desconhecida. — Mas ainda não sabiam? Não, ainda não se sabia ao certo. E os sangramentos, persistiam? Sim, de vez em quando se repetiam. E nesses momentos eram observados atentamente? Sim, com muito cuidado. Perguntei se ele estava com febre, tentando entender a curva junto à gaiola. Não, sem febre. O cachorro estava com a temperatura e a pulsação normais, mais ou menos noventa batimentos por minuto, era o correto, menos não podia ser, e se fossem muito menos, então ele teria de ser observado com mais atenção ainda. E disse que, aliás, sem falar no sangramento, o cachorro estava em boas condições. Tinha chorado durante as primeiras vinte e quatro horas, mas depois se acostumou. Acrescentou que não queria comer muito; mas também não estava se movimentando, e ainda por cima era preciso saber o quanto ele comia antes. Perguntei o que estava lhe sendo oferecido. Sopa, respondeu o homem. Mas, como já foi dito, ele não come muito.

— Ele passa a impressão de estar abatido — observei com uma objetividade fingida. Ele respondeu que sim, correto, mas isso não queria dizer muita coisa. Porque, no fim das contas, não é nada divertido para um cachorro ficar deitado ali e ser observado. Todos eles estavam mais ou menos abatidos, quer dizer: os bonzinhos; alguns deles ficavam até perigosos e passavam a morder. Mas não era esse o caso. Ele era dos bonzinhos, não morderia, mesmo se ficasse sob observação até o fim da vida. Dei razão ao homem, mas com o coração preocupado e indignado. Perguntei a duração estimada da estadia de Bauschan por ali. Mais uma vez, o homem olhou para a tabuleta. Respondeu que eram necessários mais oito dias de observação; foi o que o professor dissera. E que eu retornasse em oito dias para checar a situação; aí seriam catorze ao todo e certamente seria possível me passar informações precisas sobre o cachorro e sobre sua recuperação dos sangramentos ocultos.

Fui embora, depois de ter tentado mais uma vez acordar o espírito vital de Bauschan com palavras de encorajamento. Minha partida comoveu-o tão pouco quanto minha chegada. Parecia estar coberto por desdém e amarga desesperança. "Já que você foi capaz", sua postura parecia expressar, "de me deixar nesta gaiola, não espero mais nada da sua parte." E não era mesmo o caso de ele perder a confiança e duvidar da razão e da justiça? O que tinha feito para passar por essa situação, que eu não só havia permitido como também incentivado? Minhas intenções para com ele eram boas e nobres. Ele estava sangrando e, apesar disso não parecer importuná-lo, achei adequado que fosse tratado pela ciência oficial como um cachorro de bom nível, e também testemunhara como o consideraram um pouco nervoso e anêmico — como se fosse um nobre. E agora ele tinha de passar por isso! Como lhe explicar que trancá-lo atrás das grades de uma gaiola, feito um jaguar, privá-lo do ar livre, sol e movimentação, para incomodá-lo diariamente com um termômetro, era prova de respeito e atenção?

Eram essas as perguntas que me fazia no caminho de casa, e se até então eu apenas sentia falta de Bauschan, agora esse sentimento vinha acompanhado de preocupação por ele, por sua saúde mental, e por autoacusações. Será que no fim havia sido apenas vaidade e altivez egoísta que me fizeram levá-lo à clínica universitária? Será que além disso havia o desejo secreto de me afastar por um tempo dele, uma certa curiosidade e descaramento de me libertar por uma vez de sua vigilância constante e checar como seria poder me voltar à direita ou à esquerda, com serenidade, sem que isso despertasse qualquer tipo de sentimento no mundo exterior animado, seja o da alegria, seja o da amarga decepção? Desde a internação de Bauschan, realmente desfrutei de uma certa independência interior que havia tempos não vivenciava. Ninguém me importunava através da porta de vidro com a imagem do martírio de sua espera. Ninguém vinha me sacudir o peito com a pata erguida e provocar risos de compaixão, a fim de me pôr em ação para uma saída em breve. Se eu ia ao parque ou ficava no quarto, ninguém protestava. A situação era confortável, tranquilizadora e tinha o encanto da novidade. Mas faltava o estímulo costumeiro e eu quase não passeava mais. Minha saúde sofreu; e enquanto meu estado gradualmente passava a se assemelhar ao de Bauschan em sua gaiola, cheguei à observação moral de que as algemas do afeto eram mais importantes para meu bem-estar do que a liberdade egoísta que eu desejara.

A segunda semana também se passou e no dia certo eu estava de novo diante da gaiola de Bauschan, na companhia do tratador da barba redonda. O prisioneiro estava deitado de lado, deitado de qualquer jeito sobre a forração de sua gaiola que sujava o seu pelo e, deitado, mantinha a cabeça erguida de maneira a olhar para trás, para a parede caiada dos fundos do recinto, com olhos vidrados e inexpressivos. Não se mexia. Que respirava, mal se percebia. Apenas de vez em quando a caixa torácica se erguia desenhando cada vértebra, num suspiro cujo som assemelhava-se de maneira discreta e aflitiva com o de suas cordas vocais. As pernas pareciam ter ficado longas demais, as patas descomunalmente grandes, resultado de seu emagrecimento assustador. O pelo estava desgrenhado ao extremo, amassado e, como já disse, sujo devido ao revirar na serragem. Ele não me deu atenção, como parecia nunca mais querer dar atenção a nada, aliás.

O tratador disse que os sangramentos ainda não haviam desaparecido; voltavam a acontecer vez ou outra. Sua origem ainda não estava bem definida, mas de todo modo eram inofensivos. Acrescentou que eu ficasse à vontade de manter o cachorro ali para mais observações a fim de ter certeza absoluta, ou poderia levá-lo de volta para casa, onde o mal também acabaria cedendo com o tempo. Foi então que puxei a guia trançada do bolso — eu a havia trazido — e disse que levaria Bauschan comigo. O tratador considerou a atitude sensata. Ele abriu a porta gradeada e ambos chamamos Bauschan pelo nome, um de cada vez e os dois ao mesmo tempo, mas ele não atendeu, continuando a olhar para a parede caiada. Também não reagiu quando meti o braço na gaiola e puxei-o pela coleira. Saltou para o chão e lá ficou com o rabo encolhido, as orelhas para trás, a infelicidade em pessoa. Peguei-o, entreguei uma gorjeta ao tratador e deixei o departamento, a fim de saldar minha conta na parte da frente da instituição, que somava a taxa básica de quinhentos e setenta *Pfennig* por dia e mais o honorário médico da primeira consulta, resultando em doze marcos e cinquenta. Em seguida, conduzi Bauschan para casa, envolto na atmosfera adocicada-selvagem da clínica que impregnava o pelo do meu acompanhante.

Ele padecia de corpo e alma. Os animais são mais transparentes e verdadeiros — ou seja, em certa medida mais humanos — na expressão corporal de seus estados de espírito do que nós; modos de falar que entre nós subsistem apenas como sentido moral e como metáfora ainda lhes são certeiros no sentido literal e sem parábolas, o que tem seu encanto. Como costumamos dizer, "Bauschan estava de cabeça baixa", isto é: sua postura era claramente essa, agia como o cavalo exausto de um fiacre que, com ulcerações nas pernas e vez ou outra sacudindo o pelo, está no seu local de parada enquanto uma carga pesadíssima parece puxar para o chão o nariz, fervilhando de moscas. Era como eu havia dito: essas duas semanas de clínica universitária haviam-no levado de volta ao estado no qual eu outrora o encontrara nas montanhas; ele não passava de sombra de si mesmo, diria, caso isso não fosse ofensivo à sombra do feliz e orgulhoso Bauschan. O cheiro de hospital que trouxera consigo acabou saindo na bacia depois de repetidos banhos com sabão, exceto alguns toques que ainda recendiam; mas se o banho possui para nós, humanos, a influência espiritual de uma ação simbólica, para o pobre Bauschan a limpeza corporal estava longe de significar o reerguimento de seu temperamento. Já no primeiro dia levei-o comigo até o território de caça, mas ele caminhou rente a meus pés com a língua boba dependurada e os faisões alegraram-se pelo defeso prolongado. Em casa, ficou durante dias deitado como na gaiola, com o olhar vidrado para o alto, num sono interior, sem a saudável impaciência, sem me procurar para sair, e eu tinha de buscá-lo em sua cama na entrada da casinha e incentivá-lo a sair. Até a maneira selvagem e desordenada com a qual engolia a comida fazia lembrar de seu passado desonroso. Mas então era uma alegria vê-lo se reencontrando; quando suas saudações pouco a pouco recobravam a antiga impetuosidade inocente; quando, em vez de se aproximar rabugento e claudicante, pela primeira vez voltou a acudir, correndo, a meu assobio matinal, a fim de colocar as patas dianteiras no meu peito e tentar mordiscar meu rosto; quando, ao ar livre, o desejo orgulhoso retornava a seu corpo, aquelas destemidas e elegantes poses de apontar a caça, aqueles saltos altos com pés recolhidos sobre qualquer ser vivo para dentro da grama alta se oferecendo novamente aos meus olhos... Ele esqueceu. O incidente terrível e tão absurdo para a capacidade de compreensão de Bauschan, submergiu no passado, em realidade sem ter sido resolvido, não encerrado por uma exposição esclarecedora, que tinha sido impossível, mas o tempo o cobriu, como também é preciso acontecer com os seres humanos às vezes, e sobre ele continuamos a viver, enquanto o indizível ficava mais e mais para trás, no esquecimento... Por algumas semanas, em espaços de tempo cada vez maiores, ainda aconteceu de Bauschan aparecer com o nariz vermelho; depois, a manifestação sumiu, desapareceu, e passou a ser indiferente ter sido epistaxe ou hematemese...

 Acabei então, contra meus propósitos, falando da clínica também! Perdoem a longa digressão e retorne comigo ao parque para a diversão da caça, onde nos encontrávamos. Conhecem vocês o sentimento plangente com o qual um cachorro, mobilizando suas forças mais extremas, retoma a perseguição ao coelho fugitivo, e no qual se misturam raiva e deleite, nostalgia e desespero estático? Quantas vezes escutei Bauschan soltá-lo! É a paixão, a paixão desejada, procurada e saboreada com êxtase que ressoa pelo campo e a cada vez que seu grito selvagem chega ao meu ouvido, seja de longe seja de perto, assusto-me de uma maneira alegre; ele atravessa meus ossos; feliz por Bauschan vir hoje por conta própria, aperto o passo para a frente ou para o lado a fim de se possível enquadrar a perseguição no meu campo visual, e quando ela passa voando diante de mim, fico enfeitiçado e tenso, embora o resultado vazio da aventura esteja dado desde o início, e me ponho a assistir enquanto um sorriso nervoso me repuxa o rosto.

 A lebre sagaz ou medrosa! Ela corre por sua vida: com o vento assobiando pelas orelhas, a cabeça jogada para trás, aos saltos compridos que balançam no ar o traseiro amarelo-esbranquiçado, ela passa diante de Bauschan, que uiva furioso. Apesar disso, no fundo com a alma atemorizada e acostumada às fugas, a lebre deveria saber que o perigo não é sério e que ela vai se safar; assim como todos seus irmãos e irmãs e ela própria certamente já escapou dessa mesma situação. Bauschan nunca pegou uma delas na vida e não o fará, é quase impossível. Muitos cães, dizem, matam uma lebre; mas um único não consegue, mesmo se fosse mais veloz que Bauschan. Pois a lebre dispõe do "pulo da lebre" — Bauschan, por sua vez, não; eis o ponto decisivo. Trata-se de uma arma infalível e trunfo daqueles nascidos para fugir, uma saída sempre à mão e da qual está consciente, a fim de usá-la no momento decisivo — do lado de Bauschan, o momento mais promissor —, e Bauschan fica a ver navios.

Eles vêm em diagonal pelo bosque, atravessam a trilha na minha frente e correm a toda na direção do rio, a lebre muda e com seu truque herdado no coração, Bauschan ganindo num tom agudo, plangente. "Não chore!", penso eu. "Assim você desperdiça energia, força do pulmão, fôlego, que você deveria economizar e manter à mão para pegá-la!" E penso dessa maneira porque internamente estou participando da coisa, porque estou do lado de Bauschan, porque sua paixão também me contamina, de modo que lhe desejo a vitória com todas as forças, ciente do perigo de ele rasgar o animal na frente de meus olhos. E ver como corre, empregando ao extremo todas suas forças, é bonito e prazeroso. Ele corre melhor que a lebre, sua musculatura é mais forte, a distância entre eles reduziu-se consideravelmente antes de terem escapado de minha visão. E eu também corro, sem me ater à trilha, pela esquerda através do parque na direção da margem e chego bem a tempo na rua de cascalho para assistir à caçada que acontece em desabalada carreira pela direita — a caçada esperançosa, excitante, pois Bauschan está quase colado na lebre, ele emudeceu, corre com os dentes cerrados, o cheiro tão próximo leva-o ao extremo e penso: "Acelere mais uma vez, Bauschan!", e quero gritar: "No alvo e com cautela, preste atenção no salto!". Mas aí o salto da lebre já foi posto em ação, o azar apareceu. A arrancada decisiva aconteceu e no mesmo instante também uma finta, um movimento curto, leve e trapaceiro da lebre no ângulo direito da direção da corrida, e Bauschan passa em disparada pelo traseiro dela, dispara em frente gemendo, indefeso, levanta cascalho e poeira ao frear, e até conseguir parar o movimento, virar e se colocar em ação na nova direção, até isso acontecer sob suplício e ganidos lastimosos, a lebre abriu uma distância significativa em direção ao bosque; sim, ela saiu das vistas do perseguidor, pois enquanto freava desesperado ele não podia ver para onde a outra se virara.

"Foi em vão, é bom, mas inútil", penso enquanto a caçada selvagem prossegue através do parque na direção oposta. "Tem de haver vários cachorros, cinco ou seis, toda uma matilha. Outros tinham de empurrá-la para um lado, cortar sua frente, fazê-la parar e agarrá-la pelo pescoço..." E meu olho excitado enxerga um bando de sabujos com as línguas de fora atacando a lebre que rodeiam.

Penso e sonho assim por deleite pela caça, pois o que a lebre me fez para que eu deseje-lhe um fim tão deplorável? Embora eu esteja mais próximo de Bauschan e não tenha problemas em compartilhar de seus sentimentos e emprestar-lhe meus desejos, a lebre também é uma vida pulsante e não enganou meu caçador por maldade, mas pelo premente desejo de continuar mordiscando por mais um tempinho cascas macias de árvores e multiplicar seus iguais. Apesar disso, sigo pensando: "Seria diferente, seria diferente, se isto aqui", e observo o bastão de caminhada em minha mão, "se isto aqui não fosse um bastão inútil, benevolente, mas uma coisa de elaboração séria, estalante e com ação remota com o qual eu poderia vir em auxílio do corajoso Bauschan e segurar a lebre, de modo a fazê-la parar no lugar com um *salto mortale*. Assim não seriam necessários mais cães e Bauschan teria realizado o que lhe compete tendo apenas acossado a lebre". Do jeito que as coisas estão, porém, é o contrário: na tentativa de parar o maldito "pulo da lebre", é Bauschan quem por vezes acaba capotando, o que acontece com a lebre em alguns casos também; mas para ela trata-se de uma insignificância, algo leve e habitual, certamente não relacionado a nenhum sentimento de fraqueza, enquanto para Bauschan significa um choque pesado, com o qual é possível que quebre o pescoço algum dia.

Muitas vezes uma caçada dessas chega a seu fim já em poucos minutos, quando a lebre consegue se meter no bosque, escondendo-se depois de breve perseguição ou usando do salto e de fintas para tirar o caçador do seu encalço, de modo que este, inseguro, procura por aqui e acolá enquanto, em minha sede de sangue, tento em vão chamá-lo e mostrar com o bastão a direção na qual vi a lebre desaparecer. Muitas vezes, porém, o alvoroço se estende longamente pelo campo, em tempo e distância, de modo que o ganido fervoroso de Bauschan soa como uma corneta de caça ao longe, mais perto ou mais remoto, enquanto sigo em silêncio meu caminho, na expectativa de seu retorno. E, Deus meu, qual não é o seu estado quando enfim retorna! Da boca pinga espuma, as ancas estão arqueadas, as costelas voam, a língua pende do focinho latindo de maneira irregular, que lhe enviesa como a um mongol os olhos baços e hesitantes e sua respiração parece uma locomotiva a vapor.

— Deite-se, Bauschan, e descanse ou seu pulmão vai entrar em colapso! — digo e não continuo a caminhar a fim de lhe proporcionar tempo de recuperação. No inverno, durante o frio intenso, por vezes ele me deixa receoso e aflito quando bombeia arfando o ar gélido para dentro de seu interior aquecido e o solta de volta como vapor branco, e também engole bocadas inteiras de neve para matar a sede. Mas enquanto está deitado ali, olhando para o alto na minha direção com os olhos baralhados e recolhendo a saliva com a língua, não consigo deixar de desdenhá-lo um pouco pelo inexorável fracasso de seu esforço. "Onde está a lebre, Bauschan?", é uma pergunta que me cabe fazer. "Então você não vai me dar o bichinho?" E ele bate com o rabo no chão, enquanto falo interrompe por um instante o bombeamento ávido de seus flancos e amolece, constrangido, porque não sabe que meu desdém tem de ocultar apenas um sentimento de vergonha e consciência pesada diante dele e de mim mesmo, porque novamente não consegui apoiá-lo na empreitada e não fui o homem que "parou" a lebre, como seria de esperar de um verdadeiro dono. Ele não sabe disso e por essa razão posso desdenhar e fazer de conta que foi ele que cometeu uma falha qualquer nisso tudo...

Incidentes estranhos acontecem durante essas caçadas. Nunca esqueço como, certa vez, a lebre correu para meu braços... Era perto do rio, numa trilha lamacenta acima dele. Bauschan estava em perseguição; e eu vim do bosque até a região da margem, passei pelos arbustos da margem e estava descendo a encosta gramada até o caminho, no instante que a lebre apareceu — Bauschan estava a uma distância de quinze passos atrás dela — com seus saltos longos e elásticos vindo da direção da casa do balseiro, para onde eu virei meu rosto, e justo ao meu encontro. Meu primeiro impulso, de índole caçadora e inimiga, foi aproveitar a ocasião e obstruir o caminho da lebre, para na medida do possível empurrá-la à boca do perseguidor, que ganía com dor. Fiquei parado no lugar, como se tivesse criado raízes, imóvel e, tomado pela emoção, apenas sopesava secretamente o bastão enquanto a lebre se aproximava cada vez mais. Sua visão é muito ruim, eu sabia; apenas audição e olfato lhe transmitem alertas de perigo. Do jeito que eu estava parado, poderia passar por árvore — esse era o plano e eu desejava intensamente que isso assim fosse, dando origem a um terrível engano, de cujas possíveis consequências eu não me sentia responsável e do qual pretendia me aproveitar. Se esse engano de fato se deu em algum momento, não se sabe. Creio que ela me percebeu apenas no instante derradeiro, e sua ação foi tão inesperada que inutilizou imediatamente todo meu plano e mudou meu estado de espírito. Será que estava fora de si por medo de morrer? O que importa é que ela pulou em mim, igual a um cãozinho, pousou as patas dianteiras no meu sobretudo e empertigou-se com a cabeça no meu colo, no terrível colo do caçador! De braços erguidos, o tronco curvado para trás, fiquei assim olhando para a lebre, que por sua vez olhava para mim. Isso aconteceu apenas um segundo ou talvez uma fração de segundo, mas aconteceu. Observei-a com um estranho rigor, observei as orelhas longas, uma erguida e a outra pensa para baixo, os olhos grandes e límpidos, míopes e saltados, o lábio fendido e longos fios da barba, a brancura do peito e as patas pequenas, senti ou acreditei sentir a tremedeira do coraçãozinho disparado — e foi estranho observá-la tão minuciosamente e tê-la tão próximo a mim, o pequeno endemoniado do lugar, o coração pulsante da região, o ser em eterna fuga, que eu sempre via por breves instantes em seu terreno, dando no pé, e que em sua máxima aflição e desamparo se encostava então em mim e como que agarrava meu joelho, o joelho de um homem — não daquele homem, me pareceu, que era dono de Bauschan, mas o joelho daquele que era dono também das lebres, dono tanto delas quanto de Bauschan. Aconteceu, como eu disse, apenas por um ínfimo segundo: depois a lebre já havia se soltado de mim, posto sebo nas canelas desiguais e saltado o declive à esquerda, enquanto Bauschan chegava até mim, velocíssimo e com todos os sons da emoção, sendo bruscamente interrompido em sua chegada. Pois um golpe preciso e planejado do dono da lebre fê-lo tropiçar, ganindo e com uma coxa temporariamente paralisada, caminho abaixo do barranco à direita, que teve de escalar mancando depois antes de retomar com muito atraso a pista da lebre já não mais visível.

Por fim, ainda há a caça às aves aquáticas, à qual também quero dedicar algumas linhas. Ela só pode ocorrer no inverno e na época mais fria da primavera, antes de as aves trocarem a permanência perto da cidade, que lhe é um auxílio de emergência e uma necessidade do estômago, pela proximidade aos lagos; e ela é menos excitante do que a caça às lebres pode ser, mas também tem seu encanto para o caçador e o cão ou muito mais para o caçador e seu dono: para este último explicitamente do ponto de vista do lugar, visto que se relaciona com a proximidade familiar com a água corrente; mas também porque diverte e distrai observar a natureza desses nadadores e voadores e imaginar sairmos da nossa própria e tentarmos fazer parte, por assim dizer, da deles.

A índole dos patos é mais suave, acomodada e plácida do que a das gaivotas. Eles parecem estar sempre de barriga cheia e pouco atormentados pelas necessidades de alimento, provavelmente porque aquilo de que precisam está todo o tempo à disposição e sua mesa, sempre posta. Pois vejo que comem de tudo: vermes, caramujos, insetos ou apenas um pouco de lama e depois têm tempo de sobra para ficar sentados ao sol nas pedras da margem, tirando uma soneca com o bico confortavelmente metido embaixo de uma asa, engordurando as penas para que quase não tenham contato com a água, cujas gotas escorrem feito pérolas sobre sua superfície. Ou passeando, apenas por prazer, sobre as correntezas, enquanto giram e rodam com o traseiro pontudo empertigado no ar e, vaidosos, movimentam as asas.

Mas há algo de mais selvagem, áspero, desolador e melancolicamente monótono na natureza das gaivotas; uma atmosfera dura de penuriosa ladroagem as envolvia ao passar quase o dia inteiro em bando, circundando a cachoeira em voos que se cruzavam transversalmente e aquele lugar onde o esgoto amarronzado cai no rio pela boca de outros canos. Pois sua precipitação sobre os peixes, atividade exercida por algumas, nem de longe basta para saciar sua voracidade ilimitada, e muitas vezes elas têm de se satisfazer com bocados repulsivos, apanhados dos afluentes em pleno voo e guardados em seus bicos tortos. Elas não gostam das margens. Mas quando o nível da água está baixo, passam o tempo apinhadas nas rochas que sobressaem no rio e que recobrem como uma massa branca, da mesma maneira como as rochas no mar do Norte fervilham, brancas, de bandos de patos marinhos fazendo ninhos; e é maravilhoso ver como elas, todas de uma só vez, partem grasnando, erguendo-se no ar, quando Bauschan, na outra margem, as ameaça com seus latidos por sobre a correnteza que os separa. Elas poderiam se sentir seguras; não existe perigo sério. Sem falar no seu congênito medo de água, Bauschan, sabiamente e com toda razão, é muito cauteloso com a correnteza do rio, diante da qual suas forças não estão nem nunca estariam à altura, e que sem dúvida lhe arrastaria para longe, Deus sabe até onde, talvez até o Danúbio, mas ele chegaria lá num estado de desfiguração extrema, como os cadáveres inchados de gato que avistamos de longe no meio do caminho. Quando entra no rio, ele nunca ultrapassa as primeiras pedras da margem, já lavadas pela água, e mesmo se o afã caçador repuxar seus membros, mesmo quando passa a impressão de estar no ponto de se jogar nas ondas e de fazê-lo no segundo seguinte: apesar disso, é possível confiar na prudência, que permanece alerta sob sua vontade, e o ensaio de movimentos, o preparativo mais extremo para a ação, tem seu final — ameaças vazias, que no final não foram de modo algum ditadas pela emoção, mas calculadas com grande sangue-frio para intimidar aqueles pés palmados.

E as gaivotas se mostram pobres demais na cabeça e no coração para desdenhar de seus preparativos. Bauschan não consegue alcançá-las, mas envia seu latido, sua voz que transpõe a água; a voz chega até ali, e também ela é algo material, um ataque que as assusta e ao qual não conseguem resistir por muito tempo. Elas bem que tentam, permanecem sentadas, mas um movimento inquieto atravessa sua algazarra, elas viram a cabeça, uma e mais outra abre as asas por precaução, e de repente toda a massa se desloca para o alto, à semelhança de uma nuvem branca, e Bauschan fica correndo de lá para cá a fim de dispersá-las e mantê-las em movimento: pois é o movimento que importa para ele, elas não devem ficar sentadas, devem voar, rio acima e rio abaixo, a fim de que possa caçá-las.

Ele segue varrendo a margem, de longe alvoroça toda a extensão do espaço, pois por todo o lado há patos, o bico em desdenhoso aconchego debaixo da asa, e em todo o lugar que chega eles saem voando à sua frente, iniciando a debandada e transformando-se em alegre torvelinho por toda a faixa de praia — planando e quicando na água que os coloca em segurança, ondulando e girando, ou voando com a cabeça esticada sobre ele, enquanto Bauschan, que corre na margem, compara de maneira honrosa a força de suas patas com a de seu voo.

Ele fica encantado e agradecido assim que voam, ou assim que lhe dão oportunidade para a maravilhosa competição de corrida rio acima e abaixo, e certamente eles conhecem seus desejos e vez ou outra tiram proveito disso. Vi uma pata com seus rebentos — era na primavera, ela estava sozinha com os filhotes que ainda não conseguiam voar e ficou para trás; e cuidava deles numa poça lamacenta que restara da última cheia, preenchendo um buraco no leito seco do rio. Foi lá que Bauschan topou com ela. Observei a cena do caminho de cima. Ele pulou na poça, ficou saltitando lá dentro aos latidos e movimentando-se furiosamente, provocando terrível aflição à família. Ele não machucou seriamente nenhum de seus membros, mas aterrorizou-os de tal maneira que os patinhos, batendo os tocos de suas asas, saíram para todos os lados, mas a pata foi acometida por aquele heroísmo materno que, para proteger a prole, se lança de maneira cega e audaz mesmo contra o mais forte inimigo e, por meio de uma coragem arrebatadora e supostamente superior aos seus limites naturais, consegue muitas vezes confundi-lo e intimidá-lo. Com as penas eriçadas, o bico terrivelmente arreganhado, ela voejou repetidas vezes atacando a cara de Bauschan, golpeou-o heroicamente tantas e outras tantas vezes ao mesmo tempo que grasnava e sua incondicionalidade estrebuchante de fato logrou um assombroso recuo do inimigo, mesmo sem conseguir enxotá-lo seriamente e de modo definitivo, pois ele não interrompeu as barulhentas investidas. Então a pata mudou seu procedimento e escolheu a inteligência, visto que o heroísmo demonstrou não ser nada prático. Era provável que ela conhecesse Bauschan, conhecia de antes suas fraquezas e desejos infantis. Ela deixou os filhotes na mão... supostamente. Usou sua fuga como artimanha, saiu voando, voou sobre o rio, "perseguida" por Bauschan, perseguida, como ele achava, pois na realidade era ela quem conduzia a guia maluca de sua paixão, voou a favor da correnteza, depois contra ela, avançando sem parar, enquanto Bauschan disparava ao seu lado na competição, indo tão longe rio abaixo e tão longe do charco com os patinhos que acabei perdendo pata e cachorro de vista. Mais tarde o palerma me reencontrou, totalmente exasperado e fatigado. Ao passarmos de volta pela poça que havia sido atacada, ela estava vazia...

    Foi o que fez aquela mãe e mesmo assim Bauschan lhe agradeceu. Mas ele odeia os patos que, em sua pachorra tacanha, se recusam a servir de butim de caça, que apenas descem das pedras e entram na água quando ele vem correndo, boiando com desdenhosa segurança diante de seu nariz, impassíveis diante de sua voz potente, não impressionáveis, ao contrário das gaivotas nervosas, por suas fingidas investidas contra a água. Ficamos lado a lado nas pedras, Bauschan e eu, e dois passos à nossa frente o pato atrevido balança sobre as ondas, a salvo, o bico apertado contra o peito em afetada dignidade, esculhambado pela voz irada de Bauschan, mas totalmente ileso por sua razão e objetividade. Ele se movimenta contra a correnteza, de modo a permanecer mais ou menos no mesmo lugar; porém, é puxado ligeiramente rio abaixo e do seu lado, a um metro de distância, há uma corredeira, uma das belas e espumantes quedas d'água, para a qual está apontado o traseiro vaidosamente empinado. Bauschan late enquanto apoia as patas dianteiras nas pedras e eu também lato por dentro; pois não consigo evitar algum tipo de participação nas suas sensações de ódio contra o pato e sua atrevida razoabilidade. "Ao menos preste atenção nos nossos latidos", penso, "e não na queda d'água, para não ser puxado sem querer pelo turbilhão e acabar se complicando bem aqui." Mas também essa esperança furiosa não se concretiza, pois no instante preciso de sua chegada à beira da queda, o pato bate as asas, voa alguns metros contra a correnteza e se senta de novo, o insolente.

    Não consigo pensar na raiva que sentimos ao assistir aos patos nessas horas sem me lembrar uma aventura que quero contar para concluir. Estava relacionada a uma certa satisfação minha e de meu acompanhante, mas também tinha algo de constrangedor, incômodo e perturbador; sim, ela acabou por esfriar temporariamente meu relacionamento com Bauschan, e caso pudesse tê-la antevisto, teria preferido evitar o lugar onde tudo aconteceu.

    Foi bem longe, rio abaixo, do outro lado da casa da balsa, onde o caminho de cima já se aproxima do mato das margens. Caminhávamos por ali, eu num passo de marcha e Bauschan um pouco à frente, trotando torto e descontraído. Ele havia perseguido um coelho, incomodado três, quatro faisões e agora se mantinha perto de mim a fim de não abandonar de vez o dono. Um pequeno grupo de patos voava sobre o rio, os pescoços esticados e em formação de V, bastante alto e mais próximo à outra margem, não sendo de modo algum objeto de caça para nós. Voavam conosco, em nossa direção, sem atentar para nós ou apenas nos vislumbrar, e também apenas de vez em quando lhes lançávamos um olhar propositalmente indiferente.

    Foi então que na outra margem, tão íngreme quanto a nossa, apareceu um homem do meio dos arbustos; assim que pisou naquele lugar, assumiu uma pose que fez com que ambos, Bauschan no mesmo instante que eu, diminuíssemos o passo e ficássemos de frente para ele. Tratava-se de um homem grandalhão, um tanto tosco a julgar pela aparência, bigodes caídos e grevas, um chapéu de lã torto na testa, calças bufantes que deveriam ser de um tipo de veludo duro, chamado manchester, e uma camisa combinando, na qual se prendiam uma mistura de cintos e artefatos de couro, pois ele trazia uma mochila presa às costas e uma espingarda na bandoleira sobre o ombro. Melhor dizendo: ele a carregava assim; pois pegou a arma mal chegando ao lugar e, com uma face apoiada contra a coronha, apontou o cano para o alto na diagonal. Ele levou para a frente uma das pernas envolta na greva, apoiou o cano da arma na palma da mão esquerda, virada para cima, enquanto o cotovelo desse lado se mantinha dobrado, mas o outro, o do braço direito, cuja mão estava no gatilho, ficou bem aberto lateralmente, e o rosto concentrado, inclinado e audaz, se oferecia ao céu. Havia algo de decididamente digno de uma ópera na figura desse homem, despontando ali sobre o cascalho da margem, naquele cenário ao ar livre com vegetação, rio e céu. Mas nossa observação muito atenta e minuciosa durou apenas um instante — ouviu-se depois o tiro seco, que eu aguardara internamente tenso e que me assustou; uma luz fraca, pálida diante do dia claro, espocou ao mesmo tempo; uma nuvenzinha surgiu na sequência e enquanto o homem dava um passo absolutamente teatral à frente, peito e rosto voltados para o céu, a espingarda presa à boiadeira na mão direita, lá no alto transcorria uma cena de confusão breve, perturbadora: o grupo de patos se dispersou, asas começaram a bater furiosamente como quando um pé de vento encontra velas desfraldadas, seguiu-se a tentativa de um voo planado e súbito o corpo atingido caiu, feito uma pedra, perto da margem daquele lado.

Essa foi apenas a primeira metade da ação. Entretanto, tenho que interromper sua descrição aqui a fim de dirigir o vivo olhar de minha recordação para Bauschan. Seria possível usar de fórmulas prontas para caracterizar seu comportamento, banais, aplicáveis na maioria dos casos: eu poderia dizer que ele parecia ter sido atingido por um raio. Só que isso me desagrada, não gosto. As grandes palavras, desgastadas como estão, deixaram de ser acertadas para expressar aquilo que é extraordinário; melhor é erguer as pequenas e levá-las ao máximo de seu significado. Não digo nada além de que, ao ouvir o estouro da espingarda, dadas as circunstâncias desse tiro e ciente de sua consequência, ele ficou assombrado. E foi o mesmo assombro que lhe é comum diante de coisas surpreendentes e que reconheço nele, apenas elevado ao infinito. Foi um assombro que sacudiu seu corpo para trás, para a esquerda e para a direita, um assombro que fez com que a cabeça batesse no corpo ao ricochetar para trás e quase lhe arrancou os ombros ao ricochetar para a frente, um assombro que parecia berrar: "O quê? O quê? O que foi isso? Em nome do capeta, pare! O que aconteceu?!". Ele olhava e escutava as coisas dentro de si com a indignação nascida do supremo espanto, e elas estavam lá, estavam lá como se, independentemente de qual novidade monstruosa representassem, estivessem ali desde sempre. Sim, quando isso o sacudiu tanto a ponto de girar para a direita e para a esquerda, era como se olhasse para si mesmo, perguntando: "O que sou? Quem sou? Sou eu?". No instante em que o corpo do pato caiu na água, Bauschan deu um salto para a frente em direção à beirada da margem como se quisesse descer para o rio e entrar na água. Mas acabou por se lembrar da correnteza, interrompeu o impulso, ficou envergonhado e limitou-se a observar.

Eu o examinava com inquietação. Quando o pato caiu, achei que tínhamos visto o suficiente, e sugeri seguir em frente. Mas ele havia se sentado sobre as patas traseiras, o rosto com as orelhas em riste voltado à outra margem, e quando eu disse: "Vamos, Bauschan?", ele apenas virou muito depressa a cabeça para o meu lado, como quando alguém fala, não sem rudeza: "Faça o favor de não me incomodar!", e retomou a observação. Já que estava decidido, cruzei os pés, apoiei-me no bastão e observei também o que mais acontecia.

O pato, um daqueles patos que tinham voado muitas vezes em atrevida segurança diante de nossos narizes, boiava na água, um farrapo, completamente aturdido. Nesse ponto o rio é mais tranquilo, sua correnteza não é tão forte como mais para cima. De todo modo, o corpo do pato foi logo puxado, girou em volta de si e se foi, e se ao homem não importasse apenas o alvo e a morte, mas se sua ação estivesse voltada a uma finalidade prática, ele tinha de apressar-se para pegá-lo. Foi o que fez, sem perder um minuto; tudo se passou na maior rapidez. Mal o pato tombou e ele já estava descendo a ribanceira aos saltos, tropeçando e quase caindo. O homem segurava a espingarda com o braço esticado à frente e mais uma vez a maneira como ele desceu as rochas que faziam as vezes de cenário, parecendo um salteador e frio contrabandista de melodrama, dava impressão de algo altamente romântico, digno de ópera. Curiosamente ele se manteve um pouco inclinado à esquerda, visto que o pato estava sendo carregado pela água e seu objetivo era alcançá-lo. E bastante inclinado para a frente e com os pés molhados, ele realmente conseguiu frear o curso da ave com o cano da espingarda e resgatá-la. E a foi conduzindo com cuidado e muita dificuldade diante do cano da espingarda até as rochas, quando a puxou para a terra.

Eis que o trabalho estava concluído e o homem suspirou. Colocou a arma ao seu lado na margem, tirou a mochila dos ombros, meteu a presa, amarrou o saco novamente e, com carga tão aprazível, escalou as pedras em direção aos arbustos apoiando-se na espingarda à guisa de bastão.

"Bem, seu assado de amanhã está garantido", pensei com aprovação e inveja.

— Vamos, Bauschan, não vai acontecer mais nada. — Mas Bauschan, depois de ter se levantado e girado uma vez em torno do próprio eixo, sentou-se de novo e acompanhou o homem com os olhos, mesmo depois de ele ter deixado o palco e desaparecido em meio à vegetação. Acabei não o chamando uma segunda vez para vir comigo. Ele sabia onde morávamos e se achasse razoável, que ficasse mais um tempo sentado ali, vidrado, depois de o caso ter se consumado e não haver mais nada para assistir. O caminho de volta era longo e, de minha parte, me pus a percorrê-lo. E logo ele me seguiu.

Durante todo esse constrangedor percurso de regresso ele se manteve ao meu lado sem caçar. Não cruzou minha frente, como era seu hábito quando não estava com vontade de rastrear e perseguir, mas caminhou um pouco atrás de mim, no mesmo ritmo, e parecia magoado, como percebi quando casualmente virei-me para vê-lo. Não era nada demais e eu estava longe de me aborrecer por causa disso; ao contrário, eu estava querendo rir e dar de ombros. Mas a cada trinta ou cinquenta passos ele bocejava, e foi isso que me amargurou. Foi o bocejo indecente, escancarado, indelicadamente entediado e acompanhado por um grunhido esganiçado, que sem dúvida diz: "Belo dono! Não é um dono de verdade! Um dono ordinário!", e se nunca fui insensível ao som ofensivo, dessa vez ele era capaz de abalar nossa amizade até seus fundamentos.

— Sai! — eu disse. — Vá embora! Vá para seu dono com a balestra de ferro e junte-se a ele; como ele parece não ter um cão de caça, talvez você lhe seja útil em suas atividades. Trata-se, porém, de apenas um homem vestido com algodão grosseiro, não é um cavalheiro, mas a seus olhos ele pode ser, sim, um cavalheiro, um dono para você, e por essa razão eu o aconselho sinceramente a ir ter com ele, visto que ele meteu uma pulga atrás da sua orelha de cachorro, uma das suas, por sinal. — (Foi até onde cheguei.) — Não vamos perguntar se ele tem uma permissão de caça, vocês poderiam se meter numa situação inconveniente caso fossem flagrados algum dia em meio ao seu trabalho, mas isso é assunto de vocês, e meu conselho é, como já disse, o mais sincero. Ah, você caçador! De todas as lebres que deixei você perseguir, alguma foi trazida para a minha cozinha? Não é minha culpa se você não sabe superar o salto da lebre e bate com o focinho no cascalho feito um idiota no momento em que é preciso mostrar agilidade! Ou um faisão, que não seria menos bem-vindo nos tempos de parcimônia? E agora você boceja! Vá, digo. Vá ao seu dono de grevas e veja se ele é o homem para acariciar seu pescoço ou atiçá-lo a ponto de você dar risada — na minha percepção, ele mal sabe rir, no máximo umas risadas muito ordinárias! Se você acha que ele vai entregá-lo a observações científicas caso você se decida a ter sangramentos ocultos ou se você vai ser considerado anêmico e nervoso sendo o cachorro dele, então vá até ele, pode ser que você tolere o engano, tendo em vista o tanto de atenção que esse cavalheiro vai lhe oferecer! Existem coisas e diferenças para as quais essa gente armada dá muita importância, ganhos ou desvantagens naturais; para clarear minhas insinuações, perguntas capciosas a respeito da árvore genealógica e da comprovação de ascendência; para ser ainda mais claro, nem todos usam de delicada humanidade para lidar com essas questões. Então, quando seu rústico dono lhe mostrar a mordaça e cobri-lo com nomes feios depois da primeira divergência, lembre-se de mim e dessas minhas palavras...

Durante o caminho de casa, falei coisas corrosivas assim para Bauschan, que se arrastava atrás de mim, e mesmo se falasse apenas para dentro e não ecoasse minhas palavras para não parecer exaltado, estou convencido de que ele compreendeu perfeitamente o que eu quis dizer e que acompanhou muito bem ao menos a linha mestra do raciocínio. Resumindo, a querela foi profunda e, chegando em casa, deixei propositalmente o portão do jardim bater bem atrás de mim, de modo que ele não pôde passar, tendo de escalá-lo. Sem nem ao menos me virar, entrei em casa e ainda o ouvi ganindo, pois havia batido a barriga na hora de subir, e apenas dei de ombros, sarcástico.

Mas isso faz tempo, mais de meio ano, e a tribulação passou à semelhança do contratempo da clínica: o tempo e o esquecimento cobrem tudo e continuamos a viver sobre o depósito de seus sedimentos, que é a base da vida. Há tempos — embora ele tenha parecido pensativo por alguns dias — Bauschan se alegra novamente com a caça de ratos, faisões, lebres e aves aquáticas, e ao regressar já está na expectativa da próxima vez. No alto, diante da porta de casa, me viro mais uma vez em sua direção e esse é o sinal para ele chegar até mim, galgando os degraus com dois pulos largos e então se apoiar com as patas dianteiras na porta e se empertigar para que eu lhe dê um tapinha de despedida nos ombros.

— Amanhã de novo, Bauschan — lhe digo —, caso eu não tenha de me meter no mundo.

E então me apresso em entrar e descalçar os sapatos de pregos, pois a sopa já está servida.

DESORDEM E SOFRIMENTO PRECOCE

O prato principal era verdura, metades de repolho assadas; por esse motivo há também um pudim, feito de um pó desses que se compra agora, com gosto de amêndoas e sabonete, e enquanto Xaver, o empregado jovem, de paletó listrado que já lhe ficou pequeno, luvas brancas de algodão e sandálias amarelas, serve o prato, os grandes gentilmente lembram ao pai que hoje receberão convidados.

Os grandes são Ingrid, dezoito anos e olhos castanhos, uma menina muito encantadora que, embora esteja diante das provas finais da escola e deva se sair bem — mesmo se apenas porque soube revirar a cabeça dos professores e especialmente do diretor e conquistar a total condescendência —, não pensa em fazer uso de seu diploma, e devido ao seu sorriso agradável, a voz prazenteira e um notável e muito divertido talento para a paródia, está inclinada ao teatro; e Bert, loiro e com dezessete anos, que deseja terminar a escola a qualquer preço e se lançar o mais rápido possível à vida, tornando-se dançarino ou cabaretista ou também garçom: esta última ocupação necessariamente "no Cairo", e pela qual ele já se empenhou uma vez, às cinco da manhã, numa tentativa de fuga frustrada por pouco. Ele mostra uma semelhança incontestável com Xaver Kleinsgütl, o empregado da mesma idade. Não por que ostentasse uma aparência comum — seus traços se parecem de uma maneira até chamativa com os do pai, professor Cornelius —, mas antes devido a uma aproximação de outra natureza, ou talvez em virtude de uma conformidade recíproca dos tipos, na qual o papel principal é ocupado pela semelhança dos trajes e pela postura em geral. Ambos usam o cabelo grosso muito longo, repartido de maneira descuidada no meio e, consequentemente, fazem os mesmos movimentos de cabeça a fim de tirá-lo da testa. Quando um deles sai de casa pelo portão do jardim caminhando ou montado na bicicleta, sem chapéu independente do tempo, usando uma jaqueta corta-vento acinturada com uma cordinha de couro por mero coquetismo e com o tronco ligeiramente inclinado para a frente, ainda por cima a cabeça enterrada nos ombros — Xaver utiliza a esmo as bicicletas dos patrões, inclusive a feminina e, quando está especialmente despreocupado, até a do professor —, então o dr. Cornelius, apesar de toda vontade, não consegue diferenciar o rapaz do próprio filho. Eles se parecem com mujiques jovens, ele pensa, um igual ao outro, e ambos são fumantes inveterados, mesmo que Bert não disponha dos meios para fumar tantos cigarros quanto Xaver, que chegou a trinta por dia, e ainda por cima de uma marca que tem o nome de uma florescente diva do cinema.

Os grandes chamam os pais de "os velhos" — não pelas costas, mas os tratam assim e com toda afeição, embora Cornelius tenha apenas quarenta e sete e a mulher seja oito anos mais nova. "Querido velho!", eles dizem, "minha velha!", e os pais do professor, que em sua cidade levam a vida desolada e intimidada da gente idosa, são chamados por eles de "os anciãos". No que se refere aos "pequenos", Lorchen e Beißer, que comem no salão de cima com a "Anna Azul", apelidada assim pelo azulado das faces, eles chamam o pai pelo nome de batismo, a exemplo da mãe; dessa maneira, falam Abel. Tal extravagante confiança parece indescritivelmente engraçada, ainda mais com o doce tom de voz de Eleonore, de cinco anos, igualzinha à sra. Cornelius em suas fotos de infância e que o professor ama mais do que qualquer outra coisa no mundo.

— Velhinho — começou Ingrid com simpatia enquanto pousava a mão grande mas bonita sobre a mão do pai, que ocupa, segundo a tradição burguesa e de modo algum artificial, a cabeceira da mesa e à cuja esquerda ela está sentada, bem diante da mãe —, querido progenitor, chamo delicadamente sua atenção porque com certeza você se esqueceu. Nossa festa, nosso bailinho e a salada de arenque serão hoje à tarde; por favor, ature tudo com galhardia e não se irrite, às nove estará encerrado.

— Ah? — disse Cornelius com uma careta. — Bem, bem — continuou ele, balançando a cabeça a fim de demonstrar a necessária resignação. — Só pensei... já é hora? Quinta-feira, sim. Como o tempo voa. Quando eles chegam?

Ingrid, escolhida pelo irmão para negociar com o pai, responde que os convidados devem chegar às quatro e meia. E afirma que ele não ouvirá nada enquanto estiver descansando no andar de cima; e que das sete às oito é o horário do seu passeio. E lembra-o de que, se quisesse, poderia inclusive se afastar dali pelo terraço.

— Oh... — soltou Cornelius, à guisa de um "Você está exagerando". Mas Bert acrescentou:

— É a única noite da semana em que Vânia não precisa atuar. Em qualquer outra ele teria de sair às seis e meia. Isso seria uma lástima para todos.

Vânia é Iwan Herzl, o festejado jovem galã do teatro nacional, muito amigo de Bert e Ingrid, que costumam tomar chá em sua companhia e o visitam em seu camarim. Trata-se de um artista da nova escola que fica sobre o palco em estranhas poses de dança e, como parece ao professor, extremamente afetadas e artificiais, além de gritar de maneira lastimável. É impossível a um professor de história apreciar isso, mas Bert, que está sob forte influência de Herzl, escurece a linha d'água dos olhos, motivo de uma discussão pesada e infrutífera com o pai, e explica com uma juvenil falta de sensibilidade para com as inquietações dos mais velhos que quer usar Herzl como modelo não só caso se decida por trabalhar no teatro, mas também se for garçom no Cairo.

Cornelius inclina-se ligeiramente em direção ao filho, as sobrancelhas um pouco erguidas, indicando a moderação leal e o autocontrole que define sua geração. A pantomima é livre de ironia explícita e vale para tudo. Bert pode tomá-la tanto para si quanto para o talento gestual do amigo.

Quem mais está para vir, pergunta o dono da casa. Alguns nomes lhe são citados, ele os conhece mais ou menos, nomes da vizinhança, da cidade, nomes das colegas de classe de Ingrid do último ano do ginásio de moças... Ainda é preciso telefonar, dizem. Ainda é preciso telefonar para Max, por exemplo, Max Hergesell, estudante de engenharia, cujo nome Ingrid pronuncia de maneira arrastada e anasalada, que segundo ela é a maneira de todos os Hergesell falarem em particular e que ela continua a parodiar de maneira extremamente hilária e vívida, colocando os pais em risco de engasgarem com o pudim de tanto rir. Pois mesmo nesses tempos é preciso rir de algo engraçado.

Nesse meio tempo, toca o telefone no escritório do professor e os grandes vão atendê-lo, pois sabem que é para eles. Muitas pessoas tiveram de desistir do telefone na última subida de preços, mas os Cornelius conseguiram mantê-lo, assim como conseguiram manter a grande casa construída antes da guerra, graças ao salário de milhões que o professor recebe como titular de história e que remedia as circunstâncias. A casa fora do centro da cidade é elegante e confortável, mesmo se um pouco desleixada, porque os consertos são impossíveis devido à falta de material, e desfigurada por fornos de ferro com longos canos. Trata-se, porém, do ambiente da classe média alta do passado, no qual se vive em desacordo, quer dizer, pobremente e com dificuldade, com roupas gastas e remendadas. Os filhos não conhecem coisa diferente, para eles está tudo bem, são proletários de mansões desde o nascimento. A questão da indumentária pouco os preocupa. Essa geração inventou para si uma roupa contemporânea, produto da pobreza e do gosto escoteiro, que no verão se compõe quase apenas de uma jaqueta de linho mais cinto e sandálias. Os burgueses velhos sofrem mais.

Os grandes estão conversando no cômodo ao lado com os amigos enquanto seus guardanapos estão pendurados sobre os encostos das cadeiras. São os convidados ao telefone. Querem confirmar ou não a presença ou tratar de algum assunto, e os grandes conversam com eles no seu jargão, umas gírias cheias de expressões sem sentido e alegres, quase incompreensíveis para os "velhos". Estes também trocam informações entre si: sobre a comida que será servida aos convidados. O professor mostra ambição burguesa. Ele quer que o jantar contemple, depois da salada italiana e dos canapés de pão preto, uma torta, algo semelhante a uma torta; mas a sra. Cornelius explica que é um exagero — ela acha que os jovens não têm essa expectativa, e os filhos, ao se sentarem novamente à mesa para o pudim, concordam com ela.

A dona de casa, de quem a alta Ingrid herdou o tipo, está desgastada e exausta pelas dificuldades extremas de gerir o lar. Ela diz que deveria passar uma temporada numa estância hidromineral, mas que é impossível devido ao terreno movediço e à insegurança que paira sobre tudo. Ela pensa nos ovos que devem ser comprados naquele dia sem falta e discorre sobre os ovos de seis mil marcos que são entregues apenas nesse dia da semana por uma determinada loja, a quinze minutos dali, e em número certo, e pede aos filhos que se ocupem disso assim que se levantarem da mesa. Danny, o filho do vizinho, virá para buscá-los, e Xaver, sem o uniforme, vai acompanhar os jovens. Pois a loja entrega apenas cinco ovos por semana a uma mesma casa e por essa razão eles irão entrar ali em sequência, usando nomes diferentes a cada vez, a fim de trazer vinte ovos no total para os Cornelius: uma grande diversão semanal para todos os envolvidos, inclusive para o mujique Kleinsgütl, mas especialmente para Ingrid e Bert, que tendem de maneira extraordinária para a mistificação e o engano de seus próximos e que agem assim mesmo sem haver ovos em troca. Eles adoram se exibir dissimuladamente no bonde como jovens muito diferentes do que são na realidade, mantendo no dialeto do campo que quase nunca usam conversas bem longas, falsas, bem ordinárias, como as pessoas simplórias costumam fazer: os assuntos são os mais comezinhos sobre política e preços dos alimentos e pessoas que não existem. Com simpatia e também velada desconfiança de que algo está errado, o vagão inteiro fica à espreita do seu infinito palavreado ordinário. Então passam a ficar mais e mais atrevidos, contando as histórias mais escabrosas sobre pessoas inexistentes. Com a voz aguda, oscilante, de tom vulgar, Ingrid é capaz de dizer que é vendedora numa loja, tem um filho ilegítimo, um menino com tendências sádicas e que há pouco, no campo, torturou uma vaca de maneira tão absurda que nenhum cristão seria capaz de suportar. Bert está próximo de gargalhar devido ao modo como ela articula a palavra "torturou", mas demonstra grande empatia com o acontecido e começa uma conversa longa e assustadora, ao mesmo tempo depravada e idiota, com a infeliz vendedora sobre a natureza da crueldade doentia, até que um senhor idoso, postado na diagonal e que carrega o bilhete dobrado entre o indicador e o anelar, acha que eles passaram dos limites e começa a reclamar publicamente de gente tão jovem discutindo esses *themata* (ele usa o plural grego "themata") com tamanha riqueza de detalhes. Ingrid faz de conta que está se desfazendo em lágrimas e Bert dá a impressão de que chegou ao limite de um esforço extremo para reprimir e controlar uma raiva mortal dirigida contra o velho: os punhos estão cerrados, os dentes rangem e o corpo todo treme, de modo que o velho, que tinha boas intenções, desce ligeiro na estação seguinte.

As diversões dos "grandes" são desse naipe. O telefone tem um papel de destaque nisso: eles ligam para todo o mundo, para cantores de ópera, funcionários do governo e religiosos, apresentam-se como vendedora de loja ou conde e condessa Sicrano ou Fulano e demoram para confirmar que se trata de engano. Certa vez esvaziaram o cestinho de cartões de visitas dos pais e os distribuíram a torto e a direito nas caixas de correio do bairro, mantendo sempre um índice de probabilidade, gerando muita confusão, visto que aconteceram visitas de Deus sabe quem para Deus sabe quem, como se caídas do céu.

Xaver, sem as luvas de servir, deixando visível o anel de corrente que usa na mão esquerda, entra rápido a fim de tirar a mesa, e enquanto o professor termina de tomar sua cerveja de baixo teor alcoólico de oito mil marcos e acende um cigarro, dá para escutar os "pequenos" movimentando-se na escada e no salão. Chegam, como de costume, para cumprimentar os pais à mesa, entram correndo na sala de jantar, brigando com a porta, tocando a maçaneta ao mesmo tempo, e atravessam o tapete vermelho com os passos pesados e cambaleantes de suas perninhas apressadas, desajeitadas, com pantufas de feltro vermelho, sobre os quais as meias arriaram, dobradas, e vêm chamando, relatando e conversando, cada qual rumo a seu destino habitual: Beißer em direção à mãe, em cujo colo ele se ajoelha para lhe dizer o quanto comeu, mostrando a barriga estufada como prova, e Lorchen para seu "Abel" — tão seu porque ela é tão sua, porque ela sente e aprecia o carinho ardente e (como todo sentimento profundo, um tanto melancólico) com o qual ele abraça sua pessoinha, o amor com o qual ele a olha e lhe beija as mãos finamente moldadas ou a testa com as pequenas veias azuis destacadas de modo tão delicado e comovente.

As crianças mostram a semelhança ao mesmo tempo forte e indefinida de um casal de irmãos, reforçada por roupas e cabelos parecidos, mas também se diferenciam bastante uma da outra, e no sentido do masculino e do feminino. Há um pequeno Adão e uma pequena Eva, realçados de maneira evidente; do lado de Beißer, isso parece ser consciente e salientado pelo orgulho: sua compleição é mais atarracada, robusta, forte, mas sua dignidade masculina de quatro anos fica patente na sua postura, expressão facial e modo de falar, ao deixar os braços penderem atleticamente como um jovem americano, com os ombros ligeiramente erguidos, e ao repuxar a boca para baixo enquanto fala, tentando dar à voz um tom grave, solene. Aliás, toda essa dignidade e masculinidade é mais ambicionada do que de fato assegurada em sua natureza; pois, nutrido e nascido em tempos sombrios e agitados, ele foi aquinhoado com um sistema nervoso bastante instável e irritadiço, sofre muito com as controvérsias da vida, tende à irascibilidade e à birra, rios de lágrimas desesperadas e amargas brotam às custas de qualquer bagatela e já por isso é o queridinho da mamãe. Ele tem olhos redondos castanhos um pouco estrábicos, motivo pelo qual logo terá de usar óculos corretivos, um narizinho longo e a boca pequena. Desde que o professor tirou a barba pontuda e anda de rosto limpo, ficou evidente que são o nariz e a boca do pai. (Realmente não dava mais para manter a barba pontuda; mesmo o ser humano tradicionalista aceita tais concessões aos costumes do presente.) Mas é a filhinha que Cornelius segura sobre os joelhos, sua pequena Eleonora, a pequena Eva — tão mais graciosa, tão mais doce que o menino — e, ao afastar o cigarro, permite que ela toque com as mãozinhas delicadas em seus óculos, cujas lentes bifocais, para ler e para olhar ao longe, despertam todos os dias o interesse dela.

No fundo, ele sente que a predileção de sua mulher tem uma origem mais generosa do que a sua e que a difícil virilidade de Beißer talvez seja mais pesada do que o encanto tranquilo de sua menininha. Mas ele acredita que o coração tem suas razões e que o seu é da pequena desde o nascimento, desde que a viu pela primeira vez. Quando a abraça, costuma também se lembrar dessa primeira vez: Lorchen veio ao mundo num quarto claro da clínica de mulheres, com doze anos de diferença para os irmãos mais velhos. No dia em que entrou ali e quase no mesmo instante em que puxou com cuidado, sob o sorriso da mãe, a cortina da caminha de bonecas que ficava ao lado da cama grande e se deu conta do pequeno milagre deitado no travesseiro — tão bem formado e envolto pela doce simetria da claridade, com mãozinhas de dimensões ainda mais diminutas e que já naquela época eram bonitas, com os olhos abertos, que antes eram azuis da cor do céu e refletiam o dia límpido —, quase nesse mesmo segundo ele se sentiu arrebatado; um amor à primeira vista e eterno, um sentimento desconhecido, inesperado e impensável — na medida em que o consciente é consultado — assaltou-o e ele imediatamente entendeu, com espanto e alegria, que era definitivo.

Aliás, o dr. Cornelius sabe que o caráter inesperado desse sentimento, seu total desconhecimento e mesmo sua total espontaneidade não correspondem exatamente à realidade. No fundo, sabe que a emoção não o assolou nem se ligou de repente à sua vida; sabe que ele próprio já estava inconscientemente preparado, ou melhor, que estava disponível; que algo nele estava disponível para, no dado instante, gerar esse sentimento dentro de si e que esse algo era sua docência em história — algo bem estranho de se dizer. O dr. Cornelius não o diz, mas por vezes sabe e sorri por dentro. Sabe que os professores de história não gostam de história na medida em que ela acontece, mas na medida em que aconteceu; que odeiam revoluções presentes porque consideram-nas desordenadas, desconexas e atrevidas, resumindo, "não históricas", e que seu coração bate pelo passado coerente, dócil e histórico. Pois enquanto passeia antes do jantar ao longo do rio, o docente universitário reflete que a atmosfera do atemporal e do eterno pairando acima daquilo que se passou está mais afinada ao sistema nervoso de um professor de história do que o atrevimento do presente. O passado está imortalizado, quer dizer: está morto, e a morte é a fonte de toda devoção e do senso que tudo preserva. O doutor concorda secretamente com isso quando caminha a sós na escuridão. Foi seu instinto de preservação, seu sentido para o "eterno" que o salvou das desordens desses tempos: foi o amor por essa filhinha. Pois o amor paternal e um bebezinho no peito da mãe são atemporais e eternos e, por essa razão, muito sagrados e belos. Apesar disso, Cornelius tem a impressão de que esse seu amor não é exatamente perfeito — ele o confessa teoricamente e pelo bem da ciência. Esse amor é tendencioso em sua origem; nele há animosidade, oposição contra o que acontece na história em favor do acontecido da história, quer dizer, da morte. Sim, estranho o suficiente, mas verdadeiro, muito verdadeiro. Seu fervor por esse doce pedacinho de vida e descendência tem alguma relação com a morte, ela está ao seu lado, contra a vida, e em determinado sentido isso não é muito bom nem bonito — embora arrancar do coração o sentimento mais querido e puro por causa de uma eventual constatação científica fosse uma ascese enlouquecida.

No seu colo, a filhinha deixa as perninhas finas e rosadas penderem a partir dos joelhos dele; com as sobrancelhas erguidas, ele se dirige a ela com uma deferência delicada, divertida, e escuta encantado a vozinha aguda, doce, com a qual ela lhe responde e chama de "Abel". Ao mesmo tempo, troca olhares significativos com a mãe, que toma conta de seu Beißer e o reprime delicadamente, chamando-o à razão e à boa conduta, visto que hoje — irritado pela vida — ele foi tomado mais uma vez por um ataque de raiva e se comportou como um dervixe chorão. Cornelius também lança vez ou outra um olhar desconfiado para os "grandes", pois considera impossível que determinadas conclusões científicas de seus passeios noturnos lhes sejam totalmente estranhas. De todo modo, eles não dão pistas. Em pé atrás das suas cadeiras, os braços apoiados nos encostos, observam a felicidade dos pais com benquerença, embora também com uma pitada de ironia.

As crianças usam roupinhas grossas de marcas boas, vermelho-terra, com bordados modernos, que no passado já foram de Bert e Ingrid, e que são iguaizinhas; a única diferença são calças curtas aparecendo debaixo da bata de Beißer. Também usam o mesmo corte de cabelo, tipo pajem. O cabelo de Beißer é de um loiro irregular, lentamente passando ao loiro-escuro, crescendo desajeitado em todos os lugares, espesso, e parece uma pequena peruca, engraçada, de caimento ruim. O de Lorchen, por sua vez, é castanho, fino como a seda, brilhante e tão suave como a própria pessoinha. E recobre suas orelhas que, como sabemos, têm tamanhos diferentes: uma está na proporção correta, a outra é um pouco estranha, grande demais. O pai expõe as orelhas a fim de manifestar seu espanto em alto e bom som, como se nunca tivesse notado o ligeiro defeito, algo que ao mesmo tempo envergonha e alegra Lorchen. Seus olhos, bastante separados um do outro, são de um castanho-dourado e brilham com doçura; o olhar é o mais claro e amoroso. As sobrancelhas são loiras. O nariz ainda não tem qualquer forma definida, com narinas bastante largas, de modo que os buracos são quase circulares, a boquinha grande e expressiva, com o lábio superior bem delineado e elástico. Quando ela ri e exibe os dentes de leite com um espaço entre eles (acabou de perder um; muito pálida e tremendo, deixou o pai arrancar com o lenço aquilo que se mexia para todos os lados), forma-se uma covinha nas faces que têm sua forma côncava característica da maciez infantil, porque a parte inferior do rosto é um pouco mais proeminente. Numa das bochechas, perto da mecha de cabelo, há uma pinta com uma leve penugem.

No todo, ela não está muito satisfeita com sua aparência — sinal de que se preocupa a respeito. O rostinho, ela comunica com tristeza, infelizmente é feio, mas o "corpinho" é bem razoável. Ela gosta de expressões curtas, pensadas, cultas, e as coloca em sequência, como "quiçá, decerto, por fim". As preocupações autocríticas de Beißer referem-se mais aos aspectos morais. Ele tende ao remorso; por causa de seus ataques de raiva se considera um grande pecador e está convencido de que não entrará no céu, mas no "inverno". Não adianta explicar que Deus tem muita consideração e às vezes está tudo bem fechar um olho para certas coisas: com obstinada melancolia ele balança a cabeça com a peruca mal ajambrada e afirma que sua entrada no Paraíso é absolutamente impossível. Se está resfriado, produz muito catarro; basta tocá-lo que o corpo todo estertora e logo aparece uma febre altíssima que o faz arquejar. A babá Anna também tende ao pessimismo no que se refere à constituição do garoto e acha que alguém com um "sangue muitíssimo gorduroso" pode sofrer um ataque a qualquer hora. Certa vez ela anteviu o terrível instante: foi quando Beißer tinha sido colocado num canto, de rosto virado para a parede, como castigo por um alucinado ataque de raiva — ao examiná-lo casualmente, percebeu-se que seu rosto estava cada vez mais azul, mais azul do que o rosto da babá Anna. Ela fez o maior alvoroço na casa, anunciando que o sangue gorduroso demais do menino estava matando-o, e o malvado Beißer espantou-se, com razão, a se ver subitamente envolvido por um carinho apavorado, até descobrirem que o azulado não vinha do derrame, mas da parede pintada do quarto do dormir que manchou de índigo as bochechas encharcadas de lágrimas.

A babá Anna também entrou, permanecendo junto à porta com as mãos cruzadas: de avental branco, cabelos oleosos, olhos de ganso e uma expressão que denota a rígida probidade da tacanhez. "As crianças", ela explica com orgulho de seus cuidados e ensinamentos, "estão se desenvolvendo maravilhosamente." Há pouco ela extraiu dezessete raízes supuradas e encomendou uma dentadura harmônica de dentes amarelos com palato de borracha vermelho-escuro, que passou a embelezar seu rosto de camponesa. Seu espírito está dominado pela noção curiosa de que sua dentadura é o assunto de conversa de todo o mundo, e que até os pardais, por assim dizer, chilreiam o assunto lá dos telhados. "Houve muito falatório desnecessário", ela diz com severidade e ar místico, "porque é sabido que fiz dentes novos." Aliás, ela costuma falar coisas obscuras e sombrias que fogem à compreensão das outras pessoas, como por exemplo a respeito de um certo dr. Bleifuß, supostamente conhecido de todas as crianças, dizendo "que há gente nesta casa se fazendo passar por ele". Ela ensina belos poemas às crianças, como por exemplo:

Café com pão, café com pão,
locomotiva.
Vai embora, não vai não,
apita muito, viva.

Ou aquele cronograma da semana, nada atual nesse tempo de restrições, mas muito divertido:

A segunda é o dia da inauguração.
Na terça já tem atribulação.
A quarta já é metade.
A quinta traz a saudade.
A sexta fica pra comedeira.
O sábado, pra bebedeira.
No domingo tem rabada,
E junto uma boa salada.

Ou também uma quadrinha de um romantismo incompreensível e tortuoso:

> *Faça o favor de abrir o portão*
> *Chega alguém num carro vistoso*
> *Quem é aquele bonitão?*
> *Um homem de cabelo sedoso.*

Ou, por fim, a terrível balada bem-humorada da Mariazinha que estava sentada sobre uma pedra, uma pedra, uma pedra, penteando o cabelo dourado, dourado, dourado. E de Rudolf, que puxou uma faca, uma faca, uma faca, e que depois teve um fim terrível.

Lorchen repete e canta esse repertório de maneira absolutamente encantadora com a boca molinha e a voz doce — muito melhor do que Beißer. Ela faz tudo muito melhor do que o irmão, e este a admira sinceramente por isso. Submete-se a ela em tudo, exceto durante os ataques de rebeldia e de raiva. Muitas vezes ela lhe dá lições de ciências, explica os passarinhos no livro de imagens, ensina os nomes: o comedor de nuvens, o comedor de granizo, o comedor de corvos. Ele tem de repetir. Ela também ensina coisas médicas, doenças como inflamação do peito, inflamação do sangue e inflamação do ar. Quando ele não presta atenção e não consegue repetir, ela o senta no canto. Certa vez ainda acrescentou um tabefe, mas depois se envergonhou tanto que ela própria ficou um bom tempo no canto. Sim, as crianças se dão bem, são inseparáveis. Dividem tudo, todas as aventuras. Elas voltam para casa e contam, ainda muito excitadas e como a uma só voz, que viram na estrada "duas mu-mus e uma vitela". Convivendo com os empregados, com Xaver e as sras. Hinterhöfer — duas irmãs outrora burguesas que fazem as vezes de cozinheira e arrumadeira *au pair*, como se diz, ou seja, por conta da comida e da hospedagem —, as crianças notam certa analogia na relação desses subalternos com seus pais e as delas mesmas. Quando são repreendidas, elas entram na cozinha dizendo: "Nossos patrões estão bravos!". Mesmo assim é mais gostoso brincar com os patrões, principalmente com "Abel" quando não é hora de ler nem de escrever. Ele tem ideias muito melhores do que as de Xaver e das senhoras. As duas crianças fazem de conta que são "quatro senhores" e vão passear. Aí "Abel" entorta as pernas, fica tão baixinho quanto os filhos e sai desse jeito de mãos dadas com as crianças, que não conseguem parar de rir. Então são cinco senhores contando "Abel" pequeno e poderiam ficar o dia inteiro dando voltas ao redor da sala de jantar.

Ainda há a brincadeira muito emocionante das almofadas, que consiste em uma das crianças, em geral Lorchen, sentar-se — supostamente sem que Abel o saiba — na cadeira do pai junto à mesa de jantar, aguardando em absoluto silêncio o comentário dele. Enquanto olha ao redor e fala coisas em alto e bom som sobre como sua cadeira é confortável, ele se aproxima e se senta onde Lorchen está.

— O quê? — ele pergunta. — Como? — E vai para a frente e para trás, sem escutar as risadinhas abafadas às suas costas. — Colocaram uma almofada na minha cadeira? Que almofada dura, irregular, esquisita, é essa?! — E continua se movendo sobre a almofada estranha e tateia, às costas, aquela que solta risadinhas sem parar, até que enfim se vira e uma grande cena de descoberta e reconhecimento termina o teatro. Essa brincadeira também não sofre qualquer perda de encanto com centenas de repetições.

Hoje não é dia dessas diversões. A inquietação gerada pela festa iminente dos "grandes" está no ar, e cada qual tem sua tarefa na hora das compras. Lorchen acabou de recitar "Café com pão, café com pão" e o dr. Cornelius descobriu, para a vergonha dela, que suas orelhas são de tamanhos diferentes, quando Danny, o filho do vizinho, chega para buscar Bert e Ingrid; e também Xaver já trocou sua libré pela jaqueta civil, que lhe empresta imediatamente uma aparência de cafetão, embora descontraída e simpática. Dessa maneira os pequenos voltam ao seu reino no andar superior com a babá Anna, enquanto o professor se fecha no escritório para ler, como é de hábito após as refeições, e sua mulher passa a se ocupar com os pãezinhos de anchovas e a salada italiana, que devem ser preparados para o bailinho. Ainda antes de os jovens chegarem, ela tem de pedalar até a cidade com a sacola de compras para trocar por alimentos uma soma de dinheiro que tem em mãos e que não pode deixar desvalorizar.

Cornelius está lendo, recostado em sua cadeira. Com o charuto entre os dedos indicador e médio, ele consulta em Macaulay algo sobre o surgimento da dívida pública inglesa no fim do século XVII e depois algo sobre o endividamento crescente da Espanha no final do XVI num autor francês — os dois assuntos para sua aula do dia seguinte. Pois ele quer comparar a surpreendente prosperidade da Inglaterra de antes com os efeitos desastrosos do endividamento público acontecido cem anos antes da Espanha, a fim de analisar as causas éticas e psicológicas dessa diferença. Assim, terá oportunidade de sair da Inglaterra de Guilherme III, assunto daquele momento, e chegar no tempo de Filipe II e a contrarreforma, que é seu passatempo e sobre a qual escreveu um livro digno de elogios — uma obra muito citada à qual deve sua cátedra.

Enquanto seu charuto termina e começa a ficar um pouco pesado, ele está em meio a algumas frases de tonalidade melancólica que quer repetir para seus alunos no dia seguinte sobre a luta objetivamente vã do lente Filipe contra o novo, contra o curso da história, contra as forças desintegradoras do indivíduo e da liberdade germânica, sobre essa luta julgada pela vida e também condenada por Deus da persistência da aristocracia contra as forças do progresso e da transformação. Ele julga as frases boas e continua a lapidá-las enquanto volta a guardar os livros consultados e sobe ao dormitório, para dar ao dia a pausa habitual, essa hora de janelas fechadas e olhos fechados da qual necessita e que hoje, como relembra novamente após a distração científica, estará envolta numa atmosfera de inquietação festiva. Ele acha graça da leve palpitação que essa lembrança lhe causa; na sua cabeça misturam-se os esboços de frase sobre Filipe vestido com seda preta com o pensamento sobre o bailinho caseiro dos filhos, e ele adormece em cinco minutos.

Mais de uma vez, enquanto está deitado descansando, escuta o sino da casa, o portão do jardim se fechar, e a cada vez sente uma leve pontada de excitação, expectativa e constrangimento ao pensar que são jovens que estão entrando e já começam a encher o salão. A cada vez a pontada lhe abre um sorriso, mas também é uma expressão de ansiedade, que evidentemente contém um tanto de alegria — afinal, quem não se alegra com uma festa? Às quatro e meia (já escureceu) ele se levanta e se refresca no lavatório. Há um ano a bacia está danificada. Trata-se de uma bacia basculante, com uma das alças quebradas e que não pode ser consertada porque não há nenhum profissional que vá até lá e nem pode ser trocada, pois nenhuma loja está em condições de entregá-la. Por essa razão, fica pendurada de maneira precária sobre o ralo na quina da placa de mármore e só pode ser esvaziada ao ser erguida com ambas as mãos. Cornelius sacode a cabeça sobre a bacia, como o faz várias vezes por dia, depois termina de se arrumar — aliás, com esmero; sob a luz do teto, limpa os óculos até ficarem cristalinos e desce o corredor até a sala de estar.

No meio do caminho, ao ouvir as vozes lá de baixo e o gramofone que já está em funcionamento, seu rosto assume uma expressão socialmente amável.

— Por favor, não se incomodem! — ele se decide a dizer e a caminhar direto pela sala de estar até o seu chá. A frase lhe parece cair como uma luva naquele momento: cheio de jovialidade para fora e uma boa carapaça para si próprio.

O salão está bem iluminado; todas as velas elétricas do castiçal estão acesas, exceto uma queimada. Cornelius para num dos últimos degraus a fim de observar. O lugar está bonito na luz, há uma reprodução de Marée sobre a lareira, o revestimento das paredes é de madeira macia e as visitas estão espalhadas, conversando, sobre o tapete vermelho, segurando xícaras e meias fatias de pão com patê de anchova. Atmosfera festiva, um leve perfume de roupas, cabelo e respiração flutua pelo lugar, característico e marcante. A porta do roupeiro está aberta, pois ainda chegam novos convidados.

Num primeiro instante, o grupo ofusca; o professor enxerga apenas a imagem geral. Ele não percebeu que Ingrid, de vestido de seda escuro, ombros recobertos por um plissado branco e braços de fora, está bem próxima dele rodeada de amigos aos pés da escada. Ela o cumprimenta com a cabeça e sorri com os belos dentes.

— Descansado? — pergunta baixinho, só para ele. E quando a reconhece com uma surpresa injustificada, ela o apresenta aos amigos.

— Posso lhe apresentar o sr. Zuber? — ela pergunta. — Esta é a srta. Plaichinger.

O sr. Zuber tem uma aparência modesta; por sua vez, a sra. Plaichinger é uma valquíria, loira, exuberante e vestida com simplicidade, nariz arrebitado e a voz aguda das mulheres corpulentas, como se percebe quando responde ao cumprimento educado do professor.

— Oh, bem-vindos — ele diz. — Fico feliz em nos dar a honra. Talvez vocês também estejam terminando a escola?

O sr. Zuber é colega de Ingrid no clube de golfe. Está empregado, trabalha na cervejaria do tio e, por um instante, o professor brinca com ele por causa da cerveja rala, supervalorizando a influência do jovem Zuber na qualidade da bebida.

— Mas não quero atrapalhá-los! — diz em seguida e se dirige à sala de jantar.

— Max também está chegando — exclama Ingrid. — Ora, Max, seu inútil, por que está tão atrasado para as brincadeiras e a dança?

Todos interagem com muita informalidade e de uma maneira totalmente estranha ao velho: de recato, galantaria e intelectualidade pouco se vê.

Um jovem de peitilho branco e gravata estreita de smoking vem do roupeiro em direção à escada e cumprimenta — castanho, mas de pele rosada, evidentemente bem escanhoado, mas com uma pequena amostra de barba ao lado das orelhas, um jovem muito bonito, não ridícula e delirantemente bonito como um cigano ao violino, mas bonito de uma maneira agradável, cordial e simpática, de olhos amistosos, pretos e com o smoking um tanto desajeitado.

— Ora, ora, não fique brava, Cornelia. A culpa foi da aula idiota — diz ele; e Ingrid o apresenta ao pai como sendo o sr. Hergesell.

Ah, então esse é o sr. Hergesell. Muito educado, ele agradece pelo amável convite ao dono da casa, que lhe aperta a mão.

— Estou um pouco atrasado — diz e faz uma pequena brincadeira. — Último, mas não menos importante... tive de assistir a aulas até as quatro horas; depois, ainda precisei passar em casa para me trocar. — Em seguida, fala de seus sapatos, que lhe deram um trabalhão no roupeiro. — Trouxe-os num saco — ele conta. — Afinal, não dá para ficar pisando aqui com os sapatos que usamos na rua. Mas fui burro e não me lembrei da calçadeira e não havia Cristo que me fizesse entrar neles, ha ha, vejam só, que maçada! Nunca usei sapatos tão apertados. A numeração varia, não é possível confiar nela e, ainda por cima, hoje em dia as coisas estão difíceis — veja só, não é couro, é ferro fundido! Esmaguei meu indicador todinho... — E ele mostra, confiante, o indicador vermelho, enquanto de novo chama a situação toda de uma "maçada", uma maçada terrível. Ele fala realmente do jeito que Ingrid havia imitado: anasalado e muito arrastado, mas sem qualquer afetação, pois todos os Hergesell são assim.

O dr. Cornelius fica bravo por não haver nenhuma calçadeira no roupeiro e demonstra toda sua compaixão pelo dedo indicador.

— Mas agora o senhor fique mesmo muito à vontade — ele diz. — Adeus! — E atravessa o salão até a sala de jantar.

Lá também há convidados; a mesa da família foi ampliada no sentido do comprimento e o chá está servido ali. Mas o professor vai direto para o cantinho forrado com bordados e especialmente bem iluminado por um pequeno lustre, na mesinha redonda em que está habituado a tomar chá. Encontra por ali sua mulher conversando com Bert e outros dois jovens. Um deles é Herzl; Cornelius o conhece e o cumprimenta. O outro se chama Möller — um sujeito do tipo alpinista que supostamente não possui ou não quer possuir trajes burgueses de festa (no fundo, isso nem existe mais), um jovem que está longe de se fazer de "senhor" (o que também, no fundo, nem existe mais) —, de camisa acinturada e calças curtas, um topete comprido, pescoço longo e óculos com aro de tartaruga. Trabalha no setor bancário, como o professor vem a saber, mas também é um tipo de folclorista, colecionador e cantor de músicas folclóricas de todas as regiões e dialetos. Hoje ele trouxe, a pedidos, seu violão. Ele ainda está no saco oleado pendurado no roupeiro.

O ator Herzl é magro e baixo, mas tem uma bela barba cerrada, como se nota pela pele escanhoada e empoada. Seus olhos são exageradamente grandes, apaixonados e profundamente melancólicos; apesar disso, além de muito talco de barba, ele também aplicou um pouco de ruge — o carmesim opaco na altura dos maxilares tem origem visivelmente cosmética. Estranho, pensa o professor. Na sua concepção, melancolia e maquiagem são excludentes. Juntos, formam uma contradição mental. Como é possível um melancólico se maquiar? Mas talvez seja a forma peculiar e estranha da mente do artista que permita tal contradição, talvez seja essa sua matéria-prima. Interessante e não é motivo para se faltar com a gentileza. Trata-se de uma forma legítima, uma forma ancestral. "Sirva-se de um pouco de limão, senhor ator da corte!"

Atores da corte não existem mais, mas Herzl gosta de ouvir o título, embora seja um artista revolucionário. Trata-se de outra contradição dentre as que compõem sua personalidade. O professor assume, com razão, que ele é assim e o lisonjeia, como para expiar a secreta objeção que sentiu pela discreta aplicação de ruge nas faces de Herzl.

— Meu muitíssimo obrigado, prezado senhor professor! — diz Herzl tão precipitadamente que apenas sua excepcional técnica vocal esconde o tartamudeio. Aliás, seu comportamento em relação aos anfitriões e donos da casa, no particular, demonstra o maior respeito, sim, uma educação quase exagerada e submissa. É como se tivesse a consciência pesada devido ao ruge que se sentiu intimamente obrigado a passar, mas que ele próprio desdenha do ponto de vista do professor; assim, tenta expiá-la por meio da maior humildade frente ao mundo não maquiado.

Enquanto tomam chá, as pessoas conversam sobre as músicas folclóricas de Möller, músicas folclóricas espanholas, bascas e daí passaram a falar sobre a nova encenação de *Don Carlos*, de Schiller, no teatro da cidade, uma apresentação na qual Herzl é o ator principal. Ele fala de seu Carlos.

— Espero — diz ele — que meu Carlos esteja impecável.

A conversa também se ocupa criticamente do resto do elenco, dos valores da encenação, do mundo artístico, e logo o professor se sente de novo em meio a águas conhecidas, a Espanha da contrarreforma, algo que quase o constrange. Ele é totalmente inocente, não fez nada para a conversa tomar tal rumo. Teme que pensem que tenha forçado a oportunidade para dar uma aula, surpreende-se e fica em silêncio. Gosta de ver os pequenos chegarem à mesa, Lorchen e Beißer. Estão usando roupinhas de veludo azul, as de domingo, e também querem participar à sua maneira da festa dos grandes até a hora de dormir. Tímidos e de olhos arregalados, cumprimentam os mais velhos, têm de dizer os nomes e as idades. O sr. Möller apenas os observa, sério, mas o ator Herzl se mostra completamente deslumbrado, enfeitiçado e fascinado por eles. Quase os abençoa, ergue os olhos ao céu e cruza as mãos diante da boca. Com certeza está agindo movido pelo coração, mas o costume dos maneirismos teatrais torna suas palavras e atos terrivelmente falsos; além disso, parece que sua devoção pelas crianças deve compensar o ruge de suas faces.

A mesa de chá dos convidados esvaziou-se, as pessoas estão dançando no salão, os pequenos correm até lá e o professor os segura.

— Divirtam-se — ele diz ao apertar a mão dos srs. Möller e Herzl, que se levantaram. E vai até seu escritório, seu reino pacificado, onde desce as cortinas de rolo, acende a luminária da escrivaninha e se senta para trabalhar.

Há atividades possíveis de serem resolvidas enquanto o entorno está inquieto: algumas cartas, algumas anotações. Claro que Cornelius está distraído. Ele se perde em pequenas impressões, os calçados duros do sr. Hergesell, a voz aguda no corpo gordo da Plaichinger. Até a coleção de músicas bascas de Möller, a humildade e o exagero de Herzl, o "seu" Carlos e a corte de Filipe lhe voltam à lembrança enquanto escreve ou fica recostado, olhando para o vazio. As conversas, em sua opinião, encobrem mistérios. Elas são dóceis, seguem com leveza em direção a um interesse dominante secreto. Imagina ter observado isso várias vezes. De vez em quando, presta atenção nos ruídos nada exagerados do bailinho caseiro. Apenas alguns estão conversando, não se ouve nem pés sendo arrastados. Afinal, eles não arrastam os pés e rodopiam, mas caminham curiosamente sobre o tapete, que não os perturba, bem diferente do que acontecia na sua época. Fica especialmente absorto pelos sons do gramofone, essas curiosas melodias do novo mundo com instrumentação jazzística, com todo o tipo de percussão, que o aparelho reproduz de maneira exemplar, e o crepitante estalido das castanholas que lembram apenas o jazz e nem um pouco a música espanhola. Não, não é música espanhola. E mais uma vez está pensando nas coisas da profissão.

Depois de meia hora, ele se dá conta de que o mais gentil de sua parte seria contribuir com uma caixa de cigarros para a diversão. Na sua opinião, não é simpático os jovens fumarem os próprios cigarros, embora eles não vejam nada demais nisso. E vai até a sala de estar que está vazia e pega dos armários uma caixa de seu estoque, não exatamente os melhores cigarros, ou não exatamente seus preferidos, mas uns muito longos e finos nos quais seria bom dar um fim nessa ocasião, pois afinal são jovens. Ele vai com a caixa até o salão, ergue-a sorridente e a coloca aberta sobre o beiral da lareira, para imediatamente voltar ao escritório, lançando apenas um olhar rápido em volta.

A dança fez uma pausa, o aparelho de música está em silêncio. As pessoas estão em pé e sentadas nos cantos do salão, conversando, junto à mesa de mapas diante das janelas, sobre cadeiras diante da lareira. Os jovens também ocupam os degraus da escada embutida, sobre as passadeiras bastante desgastadas, como num anfiteatro. Max Hergesell, por exemplo, está sentado ali com a exuberante Plaichinger, a da voz aguda, que o encara enquanto ele conversa meio deitado, um cotovelo apoiado às costas, no degrau logo acima, gesticulando com a outra mão. O espaço central do cômodo está vazio; apenas no centro, bem embaixo do lustre, estão os dois pequenos com suas roupinhas azuis, abraçados de maneira desajeitada, girando em silêncio, lentamente, atordoados. Cornelius curva-se até eles ao passar e, com uma palavra doce, afaga-lhes o cabelo sem que eles se distraiam em sua ação infantil e séria. Ao chegar perto da sua porta, vê o estudante de engenharia Hergesell, provavelmente porque notou o professor, levantar-se do degrau com um impulso do cotovelo, descer e tirar Lorchen dos bracinhos do irmão a fim de dançar com ela, de um jeito engraçado e sem música. Quase como quando Cornelius sai para passear com os "quatro senhores", ele dobra bem os joelhos a fim de segurá-la como uma adulta e dá alguns passos de "shimmy" com a envergonhada Lorchen. Quem observa a cena se diverte muito. É o sinal para ligar de novo o gramofone, fazer com que a dança seja retomada pela maioria. O professor, com a maçaneta na mão, assente com a cabeça e ri com os ombros ao entrar no escritório. Sua expressão retém mecanicamente o sorriso do lado de fora por mais alguns minutos.

Ele volta a ler e a escrever à luz da luminária, resolvendo alguns assuntos sem maior importância. Depois de um tempo, nota que o grupo se transferiu do salão para a sala de sua mulher, que se liga tanto ao salão de estar quanto ao seu próprio escritório. As pessoas conversam e sons de violão se misturam de maneira tentadora. O sr. Möller quer cantar e já está cantando. Acompanhado pelos acordes do violão, o jovem funcionário também está entoando uma canção estrangeira com uma forte voz de baixo — pode ser sueco; o professor não consegue definir com certeza até o final, que acontece sob intenso aplauso. Há um anteparo na porta para o salão que abafa o ruído. Quando uma nova canção se inicia, Cornelius vai até lá cuidadosamente.

O salão está na penumbra. Apenas a luminária de pé, coberta, está acesa, e próximo a ela Möller se senta de pernas cruzadas sobre o baú acolchoado e dedilha as cordas com o polegar. O público está organizado de maneira informal, se ajeita como dá, visto que não há assentos suficientes para os muitos ouvintes. Alguns estão em pé, mas muitos, também as jovens, simplesmente estão sentados no chão, sobre o tapete, os joelhos abraçados pelos braços ou com as pernas esticadas em frente de si. Hergesell, por exemplo, embora esteja de smoking, está sentado assim no chão perto dos pés do piano, e ao lado dele está Plaichinger. Os "pequenos" também estão presentes: a sra. Cornelius, em sua cadeira em frente ao cantor, está com os dois sentados no colo e Beißer, o bárbaro, começa a falar em voz alta no meio da cantoria, de modo que tem de ser contido aos sussurros e ameaçado com o dedo. Nunca Lorchen haveria de ser incriminada por algo assim: ela se mantém delicada e em silêncio nos joelhos da mãe. O professor procura o olhar dela a fim de acenar secretamente à filhinha; mas ela não o vê, embora também não pareça estar prestando atenção no artista. Os olhos dela encaram algo mais profundo.

Möller canta "Joli tambour":

Sire, mon roi, donnez-moi votre fille...

Todos estão encantados. "Que lindo!", dá para escutar Hergesell falando da maneira anasalada, especial, por assim dizer afetada, de todos os Hergesell. Em seguida, uma canção de esmoleiro em alemão, com melodia composta pelo próprio sr. Möller e que recebe calorosos aplausos da juventude:

A esmoleira quer sair na procissão,
  Lá, lá, rá!
O marido tem a mesma precisão,
  Lá, rá, lá, rá!

Muitos aplausos se sucedem à alegre canção de esmoleiro.

— Excepcionalmente bom! — diz Hergesell mais uma vez da sua maneira.

Segue-se algo em húngaro, outra canção popular apresentada na estranhíssima língua original, e Möller faz estrondoso sucesso. O professor também participa de modo ostensivo no aplauso. Esse toque de cultura e exercício artístico historizante, retrospectivo, no grupo de entusiastas do "shimmy" o deixa entusiasmado. Ele se aproxima de Möller, faz seu elogio e conversa sobre aquilo que foi apresentado, sobre suas fontes, um caderno de canções com notação musical que Möller lhe promete emprestar para dar uma olhada. Cornelius é ainda mais amável com ele quando — como fazem todos os pais — compara os dons do rapaz estranho com os de seu filho, sentindo inquietação, inveja e vergonha. Cá está esse Möller, ele pensa, um bancário empenhado. (Ele nem sabe se Möller é tão empenhado assim no banco.) E ainda por cima mostrou esse talento especial, cujo desenvolvimento deve ter custado energia e estudo. Enquanto isso, meu pobre Bert não conhece nada e não sabe de nada e só pensa em se passar por palhaço, embora certamente não tenha talento nem para isso. Ele tenta ser justo, diz a si mesmo que apesar de tudo Bert é um bom rapaz, talvez com mais recursos que o exitoso Möller; que possivelmente se esconde nele um poeta ou algo parecido e que seus planos mirabolantes de garçom são apenas fogos-fátuos juvenis e extemporâneos. Mas seu invejoso pessimismo paterno é mais forte. Quando Möller começa a cantar outra vez, o dr. Cornelius volta para o escritório.

Batem sete horas e ele continua a compartilhar sua atenção como antes; e se lembra de mais uma carta curta, objetiva, que pode muito bem escrever naquele instante — pois escrever é uma maneira muito eficaz de passar o tempo —, são quase sete e meia. Às oito e meia a salada italiana deve ser servida, e por isso é hora de o professor sair, despachar sua correspondência e garantir seu quinhão de ar fresco e movimento na escuridão do inverno. O baile no salão já foi retomado há tempos; ele tem de atravessá-lo para pegar o sobretudo e as galochas, mas isso não é nada de mais: ele já foi visto várias vezes pelo grupo dos jovens e não precisa ficar com medo de estar atrapalhando. Ele sai depois de guardar seus papéis e pegar as cartas, demorando-se ainda um pouco no salão, já que sua mulher está sentada numa cadeira ao lado da porta de seu escritório.

Ela está sentada lá assistindo, às vezes é visitada pelos filhos grandes e outros jovens, e Cornelius se posta ao seu lado e também olha sorrindo para a animação, que chegou claramente ao seu auge. Chegaram mais outros observadores: Anna Azul, muito austera, está junto à escada porque os pequenos não se cansam da festa e porque ela precisa atentar para Beißer não girar com muita intensidade e não excitar perigosamente seu sangue gorduroso demais. Mas também o segundo time quer aproveitar um pouco da diversão da dança dos grandes: tanto as sras. Hinterhöfer como também Xaver estão próximos à porta da copa e se divertem na assistência. A srta. Walburga, a mais velha das irmãs desclassificadas e a parte que cozinha (para não chamá-la de cozinheira, pois não gosta) mira com olhos castanhos através de seus grossos óculos de lentes redondas, cuja ponte acima do nariz é revestida por um pedacinho de linho para não apertar — trata-se de um tipo bondoso-engraçado, enquanto a srta. Cäcilia, a mais jovem, mesmo se não exatamente jovem, como sempre está com uma expressão bem arrogante, a fim de resguardar sua dignidade como antigo membro do terceiro estado. A srta. Cäcilia sofre amargamente sua queda da esfera pequeno-burguesa para a dos serviçais. Ela rejeita estritamente usar uma touquinha ou qualquer sinal da profissão de arrumadeira e sua pior hora sempre acontece nas noites de quarta-feira, quando Xaver tem folga e ela precisa servir à mesa. Ela cumpre sua obrigação com o rosto virado e o nariz torcido, uma rainha caída; é uma tortura e profunda aflição assistir à sua humilhação, e certa vez os "pequenos", ao participarem casualmente do jantar, começaram a chorar alto os dois, e ao mesmo tempo, quando viram seu estado.

O jovem Xaver não conhece tais sofrimentos. Ele bem que gosta de servir, encarrega-se da tarefa com um traquejo tão natural quanto treinado, pois foi cumim no passado. Fora isso, porém, ele é realmente um inútil completo e um cabeça de vento — com características positivas, como seus modestos patrões estão dispostos a admitir, mas sem dúvida um cabeça de vento inútil. É preciso aceitá-lo do jeito que é; não dá para exigir que a macieira dê peras. Ele é filho e fruto desse tempo desordenado, um exemplo certeiro de sua geração, um servidor da revolução, simpatizante bolchevista. O professor costuma chamá-lo de "mestre-sala", visto que sempre dá conta do recado em ocasiões extraordinárias, divertidas, mostrando-se hábil e agradável. Mas, totalmente alheio às noções do dever, é difícil dobrá-lo à concretização de obrigações cotidianas, tediosas, à semelhança de determinados cachorros que nunca saltam sobre uma bengala. Supostamente seria contra sua natureza e isso desarma as pessoas e as deixa resignadas. Por um motivo determinado, incomum e divertido, ele bem que se dispõe a sair da cama a qualquer hora da noite. No dia a dia, porém, não se levanta antes das oito — ele não o faz, não salta a bengala; mas durante todo o dia as manifestações de sua existência descontraída, o toque da sua gaita, seu canto áspero porém cheio de sentimento, seu assobio alegre ecoam do porão da cozinha até a parte mais alta da casa, enquanto a fumaça de seus cigarros preenche a copa. Ele fica em pé e observa as damas caídas durante a lida. De manhã, quando o professor trabalha, ele arranca a folhinha do calendário de sua escrivaninha — fora isso, porém, não põe as mãos no escritório. O dr. Cornelius já lhe ordenou várias vezes deixar o calendário em paz, visto que tende a arrancar a folhinha seguinte também e então há o perigo de a ordem ser perdida. Mas esse trabalho de arrancar a folhinha agrada ao jovem Xaver, e por isso não deixa de fazê-lo.

Aliás, ele gosta de crianças, o que faz parte de seus pontos positivos. Ele brinca da maneira mais inocente com os pequenos no jardim, entalha e monta com talento coisas das mais variadas para elas, sim, até lê os livros delas em voz alta com seus lábios grossos, bem estranho de se ouvir. Ama o cinema com todo o coração; depois de frequentá-lo, tende à melancolia, nostalgia e solilóquios. Esperanças inespecíficas de pertencer a esse mundo algum dia e nele ser feliz o comovem. Ele as justifica pela cabeleira vasta, sua destreza corporal e audácia. Com frequência sobe o freixo do jardim da frente, uma árvore alta porém oscilante, escala de galho em galho até o alto da copa, atemorizando a todos que o assistem. Lá em cima, acende um cigarro, balança para lá e para cá fazendo o tronco alto tremer até as raízes e fica à procura de um diretor de cinema que poderia estar a caminho e contratá-lo.

Se tirasse sua jaqueta listrada e usasse roupa civil, poderia apenas se juntar à dança; não estaria muito fora de contexto. As amizades dos grandes são heterogêneas; o traje social burguês por certo aparece mais frequentemente entre os jovens, mas não é dominante: gente do tipo do cantor Möller está várias vezes representada, tanto entre as moças quanto entre os rapazes. O professor, que está olhando para a cena em pé ao lado da poltrona da mulher, conhece casualmente as circunstâncias sociais desses jovens e delas já ouviu falar. São alunas do último ciclo da escola, universitárias e alunas das escolas de artes; do lado masculino, trata-se por vezes de existências puramente aventureiras e absolutamente inventadas pela época. Um jovem pálido, espichado, com botões de pérolas na camisa, filho de um dentista, não passa de um especulador da bolsa e, segundo tudo o que o professor ouviu, vive como Aladim e a lâmpada mágica. Ele mantém um carro, oferece jantares regados a champanhe aos amigos e adora distribuir presentes em todas as ocasiões, pequenas lembranças valiosas de ouro e madrepérola. Também hoje trouxe presentes aos jovens anfitriões: um lápis dourado para Bert e para Ingrid um par de brincos gigantes, verdadeiras argolas e de tamanho bárbaro, mas que graças a Deus não são de enfiar nos lóbulos das orelhas, mas apenas de se prender neles com uma garra. Os "grandes" se aproximam e mostram seus presentes aos pais, sorrindo, e estes balançam a cabeça enquanto os admiram. De longe, Aladim faz repetidas reverências.

A juventude dança com entusiasmo na medida em que é possível se chamar de dança aquilo que fazem com plácida devoção. Eles se empurram, abraçados de uma maneira particular e com nova postura, o ventre ligeiramente projetado à frente, os ombros erguidos e, com algum balançar dos quadris, segundo uma orientação insondável, avançam devagar ao redor do tapete sem se cansar, visto que desse jeito é impossível se cansar. Não se percebem seios balançando ou mesmo faces erguidas. Aqui e acolá duas jovens dançam juntas, por vezes até dois rapazes; não se importam. Seguem os sons exóticos do gramofone, que funciona com sua agulha grossa para tocar alto e faz ecoar seus shimmys, foxtrotes e onesteps; double fox, shimmys africanos, danças javanesas e polcas crioulas — coisa selvagem, perfumada, parte sentimento, parte exercício, ritmo estrangeiro, uma monótona diversão de negros arrematada com ornamentação orquestral, rufos, trincolejos e estalidos.

— Qual o nome do disco? — Cornelius pergunta para Ingrid, que passa na companhia do pálido especulador depois de uma música cuja languidez e energia não soam mal e que por determinadas particularidades inovadoras chega a encantar.

— "Consola-te, minha linda criança". Da opereta *Príncipe de Pappenheim* — ela diz e dá um sorriso agradável com os dentes brancos.

Fumaça de cigarro paira sob o lustre. A exalação da sociabilidade está mais intensa — aquela bruma de festa seca e adocicada, espessa, excitante, rica em indícios, tão cheia de lembranças de dissabores românticos para todos, mas sobretudo para aquele que teve uma juventude excessivamente sensível... Os "pequenos" continuam no salão; até as oito podem ficar, visto que a festa lhes traz tanta alegria. Os jovens se acostumaram com a presença das crianças; elas como que fazem parte e à sua maneira. Aliás, elas se separaram: Beißer está girando sozinho com seu aventalzinho azul no centro do tapete, enquanto Lorchen anda, de um jeito engraçado, atrás de um casal que está dançando e tenta agarrar o smoking do dançarino. Trata-se de Max Hergesell com sua dama, a Plaichinger. Eles dançam bem, assisti-los é um prazer. É preciso admitir que essas danças do presente frenético podem ser muito divertidas quando executadas pelas pessoas certas. O jovem Hergesell conduz de maneira exemplar, com liberdade dentro da regra, como se supõe. Com que elegância ele sabe dar um passo para trás se há espaço para tanto! Mas, em meio ao aperto, ele também sabe ficar elegantemente no lugar, apoiado pela flexibilidade da parceira que tem a graça surpreendente de algumas mulheres corpulentas. Eles conversam com os rostos colados e parecem não notar a perseguição de Lorchen. Outros riem da obstinação da pequena, e quando o grupo se aproxima o dr. Cornelius tenta agarrar a filhinha e puxá-la para junto de si. Mas Lorchen escapa dele quase aflita e, naquele momento, não quer saber de Abel. Ela não o conhece, estica o bracinho contra o peito dele, o rostinho querido virado, e tenta se afastar, nervosa e irritada, a fim de seguir seu capricho.

    O professor não consegue deixar de se sentir uma comoção dolorosa. Nesse instante, odeia a festa que confunde o coração de sua preferida e a afasta dele. Seu amor, esse amor não totalmente imparcial, não totalmente incondicional em sua base, é sensível. Ele sorri mecanicamente, mas seus olhos ficaram opacos, "presos" em algum lugar à sua frente no desenho do tapete, entre os pés dos dançarinos.

    — Os pequenos deveriam se deitar — ele diz à mulher. Mas ela pede mais quinze minutos para as crianças. Isso já lhes foi permitido, já que estão se divertindo tanto naquela farra. Ele volta a sorrir e balança a cabeça, permanece ali por mais um instante e depois vai até o roupeiro entupido de sobretudos, xales, chapéus e galochas.

    Ele tem dificuldade em achar as próprias coisas no meio da pilha, e ainda por cima Max Hergesell chega ao roupeiro e o flagra secando a testa com o lenço.

    — Senhor professor — ele diz no tom de todos os Hergesell e complementa, descontraído — ... vai sair? Meus sapatos são uma grande maçada mesmo, eles apertam feito Carlos Magno. São simplesmente pequenos demais para mim, como ficou provado, sem falar da rigidez. Apertam aqui, na unha do dedão — ele diz apoiado numa perna, ao mesmo tempo que segura o outro pé com ambas as mãos — de um jeito que quase não dá para definir. Tive de me decidir a trocá-los, os sapatos de usar na rua têm de entrar em ação... Oh, posso ajudá-lo?

    — Não, obrigado! — diz Cornelius. — Não se preocupe. Liberte-se de seu suplício! Muito amável de sua parte. — Pois Hergesell agachou-se sobre um joelho e está afivelando a galocha do professor.

    O professor agradece, agradavelmente tocado por tanta boa vontade respeitosa e ingênua.

— Divirta-se bastante — ele deseja — depois de ter se trocado! Realmente não dá para dançar com sapatos apertados. Adeus, preciso tomar um pouco de ar.

— Daqui a pouco vou dançar de novo com Lorchen — Hergesell ainda fala às suas costas. — Ela se tornará uma dançarina primorosa quando ficar mocinha. Garantido!

— O senhor acha? — responde Cornelius do corredor. — Sim, o senhor é especialista e campeão. Cuidado para não dar mau jeito nas costas ao se curvar!

Ele acena e se vira. Garoto simpático, pensa, enquanto sai da casa. Estudante de engenharia, focado, tudo em ordem. Além disso, de tão boa aparência e simpático. — E logo em seguida, a inveja paterna em relação ao seu "pobre Bert" o assalta, essa inquietação que coloca a existência do jovem estranho sob a luz mais favorável, mas a do filho sob a mais sombria. É nesse estado de espírito que começa sua caminhada noturna.

Ele sobe a alameda, atravessa a ponte e, do outro lado, ladeia o rio por um tanto, seguindo o passeio da margem até a terceira ponte. Está frio e úmido e às vezes cai um pouco de neve. Ele ergueu a gola do sobretudo, segura a bengala às costas, o cabo preso no alto de um dos braços e de vez em quando ventila profundamente o pulmão com o ar da noite de inverno. Como é de costume, pensa em suas questões científicas, seu curso, as frases que quer proferir no dia seguinte sobre a batalha de Filipe contra a revolução germânica e que devem estar embebidos em imparcialidade e melancolia. "Sobretudo em imparcialidade!", ele pensa. Ela é o espírito da ciência, o princípio do conhecimento e a luz sob a qual temos de mostrar as coisas para os jovens, tanto pelo espírito da disciplina quanto também por motivos humanos e pessoais: para não trombar com eles e não machucá-los indiretamente em suas convicções políticas, que hoje em dia naturalmente estão muito confusas e são controversas, de modo que há muito material inflamável à mão e é fácil se indispor com um dos lados quando historicamente se toma partido, talvez dando início a um escândalo. Mas tomar partido, ele pensa, também é não histórico; só a imparcialidade é histórica. Apenas que, entretanto, por isso mesmo e pensando bem... A imparcialidade não é uma febre juvenil nem uma determinação fresca, devota e alegre, ela é melancolia. Visto que é melancolia por natureza, ela simpatiza também por natureza e secretamente de modo mais intenso com um partido e uma força histórica que são melancólicos, sem expectativa, do que com aqueles frescos, devotos e alegres. "Afinal, ela é formada por tal simpatia e sem ela nem ao menos existiria? Há imparcialidade, afinal?", questiona-se o professor, e está tão mergulhado nesse pensamento que joga distraidamente as cartas na caixa da terceira ponte e começa a retornar. Esse pensamento que o ocupa é perturbador do ponto de vista científico, mas ele também é ciência, assunto da consciência, psicologia, e deve ser abordado necessariamente sem julgamentos prévios sobre seu incômodo ou não... Entre tais confabulações, o dr. Cornelius volta para casa.

Xaver está sob o arco do portão e parece olhar para ele.

— Senhor professor — Xaver diz com os lábios grossos e joga o cabelo para trás —, vá logo atrás da Lorchen. Ela não está bem.

— O que aconteceu? — Cornelius pergunta assustado. — Está doente?

— Não, nada de doença — responde Xaver. — Mas ela está chateada e abrindo o maior berreiro. É por causa do senhor que tinha dançado com ela, o do fraque, sr. Hergesell. Ela não quis sair do salão por nada e está chorando rios de lágrimas. Está muito chateada, muito mesmo.

— Bobagem — diz o professor, que joga as coisas no roupeiro assim que entra. Ele não fala mais nada, abre a porta de vidro com cortina que dá para o salão e não olha nem um instante para o grupo dançando enquanto se encaminha para a escada, à direita. Sobe, dois degraus por vez, entra no vestíbulo de cima e passa por mais outro pequeno corredor direto até o quarto das crianças, seguido por Xaver, que fica parado na porta.

O quarto das crianças ainda está muito claro. Um friso colorido de papel corre pelas paredes, há uma grande estante com brinquedos em profusão, um cavalinho de balanço com narinas pintadas de vermelho pressiona os cascos contra sua base curvada em arco e outros tantos — um pequeno trompete, cubos de montar, vagões de trens de ferro — ainda estão jogados pelo linóleo do assoalho. As caminhas brancas não ficam muito separadas uma da outra: a de Lorchen bem no canto perto da janela e a de Beißer um passo adiante, mais para o centro do quarto.

Beißer está dormindo. Como sempre, sob a assistência da Anna Azul, ele rezou com a voz ressonante e depois logo caiu no sono, em seu sono agitado, vermelho-brasa, incrivelmente pesado, que nem um tiro de canhão disparado ao seu lado iria perturbar: os punhos cerrados, jogados para trás sobre o travesseiro, ladeiam a cabeça, ao lado da pequena peruca gosmenta, mal-ajambrada, desgrenhada pelo sono enfático.

A cama de Lorchen está rodeada de mulheres: além da Anna Azul encontram-se ainda as sras. Hinterhöfer, que conversam tanto com a primeira como entre si. Elas abrem um espaço quando o professor se aproxima e então é possível enxergar Lorchen sentada em seu pequeno travesseiro, e o dr. Cornelius não se lembra de tê-la visto tão pálida, chorando e soluçando com tamanho amargor. As belas mãozinhas estão à sua frente, sobre o cobertor, a camisolinha rematada por uma sianinha estreita de renda, e a cabecinha, essa cabecinha que Cornelius ama mais que tudo porque com seu maxilar proeminente está assentada singularmente como um botão de flor sobre o talo fino do pescocinho, ela a tombou para trás e assim seus olhos chorosos estão voltados para o ângulo formado entre a parede e o teto, e é para lá que parece dirigir seu coração partido; pois seja de maneira voluntária e expressiva, seja pelo tremor causado pelos soluços, sua cabecinha não para de balançar e de tremer, e sua boca macia e de lábio superior em forma de arco está entreaberta como uma pequena *mater dolorosa*, e enquanto as lágrimas escorrem dos olhos ela emite lamentos monótonos que não se parecem em nada com a choradeira irritante e desnecessária das crianças malcriadas, mas vêm de uma dor autêntica e provocam no doutor — que não consegue ver Lorchen chorar e nunca a viu dessa maneira — uma compaixão insuportável. Essa compaixão se canaliza num nervosismo atroz contra as sras. Hinterhöfer que estão por ali.

— Sem dúvida o jantar ainda demanda trabalho — ele diz, agitado. — Decerto a patroa terá de se ocupar sozinha dele?

Isso é suficiente para o ouvido afiado de pessoas que no passado pertenceram à classe média. Indignadas de verdade, elas vão embora; na porta, Xaver Kleinsgütl — que é simples e modesto desde que nasceu e se diverte à larga com a queda das damas — lhes dirige gestos de desprezo.

— Filhinha, filhinha — diz Cornelius, emocionado, apertando Lorchen nos braços depois de se sentar na cadeira ao lado do bercinho. — O que aconteceu com a minha filhinha?

Ela molha o rosto dele com lágrimas.

— Abel... Abel... — ela gagueja entre soluços — por que... o Max... não é meu irmão?... Quero que... o Max... seja meu irmão.

"Que infelicidade, que constrangedora infelicidade! O que o bailinho foi arranjar com seus ingredientes!", pensa Cornelius e olha, atônito, para a babá Anna, que está dignamente postada aos pés da cama com as mãos cruzadas sobre o avental.

— É como se os instintos femininos tivessem desabrochado com muita intensidade — ela afirma categórica e sábia, com o lábio inferior esticado.

— Fique quieta — retruca Cornelius, chateado.

Ele tem de dar graças por ao menos Lorchen não o repelir, não afastá-lo de si, como há pouco no salão, mas se aninhar nele procurando por consolo, enquanto repete seu desejo teimoso, confuso, de querer Max como irmão, exigindo aos choramingos ser levada de volta até ele para dançarem juntos de novo. Mas Max está aos rodopios com a srta. Plaichinger, que é um colosso absoluto e detém todos os direitos sobre o rapaz — enquanto, aos olhos do professor tomado por compaixão, Lorchen nunca pareceu tão minúscula e frágil quanto agora, enquanto se abriga nele, indefesa e soluçando, sem saber o que se passa em sua pobre alma pequenina. Ela não sabe. Não percebe que sofre pela corpulenta, desenvolvida, plenamente emancipada Plaichinger, a quem é permitido dançar no salão com Max Hergesell, enquanto Lorchen só pôde fazê-lo uma única vez, de brincadeira, para se divertir, embora seja incomparavelmente mais doce. Entretanto, repreender o sr. Hergesell é impossível, seria de um atrevimento inadmissível. O terrível sofrimento de Lorchen é irracional, então precisa ser ocultado. Visto que é irracional, também é desmedido e isso gera grande constrangimento. Anna Azul e Xaver não se incomodam com esse sofrimento, mostram-se insensíveis em relação a ele, seja por burrice seja por sua natureza tosca. Mas o coração de pai do professor está totalmente arrasado, também pelo susto vergonhoso da terrível paixão, desesperançada.

De nada adianta explicar-lhe que ela tem um extraordinário irmãozinho na pessoa de Beißer, ferrado no sono ali ao lado. Ela apenas lança, entre as lágrimas, um olhar doloroso a ele e chama por Max. Também não adianta prometer-lhe para amanhã um prolongado passeio dos "cinco senhores" ao redor da sala de jantar nem tentar explicar, com uma incrível riqueza de detalhes, como eles irão fazer a brincadeira da almofada antes do jantar. Ela não quer dormir, ela quer ficar sentada e sofrer... Mas então ambos escutam algo maravilhoso acontecendo, escutam passos se aproximando do quarto das crianças e eis quem faz uma aparição grandiosa...

Trata-se da obra de Xaver — algo evidente desde já. Xaver Kleinsgütl não ficou o tempo todo junto à porta, zombando das senhoras descaídas. Ele se mexeu, resolveu fazer alguma coisa e tomou suas providências. Desceu até o salão, puxou o sr. Hergesell pela manga, falou-lhe algo com seus lábios grossos e lhe fez um pedido. Ali estão os dois. Xaver fica novamente parado na porta, depois de ter feito a sua parte; mas Max Hergesell atravessa o quarto até o bercinho de Lorchen, em seu smoking, com suas costeletas estreitas e os belos olhos pretos — chega sabendo muito bem seu papel de portador da felicidade, príncipe de conto de fadas e cavaleiro do cisne, como alguém que aparece e diz: Ora, aqui estou, acabou-se todo o sofrimento!

— Veja só — ele diz num fio de voz — quem está chegando. Mas isso é absolutamente simpático por parte do sr. Hergesell.

— Absolutamente! — diz Hergesell. — Nada mais natural do que procurar mais uma vez pela minha dançarina e lhe desejar boa-noite.

E ele se aproxima da grade do berço, atrás da qual Lorchen está sentada. Ela sorri feliz por entre as lágrimas. Um som breve, quase um suspiro de felicidade sai de sua boca e então em silêncio ela ergue até seu cavaleiro do cisne seus olhos dourados que, embora inchados e vermelhos, são incomparavelmente mais doces do que os da corpulenta Plaichinger. Ela não ergue os bracinhos para abraçá-lo. Sua felicidade, assim como sua dor, não está no terreno do discernimento; ela não os ergue. As belas mãos pequeninas ficam imóveis sobre a coberta enquanto Max Hergesell se apoia com os braços como se a grade fosse uma balaustrada.

— Para que ela não passe noites aflitas, aos prantos, no leito!* — E olha para o professor, a fim de receber aplauso pela sua cultura. — Ah, ah, ah, daqui a alguns anos! "Consola-te, minha linda criança!" Você é boa. Você tem um futuro pela frente! Já que eu vim, você vai dormir e parar de chorar, pequena Loreley?

Lorchen olha espantada para ele. Seus ombros miúdos estão nus; o professor os cobre com um tecido rendado estreito. Ele se lembra de uma história sentimental do palhaço que vai visitar uma criança à beira da morte, que a encantara permanentemente no circo. Ele veio ver a última hora da criança fantasiado com borboletas prateadas bordadas na frente e atrás de sua roupa, e ela morreu em paz. Max Hergesell não tem bordado na roupa, e graças a Deus Lorchen não está moribunda, mas seus instintos femininos estavam "desabrochando com muita intensidade". No mais, são histórias afins, e os sentimentos despertados no professor

---

* "Quem nunca seu pão em lágrimas comeu, / Quem nunca noites aflitas passou / Sentado, aos prantos, em seu leito / Este não vos conhece, ó poderes celestiais." Poema constante do livro II, cap. 13, de *Os anos de aprendizagem de Wilhelm Meister*, de Goethe. Trad. de Nicolino Simone Neto. São Paulo: Ed. 34, 2012.

em relação ao jovem Hergesell, apoiado ali e falando bobagens — mais para o pai do que para a menina, o que Lorchen não percebe — são uma mistura particular de gratidão, constrangimento, ódio e admiração.

— Boa noite, pequena Loreley! — diz Hergesell e lhe dá a mão sobre a grade. A mãozinha pequena, bonita, branca, desaparece na sua grande, forte, avermelhada. — Durma bem — ele continua. — Bons sonhos! Mas não sonhe comigo! Pelo amor de Deus! Daqui a alguns anos! Ah, ah, ha, ha! — E encerra sua visita de palhaço de conto de fadas, sendo acompanhado por Cornelius até a porta.

— Não há de quê! Não há nada a dizer! — ele se defende, educado e generoso, enquanto seguem juntos até lá. Xaver junta-se a ele a fim de servir a salada italiana no andar de baixo.

O dr. Cornelius volta para Lorchen, que enfim se deitou, a bochecha sobre seu travesseirinho fino.

— Isso foi bom — ele diz, enquanto ajeita delicadamente a coberta e ela assente com um suspiro.

Ele fica por talvez mais quinze minutos junto ao berço e observa a filha adormecer, seguir o irmão que já conciliou o sono muito antes. O cabelo castanho bonito e sedoso dela revela seus lindos cachos como costuma acontecer quando dorme; os cílios longos recobrem os olhos que verteram tanto sofrimento; a boca angelical, com o lábio superior arqueado, está aberta em doce satisfação, e apenas vez ou outra ainda solta um soluço atrasado em meio à respiração profunda.

E suas mãozinhas, as mãozinhas brancas e rosadas, descansando ali uma sobre o azul da coberta, outra diante do rosto sobre o travesseiro! Como o vinho que enche uma taça, o coração do dr. Cornelius se enche de delicadeza.

Que felicidade, pensa ele, que Letes atravesse sua pequena alma com cada respiração desse sono; que uma noite de criança abra um abismo grande e profundo entre um dia e outro! Amanhã, com certeza, o jovem Hergesell será apenas sombra esmaecida, sem força para machucar seu coração e, num prazer desmemoriado, ela vai participar com Abel e Beißer do passeio dos cinco senhores e da emocionante brincadeira das almofadas.

Agradeçamos aos céus!

POSFÁCIO

Terence J. Reed*

O jovem Thomas Mann era decadente e neurastênico ou, ao menos, acreditava ser as duas coisas. Esses eram os lugares-comuns da época que explicavam o mundo artístico e, consequentemente, os papéis com que Mann facilmente se identificava. Desde a dissolução da empresa da família após a morte do pai e a consequente perda do prestígio que o patriciado até então lhe conferira, ele se considerava um desclassificado social. Daí uma ambição ainda maior em sanar essa falha e recobrar o status perdido, justamente por meio da atividade literária. A satisfação desse desejo projetou-se inicialmente num futuro hipotético, mas Thomas Mann almejava a profissão literária desde os catorze anos, época em que ele se denominou um "escritor lírico e dramático".** Dos três gêneros principais, justamente o épico ficou de fora. Heinrich, o irmão mais velho, também enveredara pelo caminho da literatura, tornando--se ao mesmo tempo rival e aliado, numa combinação que por toda a vida penalizou os dois, sobretudo o mais jovem.

Durante certo tempo, Thomas sofreu por si mesmo e pelo mundo, sentindo-se fundamentalmente numa situação de oposição a ele. Quando exatamente isso começou? "Cedo, terrivelmente cedo", diz Tonio Kröger, cuja carreira de escritor a novela homônima acompanha retroativamente até a meninice. Sofria-se, mas justamente por isso "sabia-se":

---

* Germanista britânico, professor emérito da Queen's College em Oxford, Reed é o organizador do livro de contos e novelas de Thomas Mann, *Frühe Erzählungen 1893-1912*, que reúne a maior parte das narrativas desta nossa edição. Este posfácio foi publicado originalmente no volume de comentários que o acompanha. Ambos os livros integram a GKFA: Große kommentierte Frankfurter Ausgabe, a grande edição comentada da editora Fischer, sediada em Frankfurt, com previsão de 28 volumes no total. [N. E.]

** Carta de 14/10/1889 a Frieda L. Hartenstein, em GKFA, v. 21, p. 21.

eis uma expressão-chave dos primeiros contos, saber o sofrimento do mundo que, naturalmente, ainda não fora sentido na própria pele. No fundo, sabia-se pela literatura. Como leitor de Heinrich Heine e principalmente com o auxílio da psicologia de desmascaramento de Friedrich Nietzsche — ambas as coisas, aliás, já haviam sido provadas pelo irmão Heinrich —, o jovem autor notou com perspicácia as "grandes palavras" sobre as quais se apoiava a sociedade convencional. Ele começara a ler precocemente: Hermann Bahr, Herman Bang, Paul Bourget, Knut Hamsun, Pens Peter Jacobsen, Maupassant, Turguêniev, os russos em geral. Afinal, a literatura não brota da terra. Deveria alguém, ou melhor, poderia alguém "escrever sem ter lido"? Desse modo, indaga a terceira nota de *Geist und Kunst*:* "Não se põe um sobre os ombros do outro?" (p. 153). O "infante pueril e fraco" de *Monolog* [Monólogo de 1899], poema da juventude, empregara outra metáfora: "e, confuso, meu espírito vaga ao léu/ e titubeante agarro toda mão forte".** Chama a atenção o fato de que entre as mãos fortes que se podia agarrar faltassem os naturalistas locais. Na qualidade de principiante conscientemente inovador, Thomas Mann já havia ultrapassado os limites estreitos do naturalismo, bem como — com sua "risonha soberania de artista" — os da empoeirada estética clássica oferecida ao aluno ouvinte da Escola Técnica Superior de Munique. Seus professores nem sequer haviam sido apresentados à última novidade da estética da decadência.***

A expressão "risonha soberania" é característica do jovem Thomas Mann. A superioridade era uma necessidade vital para ele, coisa que logo apareceria em "O palhaço". Ele se fez içar rapidamente pelas cordas da própria superioridade irônica "de toda história". Mais precisamente, "a boa vontade para tal sentimento" — ou seja, para "um sentimento geral de superioridade e indiferença" — fazia-se "presente" e "não haveria modo mais eficaz de reforçar tal desejo do que o domínio estilístico com que o bom Deus nos dotou para troçarmos 'de toda história'".**** Em suma, o estilo irônico foi o meio escolhido para fingir uma maturidade que os contos do jovem autor logo mostrariam — o trecho da carta revela o segredo de sua precocidade. Ele trabalhava para se criar enquanto escrevia. Com toda oposição que fazia ao mundo, o jovem Thomas

---

* *Espírito e arte*, ensaio inacabado de Thomas Mann sobre literatura. [N. T.]
** "*Ich bin ein kindischer und schwacher Fant/ Und irrend schweift mein Geist in aller Runde/ Und schweifend fass ich jede starke Hand* [...]". In: Gesammelte Werke (GW), v. VIII, p. 1106.
*** *Collegeheft*, pp. 162 e 135.
**** Carta a Otto Grautoff, 27/9/1896; em GFKA, v. 21, p. 77.

Mann nutriu desde sempre um sentimento de amor por suas figuras humanas mais belas, reais ou imaginárias, cujas perfeição e felicidade, tão distintas, eram uma ilusão do outsider e assim persistiram longa e obstinadamente. Tais figuras idealizadas eram completamente "ignorantes" [*unwissend*], não portavam nenhuma literatura no corpo, viviam simplesmente como criaturas supostamente instintivas, desprovidas da consciência de si mesmas. Era esse o seu encanto. Comparadas ao observador ciente, deixavam muito a desejar. Mediam-se por outro parâmetro, o da "vida", que não lhes fazia sofrer e que elas, contrariamente, pareciam ter conquistado sem esforço. Qual dentre as duas medidas prevalecia? A questão não se decidia. Assim, era preciso alternadamente, desdenhar, invejar, amar e até anelar por se igualar a essa figura, *ser* ela. Podia-se, porém, odiá-la sem rodeios. O comerciante Klöterjahn aparecia algures como Hans Hansen, Ingeborg Holm, Anna Rainer.* Estes corporificavam o "êxtase da trivialidade". E "trivial" podia tranquilamente se confundir com "banal".

O jovem autor oscilava, assim, entre uma mensagem apaixonada que levasse o tipo inconsciente a se esclarecer agressivamente e o desejo de deixá-lo tal como era em sua inocência. Klöterjahn deveria ser abalado em sua estúpida autoconfiança. Hans Hansen, por sua vez, deveria poder continuar folheando seus livros com fotografias de cavalos e impedir que fossem infectados por "toda essa nobreza enfermiça da literatura", a começar pelo *Don Carlos*, de Schiller. Tendo em vista os alegres participantes da festa, em "Os famintos", Detleff ora tem a triunfal "sensação de poder" do criador que recria seres humanos — "Vocês ainda são meus, [...] e estou acima de vocês!" — ora sente a "sofrida nostalgia da unidade" do outsider: "Por uma vez estar entre vocês, em vocês, ser vocês, oh, viventes!". Aqui o desejo dionisíaco por desabrochar na comunidade, lá a vontade de poder do excluído. Mesmo no aparentemente tão "abnegado desejo" de dedicar um conto ao amigo Paul Ehrenberg, quando olha para si mesmo Thomas Mann reconhece o impulso de "deixar que ele veja minha força".** Como se diz de Tonio Kröger, na condição de escritor ele se entregara "inteiramente ao poder" que "lhe parecia o mais sublime da terra [...] o poder do espírito e da palavra, que reina sorrindo sobre a vida inconsciente e muda". Ele reinava junto, "um príncipe que caminha à paisana", uma alteza real, que por certo não ousava misturar-se às pessoas.

---

* Hansen e Holm são personagens de *Tonio Kröger*. Anna Rainer figura em "O palhaço". [N. T.]
** Carta a Otto Grautoff de 22/2/1901, em GFKA, v. 21, p. 159.

Essa hesitação valeu, de início, também em relação à forma literária com que ele se apresentaria em público. Aquilo que o antagonista, o excluído, o desejoso tinha a dizer era tão subjetivo, tão revelador de si mesmo, que podia se tornar constrangedor para ele e, provavelmente, também para o público. Afinal, não se podia, sem mais, dar com a língua nos dentes. Havia muito o romantismo estava morto e enterrado; o foco no discurso autorreferente estava praticamente proscrito. Só mais tarde Thomas Mann compreendeu — quando se tornara história para si mesmo (cf. *Doutor Fausto*, capítulo XXII) — que, a longo prazo, também o uso puramente técnico da vida íntima e sentimental do indivíduo como fonte da arte esbarrava em limites precisos, que se tratava de uma liberdade histórica e pessoalmente esgotante e esgotável e que, finalmente, "começa a envolver o talento que nem bolor". Todavia, mesmo o autor principiante evitou, de início instintivamente, o caráter direto da expressão autobiográfica, do diário pessoal. Tratava-se da questão de se era possível fazer literatura seguindo esse caminho. O problema foi claramente conceitualizado ao surgir, como que por encanto, uma solução. Num estado de espírito que beirava o arrebatamento, Thomas Mann escreveu ao amigo Otto Grautoff: "Há algum tempo sinto como se eu me houvesse liberado de alguns grilhões, como se só agora dispusesse de espaço para viver artisticamente, como se só agora dispusesse dos meios para me expressar, comunicar... Desde 'O pequeno sr. Friedemann' consigo subitamente encontrar as discretas formas e máscaras por meio das quais, com minhas vivências, posso circular entre as pessoas; antigamente, mesmo se quisesse me comunicar comigo mesmo, eu necessitava de um diário secreto...".* A disposição alegre perdurou, e três meses mais tarde induziu a uma repetição consciente, acompanhada também de maior precisão: "Como já lhe escrevi anteriormente: há algum tempo sinto como se houvesse conquistado um espaço de liberdade, como se houvesse encontrado meios e caminhos para me exprimir, expressar, viver artisticamente; e se antes eu necessitava de um diário para, a sós em meu quarto, obter algum alívio, agora encontro formas e máscaras *novelísticas*, publicamente enunciáveis, a fim de conceder meu amor, ódio, compaixão, desdém, orgulho, escárnio e recriminações... Isso começou, creio, com 'O pequeno sr. Friedemann'".** Daí procede a insatisfação com "O palhaço", também e justamente com sua forma

---

* 6/4/1897, em GKFA, v. 21, p. 89.
** Carta a Otto Grautoff, de 21/7/1897, em GFKA, v. 21, p. 95.

parafraseada, que havia retrocedido a um tipo de diário e, por outro lado, a duradoura e grande valorização de "O pequeno sr. Friedemann", o único conto do primeiro livro que Thomas Mann quis ver conservado mais tarde, pois com essa obra logrou seu primeiro êxito.

Isso, porém, significa subestimar "O palhaço" e exagerar o desmonte metodológico iniciado com "O pequeno sr. Friedemann". A expressão direta de interesses íntimos nunca cessaria por completo; adormeceria por um tempo, no aguardo do restabelecimento do próprio status — no caso, como escritor: ao chegar a hora, principalmente após o enorme sucesso de *Os Buddenbrook*, ele voltou a ser alguém e pôde se apresentar abertamente, com sua problemática pessoal. Dessa maneira, há em Thomas Mann dois tipos distintos de grupos de contos iniciais, os mal dissimuladamente confessionais (*Tonio Kröger*, "Os famintos", "Uma felicidade", "Na casa do profeta", *A morte em Veneza*) e os grotesco-expressivos, elaborados à volta de figuras representativas (Friedemann, Jacobi em "Luisinha", Tobias Mindernickel, Lobgott Piepsam em "O caminho do cemitério" e Hieronymus em "*Gladius Dei*"). Essas figuras miseráveis foram compreendidas pela recepção inicial como estudos irônicos distanciados, mas continham secretamente muito do sentido de vida do autor. Justamente por isso deram livre curso à escrita e, a julgar pela escolha das palavras nas duas já citadas cartas a Grautoff — "para viver a vida", "para me aliviar" —, num sentido fundamental. Afinal, o sofrimento em torno da sexualidade era tema central na correspondência inicial com o colega de escola. De modo correspondente, os contos desse grupo foram lidos como "ousados jogos libidinosos, delicados excessos de masoquismo e sadismo".*
Mas não são tão delicados assim. Eles circulam na esfera da humilhação sexual, morte, morte de animais, suicídio.

Um terceiro grupo, visto de outro ângulo e em parte coincidente com os outros, é formado por trabalhos encomendados e de entrega em curto prazo, para os quais Thomas Mann podia escolher o tema livremente, mas que, por essa razão, soavam mais arbitrários do que os trabalhos espontâneos, de elaboração mais longa. Comparados a estes últimos, o resultado lembra antes um exercício — "O menino-prodígio", "O acidente de trem" —, a não ser que um tema lhe chegasse às mãos casualmente, como em "Uma felicidade", e lhe tocasse num ponto particularmente sensível ou, como em "Hora difícil", revelasse possibilidades

---

* Reinhard Baumgart, *Selbstvergessenheit. Drei Wege zum Werk*. Munique: Hanser, 1989, p. 23.

antes insuspeitas de autoconhecimento. Também Schiller se tornara uma máscara que, por assim dizer, convidava o leitor ao desvendamento.

Não é que as máscaras grotescas, atrás das quais Thomas Mann se escondia, devessem ocultar sua identidade para sempre. Tanto o nome Friedemann quanto as iniciais de Tobias Mindernickel apontam discretamente para essa identidade. Quanto à figura de Detlev Spinell, em "Tristão", Thomas Mann disse a seu irritado modelo, Arthur Holitscher, que, em essência, não havia feito alusão a ele, mas que "castigava a si mesmo". Do volumoso nariz de Spinell, passando por seu esteticismo exagerado, até os "tremores" de sua caligrafia (outro golpe, desferido por Klöterjahn contra as idiossincrasias da pontuação de Spinell, foi retirado do texto antes da impressão) — características de Thomas Mann foram inseridas no texto e expostas ao público. O programático ensaio *Bilse e eu*, de 1906, logo explicaria de quem, no fundo, se falava: de ninguém mais "além de mim, de mim…".* Segundo Thomas Mann, a contribuição de Holitscher fora mínima, no máximo alguns sinais exteriores, uma "máscara". Thomas Mann esperava — contava com isso — que seus leitores fossem descobri-lo apesar da máscara grotesca: isso fica claro a partir do ensaio sobre Chamisso,** cujo *Peter Schlemihl* se tornara tão conhecido que "um jovem berlinense, alvo de sua troça, por fim gritou em sua direção: 'Espere só, Peter Schlemihl!', e não devemos supor que a popularidade de sua máscara tenha aborrecido Chamisso. No fundo, escritores que se expõem querem ser reconhecidos; não tanto pela fama da obra, mas pela fama de sua vida e sofrimento". *** Tratava-se, como Thomas Mann escreveu a Ida Boy-Ed em 28 de agosto de 1904, de "ocupar um mundo com aquilo que somos".**** Isso significava — para repetir a personagem baseada em Schiller na *Hora difícil* — "a tarefa que meu Eu me impõe". Aquilo que nos manuscritos do texto — tão importante parecia ser esse ponto — deveria recuar três passos: "que é meu Eu", "que sou eu mesmo", "que é meu próprio ser".

A autorreferência legitimou-se realmente por meio de uma confissão, imediatamente reconhecida como tal, em *Tonio Kröger*. Numa indignada réplica à severa crítica de Kurt Martens contra sua "férrea misantropia",

---

* GKFA, v. 14.1, p. 110.
** "Chamisso", ensaio de Thomas Mann, foi publicado como posfácio em Adelbert Von Chamisso, *A história maravilhosa de Peter Schlemihl*. Trad. e notas de Marcus Mazzari. São Paulo: Estação Liberdade, 2003.
*** GKFA, v. 14.1, p. 326.
**** GKFA, v. 21, p. 301.

Thomas Mann diz que na novela "se inscreve a confissão de um amor à vida, que em sua clareza e objetividade chega ao não artístico".* Mais do que em *Tonio Kröger*, os pontos feridos do autor tornam-se visíveis em "Os famintos" e, de maneira ainda menos disfarçada, em "Uma felicidade", contos — como, de resto e parcialmente, também em *Tonio Kröger* — derivados do projeto de *Die Geliebten* [Os amantes], novela jamais realizada, que, por sua vez, se transformou no projeto do romance *Maja*, igualmente não realizado. Além da importância de seus temas e episódios, mais tarde incorporados a *Doutor Fausto*, os dois contos são testemunhas eloquentes de uma fase na vida e na criação de Thomas Mann (por isso é ainda mais importante apresentá-los em sua forma de texto original). Entretanto, os dois grupos juntos — os grotescos e os confessionais — contêm os impulsos mais profundos de um jovem que, em junho de 1903, numa carta-poema enviada a Paul Ehrenberg, definia-se como "refugiado do mundo e, no entanto, apaixonado por ele".** De modo muito distinto, eles dão expressão àqueles sentimentos dolorosamente baralhados que a segunda carta a Otto Grautoff, aquela sobre o "êxito", havia arrolado: "meu amor, meu ódio, minha compaixão, meu desdém, meu orgulho, meu escárnio e minhas recriminações [...]".***

Tais sentimentos não eram apenas privados nem meramente solipsísticos: "compaixão" não se limitava necessariamente à autocompaixão; os outros sentimentos nomeados, principalmente as "recriminações", deviam, analogamente, externalizar-se. Aquele que havia perscrutado o mundo e suas grandes palavras fizera isso, em última análise, também como representante de outros, ao menos o fizera intuitivamente, dada sua inexperiência juvenil. Por volta de 1904 a anotação num caderno revela: "Pouco sei da 'miséria da vida' (fome, luta pela existência, guerra, sífilis, o pavor de um hospital etc.). Nada disso eu vi, exceto a própria morte. Não obstante, conheço todo o peso da vida".**** São similares as pretensões que, em "*Gladius Dei*", Hieronymus, o aspirante a profeta, proclama em sua ira punitiva sobre o tão somente belo: "A arte é a chama sagrada, que ilumina misericordiosamente todas as terríveis profundezas, todos os abismos vergonhosos e rancorosos da existência [...]". Não são estas grandes palavras? Elas constituem uma estética que é igualmente ética, uma ética schopenhaueriana, se quisermos, mas não necessariamente,

---

* Carta de 28/3/1906; em GKFA, v. 21, p. 357.
** *Briefe* (v. III), Frankfurt, 1961-65, p. 446.
*** 21/7/1897, GFKA, v. 21, p. 95.
**** *Notizbücher* (v. II), Frankfurt: Fischer Verlag, 1992, p. 91.

pois ela aparece de modo embrionário nas primeiras cartas, em que o jovem Thomas Mann cita, para uso reservado entre amigos, princípios que também são eminentemente literários: "Trata-se do seguinte: eu anseio por discernimento, sabedoria e justiça".* Mas não era verdade que ele se recusasse a julgar: como mostra a lista que vai de "amor" a "recriminações" havia aí muito juízo crítico, que, no fim das contas, como mostra a primeira carta "sobre o êxito" para Grautoff, dizia respeito à "infâmia da semana da Criação".**

Seja como for, de maneira grotesca ou confessional, o jovem Thomas Mann criou um mundo narrativo que, no fundo, era reconhecível como sendo o mundo real, embora de forma acentuadamente fragmentada, do ponto de vista social, conceitual e tipológico. Apenas nos anos 1920 ele transmudaria do pensamento às oposições, tornando-se o "senhor das oposições". Nesse sentido, era um realista, ao menos na superfície narrativa; pois já cedo — mais uma vez, desde "O pequeno sr. Friedemann" — iniciaram-se as aproximações com o mítico: o próprio Friedemann é quase um sacrifício dionisíaco; a mulher que é seu destino, uma deusa vingativa. Na história de Friedemann anuncia-se também um tema fundamental para Thomas Mann, a ameaça de uma vida ordenada por forças externas, que se tornam muito evidentes no final dessa primeira fase criativa, como na novela *Morte em Veneza*. Às oposições sobejamente conhecidas da obra precoce — espírito-vida; artista-burguês — juntaram-se outras mais profundas e ameaçadoras: paralisia-dissolução e autodomínio-autoperdição por meio de fatalidades tão desejadas quanto temidas.

Mesmo um artista conhecido e reconhecido, "bem" casado e socialmente estabelecido, estaria igualmente exposto a essa ameaça. Por seu radicalismo, as dúvidas de Thomas Mann sobre o status almejado e, por meio da literatura, aparentemente readquirido em sua plenitude, honram tanto o escritor quanto o ser humano. Elas determinaram o éthos e o desfecho do último conto dessa primeira fase criativa. Não obstante todo o ceticismo quanto ao status de um escritor de renome, em *Morte em Veneza* Thomas Mann chegou a um elevado patamar de reconhecimento público. Não fora sem tempo. Para Thomas Mann, a década anterior ficara à sombra de *Os Buddenbrook*. O romance de estreia obtivera o êxito com que um jovem autor mal pode sonhar, despertando no

---

* Carta a Otto Grautoff de 6/9/1900, em GKFA, v. 21, p. 127.
** 6/4/1897, em GKFA, v. 21, p. 87.

público e na crítica expectativas que deviam ser atendidas. A promessa tinha de ser cumprida. O que se seguiu, porém, foi uma década de calmaria, apesar de uma intensa atividade, que por vezes beirou o desespero. Sucederam-se planos e projetos ambiciosos, seguidos de árduo trabalho. Mas o resultado não foi condizente. Surgiram outras brilhantes novelas, *Tonio Kröger* e "Tristão", com uma recepção à altura. Houve também o "fiasco" do drama *Fiorenza* (como consta em carta a Heinrich Mann, de 18/2/1905, em GKFA, v. 21, p. 315) e o romance *Sua Alteza Real*, que, como obra do autor de *Os Buddenbrook*, foi tida, em geral, como pouco densa. Desse modo, o corpus que se estende dos primeiros contos até *Morte em Veneza* representa, por assim dizer, um prelúdio que, interrompido por um primeiro grande voo, criou a expectativa não cumprida por novos voos, enquanto o escritor continuava a preludiar.

Nessa década aquilo que fora fervorosamente ambicionado como cumprimento da promessa — o romance histórico sobre Frederico o Grande; *Maja*, o portentoso romance social; o grande ensaio de crítica cultural *Geist und Kunst* — não floresceu. "*Frederico, Maja*, as novelas que eu queria escrever poderiam talvez tornar-se obras-primas, mas a gente se exaure nos planos e desanima logo no início".* Observa-se uma lógica própria, apaziguadora, no fato de que essas tarefas jamais cumpridas tenham sido atribuídas ao autor Gustav Von Aschenbach, cuja história, pela maneira como se desenvolveu, tornava supérfluos exatamente esses grandes projetos. Pois a experiência veneziana e sua composição originou, uma vez mais — como antes, com "O pequeno sr. Friedemann" —, um sucesso inesperado. Dos sentimentos e do torturado pensamento dessa década surgiu uma grande obra — não pela forma exterior, mas pela intensidade e pela maestria conferida pelas circunstâncias.

O clímax alcançado representou, ao mesmo tempo, um desfecho e um início. Pois a tragédia do destruído edifício de uma vida artística em *Morte em Veneza* seria seguida pela encenação satírica do destruído edifício de uma vida burguesa — a de Hans Castorp — numa novela de extensão semelhante, chamada originalmente *Der verzauberte Berg* [A montanha encantada]. Entretanto, até o "*finis operis*" em *Der Zauberberg* [A montanha mágica], a narrativa fora inteiramente transformada porque o mundo também o fora. Esse mundo ampliado passaria doravante a oferecer o contrapeso à intensiva ocupação de Thomas Mann consigo mesmo.

* Carta a Heinrich Mann de 11/6/1906, em GKFA, v. 21, p. 368.

CRONOLOGIA

6 DE JUNHO DE 1875
Paul Thomas Mann, segundo filho
de Thomas Johann Heinrich Mann
e sua esposa, Julia, em solteira
Da Silva-Bruhns, nasce em Lübeck.
Os irmãos são: Luiz Heinrich (1871),
Julia (1877), Carla (1881) e Viktor (1890)

1889
Entra no Gymnasium Katharineum

1893
Termina o ginásio e muda-se
para Munique.
Coordena o jornal escolar
Der Frühlingssturm [A tempestade
primaveril]

1894
Estágio na instituição Süddeutsche
Feuerversicherungsbank.
Caída, a primeira novela

1894-5
Aluno ouvinte na Technische
Hochschule de Munique. Frequenta
aulas de história da arte, história
da literatura e economia nacional

1895-8
Temporadas na Itália, em Roma
e Palestrina, com Heinrich Mann

1897
Começa a escrever *Os Buddenbrook*

1898
Primeiro volume de novelas,
O pequeno sr. Friedemann

1898-9
Redator na revista satírica
Simplicissimus

1901
Publica *Os Buddenbrook: Decadência
de uma família* em dois volumes

1903
Tristão, segunda coletânea
de novelas, entre as quais
Tonio Kröger

3 DE OUTUBRO DE 1904
Noivado com Katia Pringsheim,
nascida em 24 de julho de 1883

11 DE FEVEREIRO DE 1905
Casamento em Munique

9 DE NOVEMBRO DE 1905
Nasce a filha Erika Julia Hedwig

1906
Fiorenza, peça em três atos
Bilse und ich [Bilse e eu]

18 DE NOVEMBRO DE 1906
Nasce o filho Klaus Heinrich Thomas

1907
Versuch über das Theater [Ensaio sobre o teatro]

1909
Sua Alteza Real

27 DE MARÇO DE 1909
Nasce o filho Angelus Gottfried Thomas (Golo)

7 DE JUNHO DE 1910
Nasce a filha Monika

1912
A morte em Veneza.
Começa a trabalhar em *A montanha mágica*

JANEIRO DE 1914
Compra uma casa em Munique, situada na Poschingerstraße, 1

1915
Friedrich und die grosse Koalition [Frederico e a grande coalizão]

1918
Betrachtungen eines Unpolitischen [Considerações de um apolítico]

24 DE ABRIL DE 1918
Nasce a filha Elisabeth Veronika

1919
Um homem e seu cão: um idílio

21 DE ABRIL DE 1919
Nasce o filho Michael Thomas

1922
Goethe e Tolstói e *Von deutscher Republik* [Sobre a república alemã]

1924
A montanha mágica

1926
Desordem e precoce sofrimento.
Início da redação da tetralogia *José e seus irmãos.*
Lübeck als geistige Lebensform [Lübeck como modo de vida espiritual]

10 DE DEZEMBRO DE 1929
Recebe o prêmio Nobel de literatura

1930
Mário e o mágico.
Deutsche Ansprache: Ein Appell an die Vernunft [Elocução alemã: Um apelo à razão]

1932
Goethe como representante da era burguesa.
Discursos no primeiro centenário da morte de Goethe

1933
Sofrimento e grandeza de Richard Wagner.
José e seus irmãos: As histórias de Jacó

11 DE FEVEREIRO DE 1933
Parte para a Holanda. Início do exílio

OUTONO DE 1933
Estabelece-se em Küsnacht, no cantão suíço de Zurique

1934
José e seus irmãos: O jovem José

MAIO-JUNHO DE 1934
Primeira viagem aos Estados Unidos

1936
Perde a cidadania alemã e torna-se cidadão da antiga Tchecoslováquia.
José e seus irmãos: José no Egito

1938
Bruder Hitler [Irmão Hitler]

SETEMBRO DE 1938
Muda-se para os Estados Unidos.
Trabalha como professor de
humanidades na Universidade
de Princeton

1939
Carlota em Weimar

1940
As cabeças trocadas

ABRIL DE 1941
Passa a viver na Califórnia, em Pacific
Palisades

1942
*Deutsche Hörer! 25 Radiosendungen
nach Deutschland* [Ouvintes alemães!
25 transmissões radiofônicas para
a Alemanha]

1943
José e seus irmãos: José, o Provedor

23 DE JUNHO DE 1944
Torna-se cidadão americano

1945
Deutschland und die Deutschen
[Alemanha e os alemães].
*Deutsche Hörer! 55 Radiosendungen
nach Deutschland* [Ouvintes alemães!
55 transmissões radiofônicas para
a Alemanha].
Dostoiévski, com moderação

1947
Doutor Fausto

ABRIL-SETEMBRO DE 1947
Primeira viagem à Europa depois
da guerra

1949
A gênese do Doutor Fausto*: Romance
sobre um romance*

21 DE ABRIL DE 1949
Morte do irmão Viktor

MAIO-AGOSTO DE 1949
Segunda viagem à Europa e primeira
visita à Alemanha do pós-guerra.
Faz conferências em Frankfurt am
Main e em Weimar sobre os duzentos
anos do nascimento de Goethe

21 DE MAIO DE 1949
Suicídio do filho Klaus

1950
Meine Zeit [Meu tempo]

12 DE MARÇO DE 1950
Morte do irmão Heinrich

1951
O eleito

JUNHO DE 1952
Retorna à Europa

DEZEMBRO DE 1952
Muda-se definitivamente para a Suíça
e se instala em Erlenbach, próximo
a Zurique

1953
A enganada

1954
Confissões do impostor Felix Krull

ABRIL DE 1954
Passa a viver em Kilchberg, Suíça,
na Alte Landstraße, 39

1955
Versuch über Schiller [Ensaio sobre
Schiller]

8 e 14 DE MAIO DE 1955
Palestras sobre Schiller em Stuttgart
e em Weimar

12 DE AGOSTO DE 1955
Thomas Mann falece

SUGESTÕES DE LEITURA

BAUMGART, Reinhard. *Das Ironische und die Ironie in den Werken Thomas Manns*. Munique: Hanser, 1964.
BEAUCHAMP, Gorman. "Two Orders of Myth in Death in Venice". *Papers on Language & Literature*, v. 46, n. 4, 2011.
BRADBURY, Malcolm. "Thomas Mann". In: ____. *O mundo moderno: Dez grandes escritores*. São Paulo: Companhia das Letras, 1989, pp. 97-117.
BUARQUE DE HOLLANDA, Aurélio e Rónai, Paulo. Org. e trad.). "Thomas Mann". In: *Mar de histórias*. Rio de Janeiro: Nova Fronteira, 1999, v. 8, pp. 55-72.
BURGARD, Peter J. "From *Enttäuschung* to *Tristan*. The Devolution of a Language Crisis in Thomas Mann's Early Work". In: *The German Quarterly* 59, 1986, pp. 431-8.
CALDAS, Pedro Spinola Pereira. "Imagens da espera: Um ensaio sobre as representações da morte em Thomas Mann". *Matraga — Revista do Programa de Pós-Graduação em Letras*, Rio de Janeiro, v. 18, pp. 123-51, 2006.
CARPEAUX, Otto Maria. "O admirável Thomas Mann". In: ____. *A cinza do purgatório*. Balneário Camboriú, SC: Danúbio, 2015. Ensaios. (E-book)
CHACON, Vamireh. *Thomas Mann e o Brasil*. Rio de Janeiro: Tempo Brasileiro, 1975. (Temas de Todo Tempo, 18)
DIERKS, Manfred. "Der Wahn und die Träume im *Tod in Venedig*". *Psyche 44*, pp. 240--68, 1990.
GALOR, Jehuda. "Tristan". In: *Interpretationen. Thomas Mann: Romane und Erzählungen*. Stuttgart: Reclam, 1993, pp. 47-67.
GAY, Peter. *Represálias selvagens: Realidade e ficção na literatura de Charles Dickens, Gustave Flaubert e Thomas Mann*. São Paulo: Companhia das Letras, 2010.
HAMILTON, Nigel. *Os irmãos Mann: As vidas de Heinrich e Thomas Mann*. São Paulo: Paz e Terra, 1985. (Coleção Testemunhos)
HEISE, Eloá. "Thomas Mann: Um clássico da modernidade". *Revista de Letras*. Curitiba, UFPR, v. 39, pp. 239-46, 1990.
HOLANDA, Sérgio Buarque de. "Thomas Mann e o Brasil". In: ____. *O espírito e a letra: Estudos de crítica literária I e II*. Org., introd. e notas de Antônio Arnoni Prado. São Paulo: Companhia das Letras, 1996, v. 1, pp. 251-6.

MAYER, Hans. "Vida e obra de Thomas Mann". In: MANN, Thomas. *A morte em Veneza — Tristão — Gladius Dei*. Rio de Janeiro: Opera Mundi, 1970.

MIELIETINSKI, E. M. "A antítese: Joyce e Thomas Mann". In: _____. *A poética do mito*. Rio de Janeiro: Forense Universitária, 1987, pp. 354-404.

PRATER, Donald. *Thomas Mann: Uma biografia*. Rio de Janeiro: Nova Fronteira, 2000.

REED, T. J. (Org.). "Text, Materialen, Kommentar". In: MANN, Thomas. *Der Tod in Venedig*. Munique: Hanser, 1983.

ROSENFELD, Anatol. *Texto/ contexto*. 3. ed. São Paulo: Perspectiva, 1976. (Debates, 76)

_____. *Thomas Mann*. São Paulo: Perspectiva/ Edusp; Campinas: Ed. da Unicamp, 1994. (Debates, 259)

THEODOR, Erwin. *O universo fragmentário*. Trad. de Marion Fleischer. São Paulo: Companhia Editora Nacional; Edusp, 1975. (Letras e Linguística, 11)

VAGET, Hans Rudolf. *Thomas-Mann-Kommentar zu sämtlichen Erzählungen*. Munique: Winkler Verlag, 1984.

VON WIESE, Benno. *Die Deutsche Novelle Von Goethe bis Kafka*. Düsseldorf: August Bagel, 1956, pp. 304-23.

WALSER, Martin. *Selbstbewusstsein und Ironie. Frankfurter Vorlesungen*. Frankfurt: Suhrkamp, 1981.

Esta obra foi composta em Fournier
por Alexandre Pimenta e impressa
em ofsete pela Geográfica sobre
papel Pólen Soft da Suzano S.A.
para a Editora Schwarcz em
março de 2021

A marca FSC® é a garantia de que a madeira utilizada na fabricação do papel deste livro provém de florestas que foram gerenciadas de maneira ambientalmente correta, socialmente justa e economicamente viável, além de outras fontes de origem controlada.